M.V. SCIENCE-FICTION-BIBLIOTHEK

Perry Rhodan

Atlan

Perry Rhodan

Atlan

Moewig Verlag KG Rastatt

2. Auflage

Redaktion und Bearbeitung: William Voltz
Satz: Utesch, Hamburg
Druck und Bindung: Ebner Ulm
Printed in Germany
ISBN 3-8118-2001-X

Einleitung

Zwischen dem Erscheinungsdatum dieses PERRY-RHODAN-Buches und dem eintausendsten Band der PERRY-RHODAN-Romanserie liegen nur wenige Wochen, und alle Leser, die die Handlung seit nunmehr zwanzig Jahren verfolgen, wissen, daß die Person, die diesem PERRY-RHODAN-Buch mit ihrem Namen den Titel lieh, noch immer obenan in der Beliebtheitsskala der Rhodan-Helden steht. Gemeint ist natürlich *Atlan*, den man durchaus als ein Phänomen in den Reihen der oft exotischen Hauptdarsteller der PERRY-RHODAN-Romane ansehen muß. Was die Faszination dieses Charakters ausmacht, soll hier nicht näher ergründet werden, vermutlich hängt es mit Atlans Widersprüchlichkeit zusammen. Der PERRY-RHODAN-Roman „Der Einsame der Zeit" war bei seinem Erscheinen ein großer Erfolg und hat (wie alle Atlan-Abenteuer danach) viel dazu beigetragen, daß die PERRY-RHODAN-Serie nur schwer ohne die Verwendung von Superlativen zu beschreiben ist. Wie groß die Beliebtheit des „Kristallprinzen" Atlan ist, zeigt u. a. die Tatsache, daß der Verlag eine eigenständige ATLAN-Romanserie herausbrachte, die mittlerweile fast fünfhundert Bände umfaßt und in zwei Auflagen erscheint. Der besondere Reiz der Atlan-Abenteuer liegt vermutlich auch in der Form, in der diese Romane geschrieben wurden – als Ich-Erzählungen. Es wäre schon fast einem Frevel gleichgekommen, hätte man in der hier vorliegenden Buchausgabe darauf keine Rücksicht genommen, nur, um vielleicht einen Eindruck noch größerer Handlungsgeschlossenheit zu erzielen. Immerhin wurden die beiden ersten Atlan-Abenteuer (*Der Einsame der Zeit* und *Der Zweikampf* – beide von K. H. Scheer) für dieses Buch zusammengefaßt. Zusammen mit den Romanen *Rotes Auge Beteigeuze*; *Die Erde stirbt*; *Die Toten leben* – alle drei von Clark Darlton, und *Der Schatten des Overhead* von Kurt Brand bilden sie den Inhalt dieses Buches, das aus den oben genannten Gründen in drei Teile gegliedert wurde. Dabei ist die Redaktion in der bewährten Form verfahren: Fehler und Widersprüche der Originalromane wurden völlig zu beseitigen versucht, und langweilige Passagen fielen ebenfalls dem Rotstift zum Opfer, ohne daß dabei all jene Dinge berührt wurden, die den Reiz dieser erstmals 1962 erschienenen Romane ausmachen. Für die freundliche Hilfe, die mir dabei (vor allem von *Christa Schurm*, *Franz Dolenc* und *G. M. Schelwokat*) zuteil wurde, bedanke ich mich.

Heusenstamm, Februar 1980 William Voltz

Vorwort

Die Geschichte der Dritten Macht in Stichworten:
1971 – Die Rakete STARDUST erreicht den Mond, und Perry Rhodan entdeckt den gestrandeten Forschungskreuzer der Arkoniden.
1972 – Aufbau der Dritten Macht gegen den Widerstand der irdischen Großmächte und Abwehr außerirdischer Invasionsversuche.
1975 – Die Dritte Macht greift erstmals in das galaktische Geschehen ein. Perry Rhodan stößt auf die Topsider und versucht das „galaktische Rätsel“ zu lösen.
1976 – Die STARDUST II entdeckt den Planeten WANDERER, und Perry Rhodan erlangt die relative Unsterblichkeit.
1980 – Perry Rhodans Rückkehr zur Erde.
1981 – Der OVERHEAD greift an.
1982/83 – Die Springer kommen, um die Erde als potentielle Konkurrenz im galaktischen Handel auszuschalten.
1984 – Perry Rhodans erster Kontakt mit Arkon und dem regierenden Positronengehirn im Kugelsternhaufen M-13.
Um den Heimatplaneten der Menschheit vor der Vernichtung zu bewahren, die durch die Streitkräfte der Springer und Aras droht, hat Perry Rhodan ein riskantes Täuschungsmanöver eingeleitet.
Die Angreifer, geleitet von der „korrigierten“ Positronik aus Topthors Schlachtschiff, sollen im dritten Planeten des Beteigeuze-Systems die Erde sehen.
Nach den Informationen der alten arkonidischen Sternenkataloge ist das Beteigeuze-System unbewohnt.

Teil I

Die Erde stirbt

1.

In Terrania, im Herzen der Wüste Gobi, herrschte Hochbetrieb. Die Millionenstadt, Keimzelle der geeinten Erde, erwartete den Bericht ihres ersten Bürgers, der nach halbjähriger Abwesenheit endlich wieder zum Heimatplaneten zurückgekehrt war. Niemand wußte, was in diesen sechs Monaten geschehen war, aber jeder ahnte, daß Ereignisse von äußerster Wichtigkeit Perry Rhodan so lange von der Erde ferngehalten hatten.

Chefingenieur Kowalski und Elektronentechniker Harper hatten Feierabend und saßen erwartungsvoll vor ihren Teleschirmen im gemeinsamen Wohnraum, den sie noch mit zwei Kollegen teilten, die Spätschicht hatten.

Das Stationsbild zeigte den Weltraum. Im Hintergrund schwebte die Milchstraße, davor stand der Schatten eines torpedoförmigen Schiffes. Nur ein einziges Wort verriet die Sendestation der angekündigten Sendung von Terravision: *Terrania.*

Jeder Zuschauer wußte nun, daß ein großes Ereignis bevorstand. Es würde niemanden geben, der diese Sendung versäumte. Die Weltregierung sprach zur Bevölkerung eines ganzen Planeten, vielleicht sogar der Administrator selbst – Perry Rhodan.

„Er ist heute zurückgekommen“, sagte Kowalski, und Harper wußte, wen er meinte. Jeder hatte den gewaltigen Kugelraumer landen sehen, ein Schiff, wie es die Erde noch nie zuvor erblickt hatte. Anderthalb Kilometer maß die Riesenkugel im Durchmesser. In schwarzen Lettern stand an ihrer Arkonitwandung der Name: TITAN. „Ich bin gespannt, welche Neuigkeiten er mitzuteilen hat.“

Er – das war Perry Rhodan, jener Mann, der die Erde geeint hatte.

„Wir werden ja sehen“, murmelte Harper und räkelte sich im Sessel. „Jedenfalls hat sich eins nicht geändert: Die Pausen im Fernsehen sind geblieben. Ah – es geht los!“

Die silbern schimmernde Milchstraße auf dem Schirm erlosch und machte dem Gesicht eines Mannes Platz. Jeder kannte dieses Gesicht. Es gehörte Colonel Albrecht Klein, dem Stellvertreter Rhodans. Während der Abwesenheit des Administrators vertrat er die Belange der Dritten Macht und leitete die Geschäfte der Weltregierung, von Allan D. Mercant tatkräftig unterstützt.

„Freunde! Terraner!"

Oberst Klein legte eine wirkungsvolle Pause ein und sah mit einem freundlichen Lächeln in die Kamera – und somit quasi in die Augen von mehr als zwei Milliarden Menschen.

„Perry Rhodan ist von seiner Expedition zurückgekehrt und wird Sie über die wichtigsten Ereignisse kurz informieren. Ein ausführlicher Bericht ist in den nächsten Tagen zu erwarten, so daß ich um Verständnis bitte, wenn der Administrator sich kurz faßt. Ich übergebe Perry Rhodan hiermit das Wort."

Oberst Klein verschwand von der Bildfläche der Schirme.

„Ging ja ziemlich kurz und schmerzlos", bemerkte Harper und sah interessiert zu, wie die sich zurückziehende Kamera Klein wieder einfing und dann den Saal wiedergab, in dem die Delegierten des Rates der Weltregierung an einem hufeisenförmigen Tisch saßen. „Dort – das ist er."

Kowalski nickte. Er hatte Rhodan schon längst erkannt. Die knapp sitzende Uniform der Raumflotte betonte seine Figur, als er sich nun erhob und zum Rednerpodium schritt. Er drückte Oberst Klein die Hand – und dann stand er vor der Kamera, die sein Bild in alle Teile der Welt brachte.

Simultan-Translatoren verwandelten jedes seiner Worte in Sekundenschnelle sofort in die Sprache des jeweiligen Landes, in dem Bild und Ton empfangen wurden. Jeder konnte somit seine Worte verstehen.

„Terraner!" Rhodans Stimme klang ein wenig belegt, wenn er auch lächelte. In seinen grauen Augen schien die Zeitlosigkeit des unendlichen Raumes zu schimmern, der seine zweite Heimat geworden war. Aber aufmerksame Beobachter erkannten noch etwas in seinem Gesicht – einen Ausdruck tiefer Besorgnis.

„In den vergangenen sechs Monaten hat sich viel ereignet – sowohl hier auf der Erde als auch in den Weiten des Raumes. Sie alle werden sich erinnern, daß wir eine Expedition starteten, um das Imperium der Arkoniden aufzusuchen, das im Sternennebel M-13, vierunddreißigtausend Lichtjahre von uns entfernt, existiert. Nun, wir fanden Arkon, das Hauptsystem, erlebten jedoch eine arge Enttäuschung. Vor sechs Jahren bereits wurden die Arkoniden dort von einem unvorstellbar großen Positronengehirn abgelöst, das nun über ein Sternenreich regiert, größer als alles, was je in der Galaxis Bestand hatte."

Rhodan machte eine kurze Pause, um die Bedeutung seiner Worte einwirken zu lassen. Die Kamera schwenkte kurz von ihm weg und zeigte die beiden Arkoniden Crest und Thora in Großaufnahme.

Harper pfiff leise und meinte: „Eine tolle Frau, diese Thora. Schlank und groß. Die weißen Haare und die rötlichen Augen würden mich kaum stören. Sie ist nicht eigentlich schön, aber von ihr geht ein seltsamer Reiz aus, dem ich nicht widerstehen . . ."

Rhodan kam wieder ins Bild.

„Es gelang uns, dem Imperium das größte bisher gebaute Schlachtschiff abzunehmen – die TITAN. Durch geschickte Taktik gelang es uns, einen Waffenstillstand mit dem Robotregenten zu schließen. Dies gab uns die Möglichkeit, verschiedene Operationen durchzuführen, die nur scheinbar im Interesse des Regenten lagen. Tatsächlich ging es uns darum, die Gefahr, die uns von den Springern droht, abzuwenden. Der überschwere Topthor kennt die Position der Erde – wenigstens glaubt er, sie zu kennen. Er und das Positronengehirn seines Schiffes. Aber es gibt noch jemanden, der gern wüßte, wo die Erde zu finden ist: das gigantische Robotgehirn auf Arkon. Terraner, unsere Welt kennt keinen gefährlicheren Feind als dieses Robotgehirn. Und Terra ist im Begriff, galaktische Bedeutung zu erlangen."

Rhodan wurde durch Beifall der Delegierten unterbrochen. Er dankte ihnen durch ein Kopfnicken und fuhr fort: „Das Robotgehirn von Arkon handelt mit eiskalter Logik und völliger Kompromißlosigkeit. Es sieht in uns nichts als eine willkommene Hilfskraft, die es nach Belieben einsetzen kann, um seinen Belangen dienlich zu sein. Die Erde aber hat kein Interesse daran, eine Kolonie Arkons zu werden."

Erneut brandete Beifall auf. Harper und Kowalski klatschten begeistert mit. Auf dem Bildschirm wurden wieder Crest und Thora sichtbar, die sich jeder Gefühlsäußerung enthielten. Reglos saßen sie auf ihren Plätzen. In den Augen des hochgewachsenen Crest leuchtete es kurz auf, aber niemand hätte zu sagen vermocht, ob es etwa Unwille war. Thora ließ Rhodan keine Sekunde aus den Augen.

Rhodan wartete ab, bis es wieder ruhig wurde, und fuhr fort: „Das Robotgehirn weiß aber nicht, wo das Sonnensystem in der Unendlichkeit des Raumes steht. *Noch* weiß es das nicht. Topthor kann uns nicht mehr verraten, da wir die Speicherabteilung des Positronengehirns auf seinem Schiff veränderten und ihm eine falsche Erinnerung gaben. Wenn Topthor heute seinen Roboter nach der Erde befragt, so wird er die Antwort erhalten, daß sie der dritte Planet der Riesensonne Beteigeuze ist, im Orion, zweihundertzweiundsiebzig Lichtjahre von uns entfernt.

Es ist mein Plan, daß die Händler – vielleicht sogar das Robotgehirn von Arkon – diesen dritten Planeten vernichten und fest daran glauben, die Erde zerstört zu haben. Den arkonidischen Katalogen nach ist dieser dritte Planet unbewohnt, aber wir werden dafür sorgen, daß man das nicht bemerkt. Die Erde wird also offiziell aufhören zu existieren. Erst dann werden wir Zeit erhalten, unsere Raumflotte in aller Ruhe aufzubauen, bis wir eines Tages vor Arkon hintreten und unsere Bedingungen stellen können. Und zwar nicht als Hilfsvolk, sondern als gleichberechtigter Partner.

Terraner! Ich habe Sie mit meinem Plan vertraut gemacht, um Ihnen unser späteres Verhalten zu erklären. Noch in dieser Woche werden zwei unserer schweren Kreuzer in Richtung Orion starten, um einem unbewohnten Planeten den Anschein des Bewohntseins zu geben. Es ist damit zu rechnen, daß der überschwere Topthor nicht lange damit warten wird, die verhaßte Erde zu vernichten. Er soll seinen Willen haben."

Rhodan hob grüßend seine Hand. Das Bild erlosch, und das Kennzeichen *Terrania* kehrte zurück.

„Diese Ungerechtigkeit schreit förmlich zum Himmel, und ich werde mich dort über die Verhältnisse hier beschweren!"

Die Stimme war ungemein hell und schrill, der Ton klang voller

Vorwurf und Zorn. Aber das schien auf Rhodan nur geringen Eindruck zu machen, denn er lächelte sanft und strich dem Sprecher besänftigend durch das rotbraune Nackenfell.

„Aber Gucky! Warum so heftig? Hast du nicht einen Urlaub redlich verdient? Ich bleibe ja auch hier."

Aber Gucky wollte heftig sein. Er stand neben Rhodan auf einem Sessel, zu seiner vollen Höhe aufgerichtet, die aber nur einen knappen Meter betrug. Die großen Ohren verrieten ein empfindliches Gehör, die spitze Schnauze einen ausgeprägten Geruchssinn und das breite Hinterteil mit dem löffelartig verdickten Schwanz wenig Begeisterung für lange Spaziergänge.

Das aber hatte Gucky auch nicht nötig, denn er war Teleporter und konnte sich jederzeit an einen anderen Ort versetzen. Außerdem besaß er noch die Gabe des Gedankenlesens, war also Telepath und konnte kraft seines Geistes Materie bewegen, ohne sie anzurühren; eine Fähigkeit, die unter der Bezeichnung Telekinese bekannt war.

Gucky war eine Universalbegabung, was niemand, der ihn zum erstenmal sah, ohne weiteres glaubte.

„Stimmt", maulte er jetzt und grinste empört mit seinem einzigen Nagezahn, der sich am liebsten mit rohen Mohrrüben beschäftigte. „Aber zehn Mutanten fliegen mit. Bloß ich nicht."

„Mein Entschluß steht fest", wischte Rhodan jeden Einwand nun energisch beiseite und wandte sich wieder den versammelten Männern zu, die das Zwischenspiel mit unterschiedlich großem Interesse verfolgt hatten. „Major Deringhouse übernimmt die CENTURIO, Major McClears die TERRA. Beide Kreuzer haben eine Besatzung von je vierhundert Mann und sind mit Struktur-Kompensatoren ausgerüstet. Niemand wird die Hypersprünge orten können. Außerdem nehmen zehn Mitglieder des Mutantenkorps an der Expedition teil. John Marshall ist der Leiter der Mutanten. Er erhält von mir uneingeschränkte Vollmachten und ist lediglich Deringhouse unterstellt."

Neben Rhodan stand ein untersetzter, knochiger Mann mit roten Borstenhaaren und einem breiten Gesicht. In seinen wasserblauen Augen stand eine unausgesprochene Frage, als er fast unmerklich den Kopf schüttelte. Rhodan hatte es bemerkt.

„Was ist, Bully? Irgendwelche Einwände?“

Reginald Bull, Rhodans bester Freund und engster Vertrauter, schien überrascht, so unmittelbar angesprochen zu werden, aber er überwand seine Verlegenheit schnell. „Nein, es ist schon alles klar – ich möchte nur Gucky recht geben.“

„Was soll das bedeuten?“

„Ich finde es ungerecht, wenn ausgerechnet wir zurückbleiben sollen. Was haben wir hier schon verloren, wenn fast dreihundert Lichtjahre von hier über Sein oder Nichtsein der Menschheit entschieden wird? Gucky ist der beste Para, und ich – ich . . .“

„Hm?“ machte Rhodan und grinste. „Und du?“

„Ich bin immerhin Guckys Freund“, war alles, was Bully als Begründung anzuführen vermochte.

Auf seinem Sessel spitzte der Mausbiber die Ohren. In seinen blanken Augen funkelte es vergnügt.

„Danke, alter Kampfgenosse, vielen Dank“, zirpte er fröhlich. „Ich werde mir das für spätere Gelegenheiten merken. Aber ich fürchte, unsere Bemühungen sind vergeblich. Der Schlachtplan steht fest. Wir werden diesmal nicht benötigt.“

Rhodan lächelte ihm zu. „Wie gut du die Situation erfaßt hast, Gucky. Beide Schiffe stehen schon startbereit und werden noch in dieser Nacht ihren Flug nach Beteigeuze antreten. Major Deringhouse, Sie kennen den Plan. Sie werden mit McClears die Abwehr des dritten Planeten spielen. Dabei ist unter allen Umständen darauf zu achten, daß keines der Springerschiffe auf dem dritten Planeten landet, da dadurch unser Trick sofort durchschaut würde. Den Springern müssen Einzelheiten der Planetenoberfläche verborgen bleiben. Wir müssen also danach trachten, daß sie die Arkonbombe aus dem Weltraum heraus auf den Planeten lenken. Ich werde mich mit der Titan in der Nähe aufhalten und zum gegebenen Zeitpunkt eingreifen. Wir müssen diese Welt opfern. Sie ist ohne jedes intelligente Leben. Die Händler werden nicht zögern, die Vernichtung des geheimnisvollen Planeten Terra als gegeben zu betrachten. Sogar das Robotgehirn auf Arkon wird ihnen dankbar sein – rein logisch gesehen.“

Die beiden schweren Kreuzer waren Kugelschiffe mit einem

Durchmesser von 200 Meter. Mit Sprüngen durch den Hyperraum konnten sie unvorstellbare Entfernungen in Sekundenschnelle zurücklegen, lediglich die positronische Errechnung der jeweiligen Koordinaten verschlang eine beachtliche Zeit, die in keinem Verhältnis zur eigentlichen Reisedauer stand. Die Bewaffnung bestand aus Impulsstrahlern und anderen Ausrüstungen arkonidischer Herkunft. Starke Energieschirme schützten die Kugeln vor jedem Angriff. Antigrav-Felder neutralisierten jeden Andruck bei Bremsmanövern, Landung oder Start.

Crest räusperte sich.

„Und was geschieht dann?“ fragte er leise.

Rhodan blickte ihn an. „Wenn die Vernichtung der Erde vorgetäuscht ist, meinen Sie? Nun, dann werden wir uns vorbereiten, Crest. Vielleicht werden es Jahre sein, die wir benötigen, um unser Ziel zu erreichen, vielleicht Jahrzehnte. Jedenfalls werden wir erst dann wieder nach Arkon vorstoßen, wenn wir ohne jede Bedenken die Position der Erde verraten können – einer Erde, die plötzlich wieder zu existieren beginnt. Und einer Erde, die dem Robotgehirn von Arkon standhalten kann. Ich denke, es geschieht auch in Ihrem Interesse, Crest, Thora.“

Die beiden Arkoniden nickten mit seltener Einmütigkeit.

Bully begann plötzlich zu grinsen. Er klopfte Gucky auf den Rücken, zwinkerte Rhodan zu und rief voller Pathos: „Bei unserer ‚Wiedergeburt‘ werden sich einige Personen sehr wundern!“

2.

Als die CENTURIO materialisierte, sah Major Deringhouse etwas, das ihn die Transitionsschmerzen sofort vergessen ließ.

Er hielt sich in der Beobachtungskuppel nahe am Äquator des Schiffes auf. Das transparente Dach machte alle Bildschirme unnötig. Als stünde man selbst mitten im Weltraum – das war der Eindruck, den jeder gewann, der von hier aus hinausblickte.

An Backbord tauchte nun das Schwesterschiff TERRA auf.

Aber das war es nicht, was Deringhouse so beeindruckte.

Es war der Stern, der vor den beiden mit knapp Lichtgeschwindigkeit weiterfliegenden Schiffen im Raum stand.

Beteigeuze.

Wie ein gelbrotes Riesenauge schwamm das Gestirn in der Unendlichkeit des Universums, größer und mächtiger als alle Sterne, die Deringhouse je gesehen hatte. Die anderen Sonnen verblaßten vor dem matten Glanz des Giganten, und es schien, als schämten sie sich ihrer eigenen bescheidenen Helligkeit.

Das war also Beteigeuze, die rote Riesensonne. Wenn man sie an die Stelle von Sol setzte, reichte ihr flammender Rand bis über die Marsbahn hinaus. Sie war kühler als die irdische Sonne, aber dieser Faktor wurde durch die unvorstellbaren Ausmaße wieder ausgeglichen.

Vierzehn Planeten sollten Beteigeuze umlaufen, die man als unregelmäßige Variable bezeichnete und deren Oberflächentemperatur etwa zweieinhalbtausend Grad Celsius betrug. Vierzehn Planeten, von denen der dritte die Rolle der Erde übernehmen sollte.

Denn wenn Topthor sich auch an vieles nicht mehr erinnern würde, eines hatte er sicherlich nicht vergessen: Die Erde war der dritte Planet eines Sonnensystems. Natürlich würde er bald seinen Irrtum erkennen, denn wie hätte ein galaktischer Händler Beteigeuze mit Sol verwechseln können, aber – so hatte Rhodan lächelnd versichert – dann würde es für ihn zu spät sein, den Fehler zu korrigieren.

Ein Gefühl der Beklemmung beschlich Deringhouse, als er dem roten Riesenauge entgegenstarrte. Bisher hatte er nie viel auf Vorahnungen gegeben, aber diesmal schien das etwas anderes zu sein. Vielleicht lag es an der einmaligen Natur des Planes, vielleicht aber auch an den vielen Unbekannten in dieser Gleichung – jedenfalls mußte Deringhouse seine ganze Entschlossenheit aufbringen, um nicht seinen Zweifeln zu erliegen. Was hätte es auch schon genutzt?

Er gab sich einen Ruck und stand auf. Hochaufgerichtet verließ er das Observatorium und ließ sich von dem Transportband in die Zentrale bringen, wo sein Erster Offizier, Captain Lamanche, bereits auf ihn wartete.

„Letzte Transition vollendet", meldete der ältere Offizier unnötigerweise. „Ziel steht zwei Lichttage vor der CENTURIO."

„Danke." Deringhouse nickte und betrachtete die Panoramabildschirme. Sie gaben naturgetreu die Umgebung des Schiffes wieder, falls man nicht die spezielle Vergrößerung einschaltete. Das war im Augenblick nicht der Fall. „Alles normal verlaufen?"

„Ja, Sir. Auch auf der TERRA. McClears erwartet Ihre Anordnungen."

Deringhouse nickte befriedigt. Seine Unsicherheit schwand. „Stellen Sie die Verbindung her!" befahl er ruhig.

Während er auf das Aufglühen des Telekom-Bildschirms wartete, versuchte er sich zu erinnern, was er über das vor ihm liegende Sonnensystem wußte. Viel war es nicht. Der dritte Planet war unbewohnt, das stand fest. Lediglich auf dem vierten Planeten sollte es primitives Leben geben, so stand es in den Sternkatalogen verzeichnet. Die Oberfläche sei zum größten Teil mit Wasser bedeckt.

Das waren Angaben, die stimmen konnten – aber genausogut konnten sie auch veraltet sein. Niemand hatte eine Ahnung, wann die Arkoniden einst das System der Beteigeuze gefunden und katalogisiert hatten. Das konnte vor Jahrtausenden geschehen sein.

Major McClears erschien auf dem Bildschirm.

„Da wären wir also", stellte er in einem Tonfall fest, als habe er ein neues Universum entdeckt. „Ziemlich mächtige Sonne, finden Sie nicht auch?"

„Riesenbrocken", gab Major Deringhouse knapp zurück. Sein Blick wanderte unwillkürlich zum benachbarten Schirm, wo das rote Auge schimmerte und ihn anzublicken schien. „Die Gravitation muß unvorstellbar groß sein."

„Nicht so schlimm, wenn wir die vorgeschriebenen Entfernungen einhalten, Deringhouse. Der dritte Planet ist einige Milliarden Kilometer von der flammenden Oberfläche entfernt."

„Meinen Sie nicht auch, daß wir uns zuerst einmal den vierten Planeten ansehen sollten?"

„Warum?"

„Weil er Leben trägt. Primitives, zugegeben, aber immerhin Leben."

McClears warf einen kurzen Blick auf die Karten. „Der dritte Planet liegt genau vor uns, während der vierte hinter der Sonne steht. Es wäre also ein Umweg, außerdem ist es ja der dritte Planet, den wir . . .“

„Schon gut, McClears. Einigen wir uns auf einen Kompromiß: Wir sehen uns kurz den dritten an und fliegen dann weiter zum vierten. Ich möchte wissen, wer in unserer Nachbarschaft lebt, wenn der dritte Planet von den Springern angegriffen wird.“

„Einverstanden, Deringhouse. Bleiben wir bei der Unterlichtgeschwindigkeit?“

„Ja. Ich bin nicht für einen Sprung, weil ich mir alles in Ruhe ansehen möchte, wenn wir in das System eindringen. Die Springer glauben, hier die Erde zu finden. Vielleicht sind sie uns bereits zuvorgekommen und haben ihre Schiffe schon hierhergeschickt. Wir müssen sehr vorsichtig sein. Vielleicht sollten wir uns auch trennen.“

Die Springer, das wußte Deringhouse, durften nicht als kriegerisches Volk beurteilt werden. Sie waren Händler, mehr nicht. Aber eben Händler mit sehr eigenwilligen Anschauungen und dem festen Willen, keine Konkurrenten zu dulden. Sie handelten mit jedem und allem, aber nur zu ihren Bedingungen. Wer ihr Monopol gefährdete, wurde skrupellos beseitigt. Dafür gab es die Überschweren, ihre Spezial-Kampftruppe.

Nun war Rhodan dabei, den Spieß umzudrehen. Er betrachtete den friedlichen und fairen Handel als Garantie für ein Zusammenleben der verschiedenen Völker. Durch diese Auffassung war er automatisch zum gefährlichsten Gegener der Springer geworden, die keinen eigentlichen Heimatplaneten besaßen und überall in der Galaxis zu Hause waren.

Der Kampf konnte Jahrhunderte dauern. Durch Rhodans Trick aber sollte er abrupt beendet werden.

„Trennen?“ fragte McClears und unterbrach Deringhouses Gedankengang. „Warum das? Das ist unnötig.“

„Meinetwegen. Bleiben wir also zusammen“, ließ sich Deringhouse überreden. „Wir verlangsamen in der Nähe des dritten Planeten, um kurz zu beobachten. Dann geht es ohne Aufenthalt weiter zum vierten Planeten. Da wir Beteigeuze umrunden müssen, schlage ich zwei Kurztransitionen vor. Die genauen Koordinaten gebe ich noch bekannt. Machen Sie's gut, McClears. Wir bleiben weiter in Verbindung."

Der Schirm erlosch, aber die Funkzentralen hielten Kontakt.

Deringhouse wandte sich an Captain Lamanche. „Kurs halten. Ich begebe mich in die Beobachtungskuppel. Sagen Sie Marshall, daß ich ihn sprechen möchte."

Lamanche nickte und schaltete den Interkom ein.

Deringhouse verließ die Zentrale und betrat fünf Minuten später wieder den Beobachtungsraum. Obwohl kein Licht eingeschaltet war, strahlte der Raum in rötlichem Schimmer. Längst schon lagen die äußeren Planeten weit hinter der CENTURIO.

Es waren riesige Eiswelten, die einsam und in ewiger Dämmerung ihre Bahnen zogen, bar jeden Lebens.

Der fünfte Planet stand weit an Steuerbord, ein rötlich schimmernder Gigant von doppelter Jupitergröße. Die Analysen zeigten, daß er bereits außerhalb der Lebenszone von Beteigeuze lag.

Deringhouse setzte sich. Ergriffen starrte er hinein in die weite Leere des Riesensystems. Selbst mit Lichtgeschwindigkeit würde es Wochen dauern, wollte man es durchqueren.

Beteigeuze war größer geworden, aber immer noch Lichttage entfernt. Wenn Deringhouse ehrlich war, dann mußte er sich eingestehen, daß ihn der Anblick nicht enttäuschte. So etwa hatte er sich den Riesenstern vorgestellt, wenn er ihn früher am heimatlichen Abendhimmel gesehen hatte, im Sternbild des Orion. Schon von der Erde aus funkelte das rote Auge wie zornig und drohend durch die weiten Räume der Unendlichkeit. Über Lichtjahrhunderte hinweg übte es seine Wirkung auf den Beschauer aus. Und weil Beteigeuze ihre Helligkeit unregelmäßig veränderte, war es den Beobachtern so gewesen, als blinke das rote Auge ihnen zu. Niemand aber hätte zu sagen vermocht, ob es ein freundliches Blinken oder eine fürchterliche Drohung sein sollte, eine Warnung: Vorsicht, Erdenwurm!

Keine Sorge, Beteigeuze, dachte er bitter. Von dir wollen wir ja nichts. Aber eins deiner Kinder . . .

Blinkte Beteigeuze nicht Antwort?

Hinter ihm glitt die Tür in die Wandung, schloß sich dann wieder.

„Sie wollten mich sprechen, Major?"

John Marshall war in die Kuppel getreten. Natürlich war seine Frage völlig überflüssig, denn Marshall war Telepath und wußte längst, was der Kommandant dachte. Aber er bemühte sich immer, seine Fähigkeiten nicht zu sehr zu betonen.

Deringhouse nickte, ohne sich umzudrehen. „Setzen Sie sich, Marshall. Was sagen Sie zur Beteigeuze?"

Marshall nahm Platz und schaute für lange Sekunden hinaus in den leeren Raum zwischen den Planeten. Dann blieb sein Blick auf der rötlich schimmernden Riesensonne hängen.

„Beteigeuze wird zum Wendepunkt der menschlichen Geschichte", murmelte er versonnen. „Rhodan hätte sich keinen geeigneteren Stern dafür aussuchen können."

Deringhouse gab keine Antwort. Stumm starrte er auf den Stern, dessen Strahlen durch die vielen Schichten des glasähnlichen Stoffes gefiltert und so unschädlich gemacht wurden. Die Sonne strahlte rot und heiß, aber nicht zu hell, um die Augen zu blenden.

„Sind Sie nicht der gleichen Meinung?" vergewisserte sich der Telepath, obwohl er die Antwort schon kannte.

„Doch." Der Major nickte. „Ich denke wie Sie, aber Beteigeuze sieht nicht gerade friedlich aus. Ihr Anblick erinnert mich an den Mars, und die Menschen machten Mars zu ihrem Kriegsgott."

„Richtig, Major. Aber Sie wissen selbst, daß sich das später als Irrtum herausstellte. Der Mars ist eine friedliche Welt – nicht zu vergleichen mit der flammenden Hölle vor uns. Vielleicht täuscht ihr Anblick genauso."

„Hoffen wir es", sagte Deringhouse, dessen Stimme nicht sehr zuversichtlich klang. Dann gab er sich einen sichtbaren Ruck. „Warum machen wir uns eigentlich Sorgen wegen Beteigeuze? Wir wollen ja nichts von dem roten Riesenstern – uns interessiert nur der dritte Planet."

Marshall lächelte milde über die Art seines Vorgesetzten, sich über seine eigenen Vorahnungen hinwegzusetzen.

„Und der vierte", erinnerte er ihn.

„Ja, natürlich, der besonders. Der Katalog verzeichnet primitives Leben. Die Oberfläche soll zu neunzig Prozent aus Wasser bestehen. Wir werden uns den einzigen Kontinent ein wenig ansehen, die

Inselketten überqueren und dann zum dritten Planeten zurückkehren, wo wir auf die Springer warten. Ich wette, dieser Topthor sieht nun den besten Zeitpunkt für einen Angriff auf die Erde gekommen. Der Bursche wird sich aber wundern . . ."

„Hoffen wir lieber, daß ihm dazu keine Zeit mehr bleibt", bemerkte Marshall skeptisch. „Wenn er zu früh feststellt, daß er das falsche System vor sich hat, geht Rhodans Plan zum Teufel."

Deringhouse schüttelte den Kopf. „Wir werden dafür sorgen, daß er es vergißt", drohte er.

Es war eine Welt, die an die Venus erinnerte.

Langsam und in geringer Höhe strichen die beiden Kreuzer über die Oberfläche des dritten Planeten dahin. Drei große Kontinente schwammen in einem riesigen Urmeer, von dichten Urwäldern bedeckt, die nur von weiten Hochplateaus unterbrochen wurden. Die Gipfel zerklüfteter Gebirge ragten hoch bis in die niedrig ziehenden Wolken. Dazwischen lagen breite Täler.

Es schien fast unwahrscheinlich, daß es hier kein vernunftbegabtes Leben gab, aber so sehr sie auch suchten, sie fanden nicht den geringsten Hinweis.

Auf dem Bildschirm erschien McClears Gesicht.

„Das also ist Terra II", sagte er, nur zum Teil befriedigt. „Eigentlich schade, finden Sie nicht? Man könnte etwas daraus machen."

„Sie meinen besiedeln, nehme ich an?" gab Deringhouse zurück. Er nickte langsam. „Sie haben vielleicht recht. Aber das, was Rhodan vorhat, ist wichtiger. Wichtiger jedenfalls als die Existenz dieses Planeten."

McClears räusperte sich. „Sie wollten sich doch auch den vierten Planeten ansehen, bevor wir hier Stellung beziehen. Halten Sie es für notwendig, daß ich mitkomme, oder meinen Sie nicht auch, es wäre vielleicht besser, wenn ich mit der Terra schon hier bliebe?"

Deringhouse überlegte, dann nickte er.

„Vielleicht kein dummer Gedanke, wenn wir uns jetzt trennen", gab er zu. „Ich bin in zwanzig Stunden wieder zurück, länger werde ich kaum benötigen, mir die Wasserwelt anzusehen. Sobald ein Schiff der

Springer in diesem System auftaucht, treffen wir uns bei Terra II und handeln, wie die Order es vorschreibt. Unsere Funkzentralen bleiben in Verbindung."

McClears atmete sichtlich auf. „Ich kann mir währenddessen in aller Ruhe Terra II ansehen. Sobald Sie zurück sind, erhalten Sie einen ausführlichen Bericht. Halten Sie es für notwendig, einen Stützpunkt einzurichten?"

„Auf Terra II?" Deringhouse schüttelte den Kopf. „Nein, das wird kaum notwendig sein. Wenn die Springer angreifen, dürfen sie uns nicht auf der Oberfläche des Planeten antreffen. Das wäre zu gefährlich." Er dachte einen Augenblick nach. „Sie können einen Fernaufklärer vom Typ Gazelle ausschleusen, wenn Sie wollen. Mit der TERRA aber bleiben Sie besser im Raum. Schließen Sie sich meiner Meinung an?"

McClears schloß sich an.

Nach dem Austausch weiterer Anweisungen, Informationen und guter Ratschläge verabschiedete sich Deringhouse und ging mit der CENTURIO auf neuen Kurs. Er durchstieß die dicke Wolkendecke des dritten Planeten und raste hinaus in den Raum.

Die erste Transition brachte das Schiff zu einer Stelle, von der aus beide Planeten seitlich der Riesensonne zu sehen waren. Rechts schimmerte hell und weiß die Wolkendecke von Terra II, während links der vierte Planet in einem fast unnatürlichen blau-rosa Licht funkelte. Wie ein Tropfen Meerwasser schwebte der Planet im All.

Während das Navigationsgehirn die Daten des zweiten Sprunges errechnete, betrachtete Deringhouse diesen riesigen „Wassertropfen". Neben ihm saß John Marshall, während Captain Lamanche mit den Kontrollen beschäftigt war.

„Sieht gut aus", nahm Marshall die Gedanken des Majors auf. Deringhouse nickte. „Wie ein blauer Diamant, der von einem roten Licht angestrahlt wird – ein herrlicher Anblick. Beteigeuze IV hört sich für dieses Wunder zu prosaisch an. Wollen wir ihn ‚Aqua' nennen?"

„Den Wasserplaneten? Warum nicht? Der Name paßt zu ihm."

„Also dann Aqua." Deringhouse nickte abermals. „Ich bin gespannt, was wir auf ihm finden werden."

„Wahrscheinlich Wasser", piepste eine dünne Stimme aus der Ecke des Kontrollraums. Deringhouse drehte sich langsam um und starrte in das Halbdunkel, an das sich seine Augen nur langsam gewöhnten. John Marshall war herumgefahren, als hätte ihn eine Natter gebissen.

In der Ecke hockte Gucky, grinste verschämt mit dem einzigen Nagezahn und lächelte gleichzeitig um Vergebung bittend mit den sanften, braunen Augen.

„Du?" japste Deringhouse und wäre fast aus dem Sessel gekippt.

„Ich!" bestätigte Gucky und wandte nun seine Aufmerksamkeit John Marshall zu, der immer noch reglos dasaß und die unerwartete Erscheinung anstarrte. „Vergiß nicht, Luft zu holen, Johnny. Der menschliche Körper hält es nicht länger als drei Minuten ohne Sauerstoff aus – und es wäre schade um dich."

Marshall holte tief Luft. „Wie kommst du denn hierher?"

Gucky lehnte sich zurück und stützte sich gegen die Wand. „Du wirst es mir nicht glauben, aber mit der CENTURIO."

„Rede keinen Unsinn jetzt, Gucky! Ich habe neun Leute aus dem Korps mitgenommen. Du warst nicht darunter."

„Du hast eben zehn mitgenommen, nur wußtest du nichts davon", versuchte der Mausbiber eine lahme Erklärung. „Natürlich weiß auch Rhodan nichts davon. Der wird dumm schauen, wenn er davon erfährt."

Marshall erhob sich langsam und schritt auf Gucky zu. „Du wirst, fürchte ich, noch dümmer schauen, mein Lieber. Mußt du denn immer gegen die Vorschriften handeln? Du hast dich an Bord geschlichen? Wann?"

„Geschlichen ist nicht der rechte Ausdruck – ich bin natürlich teleportiert. In Terrania. Aber ich habe erst jetzt den Mut gefaßt, mich zu zeigen. Du bist mir doch nicht böse, John?"

Marshall starrte auf den Missetäter, der ihn mit seinen braunen Augen flehend ansah. Das rostbraune Fell lag glatt und demonstrierte so die Friedfertigkeit seines Besitzers. Schon längst hatte sich der Nagezahn hinter die Lippen der spitzen Schnauze zurückgezogen.

Gucky grinste nicht mehr, und das wollte allerhand besagen.

Marshall blieb nur mit Mühe ernst. „Du wirst das mit Rhodan

abmachen müssen, Gucky. An ihm wird es liegen, dich für deinen Ungehorsam zu bestrafen. Ich kann dich nicht einmal einsperren, denn wie sollte man einen Teleporter festhalten?“

„Ja, das habe ich mich auch schon gefragt“, lispelte Gucky sanft.

Marshall schluckte krampfhaft. Deringhouse stöhnte und wandte sich wieder dem Bildschirm zu, als wolle er mit der ganzen Angelegenheit nichts mehr zu tun haben. Der Mausbiber gehörte dem Mutantenkorps an, das von Marshall geleitet wurde. Also war Gucky auch Marshalls Angelegenheit.

„Na, gut!“ Der Telepath seufzte. „Stellen wir die Angelegenheit zurück, bis Rhodan entscheidet, was zu geschehen hat. Du wirst dich auf einiges gefaßt machen müssen, fürchte ich.“

„Wenn ich mich hier nützlich machen kann, wird es nicht so schlimm werden“, hoffte Gucky und sah schon wieder ganz zuversichtlich aus. Er hoppelte ein wenig vor und sah an Deringhouse vorbei auf den Bildschirm. „Das ist also der vierte Planet? Was ist mit ihm?“

„Nichts ist mit ihm“, sagte Deringhouse und sah Gucky böse an.

Der Mausbiber wich erschrocken zurück.

„Ich dachte nur“, zirpte er, „weil du ihn immerzu so anstarrst . . .“

Gucky duzte jeden, ohne Rücksicht auf Dienstgrad oder Alter. Das mochte wohl daher kommen, weil auch er von jedem geduzt wurde, denn wer wäre auch schon auf den Gedanken gekommen, einen Mausbiber mit „Sie“ anzureden.

„Ich überlege“, wies Deringhouse ihn zurecht. „Und ich warte auf das Zeichen zum nächsten Sprung. Es ist doch wohl noch erlaubt zu überlegen, oder?“

Gucky blieb stehen. Er streifte Marshall mit einem kurzen Blick. „Erlaubt ist es schon, Major, aber es ist auch schon eine Menge Unsinn dabei herausgekommen, wie die menschliche Geschichte beweist, die zu studieren ich das mehr oder minder zweifelhafte Vergnügen hatte, als ich auf der Erde weilte, um . . .“

„Aufhören!“ brüllte Deringhouse. „Bei wem hast du Sprachunterricht genommen? Schrecklich, dieser Bandwurmsatz.“

„So spricht Bully immer, wenn er sich gewählt ausdrücken will“, verteidigte sich der Mausbiber. „Natürlich hat er mir auch andere Dinge beigebracht, aber . . .“

„Ja, ich hörte davon", murmelte Deringhouse und vertiefte sich erneut in den Anblick des Bildschirms. „Bully ist kein feiner Mann, und er wird auch nie einer werden."

Gucky sah für eine Sekunde ziemlich ratlos aus, dann zeigte er den Nagezahn und hoppelte in die Ecke des Raumes zurück. Um Marshall machte er einen großen Bogen.

Der Telepath heuchelte Mitleid und meinte: „In deiner Haut möchte ich auch nicht stecken, wenn Rhodan hier aufkreuzt, Gucky. Diesmal wird er kaum so nachsichtig sein wie auf Aralon."

„Wenn ich euch alle vor dem sicheren Verderben retten kann, wird er Nachsicht üben", knurrte Gucky mit seltsam tiefer Stimme und rollte sich auf dem Boden zusammen. „Von mir aus können wir ruhig in eine gefährliche Lage geraten, dann braucht ihr mich wenigstens."

Sprach's und schloß die Augen.

Marshall starrte einige Sekunden auf Gucky hinab, dann seufzte er und ging zu seinem Sessel bei den Kontrollen zurück.

Als sie aus dem Hyperraum in das vertraute Raum-Zeit-Kontinuum zurückkehrten, war der Planet Aqua keine zwei Lichtminuten entfernt. Die sofort einsetzende Verzögerung bremste den Flug der CENTURIO stark ab. Deringhouse schaltete auf manuelle Steuerung, um das Schiff ganz in der Gewalt zu haben.

Immer größer wurde der blaue Planet, dessen Anblick in seiner Art etwas Einmaliges darstellte. Er erinnerte in der Tat an einen riesigen Wassertropfen, der schwerelos im Universum schwebte und von einer rosa leuchtenden Riesenlampe angestrahlt wurde. Beteigeuze hatte nun etwa die scheinbare Größe der irdischen Sonne und war viele Milliarden Kilometer entfernt. Das Licht benötigte viele Stunden, um die Strecke zurückzulegen.

Deringhouse schaltete den Interkom ein und stellte die Verbindung mit dem Bordlabor her. „Hier Zentrale! Veranlassen Sie während des Anflugs die genaue Untersuchung des vor uns liegenden Weltkörpers. Ich benötige Zusammensetzung der Atmosphäre, Daten der Rotation, des Umlaufs und der damit zusammenhängenden Jahreszeiten. Geben Sie mir die Ergebnisse so schnell wie möglich durch."

„In Ordnung, Kommandant", kam es zurück.

Deringhouse schaltete ab und wandte sich an Marshall: „Bin gespannt, was wir vorfinden werden."

Der Telepath machte eine knappe Handbewegung. „Ich verstehe nicht ganz Ihr Interesse an diesem Planeten, Major. Sie sind der Kommandant, und ich möchte mich nicht in Ihre Angelegenheiten mischen, aber wenn Sie mir eine Frage gestatten: Warum interessieren Sie sich so sehr für diesen vierten Planeten, wenn unsere Aufgabe darin bestehen soll, den dritten durch die Springer vernichten zu lassen?"

„Vielleicht ist es nur Neugier", gab Deringhouse zu. „Aber ich denke dabei auch an unsere eigene Sicherheit. Im System der Beteigeuze kommen nach ersten Beobachtungen nur zwei Planeten für intelligentes Leben in Frage – der dritte und der vierte. Wenn der dritte dem Untergang geweiht ist, möchte ich doch wenigstens wissen, ob der vierte für spätere Operationen geeignet ist. Das werden Sie verstehen, Marshall. Hinzu kommt, daß unsere eigene Sicherheit es verlangt, über die Verhältnisse in diesem System genau informiert zu sein. Ich glaube, die kleine Verzögerung ohne weiteres verantworten zu können. Wir versäumen ja nichts. Wenn Springer auftauchen, erhalten wir sofort Nachricht von McClears."

Der Telepath erkannte, daß Deringhouse genau das aussprach, was er auch dachte. Er nickte langsam. „Ich stimme Ihnen bei, Major. Haben Sie auch die Absicht, auf Aqua zu landen?"

„Das hängt von den Umständen ab. Wenn ich damit rechnen darf, intelligentes Leben vorzufinden, werde ich natürlich versuchen, Verbindung aufzunehmen." Ein Summer ertönte. „Verzeihung, das Labor. Wir werden in wenigen Sekunden wissen, wie es auf Aqua aussieht." Er drückte einen Knopf und meldete sich: „Zentrale."

„Hier Labor. Die Ergebnisse, soweit sie vorliegen: Der vierte Planet hat einen Achtundvierzigstundentag. Der Umlauf um Beteigeuze dauert etwa zweihundertsiebzig irdische Jahre. Der Wechsel der Jahreszeiten geht somit unmerklich langsam vor sich, ist jedoch unbedeutend, da so gut wie keine Ekliptik festgestellt wurde. Atmosphäre atembar, etwas sauerstoffarm, reich an Wasserdampf. Eine Landmasse, etwa von den Ausmaßen Europas, ist der einzige

Kontinent, dazu eine Reihe von kleineren Inseln. Sonst besteht die Oberfläche nur aus Wasser. Das Meer ist nicht besonders tief. Das wäre im Augenblick alles."

„Danke."

Deringhouse schwieg eine Weile und starrte auf den Bildschirm. Der blaue Planet war größer geworden und füllte nun fast das ganze Sichtfeld aus. Im rötlichen Sonnenschein hoben sich die Umrisse der einzigen Landfläche deutlich ab, die einsam und verloren in der riesigen Wasserwüste des Planeten lag. Wenn es dort Intelligenzen gab, so mußten sie in der Hauptsache vom Meer und seinen Produkten leben. Schiffahrt würde es nur in sehr begrenztem Rahmen geben, denn wozu sollte man das Meer überqueren, wenn es keine anderen Ufer gab? Eine völlig unbekannte Art der Zivilisation mußte sich hier entwickelt haben, auf die Deringhouse äußerst neugierig war.

„Wir suchen uns auf dem Kontinent einen guten Landeplatz", entschied er schließlich. „Raumfahrt wird man hier kaum kennen."

„Wer – *man*?" fragte Marshall mit Betonung.

Er bekam keine Antwort.

Einmal umrundete die CENTURIO den Wasserplaneten, strich dicht über die unendliche, blaue Wüste dahin und näherte sich dann wieder der Küste des Kontinents. Einzelne vorgelagerte Inselgruppen zeigten nicht die geringste Spur einer Zivilisation. Von dichten Wäldern bewachsen, erinnerten sie an die paradiesischen Eilande der irdischen Südsee. Geschwungene Sandbuchten luden zum Verweilen ein, aber Deringhouse hatte im Augenblick keinen Sinn dafür, Ferien zu machen. Was er suchte, waren fremde Intelligenzen. Aqua konnte nicht ohne Leben sein. Das erste Anzeichen, das Deringhouse recht zu geben schien, war ein flachgestreckter Kuppelbau in unmittelbarer Küstennähe, keine zwei Kilometer vor dem Strand. Das Wasser mußte hier sehr flach sein, denn man konnte leicht den Grund erkennen. Die Kuppel ragte mit ihrem oberen Teil aus dem Wasser, zeigte eine Plattform und ein Geländer. Wie Bullaugen reihten sich Fenster rings um das Gebäude, dessen untere Hälfte im Wasser lag und sicherlich bis zum Meeresboden reichte.

Die CENTURIO verlangsamte ihren Flug.

Deringhouse starrte auf das Phänomen.

„Also doch!" war alles, was er herausbrachte. John Marshall kam zu ihm und betrachtete die Kuppel. Lamanche blieb, wie gewöhnlich, von dem Ereignis unberührt. Er kümmerte sich um die Kontrollen und achtete darauf, daß der Schwere Kreuzer auf Kurs blieb.

„Eine beachtliche Entwicklung", ließ sich der Telepath vernehmen. „Möchte nur wissen, warum sie das Ding ins Wasser gebaut haben, wo sie doch auf dem Land genug Platz haben."

Deringhouse blickte hinüber zur nahen Küste. „Sie haben recht. Ich kann an Land nichts Derartiges erkennen. Zumindest hätte ich jetzt hier an dieser Stelle eine Stadt erwartet. Aber ich sehe nur Urwald, sandige und teils felsige Küste – sonst aber nichts. Merkwürdig, wirklich, sehr merkwürdig."

Die Kuppel blieb hinter ihnen zurück, als sie die Küste erreichten und ihr einige Kilometer folgten. Unter ihnen lag nichts als unberührtes Land, das keine Spuren von künstlicher Bearbeitung zeigte. Das Gelände stieg nur sanft an, zeigte flache Gebirgsketten, breite Stromtäler, riesige Steppen und unübersehbare Wälder. Von einer Zivilisation war nichts zu entdecken.

„Das ist ungewöhnlich", sann Deringhouse vor sich hin. „Es gibt auf diesem Planeten nur diesen einen Kontinent, und man sollte doch meinen, die Bewohner müßten jeden Quadratmeter Land ausgenutzt haben. Es müßte dort unten ein Gedränge herrschen wie in unseren Hauptstädten. Und was finden wir? Nichts, absolut nichts. Wo stecken diese Burschen?"

„Hätten wir nicht die Kuppel gesehen, würde ich behaupten, es gibt hier überhaupt keine Intelligenzen", sagte Marshall sarkastisch.

„Die Kuppel ist aber vorhanden." Deringhouse betonte jedes Wort. „Es gibt Leben auf Aqua, das steht fest. Und wir werden es finden."

Mit dieser Feststellung lehnte er sich zurück und schien seine nähere Umgebung vergessen zu wollen. Marshall war das recht. Er nickte Lamanche freundlich zu und verließ die Zentrale, gefolgt von dem hinter ihm herwatschelnden Gucky, der seine Gedanken gelesen hatte.

Marshall begab sich auf kürzestem Weg in den Teil des Schiffes, in dem die zehn Mutanten ihre Quartiere hatten.

Kaum hatte sich die Tür der Zentrale geschlossen, da erwachte

Deringhouse aus seiner Versunkenheit. Er rutschte ein Stück nach vorn, ließ den Blick nicht vom Bildschirm und sagte zum Ersten Offizier: „Ihre Meinung, Lamanche?“

Der Franzose strich geistesabwesend über einige Hebel, zuckte mit den Schultern und sagte vorsichtig: „Wir wissen nicht, was die Kuppel ist. Vielleicht handelt es sich sogar um ein abgestürztes Raumschiff – wir haben das Ding ja nicht näher untersucht. Damit würde sich meine Theorie bestätigen, daß es hier kein intelligentes Leben gibt.“

Deringhouse schien mit dieser Erklärung keineswegs zufrieden zu sein. Er schnaubte verächtlich. „Abgestürztes Raumschiff – pah! Die Kuppel ist ein Gebäude, das steht fest. Ich frage mich nur, warum . . .“ Er schwieg plötzlich. Lamanche sah auf und folgte dem Blick seines Kommandanten.

Auf dem Bildschirm war die Oberfläche deutlich zu erkennen. Langsam wanderte sie in naturgetreuen Farben über die gewölbte Scheibe.

Und da sah Lamanche ebenfalls die niedrigen, kuppelförmigen Erhebungen am Rand des weiten Plateaus, das sich ihnen aus der Ebene entgegenstreckte. Die kleinen Erhebungen schimmerten rötlich im Glanz der Sonne, als seien sie aus Metall. Nicht allein ihr Aussehen, auch ihre gleichmäßige Anlage verriet den künstlichen Ursprung.

In derselben Sekunde begann die CENTURIO zu landen.

In der Messe des Mutantenkorps entstand großes Hallo, als Marshall mit Gucky eintrat.

„Na, so eine Überraschung!“ rief Ras Tschubai, der afrikanische Teleporter, erfreut aus. „Du bist wohl die Geheimwaffe bei diesem Unternehmen?“

„Hat sich was mit Geheimwaffe“, sagte Marshall düster. „Der Kerl hat sich an Bord geschlichen und ist einfach mitgekommen – gegen den ausdrücklichen Befehl Rhodans.“

Der Afrikaner machte ein erschrockenes Gesicht. „Da möchte ich aber nicht in deiner Haut stecken, Gucky.“

„Hat er nicht ein dickes Fell?“ kicherte die junge Betty Toufry und beugte sich hinab, um Gucky zu streicheln, was dieser mit sichtlichem Wohlbehagen über sich ergehen ließ. Er mochte die kleine Telepathin sehr gern, die ihm, was paranormale Fähigkeiten anging, sehr verwandt war, denn Betty war auch Telekinetin. „Rhodan wird dir verzeihen, Gucky."

„Wenn du ein gutes Wort für mich einlegst, gewiß." Gucky nickte und sah richtig zuversichtlich aus.

Der japanische Lauscher Doitsu Ataka schüttelte den Kopf. „Das nennt man Disziplin! Macht einfach genau das, was er will! Na, mir soll es recht sein. Jedenfalls ist das Leben nun nicht mehr so eintönig. Gucky macht immer Spaß."

Marshall warf dem Japaner einen mißbilligenden Blick zu. Sprach der Bursche von Disziplin und war der erste, der sie untergrub. Aber Gucky verstand es, die Situation zu seinen Gunsten auszuwerten.

„Hast recht, Ataka!" rief er vergnügt. „Wer weiß, wie lange wir noch leben – warum sollen wir da nicht fröhlich sein. Rhodan will sowieso, daß wir alle sterben; natürlich nur zum Schein. Sterben wir also – zum Schein – wenigstens lustig. Ich schlage ein Dauerkraulen vor und stelle mich gern zur Verfügung."

Marshall hielt es für zweckmäßig, das Thema zu wechseln.

„Hört mal alle genau zu!" rief er und stoppte das allgemeine Gelächter. „Wir haben soeben auf diesem Planeten, den der Kommandant ‚Aqua' taufte, die ersten Spuren intelligenten Lebens entdeckt. Wir werden landen. Niemand weiß, was wir finden werden, aber eines ist sicher: Mit unserer eigentlichen Aufgabe hat es nichts zu tun."

Das war ein Fehlschluß, aber Marshall erfuhr es erst einige Zeit später. Wie sie alle.

Im Augenblick blieb ihnen keine Zeit zum Denken mehr.

Alarm schrillte durch das Schiff.

Für eine Sekunde stand Marshall wie gelähmt, er schien in sich hineinzulauschen, dann ging ein Ruck durch seinen Körper.

„Deringhouse!" Er stöhnte. „Was ist geschehen? Seine Gedanken – sie sind konfus und durcheinander . . ."

Ein Summen ertönte.

Der Bildschirm des Interkoms, der alle Abteilungen des Schiffes miteinander verband, leuchtete auf. Das Gesicht des Kommandanten erschien, ratlos und verstört.

„Achtung, an alle!“ sagte er mit spröder Stimme. „Höchste Alarmbereitschaft! Geschützstationen sofort besetzen! Jemand hat die Kontrolle über die CENTURIO an sich gerissen. Wir landen.“ Er machte eine kurze Pause, als überlegte er, dann fuhr er fort: „Marshall! Ihre Mutanten sollen sich bereithalten.“

„Was ist mit dem Schiff?“ fragte Marshall zurück. „Haben Sie schon versucht . . .“

„Sinnlos. Wir sind in einen starken Traktorstrahl geraten, der alle unsere Kontrollen lahmlegte. Um ehrlich zu sein, Marshall, ich habe auch nicht die Absicht, mich gegen die Fremden zu wehren. Warten wir doch ab, was sie von uns wollen.“

„Finden Sie es nicht erstaunlich, daß Wesen, von deren Wirken wir auf der Oberfläche von Aqua nicht das geringste sahen, derartige technische Mittel entwickelten, ein Schiff wie die CENTURIO unter ihren Willen zu zwingen?“

Deringhouse versuchte ein schwaches Lächeln. „Das ist es ja, was ich herausfinden möchte. Was wir erleben, ist paradox und unmöglich. Ja, gäbe es hier auf dieser Welt eine ausgeprägte Zivilisation, würde ich mich kaum wundern. Aber so . . .“

Marshall spürte, wie der Boden unter seinen Füßen zitterte. Dann gab es einen harten Ruck, der ihn fast umgeworfen hätte.

Deringhouse auf dem Bildschirm warf einen Blick zur Seite, ehe er sich wieder seinen Zuschauern zuwandte.

„Ja“, sagte er tonlos. „Wir sind gelandet. Mitten auf einem Felsenplateau. Kuppeln aus schimmerndem Metall umgeben uns, aber ich kann keine Geschütze erkennen. Von Menschen – oder anderen Lebewesen – ist nichts zu sehen. Wir müssen abwarten, bis die Unbekannten Kontakt aufzunehmen wünschen. Bedenken Sie alle eines: Wir sind nicht wehrlos.“

Marshall hörte, wie die Geschützstationen bestätigten und in Wartestellung gingen. Er gab den Mutanten einige Anweisungen und verließ die Messe, um sich zum Kontrollraum zu begeben, von wo aus man eine bessere Übersicht hatte. Notfalls ließ sich auch von dort aus der Einsatz der Mutanten leiten.

Deringhouse stand aufgerichtet vor der Panoramagalerie und beobachtete die Umgebung der gelandeten CENTURIO. Er warf Marshall nur einen kurzen Blick zu und ließ sich durch dessen Anwesenheit weiter nicht stören. Lamanche hockte ein wenig abseits vor den Kontrollen der Energieschirme, die ausgeschaltet waren.

„Sie wissen auf keinen Fall, woher wir kommen, auch wenn sie Strukturtaster besitzen sollten", murmelte Deringhouse unsicher. „Die CENTURIO und TERRA sind mit entsprechenden Kompensatoren ausgerüstet. Niemand kann unsere Hypersprünge orten. Das beruhigt mich."

„Trotzdem holten sie uns vom Himmel", gab der Telepath zu bedenken.

„Und wennschon! Wir haben es uns gefallen lassen, Marshall. Gut, ich gebe zu, im Augenblick waren wir machtlos und mußten alles mit uns geschehen lassen, aber jetzt glaube ich doch, daß wir die Möglichkeit hätten, ihre Anlagen zu zerstören. Warum aber sollten wir? Ich möchte wissen, wie sie aussehen, wer sie sind."

Er sah wieder auf die Schirme. Marshall folgte seinem Blick.

Der Schwere Kreuzer stand auf einem weiten Plateau. In einer Entfernung von dreihundert Metern lag die erste Metallkugel. Sie verdeckte den dahinterliegenden Waldrand. Am Horizont flimmerten die Gipfel ferner Berge in der Mittagshitze. Die zweite Kuppel lag weiter rechts, dann die dritte, vierte. Sie schlossen sich zu einem Kreis, in dessen Mitte die CENTURIO stand.

Lamanche erwachte aus seiner Lethargie.

„Eine richtige Falle", erklärte er mürrisch. „Wir sitzen genau im Kreuzpunkt ihrer Fangstrahlen, die uns festhalten. Hätte nie gedacht, daß diese Insulaner so etwas fertigbringen. Warum zeigen sie sich nicht?"

„Sie werden ihre Gründe haben", gab der Kommandant zurück. Er starrte angestrengt auf einen ganz bestimmten Punkt am Waldrand. „Aber ich glaube, unsere Neugier wird bald befriedigt werden. Dort kommt ein Fahrzeug."

Jetzt sahen es auch die beiden anderen Männer.

Aus den Schatten der seltsam geformten Riesenbäume löste sich ein graufarbenes Objekt und rollte langsam auf die Ebene hinaus.

Deringhouse schaltete die Vergrößerung ein. Nun sahen sie es deutlicher. Es war eine Art Panzer, wenn auch ohne Geschützturm. Dafür bestand die halbkugelige Kuppel aus einem durchsichtigen Material. Derartige Wagen benutzte man oft zur Erforschung unbekannter Welten, besonders, wenn sich die Atmosphäre als schädlich erwiesen hatte.

Hinter der Kuppel waren undeutlich die Umrisse einiger Gestalten zu sehen. Die Entfernung war noch zu groß, um Einzelheiten erkennen zu können.

Deringhouse drehte sich um und sah Marshall an. „Nun, was ist? Noch keine Gedankenimpulse?"

„Doch, aber nur geringfügig. Sie schirmen sich ab, haben also bereits mit Telepathen zu tun gehabt. Vielleicht sind sie sogar selber Telepathen und kennen die notwendigen Sicherheitsmaßnahmen, die Ausstrahlungen des Gehirns abzuschirmen."

Deringhouse fingerte an der Feineinstellung der Vergrößerung herum und gab keine Antwort. In seinen Augen war ein plötzliches Flimmern, als er den näher rollenden Wagen betrachtete. Einmal wollte er etwas sagen, aber dann schwieg er doch. Marshall bemerkte, daß die Hände des Kommandanten zitterten.

Gucky! schickte er seinen telepathischen Befehl aus. *Gucky, teleportiere sofort in die Zentrale!*

Der Gedanke war noch nicht zu Ende gedacht, da flimmerte mitten im Raum die Luft – und aus dem Nichts heraus entstand der Mausbiber. Er hatte Marshall gehört und war sofort gekommen.

„Was gibt es?" zwitscherte er unternehmungslustig wie immer.

„Wir erhalten soeben Kontakt mit den Fremden, Gucky. Leider werden ihre Gedanken abgeschirmt. Wir müssen wissen, mit wem wir es zu tun haben. Könntest du wohl . . ."

„Und ob ich kann!" pfiff Gucky begeistert, setzte aber mit einem frechen Grinsen hinzu: „Nicht wahr, du wirst auch ein gutes Wort für mich beim Chef einlegen, wenn er . . ."

„Glatte Erpressung", meldete sich Deringhouse, ohne sich umzudrehen. „Aber gut. Auch ich werde dich verteidigen, wenn es dir gelingt, mir innerhalb von zehn Sekunden zu verraten, wer sich uns dort mit dem Fahrzeug nähert. Vielleicht täuschte ich mich, aber irgendwie kommen mir die Umrisse der verschwommenen Gestalt bekannt vor . . ."

Marshall zuckte merklich zusammen. „Bekannt – sagen Sie? Ich hatte den gleichen Eindruck von den schwachen Gedankenimpulsen. Ist das noch Zufall?"

„Warum sich streiten?" fragte Gucky. „Ich habe nur noch fünf Sekunden. Bis gleich . . ."

Wieder flimmerte die Luft, und die Stelle, an der er eben noch gestanden hatte, war leer.

Zwei Sekunden später war er wieder zurück. Auf seinem Gesicht zeigte sich maßloses Erstaunen. Mit hochgestellten Ohren und gesträubtem Nackenfell sank er auf sein breites Hinterteil und benutzte den flachen Biberschwanz als Stütze.

„Nein, so was!" stöhnte er und stieß dann einen schrillen Pfiff aus. „Wer hätte gedacht, daß die Welt so klein ist – was sage ich: die Welt? Das Universum ist klein."

„Was ist los?" polterte Deringhouse und nahm für einen Moment den Blick vom Bildschirm. „Spanne uns nicht so auf die Folter. Wie sehen sie aus?"

„Rede schon, Gucky", drängte auch Marshall. Er begann zu ahnen, daß ihnen eine böse Überraschung bevorstand. „Hast du sie gesehen?"

Der Mausbiber nickte langsam. „Ich materialisierte mitten unter ihnen im Wagen. Vorsichtigerweise hielt ich die Luft an, weil man ja niemals wissen kann, ob ihre Atmosphäre für unsere Lungen geeignet ist. Aber meine Befürchtungen waren überflüssig. Sie atmen unsere Luft. Und sie machten dumme Gesichter, als sie mich sahen . . ."

„Zum Donnerwetter!" brüllte Deringhouse und wurde rot im Gesicht. „Ich will wissen, wie sie aussehen! Sind es Wasserbewohner?"

„Wie kommst du denn auf die Idee?" fragte Gucky, der sich nicht aus der Ruhe bringen ließ. „Glaubst du, daß intelligente Fische sich hier einen Landstützpunkt errichtet haben? Hat man schon so einen Unsinn gehört?"

„Gucky!" dehnte Deringhouse den Namen voller Unheil. „Vielleicht ahnst du nicht, wie wichtig es ist, aber ich ersuche dich noch einmal, endlich meine Frage zu beantworten! Wie sehen die Fremden aus? Und was soll deine Bemerkung, das Universum sei klein?"

„Ihr werdet es mir nicht glauben, aber sie sehen aus wie Topsider. Und wenn ich mich noch klarer ausdrücken darf, ohne euch allzusehr zu enttäuschen: Ich möchte schwören, es sind Topsider!"

Es war Deringhouse und Marshall, als lege sich ihnen eine eiskalte Hand auf die Schulter. Zwar war es schon fast ein Jahrzehnt her, daß man diesen hoch entwickelten und intelligenten Echsen im System der Wega begegnet war, aber die Auseinandersetzung mit ihnen stand noch frisch in der Erinnerung der beiden Männer. Die menschengroßen Topsider verfügten über zwei Beine und zwei Arme. An den Händen saßen sechs bewegliche Finger. Der Körper wurde von einer braun-schwarzen Schuppenhaut bedeckt. Der Kopf war der einer riesigen Echse. Dunkle, bewegliche Kugelaugen schienen alles zu sehen, was in einem Winkel von 180 Grad vor ihnen geschah.

Topsider.

Deringhouse atmete tief ein. „Das hat uns gerade noch gefehlt. Müssen denn diese Krokodile überall ihre Nasen hineinstecken?"

„Sie beherrschen ihr eigenes kleines Sternenreich", sagte Marshall und dachte krampfhaft nach. „Wenn ich nicht irre, irgendwo im Sternbild des Orion, also auch in dieser Gegend . . ."

„Ja, mehr als achthundert Lichtjahre von der Erde entfernt. Das ist noch ein ganz schönes Stück von hier."

„Was ist das schon?" widersprach Marshall. „Jedenfalls ist es die gleiche Richtung. Es sollte mich nicht wundern, wenn sie hier einen Stützpunkt haben."

„Auf einer unbewohnten Welt? Warum denn?"

Gucky hatte der Unterhaltung mit geneigtem Kopf gelauscht, schüttelte nun verwundert den Kopf und piepste mit seiner hellen Stimme: „Warum zerbrecht ihr euch nur den Kopf? Fragt sie doch selber, was sie hier tun. Da kommen sie schon."

Deringhouse fuhr herum und sah auf den Bildschirm.

Das Kuppelfahrzeug war stehengeblieben. Es war keine dreißig Meter von der CENTURIO entfernt. Ohne Zweifel mußten die Echsen längst wissen, daß es sich um ein Kampfschiff der Arkoniden handelte. Vielleicht ließ sich dieser Umstand ausnutzen.

Die Kuppel des Wagens öffnete sich, und drei Echsen stiegen aus. Sie trugen eine Art Uniform, die den schuppigen Körper nur teilweise bedeckte. Keine war ohne Strahlwaffe, die in einer Halfter am Gürtel befestigt war. Ihr Auftreten zeugte von einer gewissen Arroganz. Anscheinend glaubte man fest an die eigene Überlegenheit, aber Marshall wußte nur zu gut, daß die Topsider von Natur aus keine Furcht kannten und auch in aussichtsloser Lage bis zum letzten Blutstropfen zu kämpfen gewohnt waren. Die Furcht vor dem Diktator war größer als die Furcht vor dem Tod.

„Die haben Nerven", wunderte sich Deringhouse, der die Topsider als Kommandant der wendigen Raumjäger kennengelernt hatte. „Stellen sich einfach vor unsere Geschützmündungen und warten, was wir tun. Wir könnten sie in Atome verwandeln . . ."

„. . . wovon niemand einen Nutzen hätte", erlaubte sich Lamanche zu bemerken.

„Soll ich den Eidechsen Beine machen?" erbot sich Gucky bereitwillig.

„Wohl verrückt geworden?" erkundigte sich Deringhouse. „Ich will wissen, was sie hier zu suchen haben und was sie von uns wollen. Marshall, Sie werden mich begleiten. Sehen wir uns die Burschen an. Hoffentlich ist niemand dabei, der uns kennt."

„Das ist unwahrscheinlich. Wir sehen für sie genauso gleich aus wie sie für uns. Ich könnte sie auch nicht voneinander unterscheiden. Aber was sagen wir ihnen, wenn sie uns fragen, wer wir sind?"

Deringhouse nickte langsam, während er Lamanche einige Anweisungen gab und mit Marshall zur Tür schritt.

„Sie dürfen auf keinen Fall erfahren, daß wir Terraner sind. Erklären wir ihnen, daß wir zu einer Springersippe gehören. Das werden sie uns hoffentlich glauben, auch wenn die Springer normalerweise keine Kugelraumschiffe benutzen. Außerdem halte ich das darum für günstig, weil sie nicht gut auf die Arkoniden zu sprechen sind und wissen, daß auch die Springer nicht gerade als Freunde des Imperiums zu bezeichnen sind."

„Ich ahne", bemerkte Gucky und hoppelte hinter den beiden Männern her, „daß sich hier ein Komplott anbahnt. Na, von mir aus . . ."

Lamanche sah hinter ihnen her.

„Wenn das gut geht“, sagte er zu sich selbst, „fresse ich drei Kampfroboter zum Frühstück. Ohne Senf.“

Worauf Gucky sich noch in der Tür umdrehte und bemerkte: „Ohne Senf. Das ist Bedingung.“

Als sich die Haupt-Ausstiegsschleuse der CENTURIO, mehr als fünfzig Meter über dem Boden, öffnete, verspürte John Marshall ein unangenehmes Kribbeln in der Rückengegend.

Die silbern blitzende Gangway schob sich aus der Schleuse, glitt nach unten. Deringhouse legte seine rechte Hand wie prüfend auf den Kolben seiner Waffe, als wolle er sich davon überzeugen, daß sie locker saß. Dann betrat er die oberste Stufe, die automatisch nach unten zu gleiten begann.

Marshall folgte ihm.

Unbeweglich standen die drei Echsen unten vor dem riesigen Schiff und warteten selbstbewußt auf die beiden Menschen.

Ihre schwarzen, runden Augen blinzelten tückisch und voller Erwartung. Der Anblick der beiden Männer schien sie kaum zu überraschen.

Marshall erinnerte sich daran, was damals im Wegasystem geschehen war. Dort waren die Terraner erstmalig auf die Echsen gestoßen. Rhodan hatte ihnen das große Schlachtschiff der Arkoniden abgenommen, die achthundert Meter große STARDUST II. Schließlich war es gelungen, die Topsider zu vertreiben.

Von da an war Ruhe gewesen.

Und nun stand man ihnen wieder gegenüber.

Auch die Krallenhände der Topsider lagen auf den Waffen. Marshall drang in ihre Gedanken ein und las nichts als Neugier, gemischt mit gespannter Aufmerksamkeit. Sie schienen sich sehr sicher zu fühlen.

Als Deringhouse leichtfüßig von der ausrollenden Stufe sprang und auf die drei wartenden Echsen zuschritt, schien die Spannung eine unsichtbare Mauer zwischen Menschen und Topsidern zu errichten. Der Major blieb zehn Meter vor den Topsidern stehen. Immer noch lag seine Rechte auf dem Kolben des handlichen Impulsstrahlers. Um seine Lippen spielte ein feines Lächeln. Er kannte die Mentalität der Echsen zur Genüge, um keinen Angriff befürchten zu müssen.

Marshall blieb einige Meter hinter Deringhouse zurück und bemühte sich, die Gedanken des Gegners zu erfassen und seine Absichten zu erraten. Die Ausbeute war gering.

Ehe die beiden Terraner das erste Wort sprechen konnten, sagte der mittlere Topsider in reinstem Interkosmo: „Sie befinden sich auf unserem Hoheitsgebiet und werden hiermit aufgefordert, sich unseren Anordnungen zu fügen. Ihnen geschieht nichts, wenn Sie keinen Widerstand leisten. Wer sind Sie?"

Deringhouse zeigte keine Überraschung. „Wir hatten nicht die Absicht, auf Ihrem Hoheitsgebiet zu landen. Wir wurden dazu gezwungen. Ich bin ein Springer und gehöre zur Sippe Gatzel."

Der Topsider nickte. „Wir dachten es uns, Fremder. Ihr Schiff ist jedoch ein Schiff der Arkoniden. Wir kennen den Typ genau."

„Stimmt", erwiderte Deringhouse ruhig. „Ein Schwerer Kreuzer. Wir nahmen ihn den Arkoniden ab, als sie uns belästigten. Haben Sie etwas dagegen einzuwenden?"

Nun lächelte der Topsider, aber es sah nicht gerade erheiternd aus. „Nein, dagegen haben wir absolut nichts. Die Arkoniden sind kaum als unsere Freunde zu bezeichnen. Was wollen Sie hier in diesem System? Es gibt nichts zu handeln – und wenn, dann besorgen wir das schon."

Deringhouse zuckte mit den Schultern. „Wir befanden uns auf einem Routineflug, als wir diese Welt entdeckten. Vielleicht trägt sie Leben, dachten wir, und untersuchten sie. Wir fanden nichts, außer diesen merkwürdigen Kuppeln."

„Sie gehören zu unserem Verteidigungssystem", erklärte der Topsider. „Der Wasserplanet wurde von uns bereits vor Jahren entdeckt und in Besitz genommen. Er dient uns als Stützpunkt."

„Solange sich niemand dagegen wehrt, ist das durchaus in Ordnung", gab Deringhouse vorsichtig zu. „Und da es keine Eingeborenen zu geben scheint . . ."

Der Topsider lächelte noch immer.

„Es gibt welche", sagte er lauernd. „Sie sind mit unserer Vorherrschaft einverstanden." Kurze Pause, dann: „Was bleibt ihnen auch anderes übrig?"

Deringhouse konnte sein Erstaunen nicht länger verbergen. „Eingeborene? Auf dieser Welt? Wir haben bei unserem Flug nichts davon bemerkt."

„Sie haben sicherlich auch keine Geräte, mit denen sich das Leben unter der Wasseroberfläche beobachten läßt, oder doch?"

Mit einem Schlag begriffen Deringhouse und Marshall. Natürlich, auf einer Welt wie dieser würden sich Intelligenzen – wenn es sich um solche handelte – im Wasser entwickelt haben. Und wenn die Topsider es für richtig hielten, hier einen Stützpunkt zu errichten, mußte es sich um Wesen handeln, die man ernst zu nehmen hatte.

Marshall dachte an den großen Kuppelbau, den man vor der Küste errichtet hatte. Seine Bauweise widersprach den Gewohnheiten der Topsider, und man hatte ihn sicherlich nur deshalb im Wasser errichtet, damit die Meeresbewohner ihre Herren aufsuchen konnten.

Das Bild begann sich langsam in Marshalls Gehirn zu formen.

„Man nennt mich Al-Khor", sagte nun der mittlere der Topsider. „Ich kommandiere den Stützpunkt auf diesem Teil des Kontinents. Darf ich Sie nun bitten, mir Ihre Waffen auszuhändigen? Ich möchte nicht, daß sich aus einer unbedachten Handlung ein Konflikt zwischen uns und den Springern entwickelt. Sobald ich Ihr Schiff freigebe, erhalten Sie Ihre Waffen zurück."

Deringhouse zögerte. Eine Fülle von Gedanken raste durch seinen Kopf, und er versuchte vergeblich, sie zu ordnen. Hilfesuchend warf er Marshall einen Seitenblick zu. Der Telepath nickte. Er wußte längst, daß die Topsider in der Tat Wert darauf legten, den bestehenden Frieden mit den Springern nicht zu gefährden.

„Gut", entgegnete Deringhouse und zog den Strahler aus dem Gürtel. „Wir wollen uns Ihren Anordnungen fügen." Eine der Echsen nahm die Waffen mit spitzen Krallen und betrachtete sie interessiert. Auch Marshall lieferte seinen Strahler ab. „Geben Sie uns als Gegenleistung die Versicherung", schlug Deringhouse vor, „daß Sie uns nicht gegen unseren Willen festhalten, sondern wir jederzeit das Recht haben, unsere Waffen zurückzufordern und diesen Planeten zu verlassen."

Al-Khor lächelte immer noch. „Diese Versicherung geben wir Ihnen gern. Niemand wird Sie daran hindern, auf unsere Gastfreundschaft zu verzichten, wenn Sie keinen Wert darauf legen. Aber zuerst, denke ich, werden wir uns ein wenig unterhalten. Sicherlich haben Sie uns einiges zu erzählen. Und das Leben, glauben Sie mir, ist auf so einem einsamen Stützpunkt wie ‚Wasserwelt' sehr eintönig. Kommen Sie."

Deringhouse zögerte. „Was ist mit meiner Mannschaft? Ich möchte nicht, daß eine unbedachte Handlung . . ."

„Wir haben nichts dagegen, wenn Sie Ihre Leute unterrichten", unterbrach Al-Khor. „Geben Sie ihnen den guten Rat, im Schiff zu bleiben und nichts zu unternehmen."

Deringhouse nickte und schaltete den winzigen Sender am Armband ein.

„Lamanche!" sagte er auf englisch. „Wir gehen zum Schein auf die Bedingungen der Topsider ein. Nehmen Sie Verbindung mit McClears auf. Er soll hierherkommen und weitere Befehle abwarten. Vorläufig besteht keine akute Gefahr. Ende!"

„Verstanden!" kam es knapp zurück.

Al-Khor kniff mißtrauisch die Kugelaugen zusammen. „Warum sprechen Sie nicht Interkosmo?"

„Mein Stellvertreter ist noch sehr jung, Al-Khor. Er kennt nur den Dialekt meiner Sippe. Ich sagte ihm, er solle sich ruhig verhalten und unsere Rückkehr abwarten."

Der Topsider schien befriedigt. Mit einer einladenden Handbewegung zeigte er auf die geöffnete Tür des Kuppel-Fahrzeugs und gab so seinen unfreiwilligen Gästen den Vortritt.

Noch während sich der Wagen in Bewegung setzte, nahm Marshall stummen Kontakt mit Gucky auf und teilte ihm Deringhouses Plan mit, den er in dessen Gedanken gelesen hatte.

Deringhouse wußte genau, daß es unmöglich sein würde, die Topsider mit friedlichen Mitteln zu bewegen, Aqua zu verlassen. Sie würden diesen Stützpunkt mit allen Mitteln zu halten versuchen. Die Terraner befanden sich in einem Dilemma: Entweder sie brachen den Frieden mit den Topsidern, oder sie gaben den Plan, den dritten Planeten von Beteigeuze anstelle der Erde vernichten zu lassen, wieder auf. Beide Lösungen erschienen Deringhouse unbefriedigend, denn sie bedeuteten Komplikationen und höchste Gefahr für die Erde. Daher wollte Deringhouse versuchen, die Echsen in den eigentlichen Plan miteinzubeziehen. Der Major wußte, daß dies die einzige Möglichkeit war, das angestrebte Ziel doch noch zu erreichen und die Menschheit vor dem Auftauchen übermächtiger Feinde im Solsystem zu bewahren.

Major McClears handelte völlig logisch und daher genau in Deringhouses Sinn.

Als er die alarmierende Nachricht von Lamanche erhielt, stieß er als erstes einen kräftigen Fluch hervor, dann dachte er nach. Was wäre geschehen, wenn Deringhouse *nicht* zum vierten Planeten geflogen wäre?

Die Antwort schien einfach: Man hätte in aller Ruhe hier auf dem dritten Planeten abgewartet, bis die Springer aufgetaucht wären, hätte sie angegriffen, sich wieder zurückgezogen und ganz so getan, als wolle man die Erde verteidigen. Der ständige Wechsel der einzelnen Angriffe hätte den Eindruck erweckt, als handele es sich um eine ganze Flotte Schwerer Kreuzer, die man unter keinen Umständen vernichten konnte. Mit der Zeit wären die Springer schon auf den Gedanken gekommen, die Heimatwelt der Terraner mit einer Arkonbombe zu belegen und so für immer auszuschalten. Soweit gut. Aber auf dem vierten Planeten saßen die Topsider.

Das war der springende Punkt.

Und nun glitten die Gedanken und Spekulationen McClears unbewußt in die gleichen Bahnen wie die seines Freundes Deringhouse.

Und so kam es, daß McClears' Handlungsweise den genialsten aller Schachzüge einleitete, die Perry Rhodan jemals unternommen hatte. Er tat genau das, was notwendig war, Deringhouses Lüge den Topsidern gegenüber den Anstrich der Wahrheit zu geben.

Seine Gedanken überschlugen sich, während er dem Funker den Auftrag gab, Leutnant Tifflor sofort zurückzuholen.

Tiff war gerade mit einer Space-Jet, einer Neukonstruktion der ehemaligen Gazelle, unterwegs, um Einzelheiten der Oberfläche zu erkunden. Der flache Flugdiskus – dreißig Meter im Durchmesser und achtzehn Meter dick – war das ideale Kleinschiff für derartige Unternehmungen. Der Befehl erreichte ihn, als er in einer Ebene gelandet war und gerade aussteigen wollte. Widerwillig nur entschloß Tiff sich, dem Befehl Folge zu leisten und zur TERRA zurückzukehren. Seine Laune war nicht die beste, als er McClears in der Zentrale gegenübertrat.

„Ein wunderbarer Planet, aber leider ohne Leben. Mir unverständlich, denn ich kann mir keine besseren Voraussetzungen denken. Hm – Sie ließen mich zurückrufen? Ich nehme an, Sie haben gewichtige Gründe."

„Habe ich", entgegnete McClears. Er hatte seine komplizierten Gedankengänge noch nicht ganz zu Ende gebracht, aber in etwa stand sein Plan fest. „Deringhouse ist auf dem vierten Planeten gelandet. Er taufte ihn Aqua."

„Nicht verwunderlich, oder?"

McClears ließ sich nicht aus der Ruhe bringen. „Leider war er nicht der erste, dem die Wasserwelt gefiel, Leutnant Tifflor. Andere kamen vor ihm. Die Topsider."

„Topsider?" Tiff versuchte sich zu erinnern. Er war damals noch zu jung gewesen und kannte Topsider nur vom Hörensagen. Aber dunkel entsann er sich der Originalfilme, die er von der Invasion der Echsen im Wegasystem gesehen hatte. „Sie meinen doch nicht diese Krokodilwesen, die die Erde erobern wollten und versehentlich an die Ferronen gerieten?"

„Genau die meine ich", sagte McClears geduldig.

„Was haben die denn hier zu suchen?"

„Keine Ahnung. Ich erhielt nur von Deringhouse die kurze Nachricht, daß die Topsider die CENTURIO zur Landung zwangen und den Kommandanten gefangennahmen. Wir erhielten Anweisung, nach Aqua zu fliegen und dort weitere Anordnungen abzuwarten."

„Wie will Deringhouse anordnen, wenn er in Gefangenschaft geriet?" fragte Tiff. „Oder handelt es sich nur um eine scheinbare Gefangenschaft?"

„Genauso sieht es aus. Jedenfalls sehen wir uns Aqua nun mal genauer an. Die Topsider so in unmittelbarer Nähe – das gefällt mir nicht. Wenn sie aber schon mal da sind, müssen wir versuchen, aus ihrer Anwesenheit Kapital zu schlagen. Ich nehme an, auch Deringhouse hat das vor, denn ohne Grund hat er sich nicht so einfach gefangennehmen lassen."

„Sie haben eine Idee?"

„Habe ich. Zwar nur eine sehr vage, aber hören Sie zu . . ." Und McClears entwickelte Tiff seinen Plan.

Bereits nach den ersten Sätzen begriff der Leutnant. Ein Lächeln huschte über sein Gesicht, aber er unterbrach den älteren Offizier nicht. Der erzählte weiter und ließ die TERRA starten. Nach der zweiten Transition, als Aqua auf den Bildschirmen aufleuchtete, schloß er mit den Worten: „Wir lassen die TERRA in großem Abstand um Aqua kreisen und gehen mit der Space-Jet zur Oberfläche hinab. Da wir keinen Telepathen an Bord haben, wird es Ihre Aufgabe sein, Marshalls oder Guckys Aufmerksamkeit auf uns zu lenken, während ich die Verhandlungen mit den Topsidern führe. Ich bin sicher, daß die beiden unseren Standort aufgrund Ihres Zellsenders exakt bestimmen können und uns bei Gefahr herausholen werden. Ich möchte erreichen, daß Marshall oder Gucky von unseren Unterredungen mit den Topsidern genau informiert werden, um Deringhouse auf dem laufenden zu halten."

„Ein großes Risiko", meinte Tiff.

„Das gehört dazu", sagte der Major gelassen. „Deringhouse wird ein dummes Gesicht machen, falls er erfährt, daß man uns nach kurzem, aber heftigem Gefecht überwältigte. Ich hoffe nur, er macht sich keine unnötigen Sorgen um uns."

„Und ich hoffe", setzte Tiff skeptisch hinzu, „daß seine Sorgen, wenn er sich welche macht, unnötig sind."

„Das hoffe ich außerdem." McClears nickte.

Die Space-Jet verließ das Mutterschiff TERRA und ließ sich senkrecht nach unten stürzen. Erst wenige Kilometer über der Oberfläche von Aqua fing Leutnant Tifflor das Raumfahrzeug ab und ließ es in den Gleitflug gehen. Pfeifend zischte die Atmosphäre an dem Diskus vorbei und fand nur geringen Widerstand.

McClears und Tiff saßen in der engen Zentrale und hatten alle Bildschirme eingeschaltet. Einmal glaubten sie unten an der Küste des großen und einzigen Kontinents eine schimmernde Kuppel im Wasser zu sehen, aber sie ignorierten sie. Langsamer werdend, glitt die Space-Jet tiefer und benahm sich ganz so wie die Vorhut einer Expedition, die den Auftrag erhielt, einen unerforschten Planeten näher zu untersuchen. Die beiden Männer warteten gespannt auf die erste Reaktion der Topsider.

Und sie hatten nicht lange zu warten.

Dicht neben einer Bergkuppe blitzte es plötzlich auf. Der Bildschirm zeigte ein schlankes Projektil, das fast senkrecht nach oben stieg und die Absicht zu haben schien, die Bahn der Space-Jet zu kreuzen, und zwar ausgerechnet zu einem Zeitpunkt, da diese sich an der gleichen Stelle der Bahn befinden würde.

Ein Geschoß, ohne Zweifel.

Tiff schaltete den Abwehr-Schirm ein, und wenige Sekunden später kündigten eine flammende Detonation und ein kaum spürbarer Ruck an, daß der Angriff der Topsider im wahrsten Sinne des Wortes verpuffte.

Einem zweiten Projektil erging es nicht anders.

„Und nun?“ fragte Tiff.

„Ganz einfach, Leutnant. Nun sehen wir uns die Sache an, neugierig wie wir Springer nun einmal sind.“ Er regulierte den Kurs und übergab Tiff dann das Steuer. „Kreisen Sie über dem Berg und gehen Sie tiefer. Der Schirm bleibt eingeschaltet. Ich werde inzwischen einige harmlose Sprengbomben abwerfen, damit sie wissen, wir haben auch etwas an Bord, das gefährlich ist – natürlich nicht zu gefährlich.“

Tiff nickte und grinste. Die Echsen würden bestimmt auf das Theater hereinfallen und versuchen, den relativ harmlosen Gegner lebendig in ihre Hände zu bekommen. Und das war der Plan, den McClears entwickelt hatte.

Zehn Sekunden später detonierten unten im Urwald, nahe am Fuß des Berges, einige Sprengbomben. Die Splitter rissen Lücken in die dichte Vegetation, mehr Schaden wurde kaum angerichtet.

Und wieder zehn Sekunden später versagte die Steuerung der Space-Jet.

Tiff versuchte zwar verblüfft, das kleine Raumschiff wieder in die Gewalt zu bekommen, aber es gelang ihm nicht. Langsam und stetig sank der Diskus und landete schließlich mit einem harten Ruck auf einer weiten Lichtung, die keine zwei Kilometer von der Küste entfernt war. Wie Tiff feststellen konnte, landeten sie genau in der Mitte eines Kreises, der von kleinen, schimmernden Metallkugeln gebildet wurde.

McClears rieb sich die Hände. „Klappt ja ausgezeichnet. Werden die Eidechsen sich freuen, einen so guten Fang gemacht zu haben. Unsere acht Männer bleiben an Bord, während wir uns dem Gegner stellen."

„Hoffentlich bringen sie uns nicht gleich um."

„Keine Sorge, es widerspräche ihrer Mentalität. Ich sagte schon, die Topsider sind äußerst neugierig. Sie werden unbedingt wissen wollen, mit wem sie es zu tun haben und warum wir kamen. Sie sollen es erfahren. Und dann werden Sie staunen, welche Aktivität sie entwickeln werden."

„Abwarten", riet Tiff skeptisch, der mit Sorge daran dachte, was Deringhouse wohl zu ihrem eigenmächtigen Handeln sagen würde.

Ein Fahrzeug näherte sich der Space-Jet und hielt an. Zwei Topsider stiegen aus und betrachteten ihre Kriegsbeute. Aus einer der Metallkuppeln schob sich drohend ein dunkles Geschützrohr und richtete sich auf die Space-Jet.

„Na, dann los", murmelte McClears und nickte einem jungen Captain zu, dem er das Kommando über die Space-Jet übergeben hatte. „Kommen Sie, Tiff. Es wird ernst. Und denken Sie daran: Wir sind die Vorhut der Springer. Die Hauptmacht ist auf dem Anflug."

Die zwei Topsider sahen den beiden Männern ruhig entgegen, die furchtlos aus der Luke traten und zur Oberfläche hinabsprangen. Hinter ihnen schloß sich der Ausstieg wieder hermetisch. Sekunden später wurde der energiereiche Abwehrschirm eingeschaltet. Zwar konnten die Topsider nun das Fahrzeug festhalten und den Start verhindern, aber es war ihnen unmöglich, das Schiff zu vernichten oder in es einzudringen. Die acht Mann Besatzung waren völlig sicher vor jedem Zugriff der Echsen.

Freiwillig übergab McClears seine Waffe nicht, als er von den beiden Topsidern dazu aufgefordert wurde. Sie wurde ihm mit Gewalt abgenommen, und er versäumte nicht, dem einen kräftig mit der Faust auf den flachen Krokodilschädel zu schlagen, was ihm sicherlich mehr Schmerz zufügte als dem Reptil. Aber darum ging es ja auch gar nicht.

Die Behandlung war entsprechend. Während man Deringhouse immerhin als einen möglichen Verbündeten betrachtete, erklärte man McClears und Tiff sofort zu Gefangenen.

Aber McClears ließ sich nicht einschüchtern. Während man ihn und den jungen Leutnant in das Fahrzeug drängte und auf einer schmalen und schlechten Straße der nahen Küste entgegenrumpelte, stieß er massive Drohungen gegen die Topsider aus und versprach ihnen blutige Rache. Sein Benehmen wirkte angesichts seiner wenig rosigen Lage ziemlich unrealistisch, und so kam es, daß die Echsen auch nicht auf seine Reden achteten. McClears gab es schließlich auf und hoffte, recht bald mit einem etwas intelligenteren Exemplar der Topsider zusammenzutreffen.

Ein Wunsch, der sich bald erfüllte, aber wenig persönliche Vorteile brachte.

Die Straße endete an der Küste. Unter hohen Bäumen und von dem dichten Blätterdach getarnt, stand ein flachgestrecktes Gebäude aus schimmerndem Metall.

Man brachte die beiden Gefangenen in einen Raum, in dem man sie einschloß und vorerst ihrem Schicksal überließ.

Flüchtig überzeugte sich McClears davon, daß sie hier ohne fremde Hilfe nicht herauskamnen, dann hockte er sich in eine Ecke auf den Boden und begann zu meditieren.

Tifflor hingegen konzentrierte sich intensiv auf Marshall und hoffte, daß dieser seine mentalen Impulse wahrnahm.

Al-Khor war ziemlich erregt, als er die Zelle der beiden Gefangenen betrat. In seinen runden Augen schimmerte tödlicher Haß. Nur ein letzter Funke von Überlegung hinderte ihn daran, die beiden vermeintlichen Springer sofort hinrichten zu lassen.

„Wiederholen Sie noch einmal, was Sie meinen Unterführern sagten“, forderte er McClears barsch auf und stellte sich so in die Tür, daß die beiden ihn begleitenden Wachen freies Schußfeld behielten. „Ich verspreche Ihnen, daß ich Sie nicht bestrafen werde, wenn Sie die Wahrheit sprechen. Aber ich muß wissen, was geschieht."

Der Major zuckte mit den Schultern. „Geben Sie nichts auf Ihre Unterführer. Sie müssen mich mißverstanden haben. Was meinen Sie überhaupt?"

„Sie wissen genau, was ich meine, Springer. Wissen Sie übrigens, daß Sie nicht die beiden einzigen Gefangenen sind, die wir machen konnten? Wir haben einen Schweren Kreuzer erobert. Ein Major Deringhouse befindet sich in unserer Gewalt."

In gut gespieltem Entsetzen zuckte McClears programmgemäß zusammen und wurde sogar ein wenig blaß, wie Tiff anerkennend feststellte. Er sprang auf die Füße und kam einige Schritte auf den Topsider zu. Drohend hoben sich die Waffen der Wächter. Al-Khor blieb furchtlos stehen und wich keinen Zentimeter.

„Wenn Ihre Aussagen sich decken, ist Ihr Leben gerettet."

McClears warf Tiff einen kurzen Blick zu. Der Leutnant nickte. Er war sicher, daß Marshall seine Gedanken empfangen hatte.

„Fragen Sie", forderte er Al-Khor auf.

„Was ist mit Ihrer Drohung, es würden welche kommen, die euch rächen würden? Auch sagten Sie meinen Leuten gegenüber etwas von einer bevorstehenden Invasion Ihrer Sippe."

McClears biß theatralisch die Zähne zusammen. Ein kleiner Blutstropfen erschien auf der Unterlippe. „In meiner Wut – verdammt, Leugnen ist ohnehin zwecklos. Ich wüßte auch nicht, warum ich Ihnen etwas verschweigen sollte, das Sie sowieso bald genug erfahren werden. Wir Springer vermuten in diesem System einen Stützpunkt unseres Todfeinds. Sie werden ihn nicht kennen, also spielt sein Name in diesem Zusammenhang auch keine Rolle. Jedenfalls wurden die Überschweren alarmiert. Sie werden vielleicht wissen, daß die Überschweren die Spezial-Kampftruppe der Springer sind. Die gesamte Macht der Überschweren wird den dritten Planeten dieses Systems angreifen und vernichten. Ohne jede Verhandlung. Ich kann Ihnen also nur den guten Rat geben, so schnell wie möglich von hier zu verschwinden."

„Pah!" röhrte Al-Khor. „Ein Trick!"

McClears begann dröhnend zu lachen. Er lachte, bis ihm die Tränen kamen. Dann schlug er dem Topsider voller Vergnügen auf die gepanzerten Schultern. „Ein Trick? Lieber Freund, ich schwöre Ihnen bei allen meinen Vorfahren, daß ich die Wahrheit spreche. Die Springer treffen ihre Vorbereitungen, dieses System restlos zu entvölkern. Nichts kann sie an diesem Vorhaben hindern, das verspreche ich Ihnen."

„Nichts?" zischte Al-Khor voller Wut. In seinen Augen war ein tückisches Funkeln. „Sie meinen, nichts kann die Springer aufhalten? Vielleicht doch. Wenn sie erfahren, daß wir den vierten Planeten als unser Eigentum betrachten, wird es niemand wagen . . ."

„Warum nicht?"

„Weil . . ." Al-Khor zögerte. „Nun, weil die Galaktischen Händler keinen Grund haben, Feindseligkeiten gegen uns zu eröffnen. Sie stehen nicht gut mit dem Imperium, wir auch nicht. Warum sollten wir uns nicht einig sein?"

„Aus einem ganz einfachen Grund, mein lieber Freund", eröffnete ihm McClears genußvoll. „Weil wir nämlich annehmen müssen, daß Sie sich mit unserem Todfeind verbündet haben, der hier in diesem System seinen Stützpunkt hat, ja, der praktisch dieses System bevölkert."

Nun war die Reihe zu lachen an Al-Khor. „Die Wasserwesen – eure Todfeinde? Das ist ja lächerlich. Das ist nicht nur absurd, sondern auch noch . . ."

„Wasserwesen?" erkundigte McClears sich vorsichtig. „Ich verstehe nicht, was Ihr meint."

„Auf dieser Welt gibt es ein verhältnismäßig intelligentes Volk, das sich nur selten auf dem Land aufhält und auch keinen Anspruch darauf erhebt. Darum konnten wir ungehindert unsere Stationen errichten. Es existiert nur im Wasser und muß auch dort, auf dem Grund des großen Ozeans, seine Städte haben. Aber sonst gibt es in diesem System nichts, was eine Bedrohung darstellen könnte. Wenn es nicht diese Wasserwesen sind, seid ihr Springer einem Irrtum zum Opfer gefallen."

„Unsere Informationen sind sicher." McClears schüttelte den Kopf. „Ich bin ziemlich genau über die Pläne unserer Patriarchen unterrichtet. Darin heißt es, daß die Topsider auf dem vierten Planeten einen schwachen Stützpunkt besitzen, dessen Existenz nicht beachtet zu werden braucht. Sie sehen, selbst Verhandlungen würden Ihnen nicht weiterhelfen. Unsere Führer halten Sie für Verbündete unseres Todfeindes."

„Zum Donnerwetter!" rief der Topsider sinngemäß. „Nun verraten Sie mir doch endlich einmal, wer dieser mysteriöse Todfeind ist."

„Dazu", lehnte McClears ab, „bin ich nicht berechtigt."

„Dann werden wir Sie eben dazu zwingen."

„Beeilen Sie sich", riet der Major gelassen. „Unsere Kampfeinheiten können jeden Augenblick eintreffen – und dann dürfte es für Sie zu spät sein."

Al-Khor stieß ein wütendes Zischen aus, gab den Wachen einen Wink, drehte sich um und verließ die Zelle. Mit einem dumpfen Schlag fiel die Tür ins Schloß.

Zehn Minuten später holte man sie ab. Mit einem kleinen Fahrzeug brachte man sie direkt an die Küste, lud sie in ein flaches Boot und brachte sie zu einer der stählernen Inseln. Es war die gleiche Kuppel, die sie bereits aus der Luft gesehen hatten. Auch Deringhouse wäre sie bekannt vorgekommen. An einer seitlich angebrachten Leiter bestiegen sie den flachen Oberbau, der von einem Geländer umgeben war. Ein Lift brachte sie schließlich in die Tiefe.

Ein ihnen fremder Topsider führte sie, schwer bewaffnet und mit grimmiger Miene.

McClears dachte nicht an Flucht, ebensowenig wie Tiff. Nur ein Gedanke beherrschte sie: Würde ihr Trick seine Wirkung verfehlen oder nicht . . .?

Der Raum hatte gläserne Wände, die nach allen Seiten zum Meer hinausführten. Man genoß von hier aus einen freien Blick in eine Welt, die zehn oder zwölf Meter unter der Wasseroberfläche lag. Eingebaute Schleusen verrieten, daß man von hier aus in das freie Meer gelangen konnte – oder auch umgekehrt. Und das schien auch der einzig vernünftige Zweck der Anlage zu sein.

Vor einer Tür hielt der Topsider an. Er öffnete sie und trat zurück.

„Hier ist Ihr neues Gefängnis", zischte er. „Sie bleiben hier, bis alles vorbei ist."

„Was soll vorbei sein?“ fragte McClears, aber er bekam keine Antwort. Achselzuckend betrat er den kleinen Raum, gefolgt von Tiff.

Die Tür glitt zu, und sie waren allein.

Allein – wo?

Nur die Tür schien Materie zu sein, sonst schienen sie im Nichts zu schweben – mitten im Meer, dessen naher Grund matt zu ihnen heraufleuchtete. Aber schnell dämmerte ihnen die Wahrheit: Man hatte sie in eine gläserne Zelle gesteckt, die unter dem Kuppelbau – oder an seinem unteren Rand – angebracht war. Diese durchsichtige Zelle schwebte im Meer. Bis auf jene Seite, an der die Tür angebracht war, war sie überall von Wasser umgeben.

McClears setzte sich in eine Ecke auf den klaren Boden, und ihm war, als hocke er auf dem Wasser. Neugierig blickte er sich um.

„Das ist ja sehr interessant“, bemerkte er sarkastisch.

„Wir sollten wohl Meereskunde studieren, ehe sie uns ersäufen.“

Tiff erschrak ein wenig. „Sie meinen, man will uns töten?“

„Ach, woher. Das meine ich nicht so wörtlich. Aber Sie hörten doch, daß hier intelligente Fische oder so etwas existieren sollen. Ich meine, wir sollten uns die mal ansehen – aber fragen Sie mich nicht, warum. Umgekehrt kann es auch sein: Die Fische sollen uns betrachten, damit sie wissen, wie Springer aussehen. Verrückte Situation.“

„Wenn ich nur wüßte, ob Marshall Gelegenheit hatte, meine Informationen an Deringhouse weiterzugeben. Deringhouse ist schließlich kein Telepath. Aber zumindest Gucky müßte wissen, wo wir sind.“

Das Wasser war hellblau mit einem rosigen Schimmer, der vom Licht der Beteigeuze stammte. An dieser Stelle mochte das Meer kaum zwanzig Meter tief sein. Jetzt, da die Augen der beiden Männer sich an das Dämmerlicht ihrer fremdartigen Umgebung gewöhnt hatten, drang ihr Blick leicht bis zum Meeresgrund hinab, der vielleicht acht Meter unter dem Glasboden ihrer merkwürdigen Zelle lag.

Seltsame Wasserpflanzen wiegten sich dort im Rhythmus eines unsichtbaren Stromes, bunte Fische schossen in schillernden Schwärmen darüber hinweg, als würden sie von einem verborgenen Feind gehetzt. Dazwischen schwammen würdevoll und ruhig einige zart durchsichtige Wesen, die an irdische Quallen erinnerten. Weiter vorn fiel der Meeresboden plötzlich steil ab, das Wasser wurde tiefblau und unendlich.

Mit weit geöffneten Augen zeigte Tiff in das tiefe Blau des offenen Meeres.

McClears folgte der weisenden Hand.

Und zum erstenmal erblickten menschliche Augen die rechtmäßigen Herren des Wasserplaneten.

3.

Inzwischen spitzten sich die Dinge zu.

Deringhouse kannte Al-Khor fast nicht mehr wieder, als er sie zu sich bringen ließ.

„Warum haben Sie mir nichts von dem bevorstehenden Angriff Ihrer Sippe gesagt?“ fragte der Topsider mit unheimlicher Ruhe. Aber in seinen Echsenaugen schimmerte es unheildrohend. „Es wäre Ihre Pflicht gewesen.“

„Pflicht?“ erwiderte Deringhouse erstaunt. „Ist es vielleicht auch Ihre Pflicht, mich gegen meinen Willen hier festzuhalten?“

„Niemand zwingt Sie in den Status eines Gefangenen.“

„Aber wir sind es doch, oder? Wollen Sie vielleicht abstreiten, daß unser Schiff . . .“

„Übrigens, Ihr Schiff . . .“, dehnte Al-Khor und sah Deringhouse lauernd an. „Was sagten Sie noch, wem Sie es abnahmen? Den Arkoniden?“

Marshall las blitzschnell in den Gedanken des Topsiders und wußte, warum er diese Frage stellte. Hoffentlich begriff auch Deringhouse schnell genug, sonst mußte er ihn warnen.

„Ja, den Arkoniden“, gab der Major vorsichtig zu. „Aber ich weiß natürlich nicht, ob die Arkoniden es zuvor jemand anderem abgenommen haben. Warum fragen Sie?“

Al-Khor nickte, anscheinend beruhigt. „Das ist wahrscheinlich, denn der Name, mit schwarzen Lettern auf der Hülle angebracht, ist nicht in arkonidischer Sprache abgefaßt. Doch lassen wir das. Der Kommandant des anderen Schiffes wurde von uns in sicheren Gewahrsam gebracht. Ich überlege, was ich mit Ihnen tun soll."

„Lassen Sie uns gehen", schlug Deringhouse vor. „Was haben Sie davon, wenn Sie uns festhalten?"

„Geiseln", entgegnete Al-Khor kurz und bündig. „Sie werden mit Ihren Leuten dabei sein, wenn die Springer kommen, um diese Welt zu vernichten. Und vielleicht nehmen Sie vorher – unter meiner Aufsicht – Verbindung mit den Angreifern auf und warnen sie."

„Das wird nicht viel nützen", vermutete Deringhouse wahrheitsgemäß. „Man wird nicht auf mich hören."

„Dann sterben Sie eben zusammen mit uns."

„Fein." Der Major lächelte gezwungen. „Damit wären wir also dann doch gewissermaßen Verbündete, nicht wahr?"

Al-Khor gab keine Antwort. Wortlos verließ er die Zelle, die den beiden Terranern nun als vorläufiges Domizil diente.

Marshall zog die Stirn in Falten.

„Das gefällt mir nicht", gab er bekannt. „Und meinen Mutanten schon lange nicht. Gucky fiebert darauf, endlich eingreifen zu dürfen. Ich kann ihn kaum noch zurückhalten."

„Seine Zeit ist bald gekommen", tröstete Deringhouse und starrte gegen die kahle Wand des schmucklosen Raumes. „Was ist mit McClears?"

„Er sitzt mit Tiff in einer Glaszelle – unter dem Meer."

Deringhouse lächelte.

„Da hat er wenigstens ein bißchen Abwechslung", meinte er. „Also los! Geben Sie dem Mausbiber unsere Position, er soll uns anpeilen und herkommen. Jagen wir den Krokodilen einen ordentlichen Schrecken ein. Sie haben es redlich verdient."

Gucky materialisierte zwei Minuten später vergnügt grinsend in der Zelle. Er brachte zwei frisch aufgeladene Handstrahler und einige atomare Handgranaten mit, die – nicht größer als mittlere Nüsse – über eine verheerende Wirkung verfügten. Er selbst trug im Gürtel eine Impulswaffe, deren Gewicht ihm zu schaffen machte.

„Da wären wir", zwitscherte er. „Zeigen wir es ihnen."

„Augenblick noch", warnte Deringhouse. Er wandte sich an Marshall, der eben heftig zu winken begann und in sich hineinlauschte. In derselben Sekunde erhielt auch Guckys Mausgesicht einen fast andächtigen Ausdruck. Er schien seine Unternehmungslust vergessen zu haben.

Deringhouse verhielt sich abwartend.

Er wußte, daß die beiden Telepathen eine wichtige Nachricht von Tiff erhielten.

McClears stieß einen erstickten Ruf aus.

Auf die gläserne Zelle raste eine pfeilartig formierte Staffel von Unterwasser-Torpedos zu, als wollten sie den ganzen Kuppelbau in die Luft sprengen. Die schlanken Körper waren vielleicht anderthalb Meter lang und schimmerten silbern. Weißlich strömten aus dem Heckteil der unheimlichen Geschosse verdichtete Wasserstrahlen, die sich schnell verloren und unsichtbar wurden.

Erst als McClears ein zweites Mal hinblickte, erkannte er seinen Irrtum.

Das waren keine künstlich erschaffenen Torpedos, sondern lebende Wesen, Robben ähnlich, mit einem weit geöffneten Maul, kleinen Augen und anliegenden, oval geformten Ohren. Jetzt wurde die Geschwindigkeit des kleinen Geschwaders geringer. Aus Hauttaschen kamen schlanke Arme mit feingliedrigen Händen hervor. Der verdichtete Wasserstrom am Heck versiegte. Die fremden Wesen hielten an.

Neugierig schwammen sie um den gläsernen Käfig herum und betrachteten die Insassen aus klugen Augen. Eines kam ganz dicht heran und preßte das Gesicht gegen die Wand. McClears blickte direkt in die fragenden Augen.

Und dann spürte er auch die Vibration.

Tiff berichtete längst an Marshall und Gucky.

„So also sehen sie aus, die Fischmenschen", murmelte McClears, mehr zu sich selbst. „Wie Raketen kamen sie herbeigeschossen – sie bewegen sich nicht durch normale Schwimmbewegungen, sondern haben ihr eigenes System. Wahrscheinlich Rückstoß. Sie schlucken Wasser, komprimieren es in ihrem Innern und stoßen es wieder aus. Lieber Himmel, lebende Unterwasser-Raketen." Er legte seine rechte Hand flach gegen die trennende Glaswand. „Sie erzeugen vibrierende Wellen", fügte er sinnend hinzu. „Vielleicht eine Art, sich zu verständigen. Wenn wir sie doch verstehen könnten."

Tiff hörte seine Worte und gab sie weiter. Marshall nahm sie auf, berichtete weiter an Deringhouse.

„Ataka", sagte Gucky.

Deringhouse nickte. „Vielleicht hast du recht, Gucky. Der japanische Lauscher hört Schallwellen, die kein menschliches Ohr mehr wahrnehmen kann. Auch Ultraschall. Wenn diese Fischmenschen keine Telepathen sind, und das scheint der Fall zu sein, verständigen sie sich vielleicht durch Vibration oder Laute im Bereich des Ultraschalls. Ataka kann das feststellen. Außerdem ist seine Wahrnehmungsfähigkeit mit einer unbewußten Telepathie kombiniert, so daß er die uns fremden Laute wahrscheinlich verstehen wird. Gucky, hole Ataka hierher."

Der Mausbiber richtete sich auf. „Ziemlich enge Bude, Major."

„Ihr werdet nicht lange hier bleiben. Wir brechen aus und befreien McClears. Die Zeit des Theaterspielens ist vorbei. Wir brauchen den Echsen nichts mehr vorzumachen."

„Den Göttern des Alls sei Dank", pfiff Gucky.

„Wieso? Was hast du vor?" erkundigte sich Deringhouse ahnungsvoll.

„Ich habe schon Roboter und Saurier fliegen lassen", schwelgte der Mausbiber in telekinetischen Erinnerungen, „aber ein Krokodil – das ist neu in meiner Praxis."

Eine Sekunde später war es verschwunden.

Deringhouse sagte in das Schweigen: „Die Topsider werden zwar überrascht sein, wenn wir plötzlich Waffen besitzen, aber wir dürfen sie nicht unterschätzen. Sie sterben, wenn es sein muß, ohne mit der Wimper zu zucken. Es gibt nur einen Punkt, an dem sie empfindlich sind: Sie sind abergläubisch."

„Dann ist Gucky am rechten Platz, Major."

„Eben." Deringhouse nickte. „Das weiß der Schlingel auch besser, als mir lieb ist. Schließlich hätte er den Vorschriften nach Arrest verdient."

„Den hält keine Zelle", kommentierte Marshall eine längst bekannte Tatsache.

Die Luft flimmerte, dann entstanden der Mausbiber und Ataka.

Der Japaner machte sich so dünn wie möglich, aber sie konnten sich kaum bewegen, so eng war es in dem kleinen Raum. Die Ventilation ließ ebenfalls zu wünschen übrig.

„Das ist eine Bude", meckerte Gucky verächtlich.

„Nicht mehr lange", betonte Deringhouse. „Kannst du das Schloß der Tür öffnen?"

Der Mausbiber hoppelte zu der Metallfüllung und betrachtete das eingelegte Schloß, an das man nicht so ohne weiteres herankommen konnte. Wenigstens nicht mit den Fingern. Aber der Mausbiber verfügte zusätzlich über die unsichtbaren Finger der Telekinese.

Die unsichtbaren Kraftströme seines kleinen, aber unvorstellbar fähigen Gehirns drangen hinter das glatte Metall und untersuchten den Mechanismus. Dann, mit einem leisen Klicken, sprang das Schloß auf. Deringhouse trat hinzu und drückte die Tür nach außen.

„Fein gemacht, Gucky", lobte er und zog seinen Strahler.

„Und nun werden wir die Topsider ein wenig in Aufregung versetzen. Sie werden ohnehin genug damit zu tun haben, ihre Verteidigung gegen den bevorstehenden Angriff der Springer zu aktivieren."

Sie standen auf einem langen, etwas gekrümmten Gang, der darauf schließen ließ, daß er am Rand eines Kuppelbaus entlangführte. Tür reihte sich an Tür. Auf der anderen Seite waren Fenster. Dahinter lag eine paradiesische Urlandschaft mit Bergen und Wäldern. Am Horizont, tiefer gelegen, schimmerte die weite Fläche des Meeres. Die sinkende Sonne stand dicht über dem Trennungsstrich zwischen Wasser und Himmel.

Der Gang endete vor einer nur angelehnten Tür. Dahinter lag die Freiheit. Aber was war das für eine Freiheit? Ließ sich unter diesen Umständen etwas damit anfangen?

Immerhin hielten sie sich mitten im Lager der Echsen auf.

Deringhouse faßte seinen Strahler fester und drückte die Tür auf.

Da er es ziemlich kräftig tat, wäre der Topsiderposten fast mit dem Bauch voran auf den Boden gefallen. Aber er fing sich und drehte sich mit einem Grunzlaut nach ihnen um. In seinen Augen war so etwas wie ein milder Vorwurf.

Der Vorwurf verwandelte sich in Schrecken, als er Deringhouse, Marshall und Ataka erblickte, aber dann wurde Erstaunen daraus, als er Gucky sah.

Gucky nahm das Erstaunen sehr übel, was nur Marshall begriff, der ebenfalls Telepath war und daher den ersten Gedanken des Wärters erfaßte. Genau wie Gucky.

„Was?“ zischte der Mausbiber aufgeregt und verschluckte sich fast. „Ich – ein Ungeziefer? Fliegen sollst du!“

Und der Topsider flog.

Telekinetische Kraftströme hoben ihn vom Boden ab und ließen ihn senkrecht nach oben steigen. Er stieß einige schrille Schreckensschreie aus, die aber niemand hörte. Guckys Zorn verrauchte schnell, und da der unglückliche Topsider bei dem unfreiwilligen Hopser seine Waffe verloren hatte, kam er mit dem Schrecken davon. Gucky setzte ihn einfach auf dem flachen Dach des Kuppelbaues ab. Dort hockte die Echse nun dicht am Rand und starrte fassungslos zu den drei Menschen hinab, in deren Mitte ein kleines, pelziges Wesen stand, das den heimatlichen Riesenratten in den Kanälen von Topsid so ähnlich sah.

„Ungeziefer – sowas!“ fauchte Gucky noch einmal und stolzierte einfach auf den freien Platz hinaus, als hätte er noch niemals etwas von einem Wort wie „Gefahr“ vernommen.

Deringhouse erkannte seitlich in einem Schuppen einige der Fahrzeuge, deren Bedienung er sich vorsorglich gemerkt hatte. Es würde somit nicht schwer sein, einen solchen Wagen zur Flucht zu benutzen. Natürlich hätte Gucky auch einzeln mit ihnen zur CENTURIO teleportieren können, aber dann hätten sich die Topsider womöglich unnötige Gedanken gemacht. Es mußte alles so natürlich aussehen, daß niemand Verdacht schöpfte. „Drüben – die Fahrzeuge!“ rief er hinter Gucky her. „Wir nehmen eines davon. Aber zuerst sorgen wir für Verwirrung.“

Während die drei Männer versuchten, ein größeres Fahrzeug in Gang zu bringen, begann der Mausbiber zu „spielen". So nannte er es, wenn er nach Belieben seine telekinetische Begabung anwenden durfte.

Die Echsen wußten bald nicht mehr, was mit ihnen geschah. Sie verloren plötzlich den Boden unter den Füßen und begannen zu schweben. Niemand vermutete in dem kleinen Pelztier den Urheber dieses Wunders, wenn es auch Al-Khor reichlich bekannt vorkam. Der Leiter des Stationskommandos segelte schwerelos und ohne eigenen Antrieb über die Wipfel einiger Bäume dahin, als er in dem Mausbiber die merkwürdige Erscheinung wiedererkannte, die am frühen Vormittag für zwei Sekunden in seinem Wagen aufgetaucht war.

Das ging nicht mit rechten Dingen zu. Aber Al-Khor kannte keine persönliche Furcht. Das Wunderwesen war aus Fleisch und Blut und mußte daher auch verwundbar sein. Noch besaß er ja seinen Strahler. Er richtete ihn trotz der mehr als befremdlichen Situation auf die winzig scheinende Gestalt inmitten des Vorplatzes und drückte den Feuerknopf.

Der Erfolg war anders, als Al-Khor ihn sich vorgestellt hatte.

Schwerelos trieb er schräg in den Himmel hinein. Gucky ließ Al-Khor einige Überschläge machen und setzte ihn schließlich auf dem Wipfel eines über fünfzig Meter hohen Baumes ab, dessen Äste bereits zwanzig Meter über dem Boden aufhörten. Sollte der Topsider sehen, wie er da wieder herunterkam.

Die anderen Echsen trafen sich zu ihrem Entsetzen mitten in der Luft und bildeten ein unentwirrbares Knäuel. Niemand wagte zu schießen, aus Furcht, den anderen zu gefährden.

Inzwischen rollte Deringhouse mit dem Fahrzeug aus dem Schuppen. Eine von Guckys Granaten zerstörte die restlichen Wagen mit einem grellen Blitz. Die Topsider würden zu Fuß gehen müssen, und gerade das war es, was sie nur sehr ungern taten.

„Laß sie herunter!" rief Marshall und winkte Gucky zu, der vergnügt im spärlichen Gras hockte und die Echsen dreißig Meter über den Trümmern in der Luft einen Kreis bilden ließ. „Die haben genug!"

„Aber ich noch nicht!" quietschte Gucky und ließ die Topsider zehn Meter stürzen, um sie erneut anzuhalten.

„Das merke ich“, schimpfte Marshall und gab Deringhouse einige Anweisungen. Das Fahrzeug rollte herbei und hielt neben Gucky an. „Da muß ich eben nachhelfen.“ Er beugte sich aus der Seitentür und griff in Guckys Nackenfell, hob den Mausbiber an und holte ihn mit sicherem Griff in die Kuppelkabine. „Und nun tu, was ich dir gesagt habe.“

Für eine kurze Sekunde schwankte Gucky, dann schimpfte er wütend und sah hinauf zu den entsetzten Topsidern, die reglos und nun meist ohne Waffen abwarteten, was die unheimliche Macht mit ihnen plante. Dann seufzte er ergeben und gab seinem Gehirn einen entsprechenden Befehl.

Die Topsider bildeten eine Flugstaffel, formierten sich und rasten dann mit irrsinniger Beschleunigung davon, um jenseits der Baumwipfel zu verschwinden. Gucky sah noch einige Sekunden hinter ihnen her, seufzte abermals und wandte sich dann an Marshall: „Nun?“

„Was ist mit ihnen? Du sollst sie nicht abstürzen lassen.“

„Sind sie auch nicht, Meister. Sie sitzen irgendwo auf den Bäumen und bauen Nester für ihre Jungen – falls sie es nicht vorziehen, herunterzuklettern. Das ist natürlich auch möglich.“ Die schlechte Laune des Mausbibers war offensichtlich. „Was soll ich jetzt machen?“

Marshall atmete auf. Das Schlimmste war vorüber. „Wir befreien McClears, der ist in einer schlimmeren Lage als wir. Er hat nur Tiff bei sich.“

Gucky lauschte in sich hinein. „Entfernung genau 37,6 Kilometer, Südost. Soll ich hinspringen?“

„Noch nicht. Und wenn, dann mußt du Ataka mitnehmen, der Verbindung zu den Aquas aufnehmen soll.“

„Aquas?“

„Ja, so nennen wir die Fischmenschen. Deringhouse hat die Idee gehabt. Ich möchte nicht, daß in dem bevorstehenden Kampf unschuldige Lebewesen zu Schaden kommen. Niemand möchte das.“

„Was ist mit der CENTURIO?“

Deringhouse hatte das Fahrzeug auf eine schmale Straße gesteuert, die in Richtung zur Küste führte. Er hantierte an seinem kleinen Armbandgerät, das ihm die Topsider nicht abgenommen hatten.

„Captain Lamanche soll zeigen, was er kann", sagte der Major. „Wir fahren zur Küste und starten eine Befreiungsaktion für McClears, während die CENTURIO die Traktorstrahlen unschädlich macht und ebenfalls zur Küste fliegt. Wir treffen uns dann. Ich möchte auf jeden Fall vermeiden, daß wir den Topsidern wie übernatürliche Wesen vorkommen. Sie wissen nur zu genau, daß die Springer mit herkömmlichen Mitteln kämpfen. Wir dürfen also keinen übermäßigen Verdacht erregen. Das gilt besonders für dich, Gucky."

„Bin ich ein übernatürliches Wesen?" fragte der Mausbiber gespannt.

Deringhouse ging nicht darauf ein. Er stellte die Verbindung zu Lamanche her. „Hören Sie, Captain! Sie setzen die Strahlgeschütze ein und vernichten nach kurzer Vorwarnung die Metallkuppeln, zwischen denen die CENTURIO landete. Es sind meiner Meinung nach die Generatoren für den Zugstrahl. Und dann dampfen Sie ab. Peilen Sie uns an, wenn wir an der Küste sind. Ich gebe Ihnen weitere Anordnungen."

„Geht klar!" kam Lamanches Stimme kühl und sachlich wie immer zurück. „Ich bin es ohnehin leid, hier wie eine Glucke auf ihren Eiern herumzusitzen. Die Mutanten brennen darauf, es den Echsen zu zeigen."

„Die Mutanten bleiben vorerst im Hintergrund. Es ist auch den Topsidern bekannt, daß Rhodan ein Mutantenkorps besitzt. Die Topsider sollen jedoch glauben, es mit normalen Springern zu tun zu haben. Also klar?"

„Sagte ich schon, Sir", gab Lamanche etwas beleidigt zurück. „Wir treffen uns an der Küste."

Deringhouse starrte einige Sekunden auf den plötzlich verstummten Empfänger, dann grinste er kurz und setzte den Wagen in Bewegung.

Die Straße war nicht gut zu nennen. Das Kuppelfahrzeug war zwar gut gefedert, aber die ungewöhnliche Form der Sitze, nicht für menschliche Körper gedacht, zwang zu einer verkrampften Haltung während des Fahrens.

Das Gelände senkte sich, und nach einer halben Stunde kam die Küste in Sicht. Rechts und links gab es kaum eine Lücke in dem

Urwald, in dessen Wachstum noch nie eine menschliche oder auch nichtmenschliche Hand eingegriffen hatte. Die Straße war ein wenig nach links abgebogen und strebte einem Punkt zu, der nicht sehr weit von jener Stelle entfernt sein konnte, von wo aus man über zwei Kilometer Wasserfläche zu jener Metallinsel gelangen konnte, in der McClears und Tiff gefangengehalten wurden.

Aber die Straße erreichte die Küste noch eher.

Hier fand der Urwald im sandigen Boden nicht mehr genügend Nahrung, so daß ein breiter, freier Streifen entstanden war. An ihm entlang führte die Straße genau nach Osten.

Deringhouse fuhr den Wagen unter die schützenden Zweige eines riesigen Baumes und schaltete den Antrieb aus. Das Summen erstarb, und für einen Augenblick hörten die drei Männer nichts als das Rauschen der nahen Brandung und die Bewegung des Windes in den Blättern der Bäume. Ruhig und friedlich lag die urweltliche Landschaft da. Das Meer erstreckte sich in unendlicher Weite – man würde fast den ganzen Globus umschiffen müssen, um wieder auf Land zu stoßen. Die Wogen rollten gegen die Küste an und brachen sich weit draußen, um dann, sich weiß schäumend überstürzend, den flachen Sandstrand hinaufzueilen. Zögernd nur glitt das Wasser wieder in sein eigentliches Element zurück.

„Hier möchte ich Zelte bauen", murmelte Ataka träumerisch. „Wie auf einer unbewohnten Südseeinsel . . ."

„Der Schein trügt", gab Deringhouse zurück und zeigte schräg zum Himmel. Sie folgten seinem Blick. Ein kleiner, blitzender Flugkörper raste hoch oben in dem gläsernen Bau über sie hinweg und war Sekunden später wieder verschwunden. „Sie machen Patrouillenflüge, wissen vielleicht aber noch nicht, was geschehen ist."

Marshall wandte sich an den Japaner. „Glauben Sie, von hier aus Verbindung mit den Aquas aufnehmen zu können? Sonst müssen Sie mit Gucky in McClears Gefängnis teleportieren. Es wäre besser, wenn die Befreiungsaktion von außen gestartet würde, um keinen Verdacht zu erregen. Die Topsider müssen glauben, daß wir ‚Springer' ohne übernatürliche Fähigkeiten sind."

Ataka nickte und löste sich aus dem Schatten des Baumes. „Wenn Tiff es richtig schilderte, verständigen sie sich durch Schallwellen. Ich werde versuchen, Kontakt zu erhalten. Im Wasser. Ich nehme also jetzt ein Bad."

Er warf die Uniformjacke zu Boden, entledigte sich der Hose und spazierte wie ein Urlauber auf die rauschende Brandung zu. Gucky sah ihm neiderfüllt nach.

„Der hat auch immer eine Ausrede", zwitscherte er. „Ein kühles Bad würde mir jetzt auch gefallen."

„Vielleicht wirst du schneller baden müssen, als dir lieb ist", sagte Deringhouse. „Und vor allen Dingen: mehr."

„Der hört bei dem Krach sowieso nichts", lenkte der Mausbiber ab und sah zu, wie Ataka über die ersten Wogen sprang, um in tieferes Wasser zu gelangen. Aber er mußte fünfzig Meter laufen, ehe es ihm bis zur Brust reichte. Die Wellen hoben ihn in regelmäßigen Abständen hoch, und er winkte fröhlich zum Land zurück.

„Der meint wohl, er sei in Urlaub", rief Gucky neidisch. Plötzlich verschwand Ataka.

Eben noch war sein Kopf zu sehen gewesen, und nun war er nicht mehr da. Fast eine Minute lang blieb er verschwunden, dann tauchte sein lachendes Gesicht wieder auf. Er winkte mit beiden Armen.

„Er hört die Aquas", gab Marshall die telepathische Botschaft des Japaners weiter. „Aber er versteht nichts. Wahrscheinlich empfängt er ein unkontrollierbares Durcheinander von Botschaften. Immerhin wissen wir nun, *daß* sie sich verständigen."

„Mager", faßte Deringhouse zusammen. „Was nun?"

„Vielleicht sind die Aquas Telepathen", hoffte Gucky.

„Wenig wahrscheinlich", warf Marshall ein. „aber wir werden es schon schaffen."

Ataka winkte noch immer. Jetzt tauchte er wieder unter. Als er zum Vorschein kam, sagte Marshall aufgeregt: „Er meldet stärkere Impulse. Man hat ihn bemerkt. Und nun . . ."

Sie sahen es selbst.

Draußen, zweihundert Meter vor der Küste, durchfurchten Schaumpfeile die Wasseroberfläche. Vier, fünf Stück. Sie hielten auf Ataka zu, der regungslos stehengeblieben war. Die Wellen reichten ihm bis an den Hals, aber manchmal ging ihm das Wasser auch nur bis zum Nabel.

Die fünf Silberpfeile kreisten ihn ein, und das Schäumen versiegte.

Vor Ataka kam ein schlanker, robbenähnlicher Körper aus dem Wasser, richtete sich senkrecht auf und begann mit beweglichen Armen zu gestikulieren. Deutlich war der ovale Mund zu erkennen.

„Aquas", sagte Marshall. „Genauso, wie Tiff sie beschrieb. Nun kommt es darauf an, ob Ataka sie versteht." Er zögerte eine Sekunde, dann nickte er. „Der Kontakt ist aufgenommen, aber ... Gucky, springe zur CENTURIO und hole André Noir."

„Noir?" fragte Deringhouse. „Was sollten wir mit einem Hypno anfangen? Wollen wir die Aquas unter unseren Willen zwingen?"

„Nein, aber mit seiner Hilfe können wir uns ihnen verständlich machen. Die Fischmenschen sind keine Telepathen, und niemand versteht ihre Sprache. Noir kann ihnen unsere Absichten einsuggerieren."

„Gut." Deringhouse war einverstanden. „Aber sei vorsichtig, Gucky. Denke daran, daß Lamanche schon ..." Er verstummte jäh.

Der Mausbiber war schon nicht mehr da. Nur seine Spuren im Sand, die plötzlich endeten, besagten eindeutig, daß er hier eben noch existiert hatte.

Deringhouse fluchte. „Er wartet nicht einmal meinen Befehl ab."

„Doch, hat er." Marshall grinste. „Er kann ja schließlich Gedanken lesen. Und wir haben nur wenig Zeit zu verschwenden."

Ataka redete inzwischen auf die fünf Fischmenschen ein, aber anscheinend ohne Ergebnis. Er zeigte immer wieder zum Strand und begann schließlich, langsam auf das Ufer zuzugehen. Zögernd folgten ihm die Aquas.

Gespannt sahen Deringhouse und Marshall zu. Als der Japaner den Strand erreichte und sich umdrehte, blieben auch die Aquas stehen. Das Wasser reichte ihnen bis zum Unterleib, der silbern und schuppig in der tiefstehenden Sonne schimmerte. Deringhouse hätte zu gern gewußt, ob sie Füße hatten.

Ataka winkte seinen neuen Freunden zu. Sie gingen weiter, unbeholfen und langsam. Bis sie auf den Strand kamen. Und da sahen sie es.

Die Aquas hatten keine Beine, aber einen starken, flachen Schwimmschwanz, mit dem sie ihre Unterwasserfahrt steuerten.

Marshall lauschte plötzlich. „Ihre Gedankenimpulse sind stark genug. Ich kann ihre Ströme empfangen. Leise nur, aber verständlich. Wenn doch Noir schon hier wäre. Möchte wissen, warum Gucky so lange braucht.“

Ataka zeigte zum Strand hinauf, wo Deringhouse und Marshall standen. Die Aquas richteten ihre glänzenden Augen auf die beiden Männer, die für sie genauso fremdartig sein mußten, wie es umgekehrt der Fall war.

„Sie können es zwei oder drei Stunden auf dem Land aushalten“, murmelte Marshall. „Der eine dachte gerade daran. Sie sind friedlich, wissen aber nicht, wie wir auf ihre Welt gekommen sind. Hm, von den Topsidern halten sie nicht viel. Sie glauben, daß wir deren Verbündete sind. Wird Zeit, daß wir sie aufklären.“

Genau in dieser Sekunde materialisierte Gucky mit André Noir.

„Kamen gerade noch fort, ehe Lamanche startete. Der hat den Topsidern eingeheizt. Die ganze Traktor-Anlage ist im Eimer.“

Deringhouse seufzte. „Wieder ein Ausdruck von Bully, wenn ich nicht irre. Also, Noir, jetzt zeigen Sie mal, was Sie gelernt haben. Zusammen mit Marshall, der den Empfänger spielt, sollte doch eine Verständigung mit den Aquas zustande kommen.“

Und sie kam zustande.

Marshall nahm die Gedankenimpulse auf und übersetzte sie. André Noir ließ in den Gehirnen der Fischmenschen dann die Antwort als eine Art Gedankenbild entstehen, das einwandfrei verstanden wurde. Zwar ein wenig umständlich, aber ein brauchbares Ergebnis.

„Ihr seid Fremde auf unserer Welt?“

„Ja, wir kamen von den Sternen, wo auch wir eine Heimat besitzen.“

„Und warum kamt ihr?“

Deringhouse, der die Unterhaltung leitete, ließ sagen: „Um euch zu warnen und zu helfen. Aber gestattet uns eine Frage: Sind die vierbeinigen Echsen eure Freunde? Habt ihr ihnen erlaubt, auf dem Land zu leben, das euch gehört?“

Die Antwort kam sofort: „Nein, sie fragten uns nicht. Sie kamen vor vielen Tagen und Nächten und bauten ihre Häuser. Wie sollten sie uns fragen? Wir verstehen sie nicht, und sie verstehen uns nicht.“

„So wäre es euch lieber, wenn sie wieder gingen?"

„Ja, es wäre uns lieber. Aber wie wollen wir sie vertreiben? Wir haben keine Waffen."

„Sollen wir euch helfen?"

Eine kurze Pause entstand, und dann bewies die Antwort der Aquas, daß sie zwar klug, aber mißtrauisch waren. „Und was sollen wir euch dafür geben?"

Deringhouse lächelte. „Nur eines: Eure Freundschaft. Wir werden mit euch Handel treiben, Güter tauschen und auf dem Land einen kleinen Stützpunkt errichten, damit die Echsen nicht zurückkehren können."

„Die Echsen haben nie mit uns gehandelt. Also gut, wir sind einverstanden. Wir werden unseren Führern berichten."

„Noch etwas", fiel Deringhouse die Hauptsache ein. „Die Echsen haben zwei unserer Freunde gefangengenommen. Wir wollen sie befreien, aber ohne eure Hilfe ist es schwer. Wollt ihr uns helfen?"

„Wir wissen um die Gefangenen. Sie sind in der Wasserburg der Echsen. Könnt ihr unter Wasser leben?"

„Nein, wir benötigen Luft zum Atmen. Unter Wasser müssen wir sterben."

„Luft?" kam der Gedankenimpuls, und dann: „Es ist gut, wir werden daran denken. Erwartet uns morgen früh an dieser Stelle. Vielleicht finden wir eine Lösung."

„Wenn unser großes Schiff kommt, haben wir auch eine", gab Deringhouse zurück. „Aber gut: Treffen wir uns morgen, wenn die Sonne aufgegangen ist, an dieser Stelle wieder. Wir warten auf euch."

„Wir werden kommen", versprachen die Aquas, winkten den Männern noch einmal zu, betrachteten einige Sekunden lang neugierig den Mausbiber, drehten sich um und verschwanden.

Noch eine Weile konnte man die silbernen Streifen sehen, dann verschwanden auch diese, als die Fischwesen endgültig untertauchten und in der Tiefe des Meeres davoneilten.

Gucky sah ihnen nach.

„Die haben es gut", zirpte er. „Durst kennen die wohl nicht?"

Deringhouse sah zum Horizont. Groß und rot schickte Beteigeuze sich an, hinter den Fluten des Meeres zu versinken. Der Himmel färbte sich rosa, grün und violett. Wie ein feuriger Vorhang öffnete sich das Firmament einem wahrhaft unirdischen Schauspiel.

„Morgen", sagte Deringhouse. „Morgen wissen wir mehr."

„Bleiben wir hier?" fragte Marshall.

„Ja, wir schlafen im Wagen."

„Unnötig." Der Telepath schüttelte den Kopf. „Ich werde jetzt mit Gucky die Space-Jet McClears' holen. Wir haben die ganze Nacht dazu Zeit."

Deringhouse nickte langsam. „Von mir aus. Dann können Ataka und ich noch in aller Ruhe ein Bad nehmen, bis ihr zurück seid. Sie auch, Noir?"

Gucky warf Marshall einen verzweifelten Blick zu, aber dann, als dieser ernst den Kopf schüttelte, trat er zu dem Telepathen, legte seine kurzen Ärmchen um ihn, pfiff mißtönend – und verschwand mit ihm.

Das Leben von acht Männern stand auf dem Spiel.

Noch ehe es richtig dunkel wurde, landete die Space-Jet mit Marshall und Gucky an Bord dicht bei dem getarnten Fahrzeug. Die Aktion war genau im rechten Augenblick erfolgt. Nach der Flucht der vermeintlichen Springer war der Großalarm der Topsider erfolgt. Ihre Kampfschiffe kamen von allen Teilen der Wasserwelt und versammelten sich an einem Punkt des Kontinents, der keine fünfzig Kilometer von der Metallinsel entfernt lag.

Gerade war ein Angriff auf die Space-Jet erfolgt, den man hatte abschlagen können. Ehe der zweite, stärkere, eingeleitet wurde, waren Gucky und Marshall erschienen. Das kleine Schiff war, nachdem man die Fesselfeldanlage zerstört hatte, gestartet und in der Dämmerung verschwunden. Da es niedrig flog, hatten die Verfolger es bald aus den Ortungsanlagen verloren.

Deringhouse ließ den Diskus so in eine Waldlücke bugsieren, daß ihn niemand mehr so leicht von oben aus entdecken konnte. Ein kurzer Funkspruch zur TERRA genügte, um die genaue Position durchzugeben. Dann, es war bereits dunkel geworden, nahm Deringhouse Verbindung mit der CENTURIO auf.

„Hallo, Lamanche! Wo sind Sie?"

„Kreisbahn, Sir. Wir warten auf den neuen Einsatzbefehl."
„Wird nicht so schnell erfolgen. Sie bleiben oben und nehmen Kontakt zur TERRA auf. Wehren Sie alle Angriffe der Topsider ab. Aber bleiben Sie, wo Sie sind. Wir haben hier unten noch einiges zu erledigen."
„Verstanden, Sir. Wenn Sie Hilfe benötigen sollten . . ."
„Keine Sorge, Lamanche. Wir haben ja Gucky. Ende."
Er schaltete das Gerät aus und stieg aus der Space-Jet, sprang in den weichen Sand hinab – und wäre fast auf Guckys Schwanz getreten.
Der Mausbiber hockte brav und artig da und betrachtete den dunkel gewordenen Himmel und die ersten flammenden Sterne, die fremdartige und unbekannte Konstellationen bildeten, wie man sie von der Erde aus niemals geschaut hatte.
„Nanu, was machst du denn hier? Ich denke, du wolltest baden?"
Der Mausbiber ließ den Nagezahn blitzen.
„Werde ich jetzt auch. Ich kann euch ja wohl für eine halbe Stunde allein lassen."
„Wie meinst du das? Als ob wir ohne dich nicht auskämen . . ."
Gucky watschelte davon und hinterließ im feinen Sand eine sehr merkwürdig anzusehende Schleifspur.
Zehn Meter entfernt blieb er hocken und blickte sich um.
„Jaaa!" dehnte er zwitschernd. „Wenn ihr Gucky nicht hättet! Ich glaube, ich werde meine zwei Zentner Rüben doch bekommen, was?"
Sprach's und verschwand mit einem kühnen Satz in den anrollenden Fluten.
Deringhouse aber schüttelte vorwurfsvoll den Kopf. Er hatte nicht damit gerechnet, daß Gucky wieder lauschen würde.

Blutrot stieg hinter dem Urwald die Sonne auf und bereitete dem neuen Tag einen farbenprächtigen Empfang.
Marshall, der die letzte Wache hatte, stand dicht vor den ausrollenden Wogen des Meeres und schaute hinaus gegen den Horizont. Er wartete auf die bereits bekannten Silberstreifen, die das Kommen der Aquas ankündigten.
Die Nacht war ruhig verlaufen. Die ständig besetzte Funkstation der

Space-Jet, in der sie alle geschlafen hatten, berichtete nichts Neues. Zwar herrschte ein reger Funkverkehr zwischen den einzelnen Stationen und Schiffen der Topsider, aber die meisten Sprüche waren verschlüsselt. Es gelang dem kleinen Positronengehirn, den Kode nach einiger Zeit herauszufinden, aber das nützte nur wenig. Die Topsider bezogen lediglich neue Stellungen, das war alles.

Marshall vernahm die ersten schwachen Gedankenimpulse der Fischwesen, noch ehe er sie sehen konnte. Dann aber erkannte er gegen den Horizont die Silberstreifen. Sie waren noch weit draußen, näherten sich jedoch mit fast unwahrscheinlicher Geschwindigkeit. Sie mußten gestaffelt schwimmen, denn die Formation bildete einen riesigen Keil, der genau gegen das Ufer zeigte.

Soweit er abzuschätzen vermochte, näherten sich ihm fünfzig Aquas.

Zwanzig Meter vom sandigen Strand entfernt stoppten die Silberpfeile. Der Anführer tauchte auf und kam schwerfällig auf Marshall zu. Die anderen blieben im tieferen Wasser. Nur ihre schlanken Köpfe tauchten auf. Neugierige Augen betrachteten prüfend den Menschen.

„Wir sind gekommen, wie wir es versprachen“, kam der Gedanke des Aqua. „Aber wir fanden keinen Ausweg, um einem von euch das Leben unter Wasser zu ermöglichen.“

Marshall rief seit zwanzig Sekunden Gucky und atmete auf, als er endlich Antwort erhielt.

„Ich schlafe noch“, signalisierte der Mausbiber. „Was ist denn schon wieder los?“

„Schicke André Noir, aber schnell! Die Aquas sind da!“

Keine Antwort, aber wenige Augenblicke später materialisierte Gucky dicht neben Marshall, der unwillkürlich zusammenzuckte. Drüben kletterte gleichzeitig Noir, nur halb angezogen, aus der Luke der Space-Jet und kam im Laufschritt herbei.

Die Verständigung mit den Wasserwesen war gesichert.

„Es ist unnötig, sich darüber Gedanken zu machen, denn wir haben nun die Möglichkeit, sehr lange unter Wasser zu bleiben“, sagte Marshall. „Es gibt Anzüge, mit denen man draußen im Weltraum leben kann, und der Raum ist feindlicher als das Meer.“

„Dann könnt ihr mit uns kommen?“

„Wenn ihr kräftig genug seid, uns zu ziehen, denn schwimmen können wir nicht gut."

„Wann?"

„Geduldet euch eine kurze Zeitspanne. Wir müssen noch einige Vorbereitungen treffen."

Eine halbe Stunde später erlebten die Fische in dem flachen Meer an der Küste des einzigen Kontinents von Beteigeuze IV ein Schauspiel, das so fremdartig war, daß sie es nie vergessen würden.

Mit geschlossenen Raumanzügen lagen Marshall und Noir flach ausgestreckt auf dem schuppigen Rücken je eines Aqua und ließen sich durch das dämmerige Grün der Unterwasserwelt tragen. Eine dritte Gestalt, etwas kleiner, ruhte auf dem Rücken eines dritten Aqua. Gucky. Eine Vorhut von zwanzig Fischmenschen schwamm voran, der Rest folgte, um der Flottille den Rücken zu decken.

Den größten Spaß an der Sache hatte zweifellos Gucky.

Sein Spezial-Raumanzug saß wie angegossen. Die große Sichtscheibe des Helmes ermöglichte es ihm, frei nach allen Seiten zu sehen, und da hier das Meer nicht sehr tief war, erlebte der Mausbiber zum erstenmal bewußt die geheimnisvolle Welt unter der Oberfläche des Ozeans.

Sanft nur wellten sich die sandigen Hügel, die mit bunten Meerespflanzen bewachsen waren und wie ein einziger, riesiger Blumengarten wirkten. Dazwischen schossen die schillernden Kleinfische umher und schienen sich vor der über sie hinwegrauschenden Flotte in Sicherheit bringen zu wollen. Nach rechts und links war die Sicht begrenzt. Oben schimmerte etwas gleich einer orangeroten Laterne aus dem hellen Himmel: die Sonne.

Die Geschwindigkeit war erstaunlich. Nun erkannten die beiden Männer auch, daß die Aquas in der Tat lebende Rückstoßraketen waren. Sie saugten durch ihren Mund Wasser in unaufhörlichem Strom ein, verdichteten es etwa in der Mitte des Leibes durch ein Spezialorgan und stießen es dann durch eine Heckdüse dicht unter dem Steuerschwanz aus.

Der Druck mußte enorm sein, denn Marshall war davon überzeugt, daß die Aquas mit Rücksicht auf ihre neuen Verbündeten nur mit halber Kraft schwammen.

Hoch jenseits der Stratosphäre zogen die beiden Schweren Kreuzer ihre Bahnen. Ihre Funkgeräte waren auf Empfang. Sie warteten.

Warten mußte auch Deringhouse mit der Space-Jet. Immer noch unentdeckt lag der Diskus unter dem dichten Blätterdach des Urwalds, bereit, jede Sekunde zu starten und einzugreifen, wenn es notwendig sein sollte. Marshall brauchte nur auf den roten Knopf seines winzigen Sendegeräts zu drücken. Der Peilton würde schon dafür sorgen, daß man ihn und die anderen sofort fand.

Und schließlich warteten noch McClears und Tiff, die in ihrem gläsernen Gefängnis saßen und nicht wußten, ob man ihre Signale überhaupt gehört hatte.

Nachdem sich die Topsider von ihrem Schrecken erholt hatten, gab Al-Khor Großalarm. Sofort wurde eine Krisensitzung einberufen und das weitere Vorgehen besprochen. Al-Khor, der gleichzeitig der Oberkommandierende der im Beteigeuze-System stationierten Topsid-Flotte war, ergriff das Wort: „Topsider, es gilt, schnelle Entscheidungen zu fällen. Ich bleibe bei meinem Vorschlag, daß wir uns sofort mit Topsid in Verbindung setzen und den Diktator darüber aufklären, was geschehen ist – und was noch geschehen wird, wenn nicht schnellstens Verstärkung geschickt wird. Eine Invasion der Springer steht bevor. Sie vermuten in diesem System den Stützpunkt eines Feindes und wollen den dritten Planeten vernichten. Wir aber wollen die Wasserwelt und später auch den Dschungelplaneten besiedeln, haben also die älteren Rechte. Von einem Feind haben wir in diesem System noch nichts gemerkt – außer den Springern selbst. Ich bitte Sie um Ihre Zustimmung, daß ich mich mit Topsid in Verbindung setzen kann."

Wie nicht anders zu erwarten, stimmten alle Offiziere zu.

Al-Khor fuhr fort: „Veranlassen Sie, daß sofort der Hypersender Kontakt mit Topsid aufnimmt. Ich werde in wenigen Augenblicken in der Funkzentrale sein und selbst mit dem Diktator sprechen. Sie aber . . .", er sah wieder die anderen an, „. . . begeben sich sofort zu Ihren Stützpunkten und Schiffen und warten weitere Befehle ab. Der Wasserplanet befindet sich im Kriegszustand."

Jemand im Hintergrund fragte: „Was geschieht mit den Gefangenen, die sich unten in der Wasserzelle befinden?"

Al-Khor nickte. „Gut, daß Sie mich daran erinnern. Sie müssen sofort unschädlich gemacht werden, ehe auch sie entkommen."

„Vielleicht können sie uns noch wertvolle Hinweise auf die bevorstehende Invasion geben."

„Nein, wir haben keine Zeit mehr ... Außerdem haben sie alles gesagt, was wir wissen wollen. Sie sind zu gefährlich, um am Leben gelassen zu werden. Veranlassen Sie die schnellste Hinrichtung."

Der Topsider im Hintergrund bestätigte kurz, blieb aber noch sitzen, um das Ende der Konferenz abzuwarten.

Und genau das war verkehrt.

Tiff dachte ununterbrochen an das, was er John Marshall mitteilen wollte. Mehr konnte er beim besten Willen nicht tun, da er selbst kein Telepath war. Doch er hegte die Hoffnung, daß Marshall seine Gedanken las.

McClears hockte in der Ecke auf dem gläsernen Boden und starrte nachdenklich auf den nahen Meeresgrund hinab, den er nun im hellen Tageslicht deutlich erkennen konnte. Die fremdartigen Fischwesen waren wieder verschwunden, so schnell, als habe man sie abberufen. Die schwache Hoffnung des Majors schwand. Von ihnen also konnten sie keine Hilfe erwarten. Aber wozu auch? Deringhouse und die Mutanten waren sicher bereits unterwegs, um ihn und Tiff zu befreien.

„Nichts zu sehen, Tiff. Seit gestern abend haben sich keine Eingeborenen mehr gezeigt. Ob sie sich nicht mehr für uns interessieren?"

„Wir wissen nicht, Major, in welcher Beziehung sie zu den Topsidern stehen. Vielleicht erhielten sie die Anweisung, sich nicht mehr hier in der Nähe sehen zu lassen."

„Warum aber sperrte man uns dann in das gläserne Gefängnis unter dem Meer? Doch nur, damit uns die Fischmenschen betrachten können."

„Wissen wir das so sicher?" zweifelte Tiff. „Warten wir ab, was geschieht."

Das war leichter gesagt als getan. Untätig hockten sie nun bereits seit gestern hier unten. Kein weiteres Verhör war erfolgt, und zu essen und trinken hatte man ihnen auch nichts gebracht. Zum Glück fand

McClears in seiner Tasche noch einige Tabletten, die über den stärksten Hunger hinweghalfen und den Durst milderten.

Schritte näherten sich plötzlich. Deutlich spürten sie die Vibration und erhoben sich. Sie fühlten, daß es besser war, die Echsen stehend zu empfangen. Vielleicht war es aber auch eine Warnung aus dem Unterbewußtsein, die sie dazu veranlaßte.

Sie wußten in derselben Sekunde, in der die beiden Topsider die Tür öffneten und den Raum betraten, was mit ihnen geschehen sollte. Die auf sie gerichteten Strahlwaffen und die grimmig-entschlossen funkelnden Augen verrieten deutlich die Absicht der Besitzer.

„Sie bringen uns um", flüsterte Tiff und dachte schnell weiter: *Helft uns, Marshall, Gucky! Es bleibt uns nicht mehr viel Zeit. Standort: Metallinsel vor der Küste! Zwanzig Meter unter dem Wasserspiegel. Sie fordern uns auf, die Zelle zu verlassen. Schnell, beeilt euch!*

Draußen im Gang war es hell. Aus Decke und Wänden heraus drang grelles Licht und blendete die Männer. Die beiden Topsider stießen ihren Gefangenen die Läufe der Waffen in den Rücken und drängten sie vorwärts. Mit eng zusammengekniffenen Lippen gingen McClears und Tiff weiter, einem unbekannten Ziel entgegen.

Der Korridor machte eine scharfe Biegung und endete vor einer grauen Metalltür. Ein Rad ließ vermuten, daß es sich um die Tür zu einer Luftschleuse handelte.

Oder zu einer Wasserschleuse . . .

Einer der Posten drehte das Rad. Langsam schwang die Tür nach außen und gab den Blick in den dahinterliegenden Raum frei.

„Geht!" sagte der Topsider auf arkonidisch. „Und viel Vergnügen."

McClears blieb stehen. Tiff ging vor, ununterbrochen seine dringenden Hilferufe denkend. Er schilderte ihre Lage und hoffte, daß die Freunde nicht mehr lange auf sich warten ließen.

Es wurde in der Tat höchste Zeit.

„Du auch!" befahl der Topsider.

Er richtete den Strahler auf den Major. McClears sah ein, daß keine Sekunde mehr zu gewinnen war. Er drehte sich um und betrat den engen Raum, in dem Tiff schon auf ihn wartete.

„Wenn sie Wasser eindringen lassen", flüsterte er, noch während die schwere Tür sich schloß, „werden sie danach auch die Außenluke öffnen. Dann tauchen wir auf."

„Ich fürchte", entgegnete Tiff verzweifelt, „sie werden damit warten, bis wir ertrunken sind. So schlau sind sie auch, eine solche Möglichkeit einzukalkulieren. Wir können nur die Luft anhalten, mehr nicht. Und natürlich hoffen."

McClears gab keine Antwort.

Zur Meeresseite hin entstand dicht über dem Boden ein schmaler Spalt, durch den nun Wasser in die Schleuse drang. Der Spalt vergrößerte sich rasch, und das Wasser stieg entsprechend schneller. Bald stand es den Männern bis zur Brust.

„Der Spalt!" rief Tiff erregt. „Wenn er noch ein kleines Stück weitersteigt, können wir hindurch ..."

Aber die senkrecht gleitende Tür blieb stehen. Unaufhörlich kletterte der Wasserspiegel weiter, erreichte die Brust, dann den Hals.

„Einatmen!" brüllte McClears. „Luft anhalten, tauchen und versuchen, nach unten zu gelangen. Womöglich wird der Spalt breiter. Viel Glück, Tiff! Vielleicht schaffen wir es."

Mit einem plötzlichen Schwall brach das Meer in die Schleuse.

Innerhalb einer einzigen Sekunde stieg es bis zur Decke und füllte den ganzen Raum aus. McClears und Tiff hielten die Luft an und ließen sich zu Boden sinken. Sie spürten den Wasserdruck. In ihren Ohren begann es zu sausen, und der Sauerstoffmangel lähmte ihre Bewegungen.

McClears erreichte mit seinen tastenden Fingern den oberen Rand des Spaltes. Er zog sich herab und griff in etwas Bewegliches.

Wäre das Wasser nicht gewesen, so hätte er einen Schrei ausgestoßen, so aber entwich die aufgespeicherte Luft mit einem unhörbaren Gurgeln seinen überanstrengten Lungen.

Noch einige Sekunden, dann war er erledigt ...

Die Aquas der Vorhut verlangsamten ihre Geschwindigkeit und formierten sich neu.

„Was ist los?" fragte André Noir durch ein hypnotisches Gedankenbild. Prompt empfingen Marshall und Gucky die Antwort.

„Die Wasserfestung der Fremden. Wir sind angelangt. Sie haben spezielle Türen, die von hier aus zu ihnen führen."

In derselben Sekunde kamen die ersten Hilferufe Tiffs. Gucky peilte und dachte zu Marshall: *Keine zehn Meter vor uns. Soll ich springen?*

Nein, warte. Vielleicht können wir helfen, ohne daß die Topsider es bemerken.

Vor ihnen in der ewigen Dämmerung des Meeres schimmerte die Wandung der künstlichen Insel. Sie stand auf runden Stützpfeilern und endete gut zwanzig Meter unter der Wasseroberfläche. Eine Reihe von schmalen Schlitzen deuteten Schleusen an. Von hier aus also betraten die Aquas das Reich der Topsider, wenn sie dazu aufgefordert wurden.

Jetzt werden sie geholt!

Marshall nickte in seinem Helm. Es war ein eigenartiges Gefühl, auf dem schlanken Körper eines Fischwesens zu sitzen wie auf einem Pferd.

Anpeilen, Gucky!

Der Mausbiber, der unter anderen Umständen einen Mordsspaß an der Exkursion unter Wasser gehabt hätte, lenkte sein Reittier näher an die graue Wand der Metallinsel heran. Vor einer der eingelassenen Schleusentüren hielt er an.

Hier ist es! Sie befinden sich bereits in der Kammer.

Marshall wußte es längst. Er wußte noch mehr.

Oben auf der Plattform stehen die Posten mit Strahlgewehren. Falls McClears und Tiff auftauchen . . .

Noir war als Suggestor natürlich auch ein schwacher Telepath. Er konnte die gedanklichen Impulse Guckys und Marshalls verstehen und war unterrichtet. Sofort gab er den Aquas seine Anweisungen. Die Fischmenschen ohne Last stoben wie auf ein Kommando auseinander, schwammen zur Oberfläche empor und tummelten sich dort, wie sie es gewohnt waren. Sie schossen blitzschnell wie Pfeile hin und her, wühlten das Wasser auf, sprangen meterhoch in die sonnige Luft hinaus und fielen klatschend in ihr Element zurück.

Die sechs Topsider senkten ihre Gewehre. Das war ein Anblick, den sie gewohnt waren.

Jetzt dringt das Wasser ein, signalisiert Tiff, dachte Gucky. Und nach einigen Sekunden: *Der Spalt ist zu schmal, um McClears und Tiff durchzulassen.*

Marshall antwortete: *Aufmachen, Gucky!*

Der Mausbiber schwamm noch dichter an das stählerne Gefängnis heran und konzentrierte sich auf die angehaltene Schiebetür. Langsam begann sich ihr unterer Rand nach oben zu bewegen. Zwar drang nun das Wasser noch schneller in die dahinterliegende Kammer ein, aber der Spalt wurde groß genug, um einen Menschen durchzulassen. Hoffentlich begriffen die beiden zum Tode Verurteilten das schnell genug.

Sie begriffen.

Gucky ließ seinen Aqua etwas absinken und griff in den Spalt hinein. Er bekam einen tastenden Arm zu fassen, zog an ihm und zerrte McClears durch den schmalen Spalt. Der Major hatte die Augen halb geöffnet, schien aber nicht viel zu sehen. Eine große Luftblase quoll aus seinem Mund und stieg schnell der Oberfläche entgegen.

Schnell, Marshall. Er kann es noch zehn Sekunden aushalten. Bringe ihn weit genug fort und dann nach oben. Tauchen könnt ihr immer wieder.

Marshall übernahm McClears, der sich nicht wehrte und alles willenlos mit sich geschehen ließ. Noir leitete den Befehl an den Aqua weiter. Nur mit Mühe gelang es Marshall, sich und McClears festzuhalten, so gewaltig war die Beschleunigung, mit der sie nun durch das Wasser davonschossen.

Gucky zögerte keine Sekunde mehr.

Er zwängte sich durch den schmalen Spalt in die Schleusenkammer und erblickte Tiff sofort, der seinen Fluchtversuch aufgegeben hatte und zur Decke emporschwebte, wo es keinen Kubikzentimeter Luft mehr gab.

Gucky stieß sich vom Boden ab und konnte Tiff an den Füßen packen. Das Gewicht des Anzugs ließ ihn dann wieder nach unten sinken. So schnell er konnte, drückte er den bereits halb bewußtlosen Tiff durch den Spalt hinaus ins Meer, wo sofort der verbliebene Aqua, Guckys „Seepferdchen“, sich seiner annahm. Der Fischmensch ergriff den erschlafften Körper, zog ihn eng an sich und jagte davon, ohne sich um den Mausbiber zu kümmern.

Gucky hätte teleportieren können, aber ihm machte das Schwimmen unter Wasser zu viel Spaß, um darauf zu verzichten. McClears und Tiff waren in Sicherheit, wie ihm die Gedankenimpulse Marshalls nur zu deutlich verrieten. Die Aquas hatten sich wieder versammelt und sorgten dafür, daß die Geretteten so schnell wie möglich aus der Gefahrenzone gebracht wurden.

Der Mausbiber ging tiefer und strich dicht über den farbenprächtigen Meeresboden dahin. Einmal begegnete er einem größeren Fisch, der sich jedoch beim Anblick des erstaunlichen Wesens schleunigst in Sicherheit brachte. Gucky grinste vergnügt hinter ihm her.

Und so kam es, daß er zwei Stunden später als die anderen den Strand bei der Space-Jet erreichte.

Er hatte sein langersehntes Bad genommen – war allerdings dabei nicht naß geworden.

4.

Perry Rhodan konferierte gerade mit Crest und Thora über die Möglichkeiten der interstellaren Raumfahrt, als ein durchdringendes Summen ertönte. Er stutzte eine Sekunde, dann drückte er auf den Knopf seines Armband-Nachrichtengeräts.

„Rhodan hier. Was gibt es?“

„Hyperkomspruch von Beteigeuze, Sir. Soll ich aufnehmen?“

„Verständigen Sie Reginald Bull und warten Sie. Ich komme selbst.“

Crest und Thora sahen ihn aus dem Raum laufen, ehe sie eine Frage stellen konnten. Sie standen auf und folgten langsamer. Auch sie interessierte es, was inzwischen 272 Lichtjahre von der Erde entfernt geschehen war.

Der Lift brachte Rhodan in wenigen Minuten zur Zentrale der

Hyperfunk-Station. Cheffunker Eilman nahm Haltung an und meldete: „Major Deringhouse, CENTURIO, System Beteigeuze, hat um eine wichtige Nachrichtenübermittlung gebeten. Entfernung zweihundertzweiundsiebzig Lichtjahre, Beteigeuze . . ."

„Mein lieber Eilman", wehrte Rhodan ab. „Sie sind zwar Nachrichtenmann, aber warum Sie längst bekannte Dinge noch einmal aufwärmen, ist mir schleierhaft. Na, es ist immerhin besser, als neue zu erfinden. Was ist mit Deringhouse?"

„Meldet sich in genau dreißig Sekunden wieder."

Rhodan nickte und nahm vor der Kontrollanlage Platz. Eben kam Bully zur Tür herein, warf Eilman einen kurzen Blick zu und setzte sich neben Rhodan.

„Jetzt bin ich aber gespannt, ob der Lausekerl dort ist."

„Eindeutig", sagte Rhodan. „Wo soll er sonst stecken?"

„Dem werde ich das Fell strammziehen", versprach Bully, womit offensichtlich wurde, daß sie von Gucky sprachen, den sie seit dem Start der beiden Schweren Kreuzer schmerzlich vermißten.

„Abwarten", empfahl Rhodan ruhig. Vor ihm leuchtete eine grüne Lampe auf. Dann drang eine etwas verzerrte Stimme aus dem Lautsprecher.

„Hier Deringhouse. Ich rufe Terrania."

„Am anderen Ende", sagte Rhodan. „Es ist gut, Ihre Stimme wieder zu hören, Deringhouse. Bevor Sie beginnen, eine Frage: Haben Sie Gucky irgendwo gesehen?"

Kurze Pause. Dann antwortete Deringhouse: „Gucky ist bei uns, Sir."

„Gut. Berichten Sie nun. Sind schon Springer aufgetaucht?"

„Wie man es sehen will, Sir. *Wir* sind die Springer. Wenigstens für die Topsider. Außerdem werden die echten . . ."

„Noch mal, Deringhouse. Sagten Sie Topsider?"

Deringhouse berichtete. Mit ernstem Gesicht hörten Rhodan und Bully zu. Kein einziges Mal unterbrachen sie den Major, der schließlich zum Ende kam und zusammenfaßte: „Das also war unser Plan, den wir selbständig und völlig unabhängig voneinander faßten. Ich hoffe, Sie können sich unserer Auffassung anschließen. Wir hatten keine andere Wahl, als zu versuchen, die Topsider in unsere Pläne einzubeziehen. Andernfalls hätten wir aufgeben müssen, und Sie wissen, was das nach sich ziehen würde."

„Allerdings", bestätigte Rhodan grimmig. „Früher oder später würden die Springer über der richtigen Erde auftauchen. Wir müssen unter allen Umständen an unserem Plan festhalten."

Es entstand eine Pause. Deringhouse schien ein bißchen ratlos. Seine Frage bestätigte diesen Eindruck. „Was sollen wir jetzt tun?"

„Vorläufig abwarten", entschied Rhodan. „Ausnahmsweise sind die Topsider einmal unsere Verbündeten – allerdings ohne es zu ahnen. Ich werde bald mit der TITAN erscheinen, dann sehen wir weiter. Es hängt auch viel davon ab, wann die Springer auftauchen und wie sie sich verhalten."

Deringhouse seufzte.

„Ich weiß, wie Ihnen zumute ist", sagte Rhodan ruhig. „Behalten Sie die Nerven. Wir werden Erfolg haben."

Rhodan war längst nicht so zuversichtlich, wie er sich gab, aber das brauchte Deringhouse schließlich nicht zu wissen.

5.

Außerhalb des von Einstein definierten Raum-Zeit-Kontinuums – im Hyperraum – verlieren alle uns vertrauten Naturgesetze ihre Gültigkeit. Der Begriff der Zeit geht verloren, und die Entfernungen schrumpfen zu einem lächerlichen Nichts zusammen.

Im Universum verging nur der Bruchteil einer Sekunde, als Perry Rhodan mit dem Kugelraumer TITAN zehntausend Lichtjahre in die Milchstraße hineinsprang, weit über sein eigentliches Ziel hinaus.

Während eines Liderzuckens wurde aus der Sonne ein winziger Stern, den nur noch die empfindlichsten Elektronen-Teleskope aufspüren konnten. Selbst Beteigeuze, der rote Riese, schien dem Erlöschen nahe. Er stand nun 9728 Lichtjahre von der TITAN entfernt in Richtung Terra.

Vor der TITAN aber lag der unendliche Raum mit seinen bewohnten und unbewohnten Systemen und seinen Gefahren.

Perry Rhodan saß vor der Panoramagalerie, die den Blick ins Weltall ermöglichte. Neben ihm hockte Reginald Bull, strich sich den Transitionsschmerz aus dem Genick, drückte die widerspenstigen, roten Haarborsten zurück und kniff die Augen zusammen, um besser sehen zu können. Lautlos glitt die TITAN weiter in das Gewimmel der Sterne hinein, aber sie „kroch" jetzt nur noch, knapp mit 0,9 der Lichtgeschwindigkeit. Es würde so Jahre dauern, bis das Schiff den nächsten Stern erreichte.

„Sprung gut überstanden, Sir!" meldete der Cheffunker. „Keine Funkimpulse bisher. Wenigstens keine, die uns angehen."

„Senden Sie Hyperfunkspruch an Deringhouse, Richtung Beteigeuze. Verschlüsselt nach System H-V-dreiunddreißig. Positronisch. Major Deringhouse soll seine Position melden und sich zur Berichterstattung bereit halten. Der Chef will selbst mit ihm sprechen. Geben Sie Bescheid, sobald Sie Verbindung erhalten."

„In Ordnung, Sir. Wird gemacht."

Bully sah noch einige Sekunden zu, wie der Cheffunker vom Dienst die Anlage einschaltete und den Ruf in die Zerhackermaschine gab, von Band aufnehmen und dann senden ließ. Der Spruch würde sich so lange wiederholen, bis auf der gleichen Frequenz die Antwort kam. Das konnte Stunden dauern, aber auch nur Minuten.

„Sendung läuft", meldete Bully und ließ sich wieder im Sitz des Ersten Offiziers nieder. „Hoffentlich peilen uns keine Springer an."

„Geht nicht." Rhodan lächelte. „Unter gewissen Umständen lassen sich zwar Hyperfunk-Sendungen in der Richtung bestimmen, aber nicht in der Entfernung. Sie können also lange suchen, bis sie uns finden. Getröstet, Bully?"

Der Dicke knurrte etwas Unverständliches und widmete sich mit Hingabe dem Anblick des Universums, als habe er noch nie in seinem Leben einen Stern gesehen.

Dabei hatte er mehr Sterne gesehen als andere Männer hübsche Mädchen.

Der Schwere Kreuzer CENTURIO, eine Kugel mit einem Durchmesser von zweihundert Metern, stand relativ unbeweglich im Raum und wartete. Dicht daneben, kaum zwei Kilometer entfernt, schwebte das Schwesterschiff TERRA, dessen Kommandant Major McClears war.

Deringhouse hatte einige Stunden geschlafen und war gerade in die Hauptzentrale zurückgekehrt, um seinen Stellvertreter Captain Lamanche abzulösen.

„Was Neues, Captain?"

Der Franzose schüttelte den Kopf. „ Nichts, Sir. Entfernung von Beteigeuze dreißig Lichtjahre. Strukturtaster hat eine Menge Transitionen in der Nähe des Systems festgestellt. Die Topsider erhalten also bereits die angekündigte Verstärkung."

Deringhouse nickte müde. „Gut, Lamanche. Lösen Sie mich in fünf Stunden wieder ab."

Fünf Stunden . . .

Deringhouse setzte sich nicht sofort, sondern wanderte noch eine Weile in der geräumigen Zentrale der CENTURIO auf und ab. Was war in den vergangenen Tagen nicht alles geschehen . . .

Ein schrilles Summen drang an seine Ohren. Es kam aus der Funkzentrale nebenan. Leutnant Fisher hatte Dienst.

Das Summen bedeutete: Hyperfunk.

Rhodan?

Mit einem Satz durchquerte Deringhouse den Kontrollraum und stieß die Tür zur Funkzentrale auf.

Fisher regulierte die Lautstärke und suchte den Kodeschlüssel. Dann schaltete er den Zerhacker ein und ließ den Entschlüßler einrasten.

In derselben Sekunde wurden die unartikulierten Laute verständlich, die aus dem Lautsprecher drangen.

„. . . TURIO. Wiederhole: TITAN an CENTURIO. Melden Sie Position, Major Deringhouse. Ich wiederhole Gesamtmeldung: Hier TITAN, Position zehntausend Lichtjahre von Terra, Richtung Arkon. TITAN an CENTURIO . . ."

„Melden Sie sich, Fisher!" befahl Deringhouse. „Wer weiß, wie lange sie uns schon rufen. Oder haben Sie den Ruf sofort vernommen?"

„Keine Ahnung, Sir, wann der Richtstrahl uns traf.“

Es dauerte insgesamt zwei Minuten, dann kam Rhodans Stimme aus dem Lautsprecher. Für die Überbrückung einer fast unvorstellbar großen Entfernung benötigte sie keine Tausendstelsekunde.

„Hier Rhodan. Transitionen kündigen Ansammlung der erwarteten Springerflotte an. Anzahl der Einheiten ungewiß. Was tut sich dort?“

„Letzte Funksprüche der Topsider konnten entschlüsselt werden. Der Diktator von Topsid hat starke Flottenverbände angewiesen, dem bedrohten Stützpunkt auf Aqua zu Hilfe zu eilen. Meiner Schätzung nach dürften an die fünfhundert Schiffe unterwegs sein.“

„Soviel werden die Springer auch auf die Beine stellen. Der von uns beabsichtigte Untergang des Scheinplaneten Erde wird somit unter dramatischen Begleitumständen erfolgen. Wir müssen dafür sorgen, daß es vorher nicht zu aufklärenden Gesprächen kommt. Springer müssen Topsider für Terraner oder deren Verbündete, Topsider die Springer für ihre ärgsten Feinde halten. Wenn wir dann gelegentlich auftauchen und uns kurz sehen lassen, wird die Täuschung vollkommen. Noch etwas, Deringhouse? Oder alles klar?“

„Nein, nur eine Frage, Sir.“

„Fragen Sie, Deringhouse.“

„Werden Sie dort bleiben, oder kommen Sie zu unserer Unterstützung hierher? Und noch etwas: Wann sollen wir nach Beteigeuze zurückkehren?“

Rhodans Antwort ließ nicht auf sich warten. „Wir handeln gemeinsam. Sie erhalten den Einsatzbefehl in derselben Sekunde, in der auch die TITAN nach Beteigeuze springt. Das wird in dem Augenblick sein, in dem die Springer auf die Topsider treffen.“

„Ob drei Schiffe genügen, um beide Seiten zu täuschen?“

„Ich denke schon, wenn wir uns nicht immer an derselben Stelle aufhalten. Bis später also, Deringhouse.“

Der Major nickte dem Bildschirm zu, auf dem unter normalen Umständen Rhodans Gesicht zu sehen gewesen wäre. Dann kehrte er in die Hauptzentrale zurück, ließ sich im Kommandantensitz nieder und grübelte vor sich hin.

Hoffentlich ging Rhodans Rechnung auf.

Sonst . . .

Der zweite Partner der galaktischen Schachpartie war Al-Khor, der Kommandant der Topsider im Beteigeuze-System. Nachdem er mit Topsid in Verbindung getreten war, hatte sich einiges verändert. Der relativ schwache Stützpunkt auf dem vierten Planeten war in aller Hast geräumt worden, um ihn im Fall eines Angriffs aus dem Raum nicht zu gefährden. Al-Khor war den Plänen Rhodans entgegengekommen, ohne es allerdings zu ahnen. Außerdem wollte der Zufall, daß er durch seine Maßnahme die Ansicht der Springer bestärkte, in dem Dschungelplaneten die Erde vor sich zu haben.

Al-Khor hatte nämlich die Streitkräfte der Topsider auf den dritten Planeten verlegt.

Stündlich trafen neue Verstärkungen aus dem etwas mehr als fünfhundert Lichtjahre entfernten Heimatsystem Topsid ein. Deringhouse konnte die Transitionen leicht registrieren und hatte bisher über vierhundert gezählt.

Auf den Hochplateaus über den Urwäldern fraßen Energiestrahler gewaltige Höhlen in das Felsgestein. Der bisher unbewohnte Planet wurde in eine waffenstarrende Festung verwandelt. Patrouillenschiffe der Echsen kreisten in genau berechneten Bahnen um Beteigeuze III. Andere Einheiten wurden in den flachen Urmeeren verborgen und warteten dort auf den Einsatzbefehl.

Die Topsider waren gerüstet, die habgierigen Springer gebührend zu empfangen, deren Motive sie diesmal gründlich mißverstanden. Wenn sie nämlich gewußt hätten, warum die Galaktischen Händler Beteigeuze angriffen und daß sie den dritten Planeten für die Erde hielten, wäre ihr Benehmen sicherlich anders gewesen.

Aber sie wußten es eben nicht.

So kam es, daß ohne Rhodans Dazutun aus einer unbewohnten Welt, deren galaktische Position im Speichersektor von Topthors Bord-Positronengehirn als die der Erde ausgewiesen wurde, praktisch über Nacht zu einer interplanetaren Festung wurde.

Al-Khor ahnte nichts von seinen Handlangerdiensten.

Er war an Bord eines der letzten Schiffe, die Aqua verließen. Als die blaue Welt hinter ihm versank, nickte er befriedigt dem Kommandanten des Kreuzers zu. „Niemals werden die Springer auf die Idee kommen, daß wir an dem vierten Planeten mehr interessiert sind als an dem dritten. Sie werden auch keine Gelegenheit erhalten, ihren Irrtum zu korrigieren. Der Diktator hat mir soeben mitgeteilt, daß eine weitere Flotte von zweihundert schweren Kriegsschiffen in dem Augenblick eingreifen wird, in dem wir den Gegner vollauf beschäftigen. Vielleicht wird nicht ein einziges Schiff der Händler der Vernichtung entgehen."

„Ein genialer Schachzug", lobte der Kommandant des Kreuzers. „Ihr Name, Al-Khor, wird in die Geschichte Topsids eingehen."

Al-Khor nickte gelassen. Er sah sich schon bei der Siegesparade vor dem Diktator, der ihn als Held des Sternenreichs mit einem Orden auszeichnete.

Der Kreuzer erreichte den dritten Planeten und brachte Al-Khor zum neuen Hauptquartier der Echsen, einem ausgehöhlten Berg in der Nähe des Äquators. Die Hyperfunkanlage funktionierte bereits. In weniger als zwei Minuten hatte Al-Khor Verbindung mit Topsid aufgenommen. Der dortige Befehlshaber der Streitkräfte meldete sich und verlangte einen genauen Bericht.

Dann versprach er: „Sie können sich darauf verlassen, Al-Khor, daß die Springer die größte Schlappe ihrer langen Geschichte einstecken werden. Der Diktator ist mit Ihren taktischen Maßnahmen sehr zufrieden. Senden Sie das verabredete Signal, sobald die Springer angreifen, und veranlassen Sie, daß wir ständig über den Verlauf der Schlacht unterrichtet werden."

„Wir werden siegen", sagte Al-Khor pathetisch.

Eine Weile war Schweigen, dann kam die Antwort: „Sie *müssen* siegen, Al-Khor!"

Der dritte Partner der Partie hieß Cekztel, ein uralter Patriarch der Überschweren, der das Oberkommando über die gesamte Streitmacht der Springer erhalten hatte. Seine massige Figur – er wog mehr als dreizehn Zentner – ruhte in dem Spezialsitz vor den Kontrollen seines Schiffes, von wo aus er die Aktion zu leiten gedachte.

Eine Aktion, die das Ende eines Planeten namens Erde bedeuten sollte.

Eigentlich war Cekztel nur das ausführende Organ des Unternehmens, der eigentliche Initiator aber hieß Topthor, denn er war es, der einst die Erde entdeckt und ihre Position im Speichersektor des Positronengehirns verankert hatte. Einmütig hatten die Springer beschlossen, Rhodan ein für allemal auszuschalten. Sein Heimatplanet sollte vernichtet werden. Den Schlüssel lieferte Topthor.

Der Schlüssel aber paßte nicht mehr, denn längst hatten Rhodans Mutanten die Daten geändert. Die „Erde“ kreiste nun um Beteigeuze.

Auch Topthors gewaltiger Körper ruhte in einem breiten Sessel. Die Überschweren hatten lange auf einem Planeten mit hoher Gravitation gelebt, aber trotz ihres Umfangs waren sie erstaunlich beweglich und behende.

Die Flotte stand zwölftausend Lichtjahre vor Beteigeuze, bereit, den letzten Sprung zu tun, um überraschend über die Erde herzufallen, deren Verteidigungskräfte keine Ahnung von dem bevorstehenden Angriff haben würden. Topthor hieb einen Knopf in das Armaturenbrett und rief: „He, Regol! Schläfst du etwa auf deinem Posten?“

Die Antwort klang keineswegs verschlafen: „Funkzentrale auf Empfang, Topthor. Verbindung mit Talamon konnte bisher nicht hergestellt werden.“

„Haben wir keine Geheim-Frequenz?“

„Auch da keine Antwort. Talamon meldet sich einfach nicht.“ Topthor knallte die Faust auf einen anderen Knopf und unterbrach die Verbindung zur Funkzentrale. Zwei Minuten lang fluchte er vor sich hin, ehe er den Interkom einschaltete. „Gatzek soll zu mir kommen. Sofort!“

Gatzek war der Zweite Offizier der TOP II und ein enger Vertrauter Topthors. Die beiden Überschweren hatten zusammen schon manchen Feldzug unternommen und viele Schlachten geschlagen – für gutes Geld reicher Galaktischer Händler. Doch diesmal ging es nicht um Geld, diesmal ging es darum, einen zu mächtig gewordenen Gegner auszuschalten.

Warum meldete sich Talamon nicht?

Gatzek war verhältnismäßig mager und wog kaum zehn Zentner. „Was gibt es? Angriff?“

„Noch nicht“, knurrte Topthor mißmutig. „Cekztel läßt sich viel

Zeit. Dabei gibt es in Richtung Terra eine Menge Transitionen. Das macht mir Sorgen. Sieht so aus, als sei Rhodan gewarnt worden."

Für eine Sekunde schien Gatzek erschrocken, aber dann überzog ein ungläubiges Grinsen sein breites Gesicht. „Wer sollte ihn schon gewarnt haben?"

Topthor ging nicht darauf ein. „Ich habe noch keine Verbindung zu Talamon erhalten können. Wo mag unser Freund stecken?"

Topthor hatte seine Ahnungen und verstand es außerdem, sich auf gewisse Dinge einen eigenen Reim zu machen. Sein letztes Gespräch mit Talamon hatte ihn sehr nachdenklich gestimmt.

„Nimmt er am Angriff auf Terra teil?" fragte Gatzek.

„Wer nimmt von den Überschweren nicht daran teil, selbst nur mit einem Schiff?" lautete Topthors Gegenfrage. „Unsere Angriffsflotte zählt nun mehr als achthundert Einheiten, aber von Talamon ist nicht einmal ein Beiboot dabei. Hast du dafür eine vernünftige Erklärung?"

Gatzek zuckte die massigen Schultern. „Hat er etwa Angst?"

Topthor wurde richtig ärgerlich, als er mit einer Handbewegung diese Möglichkeit wegwischte. „Angst! Talamon und Angst? Ich fürchte, er hat andere Gründe. Er sympathisiert mit Rhodan."

„Mit einem Terraner, der so gut wie tot ist?" Gatzek wunderte sich. Dann lachte er dröhnend. „Warum machen wir uns Gedanken um Talamon? Wenn er nicht will, soll er es eben bleiben lassen. Wir werden auch allein mit diesem Rhodan fertig. Gegen achthundert Schiffe kann er nichts ausrichten."

„Talamon ist mein Freund", erklärte Topthor. „Ich will nicht, daß mein Freund falsche Wege geht, die ihm nur zum Nachteil gereichen werden. Wir müssen ihn warnen."

„Und wie willst du das tun, wenn er sich nicht meldet?"

Das wußte Topthor nicht. Er erhielt auch keine Gelegenheit mehr, lange darüber nachzudenken, denn in diesem Augenblick knackte es im Lautsprecher des Interkoms, und Regols sachliche Stimme sagte: „Soeben kommen die Sprungkoordinaten und der Zeitplan durch. Der Angriff auf die Erde beginnt in genau dreißig Minuten."

Topthor schien Talamon sofort vergessen zu haben. Seinem Vertrauten Gatzek zunickend, fragte er zurück: „Wohin bringt uns der Sprung?"

„Genau mitten hinein in das System der Terraner. Ein Patrouillenboot hat die Daten erkundet. Wir kommen keine zwei Lichtminuten von Terra entfernt aus dem Hyperraum."

„Die Burschen werden Augen machen", knurrte Topthor. Er war der einzige der Überschweren, der die Erde schon einmal gesehen hatte, aber damals hatte ihm Rhodan einen Strich durch die Rechnung gemacht. Immerhin hatte er sein Leben geschont, aber Topthor war nicht der Mann, sich für so etwas erkenntlich zu zeigen. „Diesmal haben sie Pech."

„Hoffentlich", bemerkte Gatzek, und es klang plötzlich nicht mehr so zuversichtlich.

Topthor hingegen verdankte sein ungutes Gefühl einem anderen Motiv: Talamon. Er wußte, daß sein Freund ein äußerst kluger Mann war, der niemals ohne gewichtige Gründe eine solche Entscheidung treffen würde, die seine ganze Karriere vernichten konnte. Wenn Talamon an diesem Angriff nicht teilnahm, so mußte er den Erfolg der Aktion von vorneherein bezweifeln. Warum? Kannte er Rhodan wirklich so gut, um ihm eine Chance ausrechnen zu können? Oder hielt Talamon etwas von Dankbarkeit und glaubte, nur deshalb Rhodan nicht angreifen zu dürfen, weil dieser ihm einmal das Leben geschenkt hatte?

Ein überschwerer Springer – und sentimental?

Topthor lachte gezwungen und stampfte in die Funkzentrale. „Nun, Regol, was ist mit Talamon?"

„Die Rufsignale bleiben unbeantwortet, Topthor. Ihr Freund meldet sich nicht. Niemand weiß, wo er sich aufhält."

Topthor schwieg lange, dann drehte er sich mit einem Ruck um und kehrte in den Kontrollraum zurück. Schwer ließ er sich in den Sessel fallen, der unter der Last aufquietschte.

Gatzek wartete geduldig. Er sah Topthors Miene an, daß es besser war, jetzt zu schweigen.

Denn in Topthors Gesicht stand nicht nur quälende Neugier, sondern auf einmal auch Zweifel.

6.

Alle Fäden liefen in der TITAN zusammen.

Cheffunker Martin hatte gerade seinen erholsamen Schlaf beendet und war auf seinen Posten zurückgekehrt, als seltsame Impulse mit ungewöhnlicher Stärke aufgefangen wurden. Sie enthielten nur ein einziges Wort im Klartext: *„Rhodan!“*

Alles andere blieb unverständlich.

Martin war klug genug, die sich dreimal wiederholende Sendung auf Band aufzunehmen und Rhodan zu benachrichtigen.

Eine Weile hörte Rhodan stumm zu, dann lächelte er und zeigte auf die Kontrollanlage der Positronik. „Wenden Sie Schlüssel XX-dreizehn an, und lassen Sie das Band durchlaufen. Nehmen Sie den entschlüsselten Text auf und geben Sie ihn mir durch. Ich löse jetzt Bull ab.“

Martin machte sich an die Arbeit. Rhodan begab sich an die Hauptkontrollen. Bully hockte im Sitz des Kommandanten und drehte sich müde um. Ein schwaches Lächeln huschte über sein breites Gesicht.

„Es wird Zeit, daß mich jemand ablöst. Ich kann kaum noch die Augen aufhalten.“

„Dann geh schlafen, Dicker“, riet Rhodan und half seinem Freund aus dem Sitz. „Es geht sowieso bald los, und da sind müde Krieger nur im Wege.“

Die Bemerkung machte Bully erstaunlich munter.

„Es geht los? Was geht los? Du willst damit doch nicht sagen, daß es bald losgeht?“

Rhodan stöhnte.

„Wann wirst du endlich vernünftig sprechen lernen, Bully?“ Er winkte in Richtung Funkraum. „Da kam eben ein Funkspruch an. Wenn mich nicht alles täuscht, stammt er von Talamon.“

„Dem Überschweren? Was will denn der von uns?"

„Das werden wir bald wissen."

Martin meldete sich. „Ich habe den Spruch entschlüsselt. Soll ich . . ."

„Abspielen, hierherlegen!" befahl Rhodan und schaltete die Anlage ein. Sekunden später lief das Band an, die Botschaft war im Klartext zu hören. „Ja", Rhodan nickte befriedigt. „Das ist ohne Zweifel die brüllende Stimme unseres Freundes Talamon. Er muß sehr in Sorge um uns sein, wenn er es wagt, uns eine Nachricht zu senden."

Bully gab keine Antwort. Angestrengt lauschte er auf das, was aus dem Lautsprecher drang.

„Rhodan! Hier Talamon! Höchste Gefahr für die Erde! In genau zwanzig Minuten wird eine Flotte unter dem Kommando von Cekztel und unter astronautischer Führung Topthors die Erde angreifen. Position nun bekannt! Ich warte Ihre Anweisung ab. Nehme nicht an dem Angriff teil. Ich wiederhole: Rhodan! Hier Talamon! Höchste Gefahr für die Erde! In genau zwanzig Minuten . . ."

Bully nickte beifällig. „Sieh' mal einer an, der Überdicke. Meint es also doch ehrlich und will uns warnen. Das hätte ich nicht von ihm gedacht."

„Wir werden uns in späteren Zeiten an ihn erinnern", versprach Rhodan. Bequem lehnte er sich in die Polster zurück. „Nun, was ist mit dir? Willst du nicht endlich schlafen gehen? Ich meine, du wärst müde . . ."

„Müde?" fragte Bully. Seine roten Haarborsten sträubten sich. „Ich soll schlafen, wenn in zwanzig Minuten der Kampf beginnt?"

„Du darfst nicht vergessen", belehrte ihn Rhodan gelassen, „daß Martin den Spruch schon vor zehn Minuten empfing. Das Entschlüsseln allein dauerte sechs Minuten."

„Zehn Minuten!" Bullys Augen wurden groß und rund. „Das bedeutet, daß die Springer in genau zehn Minuten – heiliger Bimbam! Was tun wir denn noch hier?"

„Zehn Minuten . . ." Rhodan sah auf die Uhr und verbesserte sich: „Neun Minuten sind eine sehr lange Zeit, wenn man sie zu nutzen versteht." Er drückte auf einen Knopf. „Martin, stellen Sie die

Verbindung zu Deringhouse her.“ Er erhob sich. „Die Aktion läuft, auch wenn wir keinen Finger mehr rühren. Wir können sie nicht aufhalten, höchstens in unserem Sinne positiv beeinflussen. Und das, natürlich, werden wir auch tun. Willst du immer noch wach bleiben?“

„Zum Teufel!“ knurrte Bully.

Deringhouse meldete sich sofort.

„Letzte Information“, sagte Rhodan und blickte erneut zur Uhr. „Die Springer materialisieren in sieben Minuten und dreißig Sekunden im System Beteigeuze. Wir müssen dann bereits dort sein, weil ich nicht weiß, wie Topthor reagieren wird, wenn er seinen Irrtum erkennt. Wir müssen dafür sorgen, daß ihm keine Zeit bleibt, sich eine Ausrede zurechtzulegen. Die Springer müssen Beteigeuze für die irdische Sonne halten. Topthor hat unsere Heimatsonne gesehen. Die Springer müssen also sofort angegriffen werden, wenn sie auftauchen.“

„Die Topsider warten darauf“, bemerkte Deringhouse.

„Schön, aber wir sollten nachhelfen. Transition in genau sieben Minuten nach Beteigeuze. Deringhouse, greifen Sie das erste Springerschiff an, das Sie orten können. Warten Sie nicht lange und halten Sie sich niemals länger als eine Minute an der gleichen Stelle auf. Transition ist wichtiger als Kampf. Die Springer müssen glauben, es mit einer ganzen Flotte Schwerer Kreuzer zu tun zu haben. Der gleiche Befehl gilt für McClears. Verstanden?“

„Verstanden, Sir. Was werden Sie unternehmen?“

„Auch die TITAN wird dort auftauchen. Da wir die drei einzigen Kugelschiffe sind, werden wir uns kaum gegenseitig gefährden.“

„Warum“, fragte Deringhouse gepreßt, „greifen wir nicht Topthors Schiff an, um allen Komplikationen aus dem Weg zu gehen?“

Rhodan lächelte kalt. „Wir müssen mit einigen Hundert walzenförmigen und fast identischen Schiffen rechnen. Glauben Sie, daß Sie das von Topthor auf den ersten Blick finden werden?“

Kurze Pause, dann fragte Deringhouse: „Und was ist, wenn es mir zufällig gelänge?“

Rhodan überlegte. Natürlich hatte Deringhouse eine Chance, Topthor zu identifizieren, denn an Bord der CENTURIO befanden sich elf Mutanten. „Wenn Sie Topthor finden, neutralisieren Sie ihn. Für die Mutanten sollte es leicht sein, dieses Problem zu lösen.“

„ Danke, Sir. Ich werde mir Mühe geben. Sonst noch etwas?"

Rhodan sah auf die Uhr, eine Bewegung, die er in den nächsten Minuten noch oft genug wiederholen würde. „Transition der Springer in – drei Minuten, fünfzig Sekunden. Viel Glück, Deringhouse."

Rhodan drehte sich um und wäre fast gegen Bully gestoßen, der sich hinter ihm aufgestellt hatte. Wortlos ging er an ihm vorbei und nahm die Daten des beabsichtigten Hypersprungs aus dem Navigationsgehirn. „Setz dich, Dicker. In fünf Minuten kannst du die Riesensonne Beteigeuze bewundern – wenn du Zeit dazu bekommst."

„Wetten", sagte Gucky, „daß ich Topthors Schiff auf Anhieb finde?"

Deringhouse hob abwehrend beide Hände. „Mit dem Teufel wette ich jederzeit, aber auf keinen Fall mit dir."

„Trotzdem finde ich Topthor", beharrte Gucky und ignorierte den Einwand des Kommandanten. „Und dann springe ich ihm in den Nacken und drehe ihm den Hals um."

Deringhouse grinste, während er die Kontrollen betätigte, die den bevorstehenden Sprung ins Beteigeuze-System automatisch einleiteten. „Das möchte ich sehen. Du bist zwar Telepath, Teleporter und Telekinet, aber ich wußte nicht, daß du auch Ringkämpfer bist. Viel Vergnügen also . . ."

„Du glaubst mir nicht?" fragte Gucky und ließ sich in die Polster sinken, einen ungläubigen Ausdruck in dem pfiffigen Mausgesicht. „Ich bin schon mit Robotern fertig geworden und . . ."

„Es geht nicht allein um Topthor", erinnerte ihn Deringhouse und schob einen Hebel in die Ausgangsstellung. „Sein ganzes Schiff muß aus dem Verkehr gezogen werden. Natürlich ist auch Topthor wichtig, denn der Überschwere ist kein Idiot. Er wird sofort merken, daß er ins falsche System gesprungen ist und sich seine Gedanken machen."

John Marshall betrat die Kontrollzentrale der CENTURIO. Er nickte dem Mausbiber zu und wandte sich an Deringhouse. Als Telepath wußte er natürlich, worüber dieser mit Gucky gesprochen hatte. „Es wird Aufgabe des Korps sein, diesen Topthor aufzuspüren, Major. Warum also nicht Gucky einsetzen, wenn er sich seiner Sache so sicher ist?"

„Ich habe nichts dagegen, wenn er es tut", antwortete Deringhouse vorsichtig.

Gucky war zufrieden. Deringhouse fühlte sich erleichtert und dachte an die vor ihm liegende Aufgabe.

Dann sprang die CENTURIO.

Sie sprang simultan mit der TERRA, dem Schwesterschiff. Die beiden Riesenkugeln kehrten fünf Lichtminuten von Beteigeuze III entfernt ins normale Universum zurück.

Die Schutzschirme traten automatisch in Funktion. In der Zentrale bemühte sich indessen Captain Lamanche, aus den aufgefangenen Funksprüchen zuverlässige Informationen herauszulesen, die ihre nächsten Aktionen bestimmen sollten.

An Bord der CENTURIO steigerte sich die Spannung.

Doch der Raum rings um das Schiff blieb vorerst leer. Der dritte Planet war ein heller Stern auf den Bildschirmen.

Der kleine Strukturtaster war eingeschaltet und registrierte die ersten Transitionen. Die Entfernungen lagen verschieden, aber es wurde nach wenigen Sekunden offensichtlich, daß sie alle am gleichen Punkt gestartet waren.

Die Flotte der Springer. Sie kam mit einiger Verspätung.

In ihren subplanetarischen Festungen warteten die Topsider.

In fieberhafter Eile waren die ausgedehnten Anlagen angelegt worden, die den Gegner von dem wertvolleren vierten Planeten ablenken sollten. Wenn er schon eine Welt angriff, dann besser den dritten Planeten, auf dem es außer unübersehbaren Urwäldern und steinigen Hochplateaus kaum etwas gab, das zu verteidigen sich gelohnt hätte. Kein eingeborenes vernunftbegabtes Leben existierte auf der Dschungelwelt.

Al-Khor stand mit allen Kommandostellen in permanenter Verbindung. Laufend wurde er über die Verteidigungsvorbereitungen und sonstigen Geschehnisse in Kenntnis gesetzt. Zum Diktator im 543 Lichtjahre entfernten Topsid-System bestand ein Hyperkom-Kanal.

„Patrouillenkreuzer MV-dreizehn hat eine wichtige Meldung."

Al-Khor nickte dem Sprecher auf dem Bildschirm zu.

„Durchschalten!" befahl er. Sein gezackter Nackenkamm hing ein wenig schlaff zur Seite und zeugte von der Ermüdung seines Besitzers. Teilweise nur war der schuppige Körper mit einer Uniform bedeckt. Im breiten Gürtel war der Griff eines handlichen Strahlers zu sehen.

Das Gesicht auf dem Schirm wechselte. Für einen Augenblick wurde die Silhouette eines länglichen Schiffes sichtbar, dann erschienen die harten Züge eines Topsiders darauf. „Kreuzer MV-dreizehn, Kommandant Ber-Ka. Wichtige Meldung: Zwei Lichtminuten entfernt erste Erschütterungen des Raumes. Die Springer beginnen ihren Angriff."

„Versuchen Sie eine Zählung!" befahl Al-Khor. „Melden Sie sofort weitere Transitionen und geben Sie deren Position bekannt. Ich schicke sofort einige Kampfeinheiten in Ihre Richtung. Greifen Sie an, Ber-Ka! Nur Einzelaktionen können den Feind verwirren."

„Ich greife an", bestätigte Ber-Ka. Sein Gesicht verschwand blitzartig vom Schirm, der sofort wieder hell wurde und einen anderen Topsider zeigte.

Al-Khor hatte nun keine Pause mehr.

Der Angriff auf Beteigeuze begann.

Aber Patrouillenkreuzer MV-dreizehn hatte ebenfalls seinen Befehl erhalten. Ber-Ka zögerte nicht, ihn auszuführen. Ber-Ka war noch jung und ehrgeizig. Erst seit wenigen Jahren führte er das Kommando über ein größeres Kriegsschiff von zweihundert Meter Länge. Die ausgezeichnete Bewaffnung verlieh ihm das Gefühl der Sicherheit und gab ihm den Mut, auch einen stärkeren Gegner anzugreifen. Er straffte seine schlanke Gestalt und befahl seine Offiziere zu sich.

„Meine Freunde", sagte er entschlossen. „Al-Khor hat uns volle Handlungsfreiheit gegeben. Wir sollen Springer angreifen, wo immer wir sie aufspüren. Sie wissen, daß wir keine bessere Gelegenheit erhalten könnten, um uns auszuzeichnen. Es lebe der Diktator!"

„Es lebe der Diktator!" murmelten die Offiziere mehr oder weniger begeistert. Manchem war das eigene Leben eben doch lieber, als eine nachträglich verliehene Auszeichnung. Aber Ungehorsam gegenüber dem Kommandanten bedeutete den sofortigen Tod. Da war die Chance, den Kampf zu überleben, erheblich größer.

Auf den Bildschirmen der MV-dreizehn erschienen die wandernden Lichtpunkte der angreifenden Springer. Hier und da tauchten diese Punkte plötzlich einfach aus dem Nichts auf und wiesen darauf hin, daß immer noch Transitionen stattfanden. Nach eingehendem Studium wurde es Ber-Ka klar, daß die Springer, ohne zu zögern, den dritten Planeten als Ziel ausersehen hatten.

Die Schiffe der Springer waren erheblich schneller, wendiger und besser bewaffnet als die der Topsider. Schließlich waren die Überschweren die erprobte Kampfelite der Galaktischen Händler.

Ber-Ka suchte so lange, bis er einen abseits wandernden Lichtpunkt fand, weit genug von allen anderen entfernt, um keine Falle darzustellen. Dann gab er dem Piloten seine Befehle, während er in den Gefechtsstand eilte, um den Angriff persönlich zu leiten.

Das ausgesuchte Opfer war ein verhältnismäßig kleines Schiff einer unbedeutenden Sippe der Springer. Der Kommandant hatte zwar schon von Perry Rhodan und seinem Heimatplaneten Terra gehört, hielt jedoch alle Berichte für stark übertrieben. Dementsprechend war auch jetzt seine Einstellung, die ihm und seinen Leuten zum Verderben werden sollte.

Ber-Ka pirschte sich an sein Opfer heran. Der ahnungslose Springer hielt stur seinen Kurs, der ihn zum dritten Planeten bringen würde.

Die Hände der Echsen lagen auf den Feuerknöpfen der Strahlgeschütze. Im Innern des Kreuzers bauten sich summend die benötigten Energien auf, wurden gespeichert und warteten darauf, sich mit einem Schlag entladen zu können.

„Noch eine Lichtsekunde entfernt“, murmelte einer der Offiziere beklommen. Ihm war nicht besonders wohl zumute, obwohl er schon oft dabeigewesen war, wenn die Echsen Strafexpeditionen gegen aufsässige Untertanen durchgeführt hatten. Dies hier aber war etwas anderes. Man hatte es mit einem ebenbürtigen Gegner zu tun.

„Entfernung Nullkommafünf Lichtsekunden!“

Der Abstand schrumpfte weiter zusammen, blieb aber dann konstant, als der Springer den Angreifer entdeckte und eine scharfe Kurve flog.

„Hinterher – und Feuer!“ rief Ber-Ka und spürte, wie der Boden unter seinen Füßen erzitterte, als die Salve aus dem Bug raste.

Die lichtschnellen Energiefinger holten den langsam fliegenden Springer ein, noch ehe dieser eine Bewegung der Abwehr machen konnte. Farbige Blitze hüllten das kleine Schiff ein, dessen Abwehrschirm sofort zusammenbrach und keinen Schutz gegen die nachfolgenden Hitzestrahlen mehr bot. Mit einem grellen Aufblitzen detonierten die Generatoren. Die Hülle wölbte sich nach außen und schmolz ab. Träge fast strebten die Trümmerstücke nach allen Richtungen in den Raum hinein. Hier und da waren massige Gestalten in Druckanzügen zu erkennen, deren Aggregate sofort aufflammten und die Überlebenden in Sicherheit brachten.

Einer der Echsen-Offiziere starrte mit zusammengekniffenen Augen hinter den fliehenden Springern her.

„Wollen wir sie erledigen?“ fragte er.

„Nein. Ich bin Soldat, aber kein Mörder.“

„Sie haben uns angegriffen, Ber-Ka.“

„Generell magst du recht haben, aber diese dort haben wir angegriffen. Geben wir ihnen eine Chance und kümmern uns nicht um sie.“

Er kehrte in die Zentrale zurück.

Er war der Kommandant. Sein Befehl war Gesetz. Die Springer in den Rettungsanzügen strebten in alle Richtungen davon und verloren sich schnell in der Leere zwischen den Planeten.

Ber-Ka widmete seine Aufmerksamkeit erneut dem Bildschirm. Die dahinziehenden Punkte waren mehr geworden, aber auf große Entfernung hin ließ sich nicht genau feststellen, ob nicht auch Schiffe der Topsider dabei waren. Die Hauptmacht allerdings, das wußte Ber-Ka, lauerte unten im Felsgestein von Beteigeuze III, oder wie es in den Katalogen der Echsen hieß: Lyrad III.

Die MV-dreizehn hatte sich nun weit vom dritten Planeten entfernt und näherte sich der Bahn von Aqua. Unter allen Umständen mußten die Angreifer daran gehindert werden, sich näher mit der Wasserwelt zu befassen, auf der die verlassenen Stützpunkte vielleicht ihre Aufmerksamkeit erregen konnten.

Die wandernden Lichtpunkte verschwanden wieder. Nur ein einziger war noch zu sehen. Er repräsentierte ein Schiff, das keinen Wert darauf zu legen schien, gleich beim ersten Ansturm vernichtet zu werden. Die Vergrößerung und ein verschlüsselter Anruf bestätigten Ber-Kas Verdacht, daß es sich um einen Springer handelte. Und dieser Springer hielt genau auf den Planeten Aqua zu.

„Neuer Kurs – Operationskubus CO-siebzehn-dk", rief er dem Navigationsoffizier zu und befahl Feuerbereitschaft. Man mußte den Springer abfangen, ehe er Verdacht schöpfen konnte.

„Geschwindigkeit erhöhen."

In gespannter Erwartung verfolgte er den wandernden Lichtpunkt und mußte bald feststellen, daß es sich um ein Schlachtschiff der Überschweren handelte. Ohne Zweifel war es dem Patrouillenkreuzer weit überlegen.

In Ber-Ka rangen Ehrgeiz und Selbsterhaltungstrieb.

Er konnte immer noch vom Kurs abweichen und so tun, als habe er den Gegner nicht bemerkt. Die Mehrzahl seiner Leute würde aus eigenem Interesse den Mund halten, aber wenn auch nur einer dabei war, der ihm eins auswischen oder Karriere machen wollte, war er erledigt. Feigheit vor dem Feind wurde mit dem Tod bestraft.

Eigentlich war es die Angst vor Verrat, die Ber-Ka dazu veranlaßte, den Angriff fortzuführen. Ihm war keineswegs wohl dabei zumute, aber er hatte keine andere Wahl.

Der Lichtpunkt kam näher und wurde schließlich zu einem langgestreckten Schatten auf dem Schirm, der einige weit entfernte Sterne verdeckte. Kein Anzeichen verriet, daß der Springer den Verfolger bemerkt hatte. Unbeirrt hielt er seinen Kurs. Bei der geringen Geschwindigkeit würde es noch zwei Stunden dauern, ehe er in die Atmosphäre von Aqua eindringen konnte.

„Funkzentrale!" Ber-Ka folgte einem plötzlichen Impuls. „Versuchen Sie, Verbindung mit dem fremden Schiff aufzunehmen."

„Mit dem Springer?" kam es erstaunt zurück.

„Ja, mit dem Springer. Die Ruf-Frequenzen stehen im Katalog. Warum wundern Sie sich? Haben wir nicht früher schon Kontakt mit den Springern gehabt?"

„Schon – aber unter anderen Umständen."

„Eben", sagte Ber-Ka und lächelte hintergründig. „Ich bin neugierig. Die Umstände sind es ja, die mich interessieren."

Er schaltete seinen Bildschirm um. Jetzt war die direkte Verbindung zur eigenen Funkzentrale hergestellt. Ohne sich vom Platz erheben zu müssen, konnte er die Bemühungen des Funkoffiziers verfolgen.

Der Anruf ging hinaus.

Auf einem anderen Schirm war der längliche Schatten größer geworden. Die MV-dreizehn näherte sich seitlich seiner Bahn. An einem ganz bestimmten Punkt würde man unweigerlich zusammentreffen, wenn beide Schiffe Kurs und Geschwindigkeit beibehielten.

Lautsprecher und Bildschirm bleiben stumm und dunkel. Der Springer beantwortete den Ruf nicht, oder er hatte ihn nicht gehört, was angesichts der Umstände wenig wahrscheinlich schien. Ber-Ka aber gab nicht so schnell auf.

„Rufen Sie weiter!“ befahl er dem Funkoffizier. „Fügen Sie hinzu, daß wir um eine Unterredung bitten.“

Das war gegen jede Vorschrift. Eine Unterredung mit dem Feind herbeizuführen, überstieg die Kompetenzen eines kleinen Kreuzer-Kommandanten bei weitem. Ber-Ka wußte das, aber es war ihm gleichgültig. Er hegte einen unbestimmten Verdacht und wollte wissen, ob sein Gefühl ihn trog oder nicht. Das war ihm das Risiko wert.

Er ahnte nicht, daß er sich anschickte, Geschichte zu machen, aber ebensowenig ahnte er, wer der Kommandant des fremden Schiffes war.

Als die ersten Schiffe der Springer die obersten Schichten der Atmosphäre von Beteigeuze III durchstießen, befahl Al-Khor den Gegenangriff.

Überall öffneten sich schwere Metallklappen, und die Läufe der Impulskanonen glitten aus dem Boden, um sich gegen den Himmel zu richten. Unterplanetarische Hangars gaben die wartende Flotte frei, die auf ein Kommando senkrecht nach oben stieß und sich dem Angreifer stellte.

Eine ausgedehnte Schlacht begann.

Al-Khor saß tief unter der felsigen Oberfläche und lauschte den Berichten. Er zog eine bittere Miene, wenn er von den Verlusten hörte, die der Angreifer ihnen zufügte, aber sein Gesicht erhellte sich immer wieder, wenn er von der Vernichtung eines feindlichen Schiffes erfuhr.

Trotzdem konnte es ihm nicht verborgen bleiben, daß es nur eine Frage der Zeit war, bis es den Springern gelang, mit Hilfe einer Arkon-Bombe den dritten Planeten zu zerstören.

Es begann ihn zu wundern, daß es noch nicht geschehen war.

„Verbindung mit Topsid!“ brüllte er durch den dämmerigen Raum, als in der Nähe eine heftige Detonation spürbar wurde und die Hauptlichter erloschen. „Den Diktator! Schnell, ehe es zu spät ist!“

Eine Weile war es still, dann kam die Stimme des Cheffunkers: „Energie ausgefallen. Wir versuchen es mit dem Notaggregat.“

„Ich warte!“ rief Al-Khor zurück.

Dann stützte er das Haupt in die beinahe menschlich wirkenden Hände und dachte an den sicheren Tod, der ihn erwartete, wenn die Springer siegreich sein sollten.

Aber – war es denn seine Schuld, wenn ihm nicht genügend Schiffe zur Verfügung standen? Hatte er den Diktator nicht gewarnt und ihn gebeten, die Springer nicht zu unterschätzen?

Und nun, da er recht behielt, sollte er dafür sterben?

Al-Khor richtete sich auf. In seinen Augen begann es gefährlich zu glimmen.

Er dachte nicht daran.

Lieber ergab er sich den Angreifern.

Nun, das war eine Entscheidung, die noch ein wenig Zeit hatte.

„Verbindung mit Topsid!“ rief der Funker. „Schalten Sie Ihre Anlage ein, Al-Khor!“

Al-Khor schrak zusammen. Für eine Sekunde schwankte er, was er tun sollte, aber dann entschied er sich. „Hier Al-Khor, Lyrad drei. Der Angriff der Springer hat begonnen, Diktator. Der Gegner ist übermächtig. Ohne Hilfe von Topsid sind wir verloren.“

„Dann kämpft“, sagte der Diktator kalt. Sein Gesicht stand starr und unnahbar auf dem Schirm. Kalte Augen sahen Al-Khor an, als könnten sie dessen geheimste Gedanken erraten. „Ich werde noch weitere zweihundert Schiffe schicken, aber nicht ein einziges mehr. Kämpfe und siege, Al-Khor! Oder – kehre besser niemals nach Topsid zurück!“

„Aber . . .“

Al-Khor verstummte. Der Diktator hatte die Verbindung längst unterbrochen.

Der Kommandant der Echsen lehnte sich zurück und seufzte tief.

„Kämpfen und siegen – wie leicht ist das gesagt. Draußen geht eine Welt in Trümmer, und wir sollen kämpfen. Unsere Schiffe wehren sich gegen die Übermacht, aber sie weichen nicht. Und der Diktator? Hat er ein Wort der Anerkennung für uns übrig?“

Al-Khor verstummte.

Die Berichte der kämpfenden Truppe kamen unzensiert und ohne jede Ordnung und Übersicht. Bereits nach wenigen Minuten wußte Al-Khor, daß die Schlacht endgültig verloren war. Die Übermacht des Feindes war zu groß.

Was blieb, war nur eine Hoffnung.

Al-Khor griff mechanisch nach einem Schalter.

Alle Stationen gingen automatisch auf Empfang. Jeder würde nun seine Stimme hören können.

„An alle Offiziere! Hier spricht Al-Khor, Kommandant.“ Er machte eine kleine Pause, um Luft zu holen. „Wir geben Lyrad drei auf und stellen die Springer im Raum zum Kampf. Ende!“

Ende . . .

Das Wort hallte in Al-Khor nach, als er sich erhob und die notwendigen Anweisungen erließ.

Als die TOP II materialisierte und auf den Bildschirmen die riesige, blutrote Sonne Beteigeuze erschien, war es Topthor, als erhielte er einen Schlag ins Gesicht.

Fassungslos starrte er auf das Unglaubliche, das sich seinen Augen darbot.

Das – die Sonne des Planeten Terra?

Nie im Leben.

Dieses rote Riesenauge war eine ihm völlig unbekannte Sonne, so grundverschieden von dem gelblichen Stern, daß ein Blinder den Unterschied bemerkt hätte.

Topthors erster Gedanke war, sofort die Funkverbindung mit

Cekztel herzustellen und den Irrtum aufzuklären, aber dann blieb er sitzen und starrte weiter stumm auf das unglaubliche Bild. Er versuchte, eine Erklärung zu finden, aber es gelang ihm nicht. Auf keinen Fall konnte das positronische Gehirn in der Navigationsabteilung sich irren, das war so gut wie ausgeschlossen. Die Daten waren damals an Ort und Stelle aufgenommen und gespeichert worden. Da gab es keinen Irrtum.

Topthor war ein sachlicher Denker, und als solcher gab er es bald auf, eine Erklärung für das Unmögliche zu suchen. Das hatte Zeit bis später. Im Augenblick war es wichtiger, sich mit der Tatsache abzufinden und sich die Konsequenzen zu überlegen.

Erste Konsequenz: Er setzte sich mit Cekztel in Verbindung und gab zu, die Flotte an einen falschen Ort gebracht zu haben. Was wäre die Folge? Topthor wurde bald übel, als er daran dachte. Die Vorwürfe würden auf ihn niederprasseln, obwohl er sich keiner Schuld bewußt war. Aber wer würde schon darauf achten? Niemand. Vielleicht würde man ihn sogar ausstoßen, und er würde künftig das einsame Leben eines Parias führen müssen, von allen anderen gemieden und ohne Freunde.

Nein, Topthor dachte nicht daran, Cekztel aufzuklären.

Zweite Konsequenz: Er versuchte, das Rätsel auf eigene Faust zu lösen und herauszufinden, wie der Irrtum zustandegekommen war. Dazu gehörte, daß er vorerst schwieg und seine Gefährten im Glauben ließ, es handle sich hier in der Tat um Terra und die irdische Sonne. Sicher, sehr lange würde es nicht dauern, bis man hinter die Irreführung kam, denn Rhodans Heimatsystem würde nicht ohne Schutz dastehen. Hier aber war kaum eine Gegenwehr zu erwarten. Ein Irrtum, wie sich bald herausstellen sollte – und ein Irrtum, über den Topthor vorerst sehr beglückt war.

Die zweite Konsequenz schien dem Überschweren annehmbar.

Aber er dachte noch weiter. An Bord, so wußte er, befanden sich einige Leute, die mit ihm damals die Erde gesehen hatten. Würden sie den Mund halten, wenn er sie einweihte? Gewiß, es waren alte Freunde und Kameraden von ihm, besonders Regol und Gatzek.

Und dann war da noch das Positronengehirn, das sich irren konnte.

Mit einem Ruck erhob sich Topthor und stattete dem Navigationsraum einen Besuch ab. Er schickte den wachhabenden Offizier hinaus und machte sich selbst daran, die Daten zu überprüfen. Nach einigen Minuten spuckte der Schlitz das Ergebnis aus. Topthor überprüfte es und schüttelte den Kopf.

Die Angaben stimmten. Die Koordinaten stimmten. Die rote Riesensonne stimmte.

Stumm und ohne Erklärung winkte er dem inzwischen zurückgekehrten Offizier zu und kehrte in die Zentrale zurück. Schwer ließ er sich in den gepolsterten Sitz fallen, sah auf den Bildschirm und schaltete sich in den laufenden Funkverkehr ein. Der Angriff auf den dritten Planeten hatte bereits begonnen.

Er lächelte vor sich hin, aber dann wurde sein Gesicht plötzlich angespannt und starr.

Die Springer stießen auf erbitterte Gegenwehr.

Topthor war es, als durchzucke ihn ein elektrischer Schlag.

Das war die zweite Überraschung innerhalb von zehn Minuten.

Gab es in diesem fremden System Terraner? Dann war er gerettet, und niemand würde vorerst hinter den ungewollten Betrug kommen. Der dritte Planet schien bewohnt und wurde verteidigt.

Aufmerksam verfolgte Topthor die Berichte und atmete auf, obwohl er nichts verstand. Vielleicht war es so, daß die Terraner hier einen Stützpunkt errichtet hatten, den sie nun zu verteidigen dachten. Wenn die angreifende Flotte den dritten Planeten planmäßig vernichtete, würde den Terranern lediglich ein Stützpunkt verlorengehen, nicht aber Rhodans Heimatplanet.

Topthor beschloß, auch dieses Geheimnis vorerst für sich zu behalten und auf eigene Verantwortung Nachforschungen anzustellen. So kam es, daß er vom allgemeinen Kurs abschwenkte und auf den vierten Planeten zuhielt, um in aller Ruhe Daten über das System zu sammeln und Vergleiche anzustellen. Irgendwo mußte der Fehler verborgen sein, und er würde ihn herausfinden.

Der Springer gab keine Antwort.

Ber-Ka zögerte nun nicht mehr länger und ließ das Feuer aus allen Geschützen eröffnen.

Zu seiner Überraschung wurden sämtliche Energiesalven von dem Abwehrschirm des Gegners mühelos absorbiert. Die Entfernung war inzwischen stark geschrumpft und ein Rückzug so gut wie ausgeschlossen, wollte man sich nicht selbst gefährden. Aber auch diese Entscheidung wurde Ber-Ka abgenommen.

Das Schiff der Springer änderte den Kurs ein wenig und zeigte der MV-dreizehn die Breitseite. Ber-Ka wußte, was das bedeutete, aber es war zu spät, um die eigene Position zu ändern. Er ließ blitzschnell alle Energien in den Schutzschirm leiten, um den zu erwartenden Angriff abwehren zu können.

Aber der Springer schickte keine Energiestrahlen, sondern einen silbern schimmernden Torpedo, der von einem merkwürdigen Flimmern umgeben war. Seinen Kurs selbständig ändernd, glitt das Geschoß unbeirrbar auf die MV-dreizehn zu, folgte ihrem Ausweichmanöver und detonierte dann mit einem grellen Aufflammen nahe beim Heck.

Ber-Ka spürte den harten Ruck, der das Schiff durchlief. Trotz der Armlehnen wurde er aus dem Sessel geworfen und rollte quer durch die Zentrale, um erst an der Wand liegenzubleiben. Rufe ertönten, jemand schrie ein Kommando. Dann kam eine zweite Detonation und ein neuer Stoß. Das Licht erlosch. Die Gravitationsfelder hörten auf zu arbeiten, und Ber-Ka wurde gewichtslos, als das Schiff im freien Fall auf den Planeten Aqua zueilte, antriebslos und ohne Steuerung.

Das Heck mußte zerstört worden sein.

Ber-Ka trieb schwerelos gegen die Decke, handlungsunfähig und voller Verzweiflung.

Jeden Augenblick konnte der Gegner dem Kreuzer den Todesstoß versetzen.

Aber Ber-Ka wartete vergeblich.

Die MV-dreizehn stürzte der Oberfläche des vierten Planeten entgegen.

Topthor verfolgte den ungleichen Kampf von der Zentrale aus.

Schon beim ersten Anblick des anderen Schiffes tauchte in ihm ein Verdacht auf, der so absurd war, daß er am liebsten den Kopf über sich selbst geschüttelt hätte. Aber dann entsann er sich, daß die ganze Aktion ziemlich verrückt verlaufen war. Vielleicht konnte er das Geheimnis lüften, wenn er diese „Terraner" verhörte. Sie mußten hilflos sein, ganz klar. Sie mußten wissen, daß sie in seiner Gewalt waren, sonst würden sie niemals die Wahrheit reden.

Aber waren es Terraner?

Topthor betrachtete das langgestreckte, stabförmige Schiff mit dem ballonförmigen Mittelwulst, das seitlich auf sie zuglitt und sich zum Angriff bereitmachte. Wo hatte er diese Form schon gesehen? Die Topsider? Lag ihr Imperium nicht in der Nähe jenes Raumsektors, zu dem Terra gehörte? Hatten sie sich etwa mit den Terranern verbündet?

Der Angriff wurde abgewehrt, dann zerstörte ein Gravi-Torpedo das Heck und die Antriebsräume des Unbekannten. Haltlos stürzte das kleine Schiff auf den Planeten zu.

Topthor folgte unbeirrbar. Er machte keine Anstalten, den Verlorenen zu helfen oder ihren Kreuzer restlos zu vernichten. Scheinbar bewegungslos schwebte er dicht neben der MV-dreizehn und wartete.

Zwei Stunden vergingen, in denen Ber-Ka die Hölle kennenlernte und mürbe wurde. Der Planet war größer geworden, und schon schimmerte der Kontinent durch die aufgerissene Wolkendecke. Das erste Pfeifen der obersten Schichten der Atmosphäre wurde hörbar.

Da entschloß sich Topthor zum Handeln.

Die TOP II schob sich dichter an das stürzende Schiff heran, langsam glitten blitzende Magnetklammern aus der Hülle und griffen nach dem Wrack, um es festzuhalten.

Die Schwerkraft kehrte zurück, als beide Schiffe in eine flache Parabel übergingen, Aqua einmal umrundeten und schließlich auf einem Hochplateau in der Nähe der Küste landeten.

Topthor war inzwischen nicht müßig gewesen.

In der geöffneten Luftschleuse stehend, erwartete er mit dem Impulsstrahler in der Hand die Überlebenden des gekaperten Schiffes. Aber er hatte nicht mit der selbstmörderischen Tapferkeit der Topsider gerechnet. Erst als sich drüben am Bug des Wracks eine ovale Luke öffnete, schöpfte er Verdacht. Mit einem schnellen Sprung rettete er sich in die Schleuse, ließ die Luke zuschlagen und raste zur

Zentrale, wo Gatzek den Vorfall bereits beobachtet hatte. Mit einem kurzen Hieb wurden die Schutzschirme eingeschaltet.

Um eine Zehntelsekunde zu spät.

Der grelle Energiefinger schoß aus der MV-dreizehn und traf die TOP II mittschiffs. Eine Detonation folgte, als ein Reaktor sich entlud. Das Schiff platzte, dann wurde der Energieschirm wirksam.

Von einer Sekunde zur anderen waren es nun zwei Wracks, die sich auf dem Plateau des vierten Planeten gegenüberlagen. Und in jedem lauerte der Todfeind des anderen.

Topthor verfluchte seinen Leichtsinn, aber dann wurde er plötzlich ganz ruhig. Er sah in die weit aufgerissenen Augen Gatzeks.

„Energielage überprüfen. Funk- und Navigationszentrale auf Betriebsfähigkeit untersuchen und mir das Ergebnis sofort melden. Manövrierfähigkeit der TOP II nach Reparatur feststellen."

Gatzek zögerte. „Was ist mit diesem Wrack, das uns lahmschoß? Soll ich Befehl geben, den Gegner zu vernichten?"

„Unterstehe dich, Gatzek. Den Burschen knöpfe ich mir selbst vor. Und ich denke, wir werden einige Überraschungen erleben."

„Mein Vorrat an Überraschungen ist gedeckt", protestierte der Offizier und verließ die Zentrale.

Topthor sah ihm mit einem verzerrten Lächeln nach. Dann erhob er sich und ging zur Funkzentrale. Regol hockte vor den Geräten und führte erste Kontrollen durch. Aus den Lautsprechern drangen unartikulierte Laute – also funktionierte wenigstens das noch.

„Verbindung mit Cekztel?" fragte Topthor.

Regol schüttelte den Kopf, ohne sich umzudrehen. „Noch nicht. Die haben keine Zeit. Die Terraner haben sich zum Kampf gestellt und sind dabei, ihn zu verlieren. Rhodans Superschlachtschiff wurde bereits mehrmals geortet."

Topthor verschlug es für Sekunden die Sprache, dann flüsterte er: „Rhodans Superschlachtschiff?"

Regol nickte erstaunt. „Ja, seine TITAN oder wie er die Kugel getauft hat. Außerdem müssen noch mindestens zehn Schwere Kreuzer der Arkoniden an der Abwehrschlacht beteiligt sein."

„Und sie verlieren?" fragte Topthor ungläubig. Da stimmte doch etwas nicht. „Ist das sicher?"

„Die Meldungen besagen es eindeutig, Topthor. Es kann kein Zweifel daran bestehen, daß wir die Streitkräfte Terras stark überschätzt haben. Übrigens wollte ich die ganze Zeit schon etwas fragen: Ist dir nicht eine Veränderung der Sonne aufgefallen? Wenn ich mich recht entsinne, besaß Terra eine kleine gelbe Sonne. Und nun . . ."

„Ich weiß", unterbrach ihn Topthor ungeduldig. „Wir werden später darüber reden, jetzt fehlt uns die Zeit, denn es gibt Wichtigeres zu erledigen. Nehmen wir Funkverbindung zu dem Wrack uns gegenüber auf."

Regol lachte kurz auf. „Das habe ich längst versucht. Die antworten nicht. Wahrscheinlich ist ihre Anlage zerstört worden."

Topthor seufzte. „Dann also nicht. Es sieht ganz so aus, als müsse ich mich ihnen noch einmal in der Schleuse zeigen – mit einem weißen Fähnchen in der Hand, um unseren Friedenswillen zu bekunden."

„Ob die Terraner darauf eingehen werden?" zweifelte Regol.

Topthor war schon in der Tür. Er wandte sich um. „Wer hat denn gesagt, daß drüben in dem Wrack Terraner sind?"

Regol starrte seinem Kommandanten mit offenem Mund nach.

Das positronische Navigations-Robotgehirn auf der CENTURIO erhielt keine Ruhepause. Kaum materialisierte der Schwere Kreuzer irgendwo zwischen den Schiffen der Topsider und hatte einige mehr oder weniger wirkungsvolle Strahlschüsse auf die angreifenden Überschweren abgegeben, da glitt er auch schon wieder in den Hyperraum und war verschwunden. Gleichzeitig fast tauchte er an anderer Stelle auf.

Major Deringhouse schwitzte vor Eifer. Captain Lamanche, sein Erster Offizier und Stellvertreter, brüllte pausenlos Befehle und kümmerte sich darum, daß die Transitionen in schneller Folge vonstatten gingen. Da Rhodan mit der TITAN und McClears mit der TERRA die gleichen Manöver ausführten, wurde bei den Überschweren der Eindruck erweckt, als gäbe es mindestens drei oder vier Schlachtschiffe der Imperium-Klasse und zehn Schwere Kreuzer.

Und doch verloren die „Terraner".

Das lag in erster Linie an den unbeholfenen und viel zu langsamen Schiffen der Topsider, die dem Ansturm der Springer nicht gewachsen waren. Hätte die TITAN ihre Kräfte richtig eingesetzt, wäre der Kampf anders verlaufen, aber daran hatte Rhodan verständlicherweise kein Interesse. Die Springer mußten siegen und davon überzeugt sein, die Erde vernichtet zu haben.

Topthor wartete in der geöffneten Schleuse und starrte aufmerksam zu dem Schiff der Unbekannten hinüber. Was würde er sehen?

Terraner?

Fast war er sicher, daß sich drüben im Wrack kein einziger Terraner aufhielt. Ein kurzes Studium des Katalogs hatte ihm seine Vermutung bestätigt. Die Topsider bauten solche Schiffe.

Hatten sich die Echsen wirklich mit den Terranern verbündet? Welchen Sinn sollte das haben?

Er mußte es wissen, und nur darum riskierte er jetzt sein Leben. Vielleicht wurde auch seine Frage beantwortet, warum die Navigations-Positronik an Bord der TOP II sich derart irren konnte.

Jenseits des flachen Plateaus begann der Urwald. Er senkte sich hinab in die weite Ebene. Erst drüben am Horizont tauchte eine neue Gebirgskette auf, die jede weitere Sicht nahm. Links schimmerte das Meer. Keine unangenehme Welt, nur schade, daß es keine intelligenten Eingeborenen gab, mit denen man handeln konnte.

Oder gab es sie? Was machten dann die Echsen hier?

Topthors Augen erfaßten eine Bewegung am Wrack. Eine Luke öffnete sich langsam, als würde sie von Hand bewegt. Anscheinend waren im anderen Schiff sämtliche Aggregate ausgefallen. Dann wurde eine Hand sichtbar.

Obwohl Topthor es erwartet hatte, schrak er doch zusammen.

Es war die schuppenbedeckte Hand eines Reptils – eines Topsiders.

Also doch.

Wären bei der Schlacht nicht Rhodans Kugelschiffe beobachtet worden, ergäbe sich nun eine phantastische Möglichkeit. Topthor lächelte grimmig, als er daran dachte, wenn er auch nicht ahnte, wie nahe er der Wahrheit bereits gekommen war.

Ein Topsider erschien in der nun offenen Schleuse und hob die beiden leeren Hände. Er reckte sie dem Überschweren entgegen.

Topthor zeigte die seinen und rief in der üblichen Verständigungssprache des Arkoniden-Imperiums: „Es ist besser, wir kämpfen nicht mehr gegeneinander, sonst sind wir verloren. Niemand wird uns helfen. Wenn wir aber gemeinsam beraten, wird sich vielleicht ein Ausweg finden lassen."

Ber-Ka blieb mißtrauisch. „Warum habt ihr uns nicht schon im Raum vernichtet? Ihr hättet es tun können, ohne daß wir uns gewehrt hätten."

Topthor grinste friedlich. „Ich habe meine guten Gründe, Topsider. Wollen wir uns nicht in aller Ruhe unterhalten? Ich glaube, es wird einige Überraschungen geben."

„Ich verspürte den gleichen Wunsch, noch bevor ich Sie angriff."

Topthor horchte auf. Das wurde ja immer besser. „Funktioniert Ihre Funkanlage noch?"

„Nein, sie wurde zerstört."

„Meine arbeitet noch – wenigstens der Empfänger. Den Sender haben wir noch nicht überprüfen können, da wir vorerst nicht daran interessiert sind, unseren Standort zu verraten. Kommen Sie, Topsider, wir treffen uns dort bei dem kahlen Felsen. Ich nehme keine Waffe mit, aber meine Leute sind auf der Hut. Es steht Ihnen frei, ähnliche Vorsichtsmaßnahmen zu treffen."

Ohne eine Entgegnung abzuwarten, kletterte Topthor die wenigen Stufen der ausgefahrenen Leiter hinab und stand dann wuchtig auf dem Plateau. Sein Gürtel war leer, doch steckte in den weiten Taschen seines Umhangs eine winzige Nadelpistole – für alle Fälle.

Ber-Ka zögerte, mochte dann aber einsehen, daß es für ihn überhaupt keine andere Möglichkeit gab, als den Vorschlag des Überschweren anzunehmen. Vielleicht meinte der Springer es auch wirklich ehrlich. Er hob den schuppigen Arm wie zum Gruß und rief einige Befehle in das Innere des Schiffes. Dann betrat auch er den Boden des Wasserplaneten und kam langsam auf die Stelle zugeschritten, die Topthor bezeichnet hatte.

Sie trafen sich bei dem großen Stein.

Topthor betrachtete sein Gegenüber nun genauer. Soweit er die Topsider kannte, war dies ein noch junges Exemplar der merkwürdigen Echsenrasse, mit der man hin und wieder schon Kontakt aufgenommen hatte. Man durfte sie nicht als Feinde bezeichnen, denn immerhin hatten sie mit den Springern Haß auf die Arkoniden gemeinsam. Um so erstaunlicher mußte der jetzt im Augenblick stattfindende Krieg wirken.

„Mein Name ist Topthor. Ich bin Patriarch meiner Sippe und Kommandant dieses einstmals schönen Schiffes.“ Er drehte sich halb um und zeigte auf die TOP II. „Ich darf wohl annehmen, daß Sie der Kommandant des anderen Unglücksschiffs sind?“

Ber-Ka nickte. Sein Akzent war deutlich hörbar, aber er sprach das Interkosmo recht gut. „Ich bin Ber-Ka, Kommandant des Patrouillenkreuzers MV-dreizehn, den Sie manövrierunfähig schossen. Was haben wir nun davon?“

„Was hat überhaupt jemand von diesem unseligen Krieg?“ fragte Topthor salbungsvoll. „Ich bin sicherlich der letzte, der ihn wollte.“

„Wer wollte ihn dann? Haben wir angegriffen, oder waren es die Springer, die mit der Absicht kamen, das System zu zerstören?“

Topthor horchte auf. „Woher wissen Sie das? Wie konnten Sie wissen, daß wir tatsächlich mit dieser Absicht kamen?“

Ber-Ka forschte im Gesicht seines Gegenübers und fand ehrliche Neugier. Er begriff nichts mehr. „Wir fingen vor wenigen Tagen einige Springer – keine Überschweren – und fragten sie aus. Sie gaben zu, daß ein Angriff auf dieses System geplant sei.“

Topthor zeigte Verblüffung. „Springer – ganz normale Springer? Davon ist uns nichts bekannt. Niemand wußte von dieser Aktion, die geheim vorbereitet wurde. Wer kann der Verräter gewesen sein? Gibt es eine Beschreibung, Ber-Ka?“

„Warum sind Sie daran interessiert?“

„Weil es keine Verräter geben kann – und das Unmögliche zu erklären, gehört zu meinen Lieblingsbeschäftigungen.“

Ber-Ka sah den Überschweren lange an, las aber in dessen Augen nichts als gespannte Neugier. „Vor einigen Tagen landeten Springer auf diesem Planeten. Sie landeten nicht freiwillig, sondern wir zwangen sie mit Traktorstrahlen dazu. Der Kommandant gab sich gefangen. Ein anderes, wesentlich kleineres Schiff geriet ebenfalls in unsere Gewalt. Sie müssen wissen, daß wir in diesem System einen Stützpunkt unterhalten.“

„Zu dieser Erkenntnis bin ich inzwischen auch gelangt", gab Topthor zu. „Aber weiter. Wer waren diese Springer?"

„Das weiß ich nicht, aber vielleicht könnte Al-Khor Auskunft geben. Er verhörte die Gefangenen, die später entfliehen konnten."

„Sie sind entflohen?" Topthors Verblüffung wuchs. „Bald verstehe ich überhaupt nichts mehr. Wie war das möglich?"

„Die Eingeborenen aus dem Meer halfen ihnen dabei. Sie müssen sich mit ihnen verbündet haben."

„Eingeborene? Wollen Sie behaupten, auf dieser Wasserwelt gäbe es Intelligenzen?"

„Harmlose Tiere mit einer Spur von Verstand", schwächte Ber-Ka ab. „Sie sind ohne jede Bedeutung."

„Immerhin haben Sie doch ihretwegen diesen Stützpunkt errichtet, nicht wahr? Nun, wie dem auch sei, jedenfalls möchte ich herausfinden, wer die gefangenen und wieder entflohenen Springer waren. Hatten die Schiffe kein Sippenzeichen?"

„Nein. Sie trugen einen Namen, aber ich weiß nichts darüber. Jedenfalls hatte das eine Kugelform, während das andere einer kleinen Scheibe glich . . ."

„Kugelform?" fragte Topthor erschrocken. „Die Kugelform der Arkoniden oder Terraner?"

„Terraner?"

Topthor überging die Frage. „Es gibt keinen Springer, dessen Schiff Kugelform besäße, außer einigen extravaganten Millionären, die sich Beuteschiffe der Arkoniden leisten können. Die haben mit unserer Aktion nichts zu tun."

„Jedenfalls waren es Springer, das sagten sie selbst. Doch nun darf ich sicherlich auch einige Fragen stellen, nachdem ich die Ihren so bereitwillig beantwortete."

„Gern, nur noch eine letzte Auskunft: Auf welchem Planeten haben Sie Ihren Stützpunkt? Auf dem vierten, oder auf dem dritten?"

„Es schadet nichts, wenn Sie auch das erfahren: Auf dem vierten. Wir verteidigen lediglich den dritten Planeten, um Sie von der Wasserwelt abzulenken."

Topthor versank in Nachdenken.

„Fragen Sie", murmelte er geistesabwesend.

Ber-Ka nutzte seine Chance. „Warum griffen Sie unser System an? Woher wußten Sie von unserem Stützpunkt?“

Es dauerte einige Minuten, ehe Topthor antwortete. Er war so mit seinen Gedanken beschäftigt gewesen, daß der Topsider seine beiden Fragen wiederholen mußte.

„Warum wir Sie angriffen? Lieber Ber-Ka, es ist gar nicht so einfach, das zu erklären. Um es gleich zu sagen: Wir wußten nicht, daß hier ein Stützpunkt der Topsider existiert. Es ist schwer zu glauben, aber wir waren der Meinung, dies sei das Heimatsystem der Terraner, von denen Sie schon gehört haben dürften. Oder ist der Name Perry Rhodan kein Begriff für Sie?“

„Perry Rhodan . . .“, überlegte der Topsider. „Ich glaube, schon von ihm gehört zu haben. Unsere Expeditionsflotte stieß mit ihm in einem System zusammen, das in unmittelbarer Nähe von Terra liegen muß. Um ehrlich zu sein, wir hielten es für Terra. Leider war uns damals das Kriegsglück nicht treu, und wir mußten uns zurückziehen.“

„Diese Springer, die Sie hier gefangennahmen, wie sahen sie aus?“

„Nun, wie Springer aussehen. Humanoide. Sie sprechen einwandfrei Interkosmo.“

„Das tun Terraner auch“, warf Topthor ein.

„Warum sollten sie eine falsche Identität vortäuschen?“

„Das ist auch meine Frage, Ber-Ka. Wissen Sie was, ich beginne allmählich zu ahnen, daß wir auf einen ausgemachten Schwindel hereingefallen sind. Wissen Sie, wer Ihre Gefangenen waren? Nicht? Dann will ich es Ihnen verraten: Terraner! Und zwar Terraner, die im Auftrag Rhodans hierherkamen und Ihnen verrieten, daß wir Springer einen Angriff auf die Topsider beabsichtigen. Ich möchte nur wissen, woher sie unsere Absichten kannten und warum sie wußten, daß die Koordinaten falsch sein würden.“

„Welche Koordinaten?“

„Die Koordinaten Terras, die in meinem Navigations-Robot verankert sind.“

Ber-Ka durchzuckte es förmlich. „Sie kennen die Position von Rhodans Heimatplaneten?“

„Ja, ich glaubte es einmal. Aber Sie werden es mir wahrscheinlich nicht abnehmen, wenn ich Ihnen versichere, daß diese Koordinaten diese rote Riesensonne bezeichnen, die mit Terras Muttergestirn ebensowenig zu tun hat wie Sie mit mir. Meine Positronik hat sich geirrt und mir die falschen Koordinaten gegeben. Rhodan muß das vorher gewußt haben."

„Das ist . . ." Ber-Ka stotterte und schwieg dann.

Topthor nickte ihm verbittert zu. „Ja, das scheint unmöglich, und doch muß es so sein. Es gibt keine andere Erklärung für dieses Rätsel. Und während wir hier sitzen und es lösen, vernichten sich dort oben im Raum Ihre und meine Flotte. Wir müssen etwas unternehmen."

„Meine Funkanlage ist zerstört", klagte der Topsider.

„Ob mein Sender arbeitet, ist noch ungewiß. Eines aber, Ber-Ka, ist gewiß: Jene Springer, die sich so bereitwillig von Ihnen fangen ließen, damit sie ihre Aussagen anbringen konnten, waren Beauftragte Rhodans. Terraner. Und Sie haben sie entkommen lassen. Dafür gehört Ihr Kommandant gevierteilt, denn er allein ist schuld an dem nun stattfindenden Kampf."

„Wieso er?" Ber-Ka wunderte sich. „Wenn Sie uns nicht angegriffen hätten, wäre überhaupt nichts passiert."

Topthor gab keine Antwort. Er sah hinüber zur Schleuse der TOP II und entdeckte Regols Gesicht, das vorsichtig um die Ecke lugte. „He, Regol! Was macht die Sendeanlage?"

„Nichts! Wir riefen ein nahe vorbeifliegendes Schiff an, erhielten jedoch keine Antwort. Ich fürchte . . ."

Topthor seufzte und nickte Ber-Ka zu. „Ich fürchte, daß wir vorerst hier auf der Wasserwelt einen Urlaub verbringen werden, bis sich das Kriegsglück entschieden hat. Aber wie immer das Ergebnis dieses Krieges auch sein mag, der eigentliche Sieger heißt Rhodan. Eine Schande, daß dieser Mann kein Springer ist. Wie genial seine Schachzüge sind, wie weitreichend sein Denken. Wahrhaftig, ich gäbe meinen linken Arm dafür, wenn ich Rhodan zu meinem Verbündeten machen könnte." Er stutzte plötzlich und lächelte bitter. „Es wäre nicht einmal nötig, den linken Arm zu geben, fällt mir gerade ein. Ich kenne einen Überschweren, der Millionen dafür erhalten hat, daß er mit Rhodan zusammenarbeitet. Mein Freund Talamon ist klüger gewesen, als ich je ahnte. Na warte, alter Freund! Ich habe mit dir ein Wörtchen zu reden, wenn ich zurück bin."

Zurück . . .

Topthor ahnte plötzlich, daß seine Rückkehr gar nicht so gewiß war.

Rhodan wußte, daß nur ein einziger Springer den Irrtum aufklären konnte, dem die Flotte der Überschweren zum Opfer gefallen war. Und er würde dafür sorgen, daß dieser einzige Zeuge nicht plauderte.

Denn Topthor wußte plötzlich, welche Absicht Rhodan verfolgte.

Er wandte sich an Ber-Ka. „Ich denke, wir schließen Frieden, Topsider. Sie verstehen wahrscheinlich noch nicht, warum wir Verbündete geworden sind. Wir haben einen Gegner, wie man ihn sich gefährlicher und listiger nicht vorstellen kann. Einen Gegner, der sogar die eigene Niederlage vortäuscht, um eine schreckliche Rache vorzubereiten. Eines Tages wird Rhodan zuschlagen."

„Ich verstehe nicht vollständig . . ."

„Das ist auch nicht nötig, Ber-Ka. Im Augenblick bleibt Ihnen ohnehin keine andere Wahl, als mein Angebot anzunehmen. Versuchen Sie, Ihren Sender zu reparieren. Sie erhalten von uns die dazu notwendigen Energien. Unser Hauptgenerator arbeitet noch."

Er nickte der Echse zu und kehrte in die eigene Schleuse zurück.

Ber-Ka zögerte noch einige Sekunden, dann drehte er sich um und ging mit schleppenden Schritten zu seinem Schiff.

In seinem Kopf wirbelten tausend unbeantwortete Fragen.

„Ich habe nun fast alle Schiffe durch, aber Topthor ist nicht aufzutreiben."

Gucky hockte müde und apathisch auf der Couch in der Zentrale und warf Deringhouse einen verzweifelten Blick zu.

„Vielleicht wurde Topthor gleich zu Beginn der Schlacht getötet und sein Schiff vernichtet. Dann wäre das Problem bereits gelöst."

„Rhodan wünscht Gewißheit", warf Marshall ein. „Betty Toufry behauptet, eben für einen Augenblick Impulse aufgefangen zu haben, die von Topthor stammen könnten."

„Woher will sie das wissen?" zweifelte der Mausbiber und stellte die großen Ohren in die Höhe. „In welche Richtung lauschte sie?"

„Jedenfalls von Beteigeuze weg", gab Marshall Auskunft. „In Richtung interstellarer Raum."

„Quatsch!“ piepste Gucky. „In Richtung Wasserplanet Aqua. Der steht nämlich genau in der angegebenen Richtung.“

Marshall wollte wütend auffahren, aber dann wurden seine Augen plötzlich schmal. Er sah Deringhouse einen Moment forschend an, dann wandte er sich wieder an Gucky. „Hm – vielleicht nicht so dumm, mein Kleiner. Ich werde mir Betty mal vorknöpfen.“

„Ich komme mit“, erbot sich der Mausbiber und rutschte von der Couch.

Topthor und Ber-Ka hatten inzwischen ein Abkommen getroffen. Zwischen ihnen sollte Waffenstillstand herrschen, und man wollte versuchen, entweder die Springer oder die Topsider zu erreichen, um sie über den furchtbaren Irrtum aufzuklären.

Der Sender der TOP II konnte nicht mehr repariert werden, um so schlimmer erschien es Topthor, die Nachrichten abhören zu können, wenn sie auch für den unglücklichen Ber-Ka unerfreulich sein mußten.

Es kristallisierte sich heraus, daß die Topsider geschlagen waren. Die meisten Topsider-Kommandanten sahen offenbar ein, daß es besser war, die Flucht zu ergreifen. Auch die eingetroffene Verstärkung von 200 Schiffen vermochte daran nichts zu ändern. Der Sieg der Springer stand fest.

Topthor und Ber-Ka lauschten den Berichten. Der Topsider hatte alle Hoffnungen aufgegeben und resignierte. Nicht so der Springer.

„Es muß eine Möglichkeit geben, Verbindung mit einer der beiden Seiten aufzunehmen, Ber-Ka. Ihr hattet doch hier Stützpunkte? Sind sie alle restlos geräumt worden, oder blieb eine Besatzung zurück?“

„Ich weiß es nicht“, jammerte der Topsider. „Die Maßnahmen des Oberkommandos werden niemals allgemein bekannt. Vielleicht existieren noch besetzte Funkstationen hier, aber wie sollen wir Kontakt aufnehmen, wenn wir nicht wissen, wo sie zu finden sind?“ Die Echse stockte plötzlich, dann nickte sie heftig mit dem Kopf. „Es wäre logisch, wenn wir zuerst im ehemaligen Hauptquartier nachsähen. Wenn jemand zurückblieb, dann dort.“

„Und wo ist dieses ehemalige Hauptquartier?“

Ber-Ka zeigte in Richtung Meer. „Irgendwo an der Küste, auf einer künstlichen Insel im Meer. Aber ich kenne den genauen Stützpunkt nicht, weil ich keine Ahnung habe, wo wir landeten. Wir müssen es versuchen."

Topthor runzelte die Stirn. „Die Explosion des Reaktors hat die Laderäume zerstört und damit auch den kleinen Gleiter und das Landfahrzeug. Wir müßten laufen, und das halte ich für sinnlos."

„Ein Fahrzeug haben wir", sagte Ber-Ka. „Das Gleitboot fiel leider auch Ihrem Angriff zum Opfer. Wir müssen eben versuchen, bis zum Meer vorzudringen, dort ist der Strand breit und fest genug, um als Straße zu dienen. Theoretisch brauchen wir nur um den ganzen Kontinent herumzufahren, um automatisch auf die Metallinsel zu stoßen."

„Das wird aber eine angenehme Landpartie", bemerkte Topthor bitter, aber er mochte einsehen, daß es keine andere Wahl gab, wenn sie nicht einfach hier sitzen bleiben wollten. „Wie groß ist Ihr Fahrzeug?"

„ Wenn wir genügend Lebensmittel und Wasser mitnehmen wollen, würde ich nur zwei Mann Besatzung vorschlagen – und natürlich die dazugehörige Bewaffnung. Wir wissen nicht, wie lange wir unterwegs sein werden."

Der Überschwere sann vor sich hin. Schließlich nickte er. „Also gut, Ber-Ka." Er sah hinauf in den Himmel. Die Sonne stand fast im Zenit, und es war sehr warm. „Brechen wir noch heute auf, denn jede Stunde ist kostbar. Obwohl – ich habe nicht viel Hoffnung, daß wir rechtzeitig kommen. Aber es ist wichtig, daß man überhaupt von dem Irrtum erfährt, dem eine ganze Milchstraße zum Opfer fallen soll."

Die Vorbereitungen waren schnell getroffen. Seitlich öffnete sich in dem Schiff der Echsen eine Luke, eine Rampe wurde ausgefahren, und dann rollte ein plumpes Fahrzeug auf das steinige Plateau hinab. Es hatte Räder und Raupen, konnte sich also dem jeweiligen Gelände gut anpassen. Ein kleines Strahlgeschütz ließ sich nach allen Seiten drehen und bot Schutz gegen Angreifer. Der kleine Reaktor im Innern besaß genügend Energien, das Auto jahrhundertelang ununterbrochen laufen zu lassen.

Schnell waren Kisten mit Lebensmitteln verladen und der Wassertank aufgefüllt. Ber-Ka gab seinen Leuten letzte Anweisungen, dann winkte er Topthor zu. „Wir können starten. Ich denke, wir werden die Küste in drei oder vier Stunden erreichen. Dann geht es leichter."

„Was ist mit den Bewohnern des Wassers?"

Ber-Ka winkte ab. „Um sie brauchen wir uns keine Sorgen zu machen. Sie sind friedlich und besitzen keinerlei Waffen. Sie kümmern sich wahrscheinlich nicht einmal um uns. Wir müssen nur darauf achten, daß keins von Ihren oder meinen Schiffen uns entdeckt und das Feuer eröffnet. Das ist die Gefahr, vor der wir uns hüten müssen. Unser privater Waffenstillstand gilt nicht für die anderen."

Topthor überprüfte seinen schweren Handstrahler.

„Wir werden sie zwingen, Frieden zu schließen", knurrte er grimmig und kletterte in die Kabine des Wagens, die normal vier Topsider aufnehmen konnte. Als Ber-Ka ihm folgte, war der Raum völlig ausgefüllt.

Die Zurückbleibenden sahen das Fahrzeug bald darauf im Dschungel untertauchen und kehrten in ihre Schiffe zurück.

Perry Rhodan hielt sich in der Zentrale der TITAN auf und analysierte mit den Offizieren die Ereignisse der letzten Stunden. Seine Arbeit wurde unterbrochen, als John Marshall zusammen mit Betty Toufry hereinkam.

„Betty hat eindeutig Gedankenimpulse Topthors empfangen", berichtete Marshall aufgeregt, „aber sie hat ihn nicht orten können. Damit ist Gucky jetzt beschäftigt. Allerdings können wir mit Bestimmtheit behaupten, daß sich Topthors Schiff auf keinen Fall im Gros der Springerflotte aufhält."

„Wo dann?"

„Wenn wir das wüßten, wäre uns wohler", gab Marshall zu. „Sie wissen, daß sich nur anhand telepathischer Impulse keine Entfernungen feststellen lassen. Darum blieb Gucky an Bord der CENTURIO, während Betty und ich auf die TITAN gekommen sind. Sie wissen, Berechnungen von Entfernungen mit Hilfe zweier gegebener Strekken und eines bekannten Winkels sind heute kein Problem – eigentlich war es schon vor viertausend Jahren kein Problem. Lediglich neu ist die Bestimmung der beiden Strecken durch die Telepathie. Kurz: Betty und Gucky haben versucht, Topthor anzupeilen. Betty gelang es. Von Gucky hörten wir bisher noch nichts."

„Haben Sie Verbindung zur CENTURIO?"

„Ja, natürlich. Captain Lamanche leitet die Aktion von dort aus. Deringhouse fliegt jetzt in Richtung Aqua."

„Der Wasserplanet? Warum denn das?"

„Weil Topthors Gedankenimpulse wahrscheinlich von dort kommen."

Rhodan kniff die Augen zusammen und sah Marshall forschend an. „Und nun fehlt nur noch Guckys Peilrichtung?"

„Ja, dann wissen wir genau, wo sich Topthor aufhält. Wo sich Bettys und Guckys Linien schneiden, ist der Überschwere."

Der Interkom summte. Das Gesicht von Kadett Martin erschien auf dem kleinen Bordschirm. „Ist Marshall bei Ihnen, Sir?"

Rhodan winkte dem Telepathen zu. „Ja, er ist bei mir. Haben Sie Nachricht von Lamanche?"

„Gucky gab eben einige Daten durch für Marshall. Soll ich sie wiederholen?"

„Lesen Sie vor!" befahl Rhodan.

Marshall schrieb die Koordinaten mit und begann dann, Diagramme zu ziehen. Mit einem schnellen Schritt war er dann neben Rhodan und bat: „Die Karte des Systems, Chef. Ich glaube, Guckys Vermutung hat gestimmt."

Rhodan reichte ihm die Karte. „Welche Vermutung?"

„Daß Topthor auf Aqua gelandet ist. Wahrscheinlich schöpfte er Verdacht und wollte sich den ‚Mars' ansehen. Dann wird es höchste Zeit, daß wir etwas unternehmen . . ."

„Anruf von der CENTURIO, Sir", unterbrach Martin und verschwand vom Bildschirm. Für eine halbe Minute war es in der Zentrale still. Endlich leuchtete der Interkomschirm auf. Martin sah etwas ratlos aus, als er sagte: „Es war Deringhouse. Er gibt bekannt, daß Gucky spurlos verschwunden ist."

Rhodan schnappte nach Luft. „Was heißt verschwunden? Wo steht die CENTURIO?"

„Sie umkreist Aqua, Sir. Der Mausbiber, so berichtete Lamanche, habe behauptet, noch etwas besorgen zu müssen – dann sei er verschwunden. Im Arsenal fehlt eine kleine atomare Sprengbombe.“

Marshall ließ pfeifend die Luft aus seinen Lungen entweichen. „So ein Halunke! Er weiß nun, daß der Gesuchte auf dem vierten Planeten gelandet ist, und handelt auf eigene Faust. Ist das nicht ein bißchen voreilig, Chef?“

Rhodan lächelte dünn. „Einer von uns hätte es ohnehin tun müssen – warum nicht Gucky?“

Eine kräftige Südbrise trieb die Wellen unablässig gegen den flachen Sandstrand, der sich fast schnurgerade von West nach Ost zog, selten nur von kleinen, idyllischen Buchten unterbrochen. Erst fünfzig Meter vom Ufer entfernt begann der Urwald. Diese fünfzig Meter waren so eben wie eine Straße

Als Topthor, der den Wagen steuerte, das Meer erblickte, hielt er unwillkürlich an. Mit staunenden Augen betrachtete er die blaue Fläche, die sich bis zum fernen Horizont erstreckte. Schräg darüber stand die orangerot leuchtende Sonne. Es war warm, so daß die Brise eine willkommene Erfrischung bot. Die Glaskuppel des Wagens war geöffnet. Topthor roch das feuchte Salz in der warmen Luft.

„Wir biegen besser nach Osten ab“, sagte Ber-Ka, dem der Anblick des Meeres vertraut war. „Die Stahlinsel liegt an der Südküste, das weiß ich genau. Ziemlich am Südostzipfel des Kontinents.“

Topthor riß sich von dem erfreulichen Anblick los und setzte den Wagen wieder in Gang. Er wandte sich seinem Nachbarn zu. „Ich beginne zu begreifen, warum ihr hier einen Stützpunkt errichtet habt. Es ist eine Welt, aus der sich etwas machen läßt.“

Der Topsider gab keine Antwort. Immer wieder sah er hinab zum Strand, als erwarte er, dort jemand zu sehen. Aber vergeblich forschten seine Augen nach den silbernen Pfeilen auf der bewegten Oberfläche des Meeres, die schwimmende Fischwesen ankündigten. Die Bewohner von Aqua, wie Deringhouse diese Welt getauft hatte, lebten ausschließlich im Wasser. Auf dem Land hielten sie es nicht länger als zwei, drei Stunden aus. Unter Wasser bewegten sie sich gleich einem Düsenflugzeug fort. Mit dem großen Maul saugten sie

Wasser an, verdichteten es in der Mitte ihres Körpers mit einem Spezialorgan und stießen es dann durch eine Düse am hinteren Rückenteil wieder aus. Der Erfolg zeigte sich in einer erstaunlich schnellen Fortbewegung.

Sie zeigten sich nicht, und Ber-Ka schien enttäuscht.

Topthor gab es bald auf, sich über die urweltliche Landschaft zu freuen. Die Sorgen kehrten zurück. Hinzu kam die Ungewißheit, was inzwischen geschehen war. Der schwache Sender im Fahrzeug genügte nicht, die Flotte anzurufen. Die TOP II anzurufen war genauso sinnlos, denn sie konnte keine Antwort geben.

Er schrak zusammen, als Ber-Ka neben ihm nach drei Stunden Fahrt plötzlich einen Schrei ausstieß und aufgeregt nach vorn zeigte.

„Die Insel! Wir haben es geschafft!"

Topthor sah den flachen Buckelbau. Etwa zwei Kilometer von der Küste stand er auf schlanken Beinen in der Brandung. Ein Geländer umgab die Plattform und bewahrte eventuelle Bewohner davor, unversehens ins Meer zu stürzen.

Aber auf der Plattform rührte sich nichts. Die künstliche Insel lag wie ausgestorben.

Topthor sprach nichts. Stumm fuhr er noch etwa zehn Minuten, dann hielt er an einer Stelle des Strandes, die der Insel genau gegenüberlag. In einem provisorischen Hafen lagen herrenlos einige kleine Boote.

Ber-Ka deutete auf sie hinab. „Damit gelangen wir zur Insel. Los, worauf warten wir noch?"

Topthor zögerte. „Und wenn man uns gesehen hat und nur darauf aus ist, uns zu erledigen?"

Ber-Ka winkte ab. „Man sieht schließlich, daß ich Offizier bin, und wird nicht so ohne weiteres auf Sie schießen, wenn Sie sich in meiner Begleitung befinden. Wer weiß, was inzwischen alles geschehen ist. Kommen Sie, Topthor. Jede Minute ist wertvoll."

Widerwillig kletterte Topthor aus dem schützenden Wagen, der ihm bisher Sicherheit geboten hatte. Der Anblick der still im Wasser ruhenden Insel schien ihm nur wenig zu behagen, wenngleich sie ihm die einzige Möglichkeit bot, mit seinen Leuten in Verbindung zu treten.

Sie bot aber auch Ber-Ka die gleiche Chance.

Wenn er sich selbst gegenüber ehrlich sein wollte, so mußte er zugeben, daß er dem Topsider nicht über den Weg traute. Sicher, sie hatten ein Abkommen geschlossen, das jedoch nur der Zweckmäßigkeit, keineswegs aber gegenseitiger Sympathie entsprang. Beide, so war er überzeugt, würden es nur so lange halten, wie die Lage es erforderte. Wenn Ber-Ka Verbindung zu seinen Leuten erhielt, benötigte er Topthor nicht mehr. Umgekehrt hatte Topthor kein Interesse mehr an der Echse, wenn er Kontakt mit Cekztel erhielt.

Ber-Ka stand schon bei einem kleinen Boot, das, halb auf den Strand gezogen, direkt zu einer Fahrt auf die Insel einlud. „Kommen Sie, Topthor. Wir haben keine Zeit zu verlieren."

Der Überschwere setzte sich langsam in Bewegung. An seinem Gürtel baumelte der Strahler. Seine Füße sanken tief in den losen Sand ein. Er ließ Ber-Ka nicht aus den Augen, denn er wollte nicht überraschend in den Rücken geschossen werden. Der Zeitpunkt der Entscheidung näherte sich schnell und unaufhaltsam.

Das Boot schwankte bedenklich, aber mit leise summendem Antrieb brachte es seine beiden Insassen sicher zur Anlegestelle der Insel, eine kleine, dicht über dem Wasser liegende Plattform. An dieser Stelle war die glatte Wandung der Insel durch eine Tür unterbrochen. Ein Stellrad ersetzte die übliche Klinke oder den Drehknopf.

Ber-Ka band das Boot an einem Haken fest und stieg über. Mit flinken Händen öffnete er die Tür, während auch Topthor sich bemühte, seine Füße auf die Insel zu setzen, deren Wände noch zwanzig Meter hoch aufragten. Unter der Anlegeplattform fehlten die schlanken Füße, auf denen das Gebilde ruhte. Hier setzte sich die Kuppel unter Wasser fort. Topthor konnte den Grund des Meeres nicht sehen, und er hatte keine Ahnung, wie tief das Wasser hier sein mochte.

Der Topsider war inzwischen eingetreten und wandte sich um. „Kommen Sie, Topthor. Ich weiß zwar nicht, ob wir eine intakte Funkstation oder eine Besatzung vorfinden werden, aber wir müssen es versuchen. Ich habe keine Ahnung, wo sich die Funkstation befindet."

„Wenn es sie gibt, werden wir sie finden", sagte Topthor optimistisch. „Wahrscheinlich in den oberen Stockwerken. Sehen wir uns die Wasserburg einmal an. Ich finde die Anlage sehr interessant, wenn ich auch nicht begreife, warum man sie nicht auf dem Land errichtete."

„Wegen des Kontakts mit den Eingeborenen", erklärte Ber-Ka kurz angebunden. Er stieg die Treppe hoch. Topthor folgte ihm, nachdem er einen Blick auf den Korridor geworfen hatte, der in die Tiefe führte.

Man hatte nur die wichtigsten Dinge mitgenommen, die allgemeine Einrichtung war zurückgeblieben. Alles zeugte davon, daß man nach der Schlacht gegen die Springer hierher zurückzukehren gedachte.

Topthors Hand lag wie zufällig auf dem Kolben des Strahlers, als Ber-Ka sich plötzlich umdrehte und nach vorn zeigte, wo eine offene Tür den Gang abschloß. Dahinter lag ein hellerleuchteter Raum.

„Die Funkzentrale, Topthor! Wir haben es geschafft!"

Der Überschwere zuckte erschrocken zusammen, als habe man ihn bei einer unerlaubten Handlung ertappt. Gezwungen grinste er die Echse an. „Ausgezeichnet, Ber-Ka. Dann hat Rhodan ja bald ausgespielt."

Der weite Raum war ohne Besatzung. Unverändert standen die Geräte, Empfänger, Generatoren und Sender an den für sie bestimmten Plätzen. Breite Fenster ließen das Tageslicht hereinströmen. Die Stühle des Personals standen so, wie sie verlassen worden waren.

„Verstehen Sie etwas davon?" fragte Topthor.

„Genug, um damit fertig zu werden", versicherte der junge Offizier und zeigte auf eine komplizierte Kontrollanlage. „Ich war zu Beginn meiner Laufbahn Funker. Warten Sie, in wenigen Minuten haben wir Al-Khor dort auf dem Bildschirm."

Topthor runzelte die Stirn. „Warum nicht Cekztel, meinen Oberkommandierenden? Wer weiß, ob dieser Al-Khor noch lebt, nachdem seine Flotte geschlagen wurde . . ."

„Ist dies eine Station der Springer oder ist es eine der Topsider?" fragte Ber-Ka. „Sobald ich mit Al-Khor gesprochen habe, steht Ihnen die Anlage zur Verfügung. Mehr können Sie kaum verlangen."

Der Überschwere nickte zögernd. Seine Hand war wieder verdächtig nahe am Gürtel. „Das mag stimmen, Ber-Ka. Aber ohne meine

Großmut wären Sie kaum hier auf der Insel. Ich habe also den Anspruch auf das erste Gespräch. Außerdem würde es Ihrer Flotte wenig nützen, wenn Al-Khor von dem großen Betrug erführe. Wichtig ist, daß die Kampfflotte der Springer gewarnt wird. Sehen Sie das ein?"

Aber Ber-Ka hatte sich etwas in den Kopf gesetzt. Er wollte Rache. Und er wollte eine Heldentat vollbringen. Wenn er diesen Springer erledigte und gleichzeitig dafür sorgte, daß die Kampfhandlungen eingestellt wurden, erhielt er die Tapferkeitsmedaille des Diktators, daran konnte kein Zweifel bestehen. Aber dieser Topthor war ein Gegner, den man nicht unterschätzen durfte.

„Vielleicht haben Sie recht", meinte er zögernd. „Bitte, benutzen Sie die Anlage zuerst. Sie werden ja wohl damit umgehen können."

„Ich war auch mal Funker", brummte Topthor und ging an Ber-Ka vorbei auf den freien Stuhl zu. Unbemerkt zog er den Strahler. Er tat so, als wolle er sich setzen, wirbelte aber dann herum, warf sich zu Boden und schoß.

Als der Wasserplanet Aqua auf dem Bildschirm materialisierte, konzentrierte sich Gucky – und sprang.

Sobald er wieder sehen konnte und festen Boden unter den Füßen spürte, atmete er erleichtert auf. Es war ein gewisses Risiko, einfach ins Nichts zu springen, aber er hatte Glück gehabt. Er stand auf dem Gipfel eines kahlen Berges, der hoch aus dem Urwald emporragte und einen prächtigen Rundblick bot. Damit ließ sich natürlich nicht allzuviel anfangen, aber die Sache wurde erheblich durch den Umstand erleichtert, daß Aqua nur einen Kontinent besaß, der nicht besonders groß war.

Gucky sah zur fast senkrecht stehenden Sonne hoch, setzte sich auf einen flachen Felsen und schloß die Augen. Was er nicht sehen konnte, mußte er eben hören. Sonst fand er seine Beute nie.

Und seine Beute hieß Topthor.

Er lauschte in sich hinein, um die Gedankenimpulse des Überschweren aufzuspüren, aber das war wesentlich schwieriger, als es draußen im freien Raum gewesen war. Zu seiner Überraschung ortete er sofort in der ersten Sekunde einige Gedankenfetzen, die zweifellos von Springern und Topsidern stammten.

Springer *und* Topsider.

Aus der gleichen Richtung.

Gucky drehte den Kopf. Die Entfernung ließ sich natürlich nicht abschätzen, wohl aber die Richtung genau bestimmen.

Er seufzte. „Springer und Echsen in trautem Einvernehmen – welche Überraschung. Das muß näher untersucht werden. Vielleicht ist Topthor in der Nähe."

Er peilte in der nun bestimmten Richtung den nächsten Berg an und teleportierte dorthin. Nach drei weiteren Sprüngen sah er schräg unter sich ein felsiges Plateau, auf dem nebeneinander zwei Schiffe lagen – oder besser gesagt: zwei Wracks.

Gucky stieß einen schrillen Pfiff aus. „Die TOP II, wenn ich nicht irre. Das ist ja großartig."

Er griff nach hinten, wo er am Gürtel eine kleine Ledertasche hängen hatte. In ihr ruhte ein metallischer Körper von der Größe eines Enteneis, die Atombombe.

Er nahm das gefährliche Objekt heraus und stellte den Zünder ein. Dann drückte er auf einen Knopf und achtete sorgfältig darauf, daß er auch eingedrückt blieb. Ließ man ihn nämlich los, würde genau fünf Sekunden später die Detonation erfolgen.

Gucky sprang und materialisierte in der Zentrale des Schiffes, das Topthor gehörte. Der auf der Couch sitzende Wachoffizier riß erschrocken die Augen auf und kam mit einem Satz hoch, um auf die unbegreifliche Erscheinung zu starren. In seinem Gürtel steckte die übliche Bordwaffe, aber er dachte mit keinem Gedanken daran, sich ihrer zu bedienen. Voller Entsetzen sah er auf den Mausbiber, der so plötzlich aus dem Nichts gekommen war und einen metallisch blitzenden Gegenstand in der Hand hielt, als wolle er ihn werfen.

„Wenn du artig bist, schenke ich dir etwas", sagte Gucky piepsend und in reinstem Interkosmo, was dem Überschweren fast den Atem nahm.

Er konnte nur japsen. „Was willst du mir schenken?"

„Das Leben", eröffnete ihm Gucky triumphierend und zeigte ihm die Bombe. „Scharf geladen. Wenn ich sie loslasse, explodiert sie –

und das gibt ein hübsches Loch an dieser Stelle des Planeten. Also keine Dummheiten. Geh hinaus ins Freie und rufe die anderen."

„Die anderen?" fragte der Überschwere keuchend, ohne das geringste zu begreifen. „Wer bist du?"

„Ich bin Gucky", beantwortete Gucky die zweite Frage zuerst. „Noch nie von mir gehört? Mein bester Freund heißt Perry Rhodan."

„Rhodan?" sagte der Fleischkloß stöhnend. „Rhodan ist hier?"

„Nur in der Nähe", beruhigte ihn der Mausbiber. „Und nun rufe die anderen draußen zusammen. Ich möchte einige passende Worte an sie richten. Auch an die Echsen. Habt ihr euch mit ihnen verbrüdert?"

„Topthor befahl es. Er sagte, der Krieg sei ein Irrtum."

„Krieg ist immer ein Irrtum." Gucky nickte. „Aber es gibt auch Irrtümer, die den Krieg vermeiden."

Der Überschwere starrte ihn verständnislos an. Gucky grinste und ließ dabei seinen Nagezahn sehen.

„Los, wir haben nicht viel Zeit. In zwei Minuten will ich beide Besatzungen draußen angetreten sehen. Und sage ihnen gleich, daß ich ein Atom-Ei in der Hand halte, das fünf Sekunden nach meinem Tod detoniert – falls jemand auf dumme Gedanken kommen sollte."

Es dauerte nur eine Minute. Gucky wartete in der Luke, bis die Topsider und Springer sich draußen auf dem Plateau versammelt hatten. Dann trat er in die offene Schleuse, hielt die Atombombe hoch und rief mit schriller Stimme: „Um es kurz zu machen: Rhodan schickt mich. Der Auftrag: Das Schiff Topthors wird vernichtet. Hiermit." Er zeigte ein zweites Mal die Bombe. „Verschwindet von hier, sonst fliegt ihr mit in die Luft. Ihr habt zehn Minuten Zeit. Verstanden?"

Sie verstanden sofort. Nach allen Richtungen stoben sie davon, nur ein ziemlich klein ausgefallener Überschwerer mit kaum neun Zentner Lebendgewicht hielt noch einmal an, bevor er im Unterholz untertauchte. „Ohne das Schiff sind wir ohne Unterkunft. Sollen wir hier umkommen, oder werden wir abgeholt?"

Gucky zuckte mit den Schultern.

„Baut euch Nester", riet er gönnerhaft. „Übrigens: Wo ist Topthor?"

Der Überschwere blieb noch eine Sekunde stehen, dann drehte er sich um und war verschwunden.

Gucky sah ihm nach, pfiff mißtönend und wartete genau zehn Minuten. Dann kehrte er in das Schiff zurück und suchte den Raum auf, in dem sich das Navigationsgehirn aufhielt. Er baute sich vor dem positronischen Ungetüm auf, zeigte der Maschine die Atombombe und zwitscherte: „Jetzt bekommst du etwas ganz Besonderes zu fressen, du vergeßlicher Gedankenspeicher. Weißt du auch warum? Nicht? Bei allen Mohrrüben des Universums, es sind schon viele unwissend gestorben, warum nicht auch du?“

Behutsam legte Gucky die Atombombe auf den Kontrolltisch vor dem Robot, hielt sie noch einige Sekunden fest – und trat dann plötzlich einen Schritt zurück.

Die Bombe blieb liegen. Der rote Knopf war herausgesprungen.

Gucky entmaterialisierte und stand knapp eine Sekunde später auf einem Berg, fünf Kilometer von den beiden Wracks entfernt.

„Noch drei Sekunden“, murmelte er und ließ sich auf sein breites Hinterteil nieder. „Jetzt!“

Drüben hinter dem Blätterdach des Urwalds stieg der Schein der Explosion in den Himmel und löschte fast die rote Sonne aus. Ein Rauchpilz folgte etwas langsamer – und dann war alles vorbei.

Obwohl der Angriff des Überschweren für Ber-Ka völlig überraschend kam, reagierte er doch unglaublich schnell. Vielleicht war es sein instinktives Mißtrauen gegenüber dem Artfremden, das ihn vor dem sofortigen Tod bewahrte. Schwer getroffen, gelang es ihm, eine im Gürtel seiner Kombination verborgene Mikrobombe zu zünden. Wenn er schon sterben sollte, wollte er seinen Mörder mit in den Tod nehmen.

Obwohl Topthor die Bewegungen des Sterbenden kaum richtig deuten konnte, schien er doch zu ahnen, was vorging. Sein Gesicht verzog sich zu einer Grimasse.

„Es war . . .“, brachte er hervor – aber weiter kam er nicht.

Eine verheerende Explosion ließ den Raum bersten und in Rauch und Flammen aufgehen – sichtbare Zeichen der Unfähigkeit zweier verschiedenartiger Wesen, sich einigen zu können.

Topthor und Ber-Ka hatten ihre Chance erhalten und nicht genutzt.

Viele Meilen entfernt empfing der Mausbiber Gucky die Mentalimpulse der beiden sterbenden Wesen und deutete sie richtig. Wenn mit dem Tod Topthors auch viele Probleme gelöst wurden, so war Gucky doch erschüttert. In den letzten Gedanken des Überschweren waren all jene Ängste offen zutage getreten, die das Denken und Fühlen dieses Wesens bestimmt hatten. Topthor hatte mit Gewalt gelebt und war nun eines gewaltsamen Todes gestorben. Gucky fühlte sich elend, wenn er daran dachte, daß die Leben des Springers und des Topsiders vielleicht hätten gerettet werden können.

Einige Zeit stand der Ilt wie benommen da, dann machte er sich daran, seine Aufgabe zu vollenden. Er mußte die Funkanlagen in allen Stationen der Topsider so gründlich zerstören, daß die Echsen, die sich noch auf Aqua aufhielten, keinen Kontakt mit ihren Artgenossen aufnehmen konnten. In ihren Kuppeln konnten die Topsider überleben, und sie waren sicher klug genug, um sich mit den intelligenten Eingeborenen zu arrangieren. Da beide Gruppen verschiedene Lebensräume beanspruchten, würde es zwischen ihnen kaum zu Streitigkeiten kommen.

Vielleicht konnte man später – in einigen Jahren – den Topsidern einen Wink geben, wo sie die Angehörigen ihres verlorenen Stützpunkts abholen konnten.

8.

Zwar hatten die Topsider den Kampf verloren und waren zum größten Teil geflohen, aber Al-Khor hielt es für richtig, die Springer, so lange es ging, vom vierten Planeten abzulenken.

So kam es, daß Cekztel eine böse Überraschung erlebte, als er sich mit einigen Erkundungsschiffen der vermeintlichen Erde näherte.

Der dritte Planet war zu einer feuerspeienden Hölle geworden.

Wie es schien, hatten die Terraner – wenigstens war das der Gedankengang des Springer-Patriarchen – ihren Heimatplaneten zu einer Festung ausgebaut. Vielleicht war das die Erklärung für das Phänomen, das Cekztel soviel Kopfschmerzen bereitet hatte. Ein zivilisierter Planet, so hatte er stets gefolgert, hat seine Visitenkarte: die Oberfläche. Terras Oberfläche bestand aus einer wilden Urlandschaft, die nicht das geringste Zeichen einer zivilisatorischen Bearbeitung aufwies. Lebten die Terraner *unter* ihrer Welt?

Sein leiser Zweifel, es vielleicht doch nicht mit Terra zu tun zu haben, wurde durch den heftigen Gegenangriff beseitigt.

Seine Befehle hämmerten in die Zentrale der verbleibenden Schiffe: „Rückzug! Treffpunkt bei BK-neunundfünfzig-hf! Nur weg hier!“

Mit unvorstellbarer Beschleunigung rasten die walzenförmigen Schiffe der Springer in den Raum hinaus und ließen auf dem Dschungelplaneten die erleichtert aufatmenden Topsider zurück.

Die Arkon-Bombe war eins der fürchterlichsten Vernichtungsinstrumente der alten Arkoniden. Einmal gezündet, löste sie einen nicht mehr rückgängig zu machenden, planetenvernichtenden Brandprozeß aus.

Leider besaßen die Arkoniden nicht allein das Geheimnis dieser Bombe. Auch die Überschweren verfügten über diese schreckliche Waffe, die zum Glück jedoch bisher nur selten zum Einsatz gelangte.

Um Terra zu vernichten, griff Cekztel zur Arkon-Bombe.

Die Flotte der Springer stand im Raum, weit genug vom dritten Planeten entfernt, um nicht mehr gefährdet zu sein. Immer noch stiegen unbemannte Raketen von der Dschungelwelt auf und suchten automatisch gesteuert ihre Ziele. Sehr oft gelang das auch, wenn ein abseitsstehendes Schiff der Springer nicht auf der Hut war und sich durch eine Kurztransition in Sicherheit brachte.

Was Cekztel nicht ahnte, war die Tatsache, daß nur noch eine Handvoll von Topsidern die Verteidigung „Terras“ lenkte. Fast alles wurde durch Roboter gesteuert und lief automatisch ab. Cekztel nahm an, mit der Vernichtung des dritten Planeten ein Volk auszulöschen, das es gewagt hatte, die Pläne der Galaktischen Händler zu durchkreuzen.

Er verließ die Zentrale und begab sich zu den Waffenspezialisten. Sie waren damit beschäftigt, den Zeitzünder der Bombe einzustellen, die Cekztels Schiff abwerfen würde.

„Wie weit sind wir?"

„Der Zünder wird durch Aufschlag aktiviert", antwortete ein Offizier. „Wir brauchen die Bombe also nur abzuwerfen."

Cekztels Blick ruhte auf der Bombe.

Sie war nicht sehr groß, aber ihr Inneres barg einen Teufelsmechanismus, den Wissenschaftler vor vielen tausend Jahren entwickelt hatten.

„Wir starten in zehn Minuten", sagte Cekztel und drehte sich um. Ohne ein weiteres Wort zu verlieren, kehrte er in die Zentrale zurück und schaltete den Hyperkom ein. Er wartete einige Minuten, bis er sicher sein konnte, daß jeder an Bord des eigenen Schiffes und alle Kommandanten der Flotte ihn hören und sehen konnten. „Die Stunde der Entscheidung ist gekommen. Wenn alles nach Plan verläuft, wird in siebzig Minuten die Vernichtung Terras beginnen. Rhodan selbst ist uns entkommen, aber seine Verbündeten, die Topsider, und seine Gefährten auf dem Planeten sind bald tot. Ich werde die Bombe in zehn Minuten legen. Wir werden die Wirkung unserer Aktion von hier aus beobachten. Sobald dieses System zwei Sonnen besitzt – eine riesige rote und eine kleine, weiße Sonne –, ist unser Auftrag erfüllt. Der Planet Terra wird dann nur noch in der Erinnerung weiterleben." Er machte eine kurze Pause und fuhr dann fort: „Ich werde bei meiner Rückkehr Verbindung zu Ihnen aufnehmen. Der Startbefehl zum Verlassen des Systems erfolgt kurz nach Zündung der Arkon-Bombe. Bis dahin herrscht weiterhin Alarmzustand. Wenn Rhodans Schiffe auftauchen, muß unbedingt versucht werden, sie anzugreifen und zu vernichten."

Er erwartete keine Antwort und schaltete ab. Mehr als fünf Minuten lang hockte er regungslos hinter den Kontrollen seines Schiffes, aber dann wurde er plötzlich wieder lebendig.

Mit wenigen Handgriffen beschleunigte er den Flug und scherte seitlich aus dem Verband der Flotte aus. Wie ein Raubvogel stieß sein Schiff auf das winzige Gestirn zu, das schnell größer wurde und schließlich den ganzen Bildschirm ausfüllte.

Überall auf der zerrissenen und zerklüfteten Oberfläche öffneten sich bisher verborgene Schächte, mächtige Impuls-Geschütze schoben ihre spiraligen Läufe aus dem Grund und spien Energie und Vernichtung auf den kühnen Angreifer. Cekztel ließ alle vorhandene Energie in den eigenen Schutzschirm ableiten und näherte sich unaufhaltsam der Atmosphäre, in die sein Schiff schließlich mit schrillem Aufheulen eindrang.

Noch war die Geschwindigkeit zu hoch. Wenn die Bombe abgeworfen wurde, konnte sie immer noch zum kurzlebigen Satelliten werden. Aber die Geschwindigkeit fiel rasch ab.

Ungeachtet aller Gefahren sank Cekztels Schiff tiefer und überquerte ein riesiges Gebirge. Die Abwehr war geringer geworden. Anscheinend hatten die Terraner nicht damit gerechnet, daß sich ein eventueller Angreifer ausgerechnet das Gebirge als Angriffsziel aussuchen würde.

Cekztel war das recht. Er schaltete den Interkom ein. „Waffenzentrale! Bombe in zwanzig Sekunden abwerfen! Sie muß auf dem Kamm des vor uns liegenden Gebirges aufschlagen!"

Er verzögerte weiter und errechnete aus Geschwindigkeit und Höhe den ungefähren Landepunkt der Bombe. Ein flaches, nach allen Seiten steil abfallendes Plateau bot sich seinen Blicken. Jetzt glitt er dicht darüber hinweg. Gleichzeitig kam aus der Waffenzentrale die Bestätigung: „Bombe abgeworfen! Fällt auf das Plateau zu!"

Cekztel wendete und ging höher. Er sah die Bombe fallen und auf den Felsen aufschlagen. Eine kleine Staubwolke – das war alles. Silbern schimmernd lag der Metallkörper in einer kleinen Mulde.

Und wartete.

In neunundfünfzig Minuten war es soweit.

Cekztel warf einen letzten Blick auf die todgeweihte Welt und griff mit sicherer Hand in die Kontrollen. Das Schiff stellte sich fast senkrecht aufs Heck und jagte dann mit schnell zunehmender Geschwindigkeit in den dunkelblauen Himmel hinein, von einem plötzlich auftauchenden Ferngeschoß der Topsider verfolgt. Eine Kurztransition brachte das Schiff in Sicherheit. Die Fernrakete zog weiter ihre Bahn, bis sie vielleicht in tausend Jahren ein Stück feste Materie ortete, es einholte und vernichtete.

Vielleicht war es nur ein Meteor, vielleicht aber auch ein ahnungsloses Handelsschiff. Wer sollte das wissen? Cekztel jedenfalls machte sich keine Gedanken darüber. Seine Arbeit war getan.

9.

Deringhouse sah Rhodans Gesicht auf dem Bildschirm, obwohl die beiden Schiffe mehr als eine Milliarde Kilometer voneinander entfernt waren. Auch die Wellen des Hörfunks benötigten für die Strecke noch keine Zehntelsekunde, denn sie gingen durch den Beschleuniger der Hypersendeanlage.

„Es ist geschehen, Deringhouse", sagte Rhodan. „Cekztel hat die Bombe gelegt. Ich werde die Topsider retten, die sich noch auf dem dritten Planeten aufhalten. Sie werden nach Aqua zu ihren dortigen Artgenossen gebracht."

„Haben Sie noch soviel Zeit?" vergewisserte sich Deringhouse.

„Ich hörte die Rede des Patriarchen an seine Flotte ab", beruhigte ihn Rhodan.

Er schwieg einen Augenblick und fuhr dann fort: „Keine Sorge, ich werde mich mit der TITAN rechtzeitig absetzen. Eigentlich ist es schade um die romantische Urwelt, aber ohne ihren Verlust würden wir unser Ziel nicht erreichen. Ich hatte ohnehin schon Sorge, daß die Springer mißtrauisch würden. Eine zivilisierte Welt stellt man sich im allgemeinen anders vor. Zum Glück haben die Echsen uns geholfen und aus dem unbewohnten Planeten eine waffenstarrende Festung gemacht. Das erhöhte den Eindruck, die Erde vor sich zu haben."

„Soll ich in der Nähe von Aqua bleiben, Sir?"

Rhodan überlegte kurz, dann nickte er. „Ja, versuchen Sie, Gucky wieder aufzunehmen. Er wird seinen Auftrag inzwischen erledigt haben."

Deringhouse schaltete ab. Rhodans Gesicht verschwand von der gewölbten Scheibe, die sofort erlosch.

Die Arkon-Bombe detonierte genau in der vorausberechneten Sekunde. Rhodan weilte bereits weit draußen im Raum und sah den grellen Blitz, der die Kettenreaktion auslösen würde. Es würde noch Tage dauern, ehe der Planet verglühte.

Die Flotte der Springer stand in einer Lichtstunde Entfernung. Major McClears mit dem Schweren Kreuzer TERRA hielt sie unter Beobachtung und schickte das Bild laufend zur TITAN, damit Rhodan orientiert war. Erste Funksprüche Cekztels verrieten, daß die Koordinaten für den Rücksprung nach M-13 bereits berechnet wurden. Die Mission war beendet, die Erde der Vernichtung preisgegeben.

Aber jeder wußte, daß Rhodan noch lebte.

Und das war es, was Rhodan noch störte. Er ließ John Marshall zu sich in die Zentrale kommen, nachdem Bully einige mehr oder weniger brauchbare Vorschläge gemacht hatte, aus denen sich schließlich der eigentliche Plan herauskristallisierte.

„Die TITAN muß in den Augen der Springer vernichtet werden", begann Rhodan. „Genau wie die Erde. Erst dann können wir überzeugt sein, daß unser Schachzug restlos glückte. Auch das Robotgehirn auf Arkon muß davon überzeugt sein, daß wir erledigt sind. Wir haben uns da einen ganz besonders effektvollen Trick ausgedacht, Marshall, zu dessen Ausführung wir jedoch einen Teleporter benötigen – Ras Tschubai oder Gucky."

„Beide weilen auf der CENTURIO, Sir. Gucky wurde inzwischen dort aufgenommen. Topthor ist tot, und sein Schiff existiert nicht mehr. Man müßte Deringhouse unterrichten und . . ."

„Deringhouse wird in zehn Minuten mit seinem Kreuzer hier sein. In etwa einer halben Stunde wird die Flotte der Springer abziehen, bis dahin muß es geschehen sein."

„Was – muß geschehen sein?"

Rhodan lächelte immer noch, als er sagte: „Der großartige Abgang der TITAN, die mitten zwischen den Springern in Atome zerrissen wird."

Marshall wurde nicht blaß, denn inzwischen hatte er in Rhodans Gedanken gelesen.

Nun begann auch er zu lächeln.

Kurze Zeit später materialisierte Gucky in der Zentrale der TITAN und gab einen knappen Bericht über die Ereignisse auf Aqua. Danach setzte Rhodan dem Ilt seinen Plan auseinander.

„Es ist verhältnismäßig einfach, nur muß es auf die Sekunde genau klappen", schloß Rhodan und sah Gucky fragend an. „Wenn du meinst, kann es natürlich auch Ras machen."

Der Mausbiber schüttelte so heftig den Kopf, daß die Ohren flogen. „Ras soll sich schonen, Chef. Außerdem ist er bei Deringhouse auf der CENTURIO. Ich aber bin hier."

Rhodan nickte. „Aber nun los, wir haben keine Zeit zu verlieren. Die Springer werden in fünf Minuten verschwinden. Gucky, in die Waffenzentrale. Zeitzünder der Bombe auf genau fünf Sekunden einstellen und warten, bis mein Kommando kommt. Alles klar?"

„Schon lange", zwitscherte Gucky und war verschwunden. Bully starrte verdutzt auf die plötzlich leere Stelle.

Der Hyperkom war eingeschaltet.

Der erste Funkspruch war verschlüsselt und ging an McClears und Deringhouse: „Sie schalten den Kompensator ein und führen zehn wahllose Sprünge aus, ehe Sie zur Erde zurückkehren und in Terrania landen. Dort erwarten Sie mich. Alles in Ordnung?"

„Verstanden!" kam es doppelt zurück. Zwanzig Sekunden später gab es im System der roten Sonne Beteigeuze keine CENTURIO und TERRA mehr. Die TITAN blieb allein zurück.

Rhodan hatte die Koordinaten genau errechnet. Aber bevor er mit der TITAN sprang, ließ er den Hypersender warm werden. Die Frequenz des Robotgehirns wurde eingestellt. Mit einem einzigen Druck konnte Rhodan nun Verbindung zu dem mehr als 30 000 Lichtjahre entfernten Regenten des arkonidischen Imperiums aufnehmen.

Auf dem Bildschirm war Gucky zu sehen. In seinen Armen hielt er einen länglichen Gegenstand: die Bombe.

„Fertig, Gucky?"

„Fertig!"

„Achtung! Sprung!"

Die TITAN entmaterialisierte und tauchte noch in derselben Sekunde keine zwanzig Kilometer von Cekztels Schiff entfernt im normalen Raum wieder auf. Dicht dabei standen mehr als zweihundert Einheiten, die sich auf den großen Sprung vorbereiteten. Allein dieser Tatsache war es zu verdanken, daß es ziemlich lange dauerte, bis sie das Feuer auf den Kugelraumer eröffneten.

Vorher jedoch geschahen mehrere Dinge gleichzeitig.

Gucky sprang mit der Atombombe durch den Überraum und materialisierte außerhalb der TITAN. Er trug einen Raumanzug und war gegen die silbern schimmernde Hülle nicht zu erkennen. Mit der einen Hand drückte er auf den Zündknopf. Wenn er ihn losließ, würde es genau fünf Sekunden bis zur Detonation dauern. Seine telepathischen Ströme tasteten nach Rhodans Gehirn und warteten auf seinen Befehl.

Rhodan hatte inzwischen die Sendetaste niedergedrückt. Die Verbindung zu Arkon war hergestellt. Aber nicht nur das Robotgehirn, sondern jeder andere würde das Gespräch hören können, denn Rhodan hatte absichtlich den Kodierer nicht eingeschaltet.

Der Strukturkompensator war im Gegensatz zur CENTURIO und TERRA ausgeschaltet. Jeder Strukturtaster der Milchstraße sollte den Sprung der TITAN orten können.

Um das Schiff lag der unsichtbare Abwehrschirm, um insbesondere Gucky vor Strahlschüssen der Springer zu schützen.

Cekztels Schiff feuerte den ersten Schuß ab. Das war das Zeichen für die anderen – und für Rhodan.

„Hier Perry Rhodan, System Terra!“ rief er mit verzweifelter Stimme in das Mikrophon des Hypersenders. „Die Springer haben den Planeten Terra vernichtet!“ Er benutzte die winzige Pause, um konzentriert zu denken: *Gucky! Jetzt!* Dann fuhr er fort – und er hatte genau fünf Sekunden Zeit dazu: „Ich versuche, mit defektem Strukturfeldgenerator zu entfliehen und springe nach . . .“

Er hieb den Sendehebel in Ruhestellung. Mit der anderen Hand betätigte er die Auslösekontrolle der Hypersprung-Anlage.

Die TITAN entmaterialisierte.

Zurück blieb die Bombe, aber die Zeitdifferenz bis zu ihrer Detonation war so gering, daß Cekztel einem begreiflichen Irrtum zum Opfer fiel.

Mit seinen eigenen Augen glaubte er zu sehen, wie die TITAN noch während der Entmaterialisation von einer schrecklichen Explosion zerrissen wurde. Gleichzeitig dröhnte in seinen Ohren der von Rhodan an das Robotgehirn gesandte Hilferuf, der mit der Explosion jedoch jäh verstummte. Die Strukturtaster von Cekztels Schiff – und mit ihnen Tausende von anderen Strukturtastern in allen Regionen der Milchstraße – registrierten den beginnenden Hypersprung der TITAN.

Niemand aber registrierte das Eintauchen in den normalen Raum.

Cekztel triumphierte. Sein unverschlüsselter Funkspruch raste mit millionenfacher Lichtgeschwindigkeit durch die Galaxis und wurde überall vernommen: „Rhodan ist tot! Der Planet Terra wurde in eine Sonne verwandelt! Das Imperium ist nicht mehr bedroht! Es lebe Topthor, dem wir dies alles verdanken!“

Aber Topthor hatte nichts mehr von der Lobrede.

Als Rhodan im Schutz der jede Erschütterung verschluckenden Kompensatoren in den Normalraum eintauchte und Cekztels Grabrede hörte, verzog sich sein Gesicht zu einem spöttischen Lächeln.

Die Koordinaten waren neu eingestellt. Der nächste Sprung mit eingeschalteten Kompensatoren würde die völlig intakte TITAN zur Erde bringen. Zu einer Erde, die für Jahre oder Jahrzehnte im Meer des Vergessens versinken würde. Ganz bestimmt aber solange, bis Terra stark genug war, jedem Angriff trotzen zu können.

Gucky seufzte genußvoll und schob Bullys kraulende Hand mehr zum Rücken.

„Weißt du, Dicker“, bemerkte er, „das Leben ist schön, aber ich hätte nie gedacht, daß ‚tot sein‘ fast noch schöner ist.“

„Ja“, sagte Bully friedlich.

Rhodan warf den beiden Freunden einen nachdenklichen Blick zu und legte die Hand auf die Hauptkontrollen der Hypersprunganlage.

Langsam schob er sie vor.

Die TITAN glitt erneut in ein anderes Universum und hinterließ im Normalraum nicht die geringste Spur.

Als sie rematerialisierte, stand strahlend und hell eine gelbweiße Sonne vor den Beobachtungsluken.

Dicht daneben funkelte ein kleiner blaugrüner Stern.

Es war der schönste Planet des Universums: die Erde.

Teil II

Der Einsame der Zeit

10.

Das Flüstern wurde zum lauten Gelächter. Jemand erklärte, ein solcher Unsinn sei ihm noch nie unter die Augen gekommen.

Eine dunkle Frauenstimme fiel ein. Das Gelächter erstarb abrupt.

„Wie bitte?“ fragte ein Mann bestürzt. „Sie wollen behaupten, das entspräche auch nur annähernd der Wahrheit?“

Ärger lag in der Stimme der Frau. Dann kam wieder das dröhnende Lachen. Es konnte nur Hiob sein. Niemand lachte so laut über irgendwelche Nichtigkeiten wie Hiob Malvers.

„Quatsch“, stellte eine andere Stimme sachlich fest. „Halluzinationen, oder was weiß ich. Man wird sie zur Landung gezwungen haben. Ihr wißt doch alle, wie das *drüben* gemacht wird, oder?“

Hiob ließ sich wieder vernehmen. Er lachte wieder. Hätte er doch nur einmal sein unmotiviertes Lachen unterdrücken können.

Ich hatte ihn nie leiden können, jetzt aber noch viel weniger. Er war ein kleiner, rundlicher Typ mit rosigen Wangen und kalten Augen. Wenn in meiner Abteilung etwas schiefging, steckte garantiert Hiob Malvers dahinter.

„Ruhe“, sagte ich wütend, „zum Teufel, haltet endlich Ruhe. Es kann uns vorerst gleichgültig sein, ob die Landung freiwillig erfolgte oder nicht.“

„Sicher“, brummte Billy Plichter. „Okay, fangen wir an. Wie war das nun, Olaf? Wieso muß die neue Teftris-Gleichung generell unrichtig sein? He, Olaf, was ist denn? Olaf, he, Sie meine ich! Olaf, warum stimmt die Gleichung nicht? Olaf – Olaf – Olaf . . .“

Der Ruf wurde lauter. Mir war, als begännen winzige Glocken in meinem Schädel zu schwingen. Ich hörte mich antworten, und doch sprach ich nicht.

Olaf – das war ich. Es war ganz zweifellos mein Name, der da immer wieder und in stetig steigender Lautstärke gerufen wurde. Ich fühlte, daß die Schmerzen in meinem Kopf stärker wurden. Billy Plichter war erbarmungslos in seinem Drängen. Dabei hatte ich die Ruhe verdient, sicher sogar.

Jemand begann zu sprechen. Es dauerte eine Weile, bis ich die Worte erfaßte. Sie kamen aus meinem Mund. Ich hätte lachen mögen, doch da brandete der ziehende Schmerz auf.

Dicht neben mir zischte etwas. Das kurze Ziehen in meinem Oberschenkel verging sofort. Wohlige Wärme durchrieselte meinen Körper, und ich wunderte mich über den Arzt, der mir in Gegenwart anderer Personen eine Injektion verabreichte.

Ich schämte mich. Da war doch „Willy" Fergusen im Raum. Wie konnte man mir vor ihren Augen eine Hochdruckspritze geben? Sicherlich hatte man meinen Oberschenkel entblößen müssen.

Vor meinen Augen wallten feurige Nebel. Die Schmerzen in meinem Gehirn wurden zu einem dumpfen Pochen. Es war kaum noch auszuhalten.

Als mein klares Sehvermögen zurückkehrte, wußte ich plötzlich, daß „Willy" Fergusen doch nicht im Zimmer sein konnte. Hiob lachte schon wieder, aber auch er war nicht wirklich da. Dicht vor mir leuchtete der große Bildschirm in strahlender Helligkeit.

Verwundert sah ich zu dem farbigen Bild hinüber. Meine Mitarbeiter unterhielten sich über Dinge, die mir sehr wohl bekannt waren. Ich weilte mitten unter ihnen, und trotzdem lag ich hier.

Das scharfe Bild verflimmerte plötzlich. Eine moderne Uhr mit Jahresskala erschien auf dem Schirm. Jemand verkündete feierlich: „Die Zeit ist um, Gebieter."

Wann hatte man mich wohl zum letztenmal „Gebieter" genannt? Mühsam drehte ich den Kopf.

„Wie bitte?" fragte ich mit schwerer Zunge.

„Die Zeit ist um, Gebieter", drang die gleiche Stimme an mein Ohr. Diesmal klang sie nicht mehr so feierlich, sondern mehr metallisch.

Ricos Plastikgesicht hatte sich verbindlich gefaltet. Er lächelte. Ich blinzelte zu ihm hinauf, bis ich seine starren Augen gefunden hatte.

„Hallo", sagte ich schwach, „ist da Rico?"

„Das ist Rico, Gebieter. Die Zeit ist um. Ich war gezwungen, dich aufzuwecken. Genau neunundsechzig Jahre, Gebieter."

Ich ärgerte mich über den devoten Ausdruck. Man sollte hochwertige Roboter nicht so schalten, daß sie bei jeder Gelegenheit eine unterwürfig klingende Anrede gebrauchen. Wie war das aber mit den erwähnten 69 Jahren gewesen?

Der Gedanke ließ mich zusammenfahren. Es war so, wie es immer gewesen war: Die Erkenntnis kam mit schmerzhafter Eindringlichkeit. Ich richtete mich auf.

Rico griff sofort zu. Ich spürte den harten Stahl unter der elastischen Plastikverkleidung seiner Hand. Ich stöhnte unterdrückt. Meine Gelenke schienen Rost angesetzt zu haben. Schließlich sah ich wieder zu der Uhr auf dem Bildschirm hinüber.

„Nur neunundsechzig Jahre? Ich hatte für siebzig Jahre justiert. Was ist los?"

Rico war so stur, wie es nur eine Maschine sein konnte.

„Nun neunundsechzig Jahre, Gebieter", erklärte er unbewegt. „Ich erhielt den Kommandoimpuls vor genau sechsunddreißig Stunden, drei Minuten und achtzehn Sekunden."

Also hatte man diesmal rund 36 Stunden benötigt, um mich aus dem todesähnlichen Bio-Tiefschlaf aufzuwecken.

Viel zu lange! signalisierte mein Extrahirn. Dann fragte ich mich wieder, welcher winzige Schaltfehler zu einer Zeitdifferenz von einem Jahr geführt hatte. Sicherlich war es meine eigene Schuld. Es war damals alles so schnell gegangen; damals, als sie *oben* mit dem atomaren Unfug begannen.

Eine mechanische Sprecheinheit meldete sich. Ich fuhr wieder zusammen. Die Uhr verschwand vom Bildschirm. Die Bildtonspule hatte ihren Zweck erfüllt. Leute von meiner Art benötigten im Augenblick des Aufwachens akustische und optische Eindrücke aus der Zeit unmittelbar *vor* Beginn der biomedizinischen Einschlaf-Prozedur. Ich erinnerte mich, daß ich die vorsorglich angefertigte Spule in die Zeitautomatik geschoben hatte.

Hiobs aufdringliches Gelächter hatte mir gut geholfen. Wahrscheinlich wäre ich sonst nicht so rasch munter geworden.

Ricos runder Plastikschädel schob sich in mein Blickfeld. Er gehörte zu den wenigen Robotern, die speziell für die Überwachung und Wartung der Kuppel-Maschinen konstruiert worden waren. Seine

Sprachbegabung war eine positronisch-logistische Spielerei mit einem ultraschnell arbeitenden Auswertungssektor, der mathematische Ergebnisse in verständliche Laute umwandelte. Es war ein Hilfsmittel zur Anreizung meiner nur langsam munter werdenden Sinne. Immerhin *mußte* ich jetzt mit jemandem sprechen, auch wenn der Partner nur eine Maschine war. Ricos Sprachschatz war ohnehin begrenzt.

Rechts neben dem Ruhelager war die vom Zentralgehirn ferngesteuerte Aktivierungsdusche aufgefahren. Der kleine Raum glich einem modernen Operationssaal, nur daß es hier keine Ärzte gab. Die auf meine Körperzellen einwirkenden biochemischen Reizstoffe wurden teils eingespritzt, teils in der Form variabler Strahlungen abgegeben. Über meinem Kopf lastete noch die glitzernde Haube des Schwingungsgenerators, der mir wohl die ersten Sinneseindrücke vermittelt hatte.

Ich blieb eine Stunde lang still liegen und dachte dabei über die Gründe nach, die mich zu diesem Tiefschlaf verleitet hatten.

Richtig – vor 69 Jahren, Anfang Juli 1971, hatten die Verantwortlichen der drei großen Staatenblöcke die Nerven verloren. Ich war in meiner unterseeischen Kuppel verschwunden, als in Asien die ersten Atomraketen starteten. Wahrscheinlich hatte ich es gerade noch geschafft, der sinnlosen Vernichtung zu entgehen. Was war aber aus den vielen Menschen geworden? Die Vorstellung um das Schicksal von Milliarden war zu grauenhaft, um kalt und nüchtern durchdacht zu werden. Ich wußte in diesen Augenblicken nur, daß ich wahrscheinlich der letzte Mensch auf der Erde war.

„*Mensch!*" Ich lachte bitter auf.

Rico kam sofort näher. Wenn seine mechanischen Sehwerkzeuge Besorgnis verraten konnten, dann taten sie es jetzt.

Ich blieb still liegen und genoß die zugreifenden Weichplastik-Hände der vielarmigen Massagemaschine. Die Knetkur war erforderlich, wenn ich meinen Körper wieder unter Kontrolle bekommen wollte.

Es dauerte nochmals einige Stunden, bis ich mich vom Lager erheben konnte. Ein Preßluftstrom fauchte durch die feinen Poren des Schaumstoffs. Dort, wo ich im Lauf der 69 Jahre Vertiefungen eingelegen hatte, entstand wieder eine glatte Oberfläche.

Nackt, noch völlig geschwächt und von wirren Gefühlsstürmen geschüttelt, ließ ich mich von Rico aus dem Schlafraum führen. Draußen, im freundlich eingerichteten Vorzimmer, war die Farborgel in Tätigkeit getreten. Sinnesberuhigende Wellenmuster überfluteten die Wände. Die zarten Klänge einer alten Komposition drangen wohltuend auf mich ein.

Die wenigen Meter waren anstrengend. Seufzend ließ ich mich in die weichen Polster des Vibratorsessels sinken, der die harte Knetmassage der Robothände wesentlich unaufdringlicher fortsetzte.

Rico reichte mir die ersten flüssigen Nährstoffe. Noch durfte ich meinem Magen keine festen Substanzen anbieten. Überhaupt würde ich noch mindestens drei bis vier Tage benötigen, um wieder einigermaßen fit zu sein.

Rico schob den fahrbaren Spiegel näher und richtete das Ruhelager auf. Ich war kaum abgemagert, ein Zeichen dafür, daß mein Körper sehr gut auf den Tiefschlaf reagiert hatte.

Ich winkte kurz ab und sah zu, wie er den Spiegel in die Wandvertiefung zurückschob. Dann blieb die Maschine dicht vor mir stehen. Ricos Gesicht hätte menschlich wirken können, wenn es nicht so farblos und wächsern gewesen wäre.

„Freund, ich gäbe etwas dafür, wenn an deiner Stelle ein wirklicher Mensch stünde“, sagte ich schwach. „Wie sieht es oben aus?“

„Sehr viel Wasser, Gebieter“, antwortete mein Leibdiener diplomatisch.

Ich beobachtete ihn scharf. War die Antwort nun ein psychologischer Trick zur Entfachung eines gewissen Zorngefühls gewesen, oder wußte es Rico nicht besser?

„Natürlich viel Wasser. Wir befinden uns auf dem Grund des Atlantischen Ozeans, südlich der Azoreninsel Sao Miguel. Hier beginnt der Azorengraben mit seinen gewaltigen Meerestiefen. Also ist über uns ausschließlich Wasser. Ich will jedoch wissen, wie es auf dem europäischen Festland aussieht. Wie hat sich der Atomkrieg in Spanien und Frankreich ausgewirkt?“

„Unbekannt, Gebieter.“

Nun schoß mir das Blut ins Gesicht. Ricos untertäniges Plastiklächeln erschien mir plötzlich als höhnische Grimasse.

„Wieso?“ rief ich scharf aus. Meine Stimmbänder begannen bereits wieder einwandfrei zu funktionieren. „Warum erfolgte nicht die von mir angeordnete Oberflächenbeobachtung?“

„Durch deine Schuld, Gebieter. Alle drei Fernseh-Relaisstationen wurden von Flugzeugen abgeschossen. Wir waren darüber informiert, daß ein Start der Aufnahmesphären sinnlos sein müsse, da die Luft des Planeten von Kriegsmaschinen wimmelte. Wir hatten jedoch deinen Befehl erhalten.“

Enttäuschung, Schreck und Zorn über meine eigene Unvorsichtigkeit überfluteten mich wie eine Woge. Selbstverständlich hatten die Robots nicht anders handeln können, nachdem ich Narr voreilig die Anweisung erlassen hatte, die wichtigsten Kontinente sofort zu beobachten. Ich hatte direkt nach meinem planmäßigen Aufwachen erfahren wollen, was während des Krieges geschehen war.

Nun war ich völlig abgeschnitten. Ich war nicht nur das einsamste Lebewesen auf der Erde, sondern auch noch völlig unwissend. Über dem stählernen Gewölbe meiner Tiefsee-Druckkuppel lastete eine gewaltige Wassermauer. Natürlich hatte sie mich vor den tödlichen Strahlungen der zahllosen Kernreaktionen bewahrt, aber damit war mir kaum gedient.

Brennendes Verlangen nach einem einzigen Wort aus menschlichem Mund überfiel mich mit solcher Stärke, daß mir leicht übel wurde.

Ächzend richtete ich mich auf. Unwillig sah ich über die scheußlichen Operationsnarben kreuz und quer über meiner Magendecke hinweg. Daran ließ sich kaum noch etwas ändern, zumal mir neugierige Fragen mehr als unwillkommen gewesen wären.

Außerdem: Welcher Arzt hätte die teils völlig verknoteten Überbleibsel haarsträubender Eingriffe jetzt noch beseitigen sollen? Wahrscheinlich gab es auf der ganzen Erde keinen guten Chirurgen mehr. Vor 69 Jahren war das atomare Unheil über die Menschheit hereingebrochen. Die Ärzte, die damals ihre Ausbildung schon abgeschlossen hatten, mußten längst verstorben sein; selbst dann, wenn sie dem allgemeinen Weltuntergang durch glückliche Umstände entronnen waren.

„Meine Kleider!“ fuhr ich den Robot an.

„Welche, Gebieter?“

„Die, die ich zuletzt getragen habe.“

„Du bist noch zu schwach, Gebieter. Die zweite Stärkungsperiode beginnt eben erst.“

Ich resignierte. Gegen die logischen Einwände einer Maschine kommt man nur selten an.

Ich tappte mit Ricos Hilfe zu den Zentralschaltungen hinüber und ließ mich in dem bequemen Drehsessel nieder. Punkt für Punkt ging ich die vorgeschriebenen Wartungskontrollen durch.

Auf dem großen Bildschirm erschienen die einzelnen Abteilungen meiner bombensicheren Tiefsee-Stahlkuppel. Hier unten war auch von einem Atomkrieg nichts zu spüren gewesen.

Die Energie-Hauptstation war seit jeher mein Sorgenkind. Die Reaktoren II und III standen auf Ruheschaltung. Nummer I lief mit knapp 20 Prozent des Maximalwerts.

Ich schaltete die Untersee-Bildbeobachtung ein. Die außerhalb der Kuppel montierten Infrarot-Taster zeigten ein klares, gestochen scharfes Abbild meiner Behausung auf dem Grund des Meeres.

Vor dem Südausgang hatten sich gewaltige Schlammengen angelagert. Die obere Kuppelschleuse war jedoch in Ordnung. Ich ließ Reaktor I auf volle Leistung klettern, um genügend Energie für die Stoßfeld-Projektoren zur Verfügung zu haben.

Zum erstenmal seit 69 Jahren liefen die großen Maschinen an. Weit unter mir klangen Geräusche auf. Das dumpfe Brummen traktierte meine Gehörnerven, aber draußen geriet der angeschwemmte Schlamm in Bewegung.

Der konzentrierte Strahldruck von vierzigtausend Tonnen Schubleistung pro Kubikmeter wurde leicht mit dem Material fertig. Innerhalb von wenigen Minuten war auch die große Südschleuse geräumt.

Anschließend versuchte ich, meinen kleinen Fernsehsatelliten über Funk zu erreichen. Das Kugelgebilde mit zwei Metern Durchmesser hatte noch vor Beginn des Krieges auf einer 2-Stunden-Bahn die Erde umkreist. Die Einrichtungen hatten solche Vergrößerungsschaltungen erlaubt, daß das einwandfreie Erkennen eines menschengroßen Objeks möglich war.

Ich erhielt keine Verbindung. Das im Satelliten eingebaute Mikrogehirn meldete sich nicht.

„TEK-1 ist damals abgeschossen worden, Gebieter", berichtete Rico sachlich. „Es geschah zwei Tage nach deinem Einschlafen. Ein Jäger der russischen Raumabwehr-Brigade hielt unseren Satelliten für ein amerikanisches Erzeugnis."

Ich winkte wortlos ab. Selbstvorwürfe peinigten mich. Ich hatte viele Fehler begangen, als ich in panischer Angst um mein Leben in die Tiefsee geflüchtet war.

Jetzt war ich von der Oberfläche abgeschnitten. Ich erkundigte mich beim Zentralgehirn nach Meßergebnissen. Wenn die Kontinente radioaktiv verseucht waren, so bestand die Möglichkeit, daß auch die Meeresströmungen schädliche Partikel mit sich führten.

„Keine Gefahr in unmittelbarer Umgebung", gab das Positronengehirn meiner Kuppel durch. „Feintaster stellen jedoch eine starke Strahlungsquelle im Azorengraben fest. Wert schwankt je nach Meeresströmung zwischen sechseinhalb und fünfunddreißig Milliröntgen, Ende."

Ich stöhnte auf. Fünfunddreißig Milliröntgen waren gefährlich – und das in einer Tiefe von 2852 Metern unter der Meeresoberfläche.

Ich versuchte, einen relativistischen Vergleich zur Strahlungsintensität auf dem Festland zu finden. Wenn wir hier unten schon fünfunddreißig Milliröntgen hatten, dann mußte es *oben* fürchterlich sein.

Mit welchen radioaktiven Isotopen hatte man da nur gearbeitet? Meinen Berechnungen gemäß war die Halbwertszeit der meisten Isotope so kurz, daß mit einer nennenswerten Strahlung nach 69 Jahren kaum noch zu rechnen war.

Nachdem ich alle Anlagen meiner Kuppel kontrolliert hatte, wußte ich, daß ich auf dem schnellsten Weg nach *oben* mußte. Vielleicht konnte ich noch helfen. Vielleicht konnte ich einige Überlebende mit Nahrungsmitteln und Medikamenten versorgen. Ich war in jeder Hinsicht gut versorgt. Wenigstens tausend Menschen hätte ich ernähren, kleiden und schulen können. Unter Umständen lag es an mir, dem Rest der Menschheit einen neuen Start zu ermöglichen. Dabei fragte es sich nur, inwieweit die schädigende Strahlung auf die

Erbmasse der Überlebenden eingewirkt hatte. Vielleicht hatte es furchtbare Mutationen gegeben.

Von tiefer Unruhe erfüllt, verließ ich den Kontrollsektor meiner Stahlkuppel. Eins stand fest: Ich mußte so schnell wie möglich nach oben, um zu sehen, was aus den Menschen geworden war.

Helfen! hämmerte es in meinem Schädel. Ich dachte an meine Freunde und Bekannten zurück. Sogar Hiob Malvers hatte zu ihnen gezählt, obwohl er mir oftmals auf die Nerven gegangen war. Wie sehr vermißte ich nun sein lautes Gelächter.

Ich entschloß mich, die alte Tonbild-Spule nochmals ablaufen zu lassen.

Die Zusammenstellung meiner Ausrüstung war ein einfaches Rechenexempel gewesen. In einer Einöde benötigt man weder Angriffswaffen noch spezielle Mittel zur Abwehr.

Dagegen hatte ich aber für einen Schutz gegen radioaktive Strahlungen gesorgt und meinen Anzug-Reaktor voll aufgeladen. Energie würde ich wohl reichlich benötigen.

Der Zellschwingungs-Aktivator, mein kostbarster Besitz überhaupt, war von der positronischen Feinautomatik neu abgestimmt worden. Infolge des langen Bioschlafs hatten sich die Individualfrequenzen meiner Zellmoleküle etwas verändert.

Das eiförmige Kleingerät hing auf meiner nackten Brust. Darüber trug ich den schweren, unbequemen Strahlenschutzanzug, mit dem ich die über mir lastende Wassermauer gut zu überwinden hoffte.

Mein einziges Verteidigungsgerät bestand aus einem harmlosen Psychostrahler, dessen hypno-suggestive Wirkung völlig ausreichen würde, um jeden eventuellen Gegner zur Aufgabe seines Angriffs zu bewegen. Mehr brauchte ich nicht.

Im Rückentornister des Hochdruck-Feldanzugs hatte ich konzentrierte Nahrungsmittel und strahlungsabsorbierende Medikamente verstaut. Notfalls würde ich leidende Überlebende des verrückten Krieges in meine kostbare Unterseekuppel bringen müssen, da ich Kranke auf der Oberfläche wahrscheinlich nicht mehr erfolgreich behandeln konnte.

Nun ja – was konnte es schon schaden, harmlose und wahrscheinlich etwas stumpfsinnig gewordene Kriegs-Nachkommen in meine Behausung einzulassen. Sie konnten mir bestimmt nicht mehr gefährlich werden.

Vor fünf Tagen war ich durch die Roboteinrichtungen aufgeweckt worden. Nun war ich wieder so gekräftigt, daß ich den Aufstieg wagen konnte.

Ich überprüfte die Flugfähigkeit meiner Ausrüstung. Die Antigravitationsschaltung funktionierte einwandfrei. Spielerisch leicht hob ich vom Boden der Kuppel ab.

Rico beobachtete mein Tun aus kühl glänzenden Mechanoaugen. Auf dem Bildschirm des Betrachters leuchteten noch immer die schriftlich und bildlich festgehaltenen Nachrichten, die vor runden 69 Jahren aktuell gewesen waren.

Ehe ich die Kuppel verließ, schritt ich nochmals zum Betrachter hinüber. Mit bitteren Gefühlen las ich die Nachrichten einer amerikanischen Zeitung, wonach die erste bemannte Rakete der Menschheit heil auf dem Mond gelandet war.

Kommandant des Schiffes war ein gewisser Perry Rhodan gewesen, Major und Risikopilot der US Space-Force. Ehe dieser Mann gestartet war, hatte ich ihn persönlich getestet. Mein Eindruck war der allerbeste gewesen, nur hatte ich damals – am 15. Juli 1971 – nicht ahnen können, daß eben dieser Space-Force-Major indirekt den längst befürchteten Atomkrieg verursachen könnte. Ich wußte nur noch, daß er auf dem Mond etwas gefunden hatte, was für alle irdischen Machtgruppen ungeheuer wertvoll war. Rhodan hatte sich geweigert, die Entdeckung auszuliefern. Er war mit seinem Mondschiff in der menschenleeren Wüste Gobi gelandet, und da war es losgegangen.

Letzte Berichte hatten von energetischen Schutzschirmen gesprochen, die Major Rhodan über seinem Mondschiff errichtet hätte. Ich hatte durch den überstürzten Ablauf der Ereignisse keine Gelegenheit mehr, die teils kuriosen Zeitungs- und Fernsehberichte nachzuprüfen.

Ehe ich nach einer raschen Flucht aus meinem damaligen Entwicklungslabor für atomare Raumschiffsantriebe unter der Meeresoberfläche verschwand, waren in Asien bereits die ersten Kampfraketen gestartet. Man hatte die Nerven verloren und übereilt auf die Knöpfe gedrückt. Jede Partei war dabei der Meinung gewesen, dieser Rhodan würde eine entscheidende Rolle auf dem Weg der wissenschaftlichen Erkenntnisse spielen. Man hatte sich benachteiligt gefühlt und dem Nachbarn mißtraut. So war es zu einem Krieg gekommen, den niemand hatte verhindern können.

Ich hatte dagegen die Explosionen in sicherer Meerestiefe verschlafen. Nun stand ich vor dem Schirm des Betrachters und war dabei bemüht, mein instinktives Zögern logisch zu begründen. Ich schob meinen Ausflug nach oben hinaus, obwohl mir mein Gefühl sagte, daß ich schließlich doch nachschauen müsse. Hinter mir läutete die Glocke. Ich konnte gehen.

Ein letzter Blick galt einer Teleobjektiv-Aufnahme. Wahrscheinlich war das Bild von einer Raumstation aufgenommen worden. Mitten im glutenden Sandmeer der Gobi lag ein blitzender Körper, der von einem fluoreszierenden Leuchten überdeckt war.

Dieses Bild hatte ich oft betrachtet. Es war irgendwie rätselhaft. Wenigstens war es für meine Begriffe unvorstellbar, eine derart primitive Flüssigkeitsrakete unter einem hochwertigen Energieschirm liegen zu sehen.

Ich schaltete in Gedanken ab. Es war sinnlos, über längst vergangene Dinge nachzugrübeln. Die Menschheit hatte sich selbst ihr Grab gegraben. Auch Major Perry Rhodan, der wahrscheinlich völlig unwissend den Stein des Anstoßes ins Rollen gebracht hatte, mußte längst gestorben sein. Er war damals schon über 30 Jahre alt gewesen.

Der Betrachter lief aus. Ich gab noch einige Anweisungen an die Programmierungsschaltung durch und schritt dann schwerfällig zum aufgleitenden Schleusentor hinüber.

Rico sprach keinen Ton mehr. Ich war allein in der unterseeischen Festung. Wahrscheinlich würde ich auch oben allein sein. Hinter mir glitt das stabile Schott zu. Ich schaltete mein Anzug-Schirmfeld ein, wartete ab, bis die Synchronschaltung der Druckausgleichautomatik Grünwert zeigte und zog dann den Schalter der Flutventile und Schnellentlüfter nach unten.

Schäumend schoß das unter hohem Druck stehende Wasser aus den Bodenschlitzen der Flutkammer. Es dauerte nur Sekunden, bis die

Schleuse völlig gefüllt war. Das helle Pfeifen der verdrängten Luft mäßigte sich. Schließlich vergingen auch die Wirbel und Strudel, die mich trotz aller Anstrengungen, meinen festen Stand zu behalten, in der Kammer umhergeworfen hatten. Eigentlich war dieser Raum ja nur als Notausstieg gedacht gewesen.

Mein Schutzschirm arbeitete einwandfrei. Ich bewegte mich ruhig und sicher innerhalb der kugelförmigen Hülle, deren Luftvorrat bequem ausreichen mußte, um mich gemächlich nach oben gleiten zu lassen.

Ich war gezwungen, meinen Schwerkraftregulator auf höhere Gravowerte einzustellen, da ich infolge des natürlichen Auftriebs hilflos an der oberen Schleusendecke klebte.

Erst nach einigen Minuten vorsichtiger Justierungsschaltungen hing ich in der Waage. Lautlos glitt das Außentor zurück. Vor mir lag die finstere Tiefsee mit ihren rätselhaften Lebewesen.

Ich ging bedächtig hinaus. Da mein Schutzschirm starr und nicht flexibel war, wären Schwimmbewegungen sinnlos gewesen. Ich schritt praktisch über den an dieser Stelle flachen Meeresboden, wobei ich lediglich den Wasserwiderstand zu überwinden hatte.

Die Infrarotstrahler auf meinem wuchtigen Helm leuchteten auf. Mittels der Spezialbrille gewann ich auf einige hundert Meter einen so guten Überblick, als hätte auch hier unten die Sonne geschienen.

Langsam, auf die automatische Fortbewegung noch verzichtend, betrat ich das Felsplateau. Hinter mir ragte die Halbrundung meiner Stahlkuppel in die unergründliche Schwärze.

Alles war still – nervenzermürbend still. Wahrscheinlich hatte es nicht viele Menschen gegeben, die jemals so allein gewesen waren wie ich. Ich verzichtete darauf, die widerstandsfähige Halbkugel näher zu begutachten. Ich hatte 69 Jahre lang in ihr geruht, das reichte.

Knapp 200 Meter von der Flutkammer entfernt begann die große Unterseeschlucht. Ich trat bis zu ihrem Rand vor, beugte den Kopf nach vorn und ließ die vorderen Helmscheinwerfer nach unten strahlen.

Ein selbstleuchtender Tiefseefisch kam neugierig näher. Ich wußte längst, daß viele Wasserbewohner infrarotes Licht als Stimulans empfanden. Man konnte seine Freude daran haben, wenn die zumeist bizarr geformten Lebewesen wie im Rausch zu tanzen begannen. Alles geschah in völliger Lautlosigkeit. Kein Geräusch unterbrach die feierliche Stille.

Ein erstes Lächeln entstand auf meinen Lippen. Der Fisch kam noch näher, begann sich zu wiegen, bis er unter dem hellen Aufleuchten seiner blauroten Körperorgane bedächtig zu tanzen begann.

„Hallo, kleiner Freund!" rief ich ihm zu.

Ich lauschte meinen Worten nach und bildete mir dabei ein, der schlanke, kleine Bursche hätte geantwortet. Schließlich mußte ich ihn mit einigen Handbewegungen verscheuchen, da er sonst meinem hochgespannten Energieschirm zu nahe gekommen wäre. Ich wollte nicht töten; auch nicht einen Fisch. Auf einem verwüsteten Planeten ist nichts heiliger und wertvoller als der letzte Rest des Lebens.

Dieser Gedanke rüttelte mich aus meiner Versunkenheit. Die Kontrolle meiner Instrumente brachte nur positive Ergebnisse. Von einer Radiostrahlung zeigten die Meßgeräte nichts an. Wahrscheinlich waren nur die Feintaster der Kuppel zur Ortung der Radioaktivität geeignet.

Ich schaltete das Wirbelfeld ein, ging um 0,025 Prozent mit dem Gravitationswert nach oben und gewann somit einigen Auftrieb. Leicht glitt ich über die breite Schlucht hinweg.

Ich wußte, daß ich einer kugeligen Leuchterscheinung von hoher Intensität glich. Immer mehr Fische kamen auf mich zu.

Ich schwebte um einige Meilen nach Norden, bis das steil nach oben ansteigende Felsfundament der Azoren auftauchte. Von da an begann ich mit fünf Meter pro Sekunde zu steigen.

Andere Fische erschienen. Hier und da erfaßten meine I-Scheinwerfer einen Felsvorsprung. Die ersten Tiefseepflanzen tauchten auf. Es waren Arten, die der Wissenschaft niemals bekannt geworden waren. Die Menschen waren in den Weltraum vorgestoßen, ohne die Geheimnisse ihres eigenen Planeten völlig ergründet zu haben.

Ich lächelte still vor mich hin, bis mich wieder die Vorstellung an die atomare Katastrophe überfiel und das Lächeln von meinen Lippen wegwischte. In diesem Moment begann die kleine Warnanlage meines eingebauten Ortungstasters zu summen.

Impulse trafen auf meinen Schutzschirm, der sie infolge seiner strukturellen Stabilität getreulich reflektierte. Während der ersten Momente lauschte ich verblüfft auf das stärker werdende Summen des Warngeräts. Dann dachte ich an Tiefseemonstren, die die Fähigkeit besaßen, ihre Opfer mit breitstreuenden Ultraschallwellen anzupeilen. Es war typisch für jene Räuber, die in dieser finsteren Wasserwüste keine andere Möglichkeit hatten, ihr zumeist beachtliches Nahrungsbedürfnis zu befriedigen.

Ich stellte mich auf die Abwehr ein, bis ich plötzlich bemerkte, daß diese harten Wellen niemals von einem Fisch herrühren konnten.

Nach einigen Augenblicken benötigte ich die Warnautomatik nicht mehr. Die auftreffenden Impulse eines hochfrequenten Unterwasser-Ortungsgeräts verursachten Geräusche, die wie ein helles Piiiiing – Piiiiing klangen. Genau das vernahm ich.

Sekundenlang hing ich wie erstarrt in meinem Kugelfeld. Etwas Unglaubliches geschah; etwas, das es überhaupt nicht mehr geben durfte. Der Erinnerungssektor meines Extrasinns meldete sich.

In schockierender Klarheit wurde mir eine Tatsache bewußt, die ich bisher kaum beachtet hatte.

Atom-U-Boot, Überlebende, Vorsicht! gab mein Extrasinn durch.

Völlig unsinnigerweise begann ich mit Armen und Beinen zu rudern. Mein schwaches Unterwasser-Wirbelfeld erlaubte eine Schwebefahrt von bestenfalls zehn Seemeilen pro Stunde. Das genügte für eine gemächliche Fortbewegung, niemals aber für eine Flucht vor einem Unterwasserschiff mit Hochleistungstriebwerken.

Salziges Augensekret rann über meine Wangen, ein Zeichen dafür, daß meine Sinne alarmiert worden waren. Die auftreffenden Impulse wurden noch härter. Ehe ich die nächste Schlucht erreichen konnte, wurde ich von aufblendenden Scheinwerfern erfaßt. Das dunkle Rumoren eines starken Triebwerks wurde vernehmbar. Von da an gab es keinen Zweifel mehr, daß meine Ausrüstung doch nicht ausreichend war.

Ich stellte meine Schwimmbewegungen ein und blinzelte in die grelle Lichtflut.

Wahrscheinlich hielt man mich für ein Meerestier. Eigentlich konnte es gar nicht anders sein, denn außer mir gab es wohl auf der ganzen Erde niemand, der einen solchen Strahlenschutzanzug besaß.

Mein Gehirn arbeitete logisch und nüchtern. Kämpfen war sinnlos, zumal ich nichts besaß, womit ich diesen stählernen Fisch hätte angreifen können. Es lag auch nicht in meinem Interesse, Überlebende des Atomkriegs in irgendeiner Form zu schädigen. Eigentlich kam es nur noch darauf an, heil ins Innere des Bootes zu gelangen.

Ich reduzierte meine Geschwindigkeit, wohl wissend, daß mein Körper bestenfalls als verschwommener Schatten erkannt werden konnte. Die Hülle meines Kugelfelds leuchtete zu grell, um einen einwandfreien Durchblick zu gestatten.

Mein Nervensystem arbeitete zufriedenstellend. Angst hatte ich nicht. Ich lauschte noch schärfer auf das abklingende Donnern des Triebwerks. Nach einigen Sekunden begann ich in der Art angelockter Fische zu tanzen, dabei immer hoffend, daß da drüben niemand auf den Gedanken kam, einen Unterwasserpfeil in mein Feld zu schießen. Ich wußte sehr genau, wie man noch vor dem Krieg große Tiefseefische gefangen hatte. Harte Stromstöße waren für die Stabilität meines Schutzschirms von Übel.

Sie jagten mich. Es gab keinen Zweifel mehr. Hier und da konnte ich die schattenhaften Konturen eines kleineren Tiefseeboots erblikken. Es geschah immer dann, wenn ich für den Bruchteil einer Sekunde dem grellen Scheinwerferlicht entrann.

Als ich bemerkte, daß ich mich einer engen, steil nach unten führenden Schlucht genähert hatte, war es zu spät. Jäger darf man nicht reizen oder mißtrauisch machen. Man kann sie überlisten, aber nicht in der plumpen Form, wie ich es nun unbewußt getan hatte. Natürlich nahmen sie an, ich könnte jeden Augenblick in dem finsteren Riß verschwinden.

Ein helles, kurzes Zischen klang auf.

Preßluftabschuß! signalisierte mein Extrasinn.

Reglos wartete ich auf den Einschlag. Es wäre sinnlos gewesen, einem selbstlenkenden Jagdgeschoß entweichen zu wollen.

Ein flammendes Phantom raste auf mich zu. Nach genau zweieinhalb Sekunden hatte es mich erreicht. Ich sah die Kontaktspitze des Hochspannungskopfs in mein Feld eindringen, abgleiten und zünden.

Ultrahelles Licht umwaberte meinen Schutzschirm. Der Mikroreaktor in meinem Rückentornister summte warnend auf. Die rote

Gefahrenlampe an meinem rechten Handgelenk begann zu flimmern. Feldüberlastung.

Schmerzhafte Stromstöße peitschten durch meinen Körper. Ich krümmte mich schreiend zusammen und versuchte verzweifelt, die beginnende Nervenlähmung von mir abzurütteln.

Mit dem letzten Rest meiner Kraft schob ich den Schalter des Unterwasser-Sprechfunks nach unten, um mit versagender Stimme ins Kehlkopfmikrophon zu rufen: „Laßt den Unsinn, laßt es sein! Ich komme freiwillig!"

Wahrscheinlich lagen sie mit ihren Empfängern auf einer anderen Frequenz. Wer konnte genau sagen, wie lange diese Menschen bereits in ihrem U-Boot weilten, mit dem sie wahrscheinlich der damaligen Vernichtung entgangen waren?

Ein zweiter Schocktorpedo traf mein Feld. Wieder entstanden überhelle Entladungen, und wieder verkrümmte sich mein Körper. Mein letzter Sinneseindruck übermittelte mir das Gefühl einer hohen Beschleunigung. Dann brach mein Schirmfeld zusammen. Diese Belastung hatte es nicht mehr aushalten können.

Trostlose Schwärze begann vor meinen Augen zu wallen. Etwas rauschte wie ein Wasserfall.

Wasserfall? In der Tiefsee? Lächerlich!

Es war ein verwaschener Impuls, der von meinem Extrahirn an meinen bereits betäubten Geist durchgegeben wurde. Natürlich konnte es mitten im Meer keinen Wasserfall geben.

Mein Schirm erlosch mit einem letzten matten Aufleuchten.

Aus! dachte ich, endgültig vorbei!

Es klang wie das Singen des Windes in der Takelage eines Segelschiffs. Vor meiner Flucht in die Tiefen des Meeres hatte ich mich oft den Naturgewalten anvertraut. Diesmal lag ich nicht auf dem Deck eines Seglers, um verträumt den ziehenden Wolken nachzustarren. Es war anders, ganz anders.

Sie waren zu viert oder zu fünft. Das, was ich für das Singen des Windes gehalten hatte, war identisch mit hastig und lautstark gesprochenen Worten.

Noch hielten sie mich für besinnungslos. Ich legte auch keinen Wert darauf, mein Erwachen durch irgendwelche Reaktionen bekanntzugeben.

So hatte ich bereits aus dem Gespräch erfahren, daß sie mich in der Tat für einen unbekannten Tiefseefisch mit selten schönen Leuchtorganen gehalten hatten. Sie hatten mit Jagdpfeilen geschossen und mich im Moment des Zusammenbruchs meines Schirmfelds mit einem Zugstrahl in die Fischschleuse des U-Bootes gezerrt. Es war mein Glück gewesen, oder auch mein Unglück.

Ein kurzes Blinzeln hatte mich darüber belehrt, daß ich in einem relativ großen Raum auf einem flachen Tisch lag. Wahrscheinlich handelte es sich um ein Labor, in dem gefangene Tiefseebewohner untersucht wurden.

Sie sprachen Englisch. Aber das, was sie an Gedanken austauschten, war für mich verwirrend. Der spezielle Logiksektor meines Gehirns sagte mir mit bohrender Hartnäckigkeit, daß die Überlebenden eines fürchterlichen Atomkriegs eigentlich andere Sorgen haben müßten, als mit einem gemieteten Spezial-U-Boot in den Azorengraben zu tauchen, um dort unter der Aufsicht eines beruflichen Tiefseefischers Jagdabenteuer zu erleben.

Wenn sie davon geredet hätten, daß dies zur Erhaltung ihres Lebens und zum Zweck der Nahrungsbeschaffung erforderlich sei, hätte ich es verstanden. So aber . . .

Ich lag völlig ruhig, als weiche Finger begannen, meine Gesichts- und Nackenpartie abzutasten. Eine tiefe Männerstimme sagte unwillig: „Dummes Zeug. Von Kiemen ist nirgends etwas zu sehen. Das ist nicht nur ganz einwandfrei ein Lungenatmer, sondern obendrein noch ein Mensch."

„Decken Sie ihn zu", mahnte ein anderer Mann. „Dora kommt."

Eine weiche Wolldecke wurde über meinen nackten Körper gezogen. Es kitzelte auf der schweißfeuchten Haut, und ich mußte mich bemühen, nicht die Magendecke einzuziehen. Seit meiner letzten Operation war ich dort sehr empfindlich.

„Ist er schon wach?" rief eine Frau übermäßig laut.

Hysterisch! signalisierte mein Logiksektor.

Ein warmer Atemzug streifte mein Gesicht. Der Duft gepflegten

Haares drang in meine Nase. Von da an wußte ich, daß es mit dem Atomkrieg nicht so schlimm gewesen sein konnte, wie ich die ganze Zeit über vermutet hatte, wenn man *oben* noch kostbare Parfums herstellen konnte.

„Ein Klasse-Junge, was?" sagte jemand mit deutlichem Spott in der Stimme. „Mindestens einsachtundachtzig, Ringerfigur, kein Gramm Fett zuviel und eine weißblonde Haarmähne wie ein nordischer Gott."

Zwei andere Männer lachten schallend. Ich begann mich im tiefsten Grund meiner Seele zu schämen. Das waren Leute, die offenbar nicht sehr viel von Anstand und gebotener Zurückhaltung hielten. Sie behandelten mich wie ein kostbares Tier, über das man dummdreiste Bemerkungen machen kann.

Ich fühlte mich veranlaßt, aufzustehen, als das geschah, was ich instinktiv erwartet hatte. Ein Mann, den sie „Doktor" nannten, betrat den Raum.

Er grüßte sehr höflich, etwa in der Art, wie ein junger Mediziner, der eben promoviert hat, sehr reiche und sehr einflußreiche Leute begrüßt.

„Ah, haben Sie die Röntgenaufnahme?" fragte der Mann mit der tiefen Stimme.

„Jawohl, Sir. Sehr eigenartig, möchte ich sagen."

„Ist das nun ein Fischmensch oder nicht?" fiel die Frau ungeduldig ein.

„Keineswegs, Madam, aber auch kein Mensch. Wenn ich mir erlauben dürfte, Ihnen die Aufnahmen zu zeigen?"

„Geben Sie schon her!" rief jemand unwirsch aus. „Zur Hölle, was ist denn das? Der hat ja gar keine Rippen?"

Ich fühlte, daß sie sich nahezu fluchtartig von mir zurückzogen.

„Lassen Sie doch den Revolver in der Tasche", sagte die Frau. „So gefährlich wird er wohl nicht sein. Das ist ja phantastisch. Können Sie ihn aufwecken, Doc?"

„Erst in einigen Stunden, Madam. Er hat harte Schockstöße erhalten."

Eine Hand zog die Decke über meiner Brust zurück. Es mußte der Arzt sein. „Schauen Sie sich bitte diese Narben an."

„Gruselig", meinte die Frau. „Welcher Pfuscher hat das gemacht?"

„Keine Ahnung, Madam. Es handelt sich anscheinend um Magenoperationen."

„Wieso ‚anscheinend'?" äffte der Mann mit der tiefen Stimme nach. „Sind Sie nun Arzt oder nicht? Sie müssen doch wissen, ob am Magen operiert wurde."

Der Mediziner schien verlegen. Kein Wunder. Die Leute waren ausgesprochen rüde.

„Sir, bei dieser eigenartigen Skelettstruktur ist das keineswegs mit Sicherheit zu sagen. Der gesamte Brustkorb besteht aus durchgehenden und äußerst stabilen Knochenplatten. Dieser – äh – dieser Mensch sollte sofort in eine große Klinik eingeliefert werden. Meine Möglichkeiten sind beschränkt."

„Wer? Die Möglichkeiten oder Sie?" höhnte der Mann mit der tiefen Stimme.

„Mein Lieber, ich will Ihnen einmal etwas sagen. Wenn das weder ein Monstrum ist noch ein echter Mensch, dann ist an der Sache etwas faul. Sein Auftauchen war mehr als eigenartig."

„Ein Energieschirm, ich sagte es ja schon", brummte jemand.

„Auch meine Meinung, John. Ich hatte genügend mit Energiefeldern zu tun. Es sieht ganz so aus, als wäre der Bursche nicht auf der Erde geboren worden. Äußerlich gleicht er uns aufs Haar, nur sieht er innerlich anders aus. Das ist ein Fall für die Raumabwehr. Wer weiß, was wir hier entdeckt haben. Setzen Sie einen Funkspruch an das Sicherheitsministerium in Terrania ab. Notfalls muß noch die Administratur benachrichtigt werden. Ich will mit der Sache nichts zu tun haben."

„Aber, Vati", sagte die Frau schmollend. „Vielleicht ist er doch ein seltenes Tiefseelebewesen. Stell dir vor, was . . ."

„Blödsinn", polterte der Wortführer. „Tiefseelebewesen. Du wirst tun, was ich für richtig halte. Der Bursche wird der Raumabwehr übergeben. Captain, ich breche den Ausflug ab. Tauchen Sie auf und setzen Sie den Funkspruch ab. Man soll uns eine schnelle Maschine schicken. In dem Fall hört für mich das Vergnügen auf."

Sie diskutierten weiter, ohne zu ahnen, daß ich jedes Wort verstand. In meinen verknoteten Operationsnarben begann es unerträglich zu jucken. Ich hätte mit allen Fingern zugreifen mögen.

Außerdem wurde die Situation für mich gefährlich. Der Mann mit der tiefen Stimme schien nicht nur die Hauptperson an Bord zu sein, sondern auch eine höchst energische Natur.

Mit einem Gefühl tiefster Niedergeschlagenheit begann ich, die erlauschten Daten zu verarbeiten. Mein Verstand weigerte sich sekundenlang, das Ungeheuerliche aufzunehmen. Mein Gehirn schien zu streiken. Die simpelste Schlußfolgerung fiel mir schwer.

Alles deutete darauf hin, daß es oben niemals zu einem Atomkrieg gekommen war. Man hatte von einer Raumabwehr gesprochen. Also gab es demgemäß auch eine Raumfahrt.

Wenn man sich außerdem an ein Sicherheitsministerium wenden und eine Maschine anfordern konnte, so bedeutete das nichts anderes, als daß ich einem fatalen Irrtum erlegen war. Wieso aber? Ich wußte genau, daß zum Zeitpunkt meiner Flucht die ersten asiatischen Atomraketen gestartet waren.

Ob da dieser Major der Space Force eine Rolle gespielt hatte? Demnach mußte er bei seiner Mondlandung doch Dinge entdeckt haben, die mir nach wie vor völlig unbekannt waren.

69 Jahre vergeblich geschlafen, Narr! gab mein Extrasinn durch.

Dann sagte ich mir wieder, daß vielleicht nur ein Teil der Erde verwüstet worden sei. Die Tatsache, daß die Leute nicht darüber redeten, mochte in der inzwischen vergangenen Zeitspanne begründet liegen. Dennoch hatte ich ein ungutes Gefühl. Die Wunden eines Atomkriegs schließen sich nicht in 69 Jahren.

Ich lauschte weiterhin auf die Unterhaltung. Jedes Wort drehte sich aber nur um mich. Ich konnte nicht erfahren, was nun wirklich geschehen war.

„Schluß jetzt!“ rief der Wortführer anscheinend wütend aus. „Ich habe eine gute Nase für solche Dinge. Das Solare Imperium kann es sich nicht leisten, Fremde auf der Hauptwelt zu dulden, und dieser . . .“, ein Finger pochte auf meine Brust, „. . . und dieser Bursche ist nicht von hier. Tauchen Sie auf, Captain. John, Sie haben eine Waffe dabei?“

„Einen altmodischen Revolver“, sagte jemand zögernd.

„Das genügt. Bleiben Sie als Wache im Fischlabor und achten Sie auf jede Bewegung des Kerls. Oder haben Sie Angst?“

Der Mann namens John beteuerte überhastet, auch nicht die geringste Angt zu haben. Die Frau lachte schrill. Sie *war* hysterisch.

Mehrere Menschen verließen den Raum. Ich hörte ein stählernes Schott knallen und anschließend einen Mann unterdrückt fluchen. Dann vernahm ich das schnelle Knacken einer Revolverwalze. Anscheinend hatte John die Trommel herausgeschwenkt, um sich davon zu überzeugen, daß die Waffe auch geladen sei.

„Wie lange wird er noch bewußtlos sein?" schrie John mit voller Lungenkraft den Davoneilenden nach. Es erfolgte keine Antwort mehr. Ich war allein mit einem Mann, der offenbar ein sehr labiles Nervensystem besaß.

Ich verhielt mich völlig ruhig und bemühte mich um tiefe Atemzüge. Ich kannte Leute vom Typ dieses John. Zweifellos hätte er bei der geringsten Bewegung meinerseits sofort geschossen.

Ich lenkte mich ab, indem ich über den Begriff „Solares Imperium" nachdachte.

Was sollte das nun wieder bedeuten? Als ich damals in meiner Kuppel verschwunden war, hatte es auf der Erde noch drei große Machtblöcke gegeben. An eine einheitliche Weltregierung war noch nicht zu denken gewesen, geschweige denn an ein politisches Großraumgebilde, dem man etwa die Bezeichnung „Solares Imperium" hätte geben können.

Ich war wieder ruhig und gefaßt. Leute von meiner Art gewinnen schnell ihr klares Denkvermögen zurück. Fest stand nur, daß ich einen ganz entscheidenden Fehler begangen hatte, der in letzter Konsequenz in meiner Menschenkenntnis begründet lag. Als vor 69 Jahren irgendein Verrückter auf die Knöpfe drückte, war ich davon überzeugt gewesen, daß die bis dahin noch Normalen ebenfalls verrückt spielen würden.

Ich mußte mich jedoch geirrt haben. Warum das so war, ließ sich herausfinden. Meine Überlegungen konzentrierten sich auf den Namen Perry Rhodan. Dieser kleine Raumpilot konnte der Schlüssel zu dem großen Rätsel sein.

Ich wartete ab, bis sich mein Wächter etwas beruhigt hatte. Nach einigen Minuten schritt er zu dem Schott hinüber. Ich hörte ihn an den starken Riegeln hantieren. Dann ging die Tür leicht quietschend auf.

Mein Kopf glitt herum. Ein erster, bewußter Blick erfaßte den Raum. Es war wirklich ein Labor. John stand in der offenen Türrundung und lauschte nach draußen. Er trug ein kurzärmeliges Hemd und eine enge Hose, in deren Bund der Revolver steckte.

„Bringt mir wenigstens etwas zu essen", schrie der hagere Mann nach draußen. Jemand antwortete so leise, daß ich es nicht verstehen konnte.

Meine kurze Reflexprobe brachte gute Ergebnisse. Ich hatte die Schockstrahlung gut absorbiert. Links vor mir lag mein unhandlicher Schutzanzug. Sie hatten die Ausrüstung offenbar untersucht, aber nicht viel damit anfangen können. In der rechten Oberschenkeltasche bemerkte ich die flache, längliche Wölbung meines Psychostrahlers. Sie hatten die Waffe nicht entfernt.

John rief nochmals nach draußen. Natürlich hatte er keinen Hunger. Er wollte nur jemanden bei sich sehen.

Ich glitt mit einer schnellen, lautlosen Bewegung vom Tisch. Nach zwei schnellen Schritten stand ich hinter dem dünnen Mann.

Ich sprang ihm auf den Rücken, umschnürte seine Arme mit meinen Beinen und setzte einen Dagorgriff an. Er konnte noch atmen, nur unterbanden meine rechts und links des Kehlkopfes pressenden Finger den Blutstrom in den zum Gehirn führenden Halsschlagadern. Völlig lautlos glitt er zu Boden, wo er reglos liegenblieb. Nach etwa drei Minuten mußte er jedoch wieder zu sich kommen. Ich hatte also keine Zeit zu verlieren.

Zwei Dinge geschahen im selben Moment. Einmal begann das starke Triebwerk des Bootes zu rumoren, zum anderen näherten sich von vorn Schritte.

Als der Mann für mich erkennbar wurde, hielt ich bereits den Silberstab meines Psychostrahlers in der Hand.

Er wurde vom dünnfingrigen Geflimmer der hypnosuggestiven Strahlung umfangen, ehe er geistig erfaßte, was mit ihm geschah. Ich fühlte das leichte Vibrieren der lautlosen Beeinflussungswaffe bis in mein Hirn. Der Übertragungskontakt zum auserwählten Opfer war somit hergestellt. Ich brauchte nicht laut zu sprechen, sondern nur intensiv an das zu denken, was zu tun ich von dem Mann verlangte.

Er stockte mitten im Schritt. Seine Augen wurden gläsern.

„Gehen Sie ins Fischlabor und warten Sie, bis ich Sie rufe!“ gab ich als Hypnoimpuls durch.

Er setzte sich wortlos in Bewegung, ging an mir vorbei und verschwand in dem hinter mir liegenden Raum. Ich wartete, bis der Besinnungslose wieder erwachte. Er erhielt die gleiche Anweisung.

Mein Strahler hatte eine Reichweite von 2000 Metern. Wenn ich die scharfe Bündelung auf Breitstrahl stellte, war es möglich, größere Flächen auf einmal zu erfassen. Ich dachte nicht daran, in höchst gefährlicher Weise Raum für Raum zu durchschreiten und jedes einzelne Besatzungsmitglied individuell zu beeinflussen.

Ich streute mit kurzen Handbewegungen das gesamte Boot ab. Es war ein kleiner Typ, der bestenfalls einige Mann als Besatzung haben mochte.

Schon nach wenigen Minuten kamen die von mir Gerufenen der Reihe nach heran. Zuerst ein massiger, breitgebauter Mann, in dem ich den Sprecher mit der tiefen Stimme zu erkennen glaubte. Hinter ihm noch vier andere Leute, darunter ein junges Mädchen mit giftgrün gefärbten Haaren.

Sie versammelten sich im großen Labor, wo ich sie einschloß und ihnen dazu noch die Anweisung erteilte, den Raum unter keinen Umständen zu verlassen.

Halbnackt, wie ich war, durchstreifte ich das Boot. Hinter einigen luxuriösen Wohnkabinen lag ein großer Aussichtssalon mit eingeschalteten Bildschirmen. Das Boot hatte längst Fahrt aufgenommen, doch blieb es nach wie vor in etwa 2000 Meter Tiefe.

Nach dem Salon kam die Zentrale. Dahinter lagen die Unterkünfte für die Besatzung und der Reaktorraum mit der Umformerstation.

Niemand achtete auf mich, als ich das Boot durchstreifte. In die Zentrale zurückgekehrt, blieb ich hinter dem Kapitän stehen. Er war ein älterer Mann mit schlohweißen Haaren und weißer Hautfarbe.

Die Rudergänger nahmen meine Befehle anstandslos entgegen. Der Erste Offizier ging zum U-Rechengerät hinüber, um den von mir gewünschten Kurs festzulegen.

„Laufen Sie die portugiesische Küste an. Vor Kap Roca legen Sie das Boot auf Grund. Welche Fahrt können Sie laufen?“

„Achtzig Seemeilen maximal“, sagte der Kommandant tonlos.

„Gut, gehen Sie auf siebzig Meilen und Automatensteuerung.“

Die Schaltungen wurden vorgenommen.

Aus den Geräten des Funkraums kamen zirpende Geräusche. Ein anderes U-Boot war von der Ortungselektronik erfaßt worden. Wir wichen automatisch aus.

Ein leuchtendes Kartenbild gab darüber Auskunft, daß wir uns einer Unterwasser-Schiffahrtslinie mit starkem Verkehr näherten. Mehr und mehr rote Linien mit Tiefenangaben erschienen. Das bewies mir wiederum, daß meine Annahmen falsch gewesen waren. Nichts deutete auf einen fürchterlichen Atomkrieg hin.

Ich fragte knapp: „Hat im Jahr 1971 ein Atomkrieg stattgefunden und die Erde verwüstet?“

„Nein“, antwortete der Kommandant tonlos.

„Wie alt sind Sie?“

„Fünfundsechzig Jahre.“

„Ihr Geburtsdatum?“

„23. April 1975.“

„Demnach schreiben wir das Jahr 2040?“

„Jawohl.“

„Wieso ist es nicht zu einem Atomkrieg gekommen? Wird das in den Schulen gelehrt?“

„Jawohl. Die Dritte Macht unter Perry Rhodan verhinderte den Ausbruch des Krieges mit Hilfe der arkonidischen Supertechnik.“

Ich fühlte das Zittern in meinen Beinen. Wahrscheinlich war ich blaß geworden.

„Arkonidische Technik“, wiederholte ich mit schwankender Stimme. „Heißt das, daß Perry Rhodan mit Arkoniden in Verbindung getreten ist? Wenn ja, wann, wie und wo? Antworten Sie!“

Er stand unter dem Einfluß meines Psychostrahlers. Seine Antworten mußten wahrheitsgemäß sein.

„Perry Rhodan entdeckte nach der ersten Landung auf dem Mond ein notgelandetes Forschungsraumschiff der Arkoniden. Er half ihnen und erhielt danach von ihnen Hilfe. Er verhinderte den Krieg. Die Dritte Macht entstand.“

Das Verhör war für mich qualvoll, da der Mann nicht mehr antworten konnte, als er direkt gefragt wurde. Ich übersprang eine gewisse Zeitspanne. „Wie sieht es jetzt auf der Erde aus? Was ist Perry Rhodan heute? Welche Staatsform haben Sie?“

„Die Erde ist groß, weit und schön. Die Wüsten sind fruchtbar geworden. Wir steuern das Wetter. Es gibt kaum noch Krankheiten. Perry Rhodan ist heute Erster Administrator des Solaren Imperiums. Das SI wurde 1990 gegründet, nachdem vorher die Terranische Weltregierung entstand.“

Nun suchte ich mir doch einen Sitzplatz. Die Aussagen waren überwältigend. Da hatte ich nun 69 Jahre in meiner Kugel gelegen und dabei die faszinierendste Entwicklungsepoche der Erde verschlafen.

Ich fragte und forschte noch eine gute Stunde lang. Dann wußte ich genug.

Dieser kleine, wildverwegene Raumpilot hatte es damals gewagt, den irdischen Großmächten die Stirn zu bieten. Anschließend hatte er sich in tollkühn erscheinenden Weltraum-Unternehmen einige kampfkräftige Schlachtschiffe und Kreuzer besorgt, mit denen er vorsichtig begann, in die Geschichte der besiedelten Galaxis einzugreifen. Sogar Arkon sollte er angeflogen haben.

Bei dem Gedanken setzte mein klares Denken aus. Seit wann war es kleinen Barbaren möglich, einfach nach Arkon zu fliegen, um dort Unruhe zu stiften? Rhodans wenige Schiffe hätte ich mit einem einzigen Geschwader in den Hyperraum gefegt.

„Wie ist Rhodan auf Arkon aufgenommen worden? Weiß man das?“ erkundigte ich mich weiter.

„Ja, man weiß es. Das Große Imperium unter Arkons Vorherrschaft zerbricht. Ein Robotgehirn regiert. Die Arkoniden sind Schlafmützen, lebensuntauglich, vergnügungssüchtig und halb verrückt.“

Mein Unterbewußtsein nahm Besitz von meinem Körper. Ich sprang vor und umklammerte die Kehle des alten Mannes. Ich schrie in wildem Zorn. Wie kam dieser Bursche dazu, so abfällig über Arkon zu reden?

Er wehrte sich auch nicht, als ich ihn heftig schüttelte. Erst Sekunden später hatte ich mich wieder in der Gewalt.

„Sagen Sie das nicht wieder, niemals, hören Sie!“ drohte ich.

„Jawohl“, sagte der Mann tonlos, „nie wieder.“

Ich fragte nicht weiter. Ich ging zum Bugraum zurück, in dem man das Fischlabor untergebracht hatte. Die Männer händigten mir ihre Papiere aus, die ich sorgfältig prüfte.

Sie stammten alle aus dem Bundesstaat USA, galten jedoch offiziell als terranische Bürger. Es gab keinen Zweifel mehr, daß Rhodan den uralten Wunschtraum zahlloser Weltverbesserer verwirklicht hatte.

Ich ließ die Männer der Reihe nach antreten und musterte sie eingehend. Einer, der sich Phil Holding nannte, hatte in etwa meine Figur. Auch sein Gesicht glich dem meinen, obwohl es da wesentliche Unterschiede gab. Bei meinem ersten Ausflug zur Oberwelt mußte ich eben Phil Holding sein. Er war kaufmännischer Leiter einer Fabrik für Gemüsekonserven.

Ich nahm ihn mit in seine Kabine und ließ mir den Sinn der einzelnen Kleidungsstücke erklären. Es gab da sehr enge Hosen mit weiten, schreiend bunten Jacken, die Phil als elegant und modern bezeichnete.

Ich kleidete mich an und begutachtete mich in einem Spiegel. Nun ja, an der jeweiligen Mode ließ sich wohl kaum etwas ändern.

Von da an stand mein Plan fest. Ich mußte mich zuerst in einer gut sortierten Bibliothek umsehen und die irdische Geschichte der vergangenen 69 Jahre studieren. Bei Einsatz meines photographischen Gedächtnisses war das eine Sache von knapp 24 Stunden.

Während dieser Zeit hatte das Tiefseeboot mitsamt der Besatzung zu verschwinden. Ich erkundigte mich bei dem Ersten Offizier nach den Proviantvorräten. Man hatte genug Nahrungsmittel für etwa vier Wochen an Bord. Trinkwasser und Atemluft wurden von Robotmaschinen erzeugt.

Also konnte ich den Leuten den Befehl erteilen, rund vier Wochen auf Grund liegenzubleiben und erst danach aufzutauchen. Schließlich konnte ich sie nicht verhungern lassen.

Wir erreichten die portugiesische Küste nach vorsichtiger Schleichfahrt. Ich versammelte Besatzung und Passagiere im großen Salon.

Danach erteilte ich ihnen mit Hilfe des Psychostrahlers die Anweisung, bis zur Erschöpfung der Lebensmittel an Ort und Stelle zu bleiben. Anschließend sollten sie auftauchen und die Erlebnisse vergessen.

Widerspruchslos zogen sich die Leute in ihre Unterkünfte zurück. Ich kontrollierte nochmals die Roboteinrichtungen des Bootes. Ich fand sie in bester Ordnung.

Ich legte jenen Anzug an, den Phil Holding als elegant bezeichnet hatte. Seine Papiere landeten in meiner „neuen" Brieftasche. Das reichlich vorhandene Geld war mir unbekannt. Es handelte sich um abwaschbare Kunststoffnoten von höchster Qualität. Eingegossene Mikrodrähte mit gespeicherten Magnetimpulsen machten Fälschungen nahezu unmöglich.

Die Zeit der vielen Währungseinheiten war vorbei. Auf der Erde und im sogenannten „Solaren Imperium" wurde in *Solar* gerechnet. Und ein *Solar* hatte einhundert *Soli.*

Die Kaufkraft schien sehr beachtlich zu sein. Wie mir Phil Holding erklärte, konnte man für 5 Soli ein Zwanzigerpäckchen bester Zigaretten kaufen. Die Unsitte des Rauchens gab es demnach noch.

Ich nahm insgesamt zweitausend Solar an mich und quittierte den Erhalt. Das Geld würde ich später an Phil Holding überweisen. Aber erst mußte ich einmal untertauchen.

Ehe ich meinen Unterwasser-Schutzanzug über die normale Kleidung streifte, ließ ich mir vom Messesteward die Haare schneiden. Meine lange Mähne, die im Lauf von 69 Jahren gewachsen war, fiel den geschickten Händen des Mannes zum Opfer. Danach trug ich die Haare halblang und etwas gewellt.

Bartentfernungs-Creme gab es ebenfalls. Man schien langsam zivilisiert zu werden. Ich ertappte mich bei einem stillen Lächeln. Der Ausflug nach *oben* schien ja sehr interessant zu werden. Die Rationen und Medikamente verschwanden aus dem Rückentornister. Das brauchten die Menschen nun nicht.

So gerüstet, verließ ich das Boot durch die Fischschleuse. Ich tauchte auf, wartete den Anbruch der Dunkelheit ab und schwebte dann vorsichtig der nahen Küste zu.

Hinter Kap Roca wurde die Lichterflut des beleuchteten Lissabon erkennbar. In mir kam ein wundervolles Gefühl der Geborgenheit, der Erlösung von grauenhaften Vorstellungen und der Lust am Wagnis auf.

Es hatte keinen Krieg gegeben – um so besser. Ich landete in einem kleinen Wäldchen nahe einer verkehrsreichen Straße. Dort versteckte ich meinen Tiefseeanzug in der Uferhöhlung eines Baches. Meine einzige Waffe war der Psychostrahler, jedoch stand es für mich jetzt schon fest, daß ich nach meinem Abstecher in meine Kuppel zurückkehren mußte, um dort die nötigen Vorbereitungen zu treffen.

Ich machte mich zu Fuß auf den Weg und hielt an der nahen Straße einen Wagen an. Es war eine mir unbekannte Fahrzeugkonstruktion, deren Energieversorgung offenbar von einer Hochleistungs-Laderbank geregelt wurde.

Der Fahrer, ein älterer Portugiese, glaubte mein kleines Märchen und nahm mich mit. Im Zeitraum von einer knappen Viertelstunde schwenkten wir auf die neuen Hochstraßen der Hauptstadt ein.

Hier gewann ich zum erstenmal einen Eindruck von den Leistungen, die mittlerweile vollbracht worden waren. Es war ganz erstaunlich, was man in diesen 69 Jahren geschaffen hatte.

Ich bedankte mich sehr herzlich und stieg in der Nähe eines Hotelhochhauses aus.

Der Empfang war vollrobotisiert. Eine großartig funktionierende Maschine mit einem ewig lächelnden Plastikgesicht erkundigte sich lediglich nach dem Namen, das war alles. Zimmer 123 hatte ein elektronisches Impulsschloß.

Nachdem der Mechanismus einwandfrei auf meinen Handflächendruck reagierte, wußte ich, daß man unten ohne mein Wissen eine Schwingungserfassung vorgenommen hatte.

Narr! gab mein Extrasinn durch.

Ich blieb überlegend in dem großzügig eingerichteten Raum stehen. Nüchtern dachte ich darüber nach, daß ich im Zeitraum weniger Stunden bereits meinen zweiten Fehler begangen hatte. Anscheinend war mein sonst so untrüglicher Instinkt noch immer nicht voll funktionsfähig. Möglicherweise litt ich auch noch unter den Nachwirkungen des langen Tiefschlafs.

So hatte ich tatsächlich vergessen, die verräterische Röntgenaufnahme zu vernichten. Sie lag jetzt noch im Labor des U-Boots. Die daraus resultierende Gefahr konnte aber erst vier Wochen später akut werden. Außerdem stand es mir frei, nochmals in das Boot einzudringen, um das Versäumte nachzuholen.

Schwerwiegender war die Sache mit der Registrierung meiner Körperschwingungen. Das Zimmerschloß war mit den Werten automatisch programmiert worden. Wäre dies nicht so gewesen, hätte es nicht auf einen einfachen Händedruck reagieren können.

Ich verschob die Erledigung dieser Angelegenheit auf später. Sicherlich war es möglich, bei der Abreise eine Löschung der Individualität zu verlangen.

Ich setzte mich auf einen bequem aussehenden Sessel, der im Moment meines Hineingleitens alle meine Erwartungen übertraf, weil er sich meinen Körperformen so perfekt anpaßte.

Sie waren weit gekommen, die intelligenten Bewohner des Planeten Erde. Eigentlich schon viel zu weit.

Stirnrunzelnd inspizierte ich das Badezimmer. Es gab sogar einen vollautomatischen Masseur. Die Maschine in meiner Kuppel war um keinen Deut besser.

Immer brennender wurde in mir das Verlangen, die öffentliche Bibliothek aufzusuchen. Es wäre grundverkehrt gewesen, alle möglichen Leute nach der Vergangenheit zu befragen.

Wenn ich geahnt hätte, daß es bereits eine „Enzyklopaedia Terrania" gab, in der die Geschichte der Menschheit, beginnend mit dem Jahre 1971, festgehalten war, hätte ich wahrscheinlich noch in derselben Stunde das Hotel verlassen. Dann hätte ich nämlich auch gewußt, daß ein nichtssagender Sonderband eine höchst geheimnisvolle Sache behandelte, die man schlicht und einfach „Mutantenkorps" nannte.

So aber legte ich mich zur Ruhe. Die Anstrengungen des Tages wurden allmählich fühlbar.

Ich hatte meinem Extrahirn etwas zuviel zugemutet. Die Geschichte der Menschheit seit dem Jahre 1971 war verworrener und gewaltiger, als ich es mir vogestellt hatten.

Es begann mit dem Aufbau der Dritten Macht in der trostlosen Einöde der innerasiatischen Wüste Gobi. Ich hatte Dinge erfahren, die mir die Blässe der Erregung ins Gesicht getrieben hatte.

Dieser Perry Rhodan schien nicht nur eine entschlußfreudige

Kämpfernatur zu sein, sondern auch ein geschickt abwägender Denker, der ganz genau wußte, wo sein Vorteil lag. Dazu kam noch die Tatsache, daß er sich persönlich mit der Menschheit identifizierte.

Ich war sehr nachdenklich geworden. Rhodan war mit erbeuteten Raumschiffen in die Tiefe der Galaxis vorgestoßen, obwohl er genau wußte, daß die erforderliche Rückendeckung noch nicht auf festen Füßen gestanden hatte. Um so erstaunlicher war es, daß er sogar mit den Galaktischen Händlern und dem Arkonidenreich fertig geworden war.

Die Enzyklopaedia Terrania nannte das Jahr 1984 als zweite und wichtige Epoche im Voranstreben der Menschheit. Zu dieser Zeit hatte es Rhodan verstanden, die gesamte Galaxis glauben zu machen, die Erde sei von einer Invasionsflotte vernichtet worden. Desgleichen nahmen die Intelligenzen der Milchstraße an, Rhodan sei selbst im Kampf gefallen.

Seit dem Jahr 1984 hatte Rhodan ungestört aufbauen können. Man hielt ihn für tot. Naturgemäß mußte das bedeuten, daß Terra zu einem gewaltigen Machtfaktor geworden war.

Ich hatte mich mittlerweile fest in dem Hotel eingemietet und mir passende Kleidungsstücke besorgt. Meine Studien in der Staatsbibliothek von Lissabon begannen bereits aufzufallen. Trotz der vollautomatischen Bedienung gab es hier und da Leute, deren Aufmerksamkeit ich nicht einfach entgehen konnte.

So hatte ich einmal gesprächsweise eingeworfen, ich benötigte die Nachschlagwerke für mein Examen. Der Stoff war aber zu umfangreich, um in wenigen Tagen durchgearbeitet werden zu können. Natürlich hatte ich mich in erster Linie für den militärischen und wirtschaftspolitischen Aufbau interessiert. Das „Solare Imperium“ setzte sich aus den neun Planeten der Sonne zusammen.

Mars, Venus und einige Monde des Jupiter waren von Kolonisten besiedelt worden. Besonders Venus bildete bereits eine starke Kolonie innerhalb des Imperiums.

Die Raumschiffahrt war enorm hoch entwickelt. Es gab eine erstaunlich große Handelsflotte und dazu Kriegsschiffe, deren Abbildungen mir den Atem verschlugen.

Als ich am vierten Tag die Bibliothek verließ, wußte ich, daß ich auf der Erde nichts mehr verloren hatte. Es war allerhöchste Zeit. Wenn ich dem zusammenfassenden Bericht der Enzyklopädie auch bedingungslos glaubte, so erschienen mir die Informationen bezüglich des arkonidischen Sternenreichs dennoch verfälscht. Es konnte einfach nicht sein, daß ein Robotgehirn die Macht übernommen hatte.

Als ich den Dachlandeplatz der Bibliothek betrat, um ein Lufttaxi zu besteigen, erhielt ich die erste Warnung. Das dumpfe Ziehen in meiner hinteren Schädelpartie war mir gut bekannt.

Ich blockte unbewußt ab und legte einen Monoschirm über meinen Geistesinhalt. Jemand versuchte vorsichtig, mein Gedankengut auf telepathischer Ebene zu erfassen.

Mein Extrasinn war hellwach. Ich blieb vor der Brüstung des Landeplatzes stehen und schaute hinunter auf das prächtige Bild der ringförmigen Hochstraßen. Hier endeten die Schnellbahnen, die das ganze Land durchzogen.

Die drängenden Impulse kamen von rechts hinten. Ich spürte die Verblüffung im Tasterstrom des Unbekannten. Dann schaltete er für einige Sekunden ab, um es schließlich mit höherer Intensität zu probieren. Es war ein nur schwacher Telepath. Er schien mit meinem Monoschirm nichts anfangen zu können.

Ich schlenderte langsam auf ein landendes Taxi zu. Der Sender war ein sehr junger Mann mit dunklen Kraushaaren. Ich ging so dicht an ihm vorbei, daß er unwillkürlich um einen Schritt zurückwich. Dann bestieg ich mit aller Gelassenheit die geräumige Kabine und warf eine Solarmünze in den Schlitz des Steuerautomaten.

„Hotel Escorial“, sagte ich laut und deutlich.

Der Robotpilot bestätigte, und die Tür glitt zu. Das Nahverkehrsmittel bezog seine Energie aus einer drahtlosen Starkstromübertragung. Ich lauschte auf das Summen des starken E-Motors und tat so, als würde mich der Aufpasser nicht interessieren.

Er startete einen letzten Versuch, ehe er aufgab. Schließlich hing ich mit der kleinen Maschine in der Luft.

Glück gehabt! signalisierte mein Extrahirn. *Wenn sie dir einen besseren Mann nachgeschickt hätten, wäre es jetzt schon vorbei.*

Ich wußte, daß ich nicht mehr zum Hotel zurückkehren durfte. So beugte ich mich nach vorn zum Mikrophon.

„Ich wünsche, jenseits der Tejomündung in Almada abgesetzt zu werden.“

„Wo in Almada, bitte?“

„Alter Fischerhafen.“

Die Maschine schwenkte nach Süden ab. Unter mir blendeten die ersten Leuchtreklamen an den Fronten der Hochhäuser auf. Eine dieser Flammenschriften war besonders eindrucksvoll.

„GCC“ stand da zu lesen. Ich wußte bereits, daß die drei Buchstaben die General Cosmic Company verkörperten. Es mußte eine ungeheure Organisation sein. Laut Enzyklopädie war die GCC von Homer G. Adams im Auftrag Perry Rhodans geschaffen worden.

Der Name Rhodan wurde für mich immer eindrucksvoller. Als wir über der großen Tejobucht hingen und drüben die Lichter von Almada auftauchten, sagte mir mein Gefühl, daß ich keine Sekunde zu verlieren hatte.

Sie waren mir bereits auf die Schliche gekommen, sonst hätte der Telepath sich nicht um mich gekümmert.

Natürlich hätte es sich auch um eine routinemäßige Polizeikontrolle handeln können, was ich aber sofort wieder ausschloß. Auch ein miserabler Telepath war kein normaler Mensch. Wenn ein solcher Mann ausgeschickt wurde, lag garantiert ein besonderer Fall vor.

In der Annahme, eine der üblichen Polizeiüberprüfungen ausschließen zu dürfen, warf sich für mich die Frage auf, *wieso* man mir auf die Spur gekommen war.

Die Schwingungsregistratur im Hotel? Ausgeschlossen. Das hätte nur dann möglich sein können, wenn man bereits Daten von mir besessen hätte. Auf Terra gab es keine Staatsgrenzen mehr. Ich war ebenso unauffällig gewesen wie Millionen anderer Leute. Wo lag der Haken?

Das Solare Imperium war kein Polizeistaat, das wußte ich inzwischen. Alle Vorsichtsmaßnahmen wurden nur ergriffen, um das Einsickern von Außerirdischen zu verhindern. Noch wollte die Menschheit als tot gelten – im Interesse ihrer eigenen Sicherheit.

Ich grübelte nach, bis mir das jähe Erkennen Kälteschauer über den Rücken jagte.

Das U-Boot! sagte mir mein Extrasinn. *Panne.*

Ich nickte unwillkürlich. Nur so konnte es sein. Als ich die Mannschaft des Bootes auf dem Grund des Meeres zurückließ, hatte ich noch nichts von einem sogenannten Mutantenkorps gewußt. Natürlich war das Unterwasserschiff vermißt worden. Wahrscheinlich hatte man danach gesucht, bis man es mit Hilfe von Ortungsgeräten an seinem Liegeplatz gefunden hatte. Es gab einen starken Unterwasserverkehr. Möglicherweise war die Ortung auch rein zufällig erfolgt. Das konnte mir aber im Grunde genommen gleichgültig sein. Eine Entdeckung war eine Entdeckung.

Das hätte mich alles nicht aufregen können, da die gesamte Besatzung schließlich einen starken Hypnoseblock erhalten hatte. Erstmalig nahm der Begriff „Mutantenkorps" eine bevorzugte Stellung in meinen Überlegungen ein.

Leuten mit parapsychischen Fähigkeiten mußte es möglich sein, den von mir geschaffenen Hypnoseblock zu entfernen. Also konnten die Männer des U-Boots mit ihrem Wissen ausgepackt haben. Ein Rädchen griff ins andere.

Jetzt wurde mir klar, daß die von mir übersehene Röntgenaufnahme zu einem gefahrbringenden Faktor geworden war. Wenn das Bild in die richtigen Hände gelangt war, dann war man sich über meine Existenz schon im klaren.

Ich lehnte mich seufzend in die weichen Schaumstoffpolster zurück.

Nur gut, daß man meinen derzeitigen Aufenthaltsort nicht genau gekannt hatte. In dem Fall hätte man sicherlich nicht einen Nachwuchstelepathen mit nur ungenügenden Fähigkeiten geschickt. Wahrscheinlich ging man zur Zeit allen möglichen Spuren nach.

Der Autopilot verlangte eine weitere Solarmünze, ehe er mich im alten Fischerhafen von Almada absetzte. Das Wechselgeld, 32 Soli, rutschte aus dem Schlitz der Zahlungsautomatik.

Ich öffnete meinen Monoschirm und lauschte angestrengt auf telepathische Impulse. Es war nichts zu vernehmen.

Die soeben angebrochene Nacht war mild und sternenklar. Aus dem alten Hafenbecken stiegen die unverkennbaren Gerüche von Tang, Tauwerk und Fischen empor. Es war wie früher, obwohl man jetzt sicherlich keinen Teer mehr verwendete.

Ich schlenderte zwischen gutgelaunten Menschen hindurch und sah mich nach einem Boot um. Mein Tiefseeanzug lag jenseits der Tejomündung. Ich fand ein kleines Boot, dessen Eigner soeben mit dem Ablegemanöver beschäftigt war. Mit einer ordnungsgemäßen Befragung hielt ich mich nicht lange auf. Dafür reichte die Zeit nicht mehr.

Niemand bemerkte das Strahlenbündel meiner Psychowaffe. Sie erfaßte die drei Männer und ließ sie genau das tun, was ich von ihnen verlangte.

Fünf Minuten später befand ich mich schon außerhalb des Hafens. Das Boot besaß einen starken E-Motor, der von einer Hochleistungs-Laderbank gespeist wurde. Er lief fast geräuschlos.

Wir überquerten den an dieser Stelle breiten Tejo und legten dort an, wo die neue Schnellstraße die Küste berührt. Ich stieg aus, versah die Fischer mit einem Hypnoblock und schritt zur Straße hinüber.

Wieder trat mein Strahler in Aktion. Ein Wagen hielt an. Die Fahrerin, eine ältere Dame, brachte mich etwa 15 Kilometer nach Westen. Ich fand das kleine Wäldchen wieder.

Nachdenklich sah ich dem weiterfahrenden Gefährt nach. Es sah alles so einfach aus. Trotzdem wurde ich meine Unruhe nicht los.

Mein Schutzanzug war unversehrt. Ich legte ihn an, justierte den Schwerkraftgenerator ein und flog auf das Meer hinaus. Ich hielt mich dicht über der Wasseroberfläche, um eine Ortung möglichst zu vermeiden. Dennoch lauschte ich scharf auf meine Impulsempfänger.

Einmal wurde ich vom Kreiselstrahl eines Überwasserschiffes erfaßt. Ich ließ mich sofort absacken, blieb zehn Minuten unter Wasser, um danach wieder vorsichtig aufzutauchen.

Den Liegeplatz des U-Boots umging ich in einem weiten Bogen. Ich ahnte, daß man dort bereits auf mich wartete. Wenn kluge Denker am Werk waren, würden sie sich vorstellen können, daß mir die vergessene Röntgenaufnahme Kopfschmerzen bereiten mußte.

Ich lachte leise auf, öffnete den Schutzschirm und ließ mir den frischen Seewind ins Gesicht peitschen. Mit etwa 250 Kilometer pro Stunde ließ ich mich vom Wellenvibrator nach Westen treiben.

Sie sollten vergeblich warten, die Burschen auf dem Grund des Meeres. Es war mir nur ausgesprochen peinlich, daß sie nun das Röntgenbild hatten. Doch daran ließ sich nichts mehr ändern.

Während ich nach Westen flog, überlegte ich mir meine weiteren Schritte. Vordringlich hatte ich meine Zellschwingungsfrequenzen abzuändern. Schließlich hatte man die alten Daten im Hotel aufgenommen. Wenn ich später in meinem Zielgebiet auftauchte, durfte man mich nicht mehr erkennen.

Außerdem hatte ich meinen noch geschwächten Körper zu ertüchtigen. Das bedingte ein etwa vierwöchiges Training in meiner Kuppel. Die Spezialausrüstung konnte Rico zusammenstellen. Wenn alles klappte, konnte ich Anfang Mai 2040 als wohlgeschulter und mit besten Abschlußzeugnissen versehener Wissenschaftler in Terras Hauptstadt auftauchen. Ich nahm mir vor, als Hochenergie-Ingenieur zu fungieren, da dies ohnehin mein Spezialgebiet war.

Ich lachte laut. Das Leben war herrlich, und das Spiel mit Rhodan begann Spaß zu machen. Wahrscheinlich wußte er jetzt schon, mit wem er es zu tun hatte.

Wenn er wirklich Verstand besaß, würde er mich nicht unbedingt für einen Feind der Menschheit halten. Schließlich war ich das ja auch nicht, ganz bestimmt nicht. Ich konnte sie gut leiden, diese kleinen stolzen Barbaren, die jetzt nach den Sternen gegriffen hatten.

Nach einiger Zeit tauchten die Azoren auf. Damit war ich bereits in Sicherheit. Nun galt es nur noch aufzupassen, daß sie mich nicht nochmals mit einem Fisch verwechselten. Möglicherweise war auch jenes Gebiet abgeriegelt, in dem mich das Fischer-U-Boot erstmals geortet hatte.

Vorsichtig tauchte ich in die Fluten ein, ließ mich mit einem Wert von 20 Gravos schnell absacken und glitt dann in die engsten Tiefseeschluchten des Grundes hinein. Hier unten kannte ich mich besser aus als jedes andere Lebewesen.

Tatsächlich – die Gegend rings um die Sao-Miguel-Insel wimmelte von U-Booten. Also stimmte meine Theorie. Ich schlich mich durch die Bodenrisse voran, bis ich vom Robotgehirn der Kuppel geortet wurde. Ich ließ mich ansaugen und einschleusen.

Rico war auf dem Posten. Ich schirmte sofort meinen Bau gegen Unterwasserortung ab und ließ mit dem Saugstrahler ganze Schlammberge heranschaffen.

Von da an war ich für zirka vier Wochen verschollen.

11.

Man schrieb den 24. April des Jahres 2040. Ich saß in einem bequemen Sessel der Flughafenabfertigungshalle von San Francisco und wartete auf den Klipper nach Terrania.

Vor etwa sieben Wochen hatte das große Spiel begonnen, das mich zum Ort meiner Sehnsucht bringen sollte.

Ich hatte nur drei Wochen benötigt, um meine Ausrüstung zu vervollständigen und meinem Körper die harte Muskulatur zurückzugeben. So waren mir bis zum heutigen Tage nochmals vier Wochen Zeit verblieben, um die unerläßlichen Vorbereitungen zu treffen.

Es war ganz klar, daß ich in Terrania nicht als harmloser Privatmann erscheinen konnte. Natürlich wäre es möglich gewesen, aber es hätte mir nichts genützt.

Es mußte mir gelingen, in eine Position aufzusteigen, die mir freien Zugang zu kleinen, vollautomatisierten und überlichtschnellen Raumschiffen verschaffte. Also hatte ich als Wissenschaftler oder Techniker mit einwandfreien Papieren aufzutauchen.

Noch nicht einmal damit wäre es ratsam gewesen, einfach nach Terrania zu fliegen und treuherzig lächelnd um einen Führungsposten zu bitten.

So hatte ich den ordnungsgemäßen Dienstweg eingehalten und vor einer Woche ein schriftliches Gesuch mit allen möglichen Zeugnisabschriften eingereicht. Gestern war die Aufforderung gekommen, auf die ich so sehnsüchtig gewartet hatte. Ich sollte mich in Terrania, Personalerfassungsabteilung, vorstellen und die Originaldiplome mitbringen.

Ich schaute auf meine Aktentasche, in der all das untergebracht war, was ich während der vergangenen Wochen „erworben" hatte.

Ein terranischer Bürger mußte jederzeit nachweisen können, wo und als wessen Kind er geboren worden war. So hatte ich mir die kleine

Stadt Greenville im nordamerikanischen Bundesstaat Maine als Geburtsort ausgesucht und mit dem Psychostrahler dafür gesorgt, daß man dort einwandfreie Geburtsunterlagen angelegt und rückwirkend datiert in die Kartei eingeschoben hatte.

Von da an hieß ich Skörld Gonardson, geboren im Jahre 2007 in Greenville, Maine. Meine Eltern waren schwedische Auswanderer, die bereits 1990 nach Maine gekommen waren. Auch dafür hatte ich Unterlagen geschaffen.

Die Beamten der kleinen Stadt hatten keine Ahnung, welches Kuckucksei sie sich ins eigene Nest gelegt hatten. Jedenfalls würden sie jederzeit beschwören können, daß ich in Greenville am Südzipfel des Mosehead-Sees das Licht der Welt erblickt hatte.

Mein nächster Weg hatte zum College von Portland geführt, wo ich den alten Direktor und zwei andere Leiter davon „überzeugt" hatte, daß ich ihr bester Schüler gewesen war. Der Psychostrahler hatte mir ausgezeichnete Abgangszeugnisse verschafft, Mathematik „sehr gut mit Belobigung".

Die dritte Phase war nicht so einfach gewesen, da ich es diesmal mit den Wissenschaftlern und dem komplizierten Lehrbetrieb einer riesigen Raum-Akademie zu tun gehabt hatte.

Die „California Academy of Space Flight", die CASF, hatte schon früher bestanden, doch nun war sie nach arkonidischem Muster eingerichtet worden. Auch Rhodan persönlich war dort einmal geschult worden, aber das lag schon lange zurück.

Ich hatte diese Akademie ausgewählt, weil sie den besten Ruf hatte. Wer von dort kam, konnte von vornherein mit Wohlwollen rechnen. Lediglich die Akademie in Terrania sollte noch besser sein, aber dort wurden nur Leute geschult, die bereits ein normales Studium hinter sich hatten. Außerdem hatte ich es nicht gewagt, meinen Psychostrahler in der Hauptstadt selbst einzusetzen. Man wäre mir wahrscheinlich sehr rasch auf die Schliche gekommen.

Ich hatte vierzehn Tage benötigt, um die Unterlagen rückwirkend zu schaffen. Mehr als zehn Wissenschaftler hatte ich sehr vorsichtig beeinflussen müssen, ehe ich die Originaldiplome mit dem gewünschten Datum erhielt.

Mit diesen Zeugnissen ausgerüstet, konnte ich nachweisen, daß ich

15 Semester studiert hatte, Fachgebiet Hochenergie-Technik und als Nebenzweig Hyperdimensionale Mathematik. Ich hatte angeblich im Januar 2034 promoviert und die Doktorwürde erworben.

Es war schwierig gewesen, mit den einzelnen Lehrern und vielen Studenten Kontakt aufzunehmen. Ich hatte es aber tun müssen, um mich mit Spitznamen, besonderen Eigenschaften und dem allgemeinen Akademiebetrieb vertraut zu machen.

Auf diese Art bestens vorbereitet, hatte ich ein Arbeitsfeld für rund sechs Jahre konstruiert. Ich hatte mir einen steinreichen Privatgelehrten ausgesucht, der – den Verlautbarungen nach – zu jenen Wissenschaftlern gehört hatte, die in ihren jungen Jahren mit Perry Rhodan die letzten Arkon-Einsätze geflogen waren.

Der alte Herr beschäftigte fünf Assistenten, die ich sehr leicht hatte beeinflussen können. Von Professor Steinemann, Fachgebiet fünfdimensionale Feldtheorie, hatte ich glänzende Zeugnisse über eine sechsjährige Tätigkeit erhalten.

Von all diesen Unterlagen hatte ich beglaubigte Fotokopien nach Terrania geschickt. In der bekannten Fachzeitung „The Solar System" war der Posten eines Prüfstandleiters ausgeschrieben worden. Ich hatte mich beworben, und gestern war nun die Antwort in meiner kleinen Wohnung angekommen.

Soweit schien alles in bester Ordnung zu sein. Ich hatte mein Gepäck abrufbereit in einer Automatbox des Flughafens deponiert. In meiner Aktentasche befanden sich lediglich die wichtigen Papiere, meine Ausweise und Geld. Der Verkauf einiger herrlicher Rubine aus meinem Kuppelschatz hatte mir einen Erlös von 15 820 Solar erbracht. Das Geld lag auf einer Friscoer Privatbank. Ich hatte genau gerechnet und ermittelt, daß diese relativ hohe Summe bei meinem von Professor Steinemann bestätigten Verdienst durchaus gespart sein konnte. Auch hatte ich angeblich einige kleine Erfindungen gemacht, die ebenfalls Geld gebracht hatten.

Ich war davon überzeugt, keine wesentlichen Fehler gemacht zu haben, zumal meine Zellschwingungsfrequenzen geändert waren. Die vorsichtige Aufladung durch die Kuppelmaschinen hatte konstante Werte ergeben. Ich war also nicht mehr an Hand der Lissabonner Hoteldaten zu identifizieren.

Haare und Augen hatte ich nicht färben lassen. Ich kannte die Menschen und ihre Gedankengänge. Wahrscheinlich würde man eine Maske erwarten. Eben aus diesem Grunde war ich so geblieben, wie ich war.

Meine weißblonden Haare konnten für einen Nordländer typisch sein. Ich hatte lediglich auf meine Augen zu achten, deren Rotschimmer verräterisch war. Ich hatte vorgebeugt, indem ich wegen eines leichten Bindehautschadens den Arzt konsultiert hatte. Natürlich hatte ich ihn mit dem Psychostrahler beeinflussen müssen.

Ich fühlte mich etwas müde und zerschlagen. Mein Unterbewußtsein drang immer wieder mit Vorwürfen an die Oberfläche meines Geistes durch. Vielleicht hätte ich auf einem der anderen Terra-Raumhäfen ebenfalls ein kleines, überlichtschnelles Schiff finden können. Ich hatte aber das Gefühl gehabt, als könnte ich das Gewünschte nur auf dem Raumhafen von Terrania erlangen. Anderswo gab es keine ultraschnellen Kleinraumer, wie sie von der Raumpatrouille benutzt wurden.

Ich hatte mich über die einzelnen Typen genau informiert. Eine moderne Space-Jet war für mich die einzig richtige Konstruktion.

Tiefes Dröhnen riß mich aus meinen Grübeleien. Der sogenannte Gobi-Klipper setzte zur Landung an. Ich beobachtete das Manöver der aus Europa kommenden Maschine. Es war ein langes, schmales Geschoß mit winzigen Deltatragflächen, Bughilfsflächen und zwei starken Umlenk-Impulstriebwerken, die gleichzeitig die Vertikallandung ermöglichten.

Genau auf dem Fleck, inmitten des roten Kreises, berührte das Fahrwerk der Maschine den Boden. Sie kam so sanft auf, daß sie kaum in den Federbeinen nachwippte.

Die Robotstimme des Einweisungsautomaten begann einige stereotype Anweisungen zu leiern.

„Fernostklipper ZACHO, Flug 23-1712 nach Terrania, Start 20.03 Uhr. Bitte Plätze einnehmen. Die Maschine hat nur zehn Minuten Aufenthalt."

Jetzt war es soweit. Ich nahm meine Aktentasche, griff prüfend an die dunkle Sonnenbrille und ging auf die automatische Kontrolle zu.

Meine Karte wurde anstandslos anerkannt. Ein kleiner Flughubschrauber brachte mich und andere Passagiere zum fernen Flugzeug hinüber. Der Rumpf mochte etwa hundert Meter lang sein. Schwere Robotlader beförderten umfangreiche Güter in die Frachträume der ZACHO.

Ich fand meinen Platz in einem schwenkbaren Sessel nahe der Tragflächenwurzel. Der Start ging glatt vonstatten. Ich wußte, daß man sogar in diesen Maschinen mit Andruck-Neutralisatoren arbeitete. Nach dem sanften Senkrechtstart betrug der folgende Beschleunigungsandruck mindestens zehn Gravos. Dennoch war nichts von einer unangenehmen Belastung zu spüren.

Vor der spitzen Nase des Klippers öffnete sich der Raum. Der reine Flug nach Terrania dauerte etwas über eine halbe Stunde. Das Landemanöver nahm fast mehr Zeit in Anspruch als die Bewältigung der großen Strecke.

Der Anblick der unter uns auftauchenden Riesenstadt verschlug mir den Atem. Das war also aus der ehemaligen Wüste Gobi geworden. Terrania sollte bereits 14 Millionen Einwohner haben. Wer hier lebte und arbeitete, hatte irgendwie etwas mit der Raumschiffahrt zu tun. Aus dem winzigen Stützpunkt des Jahres 1971 hatte sich die solare Metropole herauskristallisiert.

Dann setzte der Klipper auf.

Ein junger Offizier kam auf mich zu. Er trug eine Dienstwaffe und auf der linken Schulterseite als Symbol einen pfeildurchbohrten Kometen.

„Doktor Skörld Gonardson?“ erkundigte er sich mit erhobener Stimme.

Ich nickte.

„Willkommen, Doc. Ich bin beauftragt worden, Sie in Ihr Quartier zu bringen. Meine Maschine steht hinter der Halle. Darf ich um Ihre Flugkarte bitten?“

Ich reichte ihm den schmalen Plastikstreifen. Hier schien man ja bestens organisiert zu sein. Ein fürchterliches Tosen ließ mich instinktiv herumfahren. Weit von uns entfernt stieg ein stählernes Ungeheuer in den Gobihimmel. Die Schallwellen kamen an, als der startende Raumer längst verschwunden war.

Sehnsüchtig sah ich dem Schiff nach.

„Nur ein Schwerer Kreuzer der TERRA-Klasse.“ Der Leutnant lächelte. „Geleitschutz für den planmäßigen Transporterkonvoi zum Wegasystem. Wir riskieren es nicht, die unbewaffneten Frachter allein fliegen zu lassen.“

Er kniff ein Auge zu und lachte vergnügt. Ich mußte dagegen an die Enzyklopaedia Terrania denken. Danach galt Rhodan seit dem Jahre 1984 als tot und die Erde als vernichtet.

Eine schöne „Vernichtung“ war das gewesen. Die gesamte Galaxis hatte sich übertölpeln lassen.

„Gehen wir“, sagte ich. „Eine verdammte Hitze ist das hier.“

„Warten Sie den Juni ab.“ Der Junge grinste ausgelassen. „Da braten dicke Leute im eigenen Fett.“

Er musterte mich so intensiv, daß ich unwillkürlich lachen mußte. Als hätte ich auch nur ein Gramm Fett zuviel.

„Na, Sie sehen ja ganz gut aus“, meinte er leicht gönnerhaft. „Zigarette?“

„Danke, bin Nichtraucher. Ich halte das Rauchen für eine Unsitte.“

Er verzog mißmutig das Gesicht und steckte das Päckchen wieder weg. „Das sagen viele Leute, Doc. Da ich darauf angewiesen bin, Ihr Wohlwollen zu erringen, werde ich also meine Sucht zügeln.“

Der junge Offizier gefiel mir. Er hatte eine herzerfrischende Art.

„Wieso Wohlwollen?“

Er blies die Backen auf und schob sich mit dem ausgestreckten Zeigefinger die Schirmmütze aus der Stirn. „Je nach Laune meiner Vorgesetzten werde ich hier und da Wachoffizier im Prüfstandsektor spielen müssen. Da Sie der Chef von T-18 sein werden, dürfte es gut sein, Sie nicht zu verärgern.“

Ich runzelte die Stirn und griff nach meiner Aktentasche. Das war ja eine überraschende Eröffnung.

Er lachte leise auf und musterte mich. „Sie wissen noch nichts von Ihrem Glück, wie? Wenn wir Bewerber in die Burg bestellen, dann sind sie so gut wie angenommen. Anderenfalls kämen sie nicht erst nach Terrania.“

„Aha“, sagte ich. „Und weshalb ist es angebracht, mich nicht zu verärgern?“

Er sah sich scheu um, ehe er seinen Mund meinem Ohr näherte. „Es wird behauptet, der Inhalt des großen Schmieröltanks in Halle 18 bestünde aus den Gebeinen unangenehm aufgefallener Leutnants. Neulich ist ein Kollege von mir drei Stunden lang als Energiespirale zwischen Mond und Erde hin und her gesaust. Dabei hatte er sich nur geweigert, einem Chefphysiker die Schuhe zu putzen."

Er nickte bedeutungsvoll, bis ihn mein verblüfftes Gesicht zu einem schallenden Gelächter reizte.

Ich fiel unwillkürlich ein.

Sie hatten schon Humor, diese Terraner. Vielleicht war das ein sehr wichtiger Bestandteil ihrer Erfolge. Der Leutnant beispielsweise schien die Lebenslust in Person zu sein.

Ich erkundigte mich nach seinem Namen. Er nannte sich Tombe Gmuna, war 21 Jahre alt und eben von der Akademie abgegangen. Wie er selbst erklärte, hatte er 52 Hypnoschulungen in Galaktonautik, Hochenergie-Waffenkunde und galaktischen Sprachen erhalten. Ich hatte es angenommen, da er sonst mit nur 21 Jahren niemals hätte fertig sein können.

Also war man längst dazu übergegangen, Terras Nachwuchs unter die Hypnohaube zu legen. Ein Grund mehr, meine bereits vorhandene Unruhe noch zu steigern.

Gmunas ebenholzschwarzes Gesicht strahlte eitel Wonne und jungenhafte Unbekümmertheit aus. Er lachte viel und laut, war nett, humorvoll und zuvorkommend, doch warf er hier und da Bemerkungen ein, die mich sehr rasch in die Nervenspannung der vergangenen Wochen zurückfallen ließen. Minuten später wurde mir klar, daß man mit Tombe Gmuna einen fähigen Offizier geschickt hatte. Ich wurde bereits getestet, noch ehe ich den kleinen Flugschrauber bestiegen hatte.

Von da an war ich sicher, daß er kein einfacher Raumoffizier war. Wenn die Terraner alle so gefährlich waren, dann hatte ich bestenfalls acht Tage Zeit. Wenn ich bis dahin nicht verschwunden war, hatte ich ausgespielt. Mein Instinkt sagte mir, daß es besser sei, die Maximalgrenze nur mit sechs Tagen zu bewerten. Sicherlich ließ man niemand in den Flottenhafen hinein, wenn man ihn nicht auf Herz und Nieren geprüft hatte.

Meine Antworten schienen Gmuna zu befriedigen. Die kaum

bemerkbare Spur einer unbewußten Verkrampfung fiel von ihm ab. Von da an war er wieder er selbst. Ich ahnte, daß er seine Aufgabe als erledigt ansah.

Wir flogen mit dem kleinen Schrauber aus dem Passagierhafen hinaus. Nach Minuten tauchte am Horizont die irrlichternde Blase einer Energieglocke auf. Ich kannte sie aus der Enzyklopädie. Das mußte der Punkt sein, auf dem Rhodan vor 69 Jahren die alte Mondrakete gelandet hatte.

Der unter uns auftauchende Raumhafen war riesenhaft. Trotz unserer beachtlichen Höhe konnte ich die jenseitige Platzgrenze nicht sehen. Hallen von erschreckenden Ausmaßen erschienen; wenigstens waren sie für meine Begriffe erschreckend.

„Endfertigungszentrum für Schlachtkreuzer", erklärte mein Begleiter beiläufig. „Imposant, wie?"

Ich nickte aus voller Überzeugung. Und ob das imposant war. Wir umflogen den Hafen, wichen einmal vor einem landenden Kugelriesen weit nach Osten aus und steuerten später einige Hochhäuser an, in denen anscheinend Verwaltungsstellen untergebracht waren.

Von Terrania selbst war nichts mehr zu sehen.

Wir landeten auf dem weitläufigen Dachplatz eines hundertstöckigen Gebäudes, einige Sekunden vor einer Funkwarnung, die alle Luftfahrzeuge zum sofortigen Niedergehen aufforderte.

Als ich mit lahmgewordenen Beinen ausstieg, zerrte mich Gmuna in die Deckung unserer kleinen Maschine, die von zuschnappenden Magnettrossen auf dem Betondach verankert wurde.

„Nicht hineinsehen!" rief mir der Offizier laut zu.

Erst wußte ich nicht, was er damit meinte, doch dann wurden wir von den Schallwellen erreicht.

Weit südlich, fast schon unter dem Horizont, schob sich ein glühendes, flammenspeiendes Raumschiff ins Blickfeld. Es schwoll zum gigantischen Ballon an, bis es wild anruckend in den Himmel raste.

Es war eben hell geworden über der ehemaligen Wüste, die nun einer technifizierten Landschaft mit hier und da eingestreuten Grünflecken glich.

Atemlos starrte ich dem verglühenden Feuerschweif nach. Es waren nicht die Spuren der Impulstriebwerke, sondern lediglich nachglühende Partikel der beim Start hocherhitzten Atmosphäre.

Ich war bestürzt.

„Ein Schiff der STARDUST-Klasse?“ fragte ich stockend.

„Größer, viel größer“, erklärte Gmuna. „IMPERIUM-Klasse, 1500 Meter Durchmesser. Das war die neue SUPERNOVA. Probeflug, glaube ich. Kommen Sie bitte.“

Wie betäubt folgte ich dem jungen Mann. Die Robotkontrolle vor dem nach unten führenden Schnellift bemerkte ich kaum. Ich dachte nur noch an die Abmessungen dieses Schiffes, das eben in den Raum geschossen war. Fünfzehnhundert Meter. Das hatte ich noch nicht gesehen. Ich mußte mich beherrschen, um nicht zu fragen, ob dieser Raumriese auf der Erde gebaut worden war.

Natürlich war er das. Es gab kaum eine andere Möglichkeit. Ich war zutiefst verwirrt, insgeheim ungläubig und stets bereit, an eine genial arrangierte Täuschung zu glauben.

Wieder und wieder sagte mir meine Logik, daß Rhodan seit 1984 ganze 56 Jahre lang Zeit gehabt hatte, um in aller Ruhe aufbauen zu können.

Ich haderte mit dem Schicksal, das mich die wichtigsten Entwicklungsjahre hatte verschlafen lassen.

Dann war da noch etwas, das mich mit brennender Neugier erfüllte. Wie alt war Perry Rhodan eigentlich? Wenn er hier und da auf den Bildschirmen erschien, wirkte er wie ein sportgestählter Enddreißiger.

Das war natürlich Maske, mußte Maske sein. Meine Nachforschungen bei Professor Steinemann hatten ergeben, daß Perry Rhodan am 8. 6. 1936 geboren wurde.

Demnach stand er jetzt kurz vor Vollendung seines 104. Lebensjahrs. Wenn er sich mit Hilfe der arkonidischen Biologie noch einigermaßen frisch erhalten hatte, so war er trotzdem ein alter und verbrauchter Mann. Ich gab ihm noch zehn weitere Jahre bei äußerster Schonung.

Die nüchterne Rechnung sagte aus, daß Rhodan allen Grund hatte, so zurückgezogen wie nur möglich zu leben. Ein Mann von 104 Jahren kann nicht mehr frisch und elastisch sein, weder geistig noch körperlich.

Ich lächelte still vor mich hin. Die Enzyklopaedia Terrania hatte über dieses schicksalhafte Problem keine Auskunft gegeben. Man ließ die breite Masse im Glauben, Perry Rhodan sei ein Wunderkind der Schöpfung. Hier und da munkelte man sogar von einer relativen *Unsterblichkeit*, was natürlich völlig unsinnig sein mußte.

Ich schreckte aus meinen Gedanken auf. Tombe Gmuna hatte mich angesprochen. „Sie haben die Originaldiplome doch dabei, Doc?"

„Wie? Ja, natürlich. Ist das die Personal-Erfassungsabteilung?"

„Nein. Erst kommt die Solare Abwehr an die Reihe."

Er lächelte mich unschuldig an, doch seine dunklen Augen prüften. Ich zeigte jene leichte Unruhe, die unbescholtene Menschen immer befällt, wenn sie unverhofft mit den Hütern des Gesetzes in Berührung kommen.

„Auch das noch", bemerkte ich. „Also gut, gehen wir. Haben Sie auch daran gedacht, daß ein Mann von meiner Größe gelegentlich Hunger haben kann? Die Reise war etwas anstrengend."

Gmuna lachte. Sein beruflicher Argwohn schien sich gelegt zu haben.

Ich schritt durch die aufgleitenden Türen. Wenn man mich jetzt vor ein ganz simples Röntgengerät stellte, war es vorbei.

Es war der unbekannte Faktor in meiner Rechnung. Mein Psychostrahler befand sich selbstverständlich in meinem Separatgepäck, das ich längst in Terrania stationiert hatte. Ich hatte es nicht riskieren können, schon bei meinem ersten Auftauchen mit einer ungewöhnlichen Waffe zu erscheinen.

Demnach war ich hilflos. Ich mußte mich darauf verlassen, daß die fraglos stattfindende ärztliche Untersuchung nicht augenblicklich nach meiner Ankunft erfolgen würde. Wenn sie mir nur einen Tag Zeit gaben, standen meine Chancen wesentlich besser.

Meine Spezialausrüstung lagerte in einem Automatenschließfach der Stadt. Das normale Gepäck befand sich noch in San Francisco. Ich hatte alles gut überlegt, nur durfte der Zufall nicht gar zu ungnädig sein.

Ich machte mich darauf gefaßt, in aller Kürze vor einem Mutanten zu stehen. Wenn man einen einsetzte, so konnte es sich nur um einen Telepathen handeln. Obwohl ich davon überzeugt war, daß Rhodan diese Spezialisten für Sonderaufgaben im Raum verwendete, bestand immerhin die Möglichkeit, daß man mich testen ließ. Für einen solchen Fall war ich gerüstet. Mein Monoschirm ließ nur das durch, was ich bekanntgeben wollte.

Also war ich Dr. Skörld Gonardson, der noch niemals mit der Besatzung eines Fischerei-U-Boots in engeren Kontakt gekommen war.

Hinter dem Schreibtisch erhob sich ein untersetzter, breitschultriger Mann in der Uniform des Solaren Imperiums.

„Kosnow", stellte er sich vor. „Nehmen Sie bitte Platz, Doktor. Zigarette?"

Ein Etui aus Zalos-Metall schnappte auf. Kosnow sah mich freundlich lächelnd an. Ich lehnte unbewegt ab, obwohl ich seit der Sekunde wußte, daß dieser Offizier wenigstens einmal auf dem Imperiumsplaneten Zalit gewesen sein mußte. Nur dort gab es Zalos-Metall.

Ich blickte neugierig auf den grünlich fluoreszierenden Stoff. Ein Ignorieren des schönen Wertstücks wäre aufgefallen. „Danke, Nichtraucher. Sagen Sie – welches Material ist das? Darf man einmal sehen?"

Kosnow räusperte sich. Ein kurzer Wink ließ Leutnant Gmuna aus dem Raum schreiten.

„Natürlich. Ich habe noch keinen Wissenschaftler kennengelernt, der nicht danach gefragt hätte. Aber bitte, nehmen Sie doch Platz."

Mein Extrasinn meldete sich. *Ganz gut. Das war ein Test. Sie suchen dich. Raffiniert gemacht. Du mußt dich noch besser beherrschen.*

Ich saß vor einem Mann, der zweifellos zum engeren Mitarbeiterstab Rhodans gehörte. Kosnow war Chef der Abwehr.

12.

Ich wartete, bis Evelyn Tuniks den Programmierstreifen in die Automatik schob. Ich hatte noch etwa fünf Minuten Zeit.

Vor einer knappen Stunde war mein Betrugsmanöver mit dem Mediziner Flynn entdeckt worden. Natürlich hatte der Chefarzt der Abwehr keine Ahnung, daß er während der Untersuchung unter einem Hypnoblock gestanden hatte.

Ich hatte die Durchleuchtung unauffällig umgehen können. Ein Assistenzarzt war unter Zwang vor die Röhre getreten, und so war es möglich gewesen, die Thoraxaufnahme dieses Mediziners als die meine auszugeben.

Wieso man heute den Schwindel bemerkt hatte, war mir nicht ganz klar. Ich hatte lediglich von Alfons Bonkun die Nachricht erhalten, es hätte eine plötzliche Kontrolle stattgefunden.

Bonkun war ein von mir beeinflußter Laborgehilfe. Er hatte mich über ein Mikrofonsprechgerät informiert. Die Prüfkommission stände unter der Leitung einer Telepathin, hatte er noch mitgeteilt. Von da an war die Verbindung abgerissen.

Ich saß im Kontrollbunker des Prüfstandes T-18. Evelyn Tuniks fungierte als Programmierungs-Mathematikerin. Wir hatten vor vier Stunden die Aufgabe erhalten, ein vollautomatisiertes Raumboot vom Typ Space-Jet genauestens zu überprüfen.

Die Kontrolliste für die positronische Einrichtung war bereits abgehakt. Ich hatte dafür zu sorgen, daß die Hochenergie-Anlagen des Bootes ebenfalls einwandfrei funktionierten.

Vor zwei Stunden waren besondere Sicherheitsvorkehrungen getroffen worden. Erst hatte ich angenommen, man wäre mir bereits auf den Fersen. Als ich mich gerade zur längst vorbereiteten Flucht wenden wollte, war jener Mann erschienen, dessen Namen mir allmählich aufregende Träume bescherte.

Ich sah mich jetzt noch in grenzenloser Verwirrung vor ihm stehen. Allein sein Anblick hatte mich zutiefst aufgewühlt. Mir war gewesen, als hätte er mich mit einem Blick durchschaut. Wenn jemand Leute meiner Art kannte, dann war er es.

Diese Befürchtung hatte aber nur teilweise zum Verlust meiner Beherrschung beigetragen. Etwas ganz anderes hatte mich viel mehr bewegt.

Perry Rhodan, der Erste Administrator des Solaren Imperiums, war entweder ein fast naturgetreues Double des echten Rhodans, oder er war es in der Tat persönlich.

Der Mann, der da den Prüfstand betreten hatte, war niemals 104 Jahre alt. Das war ein sportgestählter, energiegeladener Terraner mit elastischen Bewegungen, straffer Haut und grauen Augen.

Er war so groß wie ich, nur mochte er in den Schultern etwas breiter sein.

„Warum starren Sie mich so an?“ hatte er gefragt.

„Ich habe mich an Ihr Geburtsdatum erinnert“, hatte ich gestottert.

Selten hatte ich einen Mann so launig lachen hören. Er hatte den Kopf in den Nacken geworfen und seiner Heiterkeit in so herzhafter Weise Ausdruck verliehen, daß ich nicht umhin konnte, in dieses Lachen einzufallen.

Anschließend hatte ich etwa zwei Stunden benötigt, um mich von meiner peinlichen Überraschung zu erholen. Leute meiner Art können von solchen Dingen gesundheitsschädigend schockiert werden.

Als ich mich wieder in der Gewalt hatte, war er noch immer im Prüfstand gewesen. Er hatte sich persönlich um die lebenswichtigen Maschinen des Bootes gekümmert.

Kurz darauf hatte mir die Mathematikerin zugeflüstert, der Chef wolle mit der Space-Jet persönlich starten.

Es war wohl ein unglückliches Zusammentreffen gewesen, daß die Raumabwehr ausgerechnet in diesen Minuten meinen Schwindel mit der Röntgenaufnahme bemerkte. Jemand war mißtrauisch geworden. Vielleicht hatten sich auch die beiden von mir beeinflußten Mediziner verraten.

Zur Zeit verließ Rhodan den großen Prüfstand. Ich sah ihm mit brennenden Augen nach. Konnte dieser Mann 104 Jahre alt sein? Unmöglich, sagte mir mein Verstand.

War der echte Rhodan vielleicht längst tot?

Auf den Bildschirmen des Schaltbunkers glänzte die neue Maschine. Es war eine wunderbare, ellipsenförmige Konstruktion mit Überlichttriebwerk und Transitionsautomatik. Seit sechs Tagen war ich bereits bemüht, ein derartiges Raumboot ausfindig zu machen. Nun hatte man mir das Fahrzeug meiner Sehnsucht direkt vor die Nase gesetzt und mir sogar noch die Möglichkeit geboten, es genau zu prüfen.

Wenn alles glatt gegangen wäre, hätte ich in der kommenden Nacht fraglos versucht, mit der Space-Jet zu entkommen. Nun wollte Rhodan selbst damit starten. Die Vorbereitungen zeigten, daß er das Sonnensystem verlassen wollte. Es kam nur noch auf den Probelauf des Triebwerks an.

Ich hatte noch zwei Minuten.

„Fertig!" rief Evelyn herüber.

Ich drückte automatisch die Schalter der Fernbedienung nieder. Im Leib des Raumboots erwachte das Impulstriebwerk. Evy verstärkte das Energiefeld, als ich auf eine Schubleistung von 40 000 Tonnen hinaufging.

Dann wurde es Zeit. Auf den beiden kleinen Schirmen der Außenbeobachtung wurden einige Männer erkennbar. Sie kamen etwas zu unauffällig in die Vorhalle des Prüfstands hinein. Hinter ihnen folgte eine schlanke Frau mit blonden Haaren. Ich hatte sie noch nie gesehen, aber die angespannte, lauschende Haltung ihres Kopfes bewies mir, daß sie übersinnliche Fähigkeiten besaß.

Evelyn war mit dem zweiten Programmierungsstreifen beschäftigt. Ich erhob mich rasch und ging auf die schweren Panzertüren des Bunkers zu. Ehe ich sie öffnete, schaltete ich den Deflektor-Generator ein. Er hing neben dem Zellaktivator auf meiner Brust, jedoch hatte er eine ander Aufgabe.

Die Lichtumlenkung machte mich für normalempfindliche Augen sofort unsichtbar. Eine Energieortung war kaum möglich, da ich mit absoluter Niederspannung arbeitete. Mein Umlenkfeld wurde von den zahllosen Maschinen in der näheren Umgebung überlagert.

Ich zwängte mich durch den Türspalt, rannte zur gewölbten Wand des Hauptgangs hinüber und erreichte mit einigen weiten Sprüngen die schmale Wartungstür der Luftschachts.

Das einfache Schloß gab nach, das Gitter glitt nach oben. Ich schlüpfte hinein, zog es wieder zurück und verhielt mich anschließend still.

Über mir hing das Rohrgewirr der Belüftungsleitungen. Weit entfernt donnerte das Impulstriebwerk einer Maschine, für die ich mein Leben geopfert hätte.

Augenblicke später kamen sie heran. Es waren Uniformierte mit schußbereiten Energiewaffen. Zwischen ihnen ging die schlanke Frau. Kosnow war auch dabei.

Als ich im Hintergrund den anscheinend ziemlich verstörten Chefmediziner entdeckte, wußte ich, daß meine Entdeckung tatsächlich auf ihn zurückzuführen war.

„Können Sie ihn ausmachen?" hörte ich Kosnow leise fragen.

Die junge Frau schüttelte den Kopf. Sie trug Zivilkleidung. Dennoch war ich sicher, daß sie zu dem geheimnisumwitterten Mutantenkorps gehörte.

Ich achtete sorgsam auf meinen Monoschirm. Wenn ich mich durch einen einzigen Impuls verriet, war es vorbei. Ihr konnte ich trotz des Umlenkfelds kaum entgehen.

Sie gingen weiter, sehr vorsichtig, wie mir schien. Zwei arkonidische Kampfroboter bezogen Stellung vor meinem Gitter. Es war mir gleichgültig, da mein Fluchtweg längst festlag!

Augenblicke später erreichte ich mit Hilfe der eingelassenen Wandsprossen das obere Ende des Schachtes. Er mündete direkt neben dem breiten Eingangstor des unterirdischen Kontrollbunkers. Weiter links wölbte sich die mächtige Betondecke des Prüfstandes aus der Erde.

Knapp zehn Meter entfernt hatten sie ihre Flugschrauber abgestellt. Es war alles so, wie ich es angenommen hatte. Bei diesen gewaltigen Entfernungen wurden keine Wagen mehr benutzt.

Ich griff vorsichtig hinter das Ansauggebläse und zerrte meinen vor vier Tagen an dieser Stelle versteckten Blaster hervor.

Wenn meine Berechnungen stimmten, mußte in spätestens drei

Minuten die Hölle los sein. Bis dahin sollte man eigentlich entdeckt haben, daß ich nicht mehr im Kontrollbunker war.

Die schmale Klappe unter dem Gebläse glitt lautlos zurück. Ich hatte sogar die Scharniere geölt. Ebenso lautlos kroch ich nach draußen. Die nächste Maschine war unbesetzt. Bei den anderen Schraubern standen insgesamt vier Männer, die man offenbar als Wachen zurückgelassen hatte. Bisher war alles nach Plan verlaufen. Die Schwierigkeiten begannen erst jetzt.

Ich schlängelte mich durch die spaltweit geöffnete Tür und ließ mich auf dem Pilotensitz nieder.

Mein Extrasinn meldete sich: *Du mußt zurück. Die Höhle des Löwen ist am sichersten. Laß dich sehen!*

Der Psychostrahler begann zu arbeiten. Die wartenden Posten drehten sich um, warfen einen unsicheren Blick zu mir herüber und legten ihre gefährlichen Waffen in dem Moment auf den Boden, als im Bunker die Alarmsirenen zu heulen begannen.

Es wurde Zeit. Ich ließ das Triebwerk anlaufen und zog den Schrauber aus dem Stand senkrecht in die Luft.

Dann wartete ich nur noch auf den Augenblick, den auszunutzen mir die Logik befahl. Man mußte deutlich sehen können, daß ich in dieser Maschine saß.

Ich war ruhig und ausgeglichen, als ich mich aus der geöffneten Seitentür beugte und aus 20 Meter Höhe das Feuer auf zwei Roboter eröffnete, die im Eiltempo aus dem Eingang gerannt kamen.

Im Prüfstand erstarb das Donnern des Triebwerks. Dafür wurde die eingetretene Stille vom hellen Krachen meiner Waffe zerrissen. Der weißglühende Energiestrahl erfaßte die beiden ungeschützten Kampfmaschinen, die in lautstarken Explosionen vergingen.

Mit der linken Hand schaltete ich mein Lichtbrechungsfeld ab. Es geschah, als einige Männer des Suchtrupps ins Freie kamen. Sie erkannten mich sofort, gingen jedoch fluchtartig in Deckung, da ich das Gelände vor dem Bunker unter Feuer nahm und die abgestellten Maschinen in lodernde Fackeln verwandelte.

Es genügte, daß sie mich gesehen hatten. Meine Hand hieb den Stufenschalter des Mikroreaktors nieder. Mit einem letzten Blick sah ich, daß ich niemand verletzt hatte. Es war auch nicht meine Absicht gewesen.

Ich überflog die drei Kilometer durchmessende Sicherheitszone zwischen dem Prüfstandbunker T-18 und den riesigen, von Menschen wimmelnden Werfthallen, in denen schnelle Raumboote vom Typ Gazelle hergestellt wurden.

Ehe man dort erfaßt hatte, was jenseits des Sperrgürtels geschehen war, setzte ich bereits zur Landung an.

Mein hellblauer Overall wies mich als Leitenden Ingenieur aus. Ich brachte die Maschine mitten zwischen den Antigravitations-Hebebühnen der Werft auf den Boden, ließ mich ins Freie fallen und brüllte einigen Männern zu: „Lassen Sie alles liegen, und sperren Sie das Gelände ab. Ein Attentat in T-18. Wo finde ich Ihren diensthabenden Ingenieur?"

Sie reagierten schnell. Ganz sicher ließen sie sich nur für wenige Augenblicke täuschen, aber die genügten mir vollauf.

„Schaltzentrum!" schrie ein Mann zurück. Er rannte bereits und alarmierte die anderen.

Ich winkte kurz mit der Hand, setzte zu einem rasanten Spurt an und verschwand hinter der nächsten Hebebühne, auf der ein mächtiger Katalyse-Reaktor auf den Transport wartete.

Kaum in Sichtdeckung, schaltete ich wieder mein Lichtbrechungsfeld ein, das mich unsichtbar machte.

Von da an lief mein Plan nach der Uhr. Es mußte mir gelingen, den mit dem Schrauber zurückgelegten Weg in maximal 30 Minuten zu überwinden. Rhodans Start war für 13.30 Uhr festgesetzt. Es erschien mir unwahrscheinlich, daß er den Abflug verzögern würde. Wie mir Evelyn mitgeteilt hatte, schien es sich um ein Sonderunternehmen zu handeln.

Nun war es kein sportliches Problem, drei Kilometer in einer halben Stunde zu überwinden. Immerhin hatte ich aber mit Schwierigkeiten und Umwegen zu rechnen.

Ich begann einen Dauerlauf, übersprang die letzten Hindernisse und rannte mitten zwischen den erregten Leuten durch, die soeben von einem schweißüberströmten Sicherheitsoffizier erfahren hatten, daß der Gesuchte sie hinters Licht geführt hatte.

Der Offizier war Tombe Gmuna. Ich kam so dicht an ihm vorbei, daß ich ihn beinahe berührt hätte. Er bemerkte mich nicht. Wahrscheinlich würde auch kein Mensch damit rechnen, daß ich nun zu Fuß dorthin zurückkehren würde, woher ich gerade in wilder Flucht gekommen war.

Das war meine Chance. Ich mußte sie nutzen, solange sie sich noch bot. Leute meiner Art zögern nicht lange.

Vor dem niedrigen Zaun des Sperrstreifens blieb ich einen Moment zögernd stehen. Hinter mir entfaltete sich eine Suchaktion von beängstigender Aktivität.

Vor mir lag das baum- und strauchlose Betongelände. In ihm stand, kaum erkennbar, die Buckelwölbung des unterirdischen Prüfstands. Mehr und mehr Maschinen landeten dort. Roboterkommandos wurden als schwarze Pünktchen erkennbar. Ich wußte, daß ich meine kostbare Waffe nicht länger am Körper tragen durfte. Eine Energieortung wäre sicher gewesen.

Von Sorgen erfüllt, legte ich sie dicht am Zaun nieder, übersprang ihn und setzte meinen Lauf fort. Ich hatte keine Zeit mehr, meine so sorgsam angelegten Verstecke aufzusuchen, in denen ich einen Teil meiner Spezialausrüstung untergebracht hatte. Ich besaß nur noch meinen Lichtbrechungsgenerator und die relativ harmlose Psychowaffe, die auf telepathisch begabte Mutanten überhaupt nicht einwirken konnte. Sogar geistig sehr stabile Menschen konnten sich gegen den Einfluß wehren.

Praktisch gesehen, war ich nur noch auf meinen Instinkt angewiesen, der mir in den Augenblicken riet, alles auf eine Karte zu setzen.

Nun hatte ich eine betriebsbereite Maschine in der gewünschten Ausführung greifbar nahe, nachdem es mir nicht gelungen war, eine Space-Jet unbemerkt startklar zu machen. Mein Weg war lang. Um ihn zu überwinden, waren Geräte, Proviant und Frischwasser erforderlich. Dazu benötigte ich noch eine größere Positronik für galaktonautische Sprungberechnungen und einige Stunden Zeit, um die Koordination auf den Programmierungsstreifen zu bringen.

In der soeben überprüften Maschine war alles vorhanden. Eigentlich sah die Sache sehr gut aus, da ich nicht daran zweifelte, unbemerkt in den Einmann-Raumer gelangen zu können.

Ich war am Ziel meiner Wünsche, nur mußte ich mit einem Faktor rechnen, der von größter Wichtigkeit war.

Der Faktor hieß Perry Rhodan. Ein ungnädiges Geschick hatte mich ausgerechet in einer Stunde mit ihm zusammengeführt, in der ich gern auf das nähere Kennenlernen verzichtet hätte.

Während des raschen Laufes ertappte ich mich bei einem leisen Auflachen. Eigentlich hatte er mir gut gefallen, dieser grauäugige, in jeder Geste beherrschte Barbar. Wahrscheinlich war er ein herrlicher Freund – wenn er wollte.

Als Gegner stufte ich ihn noch etwas höher ein, vorausgesetzt, es war noch der gleiche Rhodan, der vor 69 Jahren mit seinem tollkühnen Spiel begann. Etwas in mir sagte mir aber, daß er es tatsächlich sein müsse.

Damit warf sich für mich das Rätsel auf, wie es dieser Mann geschafft hatte, mit nachweislich 104 Lebensjahren auf den Schultern noch derart körperlich jung und geistig regsam zu wirken. Wenn ich über sein Geburtsdatum nicht informiert gewesen wäre, hätte ich ihn für höchstens 37 Jahre gehalten.

Ich erreichte den Bunker nach knapp 15 Minuten. Von da an hatte ich mich zwischen den aufmarschierten Robotern hindurchzuschlängeln. Es gelang überraschend mühelos, zumal man mit meiner Rückkehr nicht mehr rechnete.

Weit hinter mir schien sich die gesamte Werftbelegschaft von Terrania versammelt zu haben. Der Himmel über den Riesenhallen war schwarz von Flugzeugen.

Ganz gemächlich ging ich dicht an der langgestreckten Betonmauer entlang, bis ich den kleinen Startplatz für leichte Raumfahrzeuge entdeckte.

Er lag in einer künstlichen Bodenmulde und war mit einer Hebevorrichtung ausgerüstet. Von hier aus flogen die Versuchspiloten ab.

Rhodan stand im Kreis einiger Wissenschaftler und Offiziere vor der Maschine. Die blonde Frau war nicht mehr dabei. Wahrscheinlich war sie bei der Großfahndung nach mir eingesetzt worden.

Im Moment war ich nirgends sicherer als in unmittelbarer Nähe dieses Mannes, der da zwischen seinen engsten Mitarbeitern stand.

Ich ging noch dichter heran, bis es mir gelang, mit einigen schnellen Sprüngen zwischen die ausgefahrenen Landebeine der Space-Jet zu schlüpfen. Sie maß in der Außenzelle etwa 35 mal 20 Meter.

Ich blieb unter dem geöffneten Bodenluk stehen und lauschte auf eventuelle Geräusche. Es mußten einige Männer im Boot sein.

Rhodan stand kaum fünf Meter von mir entfernt. Sein Gesicht wirkte gelockert. Mir schien, als hätte er sich keine Sekunde lang über meine Flucht aufgeregt. Um so nervöser war Kosnow. Ich hörte ihn laut und hastig sprechen. Rhodan sagte keinen Ton. Gelegentlich verzog er erheitert die Lippen, um dann wieder mit einem Ausdruck liebenswürdiger Ironie in den Augen den aufgeregten Sicherheitschef zu mustern.

„Sperren Sie den Hafen, Peter", warf Rhodan schließlich gelassen ein. „Er kam her, um sich ein Schiff zu holen. Rufen Sie ihn öffentlich über Funk an und bitten Sie ihn, sich mit Ihnen in Verbindung zu setzen."

Selten hatte ich einen so fassungslosen Mann gesehen. Kosnows Gesicht verlor alle Farbe. „Bi - bitten, Sir?"

„Genau das. Gewähren Sie ihm Gastfreundschaft in meinem Auftrag, und ersuchen Sie ihn, auf meine Rückkehr zu warten. Nur verhindern Sie, daß er sich ein Schiff besorgt."

„Aber, Sir, ich bin doch der Auffassung, daß . . ."

Rhodan schaute seufzend auf die Uhr. Er trug bereits einen Raumanzug. „Machen Sie mir das Leben nicht schwer, Peter. Er ist allein, und er ist verzweifelt. Sein bisheriges Wirken ist hochinteressant. Es ist doch erstaunlich, wie präzise er gearbeitet hat, um sich die Diplome zu besorgen. Das muß einen Sinn haben. Fordern Sie ihn auf, sich zu stellen. Dann sehen wir weiter. Ich bin in drei Tagen zurück. Rufen Sie endlich Ihre Leute aus dem Schiff."

Ich zog mich hastig von der Bodenschleuse zurück, als nacheinander zwölf Uniformierte auf den Boden sprangen. Ein junger Captain erstattete Meldung.

Ich grinste, als der Mann lautstark meldete, der Gesuchte sei garantiert nicht im Boot.

Rhodan nickte. Dann verabschiedete er sich. Diese wenigen Augenblicke benutzte ich, um die schmale Kunststofftreppe zu erklimmen. Ich hatte nur möglichst lautlos zu sein, das war alles.

Die kleine Druckschleuse war geöffnet. Dahinter kam der schräg nach oben führende Gang zur Zentrale. Das Raumboot hatte vier kleine Umlenkdüsen für Vertikalstart und Landung. Das Haupttriebwerk lag im genauen Schnittpunkt der Achsen.

Ich schwang mich durch das Panzerschott zur Zentrale und sah mich um. Die Bildschirme der Panoramagalerie arbeiteten bereits. Es war, als stünde man vor einer durchsichtigen Wand. Rhodan verschwand eben unter dem flachen Rumpf. Es wurde Zeit für mich.

Hinter der Zentrale begann der Verbindungsgang zu den kleinen Mannschaftskabinen. Dort konnte ich leicht entdeckt werden. Also wählte ich einen tiefen Wandschrank als Versteck. Ich entdeckte vier nagelneue Raumanzüge von der gleichen Art, wie Rhodan ihn trug. Die Rückentornister enthielten Mikroreaktoren zur Energieversorgung der Klima- und Luftreinigungsanlage. Außerdem besaßen die Raumanzüge einen Schutzfeld-Projektor zur Errichtung eines leichten Energieschirms.

Ich schlüpfte in den Wandschrank, sah mich nochmals um und zog dann die Tür zu. Augenblicke später kam Rhodan an.

Mein Kreislauf arbeitete ruhig und gleichmäßig. Als ich nach einigem Umhertasten die vorher gesichtete Energiewaffe erfaßte, wurde mir noch wohler. In meiner unmittelbaren Nähe bereitete sich der geheimnisvollste Mann des Solsystems auf den Start vor. Wahrscheinlich war er dabei, eine Handels- oder Militärniederlassung des Solaren Imperiums zu inspizieren. Er gehörte fraglos zu den Typen, die sich um alles persönlich kümmern.

Fünf Minuten später lief die Kraftstation zur Errichtung der erforderlichen Energiefelder an. Kurz darauf verspürte ich das sanfte Ziehen des Andruck-Neutralisationsfelds. Damit war es soweit.

Das dumpfe Aufbrüllen des Triebwerks genoß ich mit dem Gefühl tiefer Befriedigung. Mein fotografisches Gedächtnis gaukelte mir Bilder aus früheren Zeiten vor. Sie waren verheißungsvoll.

Rhodan persönlich bot mir ungewollt die Gelegenheit, auf die ich so lange gewartet hatte.

Du hast trotzdem zu lange geschlafen, gab mein Extrasinn durch.

Ich verzog ärgerlich das Gesicht. Immer diese Ermahnungen. Es hatte ja schließlich geklappt.

13.

Die Schmerzen waren kaum noch erträglich. Sie hatten in meinem Schädel begonnen, um wenig später entlang der Wirbelsäule aufzutreten. Nun hatten sie meinen gesamten Körper erfaßt.

Nach der dritten Transition durch den Hyperraum war ich in dem engen Wandschrank zusammengebrochen. Dabei war es noch mein Glück gewesen, daß Rhodan infolge der lauten Maschinengeräusche den Fall überhört hatte.

Ich litt unsagbar. Die Qual würgte in meiner Kehle und wollte sich durch laute Schreie Luft machen. Ich mußte mich aber beherrschen.

Mit dem Rest meines noch kontrollierbaren Verstandes erkannte ich, daß ich Rhodan weitaus unterschätzt hatte. Er mußte die Gesundheit eines Urmenschen und das Training eines Hochleistungssportlers haben.

Bereits nach der ersten Rematerialisierung hatte ich unterdrückt zu stöhnen begonnen. Knapp fünf Minuten später war Rhodan in die zweite Transition gegangen. Jetzt, nach dem dritten Sprung, war ich am Ende meiner Kräfte.

Ich war es nicht mehr gewöhnt, Raumfahrt unter solchen Bedingungen zu betreiben. Kurz nach dem Start vom Gobi-Hafen war es mir gelungen, trotz der im Schrank herrschenden Dunkelheit einen Raumanzug anzulegen.

So hatte ich mich für alle Fälle gerüstet geglaubt. Es war mein Plan gewesen, die voraussichtlich erfolgende Hyper-Transition abzuwarten, um Rhodan anschließend mit Waffengewalt zu zwingen, sich meinen Wünschen zu fügen. Ich hätte die Überrumpelung des Gegners schon gleich nach dem Start vornehmen können, jedoch hatte ich erst eine gewisse Zeitspanne abwarten wollen. Auch waren wir für meine Begriffe noch zu nahe bei der Erde gewesen.

Damit hatte ich eine glänzende Chance versäumt. Natürlich hatte ich nicht damit gerechnet, bereits von der ersten Transition so zermürbt zu werden, daß ich kaum noch richtig die Hand erheben konnte.

Nun lag ich schmerzgequält und von Selbstvorwürfen gepeinigt in einem unwürdigen Versteck. Es wäre vermessen gewesen, unter derartigen Umständen Rhodan zu bedrohen. Ich mußte abwarten. Wenn er jetzt zufällig in den Geräteschrank geblickt hätte, wäre ich unweigerlich in seine Gewalt geraten.

So verhielt ich mich weiterhin still. Meine schnelle Zellaktivierung würde mich nach einer Stunde erholt sein lassen. Es kam jetzt nur noch darauf an, ob mir dieser Barbar die nötigen 60 Minuten gönnte.

Zu der rein körperlichen Qual kam noch eine unkontrollierbare Angstpsychose hinzu.

Rhodan war dreimal durch den Hyperraum gesprungen. Dem Rematerialisierungsschmerz nach zu urteilen, mußte er bei jeder Transition eine sehr große Strecke überwunden haben. Wohin, um alles in der Welt, hatte er mich gebracht? Würde ich überhaupt noch imstande sein, meinen Weg zwischen den Sternen zu finden? Was würde geschehen, wenn er in eine Region vorgestoßen war, die mir völlig unbekannt war?

Ich mußte alle Willenskraft aufbieten, um die Revolte meiner Instinkte niederzukämpfen. Wenn nur nicht diese fürchterlichen Kopfschmerzen gewesen wären, die Leute meiner Art eigentlich gar nicht haben durften. Als eine Maschine laut zu brummen begann, riskierte ich es, einige qualvolle Seufzer auszustoßen

Ich suchte meine Zuflucht im Haß gegen Perry Rhodan, aber es gelang mir nicht, ein solches Gefühl in mir aufkommen zu lassen. Etwas in mir wehrte sich, diesen Mann als böse und grausam anzusehen. Also konnte ich nicht wirklich hassen. Bestenfalls vermochte ich ihn in meiner augenblicklichen Situation zu verfluchen, weil er mir solches Leid zufügte.

Er kann nichts dafür, Narr! sagte mein Extrasinn.

Ich begann zu warten und den Ablauf der Sekunden herbeizusehnen. Mit jedem verstreichenden Augenblick glaubte ich, erneut der Tortur einer ungewohnten Transition unterliegen zu müssen. Als eine halbe Stunde vergangen war, wagte ich zu hoffen, daß Rhodan sein

Ziel bereits erreicht hatte. Wenn ich viel Glück hatte, glitt er nun mit einfacher Lichtgeschwindigkeit in ein Sonnensystem hinein. Bei seiner großartigen Ausrüstung hätte der nächste Sprung sonst längst stattfinden müssen.

Nach einer Stunde klangen meine Kopfschmerzen ab. Nochmals 30 Minuten später war die Regeneration meiner Nervenzellen abgeschlossen. Ich fühlte das starke Pulsieren meines Aktivators.

Neue Kräfte durchströmten mich. Das Mikrogerät arbeitete mit höchster Energie.

Ich fiel in einen dumpfen Schlaf, aus dem ich aber nach knapp 15 Minuten wieder erwachte.

Unter mir dröhnte es. Das konnte nur die Hochenergie-Umformerbank sein, von der die freiwerdenden Thermalkräfte des Katalysators in einen Arbeitsstrom umgewandelt wurden.

Rhodan war in die Bremsbeschleunigung gegangen. Das bedeutete, daß er kurz vor der Landung stand.

Der Gedanke an die damit verbundenen Gefahren ließ mich aufschrecken. Er durfte mich überall sehen und entdecken, nur nicht auf einer Welt, wo er zweifellos Unterstützung fand. Dann wäre alles umsonst gewesen.

Überhastet richtete ich mich auf und griff nach der Waffe. Meine Überlegungen begannen einander zu jagen. Was war zu tun?

Durch das tiefe Dröhnen der Bank drangen helle, pfeifende Geräusche. Das waren die vier Umlenkdüsen unterhalb des Rumpfkranzes. Also richtete er die stürzende Maschine bereits auf.

Panikartig tastete ich nach dem Türverschluß. Nur nicht landen. Alles, nur nicht das, hämmerte es in meinem Gehirn. Ich vergaß jede Vorsicht und riß die Tür auf. Knapp drei Meter vor mir befand sich der zur Hälfte herumgeschwenkte Pilotensessel.

Rhodan sah mich unbewegt an. Die Mündung seiner Energiewaffe bewies mir, daß er über meine Anwesenheit bereits informiert gewesen war, noch ehe ich mich so lautstark gemeldet hatte.

Ich erstarrte. Wieso konnte er mich bemerkt haben?

„Waffe fallen lassen, zurück in den Schrank, *Arkonide*!"

Die in völliger Ruhe gesprochenen Worte trafen mich schockartig. Rhodan schien nicht überrascht zu sein.

Der Verdacht, daß er die ganze Zeit von meiner Anwesenheit gewußt hatte, verstärkte sich in mir.

Du bist ihm in die Falle gegangen! meldete sich mein Extrahirn.

Als ich keine Anstalten machte, Rhodans Befehl Folge zu leisten, berührte er einen Schalter.

Die plötzlich aufkommende Schwerkraft von wenigstens 5 Gravos riß mich zu Boden. Ich schlug so hart auf, daß mir beinahe die Sinne schwanden.

Ich hörte ihn lachen, und da haßte ich ihn. Dieser kleine Barbar wagte es, mich, einen arkonidischen Flottenadmiral und Wissenschaftler des Großen Imperiums, durch einen lächerlichen Trick kniefällig werden zu lassen.

Sinnloser Zorn überkam mich. Er machte mich blind und taub, beseitigte spontan meine Schwäche und fegte den grellen Schmerz aus meinen Gliedern.

Auf den Bildschirmen der Rundumgalerie leuchtete die Oberfläche eines Wüstenplaneten. Wir waren noch 200 Meter hoch, als ich zum Sprung ansetzte.

Rhodan hatte sich für einige Augenblicke den Kontrollen zugewandt. Als er herumfuhr, hatte ich ihn bereits erreicht. Ich sah sein plötzlich verzerrtes Gesicht und das grenzenlose Erstaunen in seinen Augen. Wahrscheinlich hatte er mich für kampfunfähig gehalten.

Wenn er auch bei Begegnungen mit Angehörigen meines Volkes schon einige Erfahrungen gesammelt haben mochte, so hatte er sich in meinem Fall getäuscht. Wenn alle Arkoniden laut der Enzyklopaedia Terrania vielleicht schwach und hilflos waren, so besaß ich andere Qualitäten.

Ich riß ihn rücklings aus dem Sessel. Ich schmetterte ihn mit einem Schulterwurf zu Boden, faßte das hochschnappende Bein und drehte es im Gelenk herum.

Rhodan reagierte sehr rasch, indem er dem Griff durch ein blitzschnelles Herumwerfen seines Körpers die Wirkung nahm. Dafür kam er aber auf den Leib zu liegen.

Ich warf mich nach vorn und setzte den Dagorgriff an. Wenn er darin nicht geschult war, mußte er in wenigen Augenblicken besinnungslos werden.

Seine Hände faßten nach oben und griffen nach meinem Genick. Diesen Griff kannte ich. So ging es nicht, kleiner Barbar.

Als ich triumphierend zu lachen begann, geschah das, was infolge meiner unüberlegten Handlung unvermeidlich war.

Das Raumboot schlug mit Donnergetöse auf. Ich erhaschte einen Blick auf die Bildschirme, die in diesen Sekundenbruchteilen nur lohende Flammen und stiebende Sandwolken zeigten.

Eine unwiderstehliche Gewalt riß mich aus meiner knienden Haltung, löste meinen Griff und schleuderte mich nach hinten. Ich prallte gegen die Sockelverschraubung des Pilotensitzes, rutschte um ihn herum und fand erst einen Halt, als ich gegen klirrend zerberstende Instrumente stieß.

Rhodan war plötzlich nicht mehr zu sehen. Die entstehenden Kräfte mußten ihn in irgendeinen Winkel gezerrt haben. Ich erfaßte sehr rasch, daß die Maschine noch relativ sanft und in sehr flachem Winkel aufgekommen war. Es war eine Art Bauchlandung gewesen.

Ich war benommen. Meine rasende Wut war plötzlich verraucht, wie sie gekommen war. Verzweifelt versuchte ich, meine eingeklemmten Beine zu befreien. Unter mir grollte es.

Als ich eben meine Schultern frei bekam, vernahm ich ein helles Krachen, dem sofort das schrille Heulen entweichender Luft folgte. Die Automatik meines Raumanzugs war in Ordnung. Der Helm klappte nach vorn, noch ehe mir die explosive Dekompression die Luft aus den Lungen reißen konnte.

Da wußte ich auch, daß wir auf einer Welt ohne Lufthülle gelandet waren.

Dunkle, fettige Qualmschwaden drangen aus den entstandenen Bodenrissen. Das Haupttriebwerk brannte. Die fürchterlichen Blitzentladungen schienen aus der Umformerbank zu kommen, deren gespeicherte Restenergie über irgendwelche Leiter einen Ausweg gefunden hatte.

Die Klimaanlage begann schrill zu pfeifen. Es wurde allerhöchste Zeit, das lichterloh brennende Boot zu verlassen. Ich fragte mich, wieso es auf dieser luftleeren Welt überhaupt brennen konnte. Es gab kein Gramm Sauerstoff.

Dann fiel mir das nach wie vor anhaltende Zischen auf. Die Tanks mit Flüssigsauerstoff mußten leckgeschlagen sein. Da sie unten eingebaut waren, erhielt der Brand die erforderliche Nahrung. Ganz abgesehen davon, genügte bereits die von den schweren Blitzentladungen erzeugte Glut, um den Kleinraumer teilweise zerschmelzen zu lassen.

Vor mir tauchte eine Gestalt auf. Im blauschwarzen Dunst war sie nicht zu erkennen, aber es konnte nur Rhodan sein.

Ich spürte seinen Griff, als er mich mit gewaltiger Anstrengung aus meiner üblen Lage befreite. Meine Füße kamen plötzlich frei.

Er verschwand nach oben, wo ich das Notluk wußte. Die Warnanlage meines Raumanzugs summte. Er konnte eine Hitzeentwicklung von 150 Grad Celsius absorbieren, mehr aber nicht.

Trotzdem suchte ich noch nach meiner Waffe, die ich direkt neben dem Sesselfuß fand. Ohne den Strahler wollte ich nicht hinaus ins Freie, wo sicherlich ein Mann wartete, der sich diesmal kaum überrumpeln lassen würde.

Die Warnanlage läutete schriller. Da, wo ich eben noch gelegen hatte, entwickelte sich ein rotglühender Fleck. Ohne den Raumanzug wäre ich verbrannt oder erstickt.

Taumelnd griff ich nach den Sprossen der Notleiter und zog mich nach oben. Das enge Mannluk besaß keine Schleuse. Es war nur für Notfälle gedacht.

Ich kletterte weiter und ließ mich sofort aus der Wandung der schrägliegenden Maschine nach unten rutschen. Das Metall war glühend heiß. Dicht vor dem zertrümmerten Bug des unbrauchbar gewordenen Raumschiffs fiel ich in den Sand.

Ich blieb für einen Augenblick liegen, bis ich die Augen öffnete. Rhodan hatte nicht geschossen.

Ich schaute direkt in den Himmel. Er war blauschwarz, und in ihm hing eine stechende, grellweiße Sonne, die mir im Augenblick riesenhaft erschien. Sie sah aus wie das glühende Auge eines Ungeheuers.

Ich hob die Waffe und blickte mich um.

Rhodan war schon weit entfernt. Er hatte mich aus meiner Zwangslage befreit, es danach aber mir überlassen, mich selbst in Sicherheit zu bringen.

In Ordnung, das war fair gewesen. Ich lachte auf, als ich plötzlich sein Ziel erkannte.

Weit vor uns, vielleicht zwei Kilometer entfernt, wölbte sich eine stählerne Kuppel aus der Wüste. Es konnte sich nur um einen Stützpunkt handeln.

Ich schaltete meinen Helmfunk ein und sagte betont ruhig ins Mikrophon: „Hallo, Barbar, ich habe dich genau in der Visierlinie. Du glaubst doch nicht im Ernst, daß ich dich in die Kuppel lasse?"

Ich drückte ab. Der blendende Energieschuß war gut hörbar, ein Zeichen, daß es hier doch Restspuren einer ehemaligen Lufthülle gab.

Zehn Meter neben Rhodan entstand ein Krater. Verflüssigtes Gestein spritzte umher.

Ich hörte seinen Fluch in meinem Helmempfänger. Also hatte er das Gerät ebenfalls eingeschaltet.

„Vielen Dank, Barbar, wir sind jetzt quitt. Du hast mich unter dem Sessel hervorgezerrt, ich habe absichtlich vorbeigeschossen."

Ich lachte wieder, denn noch konnte ich lachen.

Er war längst in Deckung gegangen, und auch ich hatte den Standort gewechselt.

Rhodan schien jetzt willens zu sein, mich mit einem blitzschnellen Strahlschuß auszuschalten.

Natürlich hatte er genau erkannt, daß mit dem abgestürzten Raumboot nichts mehr anzufangen war. So hatte er die Überreste unter konzentriertes Feuer genommen und mir damit eine glänzende Deckung geraubt.

Durch seine Aktivität war es zu einem Duell unter ungünstigen Bedingungen gekommen.

Ich hatte alle Kräfte aufbieten müssen, um noch rechtzeitig aus der Nähe des explodierenden Raumschiffs zu kommen. Der klaren Logik entsprechend, war ich selbstverständlich bemüht gewesen, den Trümmerhaufen genau zwischen mich und Rhodan zu legen.

Was ich damit angerichtet hatte, wurde mir jetzt erst bewußt. Es fiel mir wie Schuppen von den Augen, daß dieser kaltblütige Rechner mit einer solchen Reaktion meinerseits gerechnet hatte.

Ich hatte die Stellung unter allen Umständen verlassen müssen, das war selbstverständlich. Wie ich sie jedoch verlassen hatte, war eine andere Sache.

Rhodan besaß jetzt die bessere Position. Erstens war er näher an der großen Stahlkuppel, und zweitens hatte er mir den klaren Überblick auf seinen Standort versperrt.

In der genauen Linie zwischen ihm und mir schwelte der nachglühende Metallberg, der einmal ein wunderbares Raumfahrzeug gewesen war. Da ich noch dicht bei den Überresten war, verdeckten sie sowohl den halbkugeligen Stützpunkt als auch Rhodans Stellung.

Es dauerte nur wenige Sekunden, bis ich auf die einzig mögliche Lösung kam. Wenn ich meinen Gegner richtig einstufte, dann war er sofort nach seinen zerstörerischen Schüssen losgehetzt, um ungeschoren das Gebäude zu erreichen.

Es waren kaum zehn Sekunden nach meinem fluchtartigen Dekkungswechsel vergangen, als mir die Erleuchtung kam. Ich zögerte nicht mehr. Möglicherweise hatte ich Rhodan überschätzt. Wenn das so war, würde mich sofort nach dem Aufspringen der vernichtende Glutstrom aus seinem Impulsstrahler erwarten.

Ich nahm meine Waffe fester in die Hand, ging in die Kniebeuge und faßte die nächste Deckung ins Auge.

Es waren einige Steinblöcke mitten auf einer kleinen Anhöhe, die mir einen guten Überblick verschaffen sollte.

Ich federte hoch und setzte zum Spurt an. Es war ein Lauf, wie man ihn nur in Momenten höchster Gefahr und Verzweiflung schafft.

Mit sechs Sprüngen hatte ich das Sichthindernis umgangen. Während ich noch rannte, sah ich weit hinten einen anderen Mann.

Es war Perry Rhodan, der genau das getan hatte, was mir etwas zu spät eingefallen war.

Als ich noch schwer atmend im Sand lag und den Blick von dem weißglühenden Metall abwendete, hatte er schon gehandelt.

Ich verschluckte eine Verwünschung und gab meinem Instinkt nach, der mir riet, erst einmal selbst eine gute Deckung zu erreichen. Das bedeutete, daß ich etwa 200 Meter zu laufen hatte.

Während dieser Zeit kam Rhodan aber ebenfalls um 200 Meter weiter. Mehr konnte er nicht schaffen, da er nicht schneller war als ich.

Zwar hatte er die Transitionen viel besser ertragen, was aber nichts mit der rein körperlichen Kondition zu tun hatte. Hypersprung-Schocks wirken auf das Nervensystem. Ich hatte riesenstarke Männer gekannt, die bei einem nur kleinen Raumsprung kläglich zusammengebrochen waren.

Diese Überlegungen liefen in meinem Gehirn ab. Währenddessen rannte ich. Aus den Augenwinkeln achtete ich auf meine neue Deckungsmöglichkeit. Der größte Teil meiner Aufmerksamkeit galt jedoch Rhodan, der im Sprintertempo über die zumeist flache Wüste fegte.

Es war eine kolossale Anstrengung, mit dem immerhin ziemlich schweren Raumanzug so rasch zu laufen. Noch waren wir beide frisch. Was aber mußte geschehen, wenn jeder von uns die Planung des Gegners so rasch durchschaute, daß ein wirkliches Überrumpeln nicht in Frage kam?

In dem Moment kam der Impuls meines Extrahirns durch: *Narr! Hinwerfen, dreimal atmen und schießen! Er ist ungedeckt!*

Natürlich, das wäre eine Möglichkeit gewesen. Rhodan hatte sich noch kein einziges Mal umgesehen. Er setzte alles auf eine Karte.

Dennoch ließ ich mich nicht zu Boden fallen, um das Feuer zu eröffnen. Ich kannte meine Grenzen, und ich wußte genau, daß man mit bebenden Händen und fliegenden Pulsen nicht genau zielen konnte.

Den Abzug durchziehen wäre eine Kleinigkeit gewesen. Einen Treffer zu erzielen, das stand auf einem anderen Blatt. Wenn ich ihn mit dem ersten Schuß verfehlte, würde er ebenfalls in Deckung gehen. Irgendwo würde er schon eine winzige Bodenerhebung finden. Dann aber hätte ich noch offener im Gelände gelegen als er selbst.

Wer hätte in dem Fall gute Erfolgsaussichten gehabt? Ich gab ihm die bessere Chance, also lief ich weiter.

Wenn er mir Zeit ließ, bis ich die Felsblöcke erreicht hatte, dann sah es wesentlich vorteilhafter aus.

Ich steigerte mein Tempo und wunderte mich dabei, wie fürchterlich lang lächerliche 200 Meter sein können. Meine Lungen pfiffen, als ich die kleine Anhöhe hinaufstolperte und zwischen zwei mächtigen Felsen zu Boden fiel.

Es war mir unverständlich, daß mein so sorgsam durchtrainierter Körper wegen der kurzen Laufzeit ein solches Theater machte. Vor meinen spähenden Augen tanzten rote Ringe. Es dauerte kostbare Sekunden, bis ich wieder klar sehen konnte.

Seit wenigen Augenblicken war ich nicht mehr gewillt, wissentlich am Ziel vorbeizuschießen. Rhodan war jetzt mein Feind. Wenn es ihm vor mir gelang, die Kuppel zu erreichen, war ich rettungslos verloren.

Sicherlich war der Stützpunkt hervorragend ausgerüstet. Demnach waren auch Funkgeräte vorhanden, mit denen er Hilfe herbeirufen konnte. Wenn er erst einmal dort war und einen Energieschirm errichtete, war ich ihm auf Gnade und Ungnade ausgeliefert. Schlimmstenfalls konnte er mich in der vegetationslosen Wüste verdursten lassen. Ich hatte nur zwei Liter im Rückentornister.

Wenn ich vor ihm in den Bau eindringen konnte, war das Verhältnis umgekehrt. Die Grenzen waren somit fest umrissen. Es ging um Sein oder Nichtsein.

Ich hielt die Waffe längst im Anschlag. Das Reflexvisier brauchte nicht verstellt zu werden. Als er mir in das Fadenkreuz lief, überschlug ich die Laufzeit. Auf dem nahezu luftleeren Planeten kam ich mit einem Vorhalt von etwa einem Meter aus.

Ich überdachte den dementsprechenden Winkel, legte den spiraligen Gleichrichtungslauf an den Felsblock und zog durch.

Dumpfes Donnern klang an mein Ohr. Die Waffe ruckte in meiner Hand, ging kurz mit der Mündung hoch, doch da war der Strahlschuß schon draußen.

Haarscharf neben dem rennenden Mann entstand ein glutender Krater. Rhodan wurde zur Seite geschleudert und fiel aufs Gesicht.

Wenn ich mit seiner ungeheuren Reaktionsfähigkeit besser gerechnet hätte, wäre mir der nachfolgende Fehler nicht passiert. Ich brauchte zwei Sekunden, um mit meinen geblendeten Augen erneut das Ziel erfassen zu können.

Genau nach diesem kurzen Spielraum ruckte Rhodan so plötzlich hoch, daß ich meinen Feuerimpuls nicht mehr unterbrechen konnte. Er wirbelte förmlich zur Seite. Dort, wo er eben noch so still gelegen hatte, schnitt die flach auftreffende Schußbahn eine glühende Furche in den Sand.

Ich zog nochmals auf gut Glück durch, doch da war der Teufelskerl schon verschwunden. Er hatte in der Tat eine Deckung gefunden, in die ich trotz meiner erhöhten Stellung keinen Einblick nehmen konnte. Dazu wußte ich noch nicht einmal genau, wo er sich verborgen hielt.

Ich lauerte mit angehaltenem Atem. Die Entfernung betrug ungefähr 400 Meter. Für eine Energiewaffe mit stufenloser Zieloptik überhaupt keine Distanz.

Den Sendeteil meines Funksprechgeräts hatte ich längst wieder abgeschaltet. Der Empfänger lief jedoch. Ich stellte auf volle Lautstärke und lauschte aufmerksam.

Außer den normalen Störgeräuschen war nichts zu hören. Da ahnte ich, daß Rhodan auch den Sender abgestellt hatte. Wahrscheinlich versuchte er ebenfalls, Atemzüge aufzufangen.

Ich lachte lautlos vor mich hin, bis mich ein plötzlich aufkommender Gedanke beunruhigte. Wieso war Rhodan von meinem ersten Schuß nicht wenigstens schwer verletzt worden? Es war fast ein Treffer gewesen. Mein photographisches Gedächtnis erinnerte mich daran, daß diese modernen Raumanzüge ja einen Feldgenerator besaßen. Natürlich hatte ich in der Hitze des Gefechts vergessen, den Schutzschirm einzuschalten.

Ich beherrschte mich, um nicht über mich selbst wütend zu werden. Wahrscheinlich hielt der Energieschirm keinen Volltreffer aus, aber für normalerweise ebenfalls tödliche Streifschüsse mußte er undurchdringlich sein. Ich holte also das Versäumte nach.

Die aufleuchtende Kontrollampe am Brustteil des Anzugs bewies, daß alles in Ordnung war. Das leichte Flimmern war kaum wahrnehmbar.

Als ich den Zähler ablas, wurde ich stutzig. Wieso konnte ich in den wenigen Augenblicken seit der Landung schon 24 Kilowattstunden verbraucht haben?

Ich suchte noch mit aufsteigender Panik nach einem eventuellen Schaltfehler, als es unvermittelt in meinem Helmlautsprecher knackte. Ich erstarrte und versuchte, den Sender anzupeilen.

Allein nach dem Gehör ging es nicht. Es war nicht anzunehmen, daß Rhodan mit einem scharfgebündelten Richtstrahl arbeitete. Wahrscheinlich würde er nach allen Himmelsrichtungen ausstrahlen. Vorsichtshalber überprüfte ich die Schaltung meiner Helmantenne. Nein, sie war auch nicht auf Bündelstrahl eingestellt.

Es knackte nochmals. Auf einmal waren Atemzüge zu hören. Sie klangen etwas zu gleichmäßig und ausgeglichen.

In meiner spiegelnden Helmscheibe sah ich, daß sich meine Lippen zu einem breiten Grinsen verzogen. Wenn dieser Bursche dachte, er könnte mich mit psychologischen Tricks um alle Vernunft bringen, so hatte er sich in mir ein zweites Mal getäuscht. Immerhin war der Gedanke nicht übel, den Gegner über den körperlichen Zustand im unklaren zu lassen.

„Hallo, Arkonide, hörst du mich?"

Es dröhnte überlaut. Ich schaltete den Regler schleunigst zurück. Dann begann ich ebenfalls sehr ruhig zu atmen und drückte den Sendeschalter nieder. „Ich höre, Barbar. Was willst du? Um Gnade winseln? Ich habe dich ziemlich gut im Visier. Ich werde aber in zwei Minuten den Finger krümmen."

Rhodans Gelächter ließ mich ärgerlich die Lippen zusammenkneifen. Er wußte genau, daß ich seinen Standort nur ungefähr kannte.

„Kleine Schlafmütze, du", antwortete er in sanftem Tonfall. „Während meiner Arkon-Einsätze bin ich mit hundert Leuten von deiner Sorte auf einmal fertig geworden."

Glühender Zorn ließ mich krampfartig erstarren. Er ahnte, wo er mich treffen konnte. Ich mußte eine seelische Einstellung erreichen, die mich über solche Angriffe lächeln ließ. Es war schwer. Immerhin wurde es leichter, wenn ich bedachte, daß er verletzende Worte nur als Mittel zum Zweck brauchte. Er wollte mich demoralisieren.

Bei dem Gedanken wurde ich freier. Trotzdem hatte ich mit der Entgegnung etwas zu lange gezögert.

Rhodan lachte wieder.

Ich fiel gelassen ein: „Spare deine Luft, Barbar. Wenn ich dich hier überleben lasse, werde ich dich vor ein Gericht des Imperiums stellen."

Die Behauptung war kühn. Sie mußte ihn in die gewünschte Überlegungsrichtung bringen. Er biß an. „Interessant. Du bist ein kosmischer Agent des Imperiums?"

Nein, das war ich nicht, aber das ging ihn nichts an.

„Was dachtest du?“ log ich. „Wir haben nur etwas zu spät entdeckt, daß dein angeblicher Tod im Jahre 1984 ein Trick war. Jetzt haben wir dich und das lächerliche Planetenreich, das du in sträflicher Unverfrorenheit ebenfalls Imperium nennst. Wir rechnen bald ab, Barbar.“

Ich hatte einen Fehler gemacht, nur wußte ich noch nicht, welchen. Er lachte schallend, und diesmal war echte Erleichterung in seiner Stimme.

„Arkonide – niemand im Imperium kann wissen, daß wir auf der Erde zur Zeit meines angeblichen Todes das Jahr 1984 schrieben.“

„Ach“, höhnte ich.

„Du kommst auch nicht direkt von den drei Planeten, kleiner Träumer. Die Enzyklopaedia Terrania hat dir allerlei über den Aufstieg der Menschheit verraten, was aber nicht genügt, um mich zu bluffen.“

Er verwirrte mich. Natürlich hatte er von Kosnow erfahren, in welcher Form ich erstmalig unter den Menschen erschienen war.

„Wir sind auf deine Enzyklopädie nicht angewiesen. Es genügt, daß wir dich gefunden haben.“

„Würdest du unter einem Roboter dienen und von ihm Befehle annehmen?“ erkundigte er sich gehässig.

Ich war zutiefst empört. Es war gemein, solche Bemerkungen zu machen.

„Würdest du, Roboterknecht?“

Ich knirschte mit den Zähnen. Welch ein furchtbares Wort.

Er hörte die Geräusche. Sein Lachen verklang. „Okay, Arkonide, die Sache ist klar. Wenn sich jemand darüber so aufregt wie du, kann er nicht von Arkon kommen. Das Imperium steht seit Jahren unter der Regentschaft eines positronischen Robotgehirns, nach dessen Pfeife sogar der durchlauchte Imperator zu tanzen hat.“

„Schmutzige Lüge!“ schrie ich außer mir.

„Ich habe eben mit den Schultern gezuckt. Hast du es gesehen? Wem nicht zu raten ist, dem ist auch nicht zu helfen. In Ordnung, ich weiß nun, daß du ein harmloser Einzelgänger bist. Willst du mir deinen Namen nicht sagen?“

Ich fing mich sehr rasch. Nun gut, sollte er die Lüge ruhig

durchschaut haben. Ich hätte ihn ohnehin kaum nervös machen können. „Mein Name ist Atlan, Flottenbefehlshaber des Großen Imperiums, Wissenschaftler und Techniker Erster Klasse, Fachgebiet Kosmo-Kolonisation und Hochenergie-Technik. Ich werde dein Sonnensystem zur Provinz machen, Barbar."

Er schwieg eine Weile. Ich fühlte mich zufrieden, daß er nun wußte, mit wem er es zu tun hatte.

„Das klang aber mächtig stolz, Erhabener", klang es ironisch zurück. „Meine heutige Frau sprach auch einmal in dieser Tonart. Ist dir Thora aus dem Geschlecht der Zoltral ein Begriff?"

„Ja", log ich. Ich kannte den Namen nur aus der terranischen Geschichtsschreibung.

„Sie hat mich, einen Terraner, geheiratet. Wir haben einen Sohn. Gibst du zu, daß eine Arkonidin von ihrem hohen Rang gute Gründe dafür gehabt haben dürfte?"

Ich biß mir auf die Lippen. Das war ein Problem, mit dem ich nicht fertig wurde. Ich schwieg.

„Okay, du überlegst. Atlan nennst du dich, nicht wahr? Schön, Atlan, nun höre gut zu."

Ich ertappte mich bei einem ironischen Lächeln. Jetzt kam bestimmt der feierliche Augenblick mit der Aufforderung zur Kapitulation.

„Das Große Imperium liegt am Boden. Auch dein Hochmut ist sinnlos geworden. Ich biete dir eine ehrenvolle Gefangenschaft an."

„Gefangenschaft?" empörte ich mich.

„Natürlich. Oder meinst du, ich ließe dich nach Arkon fliegen, damit du jedem Spitzbuben mitteilen kannst, was auf der als vernichtet geltenden Erde inzwischen geschehen ist? So geht es nicht. Sieh das ein und tritt mit erhobenen Händen aus deiner Deckung."

Es war eine ungeheuerliche Zumutung. Ich lehnte ab. „Dein Freund will ich sein, nicht dein Gefangener, Barbar."

Rhodan lachte leise. „Seltsam, Atlan. Wie kann man jemand, dessen Freund man sein möchte, Barbar nennen?"

Ärgerlich blickte ich zu der Stelle hinüber, wo er verborgen lag. Er hatte mich ertappt.

„Sei froh, daß ich dich nicht Ungeheuer nenne", entgegnete ich grollend.

Er schwieg einige Zeit. Ein seltsames Duell war das. Schließlich meinte er sehr ruhig: „Atlan, wenn du dich nicht ergeben willst, muß ich dich vernichten. Es täte mir leid, aber du läßt mir keine andere Wahl."

„Versuche es."

„Ich werde es tun. Unser Wasser reicht für wenige Stunden. Nach dreimal vierundzwanzig Stunden werden die Mikroreaktoren ausfallen. Dieser Planet ist weit von der Erde entfernt. Wir nennen ihn ‚Hellgate', weil er wie das Tor zur Hölle ist. Hast du schon einmal auf dein Außenthermometer gesehen?"

Mein Kopf ruckte herum. Plötzlich ahnte ich, wieso meine Schutzanzug-Aggregate soviel Strom verbrauchten.

Ich hörte das Heulen der Klimaanlage. Sie zeigte längst rotes Licht. Überlastet. Die Außentemperatur betrug in der Sonne 148,3 Grad Celsius. Nun wußte ich, weshalb mich der Lauf über nur 200 Meter so fürchterlich angestrengt hatte. Meine Schutzkleidung war längst an der Grenze ihrer maximalen Leistungsfähigkeit angekommen.

Unvermittelt bemerkte ich das Stechen in meinen Lungen. Die Atemluft war viel zu heiß. Das Innenthermometer zeigte 41,7 Grad Celsius an.

Leute meiner Art transpirieren kaum. Dennoch fühlte ich den beginnenden Schweißausbruch. Dieser Planet war wirklich eine Hölle. Er stand zu nahe bei seiner Sonne.

„Nun?" kam Rhodans Frage durch.

Er hatte mir ungewollt eine psychologische Waffe in die Hand gegeben.

„Ausgezeichnet", sagte ich mit größtem Behagen in der Stimme. „Eine wohltuende Temperatur, Barbar. Auf deiner eisigen Welt habe ich immer gefroren. Du solltest wissen, daß Arkons Riesensonne viel heißer ist als die eure. Ich bin unter ihr aufgewachsen. Ich werde noch frisch sein, wenn du in deinem eigenen Schweiß ertrinkst. Vielleicht wirst du auch austrocknen."

Er nannte mich Tölpel.

Ich grinste mein Spiegelbild an. „Ein Vorschlag, Barbar. Ergib du dich. Ich werde dir nichts tun. Wenn du wenigstens etwas Verstand hast, dann . . ."

„Kein Kommentar", unterbrach er mich. „Okay, Atlan, von nun an meine ich es ernst. Zwischen uns ist Krieg."

„Angenommen, Urmensch. Paß auf dein Wasser auf. Die zwei Literchen wirst du bald geschluckt haben. Hast du auch 148,3 Grad Außentemperatur? Köstlich, wie das meinem Stoffwechsel behagt. Das ist wenigstens eine anständige Wärme. Soll ich dir einen Liter Flüssigkeit abgeben? Atlan ist fair, Barbar. Es macht mir nichts aus."

Rhodan sagte nichts mehr. Ich wußte, daß ich ihn hart getroffen hatte. Meine Argumente waren überzeugend gewesen. Arkoniden werden mit hohen Temperaturen tatsächlich besser fertig als Terraner. Es war mein Glück, daß er nicht wußte, wie lange ich schon auf der Erde war. Ich hatte mich organisch längst auf irdische Temperaturen eingestellt.

Meine Kehle war wie ausgedörrt. Dabei lag ich erst eine knappe Stunde in der Sonne. Sehnsüchtig lugte ich um die Felsen herum. Auf der anderen Seite war es schattig, aber dort hätte mich Rhodan gesehen.

„Es gilt also", hörte ich seine Stimme nochmals. Dann schaltete er seinen Sender ab, was ich ebenfalls tat. Trostlose Stille breitete sich aus. Die Sand- und Steinwüste des Planeten Hellgate war wie ein Meer ohne Ufer.

Ich schaute blinzelnd nach oben und sehnte die Nacht herbei. Dann mußte es doch kühler werden. Schließlich rückte ich etwas von den glühenden Steinen ab und schaltete mein Energiefeld aus, um Strom zu sparen. Der kleine Thermalumformer war ohnehin überlastet, und der Abwehrschirm nützte nichts gegen die kurzwellige Sonnenstrahlung.

Drüben rührte sich nichts. Rhodan wagte sich nicht aus seiner Deckung heraus. Somit begannen wir mit dem gegenseitigen Belauern. Es war der Beginn der Qual.

Die Sinne waren mir so plötzlich geschwunden, als hätte mir jemand ein raschwirkendes Betäubungsgas in die Lungen gepreßt. Als ich durch die brennenden Schmerzen in meinen Atemwegen wieder erwachte, waren kaum zwei Minuten vergangen.

Die Ohnmacht war demnach nur kurz gewesen, aber sie war ein warnendes Zeichen.

Es waren fast genau zwölf Stunden vergangen, seitdem sich Rhodan zum letztenmal gemeldet hatte. Von da an hatte er es nicht mehr riskiert, da er mir natürlich keinen Anhaltspunkt über seinen körperlichen Zustand geben wollte.

Auch ich hatte geschwiegen. Bisher hatte ich einen Liter Wasser verbraucht. Es erforderte eine ungeheure Selbstbeherrschung, das Saugröhrchen wieder fahren zu lassen, sobald der kleine Wasserstandszeiger auf jener Marke angekommen war, die nicht zu überschreiten man sich vorgenommen hatte.

Seit drei Stunden beschäftigte sich mein Bewußtsein meist nur noch mit dem Begriff „Wasser" oder mit allen möglichen Getränken.

Etwa sechs Stunden lang hatte mein Körper transpiriert. Danach war der Zeitpunkt der beginnenden Austrocknung gekommen. Mir war, als enthielte mein Organismus überhaupt keine Flüssigkeit mehr.

Wenn ich einige Schlucke zu mir genommen hatte, war es kaum noch zu Schweißausbrüchen gekommen.

Wenn es mir mit äußerster Selbstkontrolle gelang, die in mir immer stärker werdende Gier nach Wasser zu unterdrücken, versuchte ich, über die Situation nachzudenken.

Ich lag ungeschützt in der grellen Sonne. Die Außentemperatur blieb konstant bei 148,5 Grad Celsius. Der Sand der Wüste war jedoch noch heißer.

So hatte ich damit begonnen, in regelmäßigen Abständen von höchstens drei Minuten meinen Körper zu drehen, um die aufgenommene Bodenhitze wieder abstrahlen zu können.

Ich lag einmal auf dem Bauch, dann auf der Seite und schließlich auf dem Rücken. Das stete Umherwälzen erforderte Energie. Mit jeder neuen Drehung bemerkte ich, daß meine Widerstandskraft nachließ.

Die zwölf Stunden waren zu einer kleinen Ewigkeit geworden. Nun war ich an dem Punkt angelangt, den zahllose Arkoniden und Menschen vor mir ebenfalls gekannt hatten.

Es war jener gewisse Augenblick, der vom aufwallenden Selbsterhaltungstrieb gesteuert und beherrscht wird. Logik und klares Denken fallen aus. Ein Kurzschluß im befehlsgebenden Gehirn findet statt.

Derartige Sekunden der Panik, des Davonkommen-Wollens und der hochgepeitschten Reserveenergien des Körpers haben zu allen Zeiten aus braven Bürgern Helden und aus Feiglingen todesmutige Krieger gemacht.

Ich wußte, daß ich es in dieser Stellung nicht länger aushalten konnte. Meine Klimaanlage, die nicht nur meine eigene Körperfeuchtigkeit zu beseitigen, sondern auch die aufprallende Sonnenstrahlung zu absorbieren hatte, begann hier und da zu stottern.

Das Kühlaggregat für die Sauerstoffversorgung und Luft-Regenerierung kam nicht mehr mit. Die maximale Leistungsgrenze meines Raumanzugs lag nun einmal bei 150 Grad Celsius. Ich gab noch einen geringen Toleranzwert von etwa 5 Grad hinzu. Aber damit mußte die Maschinerie wirklich am Ende sein.

Mein Mikroreaktor hatte eine Leistung von 50 Kilowatt pro Stunde. Das war schon sehr reichlich bemessen, da man normalerweise niemals so viel Strom benötigt. Nun aber war auch dieses Gerät längst überlastet. Das Reflexionsfeld der Klimaanlage benötigte allein 45 kW, um überhaupt noch funktionieren zu können.

Der Luftgenerator brauchte 2000 Watt, und das Kühlsystem der Klimaanlage fraß stündlich 3000 Watt. Das ergab zusammen einen Stromverbrauch, den die kleine Umformerbank nur kurzfristig decken konnte.

An den Energieschirm zur Abwehr materiell stabiler Körper und hochenergetischer, ionisierbarer Strahlschüsse brauchte ich schon gar nicht mehr zu denken.

Wenn ich einen geeigneten Leiter besessen hätte, wäre ich auf die verrückte Idee gekommen, den Mikro-Impulskonverter meiner Thermowaffe anzuzapfen. Ich hatte aber noch nicht einmal ein Stückchen Draht in den Taschen.

Meine Kehle hatte sich geweigert, die reichlich vorhandenen Nahrungskonzentrate aufzunehmen. Ich hatte auch keinen Hunger.

Ich empfand nur noch die Qual, die mir das Einsaugen der viel zu heißen Atemluft bereitete. Die Innentemperatur war auf 50,8 Grad angestiegen. Fast ebenso warm war das Sauerstoff-Helium-Gemisch.

Ich hatte für dreimal 24 Stunden Luft. Aber es war fraglich, ob ich bis zu diesem Zeitpunkt überhaupt noch lebte.

Nun war die kurze Ohnmacht gekommen. Ich zwang mich zur erneuten Aufmerksamkeit und sah zu jenem Punkt hinüber, wo Perry Rhodan ebenfalls im Sand liegen mußte.

Den glasierten Fleck meines letzten Strahlschusses konnte ich sehen. Nach meinen sorgsamen Berechnungen durfte Rhodan von dieser Stelle bestenfalls 30 Meter entfernt sein. Mehr hatte er in den wenigen Augenblicken nicht schaffen können.

Ich hatte demnach ein etwa 60 Meter durchmessendes, kreisförmiges Gebiet zu beobachten, um ein Ausbrechen des Gegners zu verhindern. Mit der Zieloptik meiner Waffe hatte ich die nähere Umgebung abgesucht. Es gab kaum einige Bodenvertiefungen, in denen Rhodan hätte davonkriechen können.

Ich hatte stundenlang darüber nachgedacht, ob es ratsam sei, die relativ kleine Bodenfläche mit einem systematischen Wirkungsfeuer zu belegen. Es stand außer Frage, daß ich den in einer Mulde liegenden Gegner über kurz oder lang erfaßt hätte.

Das Für und Wider dieses Plans hatte ein für mich negatives Ergebnis gezeitigt. Wenn ich Rhodan nicht zufällig sofort traf, konnte er mich selbst unter Feuer nehmen. Schon bei meinem ersten Abschuß hätte er genau gesehen, wo ich selbst lag.

Also hatte ich die Idee aufgegeben und darauf gewartet, daß der Barbar die Geduld verlieren würde. An dem flachen Einschußtrichter meines letzten Treffers konnte er sehr gut sehen, daß ich auf einer Anhöhe liegen mußte.

Auch konnte er die ungefähre Richtung bestimmen, da es einen länglichen Krater gegeben hatte. Eine genaue Winkelmessung konnte ihm aber nicht möglich sein, da er immerhin wenigstens 30 Meter entfernt lag.

Wenn es in der ungefähren Richtung nur einen Hügel gegeben hätte, wäre es für Rhodan gut gewesen. So aber gab es drei Anhöhen, und auf jeder konnte ich mich versteckt haben.

Demnach durfte auch Rhodan nicht schießen, da ich natürlich ebenfalls nur darauf wartete, seine Stellung ganz genau sehen zu können.

So war es zu dem großen Lauern auf einen Fehler des anderen gekommen. Keiner von uns konnte weg. Bis zur nächsten, für mich geeigneten Deckung hätte ich völlig flaches Gelände überqueren müssen.

Weiter hinten, etwa einen Kilometer entfernt, erstreckte sich ein kleiner, sonnenverbrannter Höhenzug. Dort gab es nicht nur glänzende Feuerstellungen, sondern auch Schatten.

Ich schmatzte mit meinen zundertrockenen Lippen, als mir mein Geist eine tiefe, dunkle Höhle vorgaukelte. Es war kühl darin, herrlich kühl, höchstens einhundert lächerliche Hitzegrade.

Ich berauschte mich an einem Temperatur-Meßwert, der mir normalerweise unerträglich erschienen wäre. Nun bedeuteten „nur" hundert Grad ein Labsal. Die Klimaanlage hätte sich erholen können. Auch dem Reaktor wäre es wohl bekommen.

Vor meinen Augen tanzten feurige Nebel. Plötzlich sah ich Rhodan springen. Er raste unter gellendem Gelächter davon, schleuderte mit den Stiefeln Sandfontänen auf und verhöhnte mich.

Ich fing mich im letzten Augenblick. Die Mündung meiner Waffe ragte bereits aus dem Schlitz zwischen den Steinen hervor, als ich die Halluzination erkannte.

Die gespenstische Gestalt löste sich auf. Es war nur Wüste da, eine trostlose, blendend helle Sandfläche mit Milliarden von reflektierenden Kristallen.

Ich wollte eine Verwünschung gebrauchen, aber aus meiner Kehle drang nur ein unartikuliertes Krächzen. Wieder kam der bohrende Wunsch nach Wasser. Ich hatte doch noch einen Liter.

Ich krümmte meinen Körper zusammen und schlug die Fäuste gegen den Druckhelm. Nur der Gedanke daran, daß Rhodan noch mehr zu leiden hatte, hielt mich aufrecht. Ich wußte aber, daß bald etwas geschehen müsse.

Ich fluchte krächzend vor mich hin.

Da, beim Hören meiner eigenen Stimme, kam mir der rettende Gedanke. Ich war plötzlich hellwach, und mein Blick schärfte sich.

Es war ein Plan, ein Psychoplan, abgestimmt auf das Verlangen der gequälten Kreatur nach Wasser. Das, was ich zu sagen hatte, mußte betont primitiv sein. Nichts durfte erwähnt werden, was den noch wachen Geist Verdacht schöpfen ließ.

Ich durfte nur an die ohnehin zur Oberfläche drängenden Instinkte appellieren und an sonst nichts. Gefühle und unterbewußte Wünsche lassen sich aber niemals durch klare, logisch fundierte Worte ins Maßlose steigern. Ich durfte nur Begriffe gebrauchen, die mit der Gier des austrocknenden Körpers zusammenhingen.

Ich konnte plötzlich in aller Klarheit überlegen. Die Hoffnung riß mich aus meiner Lethargie. Mein Plan nahm Gestalt an, dann war er fertig. Rhodan sollte mir seine Stellung verraten. Wie ich das schaffte, war gleichgültig. Wozu war ich Kosmo-Psychologe? Ich kannte die Menschen.

Ganz bedächtig, jede Gier niederkämpfend, saugte ich Wasser an. Ich gurgelte mit jedem Schluck, bis mir die Flüssigkeit noch im Mund vom ausgetrockneten Gewebe abgenommen wurde. Ich wollte nicht trinken, sondern nur meine Stimmbänder geschmeidig machen.

Nach jedem Schluck sprach ich laut und deutlich. Es wurde immer besser, je mehr Wasser ich dem Rachenraum zuführte. Ich ging dabei das Risiko ein, mein letztes Wasser nutzlos zu verschwenden. Ich setzte alles auf eine Karte.

Nachdem ich fast einen halben Liter zu mir genommen hatte, war meine Stimme wieder in Ordnung. Ich begann mit mittlerer Lautstärke ein simples Liedchen zu singen, bis ich sicher war, daß ich auch die höheren Töne exakt hervorbrachte. Dann nahm ich noch einen Schluck, den ich diesmal wirklich trank.

Mittlerweile hatte ich mir den Text zurechtgelegt. Er war närrisch, aber er sollte seinen Zweck erfüllen. Hier ging es um die Begriffe „Wasser" und „trinken". Das war alles. Die beiden Worte mußten so oft wie nur möglich im Text wiederkehren.

Ich kontrollierte nochmals meine Stimme. Schließlich schaltete ich den Helmsender ein. Er brauchte nur fünf Watt. Das konnte ich riskieren.

„Hei, Barbar, wie geht es denn?" rief ich in aller Frische ins Mikrophon. Es mußte Rhodan an den Rand des Irrsinns bringen. Sicherlich brachte er keinen Ton hervor, und eine krächzende Antwort würde er nie erteilen. Aber er würde mich hören, und nur darauf kam es an.

Ich lachte lauthals, bis sich meine Stimme überschlug. „Hei, Barbar, mir laufen die Tränen der Heiterkeit über die Wangen. Pfui Teufel, ist das naß. Daran bist du schuld. Warum reizt du mich zu einem solchen Gelächter?“

Ich brach ab und lauschte. Erstmalig war das Wörtchen „naß“ gefallen. Ich mußte behutsam sein und erst einmal seine Wachheit einschläfern. Wahrscheinlich litt er längst unter Wassernot. Ein Mensch kann nicht so lange auf Flüssigkeit verzichten wie ein Arkonide. Wenn mich meine Berechnungen nicht täuschten, besaß er bei größter Selbstbeherrschung höchstens noch einige Tropfen. Alles auf einmal konnte er nicht geschluckt haben. Das traute ich einem Perry Rhodan nicht zu.

„He, Barbar, warum antwortest du nicht?“ rief ich noch lauter. „Soll ich dir etwas aus meinem Tank abgeben? Ich habe kaum einige Schlucke genommen. He, Rhodan, wie ist das denn? Keine Antwort, eh? Ich habe Terraner verdursten sehen. Wie steht es mit dir? Willst du dich jetzt ergeben? Ich halte mein Versprechen. Ich werde nicht schießen. He, so antworte doch!“

Ich lachte wieder, da ich genau wußte, daß er nichts entgegnen konnte. Auch wenn er gewollt hätte, die Stimme hätte ihm versagt.

Dann begann ich mit meinem Hauptplan. Es mußte für ihn fürchterlich sein. Wahrscheinlich dachte er noch über meine „nassen“ Tränen nach.

„Hallo, Barbar, ich singe dir ein schönes Liedchen. Die Melodie kennst du bestimmt. Soll ich, Barbar? Etwas für deine Erholung tun, ja? Paß mal auf, der Text stammt von mir, von deinem guten Freund Atlan, auf den du ja nicht hören willst.“

Ich lauschte eine Sekunde, ehe ich zu singen begann:

„Das Wasser ist naß,
das Wasser ist naß,
wie köstlich schluckt
und schlürft sich das.
Das Wasser ist kühl,
kühl ist das Naß,
ich schwimme
in einem ganzen Faß,
denn heute –
ist das Wasser naß.“

Es war ein Psychovers; lachhaft und dumm, aber ganz auf die Emotionen dieser Situation abgestimmt.

Ich sang weiter, immer wieder: „Das Wasser ist naß, das Wasser ist naß.“

Er hörte zu, ich wußte es. Er würde nicht die Kraft aufbringen, im Bann der entstehenden Wunschträume und Halluzinationen den Empfänger abzuschalten.

Ich sang weiter, immer den gleichen Text, bis meine Kehle erneut austrocknete. Ich rechnete schon mit einem Fehlschlagen des Planes, als es plötzlich geschah.

Aus meinem Helmlautsprecher drangen fürchterliche Geräusche. Jemand wollte schreien und brüllen, aber die Kehle machte nicht mehr mit.

Knapp 400 Meter entfernt zuckte es grellweiß auf. Die glutende Strahlbahn des Energieschusses schlug am Rand einer 30 Meter entfernten Anhöhe auf und erzeugte einen blasigen Krater.

Es war soweit. Er hatte die Nerven verloren und geschossen.

Ich hatte den Punkt genau im Visier. Bei seinem zweiten Schuß drückte ich ebenfalls ab. Die Waffe ruckte in meiner Hand, schlug hoch und glitt wieder nach unten. Glühender Atomodem, Produkt eines Miniatur-Kernfusionsprozesses aus nur wenigen verschmelzungsfreudigen Hochkatalyse-Atomen, fauchte aus dem einengenden Gleichrichtungs-Feldlauf meines Blasters.

Drüben schlug es mit vernichtender Wucht ein. Rhodans Feuer erlosch schlagartig. Er hatte nur noch zwei Schüsse abgeben können. Ich streute mit zwanzig Feuerorkanen seine Stellung ab und hörte erst auf, als die Warnautomatik gebieterisch nach einer Pause verlangte. Meine Waffe war heißgeschossen.

Drüben war außer einem kochenden Gesteins- und Sandkrater nichts mehr zu sehen. Rhodan lebte nicht mehr.

Stumpf und teilnahmslos sah ich hinüber. Ich wußte, daß ich einen Mann getötet hatte, der mir ein guter Freund hätte sein können.

Schwerfällig stapfte ich davon. Die Kuppel mit all ihren verlockenden Schätzen war von hier aus nur noch anderthalb Kilometer entfernt. Der Höhenzug, auf dem der Stützpunkt erbaut worden war, mochte einen Kilometer weit weg sein.

Ich marschierte durch den glühenden Sand. In mir schien jedes Gefühl abgestorben zu sein. Er hatte mich aus dem brennenden Raumschiff befreit. Wenn er es nicht getan hätte, wäre er überhaupt nicht in Schwierigkeiten gekommen.

Ich hörte mein dumpfes Stöhnen. Da nahm ich die letzten Schlucke Wasser zu mir. Die geringe Entfernung bis zur Kuppel würde ich auch so noch schaffen.

Ich brauchte für die tausend Meter bis zum Rand des knapp fünfzig Meter emporragenden Höhenzugs fast eine Stunde. Als ich endlich im Schatten der aufragenden Felsen ankam, fiel ich haltlos zu Boden.

Ich mußte mich ausruhen. Flach und hilflos, mit gespreizten Armen und Beinen lag ich da. Meine Waffe hatte ich fallen lassen. Ich brauchte sie nicht mehr.

Als ich nach einigen Augenblicken mühevoll den Kopf drehte, sah ich ein Gespenst durch die Wüste wanken.

Ich lachte ob dieser Halluzination, bis der „Geist“ auf die Knie sank und mit dem Oberkörper zu taumeln begann. Ein Arm glitt nach oben, etwas blitzte in der Sonne.

Während ich noch wie gelähmt auf das Funkeln starrte, brach aus dem Gegenstand flammende Glut hervor. Zehn Meter über mir schlug es ein. Glühende Gesteinsbrocken sausten über mich hinweg. Das Gespenst schoß immer noch. Es kam auf die Beine, wankte unablässig schießend weiter, bis es hinter dem nächsten Felsvorsprung verschwand.

In mir tobte rasende Wut. Ich Narr. Warum war ich nicht erst zu seiner zerschossenen Deckung gelaufen, um den Rest zu erledigen? Nun ging es von vorne los. Meine „Halluzination“ war Rhodan gewesen, der kurz nach meinem Aufbruch ebenfalls losmarschiert war.

Sicherlich hatte er mich die ganze Zeit über sehen können, aber er hatte nicht geschossen. Warum nicht? Aus Gutherzigkeit? Etwa deshalb, weil ich ihn mit meinem Psychoschock an den Rand des Abgrunds gebracht hatte?

Nein, bestimmt nicht deshalb. Er hatte einfach nicht mehr schießen können, weil er zu erschöpft gewesen war.

Erst jetzt, nachdem ich ihm das Gesicht zugedreht hatte, hatte er in letzter Verzweiflung zu feuern begonnen. Er hatte noch nicht einmal meine nähere Umgebung getroffen.

Ich dachte nicht darüber nach, wieso dieser Teufelskerl überhaupt noch leben konnte. Ich bewunderte ihn.

Sekunden später war ich mitsamt meiner Waffe unter den Felsen verschwunden. Ich hatte kein Wasser mehr. Die Hitze wurde unerträglich. Dabei war die rettende Kuppel nur noch knapp 400 Meter entfernt.

Man konnte sie über einen künstlich ausgebrannten Fahrweg von nur geringer Steigung bequem erreichen.

Wir hatten uns weitere acht Stunden lang umlauert. Wir hatten alle nur denkbaren Tricks angewendet, um einander endgültig außer Gefecht zu setzen. Keiner wollte den Gegner in den Stützpunkt lassen, da jeder wußte, daß die Partie dann entschieden war.

Wir hatten uns beschimpft und bedroht. Wir hatten uns gegenseitig zum Aufgeben aufgefordert, aber es hatte keiner nachgegeben.

Wir waren wie Feuer und Wasser. Wenn er schoß, tat er es mit zitternden Händen und versagenden Augen. Er traf nie.

Wenn ich ihn bei seinen Stellungswechseln in die Optik bekam, löste ich gleich ganze Serien aus. Auch ich traf nicht mehr. Das Fadenkreuz meines Visiers schien ein Eigenleben zu entwickeln.

Wenn ich Rhodan im Schnittpunkt hatte, verwandelte sich die Optik plötzlich in kreisende Feuerräder.

In meinem Anzug herrschte eine Innentemperatur von 59,3 Grad Celsius. Meine Hoffnung, mich in einer kühlenden Höhle erholen zu können, war von Rhodan zunichte gemacht worden.

Er kannte keine Gnade. Wahrscheinlich identifizierte er sich wieder einmal mit seiner geliebten Menschheit, die er in dem Augenblick ausgeliefert hätte, wenn er mich in die Kuppel hineingelassen hätte.

Der Gedanke daran schien ihm übermenschliche Kräfte zu verleihen. Wenn er dachte, endlich einen Weg zum Stützpunkt gefunden zu haben, wurde ich Sekunden später von tosenden Energieschüssen überschüttet.

Dieser Barbar kannte keine Ruhe. Wahrscheinlich war er halb

besinnungslos. Er konnte kein Wasser mehr haben. Nach diesem Marsch durch die Wüste war das ausgeschlossen.

Auf die Klärung der Frage, wieso er überhaupt noch leben konnte, hatte ich längst verzichtet. Rhodan und ich waren fertig, körperlich und seelisch ausgelaugt bis zur äußersten Grenze.

Wenn wir nur noch eine Stunde länger warteten, würde keiner von uns die Kuppel mehr erreichen können. Dann waren wir beide von der unerträglich gewordenen Glut so zermürbt, daß wir mit eigener Kraft nicht mehr zum Stützpunkt kriechen konnten.

Ich war wieder für einige Minuten besinnungslos gewesen. Als ich erwachte, versagten die Augen mir den Dienst.

Ich tastete nach meiner Waffe, aber ich fand sie nicht mehr. Außerdem wäre sie viel zu schwer gewesen, als daß ich sie überhaupt nochmals hätte aufheben können.

Mein Verstand setzte aus. Als schwachen, kaum noch vernehmbaren Impuls hörte ich die „Stimme" meines Extrahirns. *Aufgeben. Er muß auch. Krieche zur Kuppel.*

Es dauerte Minuten, bis ich mich aufraffen konnte. Wieder saugte ich verzweifelt an dem Röhrchen der Trinkanlage. Es kam kein einziger Tropfen mehr.

Arme und Beine wurden zu gefühllosen Anhängseln des Körpers. Ich wußte nicht, welcher Nervenimpuls meine Glieder bewog, Zentimeter für Zentimeter nach vorn zu gleiten.

Schließlich war der Kuppeleingang nur noch sieben Meter entfernt. Im Lauf der letzten acht Stunden hatte ich mich infolge der guten Deckungsmöglichkeiten immer näher heranarbeiten können, doch nun war es vorbei.

Ich wollte meiner Verzweiflung Ausdruck geben. Meine Kehle brachte aber nur noch ein gepreßtes Gurgeln hervor.

Die Klimaanlage war kurz vor dem Zusammenbrechen. Ab und zu setzte sie schon aus. Meine Atemluft schien nur aus glühenden Nadeln zu bestehen. Die metallunterlegten Arm- und Kniegelenke des Schutzanzugs waren glühend heiß. Sie wurden nicht mehr richtig gekühlt, und so verbrannten sie meine Haut.

Noch nicht einmal schreien konnte ich. In mir herrschten nur noch die Qual und die verzweifelte Hoffnung, im allerletzten Augenblick noch den Hebel des automatischen Öffnungsmechanismus erreichen zu können.

Dicht vor mir bemerkte ich eine ebenfalls kriechende Gestalt. Millimeter für Millimeter schob sie sich auf dem heißen Fels vorwärts, den Kopf gierig nach vorn gereckt.

Auch Perry Rhodan hatte seine Waffe fortgeworfen.

So krochen wir Seite an Seite auf den knallrot angestrichenen Eingang der Luftschleuse zu.

Für jeden Meter brauchten wir wenigstens zehn Minuten. Ich dachte nicht daran, meinem Rivalen die Stirn zu bieten, und er tat es auch nicht. Wir hörten unsere pfeifenden Atemzüge gegenseitig über die Funkanlagen, und da wußten wir beide, daß jeder versucht hatte, den anderen zu bluffen.

Ich konnte nichts mehr klar erkennen. Einzig und allein die hellrote Tür war es, die meinen Blick noch bannte. Sie strahlte eine magische Anziehungskraft aus.

Den Terraner ahnte ich mehr, als daß ich ihn bewußt erblickte. Nach einer Stunde unsagbarer Qualen kam Rhodan vor dem Schott an. Ich hatte noch 30 Zentimeter zurückzulegen.

Ich hatte verloren. Reglos blieb ich liegen, bereit, den Tod zu erleiden. Es war alles vergeblich gewesen. Es dauerte Minuten, bis ich das unartikulierte Gestammel in meinem Lautsprecher verstand.

Rhodan lag vor der Tür, aber er hatte nicht mehr die Kraft, den gelbmarkierten Hebel des Öffnungsschalters nach unten zu drücken. Er rief. Er rief mich, seinen erbitterten Feind.

Wenn er nur gewußt hätte, daß ich niemals sein Feind gewesen war. Es hatte sich um blanke Notwehr gehandelt, denn auch ich liebe mein Volk.

Sein Rufen mobilisierte meine letzten Kräfte. Ich brauchte zehn Minuten, um die 30 Zentimeter zu überwinden. Als ich bei ihm war, griff meine Hand mühsam nach oben. Die geringe Schwerkraft des Planeten Hellgate schien sich plötzlich ums Hundertfache gesteigert zu haben.

Ich wußte nicht, mit welcher furchtbaren Anstrengung ich meine Hand zu dem Hebel hochgebracht hatte. Sie kam auf Rhodans Finger zu liegen, und dann zogen wir gemeinsam.

Die Duellanten hatten sich wiedergefunden. Nun waren sie gemeinsam bestrebt, den rettenden Schalter zu bewegen.

Es gelang uns nach Sekunden, die nicht nur mir wie Ewigkeiten erschienen.

Eine Glocke begann zu schrillen. Gleich darauf glitt die Tür zurück. Sie gab die Luftschleuse des Stützpunkts frei.

Wir benötigten nur zehn Minuten, um uns in den schmalen Raum zu schieben. Als es mir zusammen mit Rhodan gelang, den Schließmechanismus zu betätigen, fühlte ich die Ohnmacht nahen. Ich glaubte mich in eine Zentrifuge versetzt. Übelkeit würgte in meiner Kehle, die zu keiner Schluckbewegung mehr fähig war.

Ich hörte nur noch, wie frische, kühle Luft in die Schleuse zischte. Als das Geräusch aufhörte und die zweite Tür automatisch aufglitt, hatte ich gerade noch die Kraft, den auf meiner Brust hängenden Schalter zu berühren.

Mein Helm klappte nach hinten. Herrliche, wunderbare Luft streichelte mein verdorrtes Gesicht. Mein erster Atemzug ließ mich das Bewußtsein verlieren. Mir war, als hätte ich Eiszapfen eingesogen.

14.

Ich erwachte völlig übergangslos. Neben mir plätscherte es. Als ich die Augen aufschlug, sah ich die Metallfüße eines Roboters. Mühsam wälzte ich meinen Körper herum.

Mein Blick wurde noch klarer, die letzten Schatten verschwanden. Der Robot hielt einen Kübel mit Wasser in den Händen und goß ihn über dem Schädel eines Mannes aus.

Rhodans Gesicht war von Brandwunden verunstaltet – aber er grinste. Niemals zuvor hatte ich einen Mann, ob Arkonide oder Mensch, derart breit und erleichtert grinsen sehen.

Es war aber unwichtig. Mein ganzes Sinnen und Trachten galt nur dem Wasser, das der Roboter über Rhodans Schädel schüttete.

Ich gurgelte etwas, das ich selbst nicht verstehen konnte. Mein Gehör funktionierte wieder, sonst hätte ich seine Worte nicht verstehen können.

„Du warst eine harte Nuß, Bruder“, sagte Rhodan schwerfällig. „Mach den Mund auf, der Robot gibt dir Wasser. Ich war um zehn Sekunden besser, Arkonide.“

Als ich die ersten Tropfen auf meinen Lippen spürte, glaubte ich nicht Wasser, sondern etwas unsagbar Köstliches zu trinken.

Rhodan schwieg. Er ließ mich in aller Ruhe meine Lebensgeister aufwecken. Ich schluckte und schluckte. Mein Körper schien wie ein ausgetrockneter Schwamm zu sein.

Ab und zu entzog mir der Robot das Gefäß, damit ich nicht zu rasch das Wasser in mich aufnahm. Ich fühlte trotzdem, daß ich sehr schnell munter wurde. Mein Sprachvermögen kehrte ebenfalls zurück.

Rhodan lachte. Es klang etwas abwesend, so, als befände er sich in Gedanken weit weg.

„Nicht zu fassen“, sagte er wie im Selbstgespräch vor sich hin. „Da hätte der Kerl beinahe einen Unsterblichen getötet.“

Ich spie das herrliche Naß erschreckt aus. Plötzlich wußte ich, weshalb dieser Mann so erstaunlich jung und elastisch war. Unsterblich. Demnach stimmten die Gerüchte über eine rätselhafte Zelldusche, die ihm die Jugend erhalten hatte.

Mein Mund öffnete sich zu einem heiseren Gelächter. Es war geradezu tragikomisch.

Er wußte nicht, was mich zu dieser etwas eigenartigen Heiterkeit verführt hatte. Ich sagte es ihm auch nicht, obwohl es noch immer in meiner Kehle zuckte. Er war unsterblich.

Ich nickte ihm grinsend zu. Sollte er sich den Kopf zerbrechen. Ich blickte auf die Strahlpistole, die er genau auf mich gerichtet hatte. Es war klar, daß ich nun keine Dummheiten mehr machen durfte. Er hatte gewonnen. Anscheinend war er einige Sekunden früher aus der Ohnmacht erwacht.

Es war alles so seltsam und verworren. Die Geschehnisse erschienen mir nun wie ein böser Traum.

„Wie lange waren wir draußen?“ fragte ich. Es schmerzte noch in meiner Kehle.

„Dank deiner Sturheit rund zweiundzwanzig Stunden“, beschwerte er sich. „Nun bist du doch in meiner Gewalt.“

„Du hattest unverschämtes Glück, das war alles“, entgegnete ich wider besseres Wissen. Es war kein Glück gewesen, sondern nur seine unerhörte Ausdauer.

Er durchschaute mich. Ironie schimmerte in seinen grauen Augen. „Dein Psychotrick war nicht übel, Atlan. Der idiotische Vers über das nasse Wasser brachte mich bald um den Verstand. Wie bist du auf die Idee gekommen?“

Ich hob die Schultern an. Es ging schon wieder ganz gut. Mühevoll richtete ich mich auf und lehnte meinen Rücken gegen die Metallwand. Er hockte in gleichartiger Haltung auf dem Boden. Das Innere der Kuppel konnte ich nur teilweise übersehen. Es schien wirklich ein guteingerichteter Stützpunkt zu sein.

„Wie bist du auf die Idee gekommen?“ wiederholte er.

„Sie kam mir eben. Wie hätte ich dich sonst zum Schießen verleiten sollen?“

Ich starrte ihn mit erwachender Neugierde an. Sofort ruckte die Mündung seiner Waffe nach oben.

„Langsam!“ warnte er.

Ich winkte mit einer Handbewegung ab. „Ich bin kein Narr. Außerdem paßt dein Robot auf. Eine Frage, Barbar: Wie bist du meinem Beschuß entkommen?“

Jetzt grinste er wieder unverschämt. Ein Gefühl der Zuneigung stieg in mir auf. Ich durfte es ihn aber nicht merken lassen.

„Dein erster Schuß ging um einen Meter vorbei. Natürlich warst du von deinem eigenen Strahl geblendet. Ich verließ sofort die Deckung und suchte eine andere auf, die ich längst im Auge hatte. Es war eine kleine Höhle unter dicken Steinen.“

Wie einfach das klang. Dabei war es bestimmt nicht leicht gewesen. Er mußte gesprungen sein wie ein Raubtier.

„Und dann bist du mir nachgelaufen, wie?“

Er nickte. „Du hast dich nicht umgesehen. Ich hätte dir in den Rücken schießen können.“

„Hättest du nicht.“ Ich lachte. „Du warst froh, daß du überhaupt noch laufen konntest.“

Er zuckte mit den Schultern. Eigentlich war nun alles gesagt, dachte ich.

„Und nun möchte ich erfahren, wie du auf die Erde gekommen bist und was du dort suchst", sagte er plötzlich mit deutlich spürbarer Kälte.

„Rate mal", reizte ich ihn.

„Zu einem Rätselspiel bin ich nicht aufgelegt. Mein Funkruf ist bereits abgestrahlt worden. Wir sind hier auf einem menschenleeren Planeten, der etwa zwölftausend Lichtjahre von der Erde entfernt ist."

„Hätte ich wissen sollen", resignierte ich. „In dem Fall hätte ich dich ruhig landen lassen und dann erst gehandelt."

„Dein Pech, Arkonide. Ein Leichter Kreuzer meiner Flotte ist in drei Stunden hier. Bis dahin möchte ich wissen, was ich von dir zu halten habe. Ich dulde keinen Fremden im Imperium."

„In dem sogenannten Imperium", verbesserte ich. „So groß seid ihr nicht. Ich möchte lediglich nach Hause, das ist alles."

„Bekannt. Ich kann auch etwas denken", wies er mich spöttisch zurecht. „Mir scheint, als wärest du sehr lange nicht auf Arkon gewesen. Du glaubst jetzt noch nicht an die Regentschaft des Robotgehirns. Wann also bist du auf der Erde gelandet?"

„Vor einiger Zeit", wich ich aus. Ich konnte ihm nichts über meinen Stützpunkt im Atlantik sagen. Er war mißtrauisch geworden. Ich legte keinen Wert darauf, parapsychologisch verhört zu werden.

Wir plänkelten mit Worten hin und her, bis draußen das verhaltene Donnern eines landenden Raumschiffs aufklang. Es war der Leichte Kreuzer, dessen Kommandant wenig später in der Kuppel erschien. Fünf schwerbewaffnete Männer folgten.

Ich stand langsam vom Boden auf. Der Robot hatte meine Brandwunden behandelt und mir eine schmerzstillende Injektion verabreicht.

Rhodan schien schon wieder erholt zu sein. Er hatte eine erstaunliche Konstitution.

Der Kreuzerkommandant zerrte altertümlich aussehende Handschellen aus der Tasche.

Ich grinste ihn breit an.

Rhodan stand im Hintergrund, als er bedächtig sagte: „Mit dir stimmt etwas nicht. Du schleppst ein Geheimnis mit dir herum. Wir werden uns noch ernsthaft unterhalten."

Die Soldaten schleppten einen Raumanzug herbei. Er gehörte zur gleichen Sorte, die mir so gut bekannt geworden war. Ich verzog schmerzhaft das Gesicht, ehe ich hineinstieg.

„Auch das noch", seufzte ich. „Habt ihr keinen Druckpanzer oder so etwas Ähnliches?"

„Wünschen der Herr sonst noch etwas?" fuhr mich der Kommandant bitterböse an, nachdem er mich gefesselt hatte.

Rhodan lachte.

In dem Moment entschloß ich mich, ihm einen winzigen Hinweis auf meine Person zu geben. Ich hob die Hände und wies mit den Augen auf die Handschellen.

„Weißt du, Barbar", sagte ich schleppend, „weißt du, so sehr unterscheiden sich die Dinger gar nicht von älteren Ausführungen. Während des Glaubenskrieges unter Wallenstein und Gustav Adolf waren die Bänder nur etwas breiter."

Rhodan fuhr in sich zusammen. Jählings erblassend starrte er mich an. Er, der Unsterbliche und doch so leicht Verwundbare, hatte jede Fassung verloren.

„Ohne Tritt, marsch!" brüllte mir der Kreuzerkommandant ins Ohr.

Ich ging lächelnd auf die Schleuse zu.

Der Leichte Kreuzer hatte einen Durchmesser von einhundert Metern. Die Terraner, die wenige Jahrzehnte zuvor noch nicht gewußt hatten, daß es überlichtschnelle Raumfahrt gab, hantierten mit der neuen Technik, als hätten sie niemals etwas anderes getan. Wir starteten bereits zehn Minuten nach meiner Einlieferung in einen Zellentrakt des Raumschiffs. Ich lauschte mit wiedererwachender Sehnsucht auf das Tosen der Triebwerke. Die Erinnerung an meine Vergangenheit drohte mich zu übermannen. Die Terraner besaßen alles, was ich brauchte, aber sie verweigerten mir die Möglichkeit einer Heimkehr.

Ich versuchte logisch und unter Ausschaltung aller Emotionen nachzudenken. Konnte Rhodan es von seinem Standpunkt aus überhaupt riskieren, mich nach Arkon fliegen zu lassen? Rhodan war alles andere als gehässig. Ich mußte seine Gründe akzeptieren, wenn es auch schmerzlich für mich war, vorerst Gefangener des Solaren Imperiums zu sein.

Nach achtstündigem Flug landeten wir auf dem Raumhafen von Terrania. Ich war wieder dort angelangt, wo mein Abenteuer mit seiner entscheidenden Phase begonnen hatte. Die Terraner wollten natürlich erfahren, wer ich wirklich war und was ich auf der Erde wollte. Es herauszufinden, würde ich ihnen nicht leicht machen – das war sicher.

15.

Man hatte mir nahe beim Verwaltungszentrum von Terrania ein kleines Haus zur Verfügung gestellt. Es gab weder vergitterte Fenster noch sonstige konventionelle Einrichtungen zur Verhinderung einer Flucht.

Ich besaß sogar drei einwandfrei funktionierende Bedienungsroboter, die mir aber auch nicht behilflich sein konnten, das Energiegatter meines „Gefängnisses“ zu überwinden.

Der strahlende Zaun war fünf Meter hoch. Ich konnte ihn weder überspringen noch beseitigen. Die Energie- und Schaltstation lag außerhalb des ringförmigen Kraftfelds. Ich konnte das kleine Umformerhäuschen mit dem Rundfeld-Projektor gut sehen, und doch war es für mich unerreichbar.

Wenn man mich durch eine schaltungstechnisch hergestellte Strukturlücke nach draußen führte, waren wenigstens drei Männer der Abwehr dabei. Sie trugen Nervenwaffen von relativ harmloser, aber schmerzhafter Wirkung. Ich hatte es während meiner Gefangenschaft noch nicht darauf ankommen lassen, mit dem zuckenden Energieblitz eines Schockers in näheren Kontakt zu kommen.

Leutnant Gmuna, so etwas wie mein ständiger Begleiter, hatte eine scharfe Dienstpistole am Gürtel der Uniformkombi hängen, als er mich am 16. Juni 2040, 8 Uhr früh, zum zweiundzwanzigsten Psychoverhör abholte.

Sein offenes Gesicht war verkniffen. Unmut glomm in den dunklen Augen. Als er meinen vorwurfsvollen Blick gewahrte, sagte er abweisend: „Ich führe nur Befehle aus, Admiral."

Seitdem man wußte, daß ich ehemals als Chef einer arkonidischen Flotte fungiert hatte, nannte man mich entweder „Sir" oder „Admiral". Ich überlegte bereits seit einigen Tagen, worin dabei der psychologische Trick lag. Ob sie wirklich glaubten, sie könnten mich damit auf ihre Seite ziehen?

Auf den Titel legte ich keinen sonderlichen Wert. Es war lange her, seitdem ich einen schlagkräftigen Verband des arkonidischen Kolonisations-Kommandos geführt hatte. Ich durfte nicht daran zurückdenken, ohne innerlich zu verzagen. Die Wehmut blieb ohnehin.

„Welche Befehle, Gmuna?" erkundigte ich mich.

„Das mit der Impulswaffe", sagte er ärgerlich. „Es ist ein neuer Mann angekommen. Ihr Begleitoffizier hat von nun an einen Strahler zu führen."

Er musterte mich von oben bis unten. Es dauerte eine Weile, bis sich seine Miene lockerte. „Na ja, nichts zu machen. Kommen Sie jetzt nur nicht auf die dumme Idee, davonrennen zu wollen. Das ist Ihnen einmal gelungen."

„Da war ich unsichtbar", betonte ich.

„Sie sind für eine korrekte Klarstellung, wie?"

Ich nickte und bemühte mich, die in mir bohrende Unruhe nicht zu zeigen.

Der Leutnant riß die Tür des schmucklosen Dienstwagens auf. Ich setzte mich auf die reichlich harte Mittelbank. Gmuna nahm neben dem Fahrer Platz. Hinter mir drohten die schweren Schockstrahler der beiden Begleitsoldaten. Es war wahrlich eine würdige Eskorte für einen ehemaligen Admiral, der es längst aufgegeben hatte, an die große Vergangenheit zu denken.

Während der vergangenen 21 Verhöre hatte man mir unwiderlegbar bewiesen, daß die in der Enzyklopaedia Terrania enthaltenen Angaben über die Arkoniden der Wahrheit entsprachen. Demnach war mein ehrwürdiges Volk geistig und körperlich degeneriert und lebensuntüchtig geworden. Wieso das in so relativ kurzer Zeit geschehen konnte, war mir rätselhaft.

Die Männer der Solaren Abwehr hatten es jedenfalls verstanden, meinen aus der Überlegenheit entspringenden Hochmut zu brechen. Meinen Stolz hatten sie mir nicht nehmen können. Schließlich hatte auch ein Perry Rhodan von Wissenschaftlern meines Volkes nur gelernt. Wäre unser Forschungskreuzer im Jahre 1971 nicht auf dem irdischen Mond notgelandet, hätte es bis heute noch keine interstellare Raumfahrt auf Terra gegeben.

Dieses Wissen konnten sie mir nicht rauben. Sie wollten auch gar nicht bestreiten, daß wir ihre Lehrmeister gewesen waren.

Allerdings schienen sie hier und da über die Arkoniden hinausgewachsen zu sein. Man hatte mir einige auf der Erde erbaute und ausgerüstete Raumschiffe gezeigt, deren konstruktive Details mir den Atem verschlagen hatten.

Der junge Tombe Gmuna war ein treffendes Beispiel für die neue und reife Art des Menschen. Tolerant, innerlich sauber, immer bereit, die Qualitäten eines anderen Lebewesens zu respektieren, hatte er mir gegenüber eine klare Haltung an den Tag gelegt.

Die beste Waffe der Abwehr gegen mich war der immer wiederkehrende Hinweis auf den riesigen Robot, der das von meinen Vorfahren erschaffenen Sternenreich angeblich verwalten sollte.

Wenn ich ganz ehrlich gegen mich selbst war, fragte ich mich, warum ich eigentlich all mein Sehnen und all meine Tatkraft aufbot, um dennoch die drei Synchron-Planeten Arkons zu erreichen.

War es das, was die Menschen Heimweh nannten? Eigentlich waren solche Gefühle schlecht vorstellbar, wenn ich bedachte, wann ich den Boden der Erde erstmals betreten hatte.

Mein Wunsch, unter allen Umständen nach Hause zu kommen, war wahrscheinlich mehr dem verletzten Stolz entsprungen. Es war für mich fürchterlich gewesen, nach meinem Erwachen aus dem biologischen Tiefschlaf feststellen zu müssen, daß die kleinen Barbaren des Planeten Erde plötzlich erwachsen geworden waren. Ich war von einem seelischen Extrem ins andere gefallen.

Nunmehr hatte ich noch das Verlangen, selbst zu überprüfen, ob die Angaben der Abwehr über mein Volk auf Wahrheit beruhten.

Vielleicht würde ich danach freiwillig zurückkehren und Rhodan die Hand zur Freundschaft reichen.

Gmuna brachte mich zum nächsten Antigravlift, mit dem diese jungen Leute umgingen, als hätten sie eine tausendjährige technische Entwicklung hinter sich. Alles war für sie so selbstverständlich geworden. Sie schienen keine Sekunde darüber nachzudenken, wie lange die Wissenschaftler meines Volkes an der Beherrschung der Gravitationskräfte gearbeitet hatten. Sie, die Menschen, hatten es einfach von uns übernommen.

Wenn ich solche Kleinigkeiten bemerkte, hatte ich gegen den in mir ansteigenden Groll zu kämpfen. Sie sollten gefälligst bedenken, wen sie in meiner Person vor sich hatten. Wie kamen sie dazu, mich wie einen Verbrecher durch bewaffnete Soldaten vorführen zu lassen? Das war es, was ich nicht großmütig übersehen konnte.

Hätten sie bereits mehr Erfahrung besessen, wären sie nie auf die Idee gekommen, einen Mann meiner Art fesseln oder bewachen zu lassen. Mein Wort hätte völlig genügt, um mich auf den gleichen Fleck zu bannen. Offenbar wußten sie aber nichts vom hohen Ehrenkodex der alten Arkonidenflotte.

So begingen sie den Fehler, meine hier und da aufkommende Bereitwilligkeit zur offenen Aussage zu unterminieren. Sie erweckten in mir alle Widerstände unterbewußter Empfindungen. Ich klärte sie auch nicht darüber auf.

Augenblicke später öffneten sich die gepanzerten Schiebetüren. Ich betrat die Amtsräume einer Spezialabteilung der Solaren Abwehr.

Es waren wie üblich mehr als 10 Personen anwesend. Ich kannte sie bereits alle.

Kosnow nahm in meiner Werteinschätzung eine Sonderstellung ein. Wie mir Gmuna einmal zugeflüstert hatte, sollte dieser Mann sehr alt sein. Möglicherweise gehörte er zu jenen Männern, die zusammen mit Perry Rhodan die Dritte Macht gegründet und ausgebaut hatten. Es wurde gemunkelt, es läge in Rhodans Macht, einigen Menschen eine biomedizinische Lebensverlängerung zu verschaffen. Wie er das machte, war mir völlig rätselhaft. Ich hatte noch bei keinem einzigen seiner Freunde etwas bemerkt, das nach meiner Auffassung zur Stabilisierung und laufenden Erneuerung der Zellen beitrug.

Immerhin mußten die Gerüchte einen wahren Kern enthalten, denn auch Rhodan war nicht gealtert.

Als ich den kleingewachsenen, schmalbrüstigen Mann bemerkte, blieb ich unvermittelt stehen.

Er wendete mir sein glatthäutiges, fast bartloses Gesicht zu, in dem zwei blaue Augen dominierten. Er wirkte zu harmlos und zu alltäglich, um mich nicht augenblicklich argwöhnisch zu machen. War das etwa der „neue Mann", von dem Gmuna gesprochen hatte?

Wenn ja, so hatte er Gmuna den Befehl erteilt, von nun an eine scharfe Waffe zu tragen. Das machte mir den Unbekannten nicht sympathischer.

Kosnow erhob sich hinter seinem riesigen Schreibtisch. Er nickte grüßend. „Wie geht es Ihnen, Admiral?"

Ich neigte gemessen den Kopf, bemüht, einige Würde zu zeigen.

„Ich darf Ihnen Solarmarschall Allan D. Mercant vorstellen, Admiral."

Gefahr, aufpassen! signalisierte mein Extrahirn.

Zugleich begann mein fotografisches Gedächtnis zu arbeiten. Allan D. Mercant? Den Namen kannte ich. Ich erinnerte mich, ihn in der Enzyklopaedia Terrania gelesen zu haben. Danach war Mercant im Jahre 1971 Chef eines weltumspannenden Geheimdienstes gewesen, den man International Intelligence Agency genannt hatte.

Nach Rhodans Rückkehr vom Mond hatte der IIA-Chef mit dem Major sympathisiert. Später war Mercant ganz in Rhodans Dienste getreten. Nun war der kleine Mann Solarmarschall. Wahrscheinlich fungierte er als Leiter der gesamten Solaren Abwehr. Ich war sicher, daß Rhodan keinen besseren Mann hätte finden können.

Mercant, der über bescheidene telepathische Gaben zu verfügen schien, erhob sich ebenfalls. Seine Verbeugung wirkte linkisch, was mich aber nicht täuschen konnte. Mercant war das, was meine Vorfahren einen Dolch mit vergifteter Spitze genannt hatten – nach außen hin harmlos, beim Angriff gefährlich.

„Angenehm. Geben Sie sich bitte keine Mühe, Sir", sagte ich förmlich. „Es haben schon bessere Telepathen versucht, meinen Monoschirm zu brechen. Ich bin durchaus in der Lage, meinen Bewußtseinsinhalt abzukapseln."

Das Männchen mit dem fast kahlen Schädel und der altmodisch goldgefaßten Brille schien verlegen zu werden.

„Entschuldigen Sie, bitte“, sagte Mercant, doch seine wasserhellen Augen sprachen eine andere Sprache.

Da wußte ich, daß ich ihn völlig richtig eingeschätzt hatte. Sein äußeres Gebaren war Maske. An Minderwertigkeitskomplexen litt er bestimmt nicht.

Über seine geistigen Qualitäten gab es auch keinen Zweifel. Wenn Rhodan ihn zum Chef der Abwehr ernannt hatte, dann mußte Mercant ganz außerordentliche Fähigkeiten besitzen.

„Bitte, nehmen Sie doch Platz“, sagte er freundlich. Seine schmale Hand wies auf einen bequemen Stuhl, den man direkt vor den hufeisenförmig angeordneten Arbeitstischen aufgestellt hatte. Ich setzte mich.

Selten zuvor war ich so aufmerksam gewesen. Wenn mich nicht alles täuschte, würde sich Mercants Verhörtaktik sehr wesentlich von der der untergeordneten Abwehrleute unterscheiden.

Es kam so, wie ich es vermutet hatte. Er begann unvermittelt und überfallartig. Es war sein Plus, daß er keine überflüssigen Worte gebrauchte.

„Sie sind seit wenigstens siebzig Jahren auf der Erde, Admiral“, behauptete er gelassen.

Ich konnte mich nur mühevoll beherrschen. Woher wollte er das wissen? Ich schwieg.

„Ich habe mir die Mühe gemacht, alte Unterlagen der Nato-Abwehr zu überprüfen“, sagte er lächelnd. „Im April 1970 wurde vom wissenschaftlichen Leiter eines privaten Forschungsinstituts ein gewisser Olaf Peterson eingestellt und vertraglich verpflichtet. Dieser Mann waren Sie. Schon vier Monate später erhielten Sie Ihre eigene Abteilung. Sie entwickelten in überraschend kurzer Zeit einen sogenannten Strukturfeld-Projektor für hochenergetische Kompressions-Kraftfelder, von denen Sie in einem Fachartikel behaupteten, man könne damit herkömmliche Kernbrennkammern und thermisch überbeanspruchte Düsen einwandfrei ersetzten. Nochmals drei Monate später legten Sie die Berechnungen über einen Kleinstreaktor zur Stromversorgung von Raumschiffsaggregaten vor. Der Meiler war ein automatisch gesteuertes Fusionsgerät mit einer Stundenleistung von fünfhundert Kilowatt. Etwas erstaunlich, meinen Sie nicht auch?" Mercant musterte mich neugierig. Ich wußte, daß weiteres Leugnen sinnlos war.

„Stimmt", sagte ich gelangweilt. „Ich hieß damals Olaf Peterson. Ich wollte die Barbaren in ihren krampfhaften Bemühungen unterstützen, den Raum zu erobern. Es war erschreckend zu sehen, mit welchen Problemen man sich herumärgerte. Ich verwendete dagegen Daten, die in den Museen meines Volkes ausgestellt waren."

Ich freute mich über den Schock, den ich den aufmerksam lauschenden Männern versetzt hatte. Beinahe wäre ich in lautes Gelächter ausgebrochen. Mercant schien sich zu amüsieren.

„Danke für Ihre Offenheit, Admiral."

„Nichts zu danken, Sir. Ein kluger Mann lügt nicht mehr, wenn er sich einwandfrei überführt sieht."

Der Sicherheitschef nickte sinnend. Unverhofft wechselte er das Thema. „Wir halten Sie für einen kosmischen Agenten in eigener Mission. Unsere arkonidischen Freunde Crest und Thora wußten nichts von Ihnen. Es steht fest, daß Sie zufällig auf der Erde sind."

„Oh", sagte ich.

Kosnow schmunzelte unterdrückt. Eine Spur von Schadenfreude glänzte in seinen Augen. Er schien Mercant eine kleine Abfuhr zu gönnen.

„Wie alt sind Sie, Admiral?" schoß der kleine Mann seine nächste Frage ab.

„Das müssen Sie erraten."

Man kam meinem Geheimnis gefährlich nahe. Dieser Abwehrchef hatte einen ganz anderen Weg eingeschlagen. Seine Finger spielten nervös mit einem alten Brieföffner aus Elfenbein.

„Das werden wir", versprach er freundlich. „Sie sehen erstaunlich jung aus. Etwa fünfunddreißig Jahre, würde ich schätzen. Wie vereinbart sich das mit Ihrer langen Anwesenheit auf der Erde? Unsere Informationen geben fernerhin darüber Auskunft, daß arkonidische Flottenoffiziere von Ihrem hohen Rang niemals jünger als vierzig Jahre irdischer Zeitrechnung waren. Mit dreißig Jahren wird man noch nicht Admiral."

„Da haben Sie völlig recht.“ Ich nickte ernsthaft.

Er legte betont bedächtig den Brieföffner zurück. Er mußte sich beherrschen, ich fühlte es.

Bereite dich vor! gab mein Extrahirn durch. Ich wußte, was nun kommen sollte.

„Sie tragen ein seltsames Gerät bei sich, Admiral. Auf Ihre Bitten hin haben wir es unterlassen, die eiförmige Hülle zu öffnen. Behaupten Sie immer noch, es handle sich nicht um eine Waffe?“

„Ja.“

„Sie waren gezwungen zu bekennen, daß dieses Gerät etwas mit Ihrer körperlichen Gesundheit zu tun hat. Da wir Sie nicht schädigen wollen, haben wir Ihnen den Apparat nicht abgenommen. Das könnte sich ändern, Admiral.“

Wenn bisher noch niemand gedroht hatte: Allan D. Mercant tat es.

Ich dachte an die Narben über meiner Magendecke. Sie hatte ich meinem Zellaktivator zu verdanken, den Mercant soeben erwähnt hatte.

Ich hüllte mich in Schweigen. Die anwesenden Psychologen schienen unangenehm berührt zu sein.

Der Abwehrchef ließ sich nicht stören. Ich ahnte, worauf er hinaus wollte. Er war mehr als gefährlich.

„Ich habe hier einige logistische Berechnungen“, erklärte er beiläufig. „Unter der Annahme, daß dieses Gerät wirklich für Sie lebenswichtig ist und daß es von Ihnen immer am Körper getragen werden muß, kommen die Mathematiker zu dem Schluß, daß Sie im Lauf Ihrer bewegten Vergangenheit einige Male gezwungen waren, das Mikroaggregat zu verschlucken. Das erklärt auch die Operationsnarben über Ihrer Bauchdecke. Allein aus diesem Grund glaube ich Ihren Aussagen, wonach man Sie nicht von dem Apparat trennen darf. Natürlich ergeben sich aus der Tatsache schwerwiegende Schlußfolgerungen.“

„Und?“ fragte ich ironisch.

„Sie sind bereits viel länger auf der Erde, als Sie zugeben wollen. Wir werden nachprüfen, unter welchen Namen Sie in der Geschichte der Menschheit erscheinen.“

„Tun Sie das, Sir. Sie werden wenig Glück haben.“

Er wurde um eine Spur ungeduldiger. „Sie sollten uns die Wahrheit sagen, Atlan. Ein Mann von Ihrer Intelligenz müßte doch einsehen, wie sinnlos ein Leugnen ist. Was wollen Sie damit erreichen?"

„Ich möchte nach Hause", sagte ich ruhig.

„Sie wissen genau, daß wir Ihnen diesen Wunsch nicht erfüllen dürfen. Die Erde gilt als vernichtet, Perry Rhodan als tot. Wenn wir Sie zum Arkonsystem fliegen lassen, geriete die gesamte Menschheit in Gefahr."

„Wenn sich Ihre Angaben über den Verfall des Arkonidenreichs bewahrheiten, werde ich schweigen."

„Das würden Sie nicht können. Arkon wird von einem Robotregenten beherrscht. Außerdem empfinden wir Ihr Verlangen als gelinde Zumutung. Wenn Sie jetzt schon beharrlich leugnen, wie können Sie da erwarten, daß wir Ihrem Schweigeversprechen Glauben schenken?"

Allan D. Mercant war ein kluger Kopf. Aber auch er hatte nicht erkannt, daß mein Wort mehr als nur ein Versprechen gewesen wäre. Ich machte ihn darauf aufmerksam.

„Wir sind über die Moralbegriffe arkonidischer Flottenoffiziere nur wenig informiert, Sir. Sagen Sie offen, wer Sie sind, woher Sie kamen, wann Sie kamen und warum Sie kamen. Dann sehen wir weiter. Sie sind für uns ein unbekannter Faktor, der harmlos, aber auch sehr gefährlich sein kann."

In meinem tiefsten Innern sah ich ein, daß er klar und logisch dachte. Trotzdem war ich nicht bereit, mein großes Geheimnis einfach auszuplaudern. Wahrscheinlich wäre ich auch auf Unglauben gestoßen, was meine Situation nur noch verschlechtert hätte.

Zusätzlich zu dieser Überlegung hinderte mich noch mein zutiefst verletzter Stolz an einer Aussage. Wer waren sie eigentlich, diese Terraner? Meine Vorfahren hatten sie noch als Steinzeitwilde erlebt, und nun führten sie einen arkonidischen Wissenschaftler und Geschwaderchef wie einen Verbrecher vor.

Ich fühlte, daß ich einem Dilemma zusteuerte. Mein Extrahirn nannte die Terraner Feinde, mein fotografisches Gedächtnis erinnerte mich aber daran, wie viele Freunde ich unter ihnen gefunden hatte.

„Sie beleidigen mich", sagte ich schroff. „Wenn Sie meinen Worten mißtrauen, so wird Ihnen eben keine andere Wahl bleiben, als mich weiterhin einzusperren. Ich verweigere die Aussage, was mir nach Ihren Gesetzen zusteht."

„Punkt Null, Sir", warf Kosnow ein.

Ich wußte, was er damit sagen wollte. Die fähigen Männer der Abwehr hatten bei früheren Vernehmungen längst erkannt, daß ich zu einem gewissen Zeitpunkt gefühlsmäßig kurzschloß. Bisher hatte Kosnow die Befragungen immer abgebrochen.

Auch Mercant hielt sich an die Regel. Er erhob sich von seinem Platz, neigte grüßend den schmalen Schädel und sagte: „Bitte sehr, wie Sie wollen, Admiral. Wir werden uns nachmittags nochmals unterhalten. Bis dahin dürften mir neue Unterlagen über Ihre Person vorliegen. Wenn ich Ihnen eine Agententätigkeit auf der Erde nachweisen kann, werde ich Sie vor Gericht stellen. Sie sind nicht hasenrein, Mister Atlan."

Die Anrede ließ mich krampfhaft die Augen schließen. Nun wurden sie wesentlich unhöflicher, was ich ihnen aber nicht verübeln konnte. Ich frage mich ernsthaft, was ich an ihrer Stelle unternommen hätte. Wahrscheinlich wäre ich mit einem rätselhaften Fremdling nicht so duldsam gewesen.

Mercant verließ den Raum. Kosnow sah ihm sinnend nach. Nach dem Klappen der Tür wandte er sich an mich.

„Sie kennen Mercant nicht, Sir", beschwor er mich. „Warum, um alles in der Welt, sprechen Sie nicht endlich? Okay, wir geben Ihnen einige Stunden Bedenkzeit. Sind Sie bereit, sich mit den Studenten des Abgangssemesters auch heute zu unterhalten?"

Ich mußte mich beherrschen, um meiner Freude nicht Ausdruck zu geben. Seit dem 12. Mai 2040 hatte sich die Sitte eingebürgert, mich täglich in den großen Hörsaal der Raumakademie zu führen, wo mir der wissenschaftliche Nachwuchs der Menschheit zahllose Fragen stellte. Es handelte sich zumeist um medizinische, biologische und physikalische Fragen.

Die Ingenieure unter den Studenten wollten wissen, welche Triebwerke und Maschinen wir eingesetzt hatten. Die Astronauten erwarteten von mir die Bestätigung der Richtigkeit langwieriger Berechnungen über Hypersprünge.

Die angehenden Offiziere der Strategischen Raumflotte wollten erfahren, wie die arkonidischen Kolonisatoren mit fremden Völkern umgegangen waren.

Die Diskussionen waren interessant. Eigentlich freute ich mich über das rege Interesse an der großen Vergangenheit meines ehrwürdigen Volkes.

So sagte ich auch heute zu, obwohl ich diesmal nicht daran dachte, das unergründliche Wissen meines fotografischen Gedächtnisses ausschließlich zum Nutzen der Akademieschüler einzusetzen.

In meinen Berechnungen gab es einen Faktor, den ich während der vergangenen Wochen unter dem Begriff „unbekannt" eingestuft hatte. Es war ein menschliches Wesen, dessen Reaktionen einen negativen oder auch positiven Schlüssel zu meiner Gleichung darstellten.

Es handelte sich um eine junge Kosmobiologie-Studentin namens Marlis Gentner und – sie war nicht auf der Erde geboren worden.

Marlis gehörte zu jenen Kolonisten-Nachkommen der ersten Generation, die dem Venusdschungel all das abgerungen hatten, was der Mensch zu seiner Existenz benötigte.

Es war mir nicht verborgen geblieben, daß zwischen den Venussiedlern und den Terranern gewisse Spannungen bestanden. Diese geringen Unstimmigkeiten stufte ich als völlig normal und unabwendbar ein. Die große Geschichte meines Volkes hatte immer wieder bewiesen, daß jede Kolonie nach der Überwindung anfänglicher Schwierigkeiten nach der Selbstverwaltung strebt.

Die Folgen davon sind in jedem Fall unangenehm für beide Seiten. Die sozialpolitischen und wirtschaftlichen Probleme können zwar durch Verhandlungen zufriedenstellend gelöst werden, jedoch ergibt sich bis zum Zeitpunkt der endgültigen Einigung prinzipiell eine Divergenz der Anschauungen.

Marlis Gentner war eine glühende Verfechterin der Gerechtigkeit. Ihrer Meinung nach war der junge Venusstaat aufbautechnisch vernachlässigt worden. Ich hatte sie nicht darüber aufgeklärt, daß Siedler *immer* dieser Meinung sind. Ein absolut zufriedener Pionier ist eine undenkbare Erscheinung.

Ich hatte sie am 15. Mai anläßlich einer Vorlesung kennengelernt.

Schon wenige Tage später hatte sie in einer öffentlichen Diskussion geäußert, meine Gefangenschaft sei unwürdig.

Von da an hatten wir den ersten Kontakt gewonnen, der von Marlis' Seite aus zur menschlichen Zuneigung geführt hatte.

Vor drei Tagen hatte ich alles auf eine Karte gesetzt und ihr flüsternd erklärt, an welcher Stelle ich einen Teil meiner Spezialausrüstung versteckt hatte.

Als ich Anfang Mai in Terrania erschienen war, hatte ich natürlich für eine gute Unterbringung meiner lebenswichtigen Geräte gesorgt. Bei meiner überstürzten Flucht mit Rhodans Raumboot war ein großer Teil der Mikro-Aggregate zurückgeblieben.

Wenn ich nur eine bestimmte Kapsel in meinen Besitz bringen konnte, war meine Gefangenschaft beendet. Ich hatte einwandfrei kalkuliert. Es konnte keine Versager geben, vorausgesetzt, der unbekannte Faktor Marlis Gentner hatte positiv reagiert.

Die beiden bewaffneten Wächter tauchten wieder auf. Routinemäßig deuteten sie auf die Tür, hinter der ein Lift zum Dachlandeplatz des Hochhauses führte.

Das war gut so. Routinemäßige Handlungen stumpfen immer ab und lassen die gebotene Wachsamkeit einschlafen. Sogar der ewig argwöhnische Tombe Gmuna dachte sich nichts dabei, als er neben mir in das Kraftfeld glitt.

Schwerelos schwebten wir nach oben, wo die Rotormaschine der Abwehr wartete.

Die größte und bedeutendste Raumakademie des Solaren Imperiums lag außerhalb des gewaltigen Raumhafens.

Weit östlich konnte ich die glänzenden Dächer der Hochbauten sehen. Terrania, die erst seit 60 Jahren bestehende Hauptstadt der Erde und des kleinen Planetenreichs, wurde bereits von über 14 Millionen Menschen bewohnt.

Es war eine beeindruckende Stadt, die – wie ich zugeben mußte – in der Galaxis einen bevorzugten Platz einnehmen würde, wenn sie den anderen Intelligenzen der Milchstraße erst einmal bekannt geworden war. Vorerst spielte Perry Rhodan noch den toten Mann, was sich aber, meiner Auffassung nach, sehr bald ändern würde.

Bei seinen gewagten Unternehmen, von denen ich gehört hatte, konnte eine Entdeckung nicht ausbleiben. Bis dahin wollte ich aber nicht mehr auf der Erde sein. Mein Platz war im Kristallpalast von Arkon I, der beherrschenden Welt der bekannten Galaxis.

Als ich in die Maschine stieg, dachte ich flüchtig daran, wie wertvoll meine unauffällige Hilfe für die Menschen sein konnte. Hätte ich den Männern der Abwehr etwa erklären sollen, ich, Atlan, trüge mich mit der ehrlichen Absicht, den aufstrebenden Terranern von Arkon aus helfend unter die Arme zu greifen?

Niemand hätte mir geglaubt, zumal ja die offizielle Meinung bestand, Arkon würde von einem Robotregenten regiert.

16.

Meine Vorlesung über arkonidische Kolonialpolitik und Galakto-Psychologie hatte zwei Stunden beansprucht.

Anschließend hatten sich die Studenten zur Diskussion gemeldet.

Marlis Gentner, ein hochgewachsenes, dunkelhaariges Mädchen mit vollen Lippen, hatte sich diesmal nicht in das Wortgefecht eingeschaltet. Ihre auffallende Zurückhaltung hatte ich für mich positiv gewertet, was natürlich auch verkehrt gedacht sein konnte.

Ich hatte ihr Gesicht gelegentlich als blassen Fleck zwischen vielen anderen Gesichtern auftauchen sehen. Dann war mir gewesen, als hätte sie mich mit den kritischen Blicken eines Seelenarztes gemustert.

Wenn ich an sie dachte, empfand ich ein herzliches Gefühl der Zuneigung. Fast schämte ich mich, sie zum Verrat an ihrem Volk verleitet zu haben.

Sie litt fraglos an der Kinderkrankheit aller Pioniere. Es war nicht recht von mir, sie nicht aufzuklären. Dazu kam noch die Tatsache, daß an eine Verbindung zwischen ihr und mir überhaupt nicht zu denken war. Sie war jung, schön und intelligent. Gegen sie war ich ein uralter Mann, der nicht das Recht hatte, die eben erst ins Leben getretene Venusierin an sich und an sein fragwürdiges Schicksal zu ketten.

Während ich die Zurufe der Akademieschüler beantwortete, sagte mir mein logisch arbeitender Extrasinn, daß ja noch nichts geschehen sei. Außerdem hätte ich nicht die Absicht, Marlis' eventuelle Hilfeleistung zum Schaden der Menschheit zu benutzen. Ich wollte nach Hause, ich wollte der schmachvollen Gefangenschaft entgehen, das war alles.

Zehn Minuten nach zwölf Uhr brach Leutnant Gmuna die endlos werdende Diskussion ab. Ich stand mitten zwischen den teils erregten, teils schweigend zuhörenden Studenten, die sich soeben über die Frage stritten, ob ein wissenschaftlich und technisch überlegenes Volk wie die Arkoniden überhaupt das Recht hatte, die Bewohner primitiver Welten gegen deren Willen in ein Kolonisationsschema einzuordnen.

Das Für und Wider erhitzte die jungen Gemüter. Es war amüsant zu sehen, wie sehr sich die jungen Menschen in ein Thema hineinknieten, das bereits die Köpfe des alten Arkonidenreichs beschäftigt hatte.

Meine aufsteigende Unruhe machte mich nervös und fahrig. Ich mußte mir alle Mühe geben, sachlich und klar zu antworten. Gmuna wäre jedenfalls sofort argwöhnisch geworden.

Es dauerte noch einige Minuten, bis Marlis an meine Seite kam. Natürlich konnte Gmuna nicht verhindern, daß ich während der heftigen Unterhaltung immer wieder leicht angerempelt wurde. So war es jeden Tag gewesen. Sie wollten mich, den Fremden aus den Tiefen der Milchstraße, möglichst einmal aus nächster Nähe sehen.

Plötzlich bemerkte ich Marlis' Augen. Sie waren groß und dunkel. Diese Augen fragten und forschten immer noch. Ich wußte, daß sie mit sich kämpfte, was mir andererseits bewies, daß sie die von mir benötigten Gegenstände bei sich hatte.

Ich durfte sie nur kurz anblicken. Gmuna war soeben wieder dabei, die Studenten zurückzudrängen. Diese Gelegenheit benutzte das Mädchen.

Ich hörte ihre Stimme. Sie klang leise und gepreßt. „Werden Sie mir schreiben?"

Ich nickte kaum merklich. Fast zerriß mich die innere Spannung. Mercant hatte versprochen, mich nachmittags nochmals zu verhören. Es konnte zu unangenehmen Szenen kommen.

„Treten Sie bitte zurück, oder Sie haben heute die letzte Vorlesung gehört!“ brüllte Gmuna mit voller Stimmkraft.

„Ich melde mich“, sagte ich hastig zu ihr.

„Sie werden nicht gegen meine Leute kämpfen?“

„Mein Wort, Marlis. Ich muß nach Hause, verstehen Sie doch.“

„Wir treffen uns in Port Venus. Ich breche mein Studium ab. Einverstanden?“

Ein Kloß würgte in meiner Kehle. Plötzlich war alle Spannung von ihr abgefallen. Sie lächelte mich frei und offen an. Unter ihrer Mappe erschien ein flacher, etwa 20 Zentimeter langer Behälter. Ich griff fast zu hastig zu, aber niemand bemerkte mein Tun.

Eine kurze Handbewegung brachte das flache Etui unter meine lose hängende Bluse. Ich fühlte, wie sich die beiden Saugnäpfe durch das Hemd hindurch mit meiner Haut verbanden.

Schon stand ich wieder wie unbeteiligt zwischen den Diskutierenden, die nun endlich das Feld räumten.

Leutnant Gmuna kam wütend heran. Ich lächelte ihm in aller Ruhe entgegen. Marlis war verschwunden. Sie hatte für die Menschheit wahrscheinlich mehr getan, als sie in diesen Augenblicken ahnte. Für mich stand es jetzt fest, daß ich nicht mehr in mein Energiegatter zurückkehren durfte.

Meine Notausrüstung bot nur beschränkte Möglichkeiten. Wenn ich erst einmal in dem hermetisch abgeriegelten Haus war, konnte mir auch der Lichtwellenumlenker nichts mehr nützen.

„Kommen Sie, bitte“, sagte Gmuna reichlich laut. „Ab morgen werde ich Ihren Platz absperren lassen. So geht es ja nun auch nicht.“

Als ich zu lachen begann, verzog er mißmutig das Gesicht.

„Sie wissen natürlich genau, daß Sie alle Sympathien auf Ihrer Seite haben. Machen Sie nur keine Dummheiten. Ich lasse den Saal morgen wirklich absperren.“

Gmuna schien nicht zu ahnen, daß dieser Entschluß zu spät kam. Ich sah mich nochmals nach Marlis um, aber sie war nicht zu entdecken. Wahrscheinlich machte sie sich jetzt schon schwere Vorwürfe. Es hatte sich keine Möglichkeit geboten, ihren gewagten Entschluß durch ein längeres Gespräch zu untermauern. Sie kannte mich nur aus den Diskussionen.

Gmuna drängte mich zum Ausgang hinüber. Die beiden Posten erschienen wieder.

Wir nahmen den kleinen Normallift hinter der Schaltwand des modern eingerichteten Lehrsaals. Die aufgebauten Fernsehkameras streifte ich mit einem kurzen Blick. Die Vorlesungen des Arkoniden Atlan wurden grundsätzlich übertragen, da der Saal nur 1000 Personen faßte.

Wir fuhren nach oben, wo Gmuna den Flugschrauber abgestellt hatte. In diesen Augenblicken wurde ich völlig ruhig und ausgeglichen.

Sie werden dich auf dem Dach um Autogramme bitten! gab mein Extrasinn durch. Beinahe hätte ich genickt. Bisher war es immer so gewesen. Studenten sind ein erfinderisches Völkchen. Sie wußten schon, wie sie der Abwehr ein Schnippchen schlagen konnten.

Ich bereitete mich auf den Ausbruch vor.

Als wir den Lift verließen, gelang es mir nicht, die weite Betonfläche des Landedachs zu überschauen. Mehr als tausend Akademieschüler hatten sich eingefunden, um mich, den Rätselhaften, einmal wirklich zu sehen.

Es waren jene Studenten, die man nicht mehr in den Hörsaal einlassen konnte. Naturgemäß waren sie mit der Fernsehübertragung nicht sehr zufrieden, zumals sie ja dabei nicht in die Diskussion eingreifen konnten. Jetzt würden sie mir die Flucht ermöglichen.

Gmunas Posten traten mit quergehaltenen Schockgewehren nach vorn. Natürlich gelang es ihnen nicht, die zumeist jungen Menschen von allen Kontinenten der Erde und den besiedelten Planeten zurückzudrängen. Ehe Gmuna sich's versah, waren wir umringt.

Ich spähte hinüber zum asymmetrisch geformten Torbogen, unter dem die verschieden schnellen Transportbänder der Hochstraßen-Verbindung begannen. Ich mußte sie erreichen.

Jemand gab mir ein großes Bild, auf dem ich mich zu meinem Erstaunen selbst erkannte. Patentschreiber wurden gezückt, Autogramme erbeten. Gegen meinen Willen war ich zu einer Art Idol geworden. Ich wußte, daß der ehemals unauffälligste Mann auf Erden zur allgemein bekannten Erscheinung geworden war. Es gefiel mir nicht, da man mich damit vor eine schwere Aufgabe stellte.

Gmuna stieß mit den Ellenbogen um sich, bis er von zwei lachenden Riesenkerls an beiden Armen festgehalten wurde. Die Metallhülle, die Sekunden zuvor noch an meinem Körper geklebt hatte, steckte längst in der großen Außentasche meiner Bluse. Es war einfach, den Magnetverschluß zu öffnen und den flach gearbeiteten Lichtwellenumlenker zu ertasten.

Als Gmuna endlich Luft schaffte und einige Männer der normalen Ordnungspolizei zusätzlich herbeieilten, war mein Augenblick gekommen.

Direkt hinter mir war die stabile Betonwand mit den Liftschächten. Die protestierenden Studenten waren praktisch alle vor mir. An den wenigen, die sich nahe der langgestreckten Mauer aufhielten, mußte ich unbemerkt vorbeilaufen können.

Ich wartete in größter Ruhe ab, bis Gmuna wieder wütend in seine Trillerpfeife blies. Da preßte ich den Schalter des Geräts nach unten.

Der Lichtumlenker machte mich für normal sehende Augen plötzlich unsichtbar. Ich konnte klar und einwandfrei sehen, jedoch stand es fest, daß ich für Außenstehende unvermittelt verschwunden war.

Das Umlenkfeld paßte sich automatisch meinen Körperkonturen an.

Als ich mit drei weiten Sätzen nach hinten sprang und an einigen erbosten Studenten vorbeirannte, sah ich Gmunas maßlos verblüfftes Gesicht.

Wenn ich vor Sekunden noch die Ruhe in Person gewesen war, so fühlte ich mich nun von den Ereignissen gehetzt. Natürlich würden sie Großalarm geben. Wenn ich mich noch auf dem Raumhafen befunden hätte, wäre ein Entkommen kaum möglich gewesen. So aber mußte es mir gelingen, in der von Menschen wimmelnden Riesenstadt Terrania unterzutauchen.

Ich umlief die dichtgeballte Gruppe der Studenten und erspähte einige Lücken.

Hinter mir begann es dumpf zu donnern. Ich verhielt im Sprung und fuhr entsetzt herum. Gmuna würde doch nicht in seiner Panik auf die Leute schießen?

Nein, er tat es nicht, aber dafür wurde die sonnendurchglühte Luft von den grellen Leuchtfingern freigewordener Atomgewalten zerrissen.

Tombe Gmuna schoß steil nach oben, was eine wilde Flucht der erschreckten Studenten zur Folge hatte. Er wußte sich zu helfen, dieser blutjunge Leutnant der Abwehr. Ich hatte eigentlich damit gerechnet, infolge des herrschenden Wirrwarrs einige Minuten zu gewinnen. Nun hatte er sich überraschend schnell Gehör verschafft und obendrein noch ein unübersehbares Alarmzeichen gegeben.

Ich unterdrückte eine Verwünschung, orientierte mich kurz und nahm meinen Lauf wieder auf.

Vor den zurückweichenden Studenten erreichte ich das große Tor nahe der Dachbrüstung. Hier begannen die Transportbänder, die sich auf ihren elegant geschwungenen Stützsäulen über ganz Terrania hinwegzogen.

Dicht vor einigen lauthals schreienden Mädchen sprang ich auf das langsame Anfangsband, von dem aus ich in raschen Sprüngen auf die 50-Kilometer-Schnellstrecke überwechselte. Infolge meiner überhasteten Schritte fiel ich schwer auf die elastische Unterlage, wo ich beobachtend liegenblieb.

Das Band lief mit relativ hoher Geschwindigkeit. Ich entfernte mich schneller vom Brennpunkt der Geschehnisse, als es Gmuna lieb sein konnte.

Ehe ich in die weite Kurve zwischen dem Akademie-Hauptgebäude und einem riesigen Verwaltungshochhaus hinausgetragen wurde, sah ich noch, daß einige Maschinen der Luftpolizei angebraust kamen.

Nun begann die große Jagd. Wenn man mich nochmals faßte, hatte ich endgültig verspielt.

Ich war sorgfältig darauf bedacht, daß ich mit den wenigen Menschen auf dem Band nicht in Berührung kam. Ich hatte es nicht nur deshalb zur Flucht gewählt, weil es besonders schnell war, sondern in erster Linie wegen seiner fast sicheren Garantie gegen eine überraschende Entdeckung. Es war klar, daß die Fahrgäste des schnellsten Fernbands nicht noch zusätzlich ausschreiten würden. Wer sich dort einmal eingeschleust hatte, blieb möglichst ruhig stehen, um dem Druck des sausenden Windes zu widerstehen. Viele Leute getrauten sich überhaupt nicht auf die Stadt-Rundverbindung.

Von da an schaltete ich geistig ab. Sollten sie mich nur suchen. Ich war und blieb unsichtbar, solange die Mikro-Laderbank noch Arbeitsstrom lieferte.

Ich achtete genau auf die großflächigen Leuchtschriften, die den Fahrgästen des Schnellbandes rechtzeitig genug anzeigten, wo diese und jene Absteigstation zu finden sei.

Als in weiter Entfernung die Bezeichnung „Flughafen“ erkennbar wurde, änderte ich im letzten Augenblick meinen ursprünglichen Plan. Da Gmuna so überraschend schnell reagiert hatte, mußte das Betreten des großen Flugplatzes nicht nur besonders gefährlich, sondern auch sinnlos sein. Wenn ich an Kosnows Stelle gewesen wäre, hätte ich Startverbot für alle Maschinen erteilt.

Also glitt ich an der Zweigstelle „Flughafen“ vorbei. Mein Ziel war der große Bahnhof, dessen Fernzüge kaum noch von Reisenden benutzt wurden. In irgendeinem Güterwagen würde ich meinen Platz finden.

Ich richtete mich zur sitzenden Haltung auf, verschränkte die Arme um die angewinkelten Knie und lachte in den Fahrtwind hinein.

Der Luftstrom war warm und kaum erfrischend. Der nächste Regenfall war für die kommende Nacht angekündigt worden.

Ich zog das Etui aus der Tasche und entnahm ihm den kleinen Psychostrahler. Es war eine Mikroausführung dieser Beeinflussungswaffe, unter deren Strahlung das bewußte Denken aussetzte. Dazu war das Gerät weder gefährlich noch gesundheitsschädigend. Ich wollte sie ja nicht töten oder verletzen, diese kleinen, wilden und doch so erfolgreichen Barbaren von Terra.

Sie hatten mich anständig behandelt. Ein Mädchen aus ihrem Volk hatte mir sogar sein Herz geschenkt. Warum, um alles in der Welt, vertrauten sie mir nicht? Das hätten sie einfacher und gefahrloser haben können. Ich legte mir gegenüber das Versprechen ab, nach meiner Ankunft auf Arkon niemals die Erde, das Solare Imperium oder den Namen Perry Rhodan zu erwähnen.

Dieses Ehrenwort an mich selbst wurde nach dem heiligen Ehrenkodex der Arkoniden-Raumflotte gegeben. Ich konnte nicht mehr zurück, selbst wenn ich es später einmal gewollt hätte.

Eben deshalb hatte ich mich dazu entschlossen, den Schwur

abzulegen, noch ehe gefühlsbedingte Mißhelligkeiten eintreten konnten. Ich war gebunden.

Befreit von der Last meiner Selbstvorwürfe und mit den Gedanken bei Marlis Gentner, bereitete ich mich für den Absprung auf das langsamere Band vor. Es mußte gut glücken. Vor allem durfte ich niemanden versehentlich anstoßen.

Weit vorn wurde die Leuchtschrift „Güterbahnhof“ erkennbar.

Natürlich würde man das Gelände ebenfalls absperren, bestimmt aber nicht so sorgsam wie den interkontinentalen Verkehrsflughafen. Wer fuhr in Terrania schon noch mit den altertümlichen Atomzügen. Sie hatten Güter zu befördern, das war alles.

Meine Flucht mit dem Güterzug war eine einzige Qual gewesen. Ich hatte bedenkenlos die Schiebetür einer schweren Atom-Lok aufgerissen, die im Augenblick meiner Ankunft das Abfahrtssignal erhalten hatte. Es war mir dabei völlig gleichgültig gewesen, für welchen Ort in Asien oder Europa dieser Zug bestimmt war. Ich wollte nur schnellstens Terrania verlassen, um der anlaufenden Großfahndung zu entgehen.

Ich hatte mich erschöpft im Umformertender der riesigen Lokomotive versteckt, bis man den Zug nach 10 Minuten Fahrzeit angehalten hatte. Die Abwehr hatte unglaublich schnell gearbeitet.

Von da an hatte das verwegene Spiel begonnen. Die suchenden Polizisten wußten genau, daß sie einen Unsichtbaren finden sollten. Da dies von Natur aus ein kaum lösbares Problem ist, hatte man den Güterzug zwei Stunden lang auf offener Wüstenstrecke stehen lassen, bis ein Spezialkommando der Abwehr mit Ortungsgeräten eingetroffen war.

Mein sicherster Aufenthaltsraum war und blieb der Umformertender, in dem die 30 000-Volt-Spannung des Reaktor-Konverters auf den Arbeitswert der Elektromotoren heruntergeschaltet wurde.

Da ich mich in unmittelbarer Nähe der offen installierten Stromschienen befand, überlagerten die von ihnen erzeugten Kraftfelder bei weitem die geringen Ausstrahlungen meines Lichtwellenumlenkers. Eine Energieortung war damit ausgeschlossen.

Diesen Vorteil erkaufte ich aber mit ständiger Lebensgefahr. Ich tänzelte zwischen den blanken Leitern hin und her, wobei ich in höchster Erregung auszurechnen versuchte, bei welcher Entfernung ein Überleitungsblitz meinen Körper in Kohle verwandeln mußte.

Es waren fürchterliche Minuten gewesen, doch dann hatte man den Umformerraum nur flüchtig durchsucht.

Als der Zug wieder abgefahren war, hatte ich erst gemerkt, daß es immer weiter in die trostlose Zentralgobi hinausging. Die Güterwagen waren leer. Das bedeutete, daß der Zug für einen Ort bestimmt war, wo man die Anhänger wieder zu beladen gedachte.

Stunde um Stunde war vergangen. Mit 200 km/h war der Zug durch Westchina gerast, bis vor uns die Berge des Himalaja-Massivs aufwuchsen.

Dort war die Maschine von zwei anderen Lokführern besetzt worden, was mir aber auch keine Erlösung brachte. Ich getraute mich nicht, die beiden Männer mit dem Psychostrahler zu beeinflussen, um wenigstens einen Schluck Wasser und Nahrung zu erhalten. Wenn sie im Bestimmungsbahnhof von Rhodans Mutanten untersucht wurden, konnte der Hypno-Block leicht festgestellt werden. Dann wußte man in der Abwehrzentrale, wo ich ungefähr zu finden war.

Total erschöpft hatte ich die folgenden Stunden ertragen müssen. Wir hatten zahlreiche Pässe überquert, bis wir im Strombett des gewaltigen Brahmaputra angelangt waren.

Die zweite Ablösung hatte mich in größte Gefahr gebracht, da man die Maschine nochmals durchsuchte. Es waren anscheinend neue Befehle aus Terrania gekommen.

Als wir endlich im großen Güterbahnhof von Kalkutta eingetroffen waren, war ich ungeachtet der damit verbundenen Gefahren zum nächsten Wassertank gewankt.

Von da an war das Martyrium abgeklungen. Auf dem Flugplatz der indischen Großstadt hatte ich einen für Tel Aviv bestimmten Lufttransporter ausfindig gemacht. Diesmal war ich gezwungen gewesen, den Transportbegleiter mit Hilfe des Psychostrahlers zu beeinflussen, da ich auf seine Druckkabine angewiesen war. Die Maschine war nur sechsfach überschallschnell, aber sie flog immerhin in etwa 30 Kilometern Höhe. Im Laderaum wäre ich erstickt.

In Tel Aviv hatte ich erstmals das allmähliche Absinken meiner Batteriekapazität bemerkt. Es wurde höchste Zeit, den kleinen Lichtwellenumschalter abzuschalten.

So hatte ich den Flugplatz von Tel Aviv gar nicht erst verlassen, sondern nach einer anderen Maschine Ausschau gehalten. In der Kantine des Bodenpersonals hatte ich meinen bohrenden Hunger stillen können.

Mit dem kleinen Transporter einer staatlichen Schmierstoff-Gesellschaft war ich unbemerkt bis nach Tripolis gekommen, wo ich die Privatmaschine eines libanesischen Beamten auf dem Flugfeld vorfand.

Als dieser Mann mit einem Verbindungs-Hubschrauber ankam, hatte ich dem Gespräch mit dem Piloten entnommen, daß der Staatsbedienstete in Casablanca zu einer Konferenz von Bewässerungsfachleuten erwartet wurde. Es ging um den Bau einer neuen Großpumpanlage. Mehr hatte mich nicht interessiert. Casablanca an der afrikanischen Westküste war für mein Vorhaben ein sehr günstiger Ort.

Bei Anbruch der Dunkelheit waren wir abgeflogen. Ich saß direkt neben dem Libanesen, der völlig im Banne meines Psychostrahlers stand. Der Pilot hatte ebenfalls wunschgemäß reagiert.

Ich stillte Hunger und Durst aus den reichen Vorräten der luxuriösen Maschine und bereitete mich auf den nächsten Sprung vor.

Die Rundfunk- und Televisionssendungen über meine Flucht häuften sich stündlich. Ich hatte die Geräte angeschaltet und lauschte auf das, was der Regierungssprecher zu sagen hatte.

Eine so genaue Beschreibung über meine Person hatte ich noch niemals gehört. Terra-Television brachte ganze Bildserien, nach denen mich sogar ein halb Erblindeter hätte erkennen müssen.

Man suchte mich mit allen Mitteln, jedoch ging aus den Meldungen hervor, daß man meine Spur verloren hatte. Jetzt beglückwünschte ich mich zu meinem Entschluß, blindlings auf den abfahrenden Güterzug gesprungen zu sein.

Wahrscheinlich hatten die Mathematiker der Abwehr jede Sekundeneinheit durchgerechnet. Wenn sie nicht ganz genau meinen Fluchtweg rekonstruieren konnten, würden die Enddaten falsche

Werte ergeben. Danach konnte man nicht auf die Idee mit dem Güterzug kommen. Dazu kam noch die Tatsache, daß die Überprüfungen mit den Ortungsgeräten negativ verlaufen waren. Alles deutete darauf hin, daß man mich noch in Terrania vermutete. Mir konnte es nur recht sein.

„Landung in zehn Minuten, Sir", sagte der Pilot unaufgefordert. Ich hatte ihm eine diesbezügliche Hypno-Anweisung erteilt.

Das Flugfeld von Casablanca lag noch in tiefer Dunkelheit. Wir waren der aufgehenden Sonne davongeflogen. Es war kurz nach zwei Uhr nachts; früh genug für mein weiteres Vorhaben.

Als ich vor Wochen zu meinem ersten Unternehmen startete, hatte ich meinen Tiefsee-Druckanzug in einer Felsenhöhlung an der Steilküste versteckt. Der Ort lag nahe der Stadt Tanger, die ich somit noch vor Anbruch der Morgendämmerung erreichen konnte.

Unser Pilot setzte zur Landung an. Ich sah, daß er die beiden Strahltriebwerke an den Tragflächenenden umschwenkte und den Partikelstrom nach unten richtete.

Wir setzten sanft nach Hubschrauberart auf, rollten einige Meter aus und blieben dann stehen. Ich riß die Tür auf, sprang nach draußen und schloß das Schott hinter mir, noch ehe das Flugzeug wieder anzurollen begann.

Mit weiten Sprüngen verschwand ich in der Dunkelheit, um wenig später hinter einem menschenleeren Hangar auszuruhen.

Weit entfernt stieg der Beamte aus der Maschine. Ich sah, daß er mit einem kleinen Wagen abgeholt wurde. Es war alles in Ordnung.

Von da an benötigte ich eine Stunde, bis ich die einzig richtige Gelegenheit zum Weiterkommen entdeckte. Leute meiner Art scheuten nicht vor einem Eindringen in die Höhle des Löwen zurück.

Also schlich ich mich an einen schnellen Flugschrauber der Küstenpolizei heran und wartete, bis die beiden Beamten der Flugstreife erschienen.

Als sie einstiegen, steckte ich bereits im Laderaum. Nach dem Start hatte ich sie in wenigen Augenblicken im Einflußbereich meines Psychostrahlers. Das Erstarren ihrer Gesichter bewies mir, daß sie keinen eigenen Willen mehr hatten. Ich zwängte mich durch die schmale Trenntür und nahm auf der hinteren Sitzbank Platz.

Unser Flug führte nach Norden. Tief unter uns schimmerte die weißliche Brandung des südlichen Atlantiks.

„Nehmen Sie direkten Kurs auf Tanger!" befahl ich knapp. „Wenn Sie von Ihrer Kontrollstation gefragt werden, geben Sie an, Sie hätten auf der Küsten-Schnellstraße einige verdächtige Wagen entdeckt, die Sie der Reihe nach untersuchen wollten. Ist das klar?"

„Jawohl, Sir, klar", sagte der Pilot. Der neben ihm sitzende Leutnant starrte ausdruckslos nach vorn.

„Blanca-Center an Streife sechs, bitte melden."

„Streife sechs, Leutnant el Habid, wir hören."

Beim Aufklingen des Funksprechgeräts war ich zusammengefahren. Wenn die Besatzung bestimmte Befehle erhielt, die sie aus dem von mir gewünschten Kurs abweichen ließen, wurde die Lage schwierig.

„An Streife sechs", dröhnte es erneut aus dem Lautsprecher. „Fliegen Sie Küstenlinie ab, und achten Sie auf einen schnellen Kabinenkreuzer mit Kurs auf Mechra el Hade! Name des Bootes ist *Almeria,* fährt unter spanischer Flagge. Kontrollieren Sie die Besatzung, achten Sie auf den Gesuchten! Ende."

„Verstanden, Blanca-Center. Wir folgen der Küstenlinie, Ende."

Der Offizier der Luftstreife schaltete ab. Ich blickte auf die leuchtende Reliefkarte am Armaturenbrett.

Der Ort Mechra el Hade lag zwischen Casablanca und Tanger, also genau in meiner Richtung. Da Tanger in reiner Luftlinie nur etwa 300 Kilometer entfernt war, konnte ich in zirka 30 Minuten am Ziel sein.

Der Pilot erhielt meine Anweisungen. Hinter mir begann der Umformer des Kleinst-Fusionsreaktors lauter zu summen. Der leerlaufende Rotorkranz erzeugte ein helles Knattern, das vom Tosen des thermischen Staustrahltriebwerks überlagert wurde.

Wir flogen mit 600 km/h auf den Ort meiner Wünsche zu. Es gab keine Zwischenfälle mehr, bis weit vor uns die Lichter der Großstadt Tanger auftauchten.

Ich dirigierte den Piloten zum menschenleeren Strand zwischen Tanger und dem vorgelagerten Ort Arcila, wo ich den Flugschrauber südlich der Küstenschnellstraße verließ.

Gespannt sah ich der davonfliegenden Maschine nach, bis sie in der

Dunkelheit verschwunden war. Möglicherweise kam es zu Komplikationen, wenn der Streifenführer nicht zu erklären wußte, weshalb er bis nach Tanger geflogen war. Bis dahin mußte ich endgültig unauffindbar sein.

Bei dem Gedanken meldete sich mein Extrahirn mit einem einzigen Begriff. *Müde, Narr!*

Natürlich war ich müde und erschöpft. In meinen jeweiligen Verstecken hatte ich kaum wirklich schlafen können. Ich mußte also den Tag in der gut getarnten Höhle verbringen und die kommende Nacht abwarten. Wenn das Schicksal gegen mich war, würde die beeinflußte Streifenbesatzung die Solare Abwehr auf meine Spur bringen. Wie ich dann noch mit meinem Spezialanzug über das offene Meer hinweg bis zu den Azoren fliegen sollte, war mir im Augenblick rätselhaft. Man durfte sie nicht unterschätzen, diese tatkräftigen Terraner.

Kurz vor Tagesanbruch erreichte ich das Versteck. Der Hohlraum lag in der zerklüfteten, sonnendurchglühten Felswand. Von oben konnte er unter keinen Umständen eingesehen werden.

Ich kontrollierte die vorsorglich deponierten Ausrüstungsgegenstände, aß und trank und legte mich dann zur Ruhe.

Mein Tiefsee-Druckanzug war in Ordnung, die Flugaggregate ebenfalls. Ehe ich in einen bleischweren, von schlechten Träumen unterbrochenen Schlaf fiel, dachte ich nochmals mein Vorhaben durch.

Von meiner Panzerkuppel auf dem Grund des Meeres wußte niemand etwas. Die dort stationierten Maschinen und Spezialgeräte erlaubten eine totale Verwandlung meiner Person. Das war ein Faktor, den auch die Abwehr nicht einplanen konnte.

Ich hatte einen terranischen Raumfahrer ausfindig zu machen, der mir in Gestalt und Gesichtsschnitt annähernd glich. Wenn ich einen solchen Mann erst einmal in meinem Stützpunkt hatte, war es relativ einfach, ihn körperlich nachzuahmen. Ich mußte anschließend an seiner Stelle als Besatzungsmitglied auf einem Venus-Raumer einsteigen.

Als ich an den Planeten Venus dachte, glaubte ich, Marlis Gentner vor mir zu sehen. Sie wollte in Port Venus auf mich warten.

Auf dem großen Raumhafen des zweiten Solplaneten wurden intergalaktische Schiffe abgefertigt. Dort konnte es mir gelingen, eine Fluggelegenheit zum Wegasystem zu finden. War ich erst einmal aus dem direkten Bannkreis der Erde entkommen, würden sich Mittel und Wege ergeben.

Im Wegasystem waren Einheiten der Solaren Raumflotte stationiert. Sicherlich ließ sich dort eine überlichtschnelle Space-Jet kapern, die mich nach Hause bringen konnte.

Nach Hause. Der Gedanke an Arkon und das Große Imperium ließ mich innerlich erschauern. Was blieb zu tun, wenn mein ehrwürdiges Volk tatsächlich degeneriert war?

Rhodan anrufen! sagte mein Extrahirn. *Heimkehren zur Erde!*

Ich wälzte mich ärgerlich auf die andere Seite und schloß fest die Augen. Mein Logiksektor hatte leicht raten. Wenn ich wieder zurückkehren sollte, war es ja eigentlich sinnlos, meine Flucht überhaupt fortzusetzen.

Es war eine dunkle, sternenlose Nacht, als ich meinen Schwerkraft-Absorber auf 0,1 Prozent Terra-Welt schaltete.

Das Hochdruckfeld meines schweren Tiefseeanzugs leuchtete sofort auf, als es mit dem dunklen, sturmzerrissenen Wasser des Atlantiks in Berührung kam.

Mein Flug war einwandfrei verlaufen. Ich hatte mich immer so dicht über dem Wasserspiegel gehalten, daß eine Ortung nahezu ausgeschlossen wurde.

Als ich südlich der Insel Sao Miguel in das Meer eintauchte, meldete mein Peiler das Auftreffen kurzwelliger Radarimpulse, die offenbar von einer hochfliegenden Maschine abgestrahlt wurden. Nachdem ich in den Fluten verschwunden war, hörte das leise Zirpen auf.

Ich ließ mich mit einem Wert von 3 g absinken, bis der zerklüftete Meeresboden auftauchte.

Hier unten war es still und einsam. Nur das Summen meiner Umformerbank und das helle Knacken im Feldprojektor störten die feierliche Ruhe. Ich glitt unter dem Druck des Wellenvibrators über die weiten Schluchten des hier beginnenden Azorengrabens hinweg und sendete die ersten Identifizierungszeichen aus der Unterwasserantenne.

Die Robotbesatzung meiner Kuppel hatte sich bisher als unfehlbar erwiesen. Sie war es auch diesmal. Nach dem dritten Zeichen erhielt ich klare Peiltöne, die mich die genaue Richtung finden ließen. Nach wenigen Minuten hatte ich die Tiefseeschlucht entdeckt, in der mein Stahlgehäuse lag. Ich schwebte hinab, verhielt am mittleren Bodenriß und schaute zu dem Schlammgebirge hinüber, unter dem die Halbkugel begraben lag.

Das Infrarotlicht meiner Helmscheinwerfer lockte bizarr geformte Tiefseefische an.

Ich wartete, bis der energetische Druckstrahl die kleine Eingangsschleuse freigelegt hatte. Der aufgewirbelte Bodenschlamm senkte sich nur langsam. Nachdem die Sicht einigermaßen klar geworden war, schwebte ich die wenigen hundert Meter zur geöffneten Pforte hinüber.

Ehe ich die Schleusenkammer bestieg, schaute ich mich nochmals um. Ich befand mich in einer Tiefe von 2852 Metern. Das bedeutete, daß ich hier nur von Tiefsee-U-Booten entdeckt werden konnte, die sich aber kaum in die engen Bodenrisse hineinwagten.

Vor Monaten hatte man mich mit einem Fisch verwechselt. Heute erschien mir das Erlebnis amüsant, damals war es schauderhaft gewesen.

Ich trat in die Schleuse ein, schloß das schwere Panzerschott aus Arkonstahl und wartete die Entleerung ab. Über mir rumorten die mächtigen Pumpen. Es dauerte nur wenige Augenblicke, bis das unter hohem Druck stehende Wasser nach draußen gepreßt wurde.

Das Heulen der einströmenden Luft ließ mich zufrieden die Augen schließen. Jetzt erst war ich in Sicherheit, jetzt erst konnte ich meine Flucht wirklich beginnen.

Mein Verdrängungs-Kraftfeld, das mich gegen den Wasserdruck abgeschirmt hatte, erlosch automatisch. Helles Licht fiel durch die aufgleitende Innentür.

Ricos Bioplast-Gesicht war wie immer zu einem verbindlichen Lächeln gefaltet. Elegant und geschmeidig stand mein persönlicher Bedienungsroboter in der offenen Schleuse.

„Willkommen, Gebieter“, sagte er mit seiner metallischen Stimme.

Es berührte mich seltsam, so plötzlich als „Gebieter“ angesprochen zu werden. Mir war, als käme ich unvermittelt in eine andere Welt. Es war auch so, wie mir mein ewig logisch denkender Extrasinn sofort mitteilte.

In dieser Kugel hatte ich viele Jahre lang geschlafen. Sie war älter als die aus der Geschichte bekannte Menschheit selbst.

Ich war dabei, mein großes Geheimnis vor mir selbst zu lüften, nachdem ich wochenlang beharrlich geschwiegen und das seelische Martyrium der psychologischen Verhöre ertragen hatte.

Rico half mir aus dem unförmigen Schutzanzug.

„Erschöpft, Gebieter?“ erkundigte er sich. Es hatte besorgt klingen sollen, aber zum wirklichen Ausdrücken solcher Empfindungen fehlten der Maschine die Mittel.

„Nein“, wehrte ich schroff ab.

Rico lächelte. Man konnte ihn nicht verletzen.

„Ich habe ein Bad vorbereitet, Gebieter.“

„Warte ab.“

Ich ging steif und hoch aufgerichtet den schmalen Gang hinunter, schwebte im Antigravlift bis zur gewölbten Decke meiner Kuppel empor und blieb dort vor einer rot gestrichenen Stahltür stehen.

Rico sagte nichts mehr. Er hatte errechnet, daß ich nun von Gefühlen erfüllt war, die ein Roboter nicht erfassen konnte.

Hinter der roten Tür lag mein privates Museum, aber es war mir viel mehr wert, als ein Aufbewahrungsort für antike Gegenstände normalerweise sein kann. Bisher war ich nur hier hinaufgegangen, wenn mich mein innerer Aufruhr dazu zwang.

Ich öffnete das Impulsschloß durch einen Druck mit beiden Händen. Lautlos glitt das Schott auf. Indirektes Licht kam aus der Deckenverschalung.

Zögernd trat ich in den großen, durch Zwischenwände unterteilten Raum.

Da lagen die stummen Zeugen jener Vergangenheit, die Allen D. Mercant so brennend interessiert hatten und die ich einfach unterschlagen hatte.

Ich blieb vor dem breiten, beidseitig geschliffenen Schwert stehen, das ehemals Karl dem Kühnen von Burgund gehört hatte. Sinnend wog ich es in der Hand. Als der Herzog eines Nachts von fürchterlichen Schmerzen gequält in seinem Feldzelt gesessen hatte, hatte er mich inständig gebeten, ihm mit dieser Waffe den Todesstoß zu versetzen.

Ich hatte ihn operieren wollen, obwohl seine Magengeschwüre schon einen krebsartigen Charakter angenommen hatten. Am Tag darauf war Karl der Kühne gefallen. Ich war dabei, als die Eidgenossen das Prunkzelt abbrannten.

Ich ging weiter, in Erinnerungen versunken. Es gab niemanden auf dieser Erde, der die zahllosen Geheimnisse der Vergangenheit besser kannte als ich. Niemand war besser über die geschichtlichen Verfälschungen informiert, und niemand konnte genauer sagen, wieso Prinz Eugen die Türken so vernichtend geschlagen hatte.

Da lag Wallensteins Hut mit dem großen Federbusch. Direkt nebenan die Donnerbüchse, die Kolumbus persönlich mitgeführt und mit Hilfe einer glimmenden Lunte abgeschossen hatte.

Weiter vorn fand ich die Rüstung des Richard Löwenherz. Er hatte mich einmal seinen treuesten Vasallen genannt und mir ein Erblehen in England versprochen.

Ich begann unbewußt zu lächeln, als ich den schmalen Kettenhandschuh entdeckte. Jeanne d'Arc hatte ihn getragen, als sie an meiner Seite die Festung Orléans stürmte.

Ich versank mehr und mehr in der Vergangenheit, je weiter ich den Raum mit den willkürlich darin verstreuten Gegenständen durchschritt. Es hatte mir immer Freude gemacht, plötzlich und unvermittelt auf einen Zeugen aus einer anderen Zeit zu stoßen. Ich hielt nichts von peinlicher Ordnung. Ich wollte selbst überrascht werden.

Da stand das primitive und doch so wirkungsvolle Schnellfeuergeschütz, das ich mit Leonardo da Vinci gebaut hatte. Ich hatte ihn für einen bedeutenden Mann gehalten, weshalb ich ihn allerlei Dinge lehrte.

Direkt nebenan lag der 44er Navy-Colt, mit dessen Kolben ich den Mörder Abraham Lincolns niedergeschlagen hatte, leider um eine Sekunde zu spät.

Es war wie ein Traum, als ich von Gegenstand zu Gegenstand schritt.

Unvermittelt riß mich Rico in die rauhe Wirklichkeit zurück. „Das Gehirn erwartet dich, Gebieter.“

Auf den Zehenspitzen verließ ich den Saal der Vergangenheit. Draußen, dicht vor der roten Tür, legte ich Zeugnis vor mir selbst ab.

Nein, ich hatte niemals etwas getan, das die Menschheit hätte schädigen können. Ich war nur bestrebt gewesen, die wissenschaftliche und technische Entwicklung zu fördern, die einmal zur Beherrschung der Weltraumfahrt führen mußte.

Ich hatte schon damals nach Hause gewollt. Dann aber, als mit einem Mann namens Perry Rhodan die Raumfahrt begann, war ich Narr in heller Angst vor einem niemals ausgetragenen Atomkrieg in meine Unterwasserfestung geeilt, wo ich die bedeutendste Entwicklungsperiode der kleinen Barbaren verschlafen hatte.

Zehn Minuten später stand ich vor dem Diagrammschirm des Kuppel-Robotgehirns. Es erwartete meine Programmierung.

„Ich benötige eine halborganische, körperenge Konstruktion, die dem Skelett eines Menschen völlig gleicht. Bei Röntgenaufnahmen muß es so aussehen, als wäre ich ein wirklicher Mensch. Herz- und lungenähnliche Reflektoren zur Erzeugung eines kleinen Abbildes der menschlichen Organe müssen eingebaut werden. Geht das?“

Es summte in dem großen Automaten, an dem fünf Technikergenerationen gebaut hatten.

„Ich bitte um nähere Daten, Gebieter“, antwortete das Gehirn. Damit wußte ich, daß mein nächster Ausflug zur Oberfläche nicht mehr an einer Röntgenaufnahme scheitern würde.

17.

„Nevada Space Port“ nannte man den größten Raumhafen der beiden amerikanischen Kontinente. Hier wurden jene Raumschiffe abgefertigt, die für die Planeten und Monde des Sonnensystems bestimmt waren.

Die ganz großen Fernraumer, die mit ihren Hypertriebwerken Lichtjahre in Sekunden überbrückten, starteten in 99 Prozent aller Fälle auf dem noch größeren Hafen von Terrania.

Immerhin hatten die Nevada-Fields, wie man auch dazu sagte, ihre Geschichte.

Von hier aus war Perry Rhodan am 19. Juni 1971 zum ersten bemannten Mondflug gestartet, wo er nach seiner Landung die in Not geratene Besatzung eines arkonidischen Forschungskreuzers entdeckte.

Ich stand sinnend vor der Rakete, mit der Rhodan vor 69 Jahren den großen Sprung gewagt hatte. Ehemals sollte die STARDUST in der Wüste Gobi gelegen haben, bis Rhodan sie dorthin schaffen ließ, wo ihr primitives Atomtriebwerk erstmals zu donnern begonnen hatte.

Ich war nicht die einzige Person im großen Raumfahrtmuseum der Nevada-Fields. Zusammen mit mir sollten etwa zweihundert Venus-Auswanderer die Erde verlassen.

Ich schaute mich unauffällig um. Es war ein Menschengewimmel, in das ich da hineingeraten war. Meinen ursprünglichen Plan, einen Raumpiloten zu imitieren, hatte ich aufgegeben.

Es wäre doch zu schwierig gewesen, die vielen Bekannten und Freunde eines solchen Mannes zu täuschen. Da waren mir die täglich in den Raum startenden Siedler aufgefallen.

Ich hatte mich einem blonden, hünenhaften Burschen von höchstens achtunddreißig Jahren genähert. Er hatte meine Größe und auch meine Breite besessen. Bei näherer Befragung hatte es sich herausgestellt, daß er der sechste Sohn eines norddeutschen Bauern war. Er nannte sich Hinrich Volkmar und war allein zur Einschiffung gekommen, nachdem er vorher Anträge über Anträge zur Auswanderungsgenehmigung gestellt hatte.

Hinrich war *mein* Mann gewesen. Zur Zeit lag er, wohlversorgt von meinen Robotern, im biologischen Tiefschlaf auf dem Grund des Meeres.

Ich hatte Rico den Befehl erteilt, den echten Hinrich Volkmar nach spätestens einem Jahr aufzuwecken und ihn nach Überreichung einiger Edelsteine im Wert von hunderttausend Solar in Spanien abzusetzen.

Desgleichen hatte ich einen schriftlichen Bericht an Perry Rhodan und die Solare Abwehr angefertigt, den Hinrich nach seinem Erwachen vorlegen sollte.

So konnten dem jungen Mann niemals Vorwürfe gemacht werden, da er unter dem Einfluß meines Psychostrahlers gehandelt hatte. Ich wußte ihn also gut versorgt, selbst für den Fall meines plötzlichen Todes.

Nach dem Hypnoverhör in meiner Kuppel hatte ich seine individuellen Daten in meinem fotografischen Gedächtnis gespeichert. Dazu besaß ich alle seine Papiere und Auswanderungs-Unterlagen, die mir bereits die Möglichkeit gegeben hatten, anstandslos das Sperrgebiet zu betreten.

Ich hatte nur geringfügig Maske machen müssen. Meine Spezialroboter hatten hier und da eine Bioplast-Verpflanzung vorgenommen und die leichte Rotfärbung meiner Augen beseitigt.

Sonst hatte sich an mir nichts geändert. Mein Englisch hatte eine plattdeutsche Färbung, und mein Gebaren war so frei, harmlos und offen, daß bisher noch niemand Verdacht geschöpft hatte.

Hinrichs Gepäck bestand aus einem hochelastischen Rucksack, in dem genau fünfzig Kilogramm an persönlichen Habseligkeiten untergebracht waren. Mehr durften die Auswanderer aus Gewichtsgründen nicht mitnehmen. Es hieß, für die angehenden Venus-Farmer stünde auf dem zweiten Solplaneten alles bereit.

Wenn ich Rhodan richtig einschätzte, hatte er in der Tat bestens vorgesorgt. In Hinrichs Vertrag stand zu lesen, das Solare Imperium würde ihm kostenlos ein Landgebiet von fünfzig Hektar mitsamt den zur Rodung und späteren Bebauung erforderlichen Spezialmaschinen zur Verfügung stellen.

Es war ein praktisches Sozialprogramm, das Rhodan aufgestellt hatte. Die Errichtung einer neuen Venusfarm durch einen terranischen Auswanderer kostete den Staat etwa 150 000 Solar.

Ich war also seit drei Tagen ein junger Mann mit blonden Haaren, lachenden Lippen und Sehnsucht im Herzen. Ich wollte hinaus in den Raum, Mutter Erde den Rücken kehren und arbeiten, um eines Tages nach Hause schreiben zu können: Ich habe es geschafft, jetzt suche ich mir eine Lebensgefährtin. Wieviel Geld soll ich euch schicken?

So wie der echte Hinrich Volkmar dachten auch die anderen Auswanderer, die seit gestern aus allen Himmelsrichtungen eingetroffen waren. Der Transporter sollte heute noch starten.

Man schrieb mittlerweile den 13. Juli 2040. Ich hatte sehr schnell und trotzdem gewissenhaft arbeiten können. Seit meiner Flucht aus Terrania waren kaum dreieinhalb Wochen vergangen. Die Fahndung nach mir lief noch immer.

Dennoch schien man meine Hilfsmittel sehr unterschätzt zu haben. Zur Zeit beglückwünschte ich mich selbst zu meinem beharrlichen Schweigen, das eine Entdeckung meiner Unterseekuppel verhindert hatte.

Vom Standpunkt der Abwehr aus, mußte es mir, dem Flüchtling, völlig unmöglich sein, dem dichtgespannten Fahndungsnetz zu entkommen. Das wäre auch unbedingt so gewesen, wenn ich nicht all die hervorragenden Spezialgeräte besessen hätte.

Als ich in Hinrichs Maske auf den Nevada-Fields angekommen war, hatte eine sofortige Röntgendurchleuchtung stattgefunden. Es war niemand in das Sperrgebiet eingelassen worden, der vorher nicht den Schirm passiert hatte.

Es war mir ganz klar, da man mich damit lahmlegen wollte. Mein kompliziertes Bio-Skelett, das dem untersuchenden Arzt meinen tatsächlichen Knochenbau unterschlagen hatte, war anstandslos als echt anerkannt worden.

So trug ich seit dem 11. Juli 2040 die handgroße Leuchtmarke, auf der die für mich zutreffenden Daten eingestanzt waren. Die zusätzlich eingegossenen Magnetdrähte enthielten eine verschlüsselte Impulsspeicherung über meine Person und die von mir abgelegten Prüfungen. Es war alles in bester Ordnung.

Ich hatte die Nummer 211 erhalten. Das Raumschiff, das mich mit den anderen Pionieren zur Venus bringen sollte, hieß GLORIA. Meine Unterkunft lag in einem langgestreckten Bau, der von den Männern der Auswanderungsbehörde in bissigem Humor „Duftbude“ genannt wurde. Der scharfe Geruch verschwenderisch angewendeter Desinfektionsmittel haftete bereits in meinen Kleidern, die aus einer wetterfesten und stabilen, jedoch unansehnlichen Kunstfaserkombination bestanden.

Man rüstete die Venuskolonisten gut aus, aber man legte keinen Wert auf besondere Eleganz. Der nüchterne Dienstbetrieb des Kolonisationsamts kannte keine Extras.

Mein Schiff kannte ich bereits. Es war ein kleiner, nur fünfzig Meter durchmessender Kugelraumer der Planetenserie, völlig unbewaffnet, keine Überlichttriebwerke und nur dafür vorgesehen, den Transportverkehr innerhalb der Solweiten zu besorgen.

Der Flug zur Venus sollte acht Stunden dauern. Das war eine lange Zeitspanne, zumal die wenigen Großkabinen für Auswanderer nur eng zusammenstehende Sessel enthielten. Auf Betten und sonstige Bequemlichkeiten hatte man verzichtet, da man der Ansicht war, diese acht Stunden könnte jedermann recht gut in sitzender Haltung überstehen.

So flog die schon dreißig Jahre alte GLORIA zwischen Venus und Erde hin und her. Sie startete jeden zweiten Terratag mit einer neuen Menschenladung in den Raum, wobei sie noch umfangreiche Güter aller Art beförderte.

Die Besatzungen dieser Pendelschiffe wurden von den Männern der Überlicht-Raumer von oben herab angesehen.

Die Planetenpendler nahmen etwa die Stellung ehemaliger Flußschiffer ein, mit denen sich ein Hochseefischer auch niemals verglichen hat.

Ich amüsierte mich köstlich über diesen so betonten Unterschied. In der Hinsicht waren die Terraner nicht anders als die Leute meines eigenen Volkes. Dabei hatten die liebenswerten Barbaren vor knapp neunundsechzig Jahren in höchster Bewunderung gejubelt, als einem Perry Rhodan der lächerliche Sprung zum irdischen Mond gelang. Sie hatten sich schnell entwickelt, das mußte man sagen. Jetzt schnaubten die Männer der großen Hyper-Fernfahrer verächtlich durch die Nase, wenn ihnen eine sogenannte „Planetenschnecke“ begegnete. Sie hatten ganz vergessen, daß diese „Schnecken“ immerhin mit einer Geschwindigkeit von zehn Prozent Unterlichtfahrt durch den solaren Weltraum rasten.

Punkt zwölf Uhr ging ich in den großen Gemeinschaftsspeisesaal, der von lachenden und hitzig diskutierenden Auswanderern fast überfüllt war. Ich preßte mich in eine abgelegene Ecke, verzehrte ein riesiges Steak mit Bohnen und Pommes frites und beobachtete dabei sorgsam meine Nachbarschaft.

Sie waren sich alle gleich, diese jungen Menschen, die den Dschungelplaneten Venus trotz aller gegensätzlichen Belehrungen als Paradies ansahen.

Ich bemerkte ganze Familien, die alle den großen Sprung wagen wollten. Man träumte von Abenteuern und Reichtum, Selbständigkeit und frohen Festen am Rand des Urwalds.

Sie kannten noch nicht die venusischen Stechmücken und die gefräßigen Saurier, die mit wenigen Schritten ganze Felder zertrampelten. Von den giftigen Kleinreptilien und der grausamen Treibhaushitze hatten sie auch eine falsche Vorstellung.

Ich bedauerte sie zutiefst, obwohl ich ahnte, daß sie nach der fraglos erfolgenden Abhärtung ein glänzendes Dasein führen konnten.

Gegen 12 Uhr 30 begannen die Lautsprecher zu dröhnen. „Pioniere für Venusflug 118 vor dem Südeingang der Messehalle antreten. Gepäck aufnehmen, Transportpapiere bereithalten. Beeilung bitte, Beeilung!"

Etwa zweihundertfünfzig Menschen erhoben sich von den harten Plastikstühlen. Einige rannten prompt zum Nordausgang hinüber, wo sie von Aufsichtsbeamten und grinsenden Raumpiloten auf den rechten Weg gewiesen wurden.

Ich beschloß, mich in das Gewimmel einzugliedern. Sekunden später schrie ich ebenfalls. Nur nicht auffallen, hieß meine Devise.

Unter der glühenden Junisonne wurden wir von einem Polizeikommando erwartet.

Die Sonne berührte mich angenehm, die Beamten weniger. Hinter ihnen standen die Lastwagen mit den großen Ladepritschen. Man wollte uns anscheinend nochmals kontrollieren, ehe man uns zum startklaren Transporter hinüberfuhr.

Kinder und Frauen durften sofort die Wagen besteigen. Nur die Männer hatten in Reih und Glied zu warten. Ich stand mittendrin in der Schlange aus Menschenleibern und ungeduldig rufenden Männern. Jetzt ging es also von vorn los.

Meine kleinvolumige Spezialausrüstung hatte ich tief unten in dem vorgeschriebenen Rucksack verstaut. Sollte man den Beutel öffnen, mußte man schon sehr genau suchen, wenn man darin etwas finden wollte. Sogar meinen Zellschwingungs-Aktivator hatte ich mitsamt der Tragkette abgelegt. Ich mußte ihn bald wieder um den Hals hängen, wenn ich nicht in Schwierigkeiten geraten wollte.

„Was ist denn da los?" fragte ein braunhäutiger, untersetzter Mann. Ich drehte mich um und hob die Schultern an.

Es war ein junger Mexikaner, der mit seiner fünfköpfigen Familie aus dem Bannkreis der Erde entfliehen wollte. Er nannte sich Miguel Hosta. Wir hatten uns schon einige Male getroffen. Vielleicht war es gut, mit dem quicklebendigen Terraner ein Gespräch zu beginnen.

„Keine Ahnung", sagte ich lachend. „Ich lasse mich jedenfalls nicht zurückschicken. Neulich sollen sie jemanden ausgebootet haben, ganz kurz vor dem Start. Der Junge hat angeblich etwas Fieber gehabt."

„Himmel, hilf!" stöhnte der dunkelhaarige Mann. „Da habe ich bestimmt auch welches. Messen die etwa nach?"

Die Leute vor und hinter mir begannen dröhnend zu lachen. Die Witze und Bemerkungen über die prüfenden Polizisten wurden immer härter, je näher wir dem provisorisch aufgebauten Tisch kamen.

Mich störte besonders das fahrbare Röntgengerät, das anscheinend vollautomatisch jeden Auswanderer unter die Lupe nahm. Neben dem Schirm stand ein Arzt der Abwehr. Wenn er lässig mit der Hand abwinkte, durfte der kontrollierte Kolonist zu den Wagen gehen. Die angebliche Listenerfassung der Männer war natürlich unsinnig. Hier gab es nichts mehr zu erfassen.

Sie suchten lediglich einen arkonidischen Admiral, der kein menschliches Knochengerüst besitzen konnte.

Ich fühlte meine Augen feucht werden; ein Zeichen für meine hohe Erregung. Wenn der Mediziner am Gerät besonders aufmerksam war, konnte ihm vielleicht der winzige Unterschied im Reflexbild der eingearbeiteten Organe auffallen.

Ruhe behalten! sagte mein Extrasinn.

Der Mann vor mir war ein riesenhaft gewachsener Terraner aus dem Bundesstaat Afrika. Er trat breitbeinig vor das Gerät, riß mit beiden Händen die Kombination über der Brust auf und tippte mit dem Finger auf die Herzgegend.

„Hierher, Grenadiere!" brüllte er mit voller Stimmkraft.

Der Mediziner fuhr zusammen, der Leutnant am Tisch grinste über das ganze Gesicht. Ich fragte mich, ob der dunkelhäutige Junge jemals etwas von den elf Schillschen Offizieren gehört hatte, die von Napoleons Soldaten in Wesel standrechtlich erschossen wurden.

Der Arzt winkte ab. Der schallend lachende Riese sprang zu den Wagen hinüber. Dann war ich an der Reihe.

„Impfbescheinigungen, bitte", sagte der Sicherheits-Leutnant müde. Als er den Blick hob, wurde er schlagartig munter. Seine Hand zuckte zur Dienstwaffe.

Durchbohrend starrte er mir ins Gesicht, bis er sich mit dem Flimmern der beginnenden Ungewißheit in den Augen nach seinen Soldaten umdrehte.

„Name?" fragte er scharf.

Ich sah ihn treuherzig an.

„Hinrich Volkmar, Herr Leutnant", erwiderte ich. „Sohn von Pieter Volkmar, dem Deichvogt."

Der junge Offizier setzte sich wieder auf seinen Stuhl. Wortlos deutete er mit dem Daumen zum Röntgenschirm hinüber. Er wußte dabei genau, daß ich schon einmal durchleuchtet worden war.

„Verteufelte Ähnlichkeit, Sir", hörte ich einen Soldaten sagen.

Ich trat vor den Schirm und legte den Rucksack ab. Diesmal sah der Arzt intensiver auf das R-Bild. Dann winkte er ab.

„Einwandfrei Rippen, Tommy", bemerkte er mit ausgetrockneter Kehle. „Nun macht aber endlich Schluß. Ich habe schon einen Sonnenstich."

Mein Glück, daß der Mann so unter der Hitze litt. So ganz genau hatte er sich die Sache doch nicht angesehen.

Der Leutnant schaute mich nochmals prüfend an, ehe er seufzend seinen Prüfstempel auf das vorbereitete Formular hieb.

„Hier, mitnehmen und gut aufheben. Sie sehen jemandem ähnlich, mit dem wir uns gern unterhalten hätten. Los schon, der nächste."

Ich wartete noch auf den kleinen Mexikaner, der zu seiner größten Erleichterung ebenfalls durchgelassen wurde.

Der schwarzhäutige Terraner zog uns der Reihe nach auf die Ladepritsche hinauf. Mir schrie er lachend zu: „Eh, was wollten sie von dir, Bruder? Komm an mein Herz."

Der Riese schien es ja laufend mit seinem Herzen zu tun zu haben. Er umarmte mich recht kräftig und schubste mich auf einen freien Platz. Miguel Hosta quetschte sich zwischen uns.

Feine Burschen! sagte mein Extrasinn. Diesmal gab ich dem Logiksektor recht.

„Ich habe noch zwei Rippen Schokolade in der Tasche", sagte ich. „Wer will? Mir ist der Appetit vergangen. Sie suchen einen, der so aussieht wie ich."

Miguel wehrte die Süßigkeit entsetzt ab. Der Dunkelhäutige, er nannte sich Embros Tscheda, griff zu. Dabei meinte er grinsend: „Weißt du, Bruder, darüber sollte man sich nicht aufregen. Wenn wir erst einmal auf Venus sind, beginnt sowieso ein neues Leben. Bist du gut in Bewirtschaftungskunde? Was willst du zuerst anbauen?"

„Mal sehen. In BWK bin ich gut, du nicht?"

Er verzog das Gesicht und winkte ab.

„Okay, dann sollten wir Nachbarn werden", sagte ich. „Ich komme nicht klar mit den Bodenbakterien. Wie ist das mit dir?"

„Da bin ich gut. Ich mache dir die Analysen, und du gibst an, was wir am besten anbauen."

Ich mußte kräftig zufassen, um seinem festen Händedruck zu widerstehen. Dabei fragte ich mich, warum ich eigentlich mein Leben riskierte, um wieder nach Hause zu kommen.

In diesen jungen Menschen strömte arkonidisches Blut. Ich selbst hatte mehr als eine Ehe zwischen meinen Untergebenen und Terranerinnen genehmigt. Wo war denn nun eigentlich mein Zuhause?

18.

Port Venus war eine supermoderne Stadt, deren architektonische Gestaltung auf die besonderen Erfordernisse der glühendheißen Sturmwelt abgestimmt war.

Venus rotierte nur langsam um ihre Polachse. Die ausgedehnte Zwielichtzone auf der Grenze zwischen Nacht- und Tageshalbkugel wurde unablässig von grauenhaften Orkanen heimgesucht. Wenn die neuen Ansiedlungen der Menschen im Wechsel der Zeit in die Sturmzone gerieten, wurden die Straßen zu engen Staurohren, in denen die Naturgewalten ein höllisches Pfeifkonzert veranstalteten.

Es war gar nicht so einfach, auf diesem Planeten zu wohnen oder gar zu siedeln. Wenn sich die Wolkendecke der zweiten Solwelt zum Regenfall öffnete, goß es sofort wie aus Badewannen. Man konnte in den herabschießenden Fluten ertrinken, wenn man nicht schleunigst eine Bodenerhöhung fand.

In den vergangenen Jahrzehnten hatte man die Venus, ebenso wie den Mars, für Menschen halbwegs bewohnbar gemacht. Die Folgen dieser „Terranormung" waren auf der Venus unübersehbar, sowohl was das Klima als auch Fauna und Flora angingen.

Port Venus lag auf einem ausgedehnten Felsplateau am hohen Steilufer des Äquatorialozeans. In dieser Gegend mußte das Gebirge mit dem großen Robotgehirn liegen, das mein Volk vor langer Zeit auf Venus erbaut hatte.

Rhodan hatte die gigantische Maschine in Besitz und in Betrieb genommen, obwohl ihm das nicht zugestanden hatte.

Zur Zeit war ich geneigt, ihm eine nachträgliche Genehmigung zu erteilen.

Etwa achthundert Meter unterhalb des Plateaus begann der dampfende, fieberverseuchte Urwald. Es war durchaus nicht erstaunlich, daß das Institut für kosmische Infektionskrankheiten der größte und bedeutendste Bau am Ort war. Hier wurde hart und erbittert gegen die übermächtige und grausame Natur gekämpft.

Fast wöchentlich wurden neue, bisher unbekannte Krankheiten entdeckt, die fast alle ansteckend waren. Die Siedler, die mit mir gekommen waren, hatten noch auf der Erde mehr als dreißig Impfungen erhalten.

Meine Immunität war so gut wie sicher, da ich mich mit arkonidischen Seren selbst versorgt hatte.

Vor fünf Tagen war die kleine GLORIA mit feuerspeienden Triebwerken in die dichte Venusatmosphäre eingetaucht. Der Raumflughafen von Port Venus lag nur knapp fünfzig Meter über dem Meeresspiegel, was uns sofort den richtigen Begriff über venusische Verhältnisse vermittelt hatte.

Embros Tscheda, der als erster Mann das Schiff verlassen wollte, war in den aus dem Himmel herabschießenden Wasserfluten beinahe ertrunken. In wenigen Augenblicken hatte der ausgedehnte Hafen einem reißenden Flußbett geglichen.

Wir hatten Embros gerade noch fassen können, ehe er von den wirbelnden Wassermassen in den glutenden Impulsstrom eines startenden Fernraumschiffs hineingespült worden war.

Das war also der erste Eindruck gewesen. Die Wolkendecke erlaubte selten einen Blick auf die Sonne.

Beklemmend heiße Wasserdampfschwaden waren vom Panzerplast-Beton des Hafens aufgestiegen, und es hatte so ausgesehen, als wären wir in einer überdimensionalen Waschküche gelandet.

Genau 53,4 Grad Celsius hatten wir gemessen, als wir aus der Schleuse marschierten. Obwohl es sich um gesunde Menschen handelte, hatten zwei Frauen die Besinnung verloren. Die Wärme an sich war erträglich, nicht aber die hohe Luftfeuchtigkeit. Sie machte das Klima mörderisch.

Am Horizont begann bereits der Urwald.

Zwei Stunden später waren wir mit Hubschraubern nach Port Venus gebracht worden. Die Stadt lag 850 Meter über dem Meeresspiegel, nur hatte das ausgedehnte Felsplateau, auf der man sie errichtet hatte, zum Ausbau des Raumhafens nicht mehr ausgereicht.

Immerhin war das Klima in dieser Höhe erträglich, weshalb man die

Unterkünfte für die ankommenden Auswanderer auch hier oben angelegt hatte.

Augenblicklich waren die venusischen Behörden dabei, den Siedlern die vorbestimmten Landgebiete zuzuteilen. Ich durfte mich nicht ausschließen, wenn ich nicht Argwohn erregen wollte.

Die Überprüfung unserer Einwanderungspapiere war eine nervenzermürbende Zeremonie gewesen. Hohe Beamte und erfahrene Dschungeloffiziere hatten teils salbungsvolle, teils sehr hart klingende Worte gesprochen, in denen die Begriffe „Krankheiten, Dschungelbestien, giftige Reptilien, Rodung und klimatische Bedingungen" immer wieder vorgekommen waren. Es stand ihnen allerhand bevor, meinen Freunden aus der GLORIA.

Heute hatte ich zum erstenmal Urlaub erhalten. Sofort nach der Ankunft hatte ich einige Zeilen geschrieben und sie der anscheinend gut funktionierenden Venuspost anvertraut.

Ich hatte den völlig unverfänglichen Brief vorsichtshalber postlagernd aufgegeben. Wenn Marlis Gentner mittlerweile schon eingetroffen war, würde sie täglich auf dem Postamt nachfragen.

Ich hatte sehnsüchtig gewartet, bis mir vor einigen Stunden die erhoffte Nachricht ausgehändigt worden war.

Mein „guter alter Freund" Gunter Vießpahn, der schon vor mir zur Venus gegangen war, hatte mich zu einem Bummel durch Port Venus eingeladen.

Als mir der Brief in der Ausgabestelle überreicht wurde, hatte mich ein Sergeant des Sicherheitsdiensts gefragt, wie ich wohl zu dieser Verbindung käme.

Ich hatte ihm das Schreiben gezeigt. Meine Erklärung über den Schulfreund war einleuchtend gewesen. Warum sollte es hier nicht jemanden geben, der schon lange vor mir zur Venus ausgewandert war?

Nun saß ich in dem Einschienen-Triebwagen, der den oberen Verwaltungsbezirk des Raumhafens mit dem Stadtzentrum verband. Es wurde langsam Zeit, mein hautenges Bioplast-Skelett abzulegen. Bisher war ich nicht durchleuchtet worden.

Mein Extrasinn warnte mich immer wieder vor diesem allzu neugierigen Sergeanten. Warum hatte er sich für den harmlosen Brief interessiert?

Ich mußte schleunigst herausfinden, ob die Fahndung nach mir auch auf Venus lief. Unter Umständen konnte der Kontrolloffizier von Nevada Space Port nachträglich doch noch mißtrauisch geworden sein. Vielleicht hatte er über Funk eine Warnmeldung abgegeben.

Ich brach meine krampfhaften Überlegungen ab. Wenn Marlis gut gearbeitet hatte, brauchte ich keine Sorgen zu haben. Ich konnte als Siedler in den Dschungel gehen und dort in Ruhe abwarten, bis sich eine für mich günstige Fluggelegenheit ergab. Unter Umständen konnte ich auch schon auf Venus eine überlichtschnelle Space-Jet finden, die mich zum Arkonsystem brachte. Die neuesten Modelle dieser Raumboote hatten einen Aktionsradius, der nur durch die erforderlichen Überholungsintervalle der Triebwerke eingeengt wurde.

Ich verließ den Zug im Untergrundbahnhof und fuhr mit der Rolltreppe nach oben. Selten zuvor hatte ich so viele unterschiedlich gekleidete Terraner auf einem Fleck gesehen.

Der große Platz war das Zentrum von Port Venus.

Hier lagen die breitflächigen, stabil gebauten Verwaltungsgebäude der venusischen Kolonialregierung. Die New-Yorker-Straße zerschnitt die moderne Stadt praktisch in zwei Hälften. In ihr lagen die Büros und Kaufhäuser der Verwaltung.

Ein etwas altertümliches Taxi mit Gasturbinen-Antrieb brachte mich durch das Menschengewimmel in eine ruhigere Gegend. Ich prägte mir die einzelnen Straßen gut ein, bis wir vor dem großen Bau des Erdmuseums hielten.

Ehe ich ausstieg, tastete ich nach den Gegenständen meiner Spezialausrüstung. Ich hatte alles an mich genommen, was ich vorher so sorgfältig versteckt hatte. Wenn ich zur plötzlichen Flucht gezwungen wurde, konnte ich nicht mehr in das Auswanderercamp zurückkehren.

Es war gefährlich, die Waffen am Körper zu tragen. Ich hatte noch keine Lizenz erhalten.

Auf meiner Brust hing wieder der lebensnotwendige Zellaktivator. In der großen Blusentasche der schmucklosen Siedlerkombi trug ich einen starken Lichtwellenumlenker, dessen Energieversorgung diesmal von einem Miniaturkraftwerk abhängig war.

Mein Psychostrahler hatte eine Reichweite von zwei Kilometern. Die stabförmige Nervenwaffe steckte in der rechten Beintasche. Mehr hatte ich nicht mitnehmen können.

Ich zahlte und verließ den Wagen. Langsam schritt ich auf die breiten Panzerplasttüren des Museums zu. Hier wollte mich mein „alter Freund“ erwarten.

Zahlreiche Leute gingen aus und ein. Ich bemerkte besonders viele Siedler, deren derbe Kunstfaserkleidung sich wesentlich von den eleganten Anzügen der Verwaltungsleute unterschied.

Zwei Polizisten standen in lockerer Haltung vor dem breiten Portal. Als ich an ihnen vorüberging, erreichte mich ein kurzes Auflachen.

„He da, Frischling, hast du jetzt schon Sehnsucht nach der Erde?“

Ich drehte mich um und schaute die lachenden Männer an. Sie trugen schwere Schockgewehre und wulstige Funkhelme. Anscheinend standen sie ständig mit ihrer Zentrale in Verbindung.

„Frischling“ hatten sie mich genannt. Das war der Spitzname für die soeben angekommenen Neusiedler.

„Ist es hier immer so heiß?“ fragte ich etwas kläglich.

Ihr Gelächter steigerte sich noch. Ich ging wortlos weiter, bis ich plötzlich einen untersetzten, dunkelhaarigen Mann mit einem wallenden Vollbart entdeckte. Er trug Siedlerkleidung und einen gefährlich aussehenden Energiestrahler.

Er erkannte mich anscheinend sofort. Zwischen den wirren Barthaaren entstand ein klaffendes Loch, aus dem gleich darauf ein Freudengebrüll ertönte.

Ich war etwas erschüttert. Da hatte Marlis aber einen tollen Burschen geschickt.

Er schlug so hart zu, daß es mir noch tagelang weh tat. Dazu schrie mir der Wüterich Kosenamen und Glückwünsche ins Ohr, daß ich um mein Gehör bangte.

„Ich bin Gunter Vießpahn“, sagte er leise zwischen zwei Atemzügen. „Los, wir müssen hier verschwinden.“

Er faßte mich unter und begann lauthals singend auszuschreiten.

„Wenn ein richtiger Mann kommt, haben zwei nichtsnutzige Stadt-Maden Platz zu machen!“ brüllte mein neuer Freund die Polizisten an.

Sie gaben eine Antwort, die ich hier nicht wiederholen kann. Das war ja ein fürchterlicher Umgangston. Ich war entsetzt, bis ich mich daran erinnerte, daß dieser ganz typisch war für einen jungen Kolonialplaneten.

Der Bärtige schleifte mich in das Museum hinein, wo es im Kellergeschoß eine angenehm temperierte Gaststätte geben sollte.

„Bist du aufgefallen?“ fragte er leise.

„Ich weiß nicht. Dein Brief wurde gelesen. Mir blieb keine andere Wahl“, gab ich hastig zurück.

„Schlecht, mein Junge. Was hast du den Schnüfflern erzählt?“

Mit meiner Erklärung war er zufrieden. Ich hatte mich nach den verschlüsselten Andeutungen zwischen den Zeilen gerichtet. Demnach war Gunter Vießpahn vor zwei Jahren auf Venus gelandet. Er stammte aus Friesland, wo wir uns angeblich kennengelernt hatten.

Das „angenehm temperierte“ Lokal war eine fürchterliche Kaschemme, in der es von Kolonisten wimmelte. Man machte sich einen Spaß daraus, im Kellergeschoß des Erdmuseums mit allen möglichen Heldentaten zu protzen. Ich fühlte mich nicht wohl in meiner Haut.

„Wir trinken einen Purly und verschwinden“, belehrte mich Vießpahn. „Sieh dich nicht so argwöhnisch um. Es ist alles klar. Marlis wartet auf dich. Wir waren vorsichtig.“

Davon war ich nun gar nicht so hundertprozentig überzeugt. Diese Leute kannten die Solare Abwehr nicht. Ich fragte knapp: „Weiß man, daß du Marlis kennst?“

„Mensch“, lachte er, „sie ist zufällig meine Halbschwester.“

Ich sah Komplikationen auf mich zukommen. In Terrania gab es eine logistische Abteilung.

Marlis hatte zu jenen Studenten gehört, die mich am Tag meiner Flucht gesehen hatten. Fraglos hatte die Abwehr nachgeprüft, wer sich bei dem Gedränge im Hörsaal in meiner Nähe aufgehalten hatte. Marlis war dabei gewesen. Dann hatte sie ihr Studium abgebrochen und war zur Venus heimgekehrt. Sie galt als Verfechterin der Venusrechte und hatte in Diskussionen öffentlich erklärt, daß sie meine Gefangenschaft für unwürdig hielt.

Das war eine Spur, die Kosnow garantiert nicht übersehen hatte.

Anschließend war auf den Nevada-Fields ein blonder Mann verdächtigt worden, der aber ein menschliches Skelett besaß. Zu dem kleinen Verdacht kam hinzu, daß dieser Mann kurz nach seiner Landung auf Venus einen Brief geschrieben und darauf eine Antwort erhalten hatte.

Wenn man nachprüfte, ob sich zwei Siedler namens Volkmar und Vießpahn von der Erde her kannten, mußte das Ergebnis für mich negativ ausfallen.

Zu allem kam noch hinzu, daß ich vom Halbbruder der Studentin Marlis Gentner erwartet worden war. Wenn man die Spuren koordinierte, mußte in spätestens einer Stunde die Abwehr zuschlagen.

Mein Instinkt sagte mir, daß man mich im Camp bereits erwartete. Ich durfte auf keinen Fall zurückkehren. Einer genauen medizinischen Untersuchung hätte mein Bioplast-Skelett nicht standgehalten.

Ich dachte an die Polizisten mit den Funkhelmen. Wußte man in der venusischen Abwehrzentrale bereits, daß ich mit Vießpahn zusammen war? War ich während meiner Flucht zum Museum beobachtet worden? Wenn ja, warum hatte man mich nicht verhaftet?

Erst deine Verbindungsleute ausfindig machen! sagte mein Extrasinn in schmerzhafter Logik. *Sie können dir später wiederum helfen!*

Ja, das war es. Ich wurde von Sekunde zu Sekunde unruhiger. Ich bat darum, das Lokal sofort zu verlassen.

„Quatsch!" erboste sich der Bärtige. „Wenn sich auf Venus zwei alte Freunde treffen, gehen sie erst einmal in die nächste Kneipe. Hier ist ein Siedlertreffpunkt, da die Burschen alle die Angewohnheit haben, ab und zu ins Erdmuseum zu gehen. Du bist doch nicht verfolgt worden, oder?"

Er musterte mich mißmutig. Ich schüttelte den Kopf und nippte an dem scharfen Getränk.

„Na also, warum die Aufregung", meinte Gunter besänftigt. „Was hast du überhaupt ausgefressen? Marlis hat keinen Ton geredet."

Er deutete mit dem Daumen nach unten, als läge die Erde direkt zu seinen Füßen.

„Unwichtig", wehrte ich ab.

„Gar nicht unwichtig. Ich riskiere meinen Kopf, wenn du in eine dicke Sache verwickelt bist. So weit geht die brüderliche Liebe nun doch nicht, klar? Marlis scheint einen Narren an dir gefressen zu haben."

Wieder glomm Argwohn in seinen dunklen Augen.

„Wo bist du geboren?" fragte ich.

Meine schlimmsten Befürchtungen wurden bestätigt. Gunter Vießpahn war ein echter Venusier, und ich hatte dem Sergeanten gesagt, wir wären auf der Erde zusammen in die Schule gegangen.

Ich kniff verzweifelt die Augen zusammen. Wo hatte Marlis ihren Verstand gehabt? Das war ja alles völlig falsch angefaßt worden. Ich hütete mich jedoch, den Bärtigen noch mehr zu reizen. Wenn er sich in ernsthafter Gefahr glaubte, würde er fraglos einen schnellen Rückzieher machen. Ich aber benötigte Verbindungen. Meine vorsichtige Bemerkung über unsere alte „Freundschaft" löste bei ihm nur ein lässiges Schulterzucken aus.

„Wennschon! Woher sollen die das wissen? Du bist doch mit falschen Papieren gekommen, oder?"

„Natürlich, ja. Aber da sind einige Punkte, die ihr ..."

„Unsinn, das machen wir schon. Du kommst mit auf meine Farm. Sie liegt im Hondo-River, acht Meilen stromaufwärts von den Marshall-Fällen. Da stürzt der Fluß in drei Meilen Breite ebenso tief nach unten. Unverkennbar, sage ich dir. Gute Gegend, genau hundertvierzig Meilen nördlich von Port Venus. Da bist du sicher, bis Marlis das richtige Fernschiff ausfindig gemacht hat."

Bei der Erklärung gab ich meine Flucht halbwegs auf. Wenn sie so unvorsichtig gewesen war, ihrem Halbbruder etwas von der Wegaverbindung zu erzählen, konnte ich getrost darauf verzichten.

Ich änderte schlagartig meinen Plan. Es war sinnlos, weiterhin auf einen Hyperraumer zur Wega zu hoffen. Ich mußte dagegen versuchen, schleunigst aus der Stadt zu verschwinden.

Ich griff in die Tasche und brachte eine meiner großen Perlen ans Licht. Vießpahns Augen begannen sofort zu glänzen. Er wußte, welchen Schatz ich in der Hand hielt. Perlen gehörten zu den wenigen Kostbarkeiten, die nicht synthetisch hergestellt wurden.

„Das ist eine echte Perle im Wert von fünftausend Solar", sagte ich mit betonter Ruhe. „Nun höre zu, Freund. Du beschreibst mir jetzt genau, wo Marlis auf mich wartet. Ich fahre allein hin. Unterdessen fliegst du mit deiner Maschine – du hast doch eine Maschine?"

„Klar, hat jeder."

„Gut. Du fliegst also zu einem Ort, wo ich dich gut erreichen kann, und wartest dort auf mich. Ich möchte nicht, daß wir mit Marlis gesehen werden."

Er erhob Einwände, aber die Perle lockte. Schließlich schilderte er mir genau einen abgelegenen Platz am Stadtrand, wo ein Freund von ihm eine kleine Dschungelkneipe betrieb. Das konnte ich finden.

Mir kam es jetzt nur noch darauf an, diesen Gunter Vießpahn als Rückendeckung zu behalten. Um das erreichen zu können, hatte ich mich von ihm in aller Öffentlichkeit zu verabschieden. Möglicherweise ließ man ihn ungeschoren.

Er gab mir Marlis' Adresse. Sie wartete in der Wohnung einer alten Tante, deren verstorbener Mann ein Waffengeschäft betrieben hatte. Der Laden wurde jetzt noch von der anscheinend sehr resoluten Dame geleitet, bei der Marlis auch aufgewachsen war. Ihre Eltern waren vor vielen Jahren im Dschungel ums Leben gekommen.

Ich zahlte die Zeche. Vor dem Museum sah ich mich möglichst unauffällig um. Die beiden Polizisten waren noch da, aber sie hatten keine Verstärkung erhalten. Was bedeutete das aber schon im Zeitalter des Funksprechverkehrs?

Ich verabschiedete mich laut, aber nicht auffällig von meinem alten Freund, da ich nun ins Siedlercamp zurückkehren müsse.

Er machte Einwände, bis der angerufene Wagen vor mir hielt. Die beiden Polizisten schienen kaum auf uns zu achten.

Ich bestieg das Fahrzeug. Noch ehe ich die Tür schloß, rief ich dem Fahrer laut zu, wo er mich absetzen sollte.

Das mußte man gehört haben. Der Wagen ruckte an. Gunter Vießpahn schritt hinüber zum Hubschrauberlandeplatz des Museums.

Hinter der nächsten Ecke, die mich der Sicht der Wachen entzog, begann ich zu handeln. Es war sinnlos, weiterhin auf gut Glück das Schicksal herauszufordern.

Ein Druck auf den Schalter meines Lichtbrechungs-Projektors ließ mich unsichtbar werden. Noch ehe der Fahrer etwas bemerkte, wurde er schon vom Strahlungsbündel meines Psychostrahlers erfaßt.

„Fahren Sie zur nächsten Ecke, halten Sie kurz an und tun Sie so, als müßten Sie sich über Ihren urplötzlich verschwundenen Fahrgast ärgern. Reißen Sie alle Türen auf und fragen Sie nahestehende Leute, ob man jemanden aus dem Fond hätte springen sehen.“

„Jawohl“, erwiderte er tonlos.

Ich öffnete das Schloß und ließ die Tür pendeln. Der Fahrer hielt prompt vor der nächsten Kreuzung und begann ein Spiel, das mich Kopf und Kragen kosten konnte.

Er rannte um sein Gefährt herum, schaute in den leeren Innenraum und schrie zu schallend lachenden Männern hinüber, ob man den Halunken gesehen hätte, der ihn um das Fahrgeld geprellt hätte.

Ich schlüpfte unterdessen ins Freie und schwang mich ohne jede Geräuschentwicklung auf das Dach, wo ich flach liegenblieb.

Augenblicke später geschah das, was ich erwartet hatte. Ein dunkles, hochmodernes Fahrzeug mit Antigrav-Gleitfeldern hielt neben dem Taxi. Zwei Männer sprangen heraus und zeigten dem Fahrer blitzende Erkennungsmarken vor.

Also war ich verfolgt worden. Marlis' kleines Spielchen, das sie so gut gemeint, aber so schrecklich falsch angefaßt hatte, war längst durchschaut worden. Die Solare Abwehr griff wieder ein.

Die Befragung des Fahrers dauerte nur wenige Augenblicke. Die beiden Männer tasteten jeden Winkel der beiden Sitzbänke ab. Da wußte ich, daß sie mit einem Unsichtbaren rechneten.

Als sie einfach weiterfuhren und den aufgeregten Taxieigner auf der Straße stehen ließen, huschte ich in das Fahrzeug zurück.

Befreit von einem Alpdruck, befahl ich dem Chauffeur, die Tokio-Straße im alten Stadtviertel anzusteuern. Als wir uns dem Ziel genähert hatten, verließ ich das Taxi, nachdem ich vorher angeordnet hatte, er solle den nächsten Warteplatz anfahren und alles vergessen.

Im Schutz meines Schirmfelds setzte ich mich in Marsch. Der kleine Waffenladen der alten Mrs. Gentner konnte nicht mehr weit entfernt sein.

Narr! sagte mein Extrasinn wie üblich, wenn ich im Begriff war, eine Dummheit zu begehen.

Natürlich war Marlis längst entdeckt worden. Wahrscheinlich war sie noch auf der Erde von einem Telepathen aus Rhodans Mutantenkorps verhört worden, der damit natürlich genau erfahren hatte, daß mir das Mädchen meine versteckten Spezialgeräte überbracht hatte.

Marlis hatte nicht gewußt, wann und wie ich auf Venus ankommen wollte. Ich war nun glücklich, daß ich es zum Zeitpunkt meiner beginnenden Flucht selbst noch nicht geahnt hatte. Meine Verfolger hatten einfach abgewartet. Nun konnte Perry Rhodan bereits über Funk erfahren haben, daß der Verdächtige urplötzlich aus einem venusischen Taxi verschwunden war.

Ich blieb in einem Torbogen stehen und überlegte. Nein – ganz so sinnlos war es doch nicht gewesen, unter so schwierigen Umständen zur Venus zu kommen. Hier konnte ich auf alle Fälle viel besser untertauchen als auf der dichtbesiedelten Erde mit ihrem lückenlosen Verkehrs- und Nachrichtennetz. Der Venusdschungel war groß und unübersehbar. Außerdem kannte ich die Gefahren, die draußen auf mich lauerten.

Die Informationen meines Logiksektors, wonach Rhodan nur deshalb nicht zur Verhaftung geschritten war, weil er durch mich meine Verbindungsleute hatte kennenlernen wollen, waren auch falsch.

Es war genau umgekehrt gewesen. Er hatte Marlis Gentner längst als überführt angesehen, vielleicht sogar ihren Halbbruder, der in diesen Augenblicken unter einem Mutantenverhör stehen mochte.

Rhodan hatte nur noch darauf gewartet, daß Marlis einen postlagernden Brief erhielt. Damit war die Lawine endgültig ins Rollen gekommen.

Da ich unter einem Pseudonym geschrieben hatte, war es der Abwehr nicht sofort gelungen, den Absender festzustellen. Auch das für mich angekommene Schreiben von Gunter Vießpahn war noch in etwa unverfänglich gewesen, da viele der Neuankömmlinge Briefe erhielten.

Trotzdem hätte ich an Rhodans Stelle sofort zugegriffen. Ich dachte darüber nach, bis mir die richtige Idee kam. Wenn dieser Offizier von den Nevada-Fields doch keine Meldung abgegeben hatte, war ich selbst in die Falle getappt. Niemand hatte gewußt, wer mit Hinrich Volkmar auf Venus angekommen war. Erst mein Zusammentreffen mit Marlis' Halbbruder hatte die Abwehr endgültig auf meine Spur gebracht.

Wenn der Schwarzbart bereits unter Beobachtung gestanden hatte, war es für Rhodans Leute sehr einfach gewesen. Es war überhaupt ein Wunder, daß man nicht sofort eingegriffen hatte. Wahrscheinlich hatte man aber als sicher angenommen, ich würde das geschickte Spiel nicht so schnell durchschauen.

Meine Erregung klang ab.

Wenn ich Rhodan richtig einschätzte, befand er sich bereits auf dem Flug zur Venus.

Ich ging langsam und vorsichtig weiter, darauf bedacht, meinen Monoschirm zur Abwehr telepathischer Erkundungen dicht geschlossen zu halten. Wenn nur ein Impuls meines Geistesinhalts abgestrahlt wurde, konnte ich von einem Mutanten geortet werden.

Natürlich war es Wahnsinn, jetzt noch Marlis aufzusuchen. Sie stand so sicher unter Beobachtung, wie ich Atlan hieß.

Ich beruhigte meinen aufbegehrenden Selbsterhaltungstrieb, indem ich mir sagte, ich könnte ohne eine starke und tödlich wirkende Energiewaffe niemals in den Urwald gehen. Die venusischen Saurier ließen sich von einem winzigen Schockstrahler kaum beeinflussen. Wo aber konnte ich eine ausgezeichnete Waffe besser finden als in einem Spezialgeschäft?

Also ging ich weiter, bis in einer engen Nebenstraße das Ladenschild erkennbar wurde.

Es war niemand zu sehen, was ich auch gar nicht anders erwartet hatte. Ich sehnte mich nach Marlis, nach einem einzigen Blick ihrer dunklen Augen und einem Lächeln. Sie hatte viel riskiert. Dafür, daß sie wesentliche Fehler begangen hatte, konnte ich sie nicht verantwortlich machen. Schließlich war sie keine geschulte Agentin, sondern ein impulsives Menschenkind mit begeisterungsfähigem Herzen.

Wenn sie obendrein von dem zweifellos erfolgten Mutantenverhör nichts bemerkt hatte, war ihr noch nicht einmal ein Vorwurf zu machen. Sie hatte mich in bester Sicherheit glauben müssen. Wenn sie nicht dieser Meinung gewesen wäre, hätte sie es sicherlich vermieden, weiterhin nach Post zu fragen.

Meine schöne Riesenperle hatte ich auch verloren. Natürlich konnte ich diesen Gunter Vießpahn nicht mehr gebrauchen. Ich befand mich in einer bemerkenswert schlechten Situation.

19.

Ich hatte gerechnet und geplant, mein Gehirn nach einer befriedigenden Lösung zermartert, aber *sein* plötzliches Erscheinen hatte mich zutiefst schockiert.

Es war, als hätte eine unbekannte Kraft meine Nervenbahnen gelähmt. Leute meiner Art können lieben und hassen, Freude und Verzagtheit empfinden, solange sie nicht aus dem seelischen Gleichgewicht gebracht werden.

Perry Rhodans Gestalt wirkte auf mich wie ein körperlicher Schlag. Es war mühevoll, seine Anwesenheit geistig zu verarbeiten. In meiner Nackengegend breitete sich ein unangenehmes Kribbeln aus. Es dauerte eine Weile, bis ich diesen Tiefschlag überwunden hatte.

Ich stand hinter einem Gebüsch, und doch war mir, als hätten mich seine grauen Augen soeben prüfend angeblickt. Natürlich konnte er mich nicht sehen, da mein Lichtwellenumlenker einwandfrei funktionierte.

Eine Energieortung war auch nicht möglich, da die starken Energiewaffen seiner Begleiter und die atomaren Triebwerke der abgestellten Flugmaschine wesentlich kräftigere Felder erzeugten.

Ich war erst vor zehn Minuten angekommen, nachdem es mir gelungen war, Marlis Gentner zu sehen. Ich hatte mich in den Waffenladen gewagt und sie in einem Hinterzimmer gefunden.

Sie hatte mich nicht bemerkt, ebensowenig bemerkt wie die draußen in gut getarnten Verstecken lauernden Polizisten des venusischen Sicherheitsdienstes.

Sie hatte auch nicht gewußt, daß man sie auf der Erde verhört hatte. Ich schämte mich zutiefst, sie nicht darüber aufgeklärt zu haben, aber ich hatte zu meiner eigenen Sicherheit schweigen müssen.

Als ich mich zu erkennen gegeben hatte, war sie in steifer, regloser Haltung vor dem kleinen Fenster stehengeblieben.

„Bist du es?“ hatte sie mit zuckenden Lippen gefragt. Sie hatte sich wunderbar beherrscht.

Ich hatte ihr zugeflüstert, ich müßte sofort in den Urwald fliehen, da es Schwierigkeiten gegeben hätte. Ihren Halbbruder könne ich unter keinen Umständen mehr aufsuchen, da ich das Gefühl hätte, er stünde unter Beobachtung.

Ferner hatte ich dem Mädchen mitgeteilt, ich würde mich mit einem meiner Freunde aus dem Raumschiff GLORIA in Verbindung setzen. Einen Namen hatte ich nicht genannt. Mochten sich die Männer der Abwehr den Kopf zerbrechen.

Es war ein Trick von mir gewesen, sie nicht zu informieren. Sie durfte nur das erfahren, was die Abwehr ebenfalls wissen sollte. Ich zweifelte nicht daran, daß man sie durch Telepathen überwachen ließ. Sie durfte also nicht ahnen, daß ich die Sache durchschaut hatte.

Während meines Aufenthalts in dem alten Haus war ich gefährdet gewesen. Wenn in dem Augenblick eine telepathische Überwachung des Mädchens stattgefunden hätte, wäre ich verraten und verloren gewesen.

Ich hatte aber Glück gehabt. In dem Waffengeschäft hatte ich den Tresorschrank mit ihrem Schlüssel geöffnet. Darin hingen die schweren Energiestrahler, die man auf der Venus zum Abschuß der gefährlichen Riesensaurier verwendete. Es waren bullige Konstruktionen mit starken Gleichrichtungsfeldern und Mikro-Kernfusionsprozessen, deren sonnenheiße Gluten die Tiergiganten der Urwelt leicht niederwerfen konnten.

Ich war unbemerkt entkommen, und Marlis war der Meinung, niemand wüßte etwas von meinem kurzen Besuch.

Anschließend hatte ich genau das getan, was ich ihr gegenüber bestritten hatte. Ich hatte mich zu der außerhalb der Stadt liegenden Gaststätte begeben, wo Gunter Vießpahn auf mich warten wollte.

Ich hatte also mein Vorhaben schon wieder geändert. Mein Vorgehen mußte variabel bleiben, wenn ich eine logistisch-schematische Berechnung meiner Schritte unmöglich machen wollte. Außerdem reizte es mich wieder einmal, die Höhle des Löwen aufzusuchen.

Als ich angekommen war, hatte ich Vießpahn sofort entdeckt. Er lungerte in der alten Kaschemme herum und unterhielt sich mit verwildert aussehenden Siedlern, die im benachbarten Dschungelgeschäft einkauften.

Vießpahn hatte keine Ahnung, was mittlerweile geschehen war.

Ich dagegen rechnete mit der Intelligenz meiner Gegner. Nachdem ich Vießpahn nahe beim Museum so überhastet verlassen hatte, sollte die Abwehr eigentlich auf die gewünschten Gedankengänge eingeschwenkt sein. Ein Mann meiner Art kehrt niemals zu einem Bekannten zurück, den er als gefährdet ansieht.

Es sah beinahe so aus, als hätte ich richtig kalkuliert. Man ließ den Bärtigen in Ruhe. Als ich mich schon in den schönsten Hoffnungen gewiegt hatte, war plötzlich ein starker Flugschrauber der Solaren Abwehr gelandet. Mein Erschrecken war grenzenlos gewesen, als Perry Rhodan ausgestiegen war.

Wenn er die Fahndung in die Hände genommen hatte, galt es, dreifach wachsam zu sein. Er war mit nur wenigen Begleitern erschienen. Obendrein tat er so, als würde ihn Vießpahn überhaupt nicht interessieren.

Er hatte die Siedler kurz begrüßt und launig bemerkt, er wolle sich lediglich einmal den Ort ansehen, wo er bei seiner ersten Venuslandung beinahe den Tod gefunden hätte.

Er erzählte ein erlogenes Geschichtchen von einer rasenden Sumpfschlange, womit er bei den harten Pionieren Begeisterung erweckte.

Anschließend hatte sich Rhodan hinter das Gebäude zurückgezogen. Ein Mann der Abwehr war mit der Maschine davongeflogen. Alles sah friedlich aus. Die in der Kneipe anwesenden Siedler hielten sich zurück.

Ich stand in all meiner Not hinter dem breitblättrigen Busch, den ich noch vor Rhodans Ankunft als Deckung gewählt hatte. Nun wagte ich mich wegen der kaum vermeidbaren Geräuschentwicklung kaum zu rühren. Die Kaschemme mit all ihrem Lärm war mehr als fünfzig Meter entfernt. Das Gelächter und Singen der ausgelassenen Urwaldpioniere bildete nur eine gedämpfte Geräuschkulisse, die ich auf keinen Fall mit Blättergeraschel durchbrechen durfte. Es war qualvoll, da sich die zahlreichen Insekten wenig um meinen Lichtbrechungsschirm kümmerten.

Sie flogen blind in ihn hinein, und ich war das Opfer ihrer Stechrüssel. Dazu peinigten mich die metallischen Spitzen des Abgasrings an der Fusionsbrennkammer der Waffe. Sie drückte schmerzhaft gegen mein rechtes Schulterblatt.

So wartete ich voller Ungeduld und hoffte dabei, nicht unvermittelt von einem der fürchterlichen Venusgewitter überrascht zu werden.

Ich wurde schneller erlöst, als gedacht. Allerdings hätte ich mich dabei um ein Haar verraten, da ich mit einer solchen Erscheinung nicht gerechnet hatte.

Kaum fünf Meter von mir entfernt begann die feuchte Luft zu flimmern. Es entstand aus dem Nichts etwas, das ich mit grenzenloser Verwunderung und aufsteigender Unruhe betrachtete.

Das Lebewesen glich einer überdimensionalen Feldmaus mit stark verdicktem Hinterteil und dem breiten Löffelschwanz eines irdischen Bibers.

Das seltsame Geschöpf stand auf zwei kurzen Hinterbeinen, die ihm einen aufrechten Gang nach Menschenart zu erlauben schienen.

Die dünnen Arme mit den zierlich ausgebildeten Greifwerkzeugen hatte es über dem Brustteil seiner uniformähnlichen Kombination verschränkt. War das ein Tier?

Ich blickte genauer hin, und da mußte ich meine Ansicht korrigieren. Tiere tragen keine Energiestrahler. Das spitznasige Mausgesicht mit den großen, possierlichen Löffelohren hätte mich normalerweise zu einem kleinen Schmunzeln genötigt. Nun aber flößte mir das von einem Pelz bedeckte Wesen einen gehörigen Schrecken ein.

Woher war es gekommen? Es dauerte Sekunden, bis mich mein fotografisches Gedächtnis an ein intelligentes Geschöpf erinnerte, das in Rhodans Mutantenkorps einen bevorzugten Platz einnehmen sollte. Ich hatte in Terrania davon gehört.

„Gucky“ nannte Rhodan den Bepelzten. Natürlich handelte es sich um eine Intelligenz von einem mir unbekannten Planeten. Der kleine Kerl schien ein Teleporter zu sein. Anders war seine plötzliche Materialisierung nicht zu erklären.

Ich umkrampfte den Griff meiner Energiewaffe fester. Die schreckhafte Erstarrung ließ mich aus ihrem Bann.

„Kommt nur heraus“, zwitscherte die Riesenmaus mit hoher

Stimme. „Hier könnt ihr lange warten. Er war bei dem Mädchen und hat ihr zugeflüstert, er ginge in den Urwald auf eine Farm von seinem neuen Freund. Der hiesige Sicherheitsdienst gehört in den nächsten Sumpf geworfen. Er versteht nichts vom Geschäft."

Rhodan tauchte hinter dem flachen Lagerhaus auf. Sein Gesicht war ausdruckslos. Er ging so dicht an mir vorbei, daß ich mich schon entdeckt glaubte.

Gucky entblößte einen Nagezahn.

Ein jüngerer Leutnant, der diesen Gucky wahrscheinlich noch nie erlebt hatte, begann zu husten. Der blitzende Nagezahn des Kleinen verschwand hinter einer gerunzelten Nase.

„Ihr Flaschen!" piepste das Geschöpf respektlos. „Warum habt ihr mich nicht sofort angerufen? Ich hatte auf der Venus zu tun. Warum habt ihr ihn nicht gleich verhaftet, als der Brief von diesem Vießpahn ankam?"

Rhodans Stirn runzelte sich bedenklich.

„Warum nicht?" wiederholte der Administrator des Solaren Imperiums die Frage seines seltsamen Freundes.

„Sir, ich bitte zu bedenken, daß uns über jeden Mann der GLORIA einwandfreie Daten vorlagen. Jener, der sich als Hinrich Volkmar ausgab, ist auf der Erde zweimal durchleuchtet worden."

„Sie sollten aber gewußt haben, daß der Halbbruder der Studentin von ihr ausersehen war, den Arkoniden zu empfangen. Das wußten sie durch die telepathischen Fernverhöre. Selbstverständlich hätten Sie zugreifen müssen, als Vießpahns Schreiben im Siedlercamp anlangte."

„Wir waren nicht sicher, Sir", antwortete der schwitzende Offizier. „Der Gesuchte zeigte einem Sergeanten den bewußten Brief. Der Inhalt war völlig harmlos, und außerdem war der Mann, wie schon erwähnt . . ."

„. . . zweimal durchleuchtet worden", unterbrach Rhodan ironisch. „Sehr schön haben Sie das gemacht."

„Sir, ich wollte ihn verhaften lassen, nachdem er sich im Museum mit Vießpahn getroffen hatte."

Gucky lachte schrill und hoch. Plötzlich fuhr er auf seinen kurzen Hinterpfoten um die eigene Körperachse und schrillte: „Wer hat hier eben gedacht, ich sei ein lächerlicher Kerl? Wer?"

Ich schloß erschrocken meinen Monoschirm, den ich bei meiner stillen Erheiterung für den Bruchteil einer Sekunde vernachlässigt hatte. Also war das Wesen auch noch ein Telepath. Wahrscheinlich hatte es Marlis' Bewußtseinsinhalt aufgenommen, kurz nachdem ich mich von ihr verabschiedet hatte.

„Laß diesen Unsinn!" befahl Rhodan barsch. Unter seinem Blick zog die Riesenmaus in Uniform den Kopf ein.

Rhodan verlor keine Zeit mehr. „Lassen Sie sofort feststellen, mit wem sich der Gesuchte angefreundet hat. Alle noch nicht auf den Weg geschickten Neusiedler bleiben im Camp. Jene, die bereits eine Farm aus Regierungsmitteln erhalten haben, sind sofort aufzusuchen. Danke, das wäre vorläufig alles. Rufen Sie die Maschine an."

„Was soll mit diesem Vießpahn geschehen?"

Rhodan antwortete mit verhaltenem Zorn. „Das sollten Sie ahnen. Natürlich nicht verhaften, haben Sie verstanden? Tun Sie so, als hätten Sie seinen Namen noch nie gehört. Wenn Sie aber der Meinung sein sollten, der Flüchtling würde sich jetzt noch mit Vießpahn in Verbindung setzen, täuschen Sie sich. Gegen diesen Arkoniden habe ich gekämpft. Halten Sie ihn nicht für einen Idioten."

Ich wußte nicht, was ich in diesen Augenblicken denken sollte. Beinahe hätte ich in plötzlicher Resignation meinen Deflektorschirm abgeschaltet und mich gestellt.

Ich beherrschte mich im letzten Moment. Aus brennenden Augen sah ich meinem Gegner nach. Warum schoß ich nicht auf ihn? Ich hätte bei dem entstehenden Chaos unbemerkt im nahen Urwald untertauchen können.

Augenblicke später bestieg Rhodan den großen Gleiter. Es war eine moderne Ausführung mit Impulstriebwerk und einer starr eingebauten Energiekanone. Ich stellte fest, daß sich Rhodan auf dem Pilotensitz niederließ.

Als er gestartet und am diesigen Horizont verschwunden war, wagte ich mich endlich hinter dem Busch hervor und ging auf Vießpahns roten Flugschrauber zu. Es war das eingetroffen, was ich mit dem Wagnis hatte bezwecken wollen. Rhodan glaubte nicht mehr daran, daß ich mich jetzt noch mit Marlis' Halbbruder in Verbindung setzen würde.

Ich blieb einige Minuten vor dem Luk zum Laderaum stehen und blickte zu der Gaststätte hinüber. Der Bärtige war nicht zu sehen. Dafür hörte ich sein lautes Gelächter.

In aller Ruhe öffnete ich das Ladeluk und machte es mir auf der Ladefläche bequem. Jetzt brauchte ich nur noch zu warten, bis Vießpahn erschien und zu seiner Farm aufbrach. Mir war klar, daß ich für einige Zeit untertauchen mußte, und der sicherste Unterschlupf schien mir Vießpahns Farm zu sein. Ich rechnete nicht mehr damit, daß der Farmer erneut kontrolliert wurde. Ich ahnte nicht, daß diese Einschätzung sich als verhängnisvoller Irrtum herausstellen sollte.

20.

Seit drei Tagen versteckte ich mich auf Vießpahns Farm, aber davon hatte er keine Ahnung. Ich war nicht daran interessiert, den anscheinend wenig zuverlässigen Mann über meine Anwesenheit zu orientieren. Mit der Zeit würde er sich jedoch über seine schwindenden Lebensmittelvorräte zu wundern beginnen. Bis dahin hatte ich eine Lösung zu finden.

Ich hielt mich in der Energie- und Kontrollstation der Farm auf und blickte durch die handstarken Panzerplast-Scheiben nach draußen.

Dort hatte sich in wenigen Sekunden ein Orkan entwickelt. Ich wußte, daß die lange Venusnacht bevorstand. Etwa zwölf irdische Tage lang würde es hier stockfinster werden. Wir näherten uns im Zug der Planetenrotation der berüchtigten Zwielichtzone, in der es weder richtig hell noch sonderlich dunkel war. Diese Zone war ebenfalls ein Produkt der langsamen Venusdrehung.

Mit dem Eintreten der langen Dämmerung waren die Stürme aufgekommen. Es regnete plötzlich wie aus Badewannen. Die jähe Abkühlung brachte jedoch keine Erfrischung.

Ich fühlte mich nicht mehr wohl in dem engen Raum, der im Fußsockel eines stabilen Betonturms eingebaut worden war. Sämtliche Venusfarmen besaßen einen derartigen Energieturm, dessen Oberseite von einer durchsichtigen Panzerplastkuppel überdacht wurde.

Von hier aus konnte man das Farmgelände und die nahen Wohnbauten gut übersehen. Solche Konstruktionen gehörten auf dem zweiten Solplaneten zu den erforderlichen Aufwendungen. Wenn sich die Tiergiganten des Dschungels näherten, blieb keine andere Wahl, als sie rechtzeitig abzuwehren.

Die Zwielichtzone war berüchtigt. Es schien, als gerieten die Echsen infolge des raschen Klimawechsels in einen Rausch. Sie wurden hemmungslos und angriffslustig.

Eine Bewegung entstand. Der bärtige Farmer stolperte hastig an meinem Versteck vorbei. Ich ging unwillkürlich in Deckung, als er mit der Faust gegen den Stromschalter des kleinen Energiegeschützes schlug, das hoch oben auf der durchsichtigen Kuppel drehbar eingebaut war. Man benötigte eine Sonderlizenz der Regierung, um solche starken Waffen verwenden zu dürfen. Sie wurden nur in stationärer Ausführung geliefert und regelmäßig von Beamten aus Port Venus überprüft.

Vießpahn kletterte bereits die steile Wendeltreppe aus Leichtmetall empor, als ich vorsichtig den ungemütlichen Raum verließ. Über mir hörte ich das Trampeln seiner schweren Schuhe. Er erreichte die kleine Schützenplattform, von der aus der schwenkbare Blaster bedient wurde.

Ich sah, daß er beide Visiereinrichtungen in Betrieb nahm. Es handelte sich um ein Infrarot-Ortungssystem, das mit einer Funkmeß-Erfassungsanlage gekoppelt war. Vießpahn konnte in tiefster Nacht einwandfrei sein Ziel erkennen.

Ich setzte mich in den drehbaren Sessel vor den Schaltungen der Traktor-Fernbedienung und harrte der kommenden Ereignisse. Draußen war es finster geworden. Wahre Wasserkaskaden wurden von dem heulenden Sturmwind gegen die festen Panzerplastscheiben getrieben. Es war, als solle diese Welt schon wieder untergehen.

Der Windmesser zeigte eine Sturmgeschwindigkeit von einhundertachtzig Kilometern pro Stunde an. Das war ein Wert, der es ratsam erscheinen ließ, die stabile Unterkunft auf keinen Fall zu verlassen.

Vießpahn hockte lauernd im Schwenksitz seiner Impulswaffe. Zwei Springerechsen waren ungefähr zweihundert Meter entfernt aufgetaucht. Trotz der großen Distanz wirkten sie wie wandelnde Kirchtürme. Ihre Hornschweife wirbelten viele Kubikmeter kostbarsten Ackerbodens aus dem plötzlich durchweichten Grund.

Den mehr als dreißig Meter hohen Giganten schien der Orkan nichts anhaben zu können. Sie sprangen auf dem Gelände umher, warfen sich gegen den Wind und stießen dabei ein Brüllen aus, so daß ich unwillkürlich meine eigene Waffe fester umfaßte.

Ich trennte mich keine Minute von der einzigen Lebensversicherung innerhalb dieser Dschungelhölle. Zwar hatte ich mir aus Vießpahns Beständen noch einen starken, handlichen Schockstrahler besorgt, aber gegen Springerechsen half nur ein wirkliches Vernichtungsinstrument.

Als die Bestien noch näher kamen, begann Gunter Vießpahn zu schießen. Ich hatte mein Gesicht vorsichtshalber von der weiten Trichtermündung des Gleichrichtungslaufs abgewendet. Trotzdem stach mir die brennende Glut in die Augen.

Ein unwirkliches Donnern übertönte das Heulen des Sturmes. Ein armstarker Energiestrahl schoß hinaus in das Inferno.

Entlang des Feuerstroms entstand ein faszinierendes Phänomen. Es war, als hätte jemand einen weiten Tunnel in die herabstürzenden Wassermassen gezogen. Dichte Dampfschwaden wurden nach außen gewirbelt, bis sie vom Orkan erfaßt und zerrissen wurden.

Vießpahn hatte exakt gezielt. Zwischen den beiden kurzen Vorderbeinen der Springerechse entstand ein heller Glutfleck, der sich im selben Augenblick in zuckende Blitze auflöste. Die nicht vom Körper absorbierte Restenergie schoß in der Form sonnenheller Entladungen aus dem Rückenpanzer des Untiers hervor.

Ich sah den mächtigen Körper zusammenbrechen. Die Echse war zweifellos tödlich getroffen, aber noch waren ihre Reflexe nicht erstorben. Der aufgeweichte Boden wurde zerwühlt.

Der zweite Saurier rannte brüllend davon und verschwand hinter der vom Himmel herabschießenden Wassermauer.

Ich blickte zu Vießpahn hinauf. Sein Bart bewegte sich entlang der Mundpartie. Anscheinend steigerte er sich in Verwünschungen hinein. Dies war eine Charaktereigenschaft, die ich bei diesem Mann nicht leiden konnte.

Ich wollte mich in den benachbarten Lagerraum zurückziehen, als draußen das Gewitter losbrach. Das Krachen des Donners ließ mich die Hände gegen die Ohren pressen. Nein, das war keine Welt, die man mit friedfertigen Naturen erobern konnte. Anscheinend waren Männer wie Gunter Vießpahn erforderlich, um diesen Planeten im Lauf der Zeit bändigen zu können.

Unweit der Kuppel standen einige Urwaldbäume in hellen Flammen. Sie brannten trotz des strömenden Regens.

Vießpahn hockte noch immer hinter seinem Energiegeschütz. Ich hatte das Gefühl, als würde er sich innerlich an der in seinen Händen liegenden Macht berauschen.

Da bemerkte ich das helle Flimmern. Direkt hinter dem nervös gewordenen Siedler entstand ein Körper aus dem Nichts. Nachdem sich die Konturen stabilisiert hatten, sah ich, daß es sich um zwei Wesen handelte, die da plötzlich erschienen.

Diesmal wurde ich nicht von jähem Schreck überflutet. Ich kannte sie, diese Riesenmaus mit dem Biberschwanz. Ich verharrte reglos auf dem gleichen Fleck, obwohl man bei dem Orkan keine Geräusche vernehmen konnte.

Unbewußt griff ich zu dem im Gürtelhalfter steckenden Schockstrahler. Mir war dabei, als begehre mein Extrasinn höhnisch auf. Warum nur scheute ich mich, Rhodans Freunde – wenn es schon sein mußte – mit einer tödlich wirkenden Waffe anzugreifen? Es war ein Paradoxon, was mir mein Logiksektor auch durch ziehende Impulse zu bedenken gab.

Das zweite Lebewesen war ein Terraner. Ich stellte bestürzt fest, daß ich die Fähigkeiten des Nichtmenschlichen unterschätzt hatte. Wenn er es schaffte, einen anderen Körper in seinem Entmaterialisierungsfeld mitzunehmen, mußten seine PSI-Kräfte außerordentlich stark sein.

Ich stand in verkrümmter Haltung hinter dem Schaltaggregat der Feldmaschinen-Fernbedienung. Es war ein wuchtiger, fast mannshoher Kasten, der mich auch dann den spähenden Blicken entzogen hätte, wenn ich nicht unsichtbar gewesen wäre.

Vießpahn hatte von den Eindringlingen nichts bemerkt. Er saß nach wie vor in lauernder Haltung auf dem Drehsitz und machte seinem Unmut mit lauten Flüchen Luft.

Gucky schien dabei zu sein, den Gedankeninhalt des Farmers zu kontrollieren. Ich begriff, daß Rhodan zu einer überraschenden Kontrolluntersuchung angesetzt hatte. Jetzt beglückwünschte ich mich dazu, diesen Vießpahn nicht informiert zu haben. Wenn er nichts von meiner Anwesenheit wußte, konnte er auch nichts verraten, weder wissentlich noch unwissentlich.

In aller Ruhe blickte ich zur engen Schützenplattform hinauf und hätte lachen mögen, als Gucky ärgerlich abwinkte. Die Riesenmaus hatte festgestellt, daß der Siedler meinen Aufenthaltsort nicht kannte.

Der mit Gucky angekommene Terraner hob entsagungsvoll die Schultern und machte ein Zeichen, dem ich zu entnehmen glaubte, er wolle wieder fort.

In diesem Moment geschah das Unerwartete.

Der Terraner riß plötzlich die Hand nach oben und deutete genau auf meinen Standort. Dazu öffnete sich sein Mund zu einem offenbar lauten Ruf, den ich beim Heulen des Orkans nicht hören konnte. Ich wußte nur, daß mich der Unbekannte troɑz meines Deflektorschirms und trotz meiner vorzüglichen Deckung gesehen hatte.

Gesehen.

Es war unfaßlich. Konnte er durch feste Wände und Lichtbrechungsschirme hindurchblicken?

Mein Blut schien das Bestreben zu haben, sich entgegen allen Naturgesetzen ausschließlich in meinem Gehirn zu sammeln. Es war ein Schock, der Leute meiner Art handlungsunfähig machen kann. Ich vernahm nur noch den Impuls meines sofort einsetzenden Extrahirns: *Den Kleinen!*

Ich ging mit dem Betäubungsstrahler ins Ziel, als die Riesenmaus soeben mit beachtlicher Behendigkeit den Körper drehte und mir ihr Gesicht zuwandte. Nachdem ich einmal bemerkt worden war, stellte der Außerirdische fraglos die größere Gefahr dar.

Der Terraner schrie wieder etwas und faßte gleichzeitig nach seinem Handblaster. In dem Moment drückte ich ab.

Ich vernahm das Krachen der nervenlähmenden Blitzentladung.

Das helle Leuchten gewahrte ich nur verschwommen, da meine Augen unter dem Blutdrang den Dienst versagten.

Oben wurde der kleine Körper des Außerirdischen von meinem Schockstrahl eingehüllt. Ich sah, wie sich Guckys Mund zu einem Schrei öffnete, ehe der kleine Bursche mit erstarrenden Muskeln und aussetzenden Nervenreflexen zu Boden stürzte. Er würde für eine gute Stunde außer Gefecht sein.

Mein zweiter Schockschuß erfolgte zusammen mit dem Feuerüberfall des Terraners.

Ich fühlte den glühenden Odem des nadeldünnen Thermostrahlers, der knapp zwei Meter von mir entfernt in die hohe Lehne des Drehsessels fuhr und dort flammende Glut entfachte.

Der Unbekannte hatte zu schnell und zu hastig geschossen, ich hatte dagegen auch diesmal getroffen. Sein Körper krümmte sich zusammen und fiel.

Mit letzter Kraft zog er nochmals den Feuerknopf seiner Waffe durch. Der dünne Energiestrahl durchfuhr den Leichtmetallboden der Plattform und schlug sprühend in den Sicherungskasten des Sperrzaun-Stromnetzes.

Ich hatte mich längst von meinem Schrecken erholt. Als der zu erwartende Blitzregen aus den glühenden Verkleidungsblechen schlug, kauerte ich bereits im offenstehenden Eingang des Isolierraums.

Gunter Vießpahn starrte offenen Mundes auf die beiden reglosen Gestalten. Es dauerte eine Weile, bis er nach unten kletterte, um mit einem Handfeuerlöscher den schwelenden Brand zu bekämpfen. Es gelang ihm rasch, weshalb ich mich befriedigt zurückzog.

Vießpahn war außer sich. Er sah sich mit erschreckt rollenden Augen um und schien sich immer wieder zu fragen, woher die beiden Schockschüsse gekommen waren.

Ich zog mich möglichst leise aus dem qualmerfüllten Raum zurück. Der linke Arm des gelähmten Terraners hing über die Schützenplattform nach unten. Ich konnte deutlich bemerken, wie die kleine Ruflampe des an seinem Handgelenk befestigten Mikro-Funksprechgeräts zu flackern begann.

Also waren die beiden nicht allein gekommen. Wenn mich nicht alles täuschte, befand sich auch Perry Rhodan in der Nähe. Wahrscheinlich war er mit einem großen Aufgebot erschienen.

Ich wußte, daß ich keine Sekunde zu verlieren hatte.

Schnell, aber innerlich wieder völlig ruhig, zog ich mich zur kleinen Lagerhalle zurück, wo ich während der vergangenen Tage geschlafen hatte. Ich ergriff den längst vorbereiteten Beutel mit konzentrierten Nahrungsmitteln, warf ihn über die Schulter und achtete darauf, daß er auch von meinem Deflektorfeld erfaßt wurde.

Ich nahm die letzten Feinjustierungen vor, sah meine schwere, armlange Impulswaffe durch und öffnete dann den Bodendeckel des Notstollens, den Vießpahn vor Jahresfrist mit Hilfe eines Atomgebläses in den Grund geschmolzen hatte.

Der Schacht führte steil nach unten, mündete dort auf einem Absatz und lief von da aus in schnurgerader Richtung auf das Ufer des Hondo-Flusses zu.

Ein zweiter unterirdischer Gang mündete jenseits meines Standorts in der Reaktorhalle. Dieser Stollen verband die nahen Wohngebäude mit dem Energieturm.

Wenn Rhodan also von dort aus einen Vorstoß riskierte, konnte er mich nicht treffen. Der Weg zum Wohnblock war mir sicher längst abgeschnitten.

Es war eine Folge logischer Überlegungen, mich den unbequemen Tunnel wählen zu lassen.

Ich lauschte nach unten, ehe ich den massiven Deckel über mir schloß. Ich legte die Innenriegel vor, obwohl sie durch einen kurzen Strahlschuß mitsamt dem Deckel zerstört werden konnten. Meine rasche Kopfrechnung sagte jedoch aus, daß eine Abkühlungszeit von wenigstens fünfzehn Minuten erforderlich sei, ehe man mir durch einen herausgeschmolzenen Schachtverschluß folgen könne.

Der Gang war rund und kaum einen Meter hoch. Ich mußte mich tief bücken und die unhandliche Energiewaffe schräg nach vorn halten. Meine Laderlampe spendete helles Licht, das sich tausendfältig in den glasiert wirkenden Schmelzwandungen brach.

Ich hatte den Weg schon oft beschritten. So wußte ich, daß er knapp sechshundert Meter lang war. Diesmal legte ich jedoch keine Pause ein, um den Rücken in liegender Haltung zu entspannen.

Während ich weiterhastete, dachte ich mit gebotener Nüchternheit darüber nach, wieso mich der Terraner hatte *sehen* können. Anscheinend handelte es sich um einen Mann aus dem Mutantenkorps. Wenn der Unbekannte wirklich meinen Deflektorschirm durchblickt hatte, mußte er auch feste Materie mit geistigen Kräften überwinden können.

Sonst schien er aber keine Gaben zu besitzen. Es war völlig richtig gewesen, daß ich die Riesenmaus zuerst ausgeschaltet hatte.

Das breite Gesicht des unbekannten Mutanten erschien in meinen Vorstellungen. Er war zu meinem gefährlichsten Feind geworden, nachdem die Telepathen infolge meines Gedankenschirms versagt hatten.

Wahrscheinlich würde Rhodan den Seher von nun an zu den Brennpunkten schicken.

Du hättest ihn töten sollen, Narr! gab mein Extrahirn durch.

Ich preßte die Lippen fest zusammen, holte tief Luft und hastete weiter. Ohne Pause wurde der lange Weg zur Qual. Ich konnte aber nicht mehr länger warten.

Als ich endlich den erweiterten Hohlraum erreichte, hörte ich hinter der Stahltür das Wasser des Hondo-Rivers rauschen. Der Orkan heulte immer noch. In der Zwielichtzone konnten solche Stürme lange anhalten.

Ich öffnete die mannshohe Tür und spähte vorsichtig in den davorliegenden Schacht, dessen Grund bereits vom Wasser bedeckt wurde. Dort schaukelte Vießpahns Panzerplast-Boot auf den Wellen.

Es war eine stabile, unsinkbare Ausführung mit Ganzverdeck. Die Maschinenanlage arbeitete nach dem Rückstoßprinzip, wobei aufgenommenes Wasser von einer starken Turbopumpe unter hohem Druck durch einen schwenkbaren Düsenstutzen ausgestoßen wurde. Damit erübrigte sich auch ein normales Ruder.

Ich hatte mich vorsichtshalber mit dem Boot vertraut gemacht, was mir nun zustatten kam.

Die schmale Alu-Leiter führte zu einem Steinsockel hinunter. Als ich das breite, wasserdicht verschließbare Bootsluk öffnete, blendete die kleine Lampe über dem Steuerrad auf.

Es war alles in bester Ordnung. Ich lüftete den Deckel zur

Maschinenanlage und überzeugte mich davon, daß das vor zwei Tagen von mir versteckte Einmann-Flugaggregat noch vorhanden war. Vießpahn hatte sich in der Zeit nicht um das Boot gekümmert.

Ich legte meine Waffe auf die vordere Sitzbank, schaltete den nur flaschengroßen Miniaturreaktor ein und drückte den Stufenschalter des starken Pumpenmotors.

Anruckend und sofort auf den Steuerdruck des Düsenstutzens reagierend, nahm das Boot Fahrt auf.

Ich wußte, daß der an dieser Stelle schon drei Meilen breite Hondo-River zur Zeit einem sturmgepeitschten Ozean gleichen mußte. Trotzdem blieb mir keine andere Wahl, als die gefährliche Umgebung auf diesem Weg zu verlassen.

Ich preßte die Füße gegen die vordere Querwand und kippte den Stromschalter auf volle Fahrt. Scharf anruckend glitt das Boot nach vorn, durchstieß die Wucherpflanzen vor der Böschung und schoß in die weite Bucht hinaus.

Ich wurde vom urweltlichen Tosen des Orkans empfangen. Über den haushohen Steilufern des Stromes schienen sich bösartige Dämonen um die Herrschaft zu streiten.

Solange ich mich noch in der geschützten Bucht befand, hatte ich keine sonderlichen Schwierigkeiten. Sie begannen erst, als ich das offene Wasser erreicht hatte.

Übergangslos wurde das kleine, breitgebaute Turboboot von den Wellen erfaßt. Es war, als wäre ich jählings in das weite Meer vorgestoßen. Ehe ich mich versah, wurde das feste Panzerplastverdeck bereits von schaumigen Fluten überspült.

Ich dachte kaum an die wütenden Elemente. Da der Wind von links kam, mußte ich die volle Motorkraft aufbieten, um das Boot nicht sofort abtreiben zu lassen. Ich wollte mich, soweit es eben ging, vom Ufer entfernen, um möglichst die in düstere Schwärze gehüllte Strommitte zu gewinnen. Es wäre verwunderlich gewesen, wenn man mich dort noch entdeckt hätte.

Es dauerte nur wenige Sekunden, bis das stampfende und schlingernde Gefährt dem Windschutz des Ufers entronnen war. Ringsum brodelten und kochten die sonst so ruhigen Fluten des Hondo, als wären unsichtbare Ungeheuer dabei, das Flußbett aufzureißen.

Nach einigen Augenblicken begann ich zu hoffen, den sicherlich gelandeten Streitkräften entronnen zu sein. Nachdem ich den Gedanken eben gefaßt hatte, brach hinter mir die Hölle los.

Das tiefe Dröhnen der Abschüsse konnte ich in dem unablässigen Heulen des Orkans nicht hören, wohl aber sah ich die sonnenhellen Energiebahnen, die rechts und links des wild tanzenden Bootes in das Wasser peitschten, wo sie dampfende, gischtende Strudel erzeugten.

Ich blieb ruhig und bemühte mich, das ohnehin kaum zu bändigende Boot noch wilder tanzen zu lassen.

Sekunden später schlugen weit entfernt Treffer ein. Anscheinend waren treibende Baumstämme von den automatischen Zielortern ausgemacht worden.

Nach dem letzten Aufblenden wußte ich, daß ich mich ungefähr in der Flußmitte befand. Ich überließ das Boot der reißenden Strömung, die mich im Einklang mit dem von hinten kommenden Sturmwind sehr schnell aus der Gefahrenzone entfernte. Es war schwierig, die Fahrt annähernd zu schätzen. Hier und da schrammte der flache Kiel über Hindernisse hinweg. Der Hondo hatte zahlreiche Untiefen, denen zu entgehen ich nur hoffen konnte.

Ich schaltete das kleine Infrarot-Bildgerät ein, um wenigstens einen geringen Überblick zu gewinnen. Der Strom glich einem kochenden Riesentopf. Ich befand mich nun in relativer Sicherheit, da Rhodan zweifellos genau wußte, daß seine Flugmaschine während des Sturmes nutzlos war. Also hoffte ich auf ein weiteres Anhalten des Orkans, obwohl die bereits stoßartig kommenden Böen auf ein baldiges Nachlassen der Naturgewalten hinwiesen.

Die berühmten Marshall-Fälle sollten acht Meilen stromab liegen. Dort stürzten die Wasser des Hondo fast drei Meilen tief in das Tal hinunter. Es war klar, daß ich mich auf einen solchen Luftsprung nicht einlassen konnte.

Ich hatte die Fahrt des kleinen Bootes unterschätzt. Ehe ich meine Planung exakt durchgedacht hatte, klang ein anschwellendes Tosen auf, das das des abklingenden Sturmwinds noch übertönte.

Weit voraus schoben sich scharfkantige Felsen aus dem Strombett heraus. Dicht hinter ihnen begann das Wasser zu stürzen. Die Abdrift des Bootes war groß, weshalb ich begann, das Ufer anzusteuern.

Es gelang mir im letzten Augenblick, dem reißend werdenden Sog zu entgehen. Der Kiel schrammte hart und mit einem unheilverkündenden Bersten auf. Anscheinend war ich ausgerechnet auf felsigem Ufergelände gelandet.

Ich schaltete das Triebwerk aus und versuchte, nach draußen zu lauschen. Weit östlich begann sich der Himmel bereits aufzuhellen, soweit das in der Zwielichtzone überhaupt möglich war. Es wurde allerhöchste Zeit, wenn ich die Düsternis und die letzten Böen noch für mein Vorhaben ausnutzen wollte.

Ehe ich das Kabinenluk öffnete, legte ich das Einmann-Fluggerät an. Es handelte sich um zwei dreiblättrige, gegenläufige Kleinstrotoren, die von den entstehenden Drehungs-Zentrifugalkräften entfaltet wurden.

Zur Zeit bildeten die hochelastischen Rotorblätter ein kleines Päckchen, das unscheinbar auf dem Rückentornister mit dem winzigen Reaktortriebwerk ruhte.

Nachdem ich ausgestiegen war, wurde ich vom Wind empfangen. Der Sturm war noch viel stärker, als ich es in meiner geschützten Kabine hatte annehmen können. Ich drehte das Boot mit dem Bug stromabwärts, kippte weit vorgebeugt den Schalter des Staustrahlmotors auf volle Leistung und ließ es dann ins Wasser schießen.

Nachdenklich sah ich dem mit hohem Tempo davonbrausenden Fahrzeug nach. Es wurde sofort von der Strömung erfaßt. Nach wenigen Augenblicken war es in den gischtenden Wogen verschwunden. Den Absturz über die Wand aus Fels und Wasser konnte ich nicht mehr beobachten.

Jetzt war es nur fraglich, ob mir Rhodan den „Unfall" abnehmen würde oder nicht.

Egal, Zeit gewinnen! sagte mein Logiksektor.

Ich nickte unwillkürlich. Sicherlich war ein kleiner Zeitgewinn wichtig. Rhodan würde gewissenhaft genug sein, die Trümmer des Bootes nach meiner Leiche zu durchsuchen. Dabei setzte ich als selbstverständlich voraus, daß ihm der Gedanke an den gefährlichen Wasserfall kommen würde. Es war durchaus logisch, einen eventuellen Absturz ins Auge zu fassen.

Ich war hier fremd, auf der Flucht gewesen, und außerdem hatte der

Orkan gewütet. Was lag näher, als zu vermuten, es könne ein Unglück geschehen sein?

Im Schutz der Uferböschung wartete ich das weitere Abflauen des Windes ab. Als mir das Wetter erträglich schien, zog ich die Teleskopglieder des dünnen Steuer- und Energiekontrollknüppels auseinander. Aus dem kleinen Rückentornister wurde ein Fluggerät.

Das Summen des im Rotorkopf eingebauten E-Motors wurde vom hellen Knattern der entfalteten Schraubenblätter übertönt. Sanft glitt ich in die diesige, regenfeuchte Luft empor, jedoch hielt ich mich noch unterhalb der ausladenden Baumkronen, die mir notfalls eine rasch zu erreichende Deckung bieten konnten.

Augenblicke später schäumte unter mir der größte bisher entdeckte Wasserfall des Planeten Venus. Mich überfiel ein Schaudern, wenn ich daran dachte, daß ich nun mit zerschmetterten Gliedern da unten liegen könnte.

Ich schaltete auf Vorwärtsflug. Mit knapp einhundertfünfzig Kilometern pro Stunde schwebte ich teilweise so dicht über dem Wasserspiegel, daß ich hier und da meine Füße vor plötzlich auftauchenden Felsblöcken in Sicherheit bringen mußte.

Port Venus war mein Ziel. Ich hatte es aufgegeben, auch weiterhin den Verschollenen spielen zu wollen. So leicht ließ Perry Rhodan sich nicht täuschen.

Noch vor wenigen Stunden hatte ich mit der Idee geliebäugelt, das große Robotgehirn der Venus unter meine Kontrolle zu bringen. Ich kannte die Anlage genau und wußte, wie man durch die einzelnen Notstollen in das Innere der Felshöhlung vordringen konnte.

Nun aber, nachdem Rhodan meinen Standort aufgespürt hatte, waren all meine Zukunftspläne nichtig geworden. Dieser grauäugige Barbar würde in allererster Linie an die durch mich gefährdete Positronik gedacht haben. Also setzte ich eine scharfe Bewachung des wertvollen Gehirns als selbstverständlich voraus.

Nein, meine Chance konnte nur noch im Brennpunkt der Geschehnisse liegen, nämlich in Port Venus selbst. Ich hatte eingesehen, daß sich ein Mann meiner Art nirgends besser verstecken kann als in einer großen Stadt mit turbulentem Betrieb. Irgendwo würde ich mich verbergen können. Einmal würde sich die Gelegenheit bieten, auf dem

Raumhafen entweder ein überlichtschnelles Boot zu entführen oder unbemerkt auf einen Großraumer einsteigen zu können.

Schon seit Tagen hatte ich meinen Lichtwellenumlenker geschont. Jetzt schaltete ich ihn wieder ein, da nunmehr die Gefahr einer Entdeckung bestand. Zu meiner Erleichterung waren noch keine Flugzeuge der Verfolger zu sehen.

Frischer Mut erfüllte mich. Ich mußte Port Venus erreichen.

Wohin? fragte mein Logiksektor an. *Etwa zu Marlis?*

Nein, das Mädchen war für mich tabu geworden. Ich durfte sie bestenfalls einmal aus größerer Entfernung beobachten.

Während ich immer weiter dem Flußbett folgte und jede Deckung ausnutzte, nahm ich mir vor, ein Schreiben an Perry Rhodan zu richten und darin um Milde für Marlis zu bitten. Sicherlich hatte dieser kluge Barbar längst erkannt, daß sie eine nur untergeordnete Rolle spielte.

Wohin in Port Venus? erkundigte sich mein Extragehirn erneut.

Ich ging in Gedanken die einzelnen Möglichkeiten durch, bis mir das große Erdmuseum einfiel. Natürlich – warum sollte ich mich dort nicht verbergen? Die Räume waren groß und unübersichtlich. Wenn wirklich dieser Mutant mit den seherischen Fähigkeiten auftauchte, konnte ich immer wieder entweichen. Ich hatte auf alle Fälle die bessere Ausgangsposition für ein blitzschnelles Zuschlagen. Wahrscheinlich würde ich ihn doch töten müssen. Wenn er nur einige Augenblicke benötigte, um sich geistig zu konzentrieren, gab er mir damit eine gute Angriffsmöglichkeit. Leute meiner Art lassen sich von anscheinend übernatürlichen Dingen wenig beeinflussen.

Ich erwärmte mich immer stärker für den Plan, mich im Erdmuseum zu verstecken. Wahrscheinlich war die Idee aber weniger logisch fundiert als vielmehr gefühlsbedingt.

Niemand kannte die Vergangenheit der Erde besser als ich. Ich hatte bereits gelebt, als die ersten römischen Händler nach Germania kamen, um dort schmiedeeiserne Waffen gegen Gold und Bernstein einzutauschen. Ich hatte Leif Erikson dazu verführt, immer weiter nach Westen zu segeln, bis die nordamerikanische Küste erreicht war.

Mich lockten und bezauberten all die vielen Gegenstände, die dieses Museum enthalten mußte. Außerdem gab es im Kellergeschoß eine Gaststätte, die meine Ernährung sichern würde.

Der Gedanke daran war eine Beruhigung für mein eigenes Gewissen. Mein Extrahirn schwieg. Anscheinend hatte es eingesehen, daß ich ein gewisses Stadium der Müdigkeit erreicht hatte.

Wahrscheinlich gab es in meinem tiefsten Innern schon emotionelle Strömungen, die mich das Sinnlose jeder weiteren Flucht vage erkennen ließen. Ich war körperlich und geistig jung geblieben, jedoch ließen sich die Jahrhunderte nicht so einfach zur Seite schieben.

Sie hatten Erfahrungen und Enttäuschungen gebracht. Mein Wissen um die Dinge, überstandenes Leid und nur unwillig aufgegebene Freuden banden mich doch viel fester an die Menschheit, als ich es jemals zu glauben vermocht hätte.

Warum eigentlich wich ich diesen Barbaren aus? War es Eigensinn, Stolz, Traditionsbewußtsein? Vielleicht ein gewisser Dünkel ob meiner hohen Herkunft. Zehn Jahrtausende lang war ich ein Lehrmeister der Menschen gewesen. Ich hatte führende Köpfe geleitet und Dinge veranlaßt, die der Geschichtsschreibung verwunderlich und kaum glaubhaft erschienen. Die Historiker fragten sich heute noch, wie Hannibals Elefanten über die Alpen gekommen waren. Ich hatte damals die römische Macht zerschlagen wollen, da mir an einem mit der Zeit erstarrenden Imperium nichts gelegen war.

Als ich beinahe einen Felsen rammte, rief ich mich selbst zur Ordnung. All diese Grübeleien waren sinnlos. Ich mußte nach Hause. Wahrscheinlich benötigte mein ehrwürdiges Volk Hilfe.

21.

Nach dem Anbruch der Nacht hatten sich dichte, samtschwarze Wolkenschichten über Port Venus ausgebreitet. Die Betriebsamkeit in den Räumlichkeiten des Erdmuseums hatte merklich nachgelassen, um schließlich ganz zu ersterben.

Während der langen Venusnacht blieben die Pioniere auf ihren

Farmen, um die munter werdenden Ungeheuer der Finsternis abzuwehren.

Als die letzten Besucher verschwunden waren und die Lichter über Port Venus aufblendeten, hatte ich schweren Herzens meinen Lichtwellenumlenker erneut eingeschaltet. Es war nun an der Zeit, etwas gegen überraschende Eindringlinge zu tun, die man erst erblicken konnte, wenn sie materialisierten.

So war ich wieder zum Unsichtbaren geworden, was mich unter anderem dazu verlockt hatte, die großen Säle in aller Ruhe zu durchstreifen. Viele der hier ausgestellten Gegenstände aus der großen Vergangenheit der Erde waren nicht echt. Man hatte sich bemüht, die Nachahmungen so naturgetreu wie nur möglich herzustellen, was aber nicht immer gelungen war.

Der Saal, in dem frühgermanische und nordische Waffen ausgestellt waren, hatte mich besonders schockiert. Die zweiseitig geschliffenen Schwerter waren teilweise viel zu groß und schwer. Es sah ganz danach aus, als hätten damals nur Riesen und wahrhaftig Recken gelebt. Genaugenommen waren die Alten größtenteils kleiner und schmächtiger gewesen als die heute lebenden Menschen.

Überall begegnete ich geschichtlichen Verfälschungen, aber es gab auch viele schöne Dinge zu betrachten. Ich konnte mich nicht sattsehen an den stummen Zeugen einer wilden Vergangenheit.

Seit etwa zwanzig Stunden hatte sich im Museum kein Mensch mehr blicken lassen. Man hatte die Tore geschlossen und die großen Leuchtröhren abgeschaltet. Immerhin gab es noch so viel Licht, daß man ungestört alles begutachten und vorsichtig berühren konnte.

Port Venus schlief. Die Menschen hatten ihre Lebensgewohnheiten mitgebracht. Da der Schlaf biologisch bedingt war, konnte man sich nicht den langen Tages- und Nachtgleichen der fremden Welt anpassen. Man schlief und arbeitete in festgesetzten Intervallen, gleichgültig, ob über der Venus nun Tageslicht lag oder nicht.

Seit einigen Stunden plagte mich eine bohrende Unruhe. Ich war vor viermal 24 Stunden wohlbehalten im Museum angekommen, und seit dieser Zeit hatte es noch keine einzige Schwierigkeit für mich gegeben.

Im Kellerlokal hatte ich mir meine Essenration aus den Automaten gezogen. Ich hatte nichts entwenden müssen, bis auf einen starken Handblaster, den ich einem betrunkenen Siedler aus der Gürtelhalfter genommen hatte. Ich hatte erst später bemerkt, daß es sich um eine Waffe handelte, die dem Farmer kostenlos aus Staatsmitteln zur Verfügung gestellt worden war.

Dies bedeutete eine Gefahrenquelle, da der Mann sicherlich seinen Verlust gemeldet hatte. Es war mir aber unangenehm gewesen, ständig das schwere und unhandliche Energiegewehr mit mir führen zu müssen. Ganz unbewaffnet hatte ich auch nicht sein wollen, da ich den Schockstrahler nicht als Waffe im Sinne des Wortes ansah.

Als man unten die großen Tore verschlossen hatte, hatte mich das Gefühl der Einsamkeit überwältigt. Unruhig war ich von meinem Lager aufgestanden, einer Nachbildung des Prunkbetts von Ludwig XIV.

Seit einer Stunde durchstreifte ich die einzelnen Abteilungen, verweilte hier und da in Erinnerungen, bis ich wieder in der Halle mit den germanischen Gerätschaften landete.

Ganz hinten hatte man einen Wikingerdrachen aufgestellt. Das Boot war nur knapp fünfzehn Meter lang, was im Gegensatz zur eingebauten Ausrüstung stand. Die Drachen des 9. Jahrhunderts waren größer gewesen.

Die Plastikgruppen sollten norwegische Wikinger darstellen. Kleidung und Bewaffnung stimmten in etwa, nur hatte man die hörnerverzierten Spitzhelme mit eisernen Nasenschützern und Ohrenklappen versehen. Das war stilwidrig. Ich hatte nur einmal einen ähnlichen Helm entdeckt, aber der war aus einer Werkstatt Karls des Großen gekommen.

Vor der Puppe eines hünenhaft gebauten Wikingers blieb ich stehen. Er hielt ein beidseitig geschliffenes Schwert in der Rechten und einen runden Buckelschild in der Linken.

Ja, so hatten sie ungefähr ausgesehen, die rauhen und furchtlosen Männer aus dem hohen Norden. Ich trat zurück, um die Puppe besser betrachten zu können.

Eigentlich hörte ich das helle Krachen der einschlagenden Speerspitze zuerst, ehe ich den nachzitternden Schaft des mit unheimlicher Wucht geschleuderten Wurfgeschosses bemerkte.

Mitten auf der Brust der Puppe hatte sich das Eisen eingegraben. Die Plastik begann zu wanken, bis sie bedächtig nach hinten abkippte. Der Speer brach heraus und fiel polternd zu Boden.

Ich stand wie erstarrt. Dumpfe Trommelwirbel dröhnten in meinen Ohren. Es dauerte eine Weile, bis ich darin den Schlag meines Herzens erkannte.

Als ich vorsichtig den Kopf wendete und dabei bemüht war, nicht die Füße vom Boden zu lösen, konnte ich niemanden sehen. Der gut überschaubare Saal war so leer wie all die Stunden zuvor.

Jemand war anwesend, aber ich konnte keinen Menschen bemerken. Wer hatte mich da mit meinen eigenen Waffen geschlagen?

Ich vertraute noch immer meinem Deflektorschirm, weshalb ich mich auch nicht von der Stelle rührte. Wenn sich ein Mutant eingeschlichen hatte, dann konnte es sich wohl kaum um den Seher handeln. Er besaß nicht die Gabe der Teleportation. Wer also war hier, und wie war es zu dem Speerwurf gekommen?

„Ich hätte an deiner Stelle längst die Position gewechselt, Arkonide", sagte eine Stimme spöttisch.

Ich preßte beide Hände vor den Mund, um mein Stöhnen zu verbergen. Für eine Sekunde schienen meine Füße gelähmt zu sein.

Die Stimme war unverkennbar.

„Ich errate deine Gedanken, Arkonide", ertönte Rhodans Stimme erneut. Es hallte in dem weiten Raum.

Die ironische Färbung dieser Worte brachte mein Blut in Wallung. Sehr schnell klang meine grenzenlose Überraschung ab. Ich wurde sofort wieder Herr meiner selbst, aber noch wagte ich es nicht, meinen Standort durch irgendwelche Geräuschentwicklung zu verraten. Das Wurfgeschoß konnte rein zufällig so nahe bei mir in die Puppe gefahren sein.

Ich antwortete nicht. Es wurde einen Augenblick still, bis ich Rhodans leises Lachen hörte. Zorn wallte in mir auf.

„Ich hätte dich töten sollen, Unsterblicher", sagte mein unsichtbarer Gegner. „Das klingt seltsam, wie? Unsterblich und doch so leicht zu verletzen. Ich weiß nun, welche Bedeutung jenes Gerät hat, das du immer auf deiner Brust trägst. Mir liegen Berichte aus dem siebzehnten Jahrhundert vor. Ein Medicus des Schwedenkönigs Gustav Adolf hat eine Handschrift hinterlassen, in der er eine äußerst seltsame Operation schildert. Ein blonder Hüne aus dem Norden hätte ihm genaue Anweisungen gegeben, wie man einen solchen Eingriff vorzunehmen hätte. Der Medicus spricht von einem blitzenden Hohlbehälter mit einer spitzen Nadel an einem Ende. Damit hätte sich der blonde Offizier gestochen, und anschließend hätte er jede Schmerzempfindung verloren. Der Medicus hatte einen eiförmigen, rötlich leuchtenden Körper aus dem Magen zu holen gehabt. Das warst du, Arkonide. Willst du leugnen?"

Ich gab keine Antwort. Schön, so hatten sie also mein Geheimnis entdeckt.

„Du kannst ruhig sprechen", klang die Stimme wieder auf. „Ich habe dich genau auf dem Bildschirm meines Individualorters. Bekanntlich besitzen wir Daten über deine Körperfrequenzen, nicht wahr? Was lag näher, als ein Spezialgerät konstruieren zu lassen? Deine Zellschwingungen sind teils fünfdimensional. Sie werden von deinem Deflektorschirm demnach nicht absorbiert. Sind wir nicht klug?"

Zu klug! teilte mir mein Extrahirn mit.

Ja, Rhodan hatte einen Fehler begangen. Ich kannte meine Ausstrahlungen. Sie waren geringfügig und nur dann auszumachen, wenn man den Enpfänger genau ausjustierte. Schon wenige Schritte konnten mich aus dem Bereich des Orters bringen. Dann konnte er suchen, der Barbar.

Ich rannte unvermittelt los. Es waren die weiten Sätze der Verzweiflung, die mich über das Boot hinwegspringen und dahinter in Deckung gehen ließen. Flach auf dem Boden liegend, suchte ich für meine Waffe ein Ziel.

Angespannt lauschte ich auf Rhodans Atemzüge. Ich mußte ihn finden, auch wenn er nun ebenfalls einen Lichtwellenumlenker trug. Wahrscheinlich hatte er das Gerät aus einem arkonidischen Einsatzanzug ausbauen lassen. Warum hatte ich nicht schon früher daran gedacht?

„Sinnlos!" rief er mir zu. Die Laute schienen aus der Türgegend zu kommen, aber ich konnte mich täuschen. Die Schallwellen wurden hier vielfältig gebrochen.

„Wirklich sinnlos", betonte Rhodan. „Dieser Saal hat nur eine Tür, und dahinter stehen meine Leute. Ich bin allein gekommen, um dir zu beweisen, daß die Macht, die du zu verkörpern glaubst, längst nicht mehr so großartig ist wie vor tausend Jahren. Du solltest dich ergeben, Arkonide."

Beinahe hätte ich mich verraten. Rhodan hatte mit einem psychologischen Feldzug begonnen. Wahrscheinlich versuchte er jetzt, mich wieder auf seinen Ortungsschirm zu bekommen. Er war deshalb allein erschienen, weil es keine andere Möglichkeit gegeben hatte. Sicherlich war er von einem Teleporter direkt vor der Tür abgesetzt worden. Ich bezweifelte auch, daß draußen seine Leute standen. Rhodan gehörte zu den Typen, die schwierige Dinge selbst in die Hand nehmen. Je länger ich aber wartete, um so mehr Gelegenheit bot ich ihm, das Museum tatsächlich hermetisch abzuriegeln.

Die Stille wurde schmerzhaft. Mein Instinkt sagte mir, daß ihn das Spiel mit mir reizte. Ich kannte Menschen von Rhodans Art. Er hätte mich mit dem Speer verwunden sollen, als ich noch nichts von seiner Anwesenheit ahnte.

Ich suchte mir die nächste Deckung, als das zweite Wurfgeschoß durch die Luft zischte. Noch ehe es dumpf krachend in die splitternden Planken des Bootes fuhr, hatte ich die Flugrichtung erkannt. Er mußte rechts neben der Tür stehen.

Der Impulsstrahler zuckte in meiner Hand nach oben, aber dann schoß ich doch nicht. Mir war im letzten Augenblick eingefallen, wie verheerend ein Großbrand wirken mußte. Ob ich dann überhaupt noch aus dem Saal kam?

Zögernd, vor Zorn mit den Zähnen knirschend, ließ ich die Waffe wieder sinken und griff nach dem relativ harmlosen Schockblaster.

Ich vernahm Rhodans leises Lachen. Er hatte mich durchschaut. „Du hängst an der Vergangenheit, wie? Es wäre doch schade, wenn all die schönen Dinge verbrennen würden. Ich habe dich wieder auf meinem Schirm, Arkonide. Du steckst hinter dem Wikingerboot. Siehst du ein, daß ich dich mit einem einzigen Energieschuß töten könnte?"

Ich verlor meine letzten Hemmungen. Rhodans Ruhe und die in seinen Worten mitschwingende Überlegenheit erweckten in mir jenen unsinnigen, trotzigen Stolz, der bar einer jeden Logik nach Selbstbehauptung verlangt.

Diese bei Arkoniden ausgeprägte Gefühlsregung hatte mich im Lauf meiner Vergangenheit oftmals in Lebensgefahr gebracht.

Ich gab meine Deckung auf, nur um zu beweisen, wie wissentlich ich auf seine Gnade verzichten wollte.

„Wie heroisch", klang die Stimme meines unsichtbaren Gegners auf. „Mach keine Dummheiten, hörst du? Meine Leute stehen wirklich draußen. Wuriu Sengu wird dich sofort sehen, auch wenn du die Tür erreichen solltest."

Ich wußte, daß er bluffte. Es war niemand draußen.

Sinnloser Stolz und verletzte Eitelkeit verführten mich zu einem Schritt, der in diesem Augenblick wahnwitzig erschien. Außerdem sah ich darin meine letzte Chance.

Treffen konnte ich ihn niemals, da er nach jedem dieser Speerwürfe natürlich sofort die Stellung wechselte. Ich mußte ihn aus seiner guten Position herauslocken, noch ehe seine Hilfskräfte wirklich erschienen. Wenn er wirklich schoß, war ich verloren. Ich hoffte aber auf seine Charaktereigenschaften, die ihm wahrscheinlich verbieten würden, auf einen Wehrlosen zu feuern. Ich erklärte ihm im Geist den psychologischen Krieg.

Es polterte dumpf, als ich meine beiden Waffen zu Boden warf. Ich hörte ihn lachen.

Das Spiel reizte mich plötzlich. Ich ging noch einen Schritt weiter, indem ich meinen Deflektorschirm abschaltete. Ich wurde wieder sichtbar.

Als ich mich bückte, um der umgefallenen Wikingergruppe das breite Langschwert aus der Plastikhand zu reißen, hoffte ich nur, daß Rhodan keinen Schockstrahler dabei hatte. Ich hatte ihn nie mit einer solchen Waffe gesehen. Mit dem tödlich wirkenden Energieblaster würde er wohl nicht schießen.

Ich zwang ihn in eine ansteigende Gewissensnot hinein, dabei kalkulierte ich unter Beachtung all seiner Schwächen. Wenn er so unvorsichtig war, auf meine Herausforderung einzugehen . . .

Ich wog das Schwert in der Rechten, hob es an und ging langsam auf die knapp vierzig Meter entfernte Tür zu.

Er schwieg immer noch. In mir schien jedes Gefühl erstorben zu sein. Mein Extrasinn hüllte sich in Schweigen. Kein einziger Impuls kam durch.

Langsam tappte ich über den spiegelblanken Kunststoffbelag des Zimmerbodens. Meine festen Schuhe verursachten quietschende Geräusche. Immer weiter entfernte ich mich von meinen wirksamen Waffen.

Ich sah in einem polierten Schild, daß sich meine Lippen zu einem sarkastischen Grinsen verzogen hatten. Ich war die Herausforderung in Person. Nur ein Schurke ohne Anstand hätte jetzt noch aus sicherer Stellung heraus schießen können.

Als ich in der Mitte des Raumes stand, wußte ich, daß Rhodan keinen Schockstrahler besaß. Fraglos überlegte er jetzt fieberhaft, wie er mich unschädlich machen konnte.

Wenn seine Leute wirklich vor der Tür gewesen wären, hätte er sie in dieser Situation längst gerufen. So stolz war er nun auch wieder nicht, um einem gefährlichen Mann meiner Art eine zu gute Chance zu geben.

„Bleib stehen!“ sagte er. „Noch drei Schritte, und du zwingst mich, dich zu töten. Nimm nicht an, ich ließe dich wieder entkommen, nachdem ich dich endlich entdeckt habe. Es ist dein Fehler gewesen, Arkonide, in das Museum zu kommen. Meine Psychologen haben errechnet, daß du in diesem Bau einen verlockenden Aufenthaltsort sehen würdest. Außerdem hast du einem Siedler den Blaster entwendet. Wir fanden deine Fingerabdrücke auf der Pistolentasche, die wir bei der Verlustmeldung natürlich untersucht haben.“

Seine Worte waren von Satz zu Satz hastiger gesprochen worden. Ich hatte ihn in der Zwickmühle. Jetzt mußte er Farbe bekennen. Ich ahnte, daß die besagte Verlustmeldung recht spät abgegeben worden war. Vielleicht hatte der Pionier erst selbst versucht, die kostbare Waffe wiederzuentdecken. Wer mochte wissen, wen er alles verdächtigt hatte.

„Das war ein guter Gedanke, Höhlenmensch. Anschließend bist du wohl gleich gekommen, nicht wahr?“

Ich lauschte meinen eigenen Worten. Unterdessen ging ich gemächlich auf die Tür zu. Ob er meine innere Spannung erkannte?

Wußte er, daß ich als Gladiator in der römischen Arena gegen die besten Schwertkämpfer der Antike gekämpft hatte?

Wenn ja, würde er sich nie dazu hinreißen lassen, mir mit einer Hiebwaffe in der Hand gegenüberzutreten. Wie weit hatte er meine Vergangenheit erforschen können? Nur bis Gustav Adolf? Himmel, damals focht man längst mit Degen. Besaß er Stolz und Selbstvertrauen genug, um der Meinung zu sein, er würde mir widerstehen können? Wenn er einmal Fechtunterricht genommen hatte, mußte er auf die Idee kommen, zumal ich ihn so stark herausforderte.

Wie war Rhodans Ausbildungsgang gewesen? Hatte man damals Degenfechten in das sportliche Programm der Raumakademie aufgenommen gehabt? Ich wußte es nicht, aber seine kommende Handlung würde es mir verraten.

Zwanzig Schritte war ich von der Tür entfernt, als sich plötzlich ein germanischer Speer aus der Halterung entfernte. Weiter vorn waren alemannische Waffen ausgestellt.

Der Schaft verschwand zur Hälfte in Rhodans Deflektorfeld. Nur die breite Spitze war zu sehen. Jetzt glitt sie nach oben. Er ging in Wurfstellung.

„Keinen Schritt weiter!" warnte er hastig. Seine Stimme vibrierte. Nein, dieser Mann würde nicht mit einer überlegenen Atomwaffe auf mich schießen. Ich hatte mich nicht verschätzt.

„Du wirfst gut, Barbar." Ich grinste.

Dann meinte er es ernst. Ich sah das glänzende Speerblatt nach hinten zucken. Er holte aus. Als das Geschoß durch die Luft zischte, wich ich mit einem schnellen Sprung aus. Mein lautes, höhnisches Gelächter begleitete den Fehlwurf.

Weiter ging ich auf die Tür zu. Rhodan wurde so plötzlich sichtbar, wie ich es erwartet hatte. Er trug seine einfache Uniform. Zusammengekrümmt, mit angeschlagener Impulswaffe, stand er neben der Alemannen-Sammlung. Seine Augen flackerten. Er befand sich in größter Gewissensnot.

„*Ich* hätte längst geschossen, Barbar", sagte ich.

Da ließ er einen tiefen, zornerfüllten Seufzer hören. Sein Blaster verschwand in der Gürtelhalfter. Mit einem schnellen Griff riß er ein alemannisches Schwert an sich.

„Du hochnäsiger Imperiumssprößling!“ rief er aus. „Wenn du denkst, ich . . .“

„Ich denke nur, daß ich längst geschossen hätte. Ich bedaure zutiefst, deinen Rücken nicht als Zielscheibe verwendet zu haben“, unterbrach ich ihn mit dem Hinweis, daß ich ihn ja auch geschont hätte. Das warf ihn moralisch zu Boden, aber in seiner jetzigen Aufregung erkannte er nicht den Sinn der Erklärung.

Sekunden später standen wir uns gegenüber. Er hatte sein Schwert in der Art eines Degenfechters weit nach vorn gestreckt. Dabei übersah er völlig, daß man solche Scherze mit einem schweren Schlaginstrument dieser Art unterlassen soll.

Er stieß zu, als hätte er eine leichte Klinge in der Hand. Das konnte er bestenfalls zwei Minuten durchhalten, dann mußte ihm der Arm erlahmen.

Ich wehrte den Ausfall mühelos ab und tänzelte zur Seite. Nach einem ersten Schlag, der ihm den Oberarm ritzte, wußte er, daß er einen entscheidenden Fehler begangen hatte.

Ich bemerkte es an seinem erstarrenden Gesicht. Wortlos drang er auf mich ein. Es war so, wie man es auf Terra in schlechten Filmen zeigt. Wieder und wieder wehrte ich seine wütenden Hiebe ab, bis es mir gelang, einen Fallschlag gegen sein rechtes Fußgelenk zu landen.

Ich hatte im letzten Moment die scharfe Klinge gewendet, wonach ich sein Bein nur mit der stumpfen Breitseite des Schwertes traf. Trotzdem schrie er laut auf, als er haltlos zu Boden stürzte. Ich war längst wieder auf den Beinen. Ehe Rhodan sein Stöhnen unterdrücken konnte, saß ihm die Spitze meiner Waffe mit fühlbarem Druck an der Kehle. Mit dem Fuß zerrte ich seinen Strahler aus der offenen Gürtelhalfter.

Da schwieg er plötzlich. Sein Gesicht war grau und verfallen, die Haare hingen ihm wirr in die Stirn.

Unsere Blicke trafen sich, und ich drückte noch etwas fester zu.

„Kleiner Barbar“, sagte ich leise und ohne jeden Tonfall in der Stimme. „Mit Strahlkanonen kannst du vielleicht besser umgehen.“

„Ich hasse dich, Arkonide“, flüsterte er. Er wagte keinen Finger zu rühren.

„Das hat der römische Gladiator Vinicius auch gesagt, als ihm meine Klinge an der Kehle saß. Vinicius war bei Nero in Ungnade gefallen, da er üble Bemerkungen gegen den göttlichen Kaiser fallen ließ. Nero senkte den Daumen, verstehst du. Wer gibt in deinem Fall das Zeichen, kleiner Barbar? Wie kann man sich nur derart übertölpeln lassen? Natürlich sind deine Leute nicht da.“

Er schloß die Augen und hielt den Atem an. Ich drückte noch fester. Als der erste Blutstropfen aus seiner Kehle sichtbar wurde und seine Hände in unbewußter Todesfurcht zu beben begannen, zog ich die Waffe zurück.

All meine Erregung brach sich in einem schrillen, hysterischen Gelächter Bahn. Ich lachte noch, als er längst auf dem Boden saß und sein angeschlagenes Fußgelenk massierte.

Nein, ich wollte nicht mehr fliehen. Ich war so entsetzlich müde geworden, und mein Sieg über Rhodan hatte all das beseitigt, was ich vorher noch empfunden hatte. Ich wußte, daß ich kostbare Zeit verschwendete. Jeden Augenblick konnte er Hilfe erhalten. Es war eigentlich meine Absicht gewesen, ihn zu dem Schwertkampf zu verlocken, um anschließend als Unsichtbarer entkommen zu können.

Ich unterließ es. Es war alles so sinnlos geworden. Selbst wenn ich geflüchtet wäre, hätten die Männer der venusischen Abwehr drei Tage später Hunderte von Individualortern besessen. Niemals hätte ich unbemerkt ein Raumschiff besteigen können. Wahrscheinlich hatte ich auch längst eingesehen, daß meine Flucht ausweglos geworden war. Es hatte sich soviel geändert.

Ich warf das Schwert zur Seite, bückte mich und betastete sein Bein. Er schwieg. Nur seine Lippen zuckten.

„Das solltest du röntgen lassen, Freund“, sagte ich ruhig. „Ich mußte zuschlagen, um dich zu Fall zu bringen. Möglicherweise ist der Knochen angebrochen.“

Dann hockten wir nebeneinander auf dem Boden und sahen uns an. Es dauerte eine Weile, bis er leise entgegnete: „Ich hätte dir in der Blütezeit des Imperiums nicht begegnen mögen, Atlan. Wie alt bist du?“

„Etwas mehr als zehntausend Jahre irdischer Zeitrechnung“, antwortete ich ebenso leise. „Das venusische Robotgehirn ist unter meiner Leitung erbaut worden.“

In seinen Augen glomm etwas auf, das ich in heißer Freude als Achtung erkannte. Warum hatten wir uns eigentlich töten wollen?

„Ich habe dich nicht belogen“, sagte er. „Das große Imperium liegt wirklich am Boden. Hilf mir, den Regenten abzulösen. Die Menschheit und Arkon brauchen dich.“

Ich lächelte still vor mich hin. Sie hatten mich immer gebraucht, die kleinen, ehrgeizigen Barbaren.

Ich fühlte Rhodans Hand auf meiner Schulter. Sie lag noch da, als diese verwünschte Riesenmaus plötzlich im Schwertsaal materialisierte. Ich bemerkte, daß der kleine Bursche einen Energieblaster in der Hand hielt. Als er uns friedlich vereint auf dem Boden sitzen sah, öffnete sich Guckys Mund zur Grimasse des Erstaunens. Die Mündung sank nach unten.

„Hallo“, sagte die Riesenmaus mit schriller Stimme. „Das ist wohl eine Sondervorstellung, was?“

„Raus!“ befahl Rhodan gelassen. „Rufe einige Medo-Robots. Ich glaube, mein Fußgelenk ist gebrochen. Nein, du sollst verschwinden, nicht fragen.“

Ich kniff entsetzt die Augen zu, als der Außerirdische zu schimpfen begann. Rhodan staunte mit offenem Mund über den Wortschatz seines seltsamen Freundes.

„Wir rechnen noch ab!“ tobte das intelligente Pelzbündel, ehe es in einem Teleportationssprung verschwand.

Rhodan lachte trotz seiner Schmerzen. „Ich habe einige Aufgaben für dich, Admiral.“

Ein eigenartiges Gefühl nahm von mir Besitz. Langsam wandte ich den Kopf. „Du willst mir ein Raumschiff anvertrauen?“

Er nickte wortlos. „Notfalls eine ganze Flotte. Wenn dir an deinem Volk etwas liegt, wirst du zu uns Menschen halten müssen. Zum Teufel, wo bleiben die Medo-Robots?“

Sie kamen wenige Minuten später und betteten Rhodan auf eine Trage.

Hochaufgerichtet schritt ich an den Männern des inzwischen eingetroffenen Terra-Einsatzkommandos vorbei. Leutnant Gmuna war auch dabei. Er lachte mich aus heiteren Augen an.

Von nun an würden sie zu mir gehören, oder ich zu ihnen. Es war gleichgültig, wie man es auslegte. Nachdem Rhodan in die Maschine verladen war, bestieg ich ebenfalls den großen Flugschrauber.

„Eine gewisse Marlis Gentner wartet in der Kommandantur", flüsterte mir Gmuna zu. „Sie kam schon gestern und flehte um Gnade für Sie. Hat das alles sein müssen?"

„Nein, Junge, nein, es hätte nicht sein müssen", sagte ich ruhig. „Leute meiner Art brauchen aber eine gewisse Selbstbestätigung, scheint mir. Ich weiß es selbst nicht genau."

Die Maschine flog ab. Ich saß neben einem Mann, dessen Lippen hier und da schmerzhaft zuckten. Wenn er aber lachte, tat er es offen und frei. Perry Rhodan war *doch* liebenswert. Ich hatte es immer gefühlt.

„Du wirst uns allerhand zu erzählen haben", meinte er.

Ich nickte nachdenklich. Ja, ich hatte Stoff für viele Jahre Erzählens. Die Jahrtausende hatten ihn geliefert.

Teil III

Die Toten leben

22.

Der Weltraum, das Meer aus unendlicher Schwärze und ewiger Stille, schien über den Rundsichtschirmen der LOTUS in die Zentrale hereinzustürzen.

Der 100-Meter-Kugelraumer – ein Leichter Kreuzer der Solaren Flotte – stand unbeweglich in der Dünung von Zeit und Raum. 4300 Lichtjahre von der Erde entfernt, hing die Kugel wie ein Sternstäubchen zwischen nahen und fernen fremden Sonnen, die mit ihrem punktscharfen Leuchten seit ihrem Bestehen versuchten, gegen die Dunkelheit des Universums anzukämpfen. Ruhig, kalt, wenn auch farbig, war das Punktleuchten, doch selbst die nächste Sonne wuchs über einen scharf gestochenen Punkt nicht hinaus, und ihr Licht spiegelte sich auf der polierten Haut der LOTUS nicht wider.

4300 Lichtjahre tief im intergalaktischen Raum, unbeweglich, wie auf die Ewigkeit wartend, hielt der Leichte Kreuzer der Städteklasse an seiner Position fest. Der starke Ortungsschutz schloß den tückischen Zufall aus, von einem fremden Raumschiff angepeilt zu werden. Er war die Tarnkappe der LOTUS, hinter der das Leben im Schiff seinen Alltagsweg lief, obwohl sich der Leichte Kreuzer im Machtbereich des Großen Imperiums der Arkoniden aufhielt, dem Sternenreich, das sich im Kugelsternhaufen M-13 konzentrierte, dennoch mit seinen Seitenarmen weit in den Raum hinausging und auch das Sonnensystem beherrschte, dem die LOTUS am nächsten stand.

Captain Jim Markus, Kommandant der LOTUS, ein Mann, der wie ein Vierzigjähriger wirkte, etwas gedrungen gebaut war, auffallend weiße Schläfenhaare hatte und sympathische Lachfalten um seine hellen Augen – Jim Markus betrachtete in Gedanken versunken die Stelle auf dem Rundsichtschirm, der ihm das ferne Leuchten der Heperés-Sonne zeigte, die 2,46 Lichtjahre tief im Raum stand.

Die Sonne war ein Stern unter vielen Sternen, der Mittelpunkt eines

Planetensystems, wie es sie zu hundert Millionen innerhalb der Galaxis gibt, aber für Captain Jim Markus war es eine wichtige Sonne, und noch wichtiger war ihm der zweite Planet, der mit noch fünf anderen das Muttergestirn umlief, von ihrem Licht lebte und eine lebendige Welt war. Volat nannten Arkoniden und Galaktische Händler diesen marsgroßen Planeten, aber im Gegensatz zum Mars war Volat eine feuchte warme Welt mit großen Meeren und gewaltigen Urwäldern auf den Kontinenten. Seine Schwerkraft betrug 0,8 g und war für Arkoniden und Händler ein fast normaler Planet.

Volats Bedeutung lag nicht in der Tatsache, daß Kuklón, die Hauptstadt dieser Welt, einen modernen Raumhafen besaß und Umschlagplatz für Güter und Waren war, die es zwischen den Sternen zu transportieren gab, sondern im Amtssitz des arkonidischen Administrators, der im Auftrag des regierenden positronischen Riesengehirns in Arkon nach dort entsandt worden war, um mit seiner Person die wiedererstarkte Macht des Großen Imperiums zu demonstrieren.

Auf Volat hielt sich der siebenundzwanzig Jahre alte Ultra-Horcher Ralph Sikeron auf, ein Mann aus Perry Rhodans Mutantenkorps, mit der Aufgabe betraut, die Verhältnisse dort zu studieren und Nachrichten zu sammeln, die eine vollständige Übersicht ergaben.

Rhodan, durch vergangene Ereignisse klüger geworden, hatte Captain Markus nach Absetzen des kosmischen Agenten auf Volat den Befehl mitgegeben, in sicherer Entfernung Warteposition zu beziehen und Ralph Sikeron im Gefahrenfall zu Hilfe zu kommen.

Seit zwölf Tagen stand die LOTUS ohne Fahrt im Raum, 2,46 Lichtjahre von Volat entfernt, und wartete auf Ralph Sikerons Meldungen.

Captain Jim Markus' Blick wanderte vom Bildschirm zur Datumsangabe. Standardzeit, 12. Juli 2040. Prasselnde Geräusche aus dem Mikro-Lautsprecher des Hyperkom-Empfangs alarmierten ihn.

Das war eine laufende Sendung.

Nur Sekunden währten die Störgeräusche, dann kam ein kurzer Nachrichtenstoß.

Die Bordpositronik der LOTUS setzte automatisch ein. Der Dechiffriersektor des Rechengehirns schlüsselte die Nachrichten auf.

Von innerlicher Unruhe getrieben, trat Captain Markus vor die Positronik.

Da warf die Rechenanlage auch schon die Folie heraus. Fast gierig griff Markus danach. Zwei Worte enthielt die Meldung, die der Ultra-Horcher Ralph Sikeron vom Planeten Volat zur LOTUS gefunkt hatte: „Dreimal Glockenschlag!"

Captain Jim Markus griff zum Alarmschalter.

Die gewaltigen Anlagen der LOTUS wurden aktiv, sämtliche Konverter gingen auf Höchstleistung. Die Speicherbänke, bis zum Äußersten mit Energie gefüllt, warteten nur auf den Augenblick, ihre Kräfte abzugeben. Über Schnellbänder und Antigrav-Lifte rasten Männer zu ihren Geschützen. Die Lotus wirkte wie ein aufgeregter Ameisenhaufen, aber diese panikartige Unruhe war ein tausendmal erprobtes Manöver, in dem eins ins andere griff und den Leichten Kreuzer in Minutenfrist voll einsatzfähig machte.

Aus der Funkzentrale kam kurz darauf über Interkom der lapidare Satz: „Funkverbindung mit Ralph Sikeron ist abgerissen."

Für Captain Jim Markus bedeutete diese Erklärung noch einmal: Dreimal Glockenschlag.

Dreimal Glockenschlag war allerhöchste Alarmstufe.

Dieses Kodezeichen bedeutete Lebensgefahr für den im Einsatz befindlichen Agenten und zugleich höchste Gefahr für die Erde.

„Transition in dreißig Sekunden!" rief Markus. Seine Stimme war überall an Bord zu hören.

Im Speichersektor des Rechengehirns standen für einen Sprung durch den Hyperraum, der die LOTUS in Nullzeit über Tausende von Lichtjahren hinweg zu einem anderen Platz im Universum brachte, sämtliche Daten abrufbereit. Aber ein Schiff wie der Leichte Kreuzer, der in Wartestellung lag, benötigte eine halbe Minute, um alle für einen Sprung erforderlichen Maschinen auf Vollast zu bringen.

Jim Markus saß längst im Pilotensitz, neben ihm Bendler, der Erste Offizier, als Kopilot. Beide lauschten, ob die Funkzentrale noch eine Meldung durchgab.

Aber aus der Funkzentrale kam keine Meldung über eine neue Verbindung mit Sikeron, obwohl zwei Dutzend Männer mit allen Mitteln versuchten, sie wiederherzustellen.

Captain Jim Markus' Hand lag auf dem Schalter, mit dem er die Bordpositronik von allen Funktionen der LOTUS isolieren konnte.

Er glaubte und hoffte immer noch, daß in den letzten Sekunden bis zum Sprung Ralph Sikeron sich doch noch einmal melden würde.

Nur die Funkzentrale meldete sich: „Der Sender auf Volat schweigt."

Jetzt gab Jim Markus jede Hoffnung auf, und während vor dem Kommandanten eine Klarmeldung nach der anderen jede Kontrolllampe auf Grün schaltete, kam für die LOTUS der Moment, in den Hyperraum zu springen und zu fliehen.

Drei Sprünge durch den Hyperraum brachten die LOTUS zum Solsystem zurück. Sie überquerte die Plutobahn, wurde von der automatischen Station auf Pluto angepeilt, gab ihr Erkennungszeichen ab, erhielt Fahrtfreigabe und jagte mit 0,6 Licht weiter der Erde zu.

Als die Stationen der Jupiter- und Saturn-Monde den Leichten Kreuzer registriert hatten, nahm die Raumüberwachung auf dem Mars die LOTUS in ihre Obhut und meldete ihre Ankunft nach der Erde – Terrania.

Kurz darauf landete die LOTUS. Das Landemanöver überließ Captain Markus dem Ersten Offizier. Über Funkspruch war Perry Rhodan benachrichtigt worden, warum die LOTUS zurückgekommen war.

Markus stand noch in der Schleuse, wartete darauf, daß die Automatik sie öffnete, als ihm die Funkzentrale die Nachricht zuschickte: „Perry Rhodan hält sich im Augenblick auf der Venus auf, aber er ist von der Rückkehr der LOTUS unterrichtet worden. Er bittet Sie, Bully Bericht zu erstatten."

Die Lotus war zwischen Schweren Kreuzern, Raumern der Imperium-Klasse, Zerstörern und Handelsschiffen gelandet.

Ein Fahrzeug raste mit Jim Markus über den riesigen Hafen, passierte ohne Aufenthalt die Strahlsperre vor dem Regierungsviertel Terranias und setzte den Kommandanten der LOTUS zehn Minuten nach der Landung des Leichten Kreuzers vor einem Hochhaus ab.

Jede Stelle, die Markus zu passieren hatte, um bis zu Perry Rhodans Stellvertreter vorzudringen, war über seine Ankunft informiert.

Dreizehn Minuten nach der Landung saß er Bully gegenüber.

Der Mann mit den roten Borstenhaaren hatte Markus mit den Worten empfangen: „Kommen Sie schnell, Markus. Nehmen Sie hier Platz. Jeden Moment muß der Chef auf dem Schirm zu sehen sein. Rhodan wird nichts dagegen einzuwenden haben, sich einmal für ein paar Minuten mit etwas anderem zu beschäftigen als mit diesem Atlan. Aber über Ihre Meldung wird er sich so wenig freuen wie ich. Dreimal Glockenschlag, und wir haben keine Ahnung, *warum* für uns die Glocken läuten."

Das war typisch Bully. Er nahm es mit seiner Ausdrucksweise nie besonders genau.

Da flackerte der Bildschirm. Die Gegenstation befand sich auf der Venus, wo sich Perry Rhodan aufhielt, um von Atlan, dem „Einsamen der Zeit" und seinem Rätsel des „ewigen Lebens" mehr zu erfahren.

Auf dem Schirm erschien Perry Rhodans Gesicht.

Während Reginald Bull neben Captain Markus saß, erstattete der LOTUS-Kommandant Bericht. Gleichzeitig war Sprechverbindung zum Leichten Kreuzer hergestellt worden. Sämtliche Daten, die Markus nicht zur Hand hatte, trafen Sekunden später von dort ein.

Captain Jim Markus hätte es sich viel einfacher machen und über Hyperfunk von der Warteposition im Heperés-System mit Rhodan sprechen können, aber dem stand der strenge Befehl gegenüber, unter keinen Umständen mit Hyperfunk die Erde oder das Solsystem anzurufen, denn für jedes Arkon-Schiff oder jeden walzenförmigen Händler-Raumer war es eine Kleinigkeit, diesen Strahl anzumessen. Damit wäre die Erde, die die Arkoniden sowie sämtliche Händler-Sippen einschließlich der Galaktischen Mediziner für vernichtet hielten, nach mehr als einem halben Jahrhundert wieder zum Mittelpunkt gefährlicher Auseinandersetzungen geworden.

Gerade das wollte Rhodan unter allen Umständen vermeiden. Deshalb weilten auf einigen Hundert von Arkoniden oder Händlern bewohnten Welten terranische Agenten. Rhodan ließ keine Rüstungs- und Industriespionage betreiben, er wollte nur über das Verhalten der Springer und des Robot-Gehirns auf Arkon unterrichtet sein.

Rhodan nahm Jim Markus' Bericht entgegen, ohne ihn zu unterbrechen. Dann prasselten seine Fragen auf den Kreuzer-Kommandanten herab. Das Primäre wurde herausgestellt. Markus mußte von seinem Schiff Daten anfordern. Rhodan traf nach kurzem Überlegen seine Entscheidung.

„Captain Markus, lassen Sie sofort die LOTUS wieder startklar machen. Sobald der Mutant Fellmer Lloyd an Bord ist, fliegen Sie zum Heperés-System zurück. Sie sorgen dafür, daß Lloyd unbeobachtet nach Volat kommt. Sie bleiben mit der LOTUS wieder auf Warteposition. Beachten Sie, daß unsere Existenz und die unseres Sonnensystems davon abhängen kann, wenn wir nicht kurzfristig in Erfahrung bringen, warum Ralph Sikeron ‚Dreimal Glockenschlag' gefunkt hat. Handeln Sie, falls es die Lage erfordert, nach eigenem Ermessen, aber bedenken Sie dabei, daß von Ihrem Handeln unser aller Leben abhängen kann."

Der Bildschirm wurde grau, und Perry Rhodans Kopf verschwand.

23.

Captain Jim Markus trat in die Kabine, in der Fellmer Lloyd die Fahrt zum Heperés-System mitgemacht hatte.

Markus fand den Mann lesend auf dem Bett liegen.

„Ihre Nerven möchte ich haben", platzte Markus heraus und schüttelte über die Ruhe des Mutanten den Kopf.

In einer Stunde würde sich Fellmer Lloyd im gefährlichsten Einsatz befinden, und anstatt sich darauf vorzubereiten, lag der Mann ruhig auf dem Bett.

Fellmer Lloyd, ein unauffälliger Alltagstyp, etwas untersetzt und breit in den Schultern, strich sein dunkles Haar zurück, schmunzelte und erwiderte: „Ich möchte Ihre Nerven haben, Captain. Schließlich ist es doch kein Spaß, ständig vor Arkon-Schiffen und Walzenraumern möglichst ungesehen davonzuschleichen."

„Nach Bordzeit ist es 16.52 Uhr, Lloyd . . ."

„. . . und Sie denken“, ergänzte der Telepath schmunzelnd, „daß es jetzt wohl an der Zeit wäre, mich zu erheben, nicht wahr? Aber warum denn? Ich kann zu jeder Minute in den Einsatz gehen. Mit uns Mutanten ist es wie mit Ihrer LOTUS, Markus. Ist man nicht einsatzbereit, wenn man einsatzbereit sein muß, dann braucht man es nie mehr zu sein. Nehmen Sie doch Platz, Captain, ich habe noch eine Stunde Zeit.“

„Aber ich nicht“, wich Markus aus, dem es in der Nähe gedankenlesender Mutanten noch nie recht geheuer gewesen war. Mit der Entschuldigung, sehr viel Arbeit zu haben, beendete er seinen Besuch bei Fellmer Lloyd.

Die Warteposition der LOTUS befand sich vom Heperés-System in einer Entfernung von zehn Lichtjahren.

Punkt 18 Uhr Bordzeit wurde die Space-Jet, der diskusförmige Fernaufklärer mit Überlichtantrieb und einem Aktionsradius von fünfhundert Lichtjahren, aus dem Hangar der LOTUS entlassen.

Fellmer Lloyd saß gemütlich vor den Kontrollen und schien sich nicht das geringste daraus zu machen, daß es um *seinen* Einsatz ging.

Die Space-Jet, fünfunddreißig Meter im Durchmesser und über ihren Polen achtzehn Meter dick, wartete dicht neben der LOTUS auf das Freizeichen. Lloyd achtete im Augenblick nur auf die Instrumente.

Für drei Sekunden war der Leichte Kreuzer LOTUS aller Schutzschirme einschließlich der Ortungs-Sicherung entblößt – und die Space-Jet schoß aus dem Stand davon in Richtung der Sonne Heperés.

Dieser Fernaufklärer war das einzige Beiboot der LOTUS, das über einen Struktur-Kompensator verfügte.

Der Struktur-Kompensator ließ die Gefügeerschütterung des Weltalls beim Hypersprung nicht meßbar werden, und dadurch wurde vermieden, daß die Meßstationen auf Volat auf die anfliegende Space-Jet aufmerksam wurden und Alarm gaben.

Fellmer Lloyds zur Schau getragene Ruhe war keine Maske. Als Telepath und Orter wußte er, wann es Zeit wurde, unruhig zu werden.

Die Solare Abwehr der Erde hatte Fellmer Lloyds Einsatz bis ins letzte Detail vorbereitet. Nichts war dem Zufall überlassen worden, alles stimmte, war „echt“, und das finanzielle Polster, das er mitführte, unterstrich, welche Bedeutung Rhodan diesem Einsatz zumaß.

Die letzten dreihunderttausend Kilometer legte die Space-Jet mit einer Höllenfahrt zurück, wenngleich sie 0,2 Licht nicht überschritt. Ein Drittel aller Energien, die der Fernaufklärer abstrahlen konnte, ohne seine Reserven anzugreifen, benutzte Lloyd, um den Ortungsschutz aufrechtzuerhalten. Trotzdem hätte er nicht ausgereicht, um die Space-Jet unbemerkt nach Volat zu bringen, wenn Lloyd nicht eine ganz bestimmte Einflugschneise als Anflug benutzt hätte, in der es einen knapp kilometerbreiten Streifen gab, der nicht hundertprozentig von den Überwachungsstationen der Arkoniden und Galaktischen Händler erfaßt wurde.

Es war der gleiche Kurs, der auch benutzt worden war, um seinerzeit Ralph Sikeron auf diesen Planeten zu bringen.

Wenig später ging die Space-Jet wie ein segelndes Blatt zu Boden, brach durch eine Lücke riesiger Urwaldbäume von fremdartigem Aussehen und lag dann im Schutz des Dämmerlichts einige Kilometer weit vom Waldrand entfernt.

Am nächsten Morgen brach Fellmer Lloyd auf und erreichte auf Umwegen am späten Nachmittag die Hauptstadt von Volat, Kuklón. Dort mietete er ein Robot-Taxi.

Sein Ziel war Ralph Sikerons Stützpunkt, im galaktischen Viertel von Kuklón, am „Platz der Thator“, der den Namen eines berühmten Forschungsschiffs der Arkoniden trug.

Das Verkehrsgetümmel interessierte Lloyd nicht.

Kuklón war eine Drehscheibe im Großen Imperium und Handelsplatz der Galaktischen Händler. Wie fest sie sich hier eingenistet hatten, bewiesen dem Mutanten die pompösen Prachtbauten, jeweils nach der Sippe benannt, die sie erstellt hatte. Je weiter ihn das Fahrzeug durch Kuklón trug, um so großartiger wurden die Handelskontore der Springer.

Plötzlich weitete sich die Straße. Gleichzeitig gab der Automat ihm bekannt, daß er sein Ziel erreicht hatte.

Der Platz der Thator war eine zwei Kilometer große Fläche, umsäumt von Hochbauten.

Auf dem Platz gaben sich viele Völker des Großen Imperiums ein Stelldichein. Lloyd sah Wesen, von denen er noch nie gehört hatte. Manche schleppten sich in Druckanzügen dahin, andere machten mit jedem Schritt Zehn-Meter-Sätze, was darauf hinwies, daß sie von Welten mit bedeutend größerer Schwerkraft stammten.

Ralph Sikerons Stützpunkt hatte sich im Haus der Uxlad-Sippe befunden. Unauffällig betrachtete Fellmer den Bau, ging dabei quer über den Platz und lauschte. Aber die Ortung ergab keine Gefahr.

Das große Portal wirkte protzig. Die Uxlad-Sippe hatte das positronisch gesteuerte Schwingtor mit den edelsten Metallen verzieren lassen, wodurch es aber keineswegs gefälliger aussah. In der gleichen angeberischen Art waren die Firmenhinweise rechts vom Portal gehalten. Fellmer Lloyd las unter anderem:

GETLÖX ASARGUD
TRANSPORTE

Unter dem Namen Asargud hatte sich der Ultra-Horcher Ralph Sikeron getarnt und im Handelskontor der Uxlad-Sippe seinen Stützpunkt eingerichtet.

Nach kurzem Zögern betrat Lloyd das Gebäude.

Sofort kam ein Robot herangeschossen und fragte nach seinen Wünschen. Im 21. Stockwerk befand sich die Firma Getlöx Asargud.

Der Antigravlift brachte ihn in wenigen Minuten nach oben. Im Schacht war auffallend starker Verkehr. Auch hier waren Angehörige vieler Völker vertreten, um mit der Springersippe der Uxlad ihre Geschäfte zu machen.

Unbelästigt erreichte Fellmer Lloyd das 21. Stockwerk. Eine Etage höher befand sich die Landefläche für Lufttaxis und Kleinraumer.

Der breite Gang, ebenso pompös ausgestattet wie unten der Empfang, strahlte wohltuende Ruhe aus. Aber weder Stille noch Reichtum konnten den Mutanten beeindrucken. Er stand im Einsatz. Er hatte mit Ralph Sikeron, wenn der Agent noch lebte, schnellstens Verbindung aufzunehmen, um den Funkalarm „Dreimal Glockenschlag“ zu klären.

Die Solare Abwehr hatte Fellmer Lloyd präpariert und in einen Preboner verwandelt. Dieses Volk war seit Jahrtausenden treues Mitglied des Großen Imperiums. Die Preboner ähnelten in der

Körperform Fellmer Lloyds Figur, und daß die beste Maske immer noch das natürliche Aussehen war, hatten Rhodans Mutanten schon oft erfahren müssen.

Wenige Schritte vor Lloyd öffnete sich eine Tür. Ein junges Mädchen trat auf den Gang und sah den Mutanten neugierig an. Das Mädchen ahnte nicht, daß ihre Gedanken von ihm wie ein aufgeschlagenes Buch gelesen wurden. Freundlich grüßend wandte sich Lloyd an das Mädchen. „Ich suche die Firma Asargud."

Kaum hatte er Ralph Sikerons Deckname ausgesprochen, als er bei dem Springer-Mädchen feindliche Abwehr feststellte. Obwohl ihr reizvolles Gesicht freundlich blieb, klang ihre Stimme abweisend.

„Dritte Tür rechts. Sie sind schon der achte, der heute zur Firma Asargud will." Ihre dunklen Augen, die zu der rötlichen Haut im wunderbaren Kontrast standen, zeigten keine Neugierde mehr. Mit der Bewegung, die allen jungen Mädchen eigen ist, wenn sie eine Abfuhr erteilen, warf es den Kopf in den Nacken und ging in Richtung des Antigravlifts davon.

Fellmer Lloyd sah ihr nicht nach. Ein Gedanke der Springerin hatte ihn nachdenklich werden lassen: *„Schon wieder ein arkonidischer Spitzel."*

Um nicht unnötig aufzufallen, ging er bis zur dritten Tür rechts. Wie erwartet, fand er sie verschlossen, aber seinem geschulten Blick entging nicht, daß das Magnetschloß geschickt, aber doch gewaltsam geöffnet worden war.

Kurz darauf schwebte er im Antigrav nach unten. Er hatte nicht erwartet, daß sein erster Versuch, mit Sikeron Kontakt aufzunehmen, gleich von Erfolg gekrönt sein würde, aber der Gedanke des jungen, hübschen Mädchens ging ihm nicht aus dem Kopf: *„Schon wieder ein arkonidischer Spitzel."*

Während er im Empfang drei Überschweren auswich, fühlte er mit seiner Ortungsgabe, daß er beobachtet wurde.

Fellmer Lloyd, der nach außen hin etwas apathisch und schwerfällig wirkte, war jetzt innerlich genau das Gegenteil.

Mit der Miene eines Mannes, der über ein Geschäft nachdenkt, verließ er das Uxlad-Gebäude, während er in Wirklichkeit seine nächste Umgebung scharf musterte, eine Hand in die Tasche geschoben und seine Finger um den vertrauten Griff der handlichen Schockwaffe gelegt hatte.

Langsam drängte er sich durch das Gewühl, das auf dem Platz der Thator herrschte.

Sein Ortungssinn schlug immer noch Alarm.

Einwandfrei wurde er von jemandem verfolgt, aber die Impulse kamen schlecht bei ihm an.

Dieses Phänomen hatte Fellmer Lloyd noch nie erlebt.

Als er den Platz umwanderte, kam er wieder am Uxlad-Gebäude vorbei. Das protzige Hochhaus zog ihn wie ein Magnet an. Plötzlich zuckte er zusammen. Das Gehirnwellenmuster kam deutlicher bei ihm an. Immer noch stand er unter Beobachtung.

Lloyd zerlegte das Gehirnwellenmuster blitzschnell. Er stellte die Richtung fest, aus der die Sendung eintraf, und es überraschte ihn nicht, daß der Ausgangspunkt im Portal des Uxlad-Gebäudes lag.

Das positronisch gesteuerte Tor stand offen. Zu Hunderten verließen Springer das Gebäude. Eilig hasteten sie die breit angelegte Treppe hinunter und verliefen sich in der Menge.

Dann griff sich Fellmer Lloyd an den Kopf. Seine Lippen hatten sich bewegt und zwei Worte geformt: „Das Mädchen!“

Es beobachtete ihn.

Die junge Galaktische Händlerin aus dem 21. Stockwerk stand an der linken Portalseite und sah zu ihm herüber.

Fellmer ließ sich nicht anmerken, daß er ihr Verhalten registriert hatte. Wieder griff er mit seiner telepathischen Fähigkeit nach ihren Gedanken, und als er jetzt einen gewissen Rhythmus darin feststellte, der ihm bekannt vorkam, da war er seiner Sache ganz sicher, daß sie ihm beim Verlassen des Uxlad-Hauses gefolgt war.

Intensiv dachte sie an *Ralph Sikeron.*

24.

Fellmer Lloyd hatte im Plana-Hotel die erste Nacht in Kuklón verbracht und traumlos geschlafen, aber beim Erwachen beschäftigten sich seine Gedanken sofort wieder mit dem großen, etwas knochigen Mädchen – zweifellos die Tochter eines Galaktischen Händlers.

Das Mädchen hatte ununterbrochen an Ralph Sikeron gedacht und ihn, Fellmer Lloyd, dabei beobachtet. Zu einem Kontakt zwischen ihnen war es nicht gekommen. Fellmer Lloyd hatte nichts für überstürzte Aktionen übrig, auch wenn Perry Rhodan ihm den Auftrag erteilt hatte, schnellstens zu klären, warum der Erde von Volat aus größte Gefahr drohen sollte.

Fellmer Lloyd grinste, als er seine „Kampfutensilien" am Körper verbarg. Nichts davon deutete auf irdischen Ursprung hin. Alle, bis auf die kleinste Kleinigkeit, waren Original-Prebon-Erzeugnisse.

Mit der Ruhe eines Mannes, der ein gutes Gewissen hat, frühstückte er, gab dann an, sein Zimmer zu behalten, und ging in Richtung des Thator-Platzes.

Er *mußte* einfach zum Uxlad-Gebäude. Er hätte gern selbst gewußt, was ihn dort hinzog – das Mädchen?

Wieder trug ihn der Antigrav zum 21. Stockwerk hoch, doch auf dem Weg dahin beschloß er, sich zunächst das Landedach anzusehen. Er fand es bis auf einen kleinen Schnellraumer leer, aber von Süden her kam ein walzenförmiges Springer-Beiboot heran.

Lloyd tat so, als ob er zur Besatzung des gelandeten Kleinraumers gehörte, den er kurz überprüft und leer vorgefunden hatte.

Während er sich in gemütlicher Haltung gegen eine Teleskopstütze lehnte, landete das Walzen-Beiboot knapp zwanzig Meter neben ihm.

Drei Springer verließen das Schiff, alle drei noch in Raumanzügen. Sie warfen Fellmer einen kurzen Blick zu, sahen dann an ihm vorbei und gingen zum Antigravlift hinüber.

Der Ordnung halber kontrollierte Lloyd ihre Gedanken.

Sie dachten an andere Springer, und als Lloyd hoffte, Näheres zu erfahren, glitten Gespräche und Gedankenkonglomerat der drei Springer in Alltagsdinge über.

Die Landung eines Lufttaxis überraschte ihn. Erst der pfeifende Landeton weckte ihn aus seiner telepathischen Konzentration. Sein Ortungssinn gab Alarm.

Bevor das junge Mädchen ausstieg, erfaßte er ihr Gehirnwellenmuster.

Sie kam zu spät zum Dienst. Deshalb hatte sie ein Lufttaxi genommen, aber jetzt dachte sie nicht an ihre Arbeit, sondern abermals nur an Ralph Sikeron – genauer: an Asargud.

Als sie das Lufttaxi verließ, starrte sie ihn an. Sie war sich völlig unschlüssig, dachte an Arkonspitzel und verglich Asargud mit dem ihr fremden Mann, den sie auf dem Gang gestern zum erstenmal gesehen hatte.

Fellmer Lloyd trat aus dem Schatten des Kleinraumers und lenkte seine Schritte zum Antigravlift. Dort mußte er mit ihr zusammentreffen, und sie wollte ja jetzt mit ihm zusammenkommen. Aber wortlos sank sie neben ihm ein Stockwerk tiefer, und wortlos betraten sie den Gang.

„Sie haben Asargud gut gekannt?“ Mit dieser Frage überrumpelte er sie. „Wir beide stammen von Prebon, und ich bin auf der Durchreise, morgen fliege ich weiter. Können Sie mir nicht sagen, wo ich Asargud treffen kann?“

Sie hatte wieder Angst, er könnte ein Arkonspitzel sein. Starr sah sie geradeaus, ihr Gang wirkte plötzlich verkrampft. Fast körperlich erlebte Lloyd ihren innerlichen Kampf mit. Es wurde ihm immer klarer, daß dieses Mädchen Ralph Sikeron sehr gern gesehen hatte und so etwas wie eine Freundin des Agenten geworden war.

„Ich bin Asarguds Freund“, redete Fellmer Lloyd ihr zu. „Ich gehöre nicht zu den sieben anderen, die gestern auch nach ihm gefragt haben.“ Das *mußte* sie jetzt verstehen. Sie riß den Kopf herum, und mit ihren ausdrucksvollen, dunklen Augen blickte sie ihn prüfend an.

Ralph Sikeron, Terras kosmischer Agent, war im Einsatz auf Volat ums Leben gekommen, war ermordet worden, und die Leiche war verschwunden.

Fellmer Lloyd brauchte nicht mehr zu versuchen, mit dem Ultra-Horcher in Verbindung zu treten. Es gab keinen Ralph Sikeron mehr.

Kuri Oneré, das junge Mädchen aus der Uxlad-Sippe, hatte ihn nicht gebeten, das Geheimnis keinem Menschen preiszugeben, sie hatte ihn auch nicht aufgefordert, Ralph Sikerons Tod zu rächen – sie hatte ihn nur mit ihren dunklen Augen eindringlich angesehen und auf die Reaktion auf ihrer Nachricht gewartet.

„Warum tun Sie das für Asargud, Kuri?" fragte Lloyd, obwohl er mittels seiner telepathischen Kräfte ihre Gedanken längst kannte.

Kurz flammte es in ihren Augen auf. Ihre Lippen wurden blaß und streng. Ihre Antwort kam sofort: „Weil er anständig war, Preboner."

„Kuri, Sie sind doch auch . . ."

Sie warf den Kopf stolz in den Nacken. „Ja, ich bin eine Angehörige der Galaktischen Händler. Bis vor acht Jahren war unsere Sippe noch reich und mächtig. Achtunddreißig Raumschiffe besaß mein Vater, bis die Uxlad-Sippe immer mächtiger wurde und uns auf betrügerische Art um das Sgok-Monopol brachte. Schon ein Jahr später war mein Vater ruiniert, und ich muß jetzt mein Brot bei dieser Uxlad-Sippe verdienen."

Unversöhnlicher Haß flammte in ihren Augen auf, unversöhnliche Gedanken arbeiteten hinter der hohen Stirn des Mädchens. Kuri Oneré besaß keine Eltern und Angehörigen mehr. Darum vielleicht hatte sie sich Ralph Sikeron angeschlossen, aber mehr als das, was sie Lloyd gerade erzählt hatte, wußte sie auch nicht.

Unauffällig stellte er weitere Fragen, spielte auf die Arkon-Verwaltung des Volat-Planeten an und daß Morde im Bereich des Großen Imperiums streng geahndet würden.

„Hat Asargud denn nie davon gesprochen, daß er Feinde hatte, Kuri?"

„Nie, Preboner. Aber als ich ihn das letzte Mal sah, da wirkte er auf mich wie ein Mensch, der etwas Entsetzliches entdeckt hat. Er war aufgeregt, obwohl er es nicht zeigen wollte. Er hatte kaum Zeit, mit mir einige Worte zu wechseln, er muß geahnt haben, daß er bald sterben mußte, und ich – ich habe es gar nicht so wichtig genommen. Doch ich glaube, er hat eine Botschaft hinterlassen."

„Eine Botschaft?" echote Lloyd.

„Ich soll einen Freund zur Allweisen Mutter schicken. Ja, das sagte er mir beim letzten Zusammentreffen."

„Die Allweise Mutter?" Fellmer Lloyd hütete sich zu lachen. Mit dieser Bezeichnung konnte doch nur ein Eingeborener von Volat gemeint sein. Er hatte einige davon gestern abend zum erstenmal gesehen und beobachtet.

Die Eingeborenen dieser Welt waren aus einer Insektenrasse hervorgegangen und hatten bis zur Kolonisierung durch die Arkoniden auf ihrem Planeten ein ungetrübtes Leben geführt. Die Volater wirkten auf jeden, der Umgang mit Nichthumanoiden nicht gewohnt war, grotesk. Mit ihrem dünngliedrigen Aufbau, ihren Insektenbeinen, der braunschwarzen, stellenweise verhornten Haut, den übergroßen Facettenaugen und den Fühlern darüber sahen sie nicht nur harmlos und äußerst friedfertig aus, sondern sie waren es auch. Ihre Verachtung, die sie den Arkoniden und Springern entgegenbrachten, kam nicht aus falschem Stolz, sondern wuchs aus ihrer Lebensauffassung.

Kuri sagte: „Asargud ist das gelungen, was bis heute jedem Springer versagt blieb: Verbindung mit den Volatern aufzunehmen."

In diesem Moment verließ ein Springer den Antigrav und betrat den Gang. Fast körperlich fühlte Fellmer Lloyd mit dem Galaktischen Händler auch die Gefahr näher kommen. Zum Ausweichen blieb keine Zeit mehr.

Der Springer ging an ihnen vorbei und sah ihnen neugierig ins Gesicht. Er grinste, als er Kuri Oneré erkannte, und machte im Vorbeigehen eine dumme Bemerkung im Springer-Dialekt.

Aber schon zwei Schritte weiter blieb er stehen, musterte Fellmer Lloyd scharf und fragte lauernd: „Wollen Sie zur Firma Asargud?"

Fellmer Lloyd, der etwas träge wirkende Mann, wurde auch jetzt nicht nervös. Übertrieben schwerfällig hob er den Kopf, musterte den Galaktischen Händler und fragte betont langsam, aber um so eindringlicher: „Müssen Sie jedem Mädchen, dem Sie begegnen, eine anzügliche Bemerkung zurufen, Springer?"

Der Mutant ging zum Angriff vor. Der Gedankenwulst des Händlers bestand aus Mißtrauen – es spielten darin sogenannte „Chefs" eine Rolle –, aus Wut und Frechheit, aber alles war ungeformt, nicht geordnet und bewies Lloyd, daß er es mit einem dummen, arroganten Kerl zu tun hatte.

Der Händler, anderthalb Kopf größer als Fellmer, kam drohend heran. „Sie wagen es . . ."

Da verschloß ihm Kuri Onerés kräftig zuschlagende Hand den Mund. Doch noch stärker wirkte ihre Drohung, die Belästigung der Administration zu melden.

Mit nackter Wut in den Augen trat der Händler zurück. Er murmelte eine Verwünschung und verschwand hinter der Tür.

Seine Gedanken waren feindlich, und einen Teil davon drückte Fellmer Lloyd in der Bemerkung aus: „Ich glaube, Sie brauchen jetzt nicht mehr zum Dienst zu erscheinen. Ist dieser Springer ein einflußreicher Mann, Kuri?"

„Das war Tirr, Uxlads jüngster und verzogenster Sohn – ein Nichtstuer, Nichtskönner und Schürzenjäger."

„Hat er mehrere Chefs, Kuri?" fragte Lloyd.

Ohne zu überlegen stieß Kuri hervor: „Aser Uxlad ist der ungekrönte König seiner Sippe. Es gibt keinen zweiten Chef."

Wie ein Schock traf Fellmer Lloyd die mentale Ortung.

Vier Springer jagten im Antigravlift zum 21. Stock hoch.

Aser Uxlads jüngster Sohn hatte sie alarmiert. Aus Rachegefühlen war diese Gegenaktion von ihm gestartet worden.

Noch hatte das Eingreifen der Springer keine Linie, aber als sie bei Verlassen des Lifts nur noch Kuri Oneré auf dem Gang antrafen und von dem fremden Preboner kein Spur sahen, wurden sie mißtrauisch.

Jidif, ein spindeldürrer Springer, reagierte sofort, während seine drei Komplizen das Mädchen unter Druck zu setzen versuchten. Über seine Taschenanlage verständigte Jidif die Zentrale und veranlaßte, daß drei Roboter mit der Jagd auf den Fremden beginnen sollten.

Im gewaltigen Handelskontor der Uxlad-Sippe gab es nur einen Antigravlift. Er begann im Kellergeschoß und endete auf dem Landedach. In den Betriebszeiten ließen sich ständig hundert und mehr Personen in diesem Schacht hinauf- und hinuntertragen.

Fellmer Lloyd aber hatte darauf verzichtet, ihn zu benutzen. Als er der erstaunten Kuri Oneré erklärte, daß er gleich eine Meute Springer auf den Fersen haben werde, hatte sie ihm wortlos einen Magnetschlüssel gereicht. Er brauchte ihre Gedanken nicht zu lesen, um zu erfahren, für welche Tür dieser Schlüssel bestimmt war.

Dritte Tür links auf dem Gang – Ralph Sikerons ehemaliger Stützpunkt.

Darin war er verschwunden. Lloyd hatte hinter sich abgeschlossen. Er sah sich in den vier hintereinander liegenden Räumen um.

Ralph Sikeron hatte seinen Stützpunkt erstklassig getarnt und ihm das Aussehen einer Firma gegeben, die sich mit Transporten zwischen den Sternen beschäftigte. Fellmer wühlte in keiner Schublade herum. Dort lag bestimmt kein Hinweis versteckt. Manchmal waren die besten Verstecke jene Plätze, zu denen jeder zuerst hinsah.

Darum rührte Lloyd auch die vielen Papiere nicht an, kontrollierte sie nur mit den Augen. Er befand sich im zweiten Raum, als er das Geräusch an der Eingangstür hörte.

Seine Verfolger versuchten, unter Gewaltanwendung einzudringen. Jidif war nach logischer Überlegung zu dem Ergebnis gekommen, daß der Preboner sich noch im 21. Stockwerk befinden müßte.

Fellmer Lloyd ließ sich nicht aus der Ruhe bringen. Mit seinem Ortungssinn zerlegte er vier Gehirnwellenmuster, und mit den Augen suchte er nach einem kleinen Hinweis, den Ralph Sikeron vielleicht schriftlich niedergelegt hatte.

Am Magnetschloß, auf der anderen Seite der Tür, wurden die Geräusche lauter. In der Linken hielt Lloyd seinen Hypnostrahler. Er hatte ihn auf größte Leistung gestellt. Wenn er die eindringenden Springer unschädlich machen mußte, und Kuri Oneré befand sich zwangsweise unter ihnen, dann war es unvermeidlich, daß auch sie für Stunden unter Hypnose geriet.

Lloyd blätterte im vor ihm liegenden Terminkalender um eine Seite zurück und las: *8. Juli – 23 000 Dexresitik, gebündelt, SSog-VI, von Migf eintreffend.*

51 365 Klödexal, 100 Prozent, mit Derr-k118 von Zalit einlaufend, mit Klö-XXII weiter nach Orro, Overhead.

Overhead?

Fellmer Lloyd war zusammengezuckt.

Das war der Hinweis, nach dem er instinktiv gesucht hatte. Am 8. Juli mußte Sikeron seine erste, wichtige Entdeckung gemacht haben. Aber wieso *Overhead?*

Der Overhead war schon über ein halbes Jahrhundert tot. Von ihm sprach kein Mensch mehr.

Wieso stand hinter den Landeangaben gecharterter Raumer dieses unheimliche Wort Overhead?

Was hatte sich Ralph Sikeron dabei gedacht, als er den Namen eines Toten niederschrieb?

Da brach hinter Lloyd das Magnetschloß im Feuer eines Thermostrahlers auseinander.

Im selben Augenblick war Fellmer Lloyd wieder in der Gegenwart. Mit ruhiger Hand richtete er die Hypnowaffe auf den Büroausgang, drückte ab, streute nach rechts und links, und fast gleichzeitig brachte ihm seine Ortung hypnotisierte Gehirnwellenmuster heran.

Vier Springer bekamen von ihm den Befehl, sofort nach unten zu fahren und der Zentrale mitzuteilen, daß der Preboner mit einem Lufttaxi entkommen sei.

Da beging Fellmer Lloyd einen winzigen Fehler.

Er hatte den Streuwinkel der Hypnowaffe nicht berücksichtigt.

Nicht nur seine vier Verfolger und Kuri Oneré unterlagen der hypnotischen Kraft seines Strahlers, sondern auch drei harmlose Männer, die auf der anderen Seite des breiten Ganges über ihrer Arbeit saßen. Und sie, ohne jede innere Bereitschaft für einen Kampf, gehorchten schneller dem Gedankenbefehl des Mutanten und trafen einige Sekunden vor den vier Springern in der Zentrale ein.

Dem Galaktischen Händler dort fielen fast die Augen aus dem Kopf, als ein fremder Springer vor ihm stand und überraschende Einzelheiten von einem Preboner erzählte, der über das Landedach entkommen wäre. Noch fassungsloser wurde er, als der spindeldürre Jidif auftauchte, ihm alles noch einmal erzählte und sich über die Anwesenheit des anderen nicht wunderte.

Als die drei Begleiter Jidifs den Bericht im Wortlaut ebenfalls wiederholten, begriff der Mann in der Zentrale, was geschehen war.

Schon zuckte seine Hand zum Alarmschalter, schon wollte er mit einer Aktion das Handelskontor zu einem sicher verschlossenen Gefängnis machen, als er sich in letzter Sekunde erinnerte, daß die Arkon-Administration davon erfahren würde und eine Untersuchung die Folge sein mußte. Fluchend zog er seine Hand zurück.

Fellmer Lloyd hatte das Handelskontor inzwischen mit einem Lufttaxi verlassen und dabei die unter hypnotischem Einfluß stehende Kuri Oneré mitgenommen.

Hinter seiner Stirn hämmerte das Wort: „Overhead". Je länger er darüber grübelte, um so besorgter wurde er.

Overhead und Dreimal Glockenschlag.

Das paßte zusammen. Damals, vor mehr als einem halben Jahrhundert, als der Overhead versuchte, mit seinen irregeleiteten Mutanten Perry Rhodan auszuschalten, hatte es auch Dreimal Glockenschlag für die Erde gegeben – damals hatte sich Terra auch am Rand des Abgrunds bewegt –, aber der Overhead war tot, und mit ihm waren einige seiner Männer den Weg ins Verderben gegangen.

Immer enger kreisten Fellmer Lloyds erregte Gedanken um eine Geheimorganisation, deren Wirkung gegen die Erde gerichtet war.

Sollten Galaktische Händler bei ihren Kreuzfahrten quer durch die Galaxis durch Zufall ins Solsystem gekommen sein und dabei die Erde erkannt haben, die im Arkon-Imperium als vernichtet galt?

Lloyd erinnerte sich, daß Uxlads jüngster Sprößling an „Chefs" gedacht hatte.

Kannten mehrere Springer-Sippen die Position der Erde, und bereiteten die Galaktischen Händler mit ihren Walzenraumer-Flotten einen Überraschungsangriff auf die Erde vor?

Eine derartige Operation wäre für die Erde und Perry Rhodans Pläne so gefährlich gewesen wie seinerzeit der Overhead.

Nachdem Lloyd Kuri Oneré vor ihrer Wohnung abgesetzt hatte, wollte er in sein Hotel zurückkehren. Routinemäßig sondierte er mit seinen Paragaben die Lage und stellte fest, daß er dort bereits von Springern erwartet wurde. Irgendwie mußten die Springer herausgefunden haben, wo er wohnte. Lloyd wußte, daß er nicht mehr zurückkehren konnte, und beschloß deshalb, unterzutauchen und sein Aussehen zu verändern, um ungestört weiterarbeiten zu können.

25.

Mit Hilfe arkonidischer Maskentricks hatte Fellmer Lloyd sein Gesicht derart verändert, daß ihn auch Perry Rhodan auf den ersten Blick nicht wiedererkannt hätte. Dazu hatte er sich neu eingekleidet und die Kleidung der Hafenarbeiter ausgewählt.

Entsprechende Ausrüstungen gab es an Bord der Space-Jet. Lloyd gab jedesmal, wenn er das Beiboot aufsuchte, einen kurzen Funkbericht an die LOTUS.

Ihm ging Ralph Sikerons Eintragung nicht aus dem Kopf. Unter dem 8. Juli hatte im Terminkalender gestanden: . . . mit Klö-XXII weiter nach Orro, Overhead.

Ein Lufttaxi brachte Lloyd einen Tag später zum Raumhafen. Es war früher Abend. Das gewaltige Empfangsgebäude lag im strahlenden Kunstlicht. Große Abschnitte der Landefläche waren ebenfalls taghell. Arkonidische Kugelraumer starteten und landeten, doch die walzenförmigen Schiffe der reichen Springer-Sippen beherrschten das Bild. Ab und zu war ein Raumschiff fremdartiger Konstruktion zu sehen. Ebenso bunt war das Bild der intelligenten Wesen, die an dieser Stelle Volat betraten oder den tropischen Planeten von hier aus wieder verließen.

Die Galaktischen Händler hatte ein Drittel des Empfangs- und Verwaltungsgebäudes für sich beansprucht. Fast unauffällig war die Abteilung der Aras – der Galaktischen Mediziner. Streng nach militärischer Zweckmäßigkeit ausgerichtet war der arkonidische Trakt.

Ihn suchte Fellmer Lloyd auf. Eine hochgewachsene Arkonidin gab seine Fragen weiter. Sie musterte ihn auffällig, während sie beide auf die Antwort aus dem Archiv warteten.

„Sie sprechen auch Arkonidisch, Preboner?“ fragte sie ihn nach einer Weile.

Schleunigst nahm sich Fellmer Lloyd ihrer Gedanken an, und was er las, war äußerst unerfreulich. Diese Arkonidin glaubte ihm seine prebonische Abstammung nicht, sondern hielt ihn für einen degenerierten Treggl, die im Großen Imperium unter dem Verdacht standen, mit Hilfe unbekannter Intelligenzen gegen Arkon zu konspirieren.

Im besten Arkonidisch antwortete Lloyd ihr, strahlte weiterhin Freundlichkeit aus und stellte sich neugierig.

Ihr Benehmen wandelte sich sofort, als sie ihre Muttersprache hörte. Vollends überraschte sie die Fertigkeit, in der Lloyd Arkonidisch akzentfrei sprach.

Bereitwillig sagte sie: „Ich habe vor wenigen Tagen mit einem anderen Preboner gesprochen; er fragte . . . Moment mal, haben Sie nicht *auch* nach der Klö-XXII gefragt?“

„Natürlich, aber ich wundere mich nicht über diesen Zufall, Arkonidin. Mein Freund ist in Kuklón verschwunden. Seine letzte Terminkalendereintragung bezog sich auf die Klö-XXII, die Ladung nach Orro übernehmen sollte.“

„Es gibt die Klö-XXII, Preboner“, sagte die Arkonidin nachdenklich. „Ich glaube, daß sie vor einer Woche für Stunden auf dem Hafen gelegen hat. Ich erinnere mich – ja, so war es: Kaum hatte Ihr Freund seine Auskünfte erhalten – er wollte wissen, *wann* die Klö-XXII eintraf –, als drei Springer ihm folgten. Später lief das Gerücht hier durch das Haus, zwischen dem Raumhafen und der Stadt wäre ein Mann ermordet worden und seine Leiche verschwunden.“ Die Arkonidin erkannte, daß sie das Gerücht über einen Mord mit der Begegnung des Preboners vor ungefähr einer Woche in Zusammenhang gebracht hatte.

Lloyd, der konzentriert ihre Gedanken mitlas, sagte: „So abwegig ist Ihre Kombination nicht, aber Sie zu fragen, wie die drei Springer ausgesehen haben, ist wohl unhöflich?“

Er hatte eine schwache Hoffnung, daß die Arkonidin vielleicht über ein fotografisches Gedächtnis verfügte und Gesichter oder Gegenstände, wenn auch nur flüchtig gesehen, nie mehr vergaß.

Da sah er befreiendes Lachen über das Gesicht des Mädchens huschen. „Warten Sie einen Augenblick, Preboner.“ Damit ließ sie ihn stehen und ging davon.

In der Zwischenzeit kamen aus dem Archiv die Antworten. Danach gab es das Händlerschiff Klö-XXII. Es war am 8. Juli aus dem Migt-System gekommen, hatte seine Ladung übernommen und war nach dreistündigem Aufenthalt zum Orro-Planeten weitergeflogen. Vorher jedoch hatte sich der Kapitän vergeblich nach Asargud umgesehen.

Während Fellmer Lloyd noch darüber staunte, daß es dem Ultra-Horcher Ralph Sikeron in wenigen Tagen möglich gewesen war, Transportgeschäfte abzuschließen, kam die hübsche Arkonidin zurück. Sie übergab Lloyd ein Foto.

„Jeder, der das Arkon-Büro im Raumhafen betritt, wird registriert", erklärte sie.

Lloyd nickte nur. Dieses Bild *mußte* den verschollenen Mutanten darstellen.

„Und hier – rechts am Bildrand können Sie die drei Springer erkennen, die . . . Kennen Sie sie, Preboner?"

Einen erkannte Fellmer Lloyd wieder. Es war der spindeldürre Galaktische Händler Jidif.

Während er noch seine Erregung niederzwang, fühlte er plötzlich eine befremdende Leere in seinem Kopf.

Was war das?

Warum kam keine Ortung?

Bevor er sich der Gefahr dieser Erscheinung voll bewußt wurde, war das Gefühl schon wieder verschwunden, aber diese Sekunde hatte dem kosmischen Agenten die Erkenntnis gebracht, daß es auf Volat Dinge gab, die sich außerhalb des Normalen bewegten.

Mit unverhohlener Enttäuschung sah die freundliche Arkonidin dem Preboner nach, der plötzlich gegangen war und für ihr Entgegenkommen kaum gedankt hatte.

Fellmer Lloyd hatte sich selbst in die höchste Alarmstufe versetzt.

Eine unbekannte Macht hatte versucht, von seinen Gedanken Besitz zu ergreifen.

Er wurde nicht nur von den Galaktischen Händlern gesucht, mit denen er im Uxlad-Handelskontor einen Zusammenstoß erlebt hatte – ein Wesen mit telepathischen oder anderen übersinnlichen Fähigkeiten griff auch nach ihm.

Und da hämmerte wieder das Wort hinter seiner Stirn: Overhead.

Das hatte Ralph Sikeron damit gemeint.

Diese paranormale Macht, die auf Volat existierte. Sie war zweifellos verantwortlich für Sikerons Tod. Vermutlich hatte sie Sikerons gesamtes Wissen an sich gebracht. Das bedeutete, jemand wußte, daß Perry Rhodan lebte und Terra noch existierte. Auch die Position der Erde war vermutlich verraten.

Darum *Dreimal Glockenschlag.*

Darum *Overhead.*

Und Ralph Sikeron mußte sein Ende geahnt haben, denn anders war nicht zu erklären, daß er einen Hyperfunksender kleinster Dimension mit sich herumgetragen hatte, um Sekunden vor seiner Ermordung noch den Alarm-Kode abzustrahlen.

Fellmer Lloyd hatte seiner Space-Jet einen Besuch abgestattet, einen Teil seiner Agentenausrüstung gewechselt und war nach dieser Vorbereitung tiefer in den Urwald eingedrungen.

Einen klaren Hinweis hatte Ralph Sikeron ihm durch Kuri Oneré geben können: Die Allweise Mutter der Volater aufzusuchen.

Er war auf dem Weg zu diesem Volk.

Die Hypno-Schulung hatte ihm alles Wissenswerte über die Volater vermittelt. Er wußte, daß sie keine Sprache im herkömmlichen Sinn besaßen. Ihre Verständigung erfolgte mittels ultrahoher Schwingungen, die weit über dem 100 000-Hertz-Bereich lagen und von menschlichen Organen nicht zu hören waren. Die Volater erzeugten diese 100 000-Hertz-Schwingungen mit ihren Fühlern, die damit nicht nur Tastorgan, sondern auch Sprechwerkzeug und Gehör darstellten.

Der kleine Schweber, den Fellmer Lloyd am Raumhafen bestiegen hatte, lag einige Kilometer vor dem Rand des Dschungels im Moor versenkt. Lloyd kämpfte sich zu Fuß durch den Urwald weiter, in einer Hand die Thermowaffe, in der anderen den Schockstrahler.

Als die Nacht kam, war er noch keine dreißig Kilometer tief im Urwald.

Irgendwo in diesem Gebiet sollten die eigentümlichen Städte der Volater liegen und sich der Sitz der Allweisen Mutter befinden.

In einem Zustand, der die Reaktionsfähigkeit nicht beeinträchtigte, verbrachte Fellmer Lloyd leicht vor sich hindösend die Nacht. Dreimal flammte während dieser Stunden sein Scheinwerfer auf. Zwei Angriffe von metergroßen Insekten mußte er abwehren.

Tabletten, die konzentrierte Kraftnahrung enthielten, waren sein Frühstück. Als einer der wenigen von ES akzeptierten Empfänger der Zelldusche auf dem Kunstplaneten *Wanderer*, besaß Lloyd außerdem große Ausdauer.

Mit aufsteigender Dämmerung stapfte der kosmische Agent weiter.

Fünf Kilometer legte er in der darauffolgenden Stunde zurück, dann wurde der Urwald zum verfilzten Dschungel, und ohne Thermostrahler wäre Fellmer Lloyd keinen Kilometer weiter gekommen.

Wiederholt las er den Energieverbrauch an der Waffe ab, doch der winzige Konverter im Kolben war derart leistungsstark, daß die Marke den Höchstwert anzeigte.

Eine Riesenraupe versperrte ihm den Weg. Er hob die Waffe. Da sah er den Pfeil im Körper des drei Meter langen, grünschwarzen Tieres stecken.

Das Monstrum, das dreißig Stummelbein-Paare besaß, schleppte sich mit quietschendem Pfeifton an ihm vorbei.

Lloyd rührte sich nicht. Kurz hatte er den Pfeil gemustert und erkannt, von welch eigenartiger Konstruktion er war.

Plötzlich ortete er fremdartige Gehirnwellenmuster.

Die Volater.

Er erwartete, sie zu sehen, und drehte sich auf der Stelle, aber um ihn war nur der dunkle Boden. Ab und zu fiel durch eine Lücke des dichten Blätterdachs gebündeltes Sonnenlicht. Es war still.

Die Volater, die sich in dreißig Metern Entfernung aufhalten mußten, bewegten sich nicht.

Lloyd konzentrierte seinen Ortungssinn noch stärker. Er wußte, daß er dem Ultra-Horcher Sikeron gegenüber im Nachteil war. Sikeron war in der Lage gewesen, die über 100 000-Hertz-Schwingungen liegenden Sprachwellen der Volater zu hören; er konnte sie höchstens über die empfangenen Gehirnwellenmuster entzerren und zu deuten versuchen.

Da stieß er eine Verwünschung aus.

Die Volater zogen sich tiefer in den Urwald zurück und verzichteten darauf, mit ihm Kontakt aufzunehmen.

Fellmer Lloyd, der sie bisher nur geortet hatte, versuchte nun verzweifelt über die Telepathie mit ihnen Verbindung zu erhalten, und war sprachlos, weil er entdeckte, daß die Volater im Denken menschliche Züge besaßen.

Aber die Verbindung zu der intelligenten Urbevölkerung von Volat war, kaum angelaufen, wieder abgerissen. Dreimal schneller, als er sich bewegen konnte, zogen sie sich lautlos zurück und verzichteten darauf, ihre Jagdbeute zu holen.

Die große, widerlich anzusehende Raupe lag, durch einen pfeilähnlichen Giftstachel getötet, ein paar Schritte hinter Fellmer Lloyd.

Der vierte Morgen im Urwald war da.

Wieder nahm Fellmer Lloyd drei Konzentrat-Tabletten zu sich. Wieder bahnte er sich durch den verfilzten tropischen Urwald seinen Weg.

Plötzlich blieb er wie angewurzelt stehen.

Volater umringten ihn. Wo es im Gewirr der Pflanzen und Baumstämme eine winzige Lücke gab, standen sie und starrten ihn mit ihren großen, hervorstehenden Facettenaugen feindselig an. Die Fühler über ihren Augen – Sprech-, Tast- und Gehörorgane zugleich – befanden sich in ununterbrochenem Schwingen.

Unbeweglich hielten die Volater ihre Insektenköpfe, unbeweglich ihre langen Insektenarme, die so dünn waren, daß sie eigentlich bei der geringsten Belastung brechen mußten. Viel stärker waren auch ihre Beine nicht entwickelt.

Lloyd nahm eine Flut von Gehirnwellenmustern auf, zugleich aber auch die Erkenntnis, daß die Volater nicht zu orten waren, wenn sie es nicht wollten.

Ihre Gedankenschwingungen waren feindlich. Sie wollten ihm ein weiteres Vordringen durch den Urwald verbieten.

„Geh zurück!" empfing er. Dieser Befehl kam von allen Seiten.

Langsam nahm er seine Hände hoch, spreizte alle Finger und versuchte damit auszudrücken, in friedlicher Absicht zu kommen.

„Geh zurück!"

Fellmer Lloyd schüttelte den Kopf.

„Ich bleibe!“ dachte er konzentriert, und: „Ich will mit euch zur Allweisen Mutter gehen.“

„Geh zurück!“

Wie auf ein geheimes Kommando bewegten sich jetzt alle Volater und kamen näher. Sie hatten ihn eingeschlossen. Ihr Ring wurde enger. Ihre vorstehenden Facettenaugen starrten noch feindseliger. Jeder Volater hob den rechten Arm mit einem Blasrohr. Daraus schossen sie ihre Giftbolzen ab.

„Verflucht“, dachte Lloyd verärgert über sein Versagen. „Warum ist es Ralph Sikeron gelungen, mit ihnen Kontakt herzustellen?“

„Ralph Sikeron?“ Die Fragen stürmten ihn telepathisch von allen Seiten an.

„Getlöx Asargud“, dachte Lloyd. „Ralph Sikeron ist Getlöx Asargud.“

Schlagartig verschwand jede Feindseligkeit aus den Facettenaugen.

Immer eindringlicher versuchte Lloyd den Wesen klarzumachen, daß er zu Ralph Sikerons „Gattung“ gehörte, dessen Vertrauter war und sich nun auf dem Weg zur Allweisen Mutter befand.

Jetzt war er seiner Sache ganz sicher: Jedesmal, wenn er an die Allweise Mutter dachte, änderten die Volater ihre Haltung, schienen eine Kopfbewegung zu machen und ihren Insektenkörper zu beugen.

„Ich muß zunächst meine Mutter fragen, ob wir dir den Weg zur Allweisen Mutter zeigen dürfen.“ Lloyd empfing eine Gedankenbotschaft.

Fellmer Lloyd lachte nicht, als er diesen Gedanken aufnahm. Das Volk der Volater unterstand dem Matriarchat – dem Mutterrecht. Als Königin regierte in Erbfolge die Allweise Mutter über dieses harmlose und sympathische Volk, das zurückgezogen in den Urwäldern lebte, nie den Ehrgeiz gehabt hatte, sich der Technik zu widmen, dafür aber geistige Werte entwickelt hatte.

Lloyd begann zu hoffen, daß die Allweise Mutter die mit Sikerons Tod zusammenhängenden Rätsel lösen konnte.

Die Volater schienen bereit zu sein, den Mutanten in ihr Reich zu führen.

Wie eine stumpfe Pyramide wuchs das gewaltige Felsplateau aus der Urwaldebene heraus. Sein Rand war mit Baumgiganten umsäumt.

Die männlichen Volater hatten Fellmer Lloyd den Weg zur Allweisen Mutter gewiesen. Mitten auf dem Plateau lag die Residenz dieses Volkes. Hier lebten sie ungestört, unberührt von der Technik, die in dem von den Arkoniden besiedelten Teil Volats herrschte.

Lloyd sah keine Häuser im herkömmlichen Sinn. Er sah bienenkorbähnliche Gebilde mit schwer zugänglichen Schlupflöchern.

Was für die Volater als Insekten einmal typisch gewesen war, sich fliegend durch die Luft zu bewegen, hatten sie mit ihrer Entwicklung verloren. Geblieben war alles andere. Die Frau war die Herrin. Der männliche Volater war nur geduldet, ohne Einfluß auf das öffentliche und private Leben; aber dreimal im Jahr, wenn die Unruhe über alle ausgewachsenen Volater kam, gab es plötzlich keine Unterschiede mehr. Um die Mitternachtsstunde wurde der Urwald zum Tempel, und die geheimnisvollen Riten veränderten kurzfristig das gesamte Leben dieser intelligenten Wesen.

Langsam wanderte Fellmer Lloyd mit den Volatern weiter.

Mittelpunkt der Niederlassung war ein riesiger Platz mit einem wabenförmigen Bau, der sich gleich einem Monument erhob. Dieser Bau war schlank, knapp fünfzig Meter hoch, aber im Gegensatz zu den anderen Waben mit einer wunderbaren Ornamentik versehen, die Fellmer Lloyds Achtung erweckte.

Da begegnete er den ersten Volat-Frauen.

Sie waren so groß wie die Männer, aber zierlicher, anmutiger; sie hatten etwas von weiblichem Charme an sich. Auch spielte ihre Hautfarbe mehr ins Braune hinein. Das Schwarz wurde nur auf den dünneren, hornartigen Wülsten sichtbar. Fast doppelt so lang und bedeutend stärker entwickelt waren ihre Fühler – und doppelt so stark nahm Lloyd ihre Gedanken auf.

Kurz war die Begrüßung. Die Volat-Männer, die ihn bis hierher geführt hatten, verschwanden. Von den Frauen in die Mitte genommen, wurde er zur Residenz der Allweisen Mutter geführt.

Das untere Schlupfloch war so hoch, daß er sich beim Eintritt nicht zu bücken brauchte. Talglichter erhellten das Innere. Fellmer Lloyd fühlte sich wie unter arbeitsamen Bienen, und sein Erlebnis kam ihm unwirklich vor. Der sich in Serpentinen zur Höhe hinaufwindende Gang bewies, daß die Volater das Fliegen verlernt hatten.

Dann stand Lloyd vor der Allweisen Mutter – und bevor er ihren ersten Gedanken aufnahm, wußte er, daß er vor einer Königin stand.

Unwillkürlich war Lloyd einen Schritt zurückgetreten, und er empfing ihre Gedanken: „Tritt näher, Fremder, denn du trägst wie dein Freund Sikeron das Zeichen auf der Stirn, lange zu leben. Du bist viel älter, als du aussiehst, du bist Sikerons Freund."

Fellmer Lloyd erstarrte.

Das hatte ihm noch nie ein Fremder gesagt. Von welchem Zeichen auf seiner Stirn hatte die Allweise Mutter gesprochen? Wieso konnte sie ihm ansehen, daß er auf dem Planeten des ewigen Lebens *Wanderer* zusammen mit Ralph Sikeron und anderen Mutanten die Zelldusche erhalten hatte und damit über sechs Jahrzehnte hinaus nicht alterte?

Er bestürmte sie, es ihm zu erklären, aber die Allweise Mutter der Volater schien jetzt menschlich und weise zu lächeln. Sie lehnte eine Erklärung ab.

Sie wurde noch mehr Königin. Sie strahlte Klugheit, Ruhe und die Weisheit des Alters aus. Mehr und mehr verlor sie für Fellmer Lloyd ihr insektenhaftes Aussehen. Immer intensiver wurden zwischen ihnen die gedanklichen Kontakte.

Ein Gewebe aus Pflanzenfasern war ihr Thron. Blattwerk, das nicht welkte, machte den Schmuck ihres Thronsaals aus. Diese Wabe war um ein Vielfaches größer als jede andere.

Niemand störte sie, und die Allweise Mutter hatte *Zeit.*

Sie war *keine* Herrscherin, sie war der ruhende Pol der Volater und das mit Verantwortung und Arbeit überlastete Idol.

Lloyd drängte sie nicht, von Ralph Sikeron zu sprechen. Sie brachte selbst das Thema auf ihn.

„Er war einmal in diesem Raum, Fellmer Lloyd. Er verbarg genauso wie du, woher er kam. Er war kein Preboner, wie du kein Preboner bist. Ihr beide kommt aus der Tiefe der Sternenwelt. Er wollte dorthin wieder zurück. Er starb hier, obwohl auch er das Zeichen des ewigen Lebens auf der Stirn trug. Ihr beide seht euch so ähnlich, und doch war er anders als du. Er konnte uns Volater sprechen hören. Dein Hörsinn aber ist taub. Du verstehst uns anders und doch ebenso gut, und ich glaube, daß eine Welt, die Ralph Sikeron und dir Mutter ist, eine schöne Welt sein muß, wie die Welt meiner Volater schön ist.“

Ergriffen nahm er ihre Gedanken auf. Er empfand es als ein unerwartetes Geschenk, der Allweisen Mutter begegnet zu sein. Seine Ehrfurcht vor fremden Völkern wuchs. Dann kam sie auf Ralph Sikeron zu sprechen.

„Zwei Mächte leben auf Volat – Galaktische Händler und Arkoniden –, die im Dunkel stehen und aus dem Dunkel heraus ihre Macht ausstrahlen. Sikeron hat sie erlebt und ist das erstemal vor ihnen zu uns geflohen. Ich sollte ihm raten, aber ich konnte ihm keinen Rat geben. Dann kam er noch einmal, und wieder war er zu uns geflohen. Abermals hatten zwei Arkoniden oder Galaktische Händler mit übersinnlichen Kräften ihn aufgespürt, und bei seinem zweiten Besuch bat er mich um Erlaubnis, eine Nachricht hinterlassen zu dürfen, die seinem Nachfolger den Weg zu mir weisen sollte.“

„Und als Ralph Sikeron nach Kuklón zurückkehrte, Allweise Mutter?“ fragte Lloyd sie durch seine Gedanken.

„Er wußte, daß er in den Tod ging. Er mußte gewußt haben, wer diese paranormale Macht ist, die wir im Volat-Volk noch nie bemerkt haben. Er wußte, daß er in Kuklón *erwartet* wurde. Wörtlich sagte er beim Abschied: ‚Ich wünsche dem Volat-Volk alles Glück und dasselbe Glück auch meiner Welt!‘ Und wirst du jetzt nicht *auch* erwartet, wenn du nach Kuklón zurückkehrst, Fellmer Lloyd?“

Als ihn Volat-Männer an der Grenze des großen Platzes, in dessen Mitte die Regierungswabe stand, in Empfang nahmen, drehte er sich noch einmal um, voll schwerer Ahnungen.

Schon drei Tage danach erreichte er seine Space-Jet, die der Suche der Arkoniden entgangen war.

26.

Kuri Oneré schien hocherfreut zu sein, den Preboner in ihrer Wohnung begrüßen zu können. Lloyd hatte lange gezögert, sie aufzusuchen, aber sie war (von den Volatern abgesehen) das einzige Wesen auf dieser Welt, das ihm vertrauenerweckend erschien.

Kuri erzählte ihm von ihren Erlebnissen während der letzten Tage.

Mitten in ihrem Bericht stockte sie. Erstaunt musterte sie den Preboner, der einen völlig geistesabwesenden Eindruck machte.

Lloyd schien zu lauschen. Er griff in die Taschen seiner neuen Kleidung, die er an Bord der Space-Jet angelegt hatte, und umfaßte die beiden darin versteckten Strahler.

Die Arkon-Administration auf Volat sah es nicht gern, wenn die Bürger mit Thermostrahlern in der Stadt herumliefen, und hatte das unlizenzierte Tragen von Waffen unter empfindliche Strafe gestellt. Seitdem auf Arkon das Robotgehirn die Herrschaft übernommen hatte, waren die Auswirkungen bis an den Rand des Großen Imperiums spürbar geworden.

Lloyd trat hinter die Tür, die im selben Moment von außen aufgestoßen wurde. Bevor Kuri Oneré begriff, was geschah, hatte der „Preboner" den Kontakt einer Schockwaffe betätigt. Kuri sah zwei unangemeldete Besucher ins Zimmer stürzen und bewegungsunfähig auf dem Boden liegen bleiben.

Ein warnender Blick aus Lloyds Augen traf das Mädchen.

Gefahr! signalisierte Lloyds Ortungssinn immer noch.

Mit der Erledigung dieser beiden Springer war die Aktion noch nicht zu Ende.

Ein dritter Mann lauerte draußen am Rand des Antigravs und wartete fiebernd auf das verabredete Zeichen seiner Komplizen.

Fellmer Lloyd wandte sich an Kuri Oneré. „Gehen Sie nach draußen und versuchen Sie, den dort wartenden Burschen für eine

Sekunde abzulenken. Laufen Sie schreiend aus der Wohnung, aber schreien Sie nicht das Haus zusammen."

Ein flüchtiges Grinsen überzog Fellmer Lloyds Gesicht, als er sah, wie Kuri Oneré im Aufspringen mit beiden Händen ihre Frisur zerwühlte, aus dem Zimmer jagte, auf der Diele den ersten Schrei ausstieß – nicht zu leise, aber auch nicht zu laut – und dann schon auf dem kurzen Gang vor dem Antigrav stand.

„Wer hat das Mädchen angefaßt?" Das waren die Gedanken des dritten Mannes, der am Schacht wartete und nun auf Kuri Oneré zusprang, um ihr den Mund zuzuhalten. „Die schreit das Haus zusammen."

In diesem Moment kam Fellmer Lloyd hinter der Tür hervor und schoß ein zweites Mal mit dem Schockstrahler.

Vor Kuri Onerés Füßen brach der Springer zusammen. Lloyd beugte sich über ihn und stieß einen Pfiff aus. Er zerrte den Springer in die Wohnung.

„Kuri!" rief er das Mädchen herein. „Die Tür versperren."

Er setzte den Bewußtlosen in einen Sessel und hatte das Vergnügen, Jidif zu sehen.

„Der?" stieß das Mädchen böse hervor, als sie den Springer erkannte. „Preboner, wissen Sie auch, daß Jidif der beste Freund von Tirr ist, dem jüngsten aller Uxlad-Sprößlinge?"

„Okay", rutschte es Fellmer Lloyd heraus, und er hoffte, Kuri Oneré hatte dieses für ihre Ohren fremdartig klingende Wort überhört.

Aber zu seinem Erschrecken rief sie: „Okay? Das habe ich bei Asargud doch auch einige Male gehört. Was heißt Okay, Preboner?"

„Später", wehrte Lloyd ab und hoffte, Kuri würde es vergessen. Zu Lloyds Ausrüstung gehörte eine kleine Injektionspistole, die er nun hervorzog. Er schoß Jidif ein schocklösendes Mittel unter die Haut. Es wirkte sofort.

Entsetzt und voller Wut starrte der Springer den Preboner an, der lässig vor ihm stand.

Lloyd las Jidifs Gedanken wie ein offenes Buch.

Jidif dachte an die „Chefs".

Und daran, daß zwei mit übersinnlichen Kräften ausgestattete

Arkoniden oder Galaktische Springer von Asargud entdeckt worden waren – hier in Kuklón.

Aber Jidifs Gedanken brachten kein klares Bild.

Lloyd versuchte es noch einmal zu erzwingen, aber statt eines klaren Musters erfaßte er nur konfuse Dinge.

Lloyd dachte an den *Overhead.*

Lloyd erinnerte sich, wie lange sie gebraucht hatten, um die Identität des Overhead zu enträtseln. Alle Mitarbeiter des Negativmutanten hatten einen Hypnoblock erhalten, der es ihnen unmöglich machte, ihren Meister zu verraten. Ähnlich schien es hier zu sein.

Aber der Overhead war schon mehr als ein halbes Jahrhundert tot, auf der Flucht im Weltraum umgekommen.

„Ich muß mich von dem Begriff *Overhead* frei machen", zwang sich Fellmer Lloyd. „Ralph Sikeron wird es auch nicht so gemeint haben, als er den Namen niederschrieb – gewissermaßen nur zum Vergleich, als Brücke, denn hier wird auch mit Hypnoblockade gearbeitet. Dieser Jidif ist suggestiv davor geschützt, seine Chefs zu verraten."

„Verschwinde, Springer", sagte Lloyd, für Kuri völlig unmotiviert, und wies mit energischer Kopfbewegung zur Tür.

Lauernd stand der spindeldürre Bursche auf. Sein Gesicht war der Spiegel rachsüchtiger Gedanken. Der kosmische Agent tat sie ab. Er hielt wieder die Schockwaffe in der Hand. Ihm blieb keine andere Möglichkeit, als sie sofort gegen Jidif einzusetzen.

Er und Kuri Oneré mußten einige Stunden völlige Bewegungsfreiheit haben, um unbemerkt in Kuklóns Häusermeer unterzutauchen.

„Das zahl' ich dir noch einmal zurück", sagte Jidif laut, während er den letzten Schritt auf den Antigravlift zu machte und Fellmer Lloyd den Schockstrahler auf ihn richtete. Aber in Gedanken fügte der Springer seiner Drohung noch einige Worte hinzu: ‚. . . du verdammter Terraner!'

Terraner hatte Jidif gedacht.

Da drückte Fellmer Lloyd ab, und da wußte er, warum Ralph Sikeron für die Erde *Dreimal Glockenschlag* gefunkt hatte.

Zwei Arkon- oder Springer-Mutanten hatten über Ralph Sikeron die kosmische Position der Erde erfahren und ihn als Perry Rhodans Agenten entlarvt.

Und jetzt war er an der Reihe, für Terra *Dreimal Glockenschlag* zu funken.

Großalarm für Terra.

Aus drei Städten, die in ihrer Gründungszeit einmal über dreißig Kilometer auseinander gelegen hatten, war Kuklón entstanden.

Kuklón besaß drei verwinkelte Zentren – drei Irrgärten in Form verbauter Straßensysteme.

Am Rand von Kuklón-Psor, der alten Psor-City, hatten Kuri Oneré und Fellmer Lloyd nach achtmaligem Wechsel der Lufttaxis die Verkehrsmittel verlassen und gingen jetzt zu Fuß durch das Gewühl fremdartiger Wesen.

Geschäft reihte sich an Geschäft. Viele Schätze der Galaxis gab es zu kaufen. Alles war auf Durchreisende abgestimmt.

„Im Augenblick haben wir nichts zu befürchten", sagte Lloyd und glaubte damit, das Mädchen zu beruhigen.

„Woher wissen Sie das, Preboner? Wieso wußten Sie von dem Überfall auf meine Wohnung?" fragte das Mädchen erregt. Der Preboner wurde ihr unheimlich. Konnte er in die Zukunft sehen?

„Ich habe es gefühlt, Kuri", erwiderte er und hatte damit nicht einmal die Unwahrheit gesagt, aber seine Antwort war für jeden Arkoniden oder Galaktischen Händler unglaubwürdig.

„Wie kann man denn so etwas . . ." Erschrocken verstummte Kuri. Ihr Begleiter sah wieder fremd aus, geradezu unheimlich.

Dann brach ihm der Schweiß aus. Er wurde blaß. Sein Gesicht verzerrte sich, und er tat keinen Schritt mehr.

Was war mit ihm passiert?

Sie sah sich schon um, um Hilfe zu rufen, als sich Fellmer Lloyd ein Stöhnen abrang und wieder sein normales Aussehen annahm.

Kuri Oneré zwang die Neugier nieder. Sie belästigte ihn nicht mit ihren störenden Fragen. Sie wartete, bis der Preboner von sich aus sprach.

Sie hatten einen kleinen Platz erreicht. Am linken Rand lud gerade ein Lufttaxi seine Gäste ab. Fellmer Lloyd nahm Kuri bei der Hand und rannte auf das Robotfahrzeug zu.

„Schnell!“ Er stieß sie so heftig in das Taxi, daß sie fast zu Fall kam. Dann sprang er hinterher. Er schlug den Starthebel über die Sperre hinaus. Anti-Schwerkraft ließ das Lufttaxi unter wildem Heulen der Stauluft hochspringen und Dachhöhe erreichen.

Dicht unter ihm schmolz unter der Wucht eines Thermostrahlers ein First. Drei Meter rechts davon verschwand das Taxi im Schutz der Häuser.

Während das Lufttaxi über Kuklóns Häusermeer davonjagte, erwartete Fellmer Lloyd den nächsten Angriff.

Er *mußte* kommen.

Der Gegner hatte die Maske fallenlassen und war aus dem Hinterhalt direkt zum Angriff vorgegangen.

Nach dem heimtückischen Anschlag in Kuris Wohnung hatten ihn plötzlich auf dem Weg zu dem kleinen Platz ungeheure Hypnosekräfte unter fremden Willen zwingen wollen. Nur der Arkon-Schulung hatte er es zu verdanken, beim ersten Angriff nicht das Opfer seines Gegners geworden zu sein.

Während Fellmer Lloyd aufmerksam in die Runde sah, begriff er, wieso Ralph Sikeron hatte ermordet werden können.

„Ich muß eine Funknachricht absetzen“, sagte der Mutant halblaut vor sich hin und nahm kaum noch Rücksicht darauf, daß sich Kuri bei ihm befand. Bald würde das Mädchen doch erfahren, was Asargud in Wirklichkeit war und wen er selbst darstellte. Nur durfte er sie nicht wissen lassen, daß seine und Sikerons Absprungbasis die Erde gewesen war.

In der Ferne tauchte das größte Gebäude der Stadt auf: die Arkon-Administration, Sitz des Administrators, des machtvollsten Verwaltungsbeamten von Volat.

Kuri Oneré blickte Lloyd stumm mit ihren dunklen Augen an. Sie hatte in erstaunlich kurzer Zeit die Schrecken der kurz hintereinander erfolgten Angriffe überstanden.

„Kuri, wollen Sie nicht lieber aus meiner Nähe verschwinden? Wo ich bin, ist Gefahr . . .“ Lloyd schwieg.

Hypnokräfte griffen abermals nach seinem Willen.

Ein Arkonide oder Springer versuchte, einen Block in seinem Gehirn aufzubauen und ihn willenlos zu machen.

Vor Fellmer Lloyds Augen verschwamm das Ziel, die Arkon-Administration. Er erfaßte nicht mehr, daß Kuri Oneré ihn zur Seite gestoßen hatte und die Steuerung des Taxis übernahm.

Unartikuliertes Stöhnen drang aus Lloyds verzerrtem Mund. Mit letzter Energie bäumte sich sein Wille gegen fremde Hypnokräfte auf.

Da kam wieder ein neuer Hypnostoß: „Gib auf, Fellmer Lloyd!“

Unbewußt schrie der kosmische Agent in Gedanken um Hilfe. Der Gegner kannte seinen richtigen Namen. Die Maskerade war sinnlos geworden. Erneut brandeten die Impulse in Lloyds Bewußtsein.

„Gib auf, Lloyd! Rhodan kann dir auch nicht helfen. Gib auf!“

Die hypnotischen Impulse brachen ab. An ihre Stelle traten telepathische Tastversuche.

Jemand versuchte sich der Gedanken des kosmischen Agenten zu bemächtigen. Schlagartig fühlte Lloyd wieder die alarmierende Leere in seinem Gehirn.

Aber gegen telepathischen Zwang konnte er sich mit seinen Geisteskräften zur Wehr setzen. Sein Ortungssinn gab ihm die Richtung an, aus der er angegriffen wurde. Er erfaßte ein Gehirnwellenmuster, das voller Haß war.

Mit aller Kraft schlug Lloyd zurück.

Er brach mit geballtem Telepathiestoß beim Gegner durch, als ein starker Hypnoblock das Gehirn des unbekannten Telepathen sicherte. Lloyd griff ins Leere.

Ein Hypno und ein Telepath waren seine Gegner. Waren sie die „Chefs“?

In dieser Sekunde kannte Fellmer nur einen Gedanken: Flucht. Er wußte, daß er einem dritten Hypnosturm keinen Widerstand mehr entgegensetzen konnte.

Er drückte Kuri Oneré den Hypnostrahler in die Hand. „Drück auf mich ab, wenn sich mein Gesicht wieder verzerrt. Frage dann nicht lange, zögere keine Sekunde. Besser vergeblich abgedrückt als den Bruchteil einer Sekunde zu spät. Kannst du diese Maschine fliegen?“

Sie starrte entgeistert die Hypnowaffe in ihrer Hand an.

Das Lufttaxi schoß jetzt im Waagerechtflug über Volat dahin, dem Urwaldgürtel zu. Kurz darauf tauchte es zwischen den Bäumen unter. Ziel war die Niederlassung der Volater.

27

Auf der Erde fehlten nur noch wenige Tage bis zum Ende des Monats Juli, als Fellmer Lloyd, 4342 Lichtjahre von ihr entfernt, auf Volat eine kleine Privat-Armee einsatzbereit hatte. Ohne Hilfe des sympathischen Insektenvolks hätte er es auch mit seinen immensen Geldmitteln nicht geschafft, zuverlässige Helfer für seinen Auftrag zu gewinnen.

Die Volater, nur selten im Stadtbild von Kuklón zu sehen, verfügten trotzdem über ausgezeichnete Verbindungen. Über das Wie konnte Fellmer Lloyd nichts erfahren. Fragte er sie, dann verwiesen sie ihn an die Allweise Mutter und ließen jedesmal durchblicken, daß ihm die ganze Sympathie ihrer Königin gehörte.

Zweimal hatte es Lloyd gewagt, sich nach Kuklón zu schleichen. Seit seinem ersten Stundenbesuch in der Stadt weilte Kuri Oneré wieder dort. Sie hatte vier Springer namens Ghal, Zintx, Oslag und Ulmin angeworben. Für Geld hätten diese Burschen, wenn es verlangt worden wäre, auch den Arkon-Administrator Mansrin aus dem Bett geholt.

Drei Volater, die ständig zwischen der Volat-Residenz und Kuklón hin und her pendelten, spannten ein Wesen von der Haspro-Welt und drei Nasen-Riesen aus dem Gfirto-System für Fellmer Lloyds Sache ein. Über die Nasen-Riesen mußten selbst die viel gewohnten arkonidischen Kolonialbeamten schmunzeln. Pelzbehaart und mit drei Armen und Beinen ausgestattet, wirkten diese Wesen auf den ersten Blick komisch und dumm, aber als clevere Händler standen sie in bezug auf Witterung für große Geschäfte den Springern nicht nach. Dazu kamen ihre gewaltigen Körperkräfte und ihre sprichwörtliche Furchtlosigkeit.

Die Wesen von der Haspro-Welt erinnerten mit ihrem zotteligen Aussehen stark an die Faune der griechischen Sagenwelt, waren in

Wirklichkeit aber geniale Rechner und überall dort zu finden, wo ein positronisches Gehirn zu kostspielig war. Daß sie ein fotografisches Gedächtnis besaßen und niemals etwas vergaßen, was sie auch nur flüchtig gesehen hatten, erfuhr Fellmer Lloyd durch Zufall etwas später.

Er hatte sich gehütet, Kuri Onerés Wohnung zum „Briefkasten" zu machen. Die Nachrichten seiner Privat-Armee liefen bei O-oftftu-O, dem Volater ein, der als einziger in Kuklón zwischen der Stadt und dem Raumhafen eine Wohnung besaß. Lloyd bezweifelte, daß er den Namen dieses Eingeborenen jemals richtig aussprechen, geschweige denn richtig schreiben würde.

Die entscheidende Aktion gegen die beiden Arkoniden oder Springer – der eine Hypno und der andere Telepath – begann anzulaufen.

Bei O-oftftu-O traf Lloyd die Springer Ghal und Oslag an, das Wesen von der Haspro-Welt und einen Nasen-Riesen. Unauffällig überprüfte Lloyd alle. Er wußte nur zu gut, daß es sie viel mehr interessierte, wer *er* war, als dem verkommenen Springer-Sprößling Tirr Uxlad auf den Fersen zu bleiben, um durch ihn zu erfahren, *wo* die beiden „Chefs" ihren Stützpunkt hatten.

Auch Kuri Oneré wußte nicht, daß Fellmer Lloyds Heimat die Erde war, die vor rund sechs Jahrzehnten im konzentrierten Angriff der Galaktischen Händler und Überschweren zur Sonne geworden sein sollte, während tatsächlich ein unbewohnter Planet des Beteigeuze-Systems dieses Schicksal erlitten hatte.

Oslag hatte eine wichtige Nachricht.

„Ich habe beide Chefs gesehen", behauptete er und beschrieb sie sehr genau. Scharf kontrollierte Lloyd den jungen Mann, ob er die Wahrheit sagte. Der Springer log nicht, trotzdem schüttelte der Mutant ungläubig den Kopf. Der Beschreibung nach konnte *keiner* der beiden „Chefs" Arkonide oder Springer sein. Aber Oslag blieb bei seinen Angaben. Da mischte sich das Wesen von der Haspro-Welt ein. Es hatte die beiden „Chefs" auch gesehen.

Fellmer Lloyd ließ sich seine innere Erregung nicht anmerken. Mit der Tatsache, daß seine Gegner weder Arkoniden noch Galaktische Händler waren, brach seine ganze Theorie zusammen.

Woher stammten diese beiden „Chefs"?

Die anderen erwarteten seine Entscheidung und sahen ihn gespannt an. Fellmer Lloyd sah im Angriff die beste Verteidigung. Aber er wollte Kuri Oneré in der Nähe wissen, wenn die Aktion gegen das Springer-Handelskontor in der Nähe des Raumhafens lief. Es gab keinen Zweifel, daß sich die „Chefs" dieses Gebäude als Aktionsbasis ausgesucht hatten.

Eine Stunde später – es ging auf Mitternacht zu – traf Kuri Oneré in O-oftftu-Os Wohnung ein. Die beiden Springer, der Nasen-Riese und das Wesen von der Haspro-Welt hatten schon Stellung bezogen.

Mit Fellmer Lloyd waren zwanzig Angehörige seiner kleinen Gruppe gegen das Springer-Kontor an der Schnellstraße in Einsatz gegangen.

In drei Gruppen teilte der Mutant seine Leute auf.

Der Springer Ghal leitete die erste, Zintx die zweite. Als Reserve hielt Fellmer Lloyd die letzten fünf im Hintergrund.

Auf dem Raumhafen lag die DURE V, ein walzenförmiger Laster, der 43 600 Gech-Häute in seine gewaltigen Laderäume aufnahm.

Vor wenigen Minuten hatte der Springerkapitän Dure-an das Handelskontor verlassen und seinen Agenten verwünscht, der 15 Prozent vom Verkaufserlös der Ladung beanspruchte.

In Gedanken stellte sich der Springer Dure-an abermals das luxuriöse Büro seines Agenten vor, begann über sämtliche seßhaft gewordenen Springer den Stab zu brechen und sie als habgierige Teufel zu verfluchen, als Fellmer Lloyd den vor Wut kochenden Händler aus der Gedankenkontrolle entließ und sich auf die Suche nach dem Agenten und seinem Büro machte.

Nach Dure-ans Angaben lag es im 14. Stockwerk.

Kaum hatte Lloyd sich darauf konzentriert, als er reihenweise Gehirnwellenmuster empfing, von denen ihm eins bekannt vorkam.

Der Schock ließ ihn zusammenzucken.

Er hatte einen *Menschen* gefunden, keinen Arkoniden oder Galaktischen Händler.

Ein Mensch der Erde war der Hypno.

Gregor Tropnow!

Tropnow bemerkte nicht, welche Kraft sich seiner Gedanken bemächtigte. Er war dabei, den Agenten des Galaktischen Händlers noch fester an sich zu ketten und ihn noch mehr zu seinem willenlosen Werkzeug zu machen. Habgier und Haß dominierten in Gregor Tropnows Gedanken.

Fellmer Lloyd, 14 Stockwerke tiefer, vor dem gewaltigen Springer-Kontor, erschauerte bis ins Mark.

Der Haß des Mutanten galt Perry Rhodan.

Lloyd unterbrach seinen Angriff. Zunächst mußte er mit der ungeheuerlichen Tatsache fertig werden, daß der Erde die Gefahr der Entdeckung aus den eigenen Reihen heraus drohte.

„Overhead ...“, stöhnte er wie ein Mensch, der aus schwerem Traum erwacht, und wischte sich über die Stirn.

Gregor Tropnow war ein Hypno aus dem Gefolge des Overhead. Er hatte sich nach dessen Tod Perry Rhodan und der Dritten Macht zur Verfügung gestellt, wurde aber nach einigen Einsätzen innerhalb des Mutantenkorps als unzuverlässiger, unbeherrschter Mensch angesehen.

Jetzt aber war Tropnow auf Volat. Er hatte Sikeron ermordet – zusammen mit seinem Komplicen. Der andere – wer war das?

Während Fellmer Lloyds Helfer sich über das Ausbleiben seiner Einsatzbefehle wunderten, zerbrach er sich den Kopf, wer der andere sein konnte. Immer wieder vertiefte er sich in die Personenbeschreibung, die das Wesen der Haspro-Welt ihm gegeben hatte.

Niemand sah, wie seine Hände zu Fäusten wurden.

Gregor Tropnows Partner, der Telepath, hatte ihn ausgemacht und versuchte, sich seiner Gedanken zu bemächtigen, aber in einem einzigen geistigen Aufbäumen brachte Fellmer es fertig, vor seinen Gedanken eine Sperre zu errichten. Gleichzeitig fühlte er die seltsam geformte Hand des Volaters auf seiner Schulter liegen. Zusätzliche Kraft strömte auf ihn über. Sein Widerstand wuchs, wurde schlagartig so stark, daß *er* jetzt seine telepathische Kraft spielen ließ – und Nomo Yatuhin erkannte.

In dem zweiten Verräter auch einen Menschen zu entdecken,

konnte ihn nicht mehr erschüttern. Jetzt galt es, die Spur, die Nomo Yatuhin einmal aufgegriffen hatte, schleunigst wieder zu verwischen.

Würde es ihm selbst noch einmal gelingen, eine Sperre um seine Gedanken zu legen? Würde der Volater ihm wieder frische Kräfte zustrahlen – ein Vorgang, den Lloyd sich auch später nicht erklären konnte.

Lloyd versuchte es – und dann blies er den Einsatz gegen das Handelskontor ab.

Schlagartig hatte er erkannt, daß ein Vorgehen zu diesem Zeitpunkt für seine Helfer und ihn den Tod bedeutete. Vorher mußte er in Erfahrung bringen, wie groß die Organisation war, die Tropnow und Yatuhin hier aufgebaut hatten und welche Ziele sie damit verfolgten.

Es war sein Glück, daß sich Gregor Tropnow im 14. Stockwerk des Springer-Handelskontors intensiv mit der Hypnobehandlung des Agenten beschäftigte und vorher die Order gegeben hatte, unter keinen Umständen gestört zu werden.

Als es nach zwei Stunden der am ganzen Körper flatternde Nomo Yatuhin geschafft hatte, Tropnow zu sprechen, und von seinem zweimaligen Kurz-Kontakt mit Fellmer Lloyd berichtete, der abermals nichts erbracht hatte, stieß der Hypno-Mutant einen gräßlichen Fluch aus.

28.

Gregor Tropnow machte sich am nächsten Morgen Fellmer Lloyds erneutem Auftauchens wegen keine schweren Gedanken.

Lässig lag er im Sessel, und selbstherrlich betrachtete er den Japaner Nomo Yatuhin, der in seiner Nervosität an den Fingernägeln kaute. Trotz seines aufrührerischen Charakters war Yatuhin ein äußerst labiler Typ, der sich nur zu gern unterordnete und geführt werden mußte, wenn nur die Partner seiner Mentalität entsprachen.

Gregor Tropnow war ein passender Partner für ihn. Beide haßten

Perry Rhodan aus dem gleichen Grund. Beide waren von ihm nicht nach dem Planeten des ewigen Lebens – nach *Wanderer* – gebracht worden, um dort die biologische Zelldusche zu erhalten, die jeden Alterungsprozeß im menschlichen Körper für etwas länger als sechs Jahrzehnte abstoppte.

Rhodan hatte gewußt, warum er Yatuhin und Tropnow von diesem Geschenk ausgeschlossen hatte, aber dabei wohl niemals daran gedacht, welche verheerenden Folgen dieser Entschluß einmal zeitigen würde.

Der Hypno Tropnow war 88 Jahre alt, Yatuhin noch ein Jahr älter, und doch war beiden dieses Alter nicht anzusehen, wie sie sich auch nicht als Greise fühlten. Biologische Medikamente, inzwischen Bestandteil der irdischen Medizin, hatten dieses Wunder der Jungerhaltung vollbracht, aber im gewissen Sinne eine verlangsamte Alterung innerhalb des Körpers nicht abstoppen können. Bei der Zelldusche, die es auf *Wanderer* gab, vollzog sich innerhalb ihrer Wirkungsdauer jedoch nicht der geringfügigste Alterungsprozeß. Deshalb mußten die entwickelten Präparate eines Tages versagen, weil vergreiste Zellen darauf nicht mehr ansprachen.

Gregor Tropnow rekelte sich im Sessel und sagte: „Yatuhin, setz dich endlich hin. Mit deinem Herumlaufen kannst du sogar die schwerfälligen Springer nervös machen. Streng dich statt dessen an und versuche Lloyd wiederzufinden. Der ist eine härtere Nuß als Sikeron."

Yatuhin starrte den Hypno entsetzt an.

Tropnow grinste bösartig. „Zweimal schon geht es auf dein Konto, daß mir Lloyd entwischen konnte. Nomo . . ." Plötzlich beugte er sich vor und flüsterte: „*Ich* erzwinge von Rhodan, daß er mir die Zelldusche gewährt. Aber ob du jemals die Zelldusche bekommst, das steht noch in den Sternen. Du fällst vor Feigheit bald in Ohmacht. Was wird bloß aus dir, wenn wir erst Rhodan gefaßt und in unserer Gewalt haben?"

„Noch haben wir nicht einmal Fellmer Lloyd", verteidigte sich der japanische Telepath und brachte Tropnow damit aus dem Bereich der Luftschlösser auf den Boden der Wirklichkeit zurück.

Doch diese Bemerkung machte auf den Hypno kaum Eindruck.

„Ich bekomme ihn. Doch du schlägst mir Lloyd nicht zusammen, wie du es mit Sikeron getan hast. Yatuhin, begreifst du nicht, daß wir mit dieser Springer-Sippe nur befristet zusammenarbeiten können? Eines Tages lassen sich die Galaktischen Händler nicht mehr mit Versprechungen hinhalten, dann wollen sie wissen, *wo* der Planet des ewigen Lebens liegt. Was dann, wenn wir unseren besten Trumpf gegen Rhodan verspielt haben? Kannst du nicht von heute bis morgen denken und . . ."

Nomo Yatuhin war Telepath und wenn auch ein aufrührerischer Feigling, dann doch nicht so dumm, wie ihn Gregor hinstellen wollte. Er fiel seinem Partner ins Wort: „Tropnow, spiel nicht noch einmal mit dem Gedanken, mich auszuschalten und zu versuchen, Fellmer Lloyd auf unsere Seite zu ziehen. Du weißt, ich kann auch Schläge austeilen."

„Verfluchter Gedankenleser", brummte Gregor Tropnow halb erschrocken, halb belustigt, „über unseren zwecklosen Streitereien vergessen wir noch, daß Aser Uxlads jüngster Sprößling gleich zu erscheinen hat. Tirr soll sich mit Kuri Oneré beschäftigen."

„Dann treibe ihm zunächst seine Anspielungen aus, die er jedem Mädchen gegenüber macht", verlangte Yatuhin mit erstaunlicher Energie. „Du hättest es bei der ersten Behandlung schon erledigen sollen, dann wäre die Panne mit Kuri Oneré nicht geschehen, und wir hätten in ihr den besten Lockvogel für Fellmer Lloyd gehabt."

Der Hypno winkte ab. Er dachte über etwas anderes angestrengt nach. Halblaut sagte er dann: „Überlasse Lloyd ganz mir, Nomo, versuche nur zu erfahren, was für die Erde dieses *Dreimal Glockenschlag* zu bedeuten hat. Ich muß es wissen, bevor ich die nächste Aktion starte."

„Ich schaffe es von jetzt an, wenn ich es *will*", sagte Fellmer Lloyd zu Kuri Oneré, und seine Augen strahlten dabei. Langsam drehte er sich um und nickte O-oftftu-O dankbar zu. Diesem Ureinwohner des marsgroßen Volat-Planeten hatte er es zu verdanken, daß er einen Weg gefunden hatte, sein Gehirn vor den fremden Eingriffen abzuriegeln.

In der letzten Nacht hatte er es zweimal mit Hilfe des Volaters fertiggebracht. Jedesmal hatte ihm O-oftftu-O seine eigentümlich geformte Insektenhand auf die Schulter gelegt, und eine unsichtbare Energie war zu ihm übergeströmt.

Seit drei Stunden nun hatte Lloyd versucht, es aus eigener Kraft zu schaffen, und nun war er seiner Sache sicher.

„Nur wenn der Hypno mich erreicht . . .“ Mehr sagte er nicht. Sein Kopfschütteln deutete an, daß er Tropnow noch fürchten mußte.

Darum saß Kuri Oneré ihm gegenüber mit dem Hypnostrahler in der Hand, bereit, die Waffe abzufeuern, wenn sich Lloyds Gesichtsausdruck verzerren sollte.

Gegen Mittag traf der Springer Zintx ein. Er war besorgt, aber zugleich begann der Auftrag des Preboners auch *sein* Auftrag zu werden.

Erregt sprudelte er los: „Was ich im Kontor erlebt habe, ist unbegreiflich. Tirr Uxlad begegnete mir im Lift – Aser Uxlads jüngster Sohn. Ich sprach Tirr an, weil ich sprachlos war, ihn dort und nicht am Platz der Thator im Uxlad-Haus zu sehen, aber Tirr reagierte nicht. Darauf kehrte ich um, holte ihn am Empfang ein, sprach ihn noch einmal an, und was passierte? Er erkannte mich nicht, und von dem Augenblick an bin ich ihm gefolgt.“

Zintx berichtete Wichtiges und Nebensächliches. Er war Tirr Uxlad bis auf das Landefeld des Raumhafens gefolgt, hatte hinter ihm die RE-IX betreten und war unangefochten bis zur Zentrale gekommen, deren Schott offenstand. Weiter hatte er sich nicht vorgewagt, weil es im Großen Imperium ein ungeschriebenes Gesetz gab, nach dem kein Fremder ohne Erlaubnis eine Raumschiffszentrale betreten durfte.

So weit war Zintx mit seinem Bericht gekommen, als Lloyd von einer unheimlichen Ahnung gepackt wurde. Während er sich mit großer Anstrengung beherrschte, durchforschte er mit Hilfe seiner telepathischen Fähigkeiten Zintx' Gedanken.

Der Springer begriff nicht, *was* er da erzählte. Die Koordinaten, die er jetzt wiederholte, waren für ihn irgendwelche Orte in der Galaxis. Wie sollte er auch ahnen, daß diese Positionen den Raumabschnitt betrafen, in dem sich das Solsystem befand.

Zintx fuhr fort: „Koordinaten und Sprungwerte wurden der

Speicherung übergeben, Preboner. Damit war Tirr Uxlads Besuch bei der RE-IX zu Ende. Ich verschwand, bevor er die Zentrale verließ. Den darin anwesenden Offizieren muß Tirr normal vorgekommen sein, denn ich hörte von ihnen keine Fragen."

Fellmer Lloyd ließ Zintx reden, ohne zuzuhören.

Für ihn gab es eine schwerwiegende Frage zu beantworten: Sollte er über Hyperfunk die in Warteposition stehende LOTUS von seiner Entdeckung unterrichten oder selbst handeln?

Er konnte sich zu keiner Entscheidung durchringen, aber je länger er alles durchdachte, um so mehr kam er von dem Plan ab, einen Hyperfunkspruch zur LOTUS zu senden. Selbst ein Rafferspruch barg die Gefahr in sich, von den arkonidischen Überwachungsstationen angemessen zu werden. Im schlimmsten Fall gefährdete er sogar die LOTUS selbst und zwang sie, sich fluchtartig zurückzuziehen.

Lloyd begriff plötzlich, was er tun mußte.

Er wies seine Helfer an, sich unauffällig auf dem Raumhafen und im Handelskontor der Springer zu verteilen und die weiteren Ereignisse abzuwarten. Sie sollten nur dann aktiv werden, wenn ihm bei seiner geplanten Mission Gefahr drohte, ansonsten sollten sie nach Ablauf einer Stunde die Aktion abbrechen und sich zurückziehen. Er wollte sich dann wieder bei ihnen melden und weitere Anweisungen geben.

Nomo Yatuhin, der Telepath, hob seine innerliche Konzentration auf.

Er war nicht mehr in der Lage, Fellmer Lloyd zu finden. Er fühlte wohl bei seiner telepathischen Suche, daß Rhodans Agent in der Nähe war, aber wenn er sich dessen Gedanken bemächtigen wollte, griff er jedesmal ins Leere.

Gregor Tropnow, der rücksichtsloser als der Japaner war, funkelte seinen Komplizen wütend an.

Seit Stunden versagte der Japaner, aber der Hypno wußte, daß das Versagen nicht allein Yatuhins Fehler war. Er konnte es sich nur damit erklären, daß Fellmer Lloyd eine natürliche oder künstliche Möglichkeit gefunden hatte, seine Gedanken gegen telepathische Zugriffe abzuschirmen.

Gregor Tropnow war ein Mann, der sein Ziel um jeden Preis erreichen wollte. Mit seiner Energie riß er den Japaner immer wieder mit. War Nomo auch aufrührerisch, so war sein größter Fehler, daß er sich leicht beeinflussen ließ. Deshalb hatte der Hypno auch leichtes Spiel mit ihm gehabt und ihn dazu überredet, das Mutantenkorps zu verlassen. Heimlich hatten sie sich von Gefir, dem 3759 Lichtjahre entfernten Planeten des Großen Imperiums, davongestohlen, um auf Volat innerhalb einer mächtigen Springer-Sippe ihre Geheimorganisation aufzuziehen. Was sonst ein äußerst schwieriges Problem gewesen wäre, wurde durch Tropnows Hypnokraft zu einem einfachen Unternehmen.

Weder Gregor Tropnow noch Nomo Yatuhin beabsichtigten allerdings, die Erde den Springern zu überlassen. Ihr ganzes Vorgehen war auf die Erreichung des einen Zieles abgestellt, Rhodan zu zwingen, ihnen die lebensverlängernde Zelldusche zu gewähren. Daß diese Zelldusche ihnen deshalb versagt worden war, weil sie ihrer schweren charakterlichen Fehler nicht Herr werden konnten, wollten sie nicht einsehen.

Ohne große Schwierigkeiten gelangte Fellmer Lloyd in die RE-IX. Langsam war er die Rampe am vorderen Drittel des Schiffes hinaufgegangen, passierte die breite Ladeschleuse und befand sich jetzt im Mitteldeck des 300-Meter-Raumers.

Bei einer flüchtigen Kontrolle der RE-IX hatte er nur acht Springer als Besatzung festgestellt.

Der breite Mittelgang, die Hauptverkehrsader im Walzenraumer, gähnte leer vor ihm. Er tastete mit seinen telepathischen Sinnen sämtliche Räume ab.

Er stellte fest, daß sich drei der acht anwesenden Besatzungsmitglieder in der Zentrale aufhielten, drei weitere schliefen in ihren Kabinen, und zwei arbeiteten an einem defekten Gerät in der Funkzentrale. Die Sorglosigkeit der Händler verblüffte den Mutanten. Er konnte sie sich nur damit erklären, daß Tropnow und Yatuhin sich ihrer Sache entweder völlig sicher waren oder nur an seine Verfolgung dachten. Natürlich konnten die beiden Verräter nicht ahnen, daß er hier auftauchen würde. Lloyd beschloß, seinen Vorsprung zu nutzen, solange ihm dazu noch Gelegenheit blieb. Er hastete durch das Schiff und erreichte den Kabinentrakt. Dort betäubte er die drei Schläfer mit der Schockwaffe, um sicher zu sein, daß sie ihn nicht stören würden. Das war der leichteste Teil seiner Aufgabe. Knapp zehn Minuten später erreichte er die Funkzentrale. Einer der beiden Springer-Techniker hockte in einem Sitz und sah seinem Artgenossen bei der Arbeit zu. Lloyd, der im offenen Schott stand, richtete den Hypno-Strahler auf die beiden.

„Hallo", sagte er leise und freundlich.

Sie schauten in seine Richtung und schienen nicht sonderlich überrascht zu sein. Vielleicht hielten sie ihn für einen Beamten der Raumhafenverwaltung. Dann erblickten sie die Waffe in seinen Händen und sprangen auf.

Lloyd feuerte den Hypno-Strahler ab und befahl: „Begebt euch in eure Kabinen, Freunde, und laßt euch die nächsten Stunden hier nicht wieder sehen."

Sie trotteten an ihm vorbei, die Irritation über ihr eigenes Verhalten stand deutlich in ihren Gesichtern geschrieben. Es war der typische Gesichtsausdruck von hypnotisch Beeinflußten.

Lloyd sah die beiden Springer im Gang verschwinden und eilte zur Hauptzentrale hinüber. Der Raum war so riesig, daß Lloyd einen Augenblick brauchte, um die drei Besatzungsmitglieder zu entdecken. Sie saßen faul in den Sitzen vor den Kontrollen und waren in ein Spiel vertieft. Keiner der drei schien mit der Spielweise der anderen einverstanden zu sein, denn sie stritten heftig über die Regeln.

Lloyd trat hinter die Sitze und blickte ihnen über die Schultern.

„Ich bin der Kiebitz", sagte er lächelnd.

Sie ließen die Spielmarken fallen und starrten ihn an wie eine Erscheinung. Daß ein Fremder in die Zentrale eindrang, verstieß gegen grundsätzliche Regeln. Daß es zudem noch mit einer derartigen Kaltblütigkeit geschah, machte die Raumfahrer sprachlos.

„Wie wäre es, wenn ihr das Spielchen in euren Kabinen fortsetzen würdet?" schlug Lloyd vor und bestrich die drei mit einer Salve aus dem Hypno-Strahler.

Sie standen gehorsam auf und verließen im Gänsemarsch die

Zentrale. Lloyd wartete, bis ihre Schritte im Korridor verklungen waren und wandte sich dem Bordkomputer zu. Das Gerät war versiegelt, und Lloyd sah sich außerstande, darin enthaltene Programmierungen zu löschen. Er hatte keine andere Wahl, als die Anlage zu zerstören. Sie enthielt die Koordinaten des Solsystems. Lloyd untersuchte die Anschlüsse und brach ein paar davon auf. Innerhalb weniger Minuten gelang es ihm, den Komputer kurzzuschließen. Er wollte schon triumphieren, daß seine Arbeit so schnell und lautlos vonstatten gegangen war, als es im Komputer zu knistern begann. Eine dünne Rauchsäule stieg zur Decke empor und ließ den Telepathen ahnen, was kommen würde. Er rannte los.

Als er das Hauptschott erreicht hatte, explodierte der Komputer der RE-IX.

Die Druckwelle warf Lloyd auf den Gang hinaus und ließ ihn taumeln. Er rappelte sich wieder auf und rannte davon. In wenigen Augenblicken würde hier der Teufel los sein.

Unangefochten erreichte er die Gangway, stürmte hinab und wandte sich in Richtung des Raumhafenausgangs.

Er war schon am Heck der RE-IX vorbei, als ihn ein heftiger Schlag scheinbar aus dem Nichts heraus traf und ihn so abrupt anhalten ließ, als sei er gegen eine Wand gerannt. Da setzte auch schon die Schüttellähmung ein. Er fühlte, daß sein Gesicht zu einer starren Maske wurde, seine Glieder schienen regelrecht einzufrieren.

Paralysewaffen! schoß es ihm durch den Kopf.

Vermutlich hatten die beiden Verräter endlich reagiert und einige ihrer Helfer zum Raumhafen geschickt. Sie mußten die Explosion im Schiff gehört und Lloyd gleich darauf bei seiner Flucht entdeckt haben.

Lloyd torkelte weiter. Von allen Seiten kamen jetzt Raumfahrer gerannt – und das war Lloyds Glück. Seine Gegner verloren ihn aus den Augen, als er in dem Gewimmel untertauchte.

Ein hochgewachsener Arkonide stieß ihn an. „Was ist hier los, Preboner? Sind Sie verletzt?“

„Nein“, versetzte Lloyd grimmig, obwohl er kaum die Lippen bewegen konnte. „Mir geht's gut.“

Er wäre gestürzt, wenn der Mann ihn nicht aufgefangen hätte.

„Sie müssen sich in Behandlung begeben", sagte der Arkonide teilnahmslos. „Ich bin gerade mit meinem Gleiter angekommen und werde Sie zur Krankenstation fliegen."

Lloyd brachte es fertig, den Hypno-Strahler zu ziehen und auf den Mann abzufeuern.

„Tut mir leid, Samariter", ächzte er. „Du wirst mich zum Gleiter bringen und dann verschwinden."

Er nahm die Umgebung nur wie durch dichten Neben wahr und fragte sich, ob er unter diesen Umständen überhaupt fliegen konnte. Er mußte es eben versuchen. Unangefochten erreichten sie die Maschine, und der hilfsbereite Arkonide schob ihn auf den Sitz. Im Hintergrund schrie jemand.

Der Arkonide sagte argwöhnisch: „Man scheint Sie zu suchen."

„Ja", sagte Lloyd und stieß den Mann mit einem Fußtritt zurück.

Er startete den Gleiter und raste quer über das Landefeld davon. Die Lähmung wurde immer intensiver. Er sah den Raumhafen unter sich zurückbleiben und schlug die Richtung zum Urwald ein, dorthin, wo er seine Space-Jet versteckt hatte. Wenn er sein Ziel erreichen wollte, mußte er ein Minimum an Bewegungsfähigkeit behalten. Darauf konzentrierte er sich mit seinem ganzen Willen.

Jim Markus, Kommandant der LOTUS, die zehn Lichtjahre vor Volat unbeweglich im Raum stand, zuckte zusammen, als der Entzerrer Lloyds letzten Rafferspruch wiedergab, der vor zehn Sekunden eingetroffen war.

„*Dreimal Glockenschlag!* Mutanten Yatuhin und Tropnow Verräter. Wollen Erde verraten, weil sie keine Zelldusche erhalten haben."

Die Offiziere starrten Jim Markus an. Sein Gesicht war weiß wie die Wand, und in seinen unnatürlich groß gewordenen Augen stand das nackte Entsetzen.

Vergeblich wartete man in den nächsten Stunden auf weitere Nachrichten Lloyds. Markus entschloß sich, ins Solsystem zurückzufliegen und Rhodan Bericht zu erstatten.

Zwei Volater suchten durch den Dschungel den Weg zu ihrer Allweisen Mutter. Sie kamen vom Rand des Urwalds. Sie gingen Tag und Nacht, und Müdigkeit schienen sie nicht zu kennen.

Sie gingen und schwiegen, ihre Fühler bewegten sich nicht. Sie hatten miteinander nichts zu bereden, aber sie hatten mit dem wimmernden Menschen Mitleid, den sie trugen. Fellmer Lloyd, in schwerster Paralyse, körperlich ein Wrack, doch geistig so frisch wie immer. Aber trotz seiner Schüttelqualen dachte er nicht nur an sich. Gerade fragte er seine beiden Helfer telepathisch: „Woher wollt ihr wissen, daß auch Kuri Oneré unterwegs zur Allweisen Mutter ist?“

Und wieder vernahm er ihre gleichlautende Antwort: „Wir wissen es, Fellmer Lloyd– wir wissen es.“ Sie gaben ihm diese Antwort zum drittenmal, und von da an fragte er sie nicht mehr.

29.

Seit der Landung der LOTUS auf der Erde waren einige Stunden verstrichen. Captain Jim Markus saß Perry Rhodan, Reginald Bull, Gucky und dem Mutanten André Noir in einem Konferenzraum der Administration gegenüber und hatte gerade seinen Bericht beendet. Rhodan hatte schweigend zugehört, aber in seinem Gesicht arbeitete es.

„Wir haben Tropnow und Yatuhin seit geraumer Zeit vermißt“, sagte er endlich, als die Stille für Markus bereits unangenehm wurde. „Ich befürchtete, daß sie eigene Wege gehen könnten, aber daß sie uns verraten, hätte ich nicht gedacht.“

„Wahrscheinlich sind sie krank vor Haß und Neid“, warf Bully ein. „Im Grunde genommen können sie uns leid tun.“

„Es sind Verräter, Dicker!“ rief Gucky empört. „Um ihr Ziel zu erreichen, spielen sie mit der Existenz der Erde und mit unser aller Leben.“

„Ich wünschte“, sagte Markus matt, „ich könnte Ihnen etwas über

Lloyds Schicksal berichten. Aber nach seinem letzten Funkruf bekamen wir keinen Kontakt mehr zu ihm. Er hat über Funk schon vorher von Sikerons Ende berichtet. Hoffentlich mußte er inzwischen nicht Sikerons Schicksal teilen."

Rhodan sah den Raumfahrer ernst an. „Nach allem, was Sie von Lloyd aus dessen Funkbotschaften erfahren haben, konnte er auf Volat viele Freunde gewinnen, vor allem die Eingeborenen und ein Springermädchen namens Kuri Oneré. Das läßt mich hoffen, daß unser Freund noch am Leben ist."

„Was willst du jetzt unternehmen?" erkundigte sich Bully.

Rhodan blieb für einige Minuten still. Auch die anderen schwiegen, um ihn nicht zu stören. Gucky als Telepath konnte Rhodans Überlegungen in aller Ruhe verfolgen, denn er schirmte sein Gehirn nicht ab.

Dann sagte Rhodan: „Die LOTUS ist startklar, Captain Markus? Gut. Dann werden Noir, Gucky und ich mit Ihnen fliegen – und zwar noch heute."

Das eintretende Schweigen währte nur eine Sekunde, dann rief Bully empört: „Was ist mit mir? Du willst doch nicht etwa ohne mich . . ."

„Leider doch, mein Freund." Rhodan nickte gelassen. „Wer soll mich denn hier vertreten, wenn nicht du?"

„Viel Amt, viel Ehr' ", dozierte der Mausbiber und grinste hämisch mit seinem einzigen Nagezahn. „Wenigstens besteht hier keine Lebensgefahr für dich. Außerdem schaffen Noir, der Chef und ich die Kleinigkeit allein."

„Halbe Portion!" knurrte Bully böse und hielt sich am Tischrand fest, aber der Mausbiber verzichtete darauf, seine telekinetischen Begabungen unter Beweis zu stellen. Mit einem blitzschnellen Satz sprang er auf Rhodans Schoß, schaute treuherzig zu ihm hoch und piepste: „Ich bin weg, Chef. Bevor wir starten, will ich mir noch etwas besorgen. Bis dann . . ."

Ehe Rhodan etwas sagen konnte, entmaterialisierte Gucky. Niemand ahnte, was er sich noch besorgen wollte.

„Ein nettes Kerlchen", sagte Markus, worauf Bully in ein fast hysterisches Gelächter ausbrach.

Rhodan sah zu Noir, der ihm gegenübersaß. „Sorgen Sie dafür, daß Anne Sloane eine entsprechende Nachricht erhält. Sie weilt in Venusport und ist über den Aufenthalt aller Mutanten unterrichtet. In einer Stunde treffen wir uns bei der LOTUS auf dem Raumhafen. Markus, Sie begleiten mich.“

Bully sah zu, wie sie nacheinander den Raum verließen. Dann erhob er sich langsam, ging auf die andere Seite des Tisches und nahm in dem schweren Sessel Platz, in dem für gewöhnlich Rhodan saß.

Die vorübergehende Regierungsumbildung in Terrania war ohne großes Aufsehen vor sich gegangen.

Im Augenblick hielt Bully alle Fäden in der Hand –alle Fäden, die das Solare Imperium zusammenhielten.

Der Schock kam wenige Minuten nach dem Start der LOTUS.

In der Zentrale hatten sich die Passagiere versammelt. Rhodan saß neben Markus auf dem Sessel des Kopiloten. Gucky lag auf einer der Couches und schien Bully sehr zu vermissen.

Die Bildschirme leuchteten. Im Navigationsraum spie das Positronengehirn die Daten für den bevorstehenden Hypersprung aus.

Markus legte die Hand auf den Fahrthebel. Wenig später versanken der Raumhafen, Terrania, der asiatische Kontinent und schließlich der Planet Erde in der Tiefe des Alls.

Rhodan ließ sich in die Polster zurücksinken. Nur mit halbem Ohr lauschte er auf die einkommenden Funksignale, die durch den Hyperkom in die Kommandozentrale geleitet wurden. Sein Blick lag auf den Reihenbildschirmen, die das umliegende Weltall in den Raum zauberten.

Die Störgeräusche der Lautsprecher nahmen zu, obwohl man sich von der Sonne entfernte. Die normalen Funkwellen wurden vom Asteroidengürtel reflektiert und von den Antennen aufgefangen.

Dann durchschlug eine Stimme das Gewirr der Funkzeichen und Störgeräusche.

Es war eine laute und harte Stimme. „Hallo, Perry Rhodan! Melden Sie sich! Hier spricht Oberst Derringer vom Mars-Sicherheitsdienst! Ich rufe Perry Rhodan! Hier spricht . . .“

Rhodan war zusammengezuckt, aber seine Überraschung dauerte nur ein Sekunde. Noch ehe Kommandant Markus eine Bewegung machen konnte, war Rhodan bereits aus dem Sessel.

Der Funker vom Dienst blickte Rhodan fragend an. „Das war Hyperfunk, Sir. Wollen Sie antworten?“

„Stellen Sie den Kontakt mit Derringer her. Ich möchte mit ihm sprechen.“

Oberst Derringer rief noch immer, pausenlos und in gleicher Dringlichkeit.

„Kontakt hergestellt“, sagte der Funker. „Sprechen Sie, Sir.“

Rhodan wartete, bis der Oberst eine Pause machte, dann sagte er: „Hier Rhodan, an Bord der LOTUS. Was ist geschehen, Oberst Derringer?“

Für einige Sekunden war Schweigen, dann aber kam die Antwort knapp und präzise: „Gott sei Dank, Sir. Ihre Position?“

„Vor den Asteroiden.“

„Gut. Wenden Sie und landen Sie auf dem Mars, Sir.“

„Warum?“

„Erteilten Sie dem Mutanten Gregor Tropnow den Befehl, Thora von hier abzuholen?“

Rhodan wurde blaß. Seine Lippen wurden zu einem schmalen Strich. „Nein, Oberst. Meine Frau sollte auf dem Mars bleiben, bis ihr Urlaub beendet ist. Was ist geschehen?“

„Tut mir leid, Sir, dann bestätigt sich der Verdacht, daß Ihre Frau entführt wurde. Genau das meinte Bull auch, mit dem wir vor wenigen Augenblicken in Verbindung traten. Vor wenigen Stunden landete der Mutant Tropnow und behauptete, er habe den Befehl, Thora abzuholen. Es hätten sich überraschende Umstände ergeben, die die Gegenwart der Arkonidin in Terrania erforderten. Thora verließ den Mars vor genau zwei Stunden.“

Rhodan schien sich gefaßt zu haben. Sein Stimme war ohne jede Erregung, aber er war immer noch bleich. „Warum haben Sie nicht früher mit Ihren Nachforschungen begonnen?“

Oberst Derringer zögerte eine Sekunde. „Wie konnte jemand ahnen, daß Thora entführt werden sollte? Die Angehörigen des Mutantenkorps gelten als über jeden Zweifel erhaben.“

Das stimmte. Es wurde Rhodan plötzlich klar, daß er den Verrat in Tropnows Seele gelegt hatte, als er ihm die Zelldusche auf *Wanderer* verweigert hatte.

„Hören Sie, Derringer. Ich komme nicht zum Mars. Ich weiß, wohin man Thora gebracht hat. Teilen Sie mir mit, mit welchem Schiff es geschah."

„Mit einem Fernaufklärer, Typ Space-Jet. Das wissen wir bereits."

„Wenigstens etwas. Bleiben Sie mit Reginald Bull in Verbindung. Mit ihm besteht eine Hyperfunk-Verbindung. Er wird mich unterrichten. Und noch etwas: Sie tragen keine Schuld, Oberst."

Ein Seufzer der Erleichterung war die Antwort, dann brach die Verbindung ab.

Während Rhodan an die Kontrollen zurückkehrte, zuckten Erinnerungen und Empfindungen durch sein Gehirn. Er liebte Thora noch wie am ersten Tag – wenn er an jenem ersten Tag auch noch nicht geahnt hatte, daß es Liebe war, die ihn zu der Arkonidin hinzog. Ja, er liebte sie. Er, der relativ Unsterbliche, 104 Jahre alt und mit dem Aussehen eines knapp Vierzigjährigen, liebte Thora, der die Unsterblichkeit versagt geblieben war.

Zwar war es Rhodan gelungen, mit Hilfe der Mutanten John Marshall und Laury Marten ein von den Galaktischen Medizinern auf dem Planeten Tolimon entwickeltes Lebenselixier in die Hände zu bekommen, aber es stand inzwischen fest, daß die Wirkung dieses Serums nicht ewig vorhalten würde. Thoras mit pharmazeutischen Mitteln gestoppter Alterungsprozeß würde eines Tages jäh wieder einsetzen – und dann würde alles sehr schnell gehen.

Im Augenblick sah es jedoch so aus, als sollte es zu dieser bedrohlichen Entwicklung erst gar nicht kommen, denn Thoras Leben wurde von ihren skrupellosen Entführern bedroht. Auch dabei ging es – Ironie des Schicksals – um die Unsterblichkeit.

Rhodans Gedanken kehrten in die Gegenwart zurück, und er wandte sich an Captain Markus. „Wann findet die Transition statt?"

„Wenn sich nichts ändert – in genau zwei Minuten und vierzig Sekunden." Markus zögerte einen Moment. „Wir behalten Kurs und Koordinaten bei, Sir?"

„Unser Ziel ist Volat. Der Entführer war Tropnow, und Tropnow ist von Fellmer Lloyd auf Volat erkannt worden. Wir haben keine Sekunde mehr zu verlieren, wenn wir nicht zu spät kommen wollen."

„Für Tropnow komme ich nie zu spät, höchstens zu früh", knurrte Gucky aus seiner Ecke.

Rhodan gab keine Antwort. Stumm starrte er auf die Bildschirme.

30.

Als die LOTUS rematerialisierte, jagte sie mit Lichtgeschwindigkeit in das System hinein. Dank des Struktur-Kompensators war damit zu rechnen, daß niemand die Transition registriert hatte. Auch jetzt war eine Anpeilung so gut wie ausgeschlossen, und wenn, dann hielt man die LOTUS sicherlich für eines der vielen Handelsschiffe, die Volat anflogen oder verließen.

Die Funkstation lief auf Hochtouren, aber kein bekanntes Signal verriet, daß Fellmer Lloyd von seiner Space-Jet aus versuchte, Verbindung mit ihnen aufzunehmen. Der Mutant mußte ja immer noch damit rechnen, daß Captain Markus mit der LOTUS wartete, um als Relais-Station zu dienen.

Aber Fellmer Lloyd schwieg.

In Rhodan brodelte die Unruhe.

„Lassen Sie die GAZELLE klarmachen", befahl er Markus und nickte Noir und Gucky zu. „Es ist soweit."

„Lange hätte ich es auf dieser Couch auch nicht mehr ausgehalten", versicherte der Mausbiber und rutschte auf den Metallboden, um zur Tür zu hoppeln. „Sie ist hart wie ein Bügelbrett."

Noir hatte andere Sorgen. „Und wenn die GAZELLE bei der Landung bemerkt wird?"

Rhodan antwortete ihm, bevor er sich an Markus wandte: „Wir werden natürlich nicht mitten in Kuklón landen, sondern irgendwo in einem unbewohnten Teil des Hauptkontinents. Wir wissen nicht, wo sich Lloyd jetzt aufhält, aber Gucky ist Telepath. Er wird ihn schon auftreiben.“ Erst jetzt kam Markus an die Reihe. „Sie bleiben auf einer stabilen Kreisbahn, Captain. Entfernung von Volat: zwei Lichtstunden. Das dürfte genügen. Senden Sie alle zehn Stunden einen Peilton von einer Minute Länge aus. Wir wissen noch nicht, unter welchen Umständen unsere Rückkehr zum Schiff erfolgen wird, daher halte ich diese Vorsichtsmaßnahme für angebracht.“

„Geht in Ordnung. Was tue ich, wenn Ihre GAZELLE angegriffen wird?“

Rhodan lächelte. „Dann tun Sie nichts, Captain. Gar nichts. Verstanden?“

Markus nickte verblüfft.

Rhodan sah sich zu einer kurzen Erklärung veranlaßt. „Wenn wir angegriffen werden, und der Gegner ist überlegen, ergeben wir uns. Das führt auch manchmal zum Ziel.“

Dann schritt er hinter Noir her, der bereits zum Hangar unterwegs war. Gucky hatte es vorgezogen, seine Beine zu schonen. Er war teleportiert und erwartete die beiden Männer vor der offenen Luke der GAZELLE.

„Worauf warten wir noch?“ fragte der Mausbiber und teleportierte zur Schleuse hinauf. „Jede Minute ist kostbar, wenn wir die Verbrecher erwischen wollen.“

Guckys Wut auf die beiden Verräter mußte sehr groß sein.Er schien sich auch nicht die Mühe zu machen, ihre Motive näher zu untersuchen, seitdem sie Thora geraubt hatten.

Rhodan erteilte der Besatzung der LOTUS noch einige Anweisungen, dann folgte er Noir und Gucky in die Schleuse, deren Luke sich dumpf hinter ihnen schloß.

Zehn Sekunden später verließ der Diskus den Kugelkreuzer und fiel mit gleichbleibender Geschwindigkeit dem fernen Planeten entgegen. Die LOTUS schwenkte vom Kurs ab und nahm Richtung auf die befohlene Position, von der aus sie in die Kreisbahn gleiten würde.

Rhodan saß hinter den Kontrollen. Noir war neben ihm und wartete. Die Hände des Hypnos lagen auf verschiedenen Schaltern, mit denen sich die Abwehranlage des Schiffes in Sekundenschnelle aktivieren ließ. Gucky blieb untätig. Er saß zwar vor der Funkanlage, hatte sie aber nicht eingeschaltet.

Volat kam schnell näher, und es wurde Zeit, den lichtschnellen Flug der GAZELLE abzubremsen. Kuklón kam in Sicht, ein deutlich erkennbares Gewirr von Hochbauten und Transportstraßen. Dicht daneben lag der weite Raumhafen, auf dem sich Schiffe vieler Völker drängten. Hier konzentrierte sich das eigentliche Leben des Planeten, dem die Ureinwohner ziemlich tatenlos gegenüberstanden.

Sie lebten in den weiten Urwäldern und auf den Hochplateaus von ihrer bescheidenen Landwirtschaft und von der Jagd. Was kümmerten sie die Arkoniden, Springer und andere Fremde, die ihre Welt zu einem Stützpunkt des Großen Imperiums gemacht hatten?

Wenn man sie nur in Ruhe ließ.

Rhodan ließ die GAZELLE einschwenken und näherte sich der Nachtseite von Volat. Sie gingen tiefer und strichen dicht über die unendlichen Wälder dahin, die nur selten von großen Seen unterbrochen wurden. Breite Stromtäler verrieten genügend Wasserreichtum. An den Hängen bemerkte Rhodan auf dem Infra-Bildschirm Anzeichen von Kultivierung.

„Kuklón wird in einer Stunde den Terminator erreichen", stellte Noir fest. „Solange sollten wir mit der Landung warten."

„Wir landen früher, Noir", entgegnete Rhodan und ließ den Diskus weiter absinken. „Irgendwo dort unten, nicht weit von der Hauptstadt entfernt, muß Fellmer Lloyd sein – wenn er noch am Leben ist." Er drehte sich nach Gucky um. „Hast du noch keine Impulse auffangen können?"

Der Mausbiber schüttelte den Kopf.

Sie glitten nun dicht über ein weites Felsplateau dahin, aber sogar der Infra-Schirm zeigte keinerlei Einzelheiten. Entweder war das Plateau unbewohnt, oder die Volater hatten ihre Behausung gut getarnt.

Der Angriff erfolgte derart überraschend, daß keine Gegenwehr möglich war.

Aus dem Nichts kam ein grünblauer Energiefinger und traf die GAZELLE. Der Ruck warf Rhodan fast aus dem Kontrollsitz, schleuderte Noir zu Boden und ließ Gucky quer durch die Zentrale rutschen.

Der Diskus begann zu stürzen.

Ein zweiter Schuß strich dicht an ihnen vorbei und ließ zwischen den Urwaldriesen eine aufflammende Lücke entstehen.

„Festhalten!" brüllte Rhodan und griff in die Kontrollen.

Der Diskus glitt seitlich dem Urwald entgegen. Er gehorchte der Steuerung nicht mehr, ließ sich aber ein wenig abfangen, so daß der zu erwartende Aufschlag nicht so schlimm werden konnte.

„Es waren Springer", murmelte Gucky wütend und lauschte weiter in sich hinein. „Ja, Galaktische Händler, unsere alten Freunde. Aber sie haben keine Ahnung, wer wir sind. Sie handeln auf höheren Befehl."

„Versuche, mehr in ihren Gedanken zu lesen!" rief Rhodan. „Achtung! Landung in zehn Sekunden! Dann zur Schleuse und raus!"

Die zehn Sekunden wurden zur Ewigkeit.

Dann gaben die eingeschalteten Außenmikrophone das Splittern der Äste und das berstende Krachen des eigentlichen Aufschlags wieder. Durch den wunden Körper der GAZELLE ging ein harter Ruck, der alle losen Gegenstände von ihrem Platz fegte.

Rhodan warf sich unmittelbar vor dem Aufprall nach hinten und landete auf allen vieren. Langsam rutschte er quer durch die Zentrale und blieb dicht vor den Pilotensitzen liegen. Seine Benommenheit dauerte nicht lange. Er richtete sich wieder auf und rief heiser: „Schnell! Ehe sie zurückkehren und uns restlos erledigen!"

Das machte auch Noir wieder munter, der seitlich aus seinem Sessel gekippt und hart mit dem Kopf gegen eine Metallverschalung geschlagen war. Ein dünner Blutfaden rann von seiner Stirn, aber sonst schien er keinen Schaden genommen zu haben.

Am besten hatte Gucky reagiert. Er war nicht mehr im Kontrollraum.

Noch ehe die GAZELLE aufschlug, war er ins Freie teleportiert. Er hatte nicht mehr die Zeit gefunden, Rhodan oder Noir mitzunehmen, und so stand er allein keine fünfzig Meter entfernt, als das Raumboot durch die Baumwipfel stürzte und den Boden berührte. Kaum war das geschehen, sprang er in die Luftschleuse und öffnete sie.

Rhodan zog Noir mit sich.

„Etwas gebrochen?" erkundigte er sich knapp. Drüben in der Schleusenkammer war ein Geräusch. Das mußte Gucky sein. „Haben Sie Schmerzen?"

„Nur am Kopf", stöhnte Noir und hielt sich die Stirn. „Ich glaube, ich habe damit einen Teil der Armaturen zertrümmert."

„Das spielt keine große Rolle mehr", tröstete Rhodan und erblickte den Mausbiber neben der geöffneten Luke. „Reißen Sie sich jetzt zusammen. Wir müssen so schnell wie möglich von hier verschwinden."

Die beiden Männer erreichten die Schleuse. Zehn Sekunden später liefen sie zusammen mit Gucky in den dichten Wald hinein, ohne sich noch einmal umzusehen.

Das Geräusch eines herangleitenden Angreifers war deutlich genug und besagte mehr als alle Worte.

Dann blendete sie der helle Schein der Explosion, und die nachfolgende Druckwelle zwang sie, sich zu Boden zu werfen. Rhodan wandte den Kopf.

Ein dunkler Schatten verdeckte die zahlreichen Sterne. Das fremde Schiff war nicht genau zu erkennen, aber es mußte größer als die GAZELLE sein. Mit den Ortungsgeräten fiel es dem Unbekannten nicht schwer, das abgestürzte Beiboot aufzufinden. Jetzt flammten Scheinwerfer auf und tauchten das Wrack in grelles Licht.

Rhodan, Noir und Gucky duckten sich tiefer in den Schatten.

Dann taten die Angreifer etwas sehr Dummes: Sie zerstörten das Wrack mit einem Impulsstrahl, der in Sekundenschnelle das Metall der GAZELLE schmelzen und verdampfen ließ.

Rhodan atmete auf. „Wir haben Glück. Ich fürchtete schon, sie würden unser Schiff gründlich durchsuchen. Vielleicht hätte es doch Hinweise gegeben, die einen klugen Gegner hätten stutzig machen können. Noch werden Yatuhin und Tropnow ihren größten Trumpf nicht ausgespielt haben. Noch wird niemand wissen, daß die Erde existiert. Wenigstens hoffe ich das."

„Und noch weiß niemand, daß wir auf Volat gelandet sind", murmelte Noir. Mit einem kurzen Seitenblick auf den Mausbiber fügte er hinzu: „Natürlich mit Gucky, dem monströsen Kämpfer."

Rhodan gab keine Antwort.

Er sah das Wrack zerglühen und erblickte im rötlichen Widerschein die matt schimmernde Hülle des unbekannten Schiffes.

Gucky neigte den Kopf. Er versuchte auf telepathischem Weg

Informationen zu bekommen. „Springer, ich sagte es schon. Sie wurden von einem Unbekannten angeworben und von der Zentrale – wo auch immer sie ist – auf unsere Spur gesetzt. Das Warnsystem muß uns bereits im Weltraum erfaßt haben.“

Rhodan fragte: „Glaubst du, daß die beiden Mutanten dahinterstecken?“

„Wer sonst?“

Rhodan nickte und sah hinauf in den sternenbedeckten Himmel. Dieser sah hier ganz anders aus als auf der heimatlichen Erde, die am Rand der Milchstraße stand. Hier, näher am Zentrum, war die Zahl der Sterne größer. Ein weißes Band lief quer über das Firmament und ließ die Dunkelwolken so klar hervortreten, daß man sie mit bloßem Auge erkennen konnte.

Das fremde Schiff war verschwunden. Es hatte seine Aufgabe beendet und kehrte zu seinem unbekannten Einsatzhafen zurück.

Noir erhob sich. „Und was nun? Die Stadt muß viele hundert Kilometer von hier entfernt sein. Der Urwald . . .“

„Wir haben immerhin Gucky“, sagte Rhodan leise und stand ebenfalls auf. Um sie herum war nichts als die nächtliche Stille und das Rauschen des Windes in den Baumwipfeln. „Gucky kann uns zur Stadt bringen, falls uns das notwendig erscheint. Aber ich halte es vorerst für falsch, wieder aufzutauchen. Soll man doch glauben, wir wären tot.“

„Und der Wald? Ich finde ihn nicht gemütlich. Wir wissen nicht, welche Gefahren uns drohen.“

„Die Unterlagen über Volat besagen, daß es nicht viele gefährliche Raubtiere in den Wäldern gibt. Für uns gibt es nur einen Feind hier: die Organisation der Verräter. Sie werden uns jagen, wenn sie erfahren, daß wir noch leben.“

Noir zog die Schultern hoch und sah hinein in die undurchdringliche Finsternis des Urwalds. Er sah genau nach Westen, dorthin, wo Kuklón liegen mußte.

Gucky hob warnend den Arm.

„Was ist?“ fragte Rhodan besorgt.

Der Mausbiber zeigte in das Dunkel. „Ich weiß nicht, wie weit entfernt – aber dort sind Lebewesen. Sie denken – aber ich werde aus ihren Gedanken nicht schlau. Es sind mir unverständliche Dinge, über die sie sich unterhalten. Wahrscheinlich Eingeborene."

Rhodan entsann sich der Kataloge der Arkoniden über Volat, den zweiten Planeten der Sonne Heperés. Er sagte leise: „Die Volater stammen von Insekten ab. Sie gehen aufrecht, sind fast zwei Meter groß, dünngliedrig, haben große Köpfe mit hervorstehenden Facettenaugen, darüber Fühler. Sie haben eine braunschwarze, teilweise verhornte Haut. Intelligente und harmlose Wesen mit seltsamen Riten. Ihre Regierungsform ist das Matriarchat – wahrscheinlich eine Überlieferung aus ihrer Insektenzeit. Sie unterwerfen sich den Gesetzen der Allweisen Mutter, ihrer unumschränkten Herrscherin. Ihre Sprache ist für menschliche Ohren nicht wahrnehmbar, weil sie im Bereich des Ultraschalls liegt. Telepathen haben keine Schwierigkeiten, sich zu verständigen."

„Das sind ja komische Vögel", murmelte Gucky verblüfft und watschelte in Richtung Westen davon. Seine scharfen Augen hatten einen schmalen Pfad entdeckt. „Bin gespannt, was sie zu mir sagen werden."

Rhodan lächelte flüchtig.

„Folgen wir Gucky", sagte er zu Noir. „Der hat den besten Instinkt."

31.

Das Hochplateau erhob sich über der Ebene des Urwalds, der sich bis dicht an die Stadtgrenze von Kuklón erstreckte. Keine Straße führte hierher, nur verschwiegene Pfade und geheime Fußwege. Letztere waren unter gewissen Umständen von Fahrzeugen zu benutzen, aber wenn es mehr als zwei Tage geregnet hatte, blieben auch die breitesten Raupenketten im Schlamm stecken.

Es gab keinen Arkoniden oder Springer, der die Lage des Plateaus gekannt hätte. Hier residierte die geheimnisvolle Herrscherin der

Volater, die Königin und Göttin zugleich war und damit auch das Zentrum seltsamer, unbegreiflicher Riten.

Unter den schützenden Baumwipfeln standen die Behausungen der Eingeborenen – bienenkorbartige Gebilde aus den verschiedensten Materialien. Einmal war es Holz, dann wieder eine Art Bast, aber auch harter Lehm, mit Stroh vermischt, diente als Bauelement. Die Eingänge ähnelten Einschlupflöchern, wie man sie von den Bienenkörben der Erde her kannte, nur waren sie entsprechend größer.

Dieses Felsenplateau, verborgen und für den nicht Eingeweihten so gut wie unzugänglich, war die eigentliche „Hauptstadt" der Welt Volat.

In einer der primitiv anmutenden Hütten lag Fellmer Lloyd auf einem niedrigen Bett und hielt die Hand des Mädchens Kuri. Sie saß auf dem Bettrand und sah auf ihn hinab.

Fellmer Lloyd las ihre Empfindungen. Kuri, das wußte er, hatte einiges für ihn übrig. Sie war kurz nach ihm bei den Volatern eingetroffen.

„Wir sind in Sicherheit, Fellmer", sagte Kuri und gab ihrer Stimme einen festen Klang. „Hier wird uns niemand finden."

Er nickte. Sein breiter, muskulöser Körper wirkte unter der leichten Bastdecke fast schmal. „Das ist gut so. Wenn ich nur wüßte, ob Markus meinen Hilferuf auffing und weitergab."

„Du mußt erst ganz gesund werden", mahnte sie.

Er schüttelte den Kopf. „Ich bin nicht krank, Kleines. Der Strahl einer Schockwaffe traf mich, das ist alles. Noch ein oder zwei Tage, dann bin ich wieder auf den Beinen. Wir müssen etwas unternehmen."

Sie sah auf. Am Eingang der Hütte entstand eine Bewegung. Dann trat jemand ein.

Es war ein Volater. Kuri lächelte dem merkwürdigen Wesen freundlich zu, denn sie wußte, daß von ihm niemals etwas Böses kommen konnte. Die Fühler über den starren Augen bewegten sich. Der Blick des Eingeborenen ging fragend zu Fellmer Lloyd, der plötzlich aufhorchte und sich dann aufrichtete.

„Die Feinde haben die Spur verloren und sind in die Stadt zurückgekehrt", sagte der Volater. Nur Fellmer Lloyd konnte seine „Stimme" hören und auch verstehen.

Er lächelte schwach. „Danke, mein Freund. Ihr habt uns einen großen Dienst erwiesen."

„Die Allweise Mutter hat befohlen, daß du so lange bei uns bleiben darfst, wie es dir gefällt."

„Ich werde heute noch aufstehen können. So gern ich bleiben möchte, muß ich das Angebot doch ablehnen. Ich erwarte meine Freunde, und die würden mich hier niemals finden können."

Der Volater trat näher.

„Deine Freunde sehen aus wie du?" vergewisserte er sich.

„Sie sehen genau so aus", antwortete Fellmer Lloyd.

„Und sie kommen ebenfalls aus der großen Leere?"

Die „große Leere" war der Weltraum, das wußte Lloyd. Die Volater betrieben keine Raumfahrt.

„Ja, sie kommen von dort, wenn sie mir helfen wollen."

Der Volater nickte langsam.

„Dann sind sie es", sagte er.

Fellmer Lloyd horchte auf. „Wer?"

„Gestern nacht näherte sich unserer Welt ein kleines Schiff aus der großen Leere, aber es wurde angegriffen und stürzte ab. Wir erhielten die Kunde erst vor kurzer Zeit."

„Ein kleines Schiff?"

„Ja, ein flaches, rundes Schiff."

Lloyd erschrak. Das konnte nur eine Space-Jet gewesen sein, ein Schiff des gleichen Typs, wie er eines besaß.

„Was ist mit den Insassen des Schiffes geschehen?" fragte er.

„Wir wissen es nicht. Vielleicht sind sie tot."

Fellmer kam hoch und schwang die Füße auf den Boden. Als er stand, wäre er fast gestürzt, so wackelig fühlte er sich auf den Beinen. Noch waren die Nachwirkungen des Schocks nicht überwunden. Resigniert ließ er sich auf den Bettrand sinken. Kuri stützte ihn.

„Ich bin noch zu schwach", gab er zu. „Aber ich muß wissen, was mit den Leuten geschehen ist, die in dem Schiff waren."

Der Volater nickte. „Wir werden es bald wissen. Die Allweise Mutter hat befohlen, daß einige Männer von uns in den großen Wald gehen, um nach Spuren zu suchen. Wenn sie noch leben, werden wir sie finden."

Fellmer Lloyd ließ sich zurück ins Bett sinken.

„Ihr *müßt* sie finden", sagte er stöhnend und schloß die Augen.

Lautlos entfernte sich der Volater, nur das Mädchen Kuri blieb zurück. Ihr Blick ruhte zärtlich auf dem blassen Gesicht des Terraners.

Nachdem Rhodan, Noir und Gucky die ganze Nacht in westlicher Richtung marschiert waren, immer den Gedankenimpulsen der Volater folgend, kam es schließlich zur ersten Begegnung mit den Eingeborenen. Plötzlich standen sie vor ihnen. Nachdem sie sich eine Weile schweigend gemustert hatten, ergriffen die Volater die Initiative. Gucky fungierte dabei als „Dolmetscher".

„Wir sind Freunde", betonte der Sprecher der Volater. „Die Allweise Mutter schickt euch ihre Grüße."

Nach dem Austausch einiger Höflichkeiten kam Gucky sogleich auf den Grund ihres Hierseins zu sprechen. „Kennt ihr einen Mann, der unser Freund ist? Er muß auf dieser Welt weilen und nennt sich Fellmer Lloyd."

Das war eine sehr direkte Frage, aber Gucky hatte nicht die Absicht, noch mehr Zeit zu vertrödeln.

Die Antwort war genauso direkt. „Er ist bei uns und erwartet euch."

Rhodan atmete auf. Er trat vor und streckte den drei merkwürdigen Wesen die Hand entgegen. Damit war die Freundschaft zwischen den ungleichen Intelligenzen endgültig besiegelt.

„Folgt uns!" forderte der Sprecher der Volater die drei Freunde auf. „Wir bringen euch zu eurem. Freund."

Die Gruppe brach bald darauf auf und erreichte wenige Stunden später das Felsenplateau mit der Niederlassung der Volater. Inzwischen hatte Gucky längst telepathischen Kontakt mit Fellmer Lloyd. Der Mutant konnte die Ankunft seiner Freunde kaum erwarten.

Rhodan drückte Fellmer Lloyd in die Kissen zurück. „Sie bleiben vorerst liegen, mein Freund, und erholen sich von der Schockwirkung. Wenn es hier etwas zu tun gibt, dann werde ich das besorgen. Aber nun berichten Sie zuerst einmal ausführlich, was geschehen ist. Ich weiß nur das, was Markus erzählte – und das ist nicht viel."

Der Orter ließ sich beruhigen und warf dem Mädchen Kuri einen schnellen Blick zu. Die mandelförmigen Augen der Händlerstochter waren mit Bewunderung auf Rhodan gerichtet, dessen freies, offenes Gesicht sie zu fesseln schien. Nicht, daß Fellmer so etwas wie Eifersucht verspürt hätte, aber er wußte plötzlich, wie gern er Kuri hatte und wie wenig er sie zu verlieren wünschte.

„Ich versteckte meine Space-Jet nahe Kuklón im Urwald und begab mich in die Stadt, wo ich bald erfahren konnte, daß man Sikeron ermordet hatte, weil er Yatuhin und Tropnow auf die Spur gekommen war. Kuri half mir beim Aufbau einer Organisation, mit der ich die Verräter zu besiegen hoffte." Lloyd gab einen ausführlichen Bericht über die Ereignisse der vergangenen Tage.

„Nicht sehr viel", sagte Rhodan nickend, verbarg aber seine Enttäuschung, um den Kranken nicht unnötig aufzuregen. „Was wissen Sie über den Gegner?"

Fellmer Lloyd sah Rhodan an. „Er hält sich nahe dem Raumhafen in einem hohen Bauwerk auf, das als Handelsniederlassung getarnt ist. Die Uxlad-Sippe der Springer hat sich mit den beiden Verrätern verbündet, weiß aber offensichtlich nicht, worum es genau geht. Man hat ihnen das ewige Leben versprochen, das ist alles. Yatuhin und Tropnow setzen natürlich auch ihre paranormalen Gaben ein. Ich fürchte, daß es schwer sein wird, die Existenz der Erde weiter geheimzuhalten."

„Das wird früher oder später ohnehin kein Geheimnis mehr sein", sagte Rhodan. „Einmal wird auch das regierende Robotgehirn auf Arkon wissen, daß es getäuscht wurde. Sie sehen, das bereitet mir weniger Sorgen als der Umstand, daß in unseren eigenen Reihen Verrat möglich ist."

„Auch Mutanten sind nur Menschen", verteidigte Lloyd seine ehemaligen Kollegen. „Sie fühlen sich benachteiligt, weil sie die Zelldusche nicht erhielten. Vielleicht war das ein Fehler."

„Niemand ist unfehlbar", wich Rhodan aus. Er schwieg einen Moment, dann fragte er: „Wer ist auf dieser Welt der Vertreter Arkons?"

„Der Administrator heißt Mansrin. Ich kenne ihn nicht persönlich, aber er soll ein tüchtiger Arkonide sein, wenn auch die übliche Arroganz überwiegt. Warum fragen Sie?"

„Nur so", wich Rhodan aus, der noch keinen festen Plan hatte. „Man sollte wissen, mit wem man es zu tun hat."

„Fragen Sie, Sir. Schließlich habe ich nicht geschlafen, bevor mich der Schockstrahl traf."

Und Rhodan begann, Lloyd systematisch auszufragen.

„Du solltest dich verkleiden", riet Noir und betrachtete Gucky skeptisch von oben bis unten. „So erkennt man dich ja sofort."

Der Mausbiber richtete sich zu seiner vollen Größe auf und strich das braune Fell glatt.

„Verkleiden?" fragte er verblüfft. „Als was soll ich mich denn verkleiden? Als Mensch? Das merkt auch der Dümmste."

„Wenigstens solltest du einen Umhang tragen, damit nicht jeder sofort das Fell sieht. Vielleicht halten sie dich für einen Zwerg."

Gucky seufzte.

„Hervorstechende Persönlichkeiten haben es nicht leicht", stellte er fest. „Sähe ich aus wie ein ganz normaler Mensch, wäre alles einfacher für mich. So aber . . ."

Rhodan beendete eine Zeichnung, die er auf einem Stück Papier angefertigt hatte. „Leider ist Lloyd mit den Einzelheiten auch nicht weiter vertraut, aber er hat zumindest herausgefunden, wo das Hauptquartier der Verräter liegt. Du springst mitten hinein, Gucky, und fertigst einen Plan des entsprechenden Gebäudeteils an. Wir benötigen ihn später, wenn der Rummel losgeht."

„Welcher Rummel?"

„Das wirst du schon früh genug erfahren. Du darfst dich auf keinen Fall erwischen lassen und verschwindest, sobald jemand auftaucht. Kehre schnellstens zurück, verstanden?"

„Ich bin wie der Blitz", versprach der Mausbiber und sah Noir mißtrauisch entgegen, der soeben mit einem farbigen Tuch zurückkehrte. „Was soll denn der bunte Zirkusfetzen? Du glaubst doch nicht etwa, daß ich den Putzlappen . . ."

„Warum nicht?“ erkundigte sich Rhodan, der längst begriffen hatte, was Noir plante. „Wenn dich jemand in der Verkleidung sieht, weiß er bestimmt nicht, woher du stammst. Na los, zieh schon an, Gucky. Zier dich nicht so.“

„Aber . . .“, piepste Gucky jämmerlich und sah aus, als habe er alle Sünden des Universums zu büßen.

„Kein Aber“, drohte Rhodan unerbittlich. „Meinst du vielleicht, du gingest zu einer Schönheitskonkurrenz?“

Gucky ergab sich in sein Schicksal.

Er sah aus wie ein angezogener Affe, wie ihn früher einmal die Zirkusleute Terras mit sich führten, wenn sie die Aufmerksamkeit der Kinder zu erregen gedachten. Die vorwurfsvollen Augen vereinigten allen Schmerz der Welt in sich.

„Nur die Dummen sind eitel“, belehrte ihn Rhodan und verbiß sich das Grinsen. „Und nun spring, alter Freund.“

„Deine Sprüche sind weise“, murmelte Gucky mit betont tiefer Stimme, um seinen Worten den entsprechenden Nachdruck zu verleihen, „aber sie vermögen nicht, mein gebrochenes Herz zu laben. Bis später!“

Er war verschwunden, ehe sie noch Luft holen konnten.

Kuklón, die Hauptstadt des Planeten Volat, war im Grunde genommen der einzige Platz dieser Welt, der interstellare Charakterzüge aufwies. Hier konzentrierte sich das Leben, und von hier aus wurde die Kolonialwelt verwaltet. Zwar kümmerten sich die Eingeborenen recht wenig um diese Verwaltung und lebten ihr eigenes Leben, aber sie wußten, daß in dieser Ansammlung unschöner Steinbauten jene Wesen hausten, die sich zu ihren Herren aufgeschwungen hatten. Einige Volater hielten sich auch in der Hauptstadt auf, um für ihr Volk wichtige Informationen zu sammeln.

Volat war mehr ein Stützpunkt als eine eigentliche Kolonialwelt. In einigen Gebirgen wurde wertvolles Erz gefunden, aber in der Hauptsache diente Volat als Umschlagplatz für Güter anderer Systeme. Im Zentrum der Stadt stand der Palast des Arkoniden-Administrators. Von hier aus konnte jederzeit die Verbindung zu dem gewaltigen Positronengehirn hergestellt werden, das über das Sternenreich der Arkoniden herrschte.

In der Nähe des weiten Raumfelds stand ein anderes Gebäude. Es ragte hoch in den Himmel von Volat und galt als Handelsniederlassung der Springer. Ein großer Teil der oberen Stockwerke wurde als Büros vermietet. Hunderte verschiedener Firmen hatten hier ihren Sitz. Und so kam es, daß einer den anderen kaum kannte und Gucky in den ersten Minuten nicht besonders auffiel, denn die Galaxis war reich an bizarren Lebewesen.

Der Mausbiber materialisierte im zwanzigsten Stockwerk in einem großen Saal. Zu seinem Glück hielt sich hier niemand auf, so daß sein Entstehen aus dem Nichts unbemerkt blieb. Mit einer unwilligen Bewegung ordnete Gucky den farbigen Umhang neu, stieß einen tiefen Seufzer aus und stolzierte von dannen, der nächsten Tür entgegen.

Sie führte auf einen breiten Korridor. Links waren Fenster, die einen Blick auf das Raumfeld freigaben. Schiff stand dort neben Schiff, dazwischen glitten Fahrzeuge mit Passagieren und Lasten hin und her, auf blitzenden Schienen flitzten schlanke Transporter dahin, und fast alle zwei oder drei Minuten starteten und landeten neue Raumer.

„Netter Betrieb“, murmelte Gucky und bemühte sich, nicht auf den Rand seiner Bekleidung zu treten. Ihm fiel das Gehen schon ohnehin schwer genug, aber unter dem Umhang sah er seine Füße nicht – und das war fatal. Wenn ihn jemand gesehen hätte, wie er so daherwatschelte, er wäre sicher erstaunt über den merkwürdigen Zwerg gewesen, der anscheinend einen über den Durst getrunken hatte.

Rechts waren Türen mit Firmenschildern.

Das Gebäude verfügte über zweitausend einzelne Räume, wenn nicht mehr. Wie sollte er da gerade den richtigen finden? Nur der Zufall würde ihm helfen können. Immerhin hatte Lloyd herausgefunden, daß die Verräter nur in den unteren Stockwerken arbeiteten.

Ein Lift öffnete sich direkt vor Gucky. Einige Springer stiegen aus und eilten geschäftig weiter. Nur einer von ihnen warf dem farbigen Zwerg einen erstaunten Blick zu, kümmerte sich aber dann nicht weiter um die Erscheinung. Die Geschäfte waren wichtiger.

Gucky atmete auf und betrat den Lift. Zwanzig Sekunden später stand er auf dem Korridor, der durch das dritte Stockwerk führte. Rein äußerlich unterschied sich dieses nicht vom zwanzigsten, lediglich fehlten die Firmenschilder. Dafür waren über den Türen Zahlen angebracht.

Der Mausbiber spazierte langsam an den Türen vorbei und bemühte sich, Gedankenimpulse aufzunehmen. Viele der Zimmer, so stellte er fest, waren leer. In einigen saßen harmlose Individuen, die an nichts Verdächtiges dachten und ihre täglichen Pflichten erfüllten. Die wußten meistens nichts von dem, was über ihren Kompetenzbereich hinausging. Sie kümmerten sich nur um ihre kleinen Aufgaben und ahnten nichts von den großen Zusammenhängen.

Ehe Gucky zum Lift zurückkehren konnte, öffnete sich direkt vor ihm eine Tür, und ein Mann betrat den Korridor. Er stutzte, als er Gucky erblickte, der sofort die Gefahr erfaßte. Das, so wußte er, war kein gewöhnlicher Beamter.

„Was suchen Sie hier? Wer sind Sie?" wurde er in Interkosmo angeherrscht.

Schon das allein ärgerte Gucky, der eine andere Umgangssprache gewohnt war, aber er ließ sich zu keiner Unbesonnenheit hinreißen. Mit einer feierlichen Verbeugung stellte er sich vor und schwang dabei den farbigen Umhang derart um seinen kleinen Körper, daß es fast wie ein Hofknicks wirkte.

„Brabul, König von Voodoo, edler Springer. Ich suche Mansrin, den Administrator."

Der Springer machte ein verärgertes Gesicht. „Der Administrator wohnt im Palast. Wer hat Sie denn zu uns geschickt?"

„Man sagte mir auf dem Raumhafen . . ."

„Wo liegt Voodoo? Welche Koordinaten?"

Gucky verlor schnell die Geduld. „Ich wollte den Administrator sprechen, aber ich habe kein Interesse daran, Ihnen die Koordinaten von Voodoo zu verraten. Die gehen Sie nichts an."

Aber auch der Springer schien einen anderen Ton gewohnt zu sein. Sein Arm schnellte vor, und seine Hand ergriff Guckys Umhang.

„Hör zu, du Zwerg", sagte er. „Du bist ziemlich frech. Ich denke, ich werde mich näher mit dir befassen. Los, marschiere vor mir her. Mal sehen, was der Chef zu dir sagt."

Gucky bezwang seine begreifliche Lust, den anderen gegen die Decke oder aus dem Fenster schweben zu lassen. Er duckte sich und wehrte sich nicht. Mit ängstlicher Miene watschelte er los und gab eine höchst jämmerliche Figur ab. Nur der Trost, es diesem unverschämten Springer später zurückzahlen zu können, gab ihm die notwendige Selbstbeherrschung.

Im ersten Stock blieb der Springer vor einer Tür stehen. Die eine Hand hielt Guckys Umhang, die andere legte sich gegen die Wärmekontrolle des Schlosses. Geräuschlos öffnete sich die Tür, auf der die Zahl 18 geschrieben stand.

Gucky wurde unsanft in das dahinterliegende Zimmer gestoßen. Fast wäre er dabei über den langen Fetzen gestolpert, in dem sich seine Füße verhedderten.

Dann vergaß er den Springer, denn vor ihm saß hinter einem breiten Tisch ein Mann, den er kannte.

Gregor Tropnow, der Verräter.

In Wirklichkeit bereits 88 Jahre alt, sah der Mutant wesentlich jünger aus. Sein Gesicht zeigte starke Konzentration, als er aufblickte und den Eintretenden entgegensah. Mit keiner Spur zeigte er Erkennen, was weiter nicht verwunderlich war, denn Gucky war noch niemals mit Tropnow in nähere Berührung gekommen.

„Was ist?"

Der Springer hatte seine Überlegenheit verloren. Fast demütig meldete er: „Er schnüffelte oben im Verwaltungsteil herum, und ich hielt es für besser, wenn Sie ihn sich vornehmen. Er behauptet, Mansrin sprechen zu wollen."

Tropnow nickte. „Gut. Warten Sie draußen, bis ich Sie rufe." Er rührte sich nicht, bis der Springer den Raum verlassen hatte, dann beugte er sich vor und starrte Gucky an. „Wer sind Sie?"

„Brabul von Voodoo", sagte Gucky und verbeugte sich gravitätisch. „Ich wollte dem Administrator einige Geschenke meines Volkes überbringen. Leider scheine ich mich im Haus geirrt zu haben."

„Allerdings", sagte Tropnow gedehnt und begann, seine hypnotischen Fähigkeiten einzusetzen. Sein stummer Befehl an Gucky lautete, die Wahrheit zu sagen. Natürlich blieb das ohne Wirkung, aber Gucky ließ sich nichts anmerken.

„Es handelt sich um dressierte Maulaffen", sagte er wichtig.

Tropnow zuckte zusammen. „Was?" ächzte er fassungslos. „Um Maulaffen?"

„Ja." Gucky nickte ernsthaft. „Es ist uns gelungen, diese seltenen Tiere zu dressieren. Wir wollen sie Arkon zum Geschenk machen. Und da uns Volat am nächsten liegt, dachte ich, es wäre gut . . ."

Gucky registrierte Erleichterung im Gehirn Tropnows. Der geringfügige Verdacht des Hypnos schwand dahin. Er mußte davon überzeugt sein, daß der buntgekleidete Zwerg die Wahrheit sprach. Gegen die Suggestionskraft eines Hypno-Gehirns gab es keinen Widerstand. Dann zuckte für eine Sekunde ein Gedanke durch das Gehirn des Verräters, der Gucky regelrecht elektrisierte: *Es ist kein Trick Rhodans, um Thoras Aufenthaltsort zu erfahren. Die haben wir sicher.*

„Wir haben nichts mit der Administration zu tun", sagte Tropnow mit einem nachsichtigen Lächeln. „Sie finden draußen auf der Straße genügend Taxen, die Sie zu Mansrin bringen werden. Leben Sie lang, Eh . . . wie war Ihr Name?"

„Brabul, Herr", gab Gucky bereitwillig Auskunft und versuchte indessen, mehr über Thoras Aufenthaltsort zu erfahren. Aber Tropnow hatte Thora bereits wieder vergessen. „Brabul von Voodoo."

Der Mutant drückte auf einen Knopf. Der Springer trat ein.

„Zeigen Sie Brabul den Ausgang. Er kann gehen."

Gucky watschelte aus dem Zimmer und schritt den Korridor entlang, auf den Lift zu. Zu seinem Leidwesen folgte ihm der Springer, um ihn zu begleiten. Das war unangenehm, denn Gucky beabsichtigte keineswegs, die Höhle des Löwen bereits zu verlassen. Mit einem Ruck blieb er stehen, maß den Verdutzten mit einem verächtlichen Blick und fauchte erbittert: „Verschwinde, du Sohn eines Wurmes! Hast du nicht gehört, daß ich frei dorthin gehen darf, wohin ich zu gehen wünsche? Ich verzichte auf deine Begleitung."

Der Springer war muskulös gebaut und fast zwei Meter groß. Ein rötlicher Vollbart umrahmte das Kinn, und in seinen Augen paarte sich Kühnheit mit Unternehmungslust. Nur für eine Sekunde hatte die Überraschung ihn übermannt, aber jetzt brach sein wahrer Charakter wieder durch und gewann die Oberhand.

Dieser lächerliche Zwerg – was wagte der Wicht? Ihn zu beschimpfen? Mußte er sich das bieten lassen?

Mit einem Ruck trat er vor und ergriff Gucky mit beiden Fäusten.

„Ich bringe dich um, du häßliches Männlein!" drohte er erbost und zog Gucky näher zu sich heran. Dem Mausbiber war das nur recht. Er konzentrierte sich – und teleportierte.

Als er im selben Bruchteil der Sekunde wieder auf dem Plateau im Urwald materialisierte, hielt ihn der Springer immer noch gepackt. Der enge körperliche Kontakt hatte ihn die weite Reise im entmaterialisierten Zustand mitmachen lassen. Natürlich hatte er das nicht bewußt erleben können, um so verblüffter mußte er sein, so schnell die Umgebung gewechselt zu haben.

„Was bin ich", zischelte Gucky zornig und stieß den Überraschten von sich. „Ein häßliches Männlein? Das mußt *du* sagen, Fleischkloß mit dem Gehirn eines Flohes! Du wirst mich noch kennenlernen, warte nur!"

„Wo bin ich?" stammelte der Springer fassungslos. Er begriff überhaupt nichts mehr.

Gucky stieß einen schrillen Pfiff aus. Drüben aus einem der Bienenkörbe kam Rhodan, Noir folgte ihm auf dem Fuß.

„Los, du Brennpunkt der Überraschungen!" Gucky stieß seinen Gefangenen voran. „Mein Herr möchte mit dir reden – und ich rate dir, die Wahrheit zu sagen."

Der Springer starrte ängstlich auf Gucky und marschierte los.

Rhodan sah dem unfreiwilligen Besucher interessiert entgegen, der herangestolpert kam und vor ihm stehenblieb. Der Springer konnte immer noch nicht begreifen, wie er hierhergekommen war. Das ging nicht mit rechten Dingen zu.

Ehe er den Mund öffnen konnte, um eine entsprechende Frage zu stellen, kam ihm der hochgewachsene Mann mit dem strengen und doch so offenen, ehrlichen Gesicht zuvor. Die Frage, die an ihn gerichtet wurde, war derart überraschend und klar, daß er sie beantworten mußte, ehe er sich eine Lüge ausdenken konnte.

„Wo ist Thora, die von Tropnow geraubt wurde?"

„Im Kellerraum . . ."

Rhodan faßte Noir bei der Hand. Zwischen ihnen stand Gucky, die kurzen Ärmchen um die beiden Männer geschlungen. Der Kontakt würde genügen, um die Entmaterialisation zu ermöglichen.

„Jetzt", sagte Rhodan.

Gucky konzentrierte sich auf den Palast des Administrators und sprang.

Sie hatten Glück. Sie standen auf dem Dach des riesigen Gebäudes, hoch über der Stadt und dicht neben der mächtigen Antenne des Hyperfunk-Senders. Niemand war zu sehen. Eine Treppe führte in die Tiefe.

Sie lösten sich voneinander.

„Ihr sorgt dafür, daß mich niemand stört", sagte Rhodan. „Haltet euch in unmittelbarer Nähe der Funkräume auf und greift ein, wenn es notwendig ist. Gucky beobachtet mich telepathisch."

Von dem gefangenen Springer hatten sie alle gewünschten Auskünfte erhalten. Sie wußten genau über die Räumlichkeiten des Palasts von Mansrin Bescheid.

Vor der Tür zur Funkzentrale zögerte Rhodan. Er besaß keine Waffe. Wenn nun Widerstand erfolgte, was sollte er tun? Es widerstrebte ihm, Gewalt anzuwenden, also würde er bluffen müssen.

Er nickte Noir und Gucky noch einmal zu, ehe er mit einem Ruck die Tür öffnete.

Dank seiner Hypnoschulung kannte er die Einrichtung eines Hyperfunk-Senders und konnte ihn mühelos bedienen. Fast alle Schaltungen erfolgten automatisch. Eigentlich bestand die einzige Schwierigkeit nur darin, die richtigen Sende-Koordinaten einzustellen und das Rufzeichen des Empfängers zu kennen.

Nur ein einziger Mann war anwesend. Er saß untätig in einem Sessel und las. Als Rhodan eintrat, sah er auf und kniff die Augen zusammen. Rein äußerlich gesehen, unterschied sich Rhodan kaum von einem Arkoniden.

„Sie wünschen?" fragte er unschlüssig und erhob sich. Er wußte nicht, was er mit dem Fremden anfangen sollte. „Wer schickt Sie?"

Rhodan blickte den Funker an. „Befehl vom Administrator. Stellen Sie Direktverbindung mit dem Robot-Regenten auf Arkon her. Es ist dringend."

Vielleicht konnte er sich die Arbeit ersparen, und der andere tat sie für ihn. Aber noch blieb der Funker mißtrauisch.

„Haben Sie eine schriftliche Vollmacht?"

Rhodan schüttelte den Kopf. „Das ist unnötig, denn es handelt sich um einen Notfall. Machen Sie schon, oder ich werde mich beim Administrator über Sie beschweren."

Das tat seine Wirkung. Der Funker schritt zum großen Schaltpult und leitete Strom in die Anlage. Mit einigen Handgriffen schaltete er den Sender ein, dann den Empfänger. Bildschirme glühten auf. Rhodan trat ein wenig zur Seite, um nicht vor eine verborgene Kamera zu geraten. Es war nicht notwendig, daß der Robot ihn sah und erkannte. Mochte er sich die Positronik darüber zerbrechen, warum sich der Gesprächspartner nicht zeigen wollte.

„Hier spricht Station Volat, System Heperés. Administration Mansrin. Melden Sie sich, Regent."

Rhodan rief inzwischen Gucky auf telepathischem Weg herbei. Der Mausbiber kam durch die Tür und nickte. Er hatte verstanden. Von hinten trat er an den ahnungslosen Funker heran, legte ihm den einen Arm um den Leib – und war mit ihm dann spurlos verschwunden. Zehn Sekunden später materialisierte er wieder. Ohne den Funker.

„Ich habe ihn im Keller eingeschlossen", zwitscherte er vergnügt. „Es dauert mindestens zwei Stunden, ehe man ihn dort findet. Er wird keine vernünftige Erklärung darüber abgeben können, wie er dorthin gelangt ist. Niemand wird ihm glauben, daß ihn Geister von seinem Posten entführt haben."

Rhodan winkte ab. „Geh wieder nach draußen. Sorge mit Noir dafür, daß niemand diesen Raum während der nächsten Minute betritt. Auf keinen Fall darf das Robotgehirn Verdacht schöpfen."

Gucky verschwand.

Inzwischen kam die Antwort des ersten Funkspruchs.

Der Bildschirm glühte auf, und Rhodan sah wieder das bekannte Symbol des Regenten: Eine riesige Halbkugel aus Stahl, die auf der Schnittfläche ruhte. Fast 30 000 Lichtjahre entfernt ruhte er in einer Halle und regierte das Sternenreich. Die Funkwellen rasten durch den Hyperraum und übermittelten sein Bild in weniger als einer Tausendstelsekunde.

Seine mechanische Stimme erklang: „Hier Regent von Arkon, was ist, Volat?“

Rhodan stand abseits der Anlage. Er sagte: „Alarm, Regent! Eine Gruppe von Rebellen hat sich gegen das Imperium aufgelehnt. Administrator Mansrin bittet um die Unterstützung einer kleinen Kampfflotte.“

Kurze Pause. Dann die Frage: „Das Bild kommt hier nicht an. Wer spricht?“

„Cheffunker vom Dienst, Regent. Anlage defekt. Bildübertragung schlecht. Hilfe dringend notwendig.“

Wieder erfolgte eine kurze Pause. Dann die Antwort: „Die Flotte wird geschickt, erledigt zuvor jedoch noch dringliche Aufgabe. Eintreffen auf Volat in vierundzwanzig Planetenstunden. Übrigens: das Bild des dortigen Funkraums kommt klar hier an. Ich kann keinen Defekt feststellen.“

Rhodans Ausrede war wenig durchdacht gewesen. Er beschloß, alles auf eine Karte zu setzen. Mit einer Hand griff er seitlich zum Haupthebel, der den Strom ausschaltete und sagte: „Ich spreche über Nebenleitung. Die Rebellen – Hilfe . . .“

Mit einem Ruck zog er den Hebel vor. Die Anlage schaltete automatisch ab. Der Bildschirm erlosch. Der Lautsprecher wurde stumm.

Rhodan lächelte kalt, während er zur Tür ging. Er öffnete sie und sah auf den Gang hinaus. Noir und Gucky standen untätig herum. Es war niemand gekommen, Rhodan zu stören.

„Fertig“, sagte er und lächelte noch immer. „Wir haben genau vierundzwanzig Stunden Zeit, um das Hauptquartier auszuheben. Der Regent von Arkon duldet keine Revolten gegen das Imperium. Wenn alles vorüber ist, wird jeder glauben, Arkon habe für Ordnung gesorgt. Niemand wird uns als Drahtzieher vermuten.“ Er nahm Gucky und Noir bei der Hand, um den Kontakt für den Teleportersprung herzustellen. „Warum sollen wir nicht Arkon auch einmal für uns arbeiten lassen? Haben wir nicht schon genug für Arkon getan?“

Gucky pfiff zustimmend und zeigte seinen Nagezahn.

Das war auch das letzte, was Rhodan sah, bevor er wieder auf dem Felsenplateau im Urwald materialisierte.

32.

Die letzte Einsatzbesprechung fand am selben Abend statt.

„Es wäre viel einfacher, wenn ich allein in das Widerstandsnest springen und Thora herausholen würde", erklärte Gucky zum zehntenmal.

„Darum geht es nicht", wiederholte Rhodan, ebenfalls zum zehntenmal. „Mir geht es in erster Linie darum, die beiden Verräter unschädlich zu machen und die Schuld dem Robot-Regenten in die Schuhe zu schieben."

„Das Positronengehirn hat Schuhe an?" wunderte sich Gucky und schüttelte den Kopf. Sein Gesichtsausdruck war todernst.

Aber Rhodan schien es endgültig leid zu sein, sich mit den Spitzfindigkeiten eines Mausbibers abzugeben. Er fuhr fort: „Wenn die Kampfflotte Arkons eintrifft und gegen die Rebellen vorgehen will, muß klar ersichtlich sein, daß es solche Rebellen auf Volat gibt. Bis heute weiß das noch niemand. Wenn im Gebäude der Handelsniederlassung ein kleiner Krieg ausgebrochen ist, werden die Offiziere Arkons schnell reagieren. Hoffentlich macht Mansrin mit. Es muß so aussehen, als erhöben sich Tropnow und Yatuhin gegen das Imperium."

„Und Arkons Truppen werden gegen sie vorgehen." Noir nickte zustimmend. Er saß neben Lloyd, der sich gut erholt hatte und Feuer und Flamme war, die erlittene Niederlage wettzumachen. „Wir schlagen zwei Fliegen mit einer Klappe. Die Gegner sind wir los, ohne daß jemand erfährt, *wessen* Gegner sie waren."

„Wenn sie den Mund halten . . .", murrte Gucky.

Rhodan war sehr ernst, als er sagte: „Sie dürfen nicht die geringste Gelegenheit erhalten, ihr Geheimnis auszuplaudern. Gucky wird dafür sorgen."

Der Mausbiber machte ein klägliches Gesicht. „Immer wieder ich."

Rhodan nickte nur. „Du sollst die beiden Mutanten in unsere Gewalt bringen. Noir wird ihnen dann einen Hypnoblock verpassen, der sie alles vergessen läßt. Den Rest besorgen wir daheim auf Terra."

Gucky war beruhigt. Noir nickte zustimmend.

Rhodan fuhr fort: „Wir werden morgen gegen Mittag mit Lloyds Hilfstruppe in das Gebäude der Meuterer eindringen. Zur selben Zeit etwa landet Arkons Flotte. Ebenfalls zur selben Zeit werde ich Mansrin alarmieren. Der wird schnell reagieren und Arkons Soldaten zu uns entsenden. In der allgemeinen Verwirrung entführen wir die beiden Mutanten und befreien Thora. Das etwa wäre mein Plan. Noch Vorschläge?"

Lloyd nickte. „Ich hätte ein Frage: Kehren wir hierher auf das Plateau zurück?"

„Ja, natürlich. Von hier aus findet sich das Weitere."

„Meine Space-Jet liegt in der Nähe der Stadt versteckt. Wenn sie inzwischen gefunden wurde – was dann?"

„Keine Sorge. Ich habe mit Captain Markus ein Notzeichen verabredet. Außerdem spricht nichts dafür, daß man das Schiff entdeckt hat."

Lloyd zögerte, dann warf er einen kurzen Blick zu Kuri Oneré, die ein wenig abseits saß und lauschte. „Was wird aus Kuri? Wenn sie nicht gewesen wäre . . ."

Rhodan lächelte voller Verständnis und nickte. „Kuri kehrt mit uns zur Erde zurück. Thora wird sich freuen, eine neue und zuverlässige Freundin zu erhalten. Sonst noch Fragen?"

Fellmer Lloyd atmete erleichtert auf. Er hatte keine Fragen mehr.

Über Kuklón war der neue Tag angebrochen. Wie üblich war es ein sonniger und warmer Tag. Insofern unterschied er sich nicht von anderen Tagen dieses Sommers. Aber es würde heute einiges geschehen, das ihn zu einem ganz besonderen Tag werden ließ.

Administrator Mansrin ahnte noch nichts von den Ereignissen, die sich auf seinem Planeten anbahnten. Wie jeden Tag hatte er sich nicht allzu früh aus seinem Bett erhoben, eine lauwarme Dusche genommen und gefrühstückt.

Die üblichen Bittsteller hatte er angehört und – ebenfalls wie üblich – abgewiesen. Was gingen ihn diese Wesen an?

Dann las er die inzwischen eingegangenen Berichte aus der Funkzentrale. Das interessierte ihn schon mehr. Was es da nicht alles gab . . .

Im System Berilla war eine Revolte niedergeschlagen worden, die von schlangenförmigen Intelligenzen angezettelt worden war. Etwa zwanzigtausend Lichtjahre weiter, dem Zentrum der Milchstraße zu, hatte es einen kosmischen Sturm gegeben, dem eine Robotflotte zum Opfer gefallen war. Nur ein einziges Schiff war der Katastrophe entkommen und gab einen Erlebnisbericht. Mansrin hörte ihn mit heimlichem Erschauern an. Derartige Abwechslungen liebte er mehr als die normalen abstrakten Farbmuster auf dem Unterhaltungs-Bildschirm. Weiter hatte es einen Krieg zwischen den Planeten eines Riesensystems gegeben. Mehr als fünfzig Welten waren darin verwikkelt gewesen, aber der Robot-Regent hatte eingegriffen und . . .

Plötzlich wußte Mansrin, was an den Berichten nicht stimmte.

Die ganze Zeit hatte er schon darüber nachgedacht, ohne eigentlich recht zu wissen, was ihm aufgefallen war. Jetzt wußte er es. In dem Zeitplan der Empfangsbestätigungen klaffte eine Lücke. Eine sehr erhebliche Lücke sogar. Für drei Stunden war die Funkstation unbesetzt gewesen – oder der Funker vom Dienst hatte geschlafen.

Er suchte den Namen und fand ihn. Auch der ablösende Funker war angegeben.

Mansrin war zwar ein Arkonide, aber er gehörte nicht zu denen, die sich voll und ganz auf die perfekte Technik verließen. Er konnte noch denken und handeln.

Und das tat er dann auch.

„Schicken Sie mir Funker Bredag!" befahl er, als er die Verbindung zum Personalchef hergestellt hatte. „Er soll sich sofort bei mir melden und die elektronische Kontrolldienstkarte mitbringen."

Der Administrator lehnte sich in den Sessel zurück und wartete. Er duldete keine Schlamperei, schon gar nicht in seiner nächsten Umgebung. Wenn der Funker nicht nachweisen konnte, daß in jenen drei Stunden gestern keine Meldungen eingetroffen waren, hatte er geschlafen. Oder er war gar nicht in der Zentrale gewesen.

Die Tür öffnete sich. Aber es war nicht Bredag, der da hereinkam, sondern ein junger Arkonide. Auf seinem Gesicht lag ein verstörter Ausdruck, der sich mit Schuldbewußtsein mischte.

„Verzeihung, Administrator. Ich nahm nach Bredags Dienst seinen Posten in der Funkzentrale ein. Er war nicht anwesend, als ich den Raum gestern betrat. Ich nahm an, er sei vorher gegangen, aber als eben der leitende Offizier nach Bredag fragte, sah ich mich um und fand die Kontrollkarte des Gesuchten an ihrem Platz. Demnach kann Bredag die Funkzentrale noch nicht verlassen haben."

Mansrin kniff die Augen zusammen. „Ich wünsche nicht, am frühen Vormittag Rätsel zu lösen. Erklären Sie mir das Phänomen näher."

„Das Phänomen läßt sich nicht erklären, Herr. Die Kontrollkarte ist im elektronischen Spion neben der einzigen Tür zur Zentrale angebracht. Sie registrierte unfehlbar Bredags Eintritt zu Dienstbeginn, aber sie zeigt sein Verlassen des Raumes nicht mehr an. Bredag *muß* sich also noch in der Funkzentrale aufhalten. Das aber tut er nicht."

„Unmöglich!" rief Mansrin und richtete sich auf. „Erzählen Sie mir keine Märchen. Was ist mit Bredag? Ich will es wissen."

„Wir haben die Zentrale durchsucht, aber keine Spur des Vermißten gefunden. Wir wollten Sie nicht beunruhigen, daher unterblieb eine Meldung, bis der Vorfall geklärt sein würde. Leider ist das bis jetzt nicht der Fall."

„Aber ein Mann kann doch nicht die elektronische Kontrollanlage täuschen. Er *muß* noch in der Zentrale sein."

„Aber er ist es nicht", blieb der Funker fest. „Es gibt nur eine logische Erklärung: Er hat sich in Luft aufgelöst und ist verschwunden."

„Das nennen Sie logisch?" fuhr Mansrin wütend hoch. „Einen größeren Unsinn habe ich noch nie vernommen. Hm, vielleicht ist es ein Fehler in der Kontrollanlage. Aber dann müßte Bredag doch aufzufinden sein."

„Eben, Herr. Er ist nicht mehr da. Auch nicht in seinem Quartier."

Mansrin dachte nach. „Diese drei Stunden, die im Zeitplan fehlen – sie machen mir Sorge. Sie hätten sofort melden müssen, daß Sie Bredag nicht vorfanden, als Sie ihn ablösen wollten."

„Es kommt schon mal vor, daß jemand die Zentrale Minuten vor der Ablösung verläßt. Eingehende Sendungen werden automatisch aufgenommen und registriert. Das war aber nicht der Fall. Die Anlage war ausgeschaltet."

„Ausgeschaltet?"

„Ja. Sie war drei Stunden lang ausgeschaltet."

Der Administrator lehnte sich wieder in den Sessel zurück. Nachdenklich ruhte sein Blick auf dem jungen Arkoniden. Der Mann sprach die Wahrheit, das erkannte er mit instinktiver Sicherheit. Damit war das Rätsel aber keineswegs gelöst. Im Gegenteil.

Innere Unruhe begann sich Mansrins zu bemächtigen. In seinem Denken gab es keinen Platz für unerklärbare Phänomene. *Alles* hatte seine Erklärung, auch scheinbare Wunder.

„Suchen Sie weiter nach Bredag. Wenn er gefunden wird, möchte ich ihn sofort sprechen. Sie können gehen."

Als er wieder allein war, schloß er für eine lange Sekunde die Augen.

Er hatte das untrügliche Gefühl, daß dieser Vorfall nicht die einzige unangenehme Überraschung des heutigen Tages sein würde.

Eine Ahnung, die sich bewahrheiten sollte.

Zwei Stunden später etwa betraten mehrere Personen unauffällig das riesige Gebäude in der Nähe des Raumhafens. Sie kamen aus verschiedenen Richtungen und schienen nichts miteinander zu tun zu haben.

André Noir durchschritt den Korridor des ersten Stockwerks und betrat die gut eingerichtete Lesehalle neben dem Empfangsraum. Er nickte einigen Besuchern zu, die in den bequemen Sesseln saßen und die überall bereitliegenden Zeitungen studierten. Dann nahm er ebenfalls Platz und griff nach einem Buch. Einige der Anwesenden gehörten zu Fellmer Lloyds Hilfsgruppe. Sie würden ihn unterstützen, wie sie Lloyd unterstützt hatten.

Keine fünfzig Meter entfernt blieben Rhodan und Lloyd vor einer Tür stehen. Ein Schild besagte, daß es sich um Zimmer Nr. 18 handelte.

Gucky, wo bist du? dachte Lloyd intensiv und lauschte in sich hinein.

Die Antwort kam verblüffend schnell: *Im Keller. Der erste Raum ist leer, aber als Gefängnis eingerichtet. Gib mir einen Tip, wo ich suchen soll.*

Sobald ich einen habe, dachte Lloyd zurück. *Suche inzwischen weiter.*

Dann nickte er Rhodan zu und klopfte mit aller Kraft gegen die Tür.

Es dauerte eine ganze Weile, ehe ein leises Summen ertönte. Die Tür ließ sich nun öffnen. Rhodan wunderte sich, daß es so einfach war. Er hatte mit mehr Schwierigkeiten gerechnet, aber wahrscheinlich fühlte sich Tropnow sehr sicher.

Zusammen mit Lloyd betrat er den Raum und zog die Tür hinter sich zu.

Hinter einem Tisch saß der Verräter und sah den Eintretenden entgegen. Sein Gehirn schien sich zu weigern, die unglaubliche Tatsache zu begreifen, daß der Mann, den er in einer Entfernung von 4300 Lichtjahren vermutete, plötzlich vor ihm stand. Es dauerte fast zehn Sekunden, ehe sich seine Hautfarbe zu verändern begann. Sie wurde weiß, kein Tropfen Blut blieb in den Wangen zurück. Tropnow kam ein wenig aus seinem Sessel hoch, um gleich wieder zurückzusinken. Sein Mund öffnete sich zu einem Stammeln, aber kein vernünftiger Laut drang über seine Lippen.

„Guten Tag“, sagte Rhodan freundlich, aber in seiner Stimme war ein stählerner Unterton, der den Verräter warnte. „Ich freue mich, Sie gesund wiederzusehen. In Ihrem Interesse hoffe ich, daß auch meine Frau so gesund ist wie Sie.“

„Rho-dan!“ stieß Tropnow hervor. „Sie . . .“

Im zweiten Keller ist ein Waffenarsenal, signalisierte Gucky an Lloyd. *Was soll ich tun?*

Nimm einen Impulsstrahler und schweiße die Tür von innen zu! befahl Lloyd, ohne eine Miene zu verziehen.

Inzwischen fragte Rhodan den zitternden Tropnow: „Wo ist Thora? Reden Sie, oder Lloyd wird Ihr Gehirn ausräumen.“

Der Verräter war selbst Mutant. Ihm brauchte man nicht zu erklären, welchen Einfluß ein gewaltsamer Bewußtseinseingriff auf das künftige Denkvermögen haben konnte. Abwehrend streckte er den beiden Männern die Hände entgegen. „Ich will alles sagen. Fragen Sie nur . . ."

„Habe ich nicht schon eine Frage gestellt?"

Auf Tropnows Stirn waren erste Schweißtropfen zu sehen. Sie glänzten wie Perlen. „Thora ist – sie ist in Sicherheit. Erhalte ich meine Freiheit, wenn ich ihren Aufenthaltsort verrate?"

Tropnow konnte als Hypno seine Gedanken abschirmen, Lloyd hatte nicht erfahren können, wo Thora versteckt wurde, und teilte es nun Rhodan mit.

Rhodan zeigte seinen Zorn nicht, aber seine Stimme war eiskalt, als er sagte: „Ich warne Sie, Tropnow. Sie haben keine Bedingungen zu stellen. Genügt es Ihnen nicht, daß ich Sie gefunden habe, obwohl Tausende von Lichtjahren zwischen uns lagen? In diesem Augenblick landet bereits eine arkonidische Kampfflotte auf Volat, um die Ordnung wiederherzustellen. Sie haben keine Möglichkeiten mehr, sich an mir zu rächen. Geben Sie auf, Tropnow!"

„Bedeutet Ihnen Thora so wenig?"

Lloyd ballte die Fäuste, aber ein Blick Rhodans warnte ihn.

„Tropnow!" rief Rhodan. „Ich habe noch nie in meinem Leben einen Menschen erwürgt, aber ich werde es heute tun. Jetzt gleich, in diesem Zimmer. Ich warne Sie!"

Tropnow mochte ahnen, wie ernst Rhodan es meinte. Er rechnete sich seine Chancen aus, während er versuchte, mit der Hand den Alarmknopf zu erreichen. Nur noch zehn Zentimeter.

Tropnow schielte zu den beiden Männern hinüber, während seine Hand den Kopf erreichte und eindrückte. Er atmete auf. In dieser Sekunde würde der Alarm durch die Bereitschaftsräume schrillen und die in der Ausbildung begriffenen Leute zu den Waffen rufen. Was immer auch geschah, von dieser Sekunde an war er nicht mehr allein. Das gab ihm sein Selbstbewußtsein zurück.

Rhodan zeigte mit keiner Miene, daß er die Handbewegung des Verräters gesehen hatte. Tropnow kam seinen eigenen Plänen entgegen, wenn er den Alarm auslöste. Es war kurz vor Mittag. Die Flotte von Arkon mußte bereits landen. „Wo also ist Thora?"

Tropnow lächelte. „Sie wollten mich doch umbringen, Rhodan. Versuchen Sie es, und Sie werden niemals erfahren, wo sie steckt."

Wieder kam eine lautlose Botschaft Guckys an Lloyd. *Ich habe Thora gefunden. Es geht ihr gut. Was nun?*

Lloyd gab Rhodan das verabredete Signal und befahl Gucky zu warten.

Rhodan verbarg nicht seine Erleichterung über Lloyds Zeichen und sagte zu Tropnow: „Eigentlich sollte ich Ihrer Einladung nachkommen. Und was Thora angeht, so können Sie beruhigt sein. Wir wissen, wo sie sich aufhält. Sie glauben mir nicht?"

Tropnow grinste verzerrt. „Allerdings glaube ich Ihnen nicht."

Er mußte Zeit gewinnen. Seine Leute konnten jeden Augenblick eintreffen.

„Ihr Pech, Tropnow. Thora ist unten im Keller. Gucky ist bei ihr."

Draußen auf dem Korridor erklangen Schritte. Dann wurde gegen die Tür geklopft. Tropnow wollte eine Bewegung machen, aber ein Blick Rhodans warnte ihn.

„Warten Sie! Ihr Leben scheint Ihnen nicht viel wert zu sein."

„Sie haben keine Waffen . . ."

Rhodan nickte langsam. Da mischte sich Lloyd ein.

„Das haben wir gleich", sagte er. Er dachte intensiv: *Gucky! Lasse Thora noch, wo sie ist. Bringe uns einige Handstrahler aus dem Arsenal nach Zimmer achtzehn. Beeile dich!* Laut fuhr er fort: „Auch wenn Sie aus dem Mutantenkorps ausscheiden, so bleiben uns noch genügend fähige Mitglieder. Sie werden es erleben."

Tropnow, dessen Gesicht wieder ein wenig Farbe bekommen hatte, wurde erneut bleich.

An der Tür war ein Klopfen. Diesmal stärker, dringender. Nach einer kurzen Pause knackte es aus einem Apparat auf Tropnows Tisch. Eine Stimme fragte: „Was ist los mit dir, Gregor? Hier spricht Nomo. Warum meldest du dich nicht? Was soll der Alarm?"

Ehe Tropnow die Rückverbindung herstellen konnte, war Lloyd mit einem Satz bei ihm. Rhodan legte warnend den Zeigefinger auf den Mund, schaltete das Sprechgerät ein und sagte in das Rillenmikrophon: „Nomo, komm sofort zum Zimmer achtzehn! Schnell!"

Ohne eine weitere Erklärung schaltete Rhodan wieder ab.

An der Tür zischte es verdächtig. Eine weißglühende Stelle entstand. Man versuchte also, mit Gewalt einzudringen.

Da flimmerte mitten im Zimmer die Luft, und Gucky entstand aus dem Nichts. Fünf Handstrahler polterten dumpf auf den Boden. Es handelte sich um Kombistrahler. Sie konnten als Schockwaffen und Impulsstrahler eingesetzt werden.

Gucky wollte schon wieder verschwinden, da entsann er sich seiner gestern unterdrückten Wut. Mit einem schnellen Schritt war er neben Rhodan bei Tropnow, richtete sich zur vollen Größe auf – und versetzte dem überraschten Verräter eine schallende Ohrfeige.

„Das war zwar kein dressierter Maulaffe", zwitscherte er äußerst vergnügt, „aber eine saftige Maulschelle. Sie stammt von mir." Er wiederholte die Zeremonie ein zweitesmal und erklärte: „Die ist von Thora."

In derselben Sekunde war er spurlos verschwunden, und nur die beiden roten Wangen Tropnows und die fünf Strahler verrieten, daß Gucky am Werk gewesen war.

Rhodan bückte sich, schob zwei Waffen in den Gürtel, nahm sich eine dritte und reichte die beiden übrigen Lloyd. „So, und nun sollten wir die anderen nicht mehr warten lassen. Tropnow, öffnen Sie die Tür, ehe das Haus abbrennt. Los, beeilen Sie sich!"

Die glühende Tür öffnete sich plötzlich wie von Geisterhand bewegt. Rhodan wandte seine volle Aufmerksamkeit den Vorgängen auf dem Korridor zu. Er wußte, das André Noir jeden Augenblick erscheinen würde, um die Angreifer in die Zange zu nehmen.

An der Glutstelle vorbei stürmten drei Männer in den Raum und blieben ruckartig stehen, als sie vier schwarze Mündungen auf sich gerichtet sahen. Sie hielten ihre Hände ruhig, denn die beiden Gesichter hinter den vier Mündungen sahen ziemlich entschlossen aus.

Tropnow hinter seinem Schreibtisch machte ein blitzschnelle Bewegung. Draußen auf dem Korridor ertönten Schreie, dann zischten einige Strahlschüsse. Ein Tumult entstand. In den Augen der drei eingedrungenen Männer glomm Hoffnung auf.

Ehe Rhodan sich umdrehen konnte, erkannte er aus den Augenwinkeln heraus, daß Tropnow eine verborgene Waffe aus seiner Schreibtischschublade gezogen hatte.

Sie war genau auf seinen Rücken gerichtet.

Der Funker Bredag hämmerte seit Stunden vergeblich gegen die dicken Mauern seines Gefängnisses.

Er hatte nicht die geringste Ahnung, wo er sich befand, noch viel weniger vermochte er sich zu erklären, wie er hierher gelangt war. In der einen Sekunde hatte er vor seiner Funkanlage gesessen, und in der darauffolgenden war er bereits in diesem dunklen Raum gewesen. Die Luft war schlecht und stickig, als sei seit Monaten die Klimaanlage nicht mehr in Tätigkeit.

Längst schon hatte er durch tastende Schritte die Abmessungen des unbekannten Gefängnisses herausgefunden. Etwa fünf Meter lang und vier Meter breit war der Raum, ohne Möbel und durch eine eiserne Tür von der Außenwelt abgeriegelt.

Einmal hatte er draußen Schritte vernommen und verzweifelt gegen die Tür getrommelt, aber niemand hörte ihn. Die Schritte waren leiser geworden und schließlich in der Ferne verklungen. Es war wieder unheimlich still geworden.

Bredag wußte nicht, wie lange er schon hier weilte. Stunden vielleicht. Oder einen ganzen Tag? Vielleicht war jetzt Nacht.

Er hockte in einer Ecke und sann vor sich hin. Wenn er wenigstens wüßte, *wie* er hierher gekommen war. Es gab doch keine Geister. Da war dieser Fremde gewesen, der in die Funkzentrale eingedrungen war und eine Verbindung mit Arkon verlangt hatte. Ob der etwas mit dem unerklärlichen Geschehen zu tun hatte?

Eine Verbindung mit Arkon? Richtig, und dann war es geschehen.

Jemand war von hinten an ihn herangetreten und hatte die Arme um ihn gelegt. Ehe er wußte, was das bedeuten sollte, war es dunkel um ihn geworden – und er hatte sich hier in diesem finsteren Loch wiedergefunden.

Er schüttelte den Kopf. Wer sollte ihm die Geschichte glauben?

Plötzlich zuckte er zusammen. Waren das nicht wieder Schritte draußen vor der Metalltür? Er stand auf und legte das Ohr gegen das eiskalte Material. Erst jetzt kam ihm zu Bewußtsein, wie sehr er fror.

Deutlich hörte er Schritte näher kommen. Mit aller Gewalt begann er, gegen die Tür zu trommeln. Aber vielleicht war er nicht laut genug. Schnell bückte er sich, zog die Schuhe aus und schlug damit erneut gegen die Tür.

Die Schritte verstummten. Dann kamen sie schnell näher.

Bredag vernahm, wie zurückgeklopft wurde. Er gab Antwort.

Dann surrte die elektronische Schloßkontrolle. Die Tür ging auf. Licht flutete in das Gefängnis, und jemand rief überrascht seinen Namen. Der unglückliche Funker taumelte auf den Gang hinaus, direkt in die Arme seiner nicht minder überraschten Befreier.

Sie führten ihn zu Mansrin, dem Administrator, der sich voller Unglauben die phantastische Geschichte anhörte. Schweigend starrte er Minuten danach noch auf die wieder geschlossene Tür und sann vor sich hin.

Wer war der Fremde gewesen, der eine Verbindung mit Arkon verlangt hatte? Er, Mansrin, hatte keine solche Anforderung erlassen. Und wer hatte Bredag aus der Zentrale gebracht, ohne daß die Elektronenkontrolle das Gehirnwellenmuster des Funkers registrierte?

Fragen über Fragen, aber keine Antwort.

Das Nachrichtengerät auf seinem Tisch summte. Geistesabwesend schaltete er ein. Aber seine schläfrige Haltung verschwand mit einem Schlag, als eine kühle Stimme meldete: „Im Gebäude der Handelsniederlassung der Galaktischen Händler geschehen merkwürdige Dinge, Administrator. Ein Feuergefecht ist im Gange. Zwei feindliche Gruppen scheinen sich zu bekämpfen. Einer unserer Leute geriet zufällig hinein und konnte nur mit knapper Mühe entkommen."

„Ein Feuergefecht?"

„Ja, Herr. In den unteren Stockwerken herrscht Krieg."

Mansrin schüttelte den Kopf. „Wie ist das möglich? Wurde Polizei angefordert?"

„Nein. Was sollen wir tun?"

„Alarmieren Sie die Schutztruppe. Sie soll die Handelsniederlassung besetzen und die Schuldigen festnehmen. Keine Verhandlungen. Wir dulden auf Volat keine Unruhen. Handeln wir sofort. Ich werde mich selbst an den Tatort begeben."

Aber dazu kam Mansrin vorerst nicht.

Kaum hatte er das Gerät ausgeschaltet, als an der Wand ein großer Bildschirm aufglühte. Das war die Direktverbindung zur Funkzentrale der Hyperanlage.

Die Gestalt eines Mannes erschien. „Administrator! Flottenkammandeur Arona wünscht Sie zu sprechen."

„Arona? Kenne ich nicht."

Ehe der Funker antworten konnte, wurde sein Bild von einem anderen Gesicht hinweggewischt. Ein leichtes Flimmern zeigte an, daß es aus großer Entfernung kam und durch den Hyperraum geleitet wurde. Der Ton jedoch war klar und deutlich, ohne jede Verzerrung.

„Sie sind Mansrin, der Administrator von Volat?"

Mansrin nickte unwillkürlich. Er wußte, daß der andere ihn sehen konnte. „Ja. Wer sind Sie und was wollen Sie?"

„Kommandeur Arona, siebte Einsatzflotte von Arkon. Wir wurden davon unterrichtet, daß auf diesem Planeten eine Revolte ausgebrochen sei. Nennen Sie uns Daten, damit ich den Einsatz befehlen kann. Unsere Entfernung von Ihrem System beträgt fünf Lichtstunden. Wir werden nach einer Kurztransition in einer halben Stunde landen. Ordnen Sie an, daß ab sofort jeder Startverkehr unterbleibt."

„Hier ist keine Revolte ausgebrochen!" rief Mansrin verwirrt. „Ich habe Arkon nicht alarmiert."

„Befehl vom Robot-Regenten", sagte Arona und lehnte jede weitere Erklärung ab. „Ich habe mich danach zu richten."

Der Fremde, dachte Mansrin. Wer war dieser Fremde gewesen, der in seinen Palast eingedrungen war und die Funkstation benutzt hatte, um Arkon zu alarmieren?

„Volat ist eine friedliche Welt . . ."

„Schluß jetzt!" schnitt Arona ihm das Wort ab. „Wir landen in genau achtundzwanzig Minuten. Sorgen Sie dafür, daß es keine Zwischenfälle gibt. Ich werde sofort eine Robotarmee ausschleusen und Kampfbefehl geben. Ende!"

Der Bildschirm erlosch und wurde dunkel.

Mansrin war plötzlich allein.

Lloyd handelte blitzschnell.

Er hatte noch keine Zeit gefunden, seinen Strahler zu regulieren, daher traf den Verräter Tropnow die volle Energiemenge der Waffe, ehe er auf Rhodan zu schießen vermochte. Tropnow war sofort tot.

Rhodan befahl den anderen: „Lassen Sie Ihre Waffen fallen! Gehen Sie drüben zur Wand und drehen uns den Rücken zu! Bleiben Sie so stehen und rühren Sie sich nicht!“

Mit dem Fuß schob er die drei Strahler auf die andere Seite des Zimmers. Wenn die Überrumpelten an sie gelangen wollten, mußten sie an ihm vorbei. Und dazu bestand vorerst keine Aussicht.

André Noir sah für einen Augenblick zur Tür herein.

„Sie fliehen nach unten“, gab er bekannt. „Ich werde sie verfolgen und, wenn möglich, irgendwo einsperren.“

„Lieber nicht“, gab Rhodan zurück. „Ich rechne jeden Augenblick mit dem Eintreffen der Flotte von Arkon. Sie sollen zumindest noch einige kämpfende Rebellen vorfinden, damit mein Alarm glaubhaft erscheint. Also den Gegner nur hinhalten und ihm die Möglichkeit geben, wieder an seine Waffen zu gelangen, wenn wir uns zurückziehen. Nehmen Sie hier die drei Kerle mit.“

„Verstanden.“ Noir nickte und war wieder verschwunden. Die drei Gefangenen hatte er mitgenommen.

Rhodan atmete auf.

„Gucky soll Thora zu uns heraufbringen“, wandte er sich an Lloyd.

Der Mutant nickte und konzentrierte sich.

Rhodan spürte eine plötzliche Unruhe und konnte es nicht mehr erwarten, Thora in die Arme zu schließen. Sie, die einst so kühle Arkonidin, war seine Frau und Lebensgefährtin geworden. Er liebte sie, wie er noch nie zuvor eine Frau geliebt hatte – und das nun schon seit mehr als sechs Jahrzehnten, in denen er nicht gealtert war.

Thora aber wurde älter.

Noch merkte man ihr das kaum an, denn die biologischen Zellerhaltungsmethoden waren äußerst wirksam, wenn sie auch keine relative Unsterblichkeit verliehen. Das Lebenselixier der Aras vom Planeten Tolimon hatte seine Wirkung bewiesen. Vorerst war der Alterungsprozeß Thoras aufgehalten worden.

Aber für wie lange?

Rhodan wußte es nicht. Aber es gab da eine neue Hoffnung für Thora und Crest. Sie hieß schlicht und einfach: Atlan.

Die Luft im Zimmer flimmerte, als sei sie zu heiß geworden. Zusammen mit Gucky materialisierte die schlanke Gestalt einer Frau.

Sie trug die leichte Uniform der terranischen Raumflotte. Das zarte Grün der schmucken Jacke kontrastierte gut zum weißen Haar der Arkonidin, deren goldrot schimmernde Augen Rhodan suchten und fanden.

„Perry . . .“

Sie eilte auf ihn zu, und er nahm sie in seine Arme.

„Thora – Liebes.“

Gucky verzog das Gesicht und wandte sich ab.

„Immer diese Küsserei“, zwitscherte er in komischer Verzweiflung und wischte sich mit der Pfote über den Mund. „Mir wird schlecht, wenn ich daran denke, daß mir jemand so das Maul abschlecken würde.“

„Auf die Idee käme auch niemand“, sagte Lloyd von der Tür her.

Gucky watschelte mit einem Achselzucken quer durch das Zimmer, an Rhodan und Thora vorbei, und schaute angestrengt aus dem Fenster.

Der Lärm auf dem Korridor war verstummt.

Rhodan sagte plötzlich, ohne sich umzudrehen: „Wie wäre es, Gucky, wenn du dich um Yatuhin kümmern würdest? Ich hatte ihn hierher bestellt, aber ich fürchte, er wurde aufgehalten. Er darf nicht verlorengehen.“

„Nicht verlorengehen?“ knurrte Gucky, ohne seine Haltung zu ändern. „Das soll er natürlich nicht. Gut, ich bin gleich wieder da.“

Und weg war er.

Der Japaner Nomo Yatuhin schaltete das Nachrichtengerät auf seinem Tisch aus. Warum hatte Tropnows Stimme so merkwürdig geklungen? War es die Erregung gewesen? Und warum war Alarm gegeben worden?

Für ihn hatte die Revolte gegen Rhodan längst ihren Reiz verloren, aber er wußte, daß es nun kein Zurück mehr gab. Das ewige Leben – was war das schon? Vielleicht nur ein Phantom. Warum war er nicht mit der biologischen Behandlung zufrieden gewesen, die jedem Mutanten ohnehin zustand? Sah er mit seinen 89 Jahren nicht noch jung und frisch aus?

Und jetzt? Wenn es schiefging?

Der Alarm fiel ihm wieder ein. Was hatte das zu bedeuten? Wieder diese Volater? Oder hatte Rhodan sie gar in ihrem Versteck aufgespürt?

Der Gedanke an Rhodan ließ ihn wieder munter werden. Tropnow war in Gefahr, sonst hätte er keine Hilfe angefordert.

Nomo sprang auf und eilte hinaus auf den Korridor. Schon aus weiter Entfernung hörte er den Tumult. Schüsse peitschten durch den Gang. Energiefinger zischten gegen Wände und schmolzen das Material in großen Tropfen heraus. Männer riefen und rannten an ihm vorbei. Es waren Springer, Arkoniden und Angehörige verwandter Völker. Auch einige Nichthumanoide waren dabei. Sie alle waren den Versprechungen erlegen, die Tropnow ihnen gemacht hatte.

Nur Tropnow?

Der Japaner zuckte mit den Schultern und eilte weiter. Dann aber blieb er stehen. Er besaß keine Waffe. Wenn man ihn nun angriff, wie sollte er sich wehren? Er setzte eine trotzige Miene auf und ging weiter.

Zwei oder drei Männer rannten an ihm vorbei.

„Sie haben Tropnow!" schrien sie.

„Wer?" brüllte Nomo hinter ihnen her, erhielt aber keine Antwort.

Wer?

Draußen auf der Straße ertönten Sirenen. Nomo schritt zum Fenster und sah hinaus. Mindestens zehn Polizeifahrzeuge hielten, bewaffnete Soldaten der Schutztruppe des Administrators kletterten heraus und eilten mit schußbereiten Strahlgewehren auf das Gebäude zu.

Nomo begriff überhaupt nichts mehr. Mit einem Überfall der Terraner hatte er gerechnet, nicht aber mit der Schutztruppe des Administrators.

Das konnte fatal werden und alle Pläne zerstören. Auf keinen Fall durfte es zu einem Gefecht zwischen ihnen und der offiziellen Macht von Arkon kommen. Dann war es vorbei mit einem Aufbau der eigenen Organisation.

Oder doch nicht . . .

Wenn Arkon nun erfuhr, daß der Planet Terra damals nicht von den Springern vernichtet wurde, sondern noch existierte? Wenn das

Robotgehirn wußte, daß Rhodan lebte – wie würde es reagieren? Bisher hatten er und Tropnow nicht das Risiko eingehen wollen, von den Entscheidungen eines Positronengehirns abhängig zu werden, aber wenn es keine andere Möglichkeit gab . . .

Die Entscheidung wurde ihm abgenommen.

Gerade wollte er vorsichtig weitergehen, um zu Tropnow zu gelangen, da klopfte ihm jemand von hinten auf den Rücken, und eine Stimme piepste:

„Du würdest dich wundern, Nomo, was das Positronengehirn dazu sagen würde. Ach – du hast mein Kommen nicht bemerkt? Na ja, du warst schon immer ein schlechter Telepath."

Der Japaner fuhr herum, aber er wußte bereits, wer hinter ihm stand. Im Gegensatz zu Tropnow kannte er Gucky sehr gut und hatte oft mit ihm zu tun gehabt. Er wußte, daß er gegen den Mausbiber keine Chance hatte, und versuchte keinen Trick. Steif blieb er stehen.

„Was willst du mit mir tun?" fragte er. Seine einzige Hoffnung war, daß die Polizei endlich kam. Vielleicht fürchtete der Mausbiber eine Entdeckung. Niemand sollte ja von der Existenz der Erde erfahren. Wenn es ihm gelang, Gucky solange hinzuhalten . . .

„Eine bessere Idee hast du nicht?" höhnte der Mausbiber. „Was glaubst du wohl, wie schnell wir jetzt von hier verschwunden sind? Versuche nicht, dich loszureißen, wenn ich teleportiere. Du weißt ja, in der fünften Dimension gibt es nichts zu essen. Wenn ich dich dort verliere, verhungerst du."

Er griff nach Nomo und sprang.

Für den Japaner war es so, als versänke die Welt um ihn. Eben noch sah er den langen Korridor vor sich, hörte das Rufen und Schreien der Kämpfenden, vernahm die polternden Schritte der herbeieilenden Polizisten – und eine Sekunde später stand er mit dem Mausbiber mitten in einer Grassteppe, die von dichtem Urwald umgeben war. Über ihnen strahlte der blaue Himmel.

„So", zwitscherte Gucky befriedigt, „Was sagst du nun?"

„Was hast du mit mir vor?" fragte Nomo voller Furcht. „Wenn du mich töten willst, dann tue es gleich."

„Warum töten? Rhodan möchte noch einiges von dir wissen."

„Die Erde ist weit . . ."

„Aber Rhodan nicht, mein Freund. Tropnow mußte sterben, weil er Rhodan töten wollte."

„Rhodan ist hier auf Volat?"

Gucky griff erneut nach Nomo. „Wir reden zuviel. Ich bringe dich jetzt an einen sicheren Ort."

Als sie erneut materialisierten, suchte Gucky einen markanten Felsen nahe beim Hauptplateau aus.

Nomo fühlte kaum festen Boden unter den Füßen, als er die Augen aufschlug. Aber Gucky war schon wieder verschwunden und hatte ihn allein zurückgelassen. Fürchtete er nicht, daß er, Nomo, fliehen könne?

Aber dann sah der Japaner, daß es von hier aus keine Flucht gab.

Gucky hatte ihn auf der Spitze eines aus dem Dschungel ragenden Felsens abgesetzt. Der Felsen war wie eine Nadel, mehr als hundert Meter hoch und am Fuß zwanzig Meter breit. Die Wände waren glatt und fugenlos. Die Spitze bestand aus einem winzigen Plateau mit kaum einem Meter Kantenlänge.

Es gab auf ganz Volat kein besseres Gefängnis.

Nomo besaß nur das, was er in den Taschen getragen hatte. Damit ließ sich nichts anfangen. Es gab keine Hoffnung, von hier zu entkommen.

Nomo setzte sich und versuchte, des Schwindelgefühls Herr zu werden, das ihn überkam, wenn er in die Tiefe blickte. Einige der Bäume waren sehr hoch, aber sie standen zu weit entfernt, als daß er sie hätte erreichen können. Wenn er nach oben in den Himmel sah, war es ihm, als sei er allein auf der Welt. Um ihn herum war nur das Nichts und das laue Wehen des Windes, der aus den Niederungen kam.

Einen Quadratmeter zum Leben . . .

Würde man ihn am Leben lassen? Tropnow war bereits gestorben. Yatuhins Verzweiflung wuchs. Er wußte, daß er nicht mit der Todesstrafe zu rechnen hatte, aber er wollte auch nicht mit der Schmach weiterleben, ein Verräter zu sein.

Nomo Yatuhin war Japaner. Seine Vorfahren hatten das Blut der Samurai in sich. Sie starben von eigener Hand, wenn sie in die Gewalt des Feindes gerieten. Es war eine Schande, von der Hand eines Gegners getötet zu werden.

Nomo sah sich erneut um. Wie sollte er sich töten? Er besaß keine Waffe, keinen Gegenstand, mit dem er es hätte tun können. Es blieb nur der Sturz in die Tiefe.

Er schauderte zusammen, aber dann wußte er plötzlich, daß es keine andere Möglichkeit für ihn gab, wollte er seinem Vorsatz treu bleiben. Es würde ja nur Sekunden dauern, bis er dort unten am Fuß des Felsens aufschlug. Vielleicht landete er sogar in den Baumwipfeln – und erhielt eine schwache Chance, mit dem Leben davonzukommen.

Es war nicht zuletzt diese schwache Hoffnung, die ihn sein Vorhaben in die Tat umsetzen ließ. Vor allem mußte er handeln, bevor Gucky zurückkam.

Er neigte sich gegen Osten und sprach ein kurzes Gebet, dann trat er einen Schritt vor.

Wie ein Stein stürzte er in die Tiefe.

33.

Ohne jeden Zwischenfall landeten fünf Leichte Kreuzer auf dem Raumhafen von Kuklón. Kaum hatten sie den Boden berührt, da öffneten sich auch schon die großen Seitenluken, breite Rampen wurden ausgefahren – und dann marschierten die Kampfroboter.

Sie waren höher als zwei Meter und hatten vier Arme. Die beiden unteren waren schwere Impulsstrahler.

Mit dröhnendem Schritt formierte sich die Roboterarmee und wartete auf ihre Befehle. Besonders gekennzeichnete Offiziere – ebenfalls Roboter – setzten sich an die Spitze der unheimlichen Kampftruppe. Ihre Funkantennen waren empfangsbereit. Sie standen in Richtung des Flaggschiffs, auf dem Kommandant Arona gerade eine winzige Sendestation an sich nahm und in einer flachen Tasche verstaute. Sie war nicht größer als ein kleiner, flacher Kasten, und doch konnte man mit ihr die stählerne Armee befehligen.

Arona war ein Arkonide. Sein stolzes Gesicht strahlte eine Tatkraft aus, wie sie im Reich der tausend Sonnen nicht mehr üblich war. Seine hochgewachsene Gestalt mit dem weißen Haupthaar forderte Respekt ab. Straff aufgerichtet verließ er sein Schiff und stand wenige Minuten später auf dem Landefeld. Unter dem Arm trug er das Kommandosendegerät für die Roboterarmee.

Nur ein einziger Offizier, ebenfalls Arkonide, begleitete ihn.

Arona gab das erste Kommando, und die Armee von fünfhundert Robotern setzte sich in Marsch.

Das Landefeld war leergefegt. Niemand war zu sehen. Die üblichen Fahrzeuge waren verschwunden. Auch der Rand des Feldes, wo sonst reger Verkehr herrschte, schien verlassen worden zu sein. Der Polizeialarm hatte schon Aufregung ausgelöst, aber die Landung der fünf Kreuzer führte zur Konfusion. Niemand wußte, was geschehen war. Da war es am günstigsten, sich in die sicheren Häuser zu verkriechen. Nur einige harmlose Volater kümmerten sich nicht um die Geschehnisse, die sie nicht begriffen. Ohne sich stören zu lassen, gingen sie ihren gewohnten Beschäftigungen nach.

Allerdings verschwanden auch sie von den Straßen, als der Arkonide Arona an der Spitze seiner metallenen Streitmacht auf den Stadtrand zumarschierte.

Ein hohes und breit ausladendes Bauwerk versperrte die Aussicht auf die eigentliche City. Die Hauptstraße führte an ihm vorbei.

Arona wandte sich an seinen Offizier: „Leutnant Ro, warum hat sich Administrator Mansrin nicht zu unserem Empfang eingefunden? Was ist mit der Revolte?“

Ro zeigte auf seinen kleinen Funkempfänger, der ihn mit der Zentrale des Schiffes verband. „Wir wissen es nicht, Kommandant. Mansrin leugnet ab, den Spruch an den Regenten gesandt zu haben. Er behauptet, es gäbe auf Volat keine Revolte gegen das Imperium.“

„Sehr geheimnisvoll“, sagte Arona spöttisch und behielt das hohe Gebäude im Auge. Irgend etwas schien ihm daran aufzufallen. „Keine Revolte? Dann möchte ich wissen, warum dort geschossen wird.“

„Wo?“ fragte Ro.

Arona zeigte nach vorn. „Keine fünfhundert Meter von hier. Sehen Sie das typische Aufblitzen der Impulsstrahler nicht? Dort vorn wird gekämpft – und zwar sehr erbittert. Seltsam, daß uns Mansrin davon keine Mitteilung zu machen wünschte, finden Sie nicht?" Er nahm seine Tasche hoch und sprach gegen das kaum sichtbare Rillenmikrophon an der Seite.

Die Roboterarmee schwenkte leicht ein und folgte Arona und Ro.

Die unteren Arme der Kampfmaschinen hatten sich waagerecht erhoben. Die anstelle der Hände befindlichen Mündungen der kräftigen Energiestrahler waren auf das ferne Gebäude gerichtet.

Aus einer Seitenstraße kam ein Fahrzeug. Es hielt mit einem Ruck auf der anderen Straßenseite. Ein Arkonide sprang heraus und eilte mit einigen Sätzen auf Arona zu. Sein weißes Haar wehte im Wind hinter ihm her. „Arona! Ich bin Administrator Mansrin. Ich muß um Entschuldigung bitten, wenn ich einen Fehler beging und Sie nicht wie üblich empfangen habe. Es sind Ereignisse eingetreten . . ."

„Die Rebellen, nicht wahr?"

Mansrin schüttelte den Kopf, dann aber nickte er. „Das ist es ja, was ich nicht verstehe. Ich habe keinen Funkspruch an Arkon geschickt und um Entsendung einer Flotte gebeten, denn es lag keine Veranlassung dazu vor. Auf Volat herrschten Friede und Ordnung. Bis heute. In dem Augenblick, da Sie Ihr Kommen ankündigten, brach im Gebäude der Springer-Handelsniederlassung ein Feuergefecht aus. Wir haben keine Ahnung, wer gegen wen kämpft, aber immerhin wird gekämpft. Meine mir zur Verfügung stehende Schutztruppe hat bereits eingegriffen."

Arona betrachtete Mansrin prüfend. „Sie glauben nicht, daß es sich um eine großangelegte Revolte handeln könnte? Vielleicht haben die Springer . . ."

„Niemals, Kommandant. Ich kenne die Leute hier . . ."

„Man lernt nie aus", unterbrach Arona. „Jedenfalls werden meine Roboter für Ruhe sorgen, und dann werden wir wissen, wer sich den Spaß erlaubte, einer Kleinigkeit wegen Arkon zu alarmieren. Sie waren es nicht?"

„Es war ein Unbekannter, Kommandant. Soviel fand ich bisher heraus. Er schlich sich in die Funkzentrale und zwang meinen Funker, die Verbindung mit dem Robotregenten herzustellen. Der Vorfall ist nicht zu erklären."

Arona, der seine Armee angehalten hatte, setzte sie nun wieder in

Bewegung. „Kommen Sie mit mir, Administrator Mansrin. Lösen wir gemeinsam das Rätsel des falschen Alarms. Wer begibt sich schon freiwillig in Gefahr und alarmiert die mächtigste Streitmacht, die es in unserer Galaxis gibt?“ Er lachte leise auf. „Nur ein Verrückter kann das tun.“

Auf der Treppe zu den Kellergewölben traf André Noir mit Lloyds Gruppe auf die Rebellen, die verbissen für ein Ziel kämpften, das sie nicht kannten. Ihre beiden Anführer waren tot, aber das wußten sie nicht. Sie handelten gemäß ihrem Auftrag, als sie das Feuer gegen die Verfolger eröffneten.

Noir erkannte ihre Absicht, noch bevor sie diese in die Tat umsetzen konnten. Er rief seine Befehle. Seine Begleiter waren gut ausgebildet worden. Sie warfen sich seitwärts in Deckung, nahmen die aus Lloyds Space-Jet stammenden Kleingranaten und schleuderten sie in den unteren Gang hinab.

Dann ordnete Noir gelassen den Rückzug an.

Kaum zischten die ersten Energiestrahlen aus der Tiefe herauf, da ertönten einige Detonationen. Schreie und Kommandos folgten, dann stürmten die Rebellen die Treppe herauf. Der Qualm der Tränengasgranaten war schlimmer als die Angst, von Strahlschüssen empfangen zu werden.

Genau das wollte Noir erreichen.

Die Rebellen waren halb blind und rieben sich den Rauch aus den Augen. Sie sahen nur noch Schatten, die sich gegen das durch die Fenster hereinfallende Licht abhoben.

Sie eröffneten das Feuer auf diese Schatten.

Zu ihrem Pech waren die Schatten die in das Gebäude eingedrungenen Schutzpolizisten des Administrators. Kein Wunder also, daß die Polizisten annehmen mußten, es in der Tat mit einer Gruppe von Rebellen zu tun zu haben.

Sie schossen zurück, und bald war das heftigste Feuergefecht im Gange. Noir hatte sein Ziel erreicht. Bis sich das Mißverständnis aufgeklärt hatte, würde die Space-Jet längst in den Tiefen des Raumes untergetaucht sein.

Im Laufschritt erreichten Noir und seine Helfer den Korridor zu Zimmer Nr. 18. Der Hypno kam gerade recht, Gucky wieder materialisieren zu sehen. Lloyd stand bei der Tür, während sich Rhodan und Thora im Hintergrund beim Fenster aufhielten.

„Nun?" fragte Rhodan.

„Alles in Ordnung", verkündete Noir.

Lloyd bedankte sich bei den Leuten, die ihnen geholfen hatten. Ein Teil von ihnen kehrte in den Lesesaal zurück und nahm dort Platz. Andere wiederum suchten die verschiedensten Stockwerke auf und taten all das, was sie normalerweise auch an anderen Tagen getan hätten.

Lloyd zog die halb ausgeglühte Tür zu. Sie schnappte hörbar ein, was Gucky zu der sachkundigen Bemerkung veranlaßte, wenigstens verstünde man es hier, haltbare Schlösser zu fabrizieren.

„Die Rebellen haben sich also auf einen Kampf mit den Behörden eingelassen?" fragte Rhodan sicherheitshalber.

„Sie waren so dumm." Noir grinste. „Nun wird kein Zweifel mehr daran bestehen, daß eine Gruppe von Revolutionären versuchte, von hier aus gegen Arkon einen Umsturz anzuzetteln. Zwar wird man vergeblich nach den eigentlichen Drahtziehern suchen, aber das spielt nun keine Rolle mehr."

Rhodan entsann sich des zweiten Verräters. Er fragte Gucky: „Wohin hast du den Japaner gebracht?"

„Dorthin, wo er nicht entkommen kann. Auf den Gipfel eines Felsens. Ich kann ihn jederzeit wieder abholen."

„Gut. Dann wird es wohl Zeit, daß wir von hier verschwinden. Zuerst Thora. Bringe sie zum Plateau, Gucky."

Zehn Sekunden später war der Mausbiber zurück. „Kuri hat sich ihrer angenommen, Chef. Wer nun?"

Noir ging auf die Reise. Gucky nahm bei dem größeren Sprung immer nur einen Mann, um sich nicht zu überanstrengen. Zeitlich gesehen spielte das keine besonders große Rolle, denn jede Teleportation nahm nur wenige Sekunden in Anspruch. Auch Fellmer Lloyd kehrte so auf die bequemste Art und Weise an den Anfangsort des Abenteuers zurück, nämlich zu jenem Plateau, auf dem die Allweise Mutter der Volater wohnte.

Geduldig wartete Rhodan auf Guckys letzte Rückkehr.

Aber obgleich nur wenige Sekunden zwischen dem letzten Sprung und der Rückkehr des Mausbibers lagen, schien eine Ewigkeit zu vergehen. Draußen auf dem Gang tat sich einiges. Kommandos wurden gerufen, dann zischten einige Strahlschüsse. Jemand schrie voller Entsetzen und warf sich gegen die Tür. Vielleicht hatte man die ausgeglühte Fläche entdeckt und Verdacht geschöpft.

Gucky materialisierte und nahm Rhodan bei der Hand. „Holen wir Yatuhin gleich, oder warten wir damit noch?"

„Zuerst zum Plateau. Beeile dich!"

Noch während sich der Mausbiber auf den Sprung konzentrierte und das Energiefeld sich aufbaute, wurde die Tür durch einen dumpfen Schlag erschüttert und schwang nach innen auf. Ein Mann fiel regelrecht in das Zimmer hinein, stolperte über die am Boden liegenden Waffen und taumelte gegen die Wand. Dort blieb er stehen und starrte auf die beiden Gestalten, die gerade dabei waren, sich in Luft aufzulösen.

Rhodan hatte noch gesehen, wie die Tür aufbrach, dann verschwamm alles vor seinen Augen. Nur die massige Gestalt erblickte er noch, die wie eine Kanonenkugel durch die Füllung stürzte. Wenn der Koloß nicht blind war, mußte er das Wunder noch sehen.

Noch ehe Rhodan in die fünfte Dimension hinüberglitt, drang ein Schrei in seine Ohren – von einer Stimme hervorgestoßen, die er schon einmal gehört hatte. Es war eine dröhnende, tiefe Männerstimme, die eine Erinnerung weckte.

Sie rief: *„Rhodan!"*

Dann wurde es dunkel um ihn.

Als er auf dem Plateau stand, löste er sich von Gucky, aber noch gellte die Stimme in seinen Ohren. „Hast du ihn gesehen, Gucky? Wer war das? Er hat mich erkannt."

Der Mausbiber kniff die Augen zusammen. „Ich hatte keine Zeit, darauf zu achten, sonst hätte ich nicht springen können. Soll ich zurück und nachsehen?"

„Er hat mich erkannt."

Gucky riß die Augen weit auf. „Er hat dich erkannt? Nein, das ist völlig unmöglich. Wer auf Volat sollte dich kennen?"

„Er rief meinen Namen, Gucky."

Rhodan war völlig ratlos und grübelte darüber nach, woher er die tiefe, dröhnende Stimme kannte. Immer weiter drang er in die Vergangenheit zurück, zwanzig, dreißig Jahre, fünfzig Jahre ...

Die große Gestalt, so breit wie hoch ... Ein Kerl, der mindestens seine zehn, fünfzehn Zentner wog. Der wilde Vollbart ...

Ein Überschwerer? Natürlich, ein Überschwerer des Volkes der Springer, das war die Lösung. Die Spezial-Kampftruppe der Galaktischen Händler. Nur ein Überschwerer konnte die Stahltür aufgebrochen haben.

Er hatte Rhodan erkannt und angerufen.

Talamon.

Plötzlich wußte es Rhodan. Es war Talamon gewesen, der da in Tropnows Zimmer gestürmt war. Vielleicht war es Zufall gewesen. Es war kaum anzunehmen, daß der Überschwere etwas mit der Verschwörung zu tun hatte. Sicher hatte er auf Volat geweilt, um ein Geschäft abzuwickeln und war auf die Schießerei aufmerksam geworden.

Dann hatte er Rhodan im Nichts verschwinden sehen.

Er wußte somit, daß Perry Rhodan nicht tot war.

Er würde das Geheimnis nicht für sich behalten.

„Soll ich zurückgehen und den Dicken ausschalten?" fragte Gucky, der Rhodans Gedanken verfolgt hatte und orientiert war. „Wenn er redet ..."

Aber Rhodan war wieder ganz ruhig geworden. Langsam und überlegend schüttelte er den Kopf. „Nein, Gucky, bleib hier. Die Entscheidung, wann der Robotregent von meiner Existenz erfährt, soll nicht bei uns liegen. Wir sind gerüstet. Die Entdeckung wird ohne Gefahr erfolgen. Überlassen wir die Entscheidung also getrost Talamon."

„Und wenn er ..."

Gucky schwieg. Sollte die Zeit der Ruhe nun endgültig vorbei sein? Sollte Rhodan sich dem Willen eines genialen Roboters beugen? Sollte die Erde wieder das Ziel von Angriffen werden?

Rhodan schüttelte erneut den Kopf. „Wir sind stark genug, es mit Arkon und seinen Verbündeten aufzunehmen – aber ich glaube nicht, daß es zu einem Krieg kommen wird. Warten wir ab. Jedenfalls ist die Aktion Volat beendet."

„Ja – wenn wir Nomo abgeholt haben."

Erst jetzt dachte Rhodan wieder an den Gefangenen. „Geh ihn holen, Gucky."

Rhodan wartete die Entmaterialisation Guckys nicht mehr ab, sondern schritt den Hütten entgegen, wo er von den anderen erwartet wurde. Kuri stand neben Thora, deren Lächeln Rhodan wie eine Erlösung vorkam. Sie war immer noch schön, die stolze Arkonidin, Frau von einem anderen Stern und doch mit ihm, einem Sohn der Erde, vermählt.

Noir und Lloyd wischten sich den Schweiß von der Stirn.

„Gucky soll mich zur Space-Jet bringen", schlug Lloyd vor. „Zu Fuß brauche ich einige Tage, sie hierher zu holen."

Rhodan wollte antworten, da schrillte hinter ihm eine helle Stimme. Es war Gucky. Er war zurückgekehrt. Allein.

„Der Japaner ist tot!" rief er entsetzt. „Er hat sich vom Felsen in die Tiefe gestürzt."

Noir und Lloyd redeten durcheinander, aber Rhodan blieb merkwürdig ruhig.

„Ich dachte es mir", sagte er. „Nomo war Japaner und hat sich an die alten Sitten seines Volkes gehalten. Er zog es vor, freiwillig zu sterben. Hätte er ein entsprechendes Werkzeug besessen, ich bin überzeugt, er hätte in aller Form Harakiri begangen."

Niemand sprach mehr ein Wort.

Rhodan sah hinauf in den Himmel. Erste Wolken zogen von Norden herbei. Es war kühler geworden.

Der Schock saß Talamon noch in allen Gliedern.

Fassungslos starrte er auf den leeren Fleck, an dem Bruchteile von Sekunden vorher noch jener Mann gestanden hatte, den man seit mehr als fünf Jahrzehnten für tot hielt.

Er konnte sich nicht getäuscht haben.

Das waren Perry Rhodan und dieses kleine, merkwürdige Tier gewesen, das ihn häufig zu begleiten pflegte und das über so seltsame

Fähigkeiten verfügte. Das plötzliche Verschwinden in die leere Luft war der beste Beweis. Talamon erinnerte sich noch zu gut jener geheimnisvollen Geschichten, die man sich damals vor einem halben Jahrhundert über Rhodan und seine Armee der Zauberer erzählt hatte. Mit ihrer Hilfe wäre es dem Terraner beinahe gelungen, die Grundfesten des arkonidischen Imperiums zu erschüttern.

Dann war die Erde in einem großangelegten Angriff der Springer vernichtet worden.

Wenigstens hatte man das bisher angenommen.

Talamon zuckte zusammen. Wieso stand er hier herum und unternahm nichts? Mußte das Imperium nicht gewarnt werden? Mußte das regierende Robotgehirn auf Arkon nicht sofort davon unterrichtet werden, daß Rhodan noch lebte?

Und die Ereignisse hier auf Volat . . .

Talamon begann plötzlich gewisse Zusammenhänge zu erkennen. Natürlich steckte Rhodan hinter den Geschehnissen, die die Schutztruppen des Administrators auf den Plan gerufen hatten. Was er allerdings damit bezwecken wollte, blieb vorerst unklar.

Der Überschwere bewegte sich für sein unbeholfenes Aussehen ungewöhnlich schnell und behende. Mit eiligen Schritten verließ er das ominöse Zimmer 18, ohne die Leiche Tropnows hinter dem Tisch zu bemerken. Nahe beim Ausgang mußte er einmal in Deckung gehen, als wild um sich schießende Männer an ihm vorbeirannten und versuchten, in den Lift zu gelangen. Die Polizei folgte, ohne ihn zu bemerken.

Aufatmend erreichte er den Ausgang und wollte gerade zu seinem wartenden Fahrzeug rennen, da blieb er mit einem Ruck stehen.

Mit weit aufgerissenen Augen starrte er die Straße in Richtung Raumhafen hinunter. In exakter Marschordnung und dröhnendem Gleichschritt näherte sich dort ein Regiment schwerer Kampfroboter, die Waffen in Bereitstellung. Ihnen voran schritten drei Männer. Einen von ihnen kannte Talamon: den Administrator Mansrin. Die beiden anderen waren ihm unbekannt.

Einen Augenblick zögerte er, aber dann schritt er den drei Arkoniden entgegen.

Mansrin ging langsamer, als er den Überschweren sah. Er sagte einige Wort zu Arona, der seinen Robotern sofort den Befehl zum Anhalten gab. Neugierig sahen die drei Männer dann dem Springer entgegen, der winkend auf sie zurannte.

„Ich bin Talamon!“ rief er und atmete so heftig, daß er vorerst kein weiteres Wort hervorbringen konnte. Langsam beruhigte er sich.

Arona wurde ungeduldig. „Was ist? Sie halten uns auf.“

Talamon mochte einsehen, daß er den Arkoniden eine schnelle Erklärung schuldig war.

„Ihr Einsatz drüben in der Handelsniederlassung ist nicht mehr notwendig“, sagte er. „Wenn ich mich nicht irre, schickt Sie Arkon?“

„Ich bin Kommandeur Arona.“ Der Kommandant nickte. „Der Robotregent schickt mich, um die Ruhe auf Volat wiederherzustellen.“

Talamon konnte ein Lächeln nicht unterdrücken.

„Unruhen sprechen sich heute sehr schnell herum“, gab er spöttisch zu. „Administrator Mansrin hat schnell gehandelt, aber ich wette, er hat dabei nicht gewußt, worum es ging.“

„Ich verstehe nicht, was Sie meinen“, warf Mansrin ein.

Talamon lächelte nun überlegen. „Das glaube ich Ihnen gerne, Mansrin. Aber ich werde der Reihe nach berichten, damit Sie . . .“

„Wir haben keine Zeit“, sagte Arona scharf. „Arkon erwartet von mir baldigen Bericht, daß der Aufstand niedergeschlagen wurde.“

Talamon tat erstaunt. „Welcher Aufstand? Sie meinen den kleinen Tumult drüben in der Niederlassung? Machen Sie sich doch nicht lächerlich, Kommandant. Mit den paar Unruhestiftern wäre ich sogar allein fertig geworden. Darum geht es gar nicht. Hören Sie gut zu: Ich schloß ein Geschäft mit einem Freund hier ab und wollte gerade das Gebäude verlassen, da hörte ich die Schießerei. Ich wollte nachsehen und geriet rein zufällig in ein Zimmer, wo ich etwas sah, das mir die Haare zu Berge stehen ließ.“

Mansrin strich sich unwillkürlich über die weiße Mähne, ehe er ärgerlich rief: „Nun reden Sie schon, Talamon! Was haben Sie gesehen?“

Talamon machte eine wirkungsvolle Pause, ehe er langsam und mit Betonung sagte: „Ich habe Perry Rhodan, den Terraner, gesehen.“

Arona schien noch niemals von einem gewissen Rhodan gehört zu haben, denn sein Gesicht blieb ausdruckslos. Auch Leutnant Ro zeigte keine Überraschung.

Anders Administrator Mansrin.

Der höchste Beamte Volats zuckte zusammen, als habe er einen Schlag erhalten.

„Rhodan . . .“, stammelte er. „Talamon, Sie sind verrrückt geworden.“

„So, meinen Sie, Mansrin? Natürlich kann ich meine Behauptung nicht beweisen, denn Rhodan verschwand spurlos, als ich den Raum betrat, in dem er sich aufhielt. Aber ich habe ihn deutlich erkannt. Bei ihm war ein seltsames Tier, das bereits vor fünf Jahrzehnten keine geringe Rolle spielte. Ich kenne Rhodan persönlich. Eine Verwechslung ist völlig ausgeschlossen.“

„Aber Rhodan ist doch tot!“ Mansrin war richtig verzweifelt.

„Ja.“ Talamon nickte ungerührt. „Das haben wir alle geglaubt, und der Terraner hat uns in diesem Glauben gelassen. Inzwischen wird er nicht geschlafen haben. Daß er nun plötzlich auftaucht, sollte uns eine Warnung sein. Wir müssen sofort den Regenten unterrichten.“

Arona schaute auf seine Roboter.

„Ich werde mich zuerst um die Roboter kümmern.“ Er rief einen Befehl in sein Kommandogerät, und die Armee setzte sich erneut in Bewegung. „Wir sehen uns später, Mansrin.“

Zusammen mit den Robotern und Leutnant Ro marschierte er davon.

Mansrin blieb unschlüssig mit Talamon stehen. „Sie meinen also wirklich, man sollte das Robotgehirn benachrichtigen? Und wenn Sie sich nun getäuscht haben?“

„Ich habe mich nicht getäuscht, Administrator. Auf meine Augen kann ich mich verlassen, auch wenn ich inzwischen alt geworden bin. Kommen Sie, wir nehmen meinen Wagen.“

Zehn Minuten später betraten die beiden ungleichen Männer die Hyperfunk-Zentrale im Palast Mansrins. Die Verbindung mit Arkon war schnell hergestellt.

„Ich möchte selbst mit dem Regenten sprechen“, bat Talamon. „Dann trage ich auch die Verantwortung, nicht Sie. Einverstanden?“

„Natürlich bin ich einverstanden“, sagte Mansrin und nickte.

Auf dem Bildschirm erschien die bekannte Halbkugel. Die harte und metallische Stimme sagte: „Arkon spricht. Melden Sie sich, Volat.“

Talamon trat vor die Kamera. „Hier spricht Talamon aus der Sippe der Überschweren. Ich handle im Einverständnis mit dem Administrator. Die Revolte auf Volat wurde niedergeschlagen. Es handelte sich um ein Täuschungsmanöver, nehmen wir an. Zweck unbekannt. Ich habe eine wichtige Mitteilung zu machen, Regent. Perry Rhodan lebt. Ich habe den Terraner vor einer halben Stunde mit meinen eigenen Augen hier auf Volat gesehen.“

Kurze Pause, dann sagte die kalte Stimme: „Von Ihrer Stelle aus sprach gestern ein Mann mit mir, den ich nicht sehen konnte, weil er sich abseits stellte. Seine Stimme weckte Erinnerungen in mir. Warten Sie, Talamon. Ich forsche in den Speicherbändern nach.“

Das Bild blieb, aber der Ton verstummte.

Mansrin flüsterte: „Was will er?“

„Ganz einfach, Administrator. Eine Stimme kam ihm bekannt vor. Wenn er jemals zuvor diese Stimme hörte, findet er sie in den gespeicherten Tonaufzeichnungen. Ein Vergleich . . .“

„Hier Regent von Arkon. Talamon, Sie haben richtig gesehen. Der Mann, der gestern mit mir sprach, war Rhodan, der Terraner. Ich habe den unverzeihlichen Fehler begangen, nicht gleich nachzuforschen.“

Also machte auch das Robotgehirn Fehler. Talamon fühlte eine leichte Unruhe über diese Tatsache, so sehr sie ihn als Mensch beruhigte.

„Jedenfalls lebt Rhodan, Regent. Ich habe meine Pflicht getan, indem ich Arkon warnte. Was soll nun geschehen?“

„Das werde ich noch rechtzeitig entscheiden. Arona soll mit seiner Flotte nach Arkon zurückkehren. Er wird auf Volat nicht mehr benötigt, nehme ich an.“

„Ich werde dafür sorgen, daß Kommandant Arona startet“, mischte sich Mansrin ein, der das anscheinend für seine Angelegenheit hielt.

Das Robotgehirn bestätigte und schaltete ab.

Talamon starrte auf den erloschenen Bildschirm.

„Der Metallhaufen hätte sich wenigstens bedanken können“, murmelte er böse. „Schließlich ging es ja um *seine* Existenz.“

„Wie lange gedenken Sie noch auf Volat zu bleiben, Talamon? Sie haben doch sicher noch Geschäfte?“ fragte Mansrin.

„Geschäfte hin, Geschäfte her“, knurrte der Überschwere. „Ich werde mich so schnell wie möglich auf mein Schiff begeben und einen Riesensprung durch den Hyperraum vornehmen, um mich von Volat zu entfernen. Und damit von Rhodan.“

„Sie meinen, daß er noch hier ist?“

„Mir egal, ich verschwinde. Ich fürchte, wir werden alle noch früh genug von Perry Rhodan hören. Mir ist nicht wohl bei dem Gedanken, daß er so viele Jahrzehnte Zeit hatte, sich auf eine neue Begegnung mit uns vorzubereiten. Ich fürchte, er hat nicht geschlafen.“

Der Administrator gab keine Antwort.

Er sah plötzlich sehr unglücklich aus.

Volat war ein so schöner und ruhiger Posten gewesen . . .

Die beiden Männer trennten sich. Talamon eilte in Richtung des Raumhafens davon, während Mansrin in sein Büro zurückkehrte. Dort wurde er bereits vom Kommandanten erwartet. Dieser meldete die Niederschlagung der Revolte und die Gefangennahme aller Beteiligten und fragte, was mit ihnen geschehen solle.

„Das wird Arona, der Kommandant der Arkon-Flotte, entscheiden“, wich Mansrin aus, der sich der Verantwortung entledigen wollte. „Bis dahin sollen sie in sicheren Gewahrsam gebracht werden.“

Nachdem sie sich von den Volatern verabschiedet und sich für deren Hilfe bedankt hatten, brachte Gucky seine Gefährten und Kuri Oneré in die Space-Jet, mit der Lloyd hergekommen war und die noch unberührt in ihrem Versteck lag. Die Startvorbereitungen waren kurz. Bevor man dieser Welt jedoch den Rücken kehrte, machte Gucky noch einen kurzen Abstecher in Mansrins Palast. Als er zurückkam, informierte er Rhodan, daß es tatsächlich Talamon war, der sie gesehen hatte, und daß inzwischen der Robotregent von der Anwesenheit Rhodans erfahren hatte. Nachdem Gucky mit seinem Bericht am Ende war, startete die Space-Jet in den Weltraum.

Auf dem Bildschirm wurde der Planet Volat schnell kleiner, bis er nur noch ein heller Stern war. Mit eingeschalteten Gravitationsfeldern strebte die Space-Jet der einfachen Lichtgeschwindigkeit entgegen. Noir versuchte indessen, Verbindung mit Captain Jim Markus auf der LOTUS zu erhalten. Es gelang ihm kurz darauf.

„Verbindung mit der LOTUS – das Peilsignal!“ rief er.

„Kurs korrigieren!“ befahl Rhodan und fügte hinzu: „Versuchen Sie, Markus auf den Bildschirm zu bekommen, Noir. Ich möchte ihn einiges fragen.“

Noir führte den Befehl aus.

Rhodan nahm Noirs Platz ein. „Hallo, Markus? Hier Rhodan. Wie ist die Verständigung?“

„Ich kann Sie verstehen. Ihr Standort?“

„Dreiundfünfzig Lichtminuten von Volat. Warum?“

„Ich komme Ihnen entgegen. Wer weiß, was in der nächsten halben Stunde noch alles geschieht. Wie konnte man Sie nur entdecken?“

Rhodan war, als habe er einen Schlag erhalten. Was wußte Markus davon? „Entdecken? Wie kommen Sie darauf?“

„Jemand muß dem Robotgehirn auf Arkon verraten haben, daß Sie auf Volat weilen. Wußten Sie das nicht?“

„Schon, Markus, aber ich zerbreche mir den Kopf, wieso Sie davon wissen. Haben Sie einen Funkspruch Mansrins aufgefangen?“

„Nein, aber den des Regenten.“

Rhodan gewöhnte sich allmählich an Überraschungen, aber es dauerte doch etliche Augenblicke, ehe er fragen konnte: „Das Robotgehirn hat einen Funkspruch gesendet? An Mansrin?“

„Nein, Sir“, entgegnete Markus. „An Sie.“

Rhodan verlor die Geduld. „Nun aber ’raus mit der Sprache, Markus. Was ist eigentlich los?“

„Ich empfange seit einer halben Stunde eine ständig sich wiederholende Aufforderung über Hyperfunk. Sie ist in Klartext gehalten und wird alle zwei Minuten gesendet. Wünschen Sie den Text?“

Rhodan schnappte hörbar nach Luft. „Wenn Sie vor mir stehen, Markus, dann . . .“

„Schon gut, Sir. Hier der Text des Funkspruchs. Ich beginne: *An Perry Rhodan, Heimatplanet Terra! Ich weiß, daß du lebst. Setze dich mit mir auf unserer alten Frequenz in Verbindung. Ich garantiere für dein Leben und deine Freiheit. Regent von Arkon.*“

34.

In Terrania bekamen die Robotpsychologen eine Menge zu tun, noch bevor die LOTUS landete. Rhodan übermittelte per Hyperfunk einige Daten und verlangte die sofortige Auswertung. An der Dringlichkeit des Auftrags ließ Rhodan keinen Zweifel.

Er wünschte das Ereignis bereits bei seiner Ankunft.

Markus steuerte die LOTUS geschickt mit knapp Lichtgeschwindigkeit durch den Asteroidengürtel am Mars vorbei und landete kurze Zeit darauf in Terrania, der größten Stadt der Erde.

Das Ergebnis der kybernetisch-psychologischen Untersuchungen, so wurde Rhodan mitgeteilt, könne bereits in wenigen Minuten vorliegen. Man würde es sofort ins Hauptquartier senden.

Rhodan, Thora, Lloyd, Gucky und Noir fuhren mit dem Wagen in die Stadt. Markus kümmerte sich um einen Wohnsitz für Kuri.

Kurz darauf erreichten sie die Administration.

Hinter einem Schreibtisch mit vielen Nachrichtengeräten saß Bully und schaute ihnen mit einem undefinierbaren Gesichtsausdruck entgegen. Seine Ellenbogen hatte er auf die Holzplatte gestützt, und das Kinn ruhte in den Händen. In dieser Pose erinnerte er lebhaft an die Karikaturen managerkranker Generaldirektoren.

„Fast wäre ich in der Tretmühle des Regierens umgekommen", jammerte er so übertrieben, daß ihn niemand ernst nahm. „Während ihr euch ein paar herrliche Urlaubstage macht, muß ich . . ."

Bully kam nicht mehr dazu, einen weiteren Kommentar abzugeben, denn aus einem der Geräte auf dem Tisch ertönte ein Summen. Rhodan trat hinzu und drückte einen Knopf ein. An der Wand leuchtete ein kleiner Schirm auf.

Ein Gesicht erschien. Es gehörte einem Mann im mittleren Alter.

„Rhodan hier", sagte Rhodan hastig. „Das Ergebnis?"

Der Mann nickte. „Hier spricht Dr. Gertz. Unsere Untersuchungen und Analysen haben einwandfrei ergeben, daß der Regent die Garantie für Leben und Sicherheit nicht geben würde, wenn nicht zwingende Gründe vorlägen. Außerdem stimmt das große Positronengehirn auf der Venus mit uns darin überein, daß der Funkspruch des Regenten nur einen einzigen Grund habe kann."

„Und der wäre?" Rhodan verbarg mühsam seine Spannung.

„Der Regent von Arkon braucht uns. Er befindet sich in einer uns unbekannten Zwangslage. Er benötigt die Hilfe der Erde."

Rhodan holte tief Luft. „Und Sie irren sich nicht?"

„Ein Fehler in den Berechnungen ist bei Berücksichtigung des vorliegenden Materials ausgeschlossen. Unsere Analyse stimmt hundertprozentig. Das Positronengehirn, der Regent von Arkon, sitzt in der Klemme und ist in gewisser Beziehung sogar froh – soweit ein Roboter froh sein kann –, daß Terra und Sie noch existieren. Sie sind Rettung in höchster Not."

Rhodan schüttelte den Kopf. „Arkon – und in Not? Ich hatte nicht den Eindruck, daß sich das Imperium in Schwierigkeiten befindet."

Thora flüsterte: „Vielleicht sind es Sorgen, von denen nur das Robotgehirn weiß, Perry. Du solltest Verbindung aufnehmen."

„Sobald unsere Aufgaben erledigt sind, werde ich das tun."

Der Bildschirm war erloschen. Bully hatte sich erhoben und machte Platz für Rhodan, der aber keine Lust zu haben schien, schon heute seinen Posten als Administrator des Solaren Imperiums wieder zu übernehmen, sondern mißtrauisch auf den Tisch blickte.

„Was ist das für eine Zettelwirtschaft?" fragte er anzüglich und wischte einige Papierfetzen zur Seite.

„Zettelwirtschaft?" entrüstete sich Bully. „Hier wurden während deiner Abwesenheit Geschäfte getätigt – Regierungsgeschäfte."

„Man sollte es nicht für möglich halten", meinte Rhodan unter allgemeinem Gelächter und machte sich an die Arbeit.

ENDE

Perry-Rhodan-Buch 8 „Festung Atlantis" erscheint am 15. 2. 81

Allgemeines:

Lange Zeit galten diese Schiffe als die mächtigste Waffe des Solaren Imperiums. Mit einem Durchmesser von 1500 Metern schienen sie, zumindest was die Größe angeht, am Ende einer unaufhaltsamen technischen Entwicklung zu stehen. Jedes dieser mit doppelwandigem Terkonitstahl gepanzerten Schiffe hat 2000 Mann Besatzung an Bord. Vierundfünfzig Hauptetagen, die wiederum in bis sieben Einzeletagen unterteilt sind, machen das Schiff für jeden Nichteingeweihten zu einem Labyrinth an Antigravschächten (davon gibt es 270 an Bord), Korridoren und Maschinenräumen. Der Gigant kann seine ungeheure Masse mit 600 km/sec^2 beschleunigen.
Bekannte Schiffsnamen dieser Klasse: TITAN, HANNIBAL, DRUSUS, GENERAL POUNDER, THEODERICH.

Technische Daten:

Deck 54, 53: Schwere Transformkanone mit Konvertern, Positronik und Speicherbänken
Deck 52, 31, 13: Mannschaftsräume, Sporthallen, Krankenstation
Deck 51, 49, 46, 43, 41, 38, 33, 32, 25, 24, 23, 22, 21, 18, 17, 11, 9, 5, 4: Riesenkraftwerke, Maschinenräume, Speicherbänke, Fusionsmeiler, Schirmfeldgeneratoren und Umformer
Deck 50, 42, 27, 16, 10: Hangars für EIN-MANN-JÄGER (200), DREI-MANN-ZERSTÖRER (300), FÜNF-MANN-FLUGGLEITER (40), SPACE-JETS (70) und KORVETTEN (40)
Deck 48, 44, 40, 34, 12, 7: Transformkanonen (20), Impulskanonen (25), Desintegratorgeschütze (15), Thermogeschütze (10) und Narkosegeschütze (10)
Deck 47, 6: Antigravtriebwerke mit Projektoren
Deck 45, 35, 13, 8: Kernfusionsmeiler und Speicherbänke für Transformkanonen
Deck 39: Feuerleitzentrale
Deck 37, 36, 15, 14: Observatorium, Aggregate und Generatoren zur Klimaanlage mit Hydroponischen Gärten, Filtern und Regenerierungsanlage
Deck 35, 30, 29: Ortungszentrale und Funkzentrale
Deck 28: Hauptzentrale mit Kontroll- und Steueranlagen, Positronik, Panoramabildschirm
Deck 26: Kalup'sche Konverter
Deck 21: Ringwulst mit Impulstriebwerken, 162 Kernfusionsreaktoren, 18 Projektionsfelddüsen und Ringwulstkanone
Deck 19 und 15: Archiv, Lagerhallen für Ersatzteile und Roboter, Proviantdepots und Waffenarsenale
Deck 12: Materie-Transmitter mit Energieanlage
Deck 3, 2, 1: Laderäume mit Shifts (80), Torpedos, Sonden und Bodenschleusen

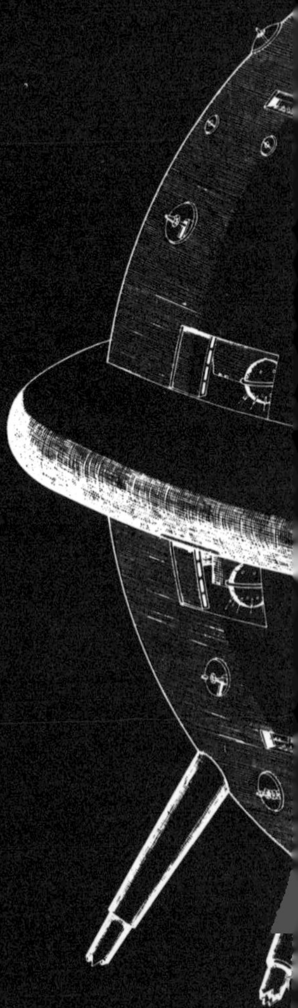